JN178244

失われた岬

篠田節子

角川文庫
24360

目次

第一章　冬の旅

二〇〇七年冬

携帯電話に送ったメールに返信がなくなった。ほどなく、送信しても「ユーザーがみつかりません」というメッセージとともに戻ってくるようになった。

電話もかからない。機種変更でもしたのだろう、と考えていたのが、自宅の電話にかけて「おかけになった電話番号は現在使われておりません」というメッセージが流れてきたときには、さすがに心配になった。

何かあったのか、と不吉な想像をすることは実際にはあまりない。

自分は嫌われたのではないか、何か誤解を生じて一方的に関係を切られてしまったのではないか、普通の人間関係、友人関係の範疇《はんちゅう》であれば、そう考える。

そして友に対しての自分の言動に思いを巡らす。周辺にいる人物が、自分について何かよからぬ話を吹き込んだのではないか、という疑念も抱く。

悩んでいる妻に、「夜逃げでもしたんだろ」と夫の和宏《かずひろ》は茶化してみせた。そのうち連絡が来るさ、気にするほどでもない。

そう言われてみれば心配するほどのことでもないだろう、と妻の美都子《みつこ》にも思えてきた。

年齢は四つ上。世代的にはそう違いはないが尊敬できる友達。松浦《まつうら》美都子にとって、清花《さやか》はそんな人だった。

転勤の多い夫について地方都市を回りながら、実直に生きている四十代の主婦にとって、友に抱く尊敬の念は、特別なものについてではない。偉業を成し遂げたとか、高邁《こうまい》な思想と行動力で社会的弱者のために尽くしたとか、世間が認める芸術的才能を持っているとかいうことではない。

家の中がいつもきれいに片付けられ、さほど手をかけずに作った普通の総菜がどれもおいしく、朝、ゴミ出しに出てきたときにも、きちんと身なりが整えられて薄化粧が施されている。子供と動物が好きで、何を話しても人生に対する誠実さや真剣さが伝わってきて、それが決して説教じみることがなく、常に温かくほどほどのユーモアがまぶされている。ときおり受け取る絵手紙の絵も文字も美しく、服装の趣味もインテリアのセンスも良いのに、決してこれ見よがしではない。

まさにプロの主婦、と賞賛の思いを抱いていたら、ある日、招待状が届いた。東京のさる展示場で行われたパッチワーク展で入賞したということだった。

当時、住んでいた金沢《かなざわ》から電車を乗り継いで東京に出た美都子は展示場と受賞パーティーの華やかさに圧倒され、挨拶《あいさつ》をした清花のペルシャ文様の刺繡《ししゅう》を施した和服の美しさに陶然としたが、妬《ねた》ましさはまったく感じなかった。

会場に展示された清花の作品は子供用夏掛け布団で、その素朴ながらも見事な仕上がりに、ああ、この人は華やかな舞台に立っていても普段の清花と変わらない、作品は人柄そのもので、彼女の人柄が評価されたのだ、と感じいった。そして自分が栂原《つがはら》清花という人の友人であることが誇らしく思えた。

その夜、東京のホテルに女二人で泊まり、最上階のスパで並んで施術を受けた。花と香油と眼下に広がるきらびやかな夜景……。

「こういうのいいな。主婦をやっているとホテルとかエステとか、街中に出てパフェを食べることとさえ、本当にうれしいのよね」

タオルのターバンを巻いてオイルでてかてかに光った顔で微笑む清花を、美都子は大好き、と感じた。若い頃の異性への恋など、本当に浅薄なものだと思った。この人とは、家族ぐるみの一生の付き合いになるだろうと信じていた。

それからわずか二ヵ月後に、夫、和宏に本社勤務の辞令が下り、美都子は生まれ育った東京に戻ってきた。同じ頃、清花も夫とともに信州《しんしゅう》に引っ越していった。

その前年、栂原夫婦の一人娘の愛子《あいこ》がアメリカに留学し、寂しさもあって大型の橇《そり》引き犬を飼ったのだが、夏の暑さに弱りがちで途方に暮れていたところ、大手精密機械メーカーの社員であった夫亮介《りょうすけ》に長野県内の大学から研究員の声がかかったのだと言う。

必ず遊びに行くからね、と言って別れた後も、約束通り行き来があった。子供のいない美都子夫婦のマンションに、清花は夫とともにやってきて和宏の切り分けるローストビーフで、持ち寄った様々なワインを味わった。また、美都子夫婦の方も和宏の運転する車で信州に出かけた。

暖炉とシャンデリアの下がる栂原家の居間で談笑し、清花の夫、亮介の運転するランドクルーザーで夏の高原をドライブした。

夜逃げ、と夫に言われてみれば、確かに冗談ではなく思い当たることはあった。四ヵ月前に信州の家を訪ねたとき、栂原家の居間の天井からシャンデリアが消えていた。観光施設やホテルにあるような、クリスタルガラスのきらめく華やかなものではなく、自在に曲がる何本もの真鍮《しんちゅう》の腕にチューリップ形のシェードがついたもので、それを清花は風にそよぐ柳の枝のような形に整えていた。イケアの広告で似たようなものを見かけたので、美都子はてっきりそちらの製品だとばかり思っていたのだが、ヨーロッパのさるメーカーの百万を超える製品だと知った。

そのシャンデリアの代わりに天井にはごく普通のシーリングライトが貼り付き、青白い光が照らし出す室内を見渡せば、パキスタン製の絨毯《じゅうたん》もシープスキンの敷物も革張りのソファもなくなり、むき出しの床に木製の食卓テーブルとベンチだけが置かれていた。それでも訪ねたのが八月の半ばのことでもあり、単に夏向きに模様替えしただけだろうと考えていた。

その食卓で、美都子と夫の和宏は、清花の作った精進ちらしや地物野菜の煮物をごちそうになった。グラスには地元のワインが注がれたが、清花と亮介夫婦のグラスにはハーブティーが入っていた。

最近、何となく飲みたくなくて、と夫妻は穏やかに笑っていた。

清花の料理は相変わらずおいしかったが、濃厚な味付けの肉料理の好きな夫は拍子抜けした様子でもあり、またハーブティーを飲んでいる二人の前でワイングラスを傾けるのは気が引け、以前のように酔って陽気に騒ぐということもなく、何とはなしの違和感を抱いたまま夫婦は東京に帰ったのだった。

一ヵ月後に栂原夫妻が美都子宅を訪れたときは、彼らが車を使ったこともあり酒はなく、四人で昼食のテーブルを囲んだ。

近所のデリカテッセンに予約しておいたテリーヌや、美都子の作ったエスカベーシュ、そして夫が切り分けるローストビーフとビーツやホワイトアスパラ、アーティチョークなどのサラダ。デザートは清花が作ってきてくれたスモモのコンポートと、美都子の用意したさるパティシエお手製のガトーショコラ。コーヒーを飲み終えた頃には日暮れ間近になっていた。

マンションの裏手にある来客用駐車場まで夫妻を送っていった美都子たちは、そこに置かれた軽自動車を見て戸惑った。

「ランドクルーザーはオーバースペックなので売りましたよ」

清花の夫、亮介は微笑して言った。恬淡《てんたん》とした口調だった。

「ああ、夫婦二人では確かにこれで十分だね」と和宏がそつなく応じた。

そして秋も深まった頃、再び訪れた信州の二人の住居からはさらに多くのものが消えていた。

玄関からは、亮介が実家から持ってきた九谷焼《くたにやき》の壺《つぼ》が象嵌《ぞうがん》の施されたフラワーテーブルごと無くなっていた。リビングダイニングに入ると刺繍を施したテーブルクロスが剝がされ、むき出しの天板の上には目にしみるほど白い台布巾《だいふきん》がきちんと畳まれて載っていた。

季節は冬に向かっていたから、冷え切った無垢《むく》の床の上を美都子たちはスリッパを履いて歩き回った。それでも足元から冷えてくる。

暖炉は板でふさがれ、室内には大きなタンクを据え付けた石油ストーブが置かれていた。

山林を持たない移住者にとっての暖炉や薪《まき》ストーブは単なる贅沢《ぜいたく》趣味で、購入する薪代は一冬でたいへんな額になるからだと言う。

殺風景な部屋にぽつりと置かれた対流式石油ストーブに手をかざしている美都子に
「東京の人は寒がりね」と清花は笑いながら膝掛《ひざか》けを貸してくれた。

何シーズンも丁寧に洗い、使い込んだウールの膝掛けは少し毛羽だっていて暖かかった。

マグカップのハーブティーを飲みながら、清花が焼いた硬めのオートミールクッキーのようなものを齧《かじ》り、話をした。以前のように次々に話題が移っていき、四人で盛り上がるということはなかったが、途絶えがちな会話の間に入り込む沈黙は決して気詰まりなものではなく、どっしりした寒気の中で赤く燃えているストーブの石油の落ちるかすかな音に、何かほっと安らいだ気持ちになった。夫一人が居心地悪そうにしばしば身じろぎし、帰りがけに亮介に向かい、冗談ともなくささやいたものだ。

「まだ隠居の歳じゃないだろう。何を若年寄りをやっているんだ。僕より年下なのに」

異変を感じながらも、十二月に入り、ここ数年恒例になった美都子の家でのクリスマスパーティーを兼ねた忘年会の誘いのメールを送ったところ、電話連絡も取れないことがわかったのだ。

夜逃げ、と言う夫の言葉が冗談であることはわかっていた。家から高価な物、高額な物は確かに消えていたが、九谷焼の壺はともかくとして、今時、中古の家具、ましてやラグやテーブルセンターのような品々が、困窮した生活の足しになるほどの値段で売れるはずはない。

「断捨離？」

美都子は半信半疑でつぶやく。

モノだけでなく、自分までが断捨離されたのかと思うと泣きたくなった。

「ミニマリストに宗旨替えだったのかね、あれは」と和宏はため息をついて、続けた。

「で、携帯もパソコンも電話もいらん。洗濯機も掃除機も捨てて、たらいと箒《ほうき》で十分って、日本研究者のアメリカ人やドイツ人にときどきいるだろ、そういうの」

相変わらずの茶化した口調だが、何となく納得する部分もあり、美都子は信州の住所宛に葉書を書いた。

相手の安否を尋ね、こちらの近況を簡単に伝え、メールでも書いた恒例の忘年会について都合の良い日程を尋ねる。もし引っ越してしまっていても、しばらくの間は新住所に転送されるはずだ。

数日後に封書で返事が来た。

紅葉を散らした手漉《てす》き和紙の、いかにも清花らしい封筒に、やはり生成り和紙の便せん。水茎の跡も美しくしたためられている、その内容に愕然《がくぜん》とした。

「お誘いありがとうございます。けれども私たちはすでにそうした会に魅力を感じないのです」

会、のつもりなどない。忘年会だろうと、クリスマス会だろうと、何かのお祝いだろうと、名目は何でも良い。気の合う夫婦が気楽に食卓を囲み、おいしいものを飲んで食べて話をする。贅沢ではなく、日常生活の中のささやかな楽しみだった。

「お酒を飲むこともちろんですが、何時間もかけてたくさんの贅沢なお料理を食べることが、私たちにとっては楽しみでも何でも無く、ただ苦痛なのです。

私たち夫婦の暮らしはとても単純です。朝、起きて身支度を調え、清らかなお水を沸かしてお白湯《さゆ》を飲み、家の中を隅々まで掃除し、近所と我が家の庭先でとれた野菜とご飯で食事を済ませ、働き、本を読み、ときおりラジオを聞き、清らかなお水を沸かしてゆっくり飲んで床につきます。静かで穏やかな暮らしです」

途中まで読んだ和宏が、呆《あき》れたように肩をすくめ、便せんをテーブル上に投げ出した。

「どんなライフスタイルだって勝手だけど、いい歳してこういう手紙を人に送り付けるって、どうなのよ？」

夫にとってはそれだけのことだった。栂原家のたたずまいが変わったときから、和宏の視線には夫妻を何となく揶揄《やゆ》するようなものがあった。だが美都子の方は清花の言葉に、失礼な、と怒る気にもなれなければ、精神状態を疑うこともできず、ただ嫌われ捨てられたような、寂しく辛《つら》い気持ちでいっぱいだった。

「世間の人は何が楽しみで生きているの、とお思いになるかもしれません。けれども、私たちにとっては、こうして森の深い緑やせせらぎの音、白く清らかな冬の光の中で自らの心と対話する暮らしが幸せなのです。こんな生活をずっと求めていたのだ、と、今、この歳になり、この地に住んで気がついたのです。

お誘い感謝しています。あなたもご主人も、私たち夫婦にとって大切な友人です。ただこれまでのような形のお付き合いの仕方はもう私たちには無理だということを理解していただければと思います。

今、この周りは、屋外の何もかもが、朝晩などは室内の布巾までが凍るような寒さです。

夕刻や雪の降る午後はストーブのそばで主人と二人、本を読み勉強しています。そのために神様は、厳しい季節を私たちにくださったのだ、と理解しました。

季節が良くなりましたら、どうぞ、また遊びにお越しになってください。ろくなおもてなしはできませんが、清らかな空気とお水を味わっていただけることと思います。今は、夫婦たった二人の静かな生活です。犬はもういません」

そこまで読んで、あらためて奇妙な感じを覚えた。清花が愛犬を「犬」と呼んだことはなかった。

栂原夫妻にとって、犬はペットではなく大切な家族だった。

長く密度の濃い灰褐色の毛に包まれた大型の橇引き犬を「アカリ」と名前で呼ぶか、そうでなければ「うちの子」と呼んでいた。

「人は人としての生活をすれば良いことで、子供から手が離れれば元の夫婦二人の生活に戻り、娘に孫が生まれたら祖父母としての幸せを自覚し、必要なときに支えとなれれば良いのです。幼子への愛情を動物を養うことで代わりにしていた私たちは間違っていました」

言葉もなく美都子は夫を見つめる。

「これは……」

和宏のまなざしがようやく深刻味を帯びた。

「おかしな宗教に取り込まれたな。全財産巻き上げられる前に目覚めてくれるといいが」

「宗教？　自然派じゃなくて？　高木《たかぎ》美保《みほ》とか林《はやし》マヤみたいな」

「自然派もスピリチュアルも宗教みたいなもんだが、こりゃ、そんなもんじゃない。神様がどうたら、お聖水だか清らかな水がどうたら、書いてあるだろ。本を読んで勉強ってのは要するに、聖書のお勉強とかいうあれだ。教団のパンフとか教祖の書いた本とかその手のものを読んでいるのさ」

　考えてもみなかった。

「どうしたら……」

「どうしたらって、子供じゃあるまいし、傍《はた》から説教してどうなるってものでもない。本人たちが気づいてくれればいいんだが」と和宏は小さくため息をついてかぶりを振った。

「普通なら旦那《だんな》が叱り飛ばして奥さんを止めるものだが、亮ちゃん、相変わらず清花さんに仕切られてるんだろうか」

「仕切られるっていうか……」

　栂原夫妻の家庭は、一見したところ典型的な夫唱婦随だ。が、夫を立てているように見えて、清花が、夫、亮介の心をしっかり治めているのは、少し付き合えばわかることだった。

もなくにこにこと笑っていた。

お釈迦様《しやか》の掌《てのひら》の中の孫悟空《そんごくう》、と和宏はよく冷やかし、亮介もその言葉に反論すること

栂原という姓自体が清花の実家のものだ。

亮介の方は、旧姓を聞けば、日本史好きにはすぐにわかる、さる大名家の出身だ。

由緒ある家名を亮介が捨てたのは、三男というこれまた家の事情もあるのだろうが、それよりは家と家とが結びついた最初の結婚を経て、実家と決別するという決意があってのことだろう、と和宏は推察している。

本人同士の意思とは無関係に、かといって互いの親が強制したというわけでもなく、おそらく双方が、それを宿命と捉《とら》えて従う形だったのだろうが、亮介は二十代後半で、旧華族の娘と結婚している。

その家庭生活がどんなものであったのかは想像するしかないが、結婚から数年後、亮介は転勤する。京都の田舎の人里離れた工場に単身赴任した。そこに栂原清花がいた。派遣社員として資料作成やデータ入力などの雑務を行っていたらしい。

出会った瞬間に、この人が運命の女性だ、と感じた、と亮介は臆面《おくめん》もなく語った。

幸いまだ子供がいなかった。清花と付き合い始めたばかりの頃に、亮介は妻と双方の親に、自分の心情を正直に話し、離婚の意思をはっきり伝えた。

おそらく妻の方もまた、自身の結婚については抗《あらが》いようのないものとして受け入れたに過ぎなかったのだろう。格別な悲嘆も怒りも見せず、淡々と亮介の謝罪を受け入れ離

婚に同意した。だが双方の両親にとっては一大事だった。

具体的に何があったのか亮介は語らないが、当然のように父から勘当を言い渡され、以来、五十を間近にした現在まで、実家の敷居をまたぐことはおろか、両親の葬儀に列席することさえ許されなかった。

温厚で、小柄、小太り、色白、そんな亮介の風貌《ふうぼう》や人柄からは、情熱がほとばしるような恋は、想像しにくい。上品なユーモアを漂わせた、もの柔らかな口調はだれから見ても好ましいものだが、女性の心をかき立てるものはない。

清花の言葉によれば、一緒にいるととても落ち着き、構えたり取り繕うことなく正直につきあえる人、ということだった。

栂原夫婦は互いに「魂と魂が結びついた結婚」という言葉を使い、それを和宏が「それでなんで愛ちゃんが生まれるんだ?」と彼らの一人娘の名前を出して混ぜっ返すのが常だった。

互いに転勤族の夫を持ったことから、美都子は十数年前に清花と金沢で出会った。せっかくそこに住むことになったのだから、と通い始めた伝統和菓子の教室に清花がいて、すぐに互いの家を訪問する間柄になり、それに夫たちが加わった。

流通産業の営業畑を歩いてきた和宏にとって、旧華族の家に生まれ、メーカーで研究開発の仕事に携わっている亮介との親交には、人脈を広げるという功利的な側面もあったようだが、亮介の方は持ち前の礼儀正しさで一つ年上の和宏を常に立て、その世間知をときに頼りにするようなところもあった。

美都子と違い、和宏が栂原夫妻を見る目にはどこか冷めたものが混じっており、そのために妻を落胆させた手紙に、いち早く不穏なものを感じ取ったようだ。

「こりゃ、しばらく関わり合いにはならんほうがいいぞ」

忠告するように言うと、手紙を封筒に戻すこともなく、和宏は居間から立ち去った。

年明け、美都子と和宏から出した年賀状に返事はこなかった。

「もう、本当に縁切りされたんだね」

「だから宗教なんだよ」

和宏は切って捨てるように答えた。

「こだわりがあって年賀状を出さないいんだ。イスラム教徒にメリークリスマスは御法度。クリスマスを祝わないキリスト教もある。正月じゃなおさらだろう」

「清花さん、お正月は何をしているのかしら？」

夫婦双方の実家を訪ね、挨拶回りし、年始客を迎え、と主婦として忙しい正月しか知らない美都子には想像がつかない。

「元旦《がんたん》早々、近所の家の玄関でピンポーンと鳴らして、『神様のお話をしましょう』とかやって、しっしっと追い払われているんだろ」

揶揄する口調で締めくくると、和宏は自分宛に来た仕事関係の人々からの賀状を、出し漏れがないかと念入りにチェックし始めた。

それから二週間ほどした頃、松浦和宏様美都子様、と流麗な毛筆で表書きがされた絵手紙が清花から届いた。

「謹んで新年のお慶《よろこ》びを……」という文字はなかった。

水墨画のようなタッチで描かれた雪の山里の風景とともに、年明け早々に道北《どうほく》の町に引っ越してきたこと、厳しいが美しい冬の北海道の生活に喜びを見出している旨が簡潔に書かれていた。

「また引っ越したの」

驚いて、そこに書かれた聞いたこともない地名に見入る。

「亮介さん、転勤したのかしら」

半信半疑で尋ねると、「こんな最果ての地のどこに働く場所があるよ？」と和宏は「新小牛田《しんこごた》」という転居先の住所を指差す。

「地名からして宮城県からの入植者が作った町だろう。周りは牧場しか無いんじゃないのか？　それにしても亮ちゃん、何やってんだ。離婚した様子もないし、まだ五十前だってのに退職して貯金を食いつぶしながら二人で田舎暮らしか？」

年末の誘いを断る封書が届いてから一ヵ月足らず。いったいこの急な展開は何なのか、しかも冬の一番寒い時季に。

「これか……」

食卓の上でノートパソコンのキーボードを叩《たた》いていた和宏がうめくようにつぶやき、画面を美都子の方に向けた。

「新小牛田町」「カルト宗教」で検索をかけたと言う。

直接「新小牛田町」には関連づけられてはいないが、道央《どうおう》にある私立単科大学のホームページがヒットし、その中に学生とその両親宛に書かれた警告文があった。マルチ商法の会社や過激な思想団体とともに複数の新興宗教団体が、学生たちへの勧誘を繰り返しているので注意するように、というもので、個々の団体についての情報が掲載されている。

「たぶん、ここにあるうちの一つだろう。あれだけ急に引っ越したってことは、たぶん本部から、おまえ宣教に行け、みたいな話で体一つで飛んでいったんだろう」

画面の文字を追いながら、美都子は夫の思い過ごしだ、と自分に言い聞かせようとしていた。

自分よりも四つ年上だというのに、清楚《せいそ》な化粧がセンスの良い服装によく映えて美しかった清花。何をさせても上手で、一緒に始めた伝統和菓子作りもたちまち上達し先生を唸《うな》らせた清花。決して高ぶらず、決して人の陰口を言わず、だれからも慕われ、一目置かれていた清花。その清花が見知らぬ学生を呼び止め、パンフレットを押しつけ、集会に来るように誘い、勉強会と称して教祖の書いたおかしな内容の本を読み、読ませ、自分が食い物にされるだけでなく、周りの人々までをも同じ目に遭わせようとしている。

「さすがに遠いからうちまでは勧誘には来ないが、何か連絡を取ってきても相手にするな」

和宏は渋い表情で唇を引き結んだ。

どんなライフスタイルを選ぼうと、何の神様を信仰しようと友達は友達、と美都子は思う。だが、親しければ親しいほど、宗教や思想による生活上のこだわりを持った人と付き合うのは辛い。

あなた、騙《だま》されているのよ、と忠告してあげるのは不作法な行為で、自分の無教養や狭量さをさらけ出すことになるのか、それともカルトの闇に転落しそうな友人を救う本当の友情なのか。

いや、すべては社会派を標榜《ひょうぼう》する俗物の夫の思い過ごしかもしれない。以前の手紙にあった「神様」とは、自分の運命や自然みたいなもの、「清らかな水」も文字通り、信州の澄み切った水で、清花たち夫婦は自然派で少しばかりスピリチュアルな、こだわりのある生活を求めて、信州から北海道に移り住んだだけかもしれない。

何よりあの人たちは、私たちとは違う、と美都子は当たり前すぎる事実に気づかされる。

美都子と和宏の夫婦も、一見したところ裕福な生活を送っている。駅に近くそこそこ広い分譲マンションに住み、夫の書斎に置かれたワインクーラーにロマネ・コンティは無くてもバローロやモンダヴィのカベルネソーヴィニヨンが横になっている。日々の食材はスーパー紀ノ国屋《きのくにや》や三浦屋《みうらや》で買う。和宏の勤め先がしっかりしていて、しかも子供がいないから叶《かな》う贅沢だ。もし和宏がリストラされたり、病気になったりしたら、贅沢どころか生活の基盤が失われる。

「あそこの夫婦はうちとは違うんだよ」

金沢赴任中、互いの家を頻繁に訪問しあっていた頃から、和宏は繰り返しそんな言葉を口にしていた。

勘当されたとはいえ、亮介は両親からしかるべき財産を相続しており、清花の丹波《たんば》にある実家も庭にいくつも蔵の建つ地主だ。勤労収入が途絶えたところで生活に困窮することなどない。

属している社会階層が違うんだ、と夫は断じた。

美都子にしても、最初から住んでいる世界が違ったのだと自分に言い聞かせるしかなかった。


季節が変わり、和宏との間でも清花たちのことが話題に上ることも少なくなり、十数年間に及ぶ交流の小さな場面を切なさと懐かしさの入り交じった気持ちでしみじみ思い返すようになった頃、見知らぬ携帯番号から、その電話はかかってきた。

再びクリスマスシーズンが訪れようとしている十二月の午前中のことだった。

「栂原です」

若い女の声だった。清花ではない。また清花なら自宅の電話ではなく携帯にかけてくるはずだった。

「ちょっと母のことでお聞きしたいんですが」

挨拶も何もなく相手は言った。

「まあ、愛ちゃん、愛ちゃんでしょ。アメリカから戻ってきたの？」

「ええ。松浦さんも金沢からお引っ越しされたんですよね。電話番号がわからなかったので、おじさまの会社に電話をして、本社にいらしたおじさまからご自宅の番号を教えてもらったんです」

おじさま、という呼び方が懐かしい。

清花似のくっきりした二重瞼《ふたえまぶた》と亮介似の透き通るような白い肌をした、多感な少女の面影がよみがえる。夫の和宏のことはおじさま、と呼んでも、美都子についてはおばさま、ではなく、美都子さんとか、松浦さん、と呼んでいたのは、清花がそう教えたというよりも、子供なりの気遣いだったのだろうと思う。

格別の愛想もないが、さっぱりとして悪気の無い子だった。

しかしこのときは、愛想がないというより、ひどく尖《とが》った詰問の口調で尋ねてきた。

「今、北海道です。昨日、来たんですけど二人とも居ないんです。どこにも。松浦さんはうちの親たちが引っ越したことは知ってるんですよね。何かわかりませんか」

「居ないの？　二人とも」

「ええ。居ないんです、何日も前から居ないみたいな感じなんです、何か聞いてないですか」

急《せ》いた口調で愛子は繰り返す。

「清花さんたちが引っ越されたことは知ってるけれど、今年の一月に転居通知みたいな葉書もらったきり、私もずっとご無沙汰《ぶさた》してて。で、お留守ってことは……」

うろたえながら美都子は愛子の問いに答える。

「ええ。家、鍵《かぎ》がかかってて、警察行って、鍵、壊してもらって入りました」

「警察って、何があったの？」

不安が胸にせり上がってくるとともに、やはり、と納得もしていた。

「警察というか、駐在ですけど……何もありませんでした」

押し殺した声だ。

「ほんっと、何もない部屋なんです。石油ストーブと小さなテーブルとお布団だけ。きれいに片付いていたけど、お皿に青菜の漬け物みたいなやつが入っててラップかけてあって、お鍋《なべ》で炊いたご飯も残っていて、火の気が無かったんで、みんながちがちに凍ってました」

「で、二人ともいないって、警察は」

「捜索願出しました。けれど捜してくれるわけじゃないですから」

「そうなの？　警察なのに」

「事件性がない、って」

「そんな寒い中、突然消えたのに？」

「どこかに二人で出かけて帰ってこない。それだけ、みたいな。松浦さん、本当に、母から何も聞いてないんですか？」

疑っている、というより、藁《わら》にもすがるといった口調だった。

「ごめんなさい、本当に何も」

そう前置きし、ためらいながら昨年冬にもらった、招待を断る旨の書かれた手紙のことを話した。

「松浦さんに対してさえ、それですか」

「いえ、私は主人について金沢に行ってからのお付き合いだから。清花さんにはもっと親しいお友達もたくさんいらっしゃったのでしょう」

もともと違う世界の人、という、あのとき感じた寂しさがよみがえってくる。

「本当にだれからも慕われる方だったから……」

「松浦さん」と愛子は遮った。

「だれからも慕われるって、だれとも特別な関係になれないってことですよ」

言葉に詰まった。

「母のお友達はみんな私をかわいがってくれたけれど、私を家に泊めてくれた人って、松浦さん一人ですよ」

六、七年前のことになるが、清花が子宮がんを発症し、市内の病院で手術した。そのときに高校受験を控えていた愛子を家に泊めたことがあった。

当時、研究所のプロジェクトリーダーを務めていた亮介は仕事を抜けられず、手術に立ち会ったその足で職場に戻らなければならないと知ったからだ。

酸素マスクを付けられて病室に戻ってきた母の姿を見た愛子はよほど心細かったのだろう。病院を出た後、美都子の手をぎゅっと握りしめたまま、夕暮れの金沢の町をうつむいて歩いていた。心配した和宏もやってきて、その夜は市内のファミレスで三人で食事をした。

残業が多く、定時に帰れない父親に受験生の世話はできないだろうと判断し、美都子はそれから二週間、愛子を自宅に預かった。子供を持ったことがないから、娘としての扱い方などわからず、ただ、寝かせ、食事をさせ、慣れない弁当を作って学校に送り出すことくらいしかできなかったが。

それでも学校から戻ってきた愛子が、ダイニングチェアに腰掛けたまま、友達のこと、受験のこと、仲良しの男の子のことなどをひっきりなしに話すのを聞いているのは楽しく、「ほら、そろそろ勉強始めなさいよ」などとたしなめながら、母親の気持ちがわかるというよりは、いつの間にか自分も青春時代に引き戻されていたものだ。

「で、愛ちゃん、これからどうするの？　その家には居られないよね」

電話口から吹雪の音が聞こえたような気がした。

「いえ。しばらくいます」

「丹波のお祖母《ばあ》ちゃんのところは？」

「亡くなりました。叔父《おじ》夫婦がいますけど、私はここで一人で大丈夫です」

「ちょっと待って、どうやって……」

葉書にあった聞いたこともない地名と水墨画めいた風景画を思い出す。雪に埋もれた北国の山の中で、二十歳そこそこの女の子が、暮らさないまでも数日間滞在すると考えただけで心がぎゅっ、と掴まれたように辛くなってくる。

「警察は、事件に巻き込まれた可能性は低いって言ってますけど、家の中が荒らされてないとか、通帳や現金がそのまま残ってるとか、そういうレベルの話なんです。でも、私はちょっと旅行に出ただけ、とか考えられないんです。もう松浦さん気づいていたと思うけど、うちの親、ちょっと変になっていたでしょ」

はい、その通り、と同意するのは失礼に当たる。

「何かあったの？」

愛子はためらいがちに話し始めた。

「いろんなものを捨てちゃって。去年の感謝祭休暇に帰国したときには、もう変でした。アカリを人にやっちゃったんですよ。アカリって、あのアラスカン・マラミュートですけど」

「ええ、知ってる」

「ほんと、母は完全、犬バカだったんですよ。留学中ステイしていた家にも、しょっちゅうアカリの写真を送ってきて、信州に引っ越したのもアカリが暑さで湿疹《しっしん》が出ちゃったからなんですよ。それが、去年の十一月に帰国したら、母が平然として言うんです。人にやっちゃった、って。それも別荘地のスーパーに張り紙して、『アラスカン・マラミュート、もらってください』って、知らない人にですよ。どんな人がもらっていったのか、ヘタすれば実験動物にされたりするかもしれないのに。母はよく知らないし、知ろうともしない。絶対、おかしいでしょ」

愛子の語尾が甲高くなり、声がかすれる。

「そうね、確かに……」

美都子はあいまいに肯定する。

「お父さんに言ったんですよ、お母さんをクリニックに連れて行かなきゃだめだって。部屋の中を見ればわかるじゃないですか。あんなにインテリアとかこだわって、手作りのものが大好きだったお母さんなのに、気に入って建てた家なのに、もう倉庫でした。大事なものがみんななくなって、カーペットもタピストリーもなくなって、がらんとした空の倉庫。でも父は、お母さんにも考えがあるんだ、とか、周りの人々の暮らしが正常で、お母さんのやっていることがおかしい、とどうしてわかるとか、言い出して。というか、父は母の言いなりなんです。いえ、母はこうしなさい、とか言うタイプじゃ全然ないんですけど、何となく周りをそのとおりだね、みたいな気持ちにさせる人なんです。みんなが慕っているように見えるけど、みんなの心を支配してるんです。私のことだって愛情の形をした支配です」

「支配だなんて、そんな……」

合点のいく物言いではあったが、こんなことを言われるくらいなら子供など持たないでよかった、という気もしてくる。

「でも、お父さんはどこかで、母の呪縛《じゅばく》、っていうの？　引力みたいなのから抜け出そうとしてたんですよね、今思えば。でも、アメリカ行く前は、私も母の支配下にいたから母の方がおかしいなんて思いもしてなくて、お父さんがまた間違った考え方をしているって、そんな風に思っていたんです。でも、それからしばらくしたら、突然、引っ越しでしょ。メールは通じないし、もうわけわかんなくて、それで今年の夏休みに一度、ここに来たんです」

「そうだったの？」

「私、てっきり長野の自然にも満足できなくて、それで北海道の、もっと山の中に引っ越したんだとばかり思っていたんですけど、ただの漁師町ですよ、ここ。で、母が言うには、お友達に教えられて来てみてすごく気に入った、というか、ここが自分が戻っていく場所だと思ったとか」

「それがその北海道の町……」

「いいえ、そこに行くための入口が、この新小牛田って町にあるとか言ってました。あなたもう手が離れたから、お母さんは今までの生活は捨てる、と。子供は神様からの一時の預かりものなので、十幾つになったら返さなければいけないんだとか。変な理屈つけるの、やめてほしいですよ。お母さんを捨てて留学しちゃったんだから、あなたなんかもう知らないとか、本音、言ってくれればいいじゃないですか。で、私も東京にいる友達と会いたかったんで、すぐに北海道の家を出たんですけど、母は駅までも送ってくれなくって、玄関先で私の手を握りしめて、『さようなら』って。私、まさか母は死ぬ気じゃないか、と一瞬心配になったんですけど、すぐに『あなたが物事がわかる歳になったら必ず連絡するから』って。物事がわかる歳、って何なのよ、って私もムカついて、『それじゃね』って冷たく言って東京に行っちゃったんです。それでクリスマス休暇に帰るのに連絡を取ろうとしたら、ぜんぜんダメになってて……」

語尾にすすり泣きが混じった。

「でも、その前までは清花さんたちと連絡は取れていたのね」

「母は、とっくにパソコンも携帯も捨てちゃって、北海道の家には電話も引いてなかったんですけど、父が郷土資料館でボランティアをしていたので、そっちに電話して連絡を取っていたんです」

「ボランティア？」

「ええ、ボランティアというか、頼まれて。父は、いちおう自然科学、というか動植物の知識は普通の人よりあるんで。でも一週間前に連絡したときには、郷土資料館の職員

の方から、父はボランティアも辞めてしまったと。それでもう、休暇前だったけど慌てて
てこっちに来たら、こんななってて」

言葉が途切れた。不安や後悔で押しつぶされそうな胸の内が伝わってきた。金沢に居た頃の少女の面影が鮮やかに浮かび上がる。

「私、そっち、行ってあげようか」

言ったあとで、「あげようか」は配慮の足りない言い方だと気づいた。言われた方は「いえ、それには及びません」としか答えようがない。

だが愛子から返ってきたのは、「お願いします」という言葉だった。

海外に三年近く行っていたとはいえ、二十歳を過ぎたばかりの娘なのだ。海外留学が独立の第一歩というより、ホームステイ先でホストファミリーにかわいがられ大切にされている様子が、以前、清花がときおり見せてくれた愛子からのメールでもうかがわれた。

「一緒に捜してください。私、もう、何をしたらいいのか……」

「わかった。できるだけ早く行く。今夜、食べるものとか、灯油なんかはあるの？」

「大丈夫です。近所にお店がありますから」

返答まで少しばかりの間があった。本当は店など無いのかもしれない。あの手術の日の夕刻、自分の手を握りしめてきた冷たい指の感触が掌によみがえる。

「それじゃ、明日の朝イチで行くから」

自分の携帯番号を伝えた後、そう約束して通話を終えた。

翌日の「朝イチ」のはずが、その日の午後の飛行機に乗っていた。

冬の最中に二十歳そこそこの女の子が一人、北の果ての、あの水墨画のような景色の中の一軒家で途方に暮れ、ぽつねんと座っている。そんな図を想像しただけで居ても立ってもいられなかった。

スポーツジム用のバッグに、下着と防寒具の類《たぐ》いを詰め込み、作り置きしていたおかずをジップロックに移してそれも入れ、ブーツを履いて家を飛び出していた。

羽田《はねだ》に向かう電車の中から夫にメールを打った。

「愛ちゃんが心配なので、ちょっと北海道まで様子を見に行きます。たぶん東京に連れ帰ってくるのでよろしく。今夜はどこかで食べてきて」

美都子のところに電話をかけてくる前に、愛子は会社にいる和宏と電話で話したと言っていたので、夫はだいたいの事情を把握しているはずだった。

出発ロビーに入ったところで和宏から電話がかかってきた。

「何やってるんだ」

いきなり怒鳴られた。

「どうやって行く気だ、そんなところに」

「旭川《あさひかわ》行きのチケット取れたもの。今、飛行機に乗るところ」

「飛行機で北海道まで飛んだって、その先の交通機関がないぞ」

「ちゃんと行けます。調べたから大丈夫」

「行ってどうする。雪だらけの僻地《へきち》、たぶん陸の孤島だぞ。様子からして行方不明じゃなくて、あの夫婦、ちょっと宣教に出かけているだけかもしれない。すぐ戻ってくるだろう。その方が危険だ。何しろおかしな宗教に取り憑《つ》かれている」

「でも愛ちゃんは……」

「必死で行ったんだろうな、親を心配して。かわいそうに。まったくあの夫婦も」と舌打ちを一つして続けた。

「とにかくおまえは行くな。面倒くさいことになる。愛ちゃんもそうだが、おまえみたいなのも簡単に洗脳される」

「私をばかだと思ってるの」と通話終了ボタンをタップしたところに搭乗アナウンスが入った。

家を出る前、美都子は和宏の書斎に置かれたデスクトップを勝手に立ち上げ「新小牛田町」へのアクセスをあらかじめ調べていた。

大縮尺の地図を見た限り、そこは北の果てでも東の果てでもない、旭川や札幌《さっぽろ》からそう遠くない日本海沿岸の町に思えた。

旅行で二、三度、札幌や小樽《おたる》を訪ねたきりなので、美都子は本州の県が四つか五つは入る広大な北海道の距離感を測り損ねていたのだ。

コンピュータに表示された乗り換え案内で、地図上ではわずかに見える距離を行くのに、四、五時間かかることに首を傾げながら、必要ならタクシーを使えばいい、と楽観したまま、その日の昼過ぎに羽田から飛行機に乗った。

午後の三時頃に旭川空港に到着し、そこから四十分あまりかけてバスで旭川駅に向かう。空港を出たときには気づかなかったが、駅前でバスを降りると内陸独特の密度の高い寒気がダウンコートを通して皮膚の上までしみてくる。

旭川駅では十数分後に到着する特急に乗れることになっているが、その先の乗り換えで一時間以上待つ。乗換駅から高速バスも出ているが、新小牛田町までかなりの遠回りになり時間がかかる。

少し迷ったが寒さに追われるように、ホームに滑り込んできた特急に乗った。その先はタクシーを使うつもりだった。

ほっとする間もなく乗換駅に着き、駅前でタクシーを捕まえ新小牛田町までの料金を尋ねると高速料金を含め三万円を超えることがわかった。

さすがに諦《あきら》め、構内の土産物屋を兼ねたカフェで時間を潰《つぶ》し、到着したディーゼルの列車に乗り込んだ。冬場でもあり陽はとうに没し、車窓の向こうは、ぼんやり白く明るんだ雪原がどこまでも続いている。一時間ほどで終点の駅に着いたが、その先の路線バスは、最終便が行ってしまった後だ。

だがそこからならタクシーを使っても新小牛田までそう遠くはない。あらかじめ調べておいたタクシー会社の番号に携帯から電話をかける。

車が出払っているのでしばらく待ってほしいと素っ気ない言葉が返ってきた。タクシーなど町中で拾える、町を流していなければ携帯で呼べばいい。そんな都会の感覚がここでは通用しないことを思い知らされた。

ストーブの焚《た》かれた待合室で三十分ほど待っているとようやくタクシーが一台、凍った雪を踏んで駅前ロータリーに滑り込んできた。

走り出してすぐに市街地を外れ、あたりは建物もまばらな白一色の原野の風景となった。

梱原夫婦がこんなところに引っ越してきた、というのは、昨年からの心境の変化を思えば納得がいく。だが愛子がこんな原野の彼方《かなた》にある荒涼とした漁師町の一軒家で、行方のわからない両親を一人で待っているのかと思えば、その心細さ、不安な思いが胸を圧し、とにかく一刻も早く辿《たど》り着き、力になってやりたいと、気ばかりが急《せ》く。

「空港着いたよ。これからバスでそっち行くね」と、ことさら能天気な文面でショートメッセージを打ってからもう四時間が経った。

「ありがとうございます。すごくうれしいです」とハートを飛ばした、これまた存外に明るい返信があったが、その心中は想像がつく。

「十八時半到着のバスですか？　バス停で待ってます」とメールにあったので、「路線バスの到着時刻は当てにならないので、着いたら電話するからお家で待っててね」と返信した。だが路線バスの最終には間に合わず、タクシーに乗っている。

三十分ほどした頃、周辺にまばらな灯《あか》りが見え始めた。その先は夜の雪原に慣れた目には異様に深い闇が広がっている。

「お客さん、日本海ですよ」

冬の日本海としてイメージされる荒れ狂う海ではない。降りしきる粉雪の向こうにどこまでも続く漆黒の闇があるだけだ。

やがて光に満たされた水面《みなも》が見え始め、そこが港であることを知る。

「漁港です。何も無いとこですよ、ここは」

ドライバーが憂鬱《ゆううつ》な口調でまもなく新小牛田に到着すると告げる。

車は海から離れ、坂道を上り始める。幹線道路沿いに開けた町には小さなスーパーマーケットや雑貨屋、食堂やスナックなどの看板も見えた。

水墨画のような風景の山の中でもなければ、夫が言うような「周りは牧場ばかり」の内陸の平地でもない。愛子が電話で言ったとおりの「ただの漁師町」だ。何を目的に清花たち夫婦がここに来たのかわからない。

「もう町中入ってますけど、どのへんですかね」

そう尋ねられて、美都子は手紙にあった住所を告げるが運転手は首を傾げている。とりあえず路線バスターミナルまで行ってもらう。

料金を払って降りようとしたとき、オフホワイトのダウンジャケットを着た若い女が駆け寄ってきた。

「松浦さん、会えてうれしい」

金沢に居た頃に比べ、ずいぶんふっくらした愛子が、頬を真っ赤にして自然な動作でハグしてきた。

「待ってたの？　一時間も」

「うん。バスに間に合わなくても、タクシーでここまで来ると思ったから」

「ごめん」

いじらしさに涙が出そうになった。

「ううん」

屈託の無い笑顔で愛子は首を振る。

「とにかく元気そうでよかったわ」

「元気そうに見えるでしょ」と笑う。

「あっちいって十キロ太っちゃって」

歩きながらアメリカの食事がどんなものか、という話をいかにも楽しそうにしゃべり始める。バケツサイズのコーラ、学食のマカロニチーズ、友達と入るカフェの名物、シナボン。もっと肝心な話があるはずなのだが、止まらない。途方に暮れ、不安に苛《さいな》まれていたところに母の旧知の友が現れ、普通なら泣きじゃくる気分なのが感情の針が振り切れてしまい、逆にはしゃいでいる。

夫妻の住んでいた家はバス停から歩いて数分のところにあった。幹線道路から山側に上った住宅地の外れだ。

プレハブの物置のような家、というのが最初の印象だった。格別古くはないが、新築でもない。平らな屋根の、玄関に雪囲いがある他はベランダや出窓のような凹凸がまったくない小さな平屋だ。

周辺の民家から頭一つ高い印象があるのは、背後の丘陵地から張りだした岩棚の部分に建っているからだ。

「借家なんです。住んでいた人は亡くなっていて、息子さんが東京にいて、空き家になったんで人に貸しているって……」

玄関を入り、愛子が説明する。

フローリングの狭いダイニングはきれいに片付いている、というより何もない。

その隣は和室で、夫妻はそこに布団を敷いて寝ていたようだ。

パソコン、テレビはもちろんのこと、本棚の類いもない。

あるのはダイニングテーブルと木製の椅子が二脚だけで、椅子には手作りの座布団がくくりつけてある。清花が作ったものだと一目でわかる針目の揃った、古布ではあっても配色の美しい、汚れ一つ、染み一つついていない座布団だった。

電子レンジも炊飯器もない。小さな食器棚に数枚の平皿と深皿、椀《わん》や箸《はし》の類いが二組。米はそこにある厚手のアルミ鍋で炊いていたらしい。

人の住む家ではないと、美都子には感じられた。信州の家にあった、ミニマリスト然としたこだわりのようなものさえない。必要最低限の食住を維持するためだけの家。

二人はここを死に向かう通過点と定めていたのではないか。自殺者たちがこの世の名残りにと豪華なホテルや高級旅館での滞在を選ぶように、夫妻はここで死への決意を静かに固めていったのではないか。来る途中にタクシーの車窓から眺めた暗い海の様を想起し、美都子の背筋は冷たくなった。

愛子の視線がこちらに注がれているのに気づいた。

「あ、夕飯はまだよね」と殺風景な台所を見回す。

バッグの中からジップロック入りのおかずを取り出した。台所のストッカーの中に米が多少残っているが炊飯器はない。鍋で米を炊く自信は美都子にはない。

「とりあえず、今夜は外で食べようか」

ここに来るまでは、外食する場所などない寒村だと思っていたが、先ほど見た限りでは飲食店の看板がいくつかあった。

荷物を置き、愛子と二人再び外に出る。

空港や途中駅はかなり寒く、雪も深かったが、海辺のせいかこちらはそれほど雪がない。降りしきっていた雪もさいわい、今はやんでいる。

小さなスーパーマーケットやラーメン屋、定食屋の類いはすでに閉まっており、コンビニも見つからない。しかし幹線道路の一本裏に入ると、あまり清潔そうではない居酒屋が看板を出していた。

り だ。

躊躇《ちゅうちょ》しながら引き戸を開けると、狭い店内の小上がりやカウンターにいるのは男ばかりだ。

立ちすくんでいるとエプロン姿の女将《おかみ》が不審そうな視線を向けてきた。

ストーブのついた店内は、顔がかっと火照ってくるほど暑く、男たちのがなり声と酒の匂い、たばこの煙が充満している。

「すみません、おにぎりか何かとおかずをテイクアウトできますか？　さっき、ここに着いたんだけど、お夕飯食べてなくて」

「できますけど」

愛想もなく女将が応じると、「そこ、座ってて」と出入り口に一番近いカウンター席を顎《あご》で指す。

「お客さんたち、どっから？」

「東京です」

見回したところ観光客らしき姿はなく、女性客もいない。場違いなところに飛び込んでしまったと、後悔していた。

「どこ、泊まってるの？」

漬け物を切りながら女将が尋ねる。

「実家です。両親が引っ越してきたので」と愛子が答える。

「引っ越してきた？　もしかしてここの上の家？」

年配の女将の眉《まゆ》が微妙に動いた。

「あ、はい、たぶんそこの家です」

「きのう、おまわりさんが来てた？」

狭い町のことで小さな「事件」がたちまちニュースになるらしい。

「ええ。私が来てみたら二人ともいなくて、家、鍵がかかっているし連絡も取れないんで、何かあったんじゃないかと思って駐在所に行ったんです」

「ああ……そう」

他の客の注文に応じながら女将は忙《せわ》しなく返事をする。

「あの」

冷蔵庫からビールを取り出している女将の背中に向かい愛子が呼びかける。

「何か知りませんか、うちの親、栂原っていうんですが、上の家に住んでいたことはご存じだったんですよね」

「こんな町でも引っ越してくる人はいるからね。あの借家もしばらく人が入っていたかと思うと、いつの間にか空き家になってて、また少しすると別の人が入ってるから、私らそんなものだと思ってるけど」

「住人がよく替わるんですか？　どういうことなんですか」

「さあ……越してきても別に近所に挨拶回りに来るわけでもないし。大方、季節が悪くなったんで出て行ったか、それとも借金取りから逃げ回っているんじゃないかと思うくらいで」

「先生の家だろ」

そのときカウンターの酔客の一人が話に割り込んできた。

「ええ、そうみたいね」と女将がその客に対しては愛想良く応じた。

「先生と呼ばれていたんですか」

美都子が尋ねると客は「そうよ、郷土資料館の先生だよ」と答える。

亮介がボランティア活動をしていた郷土資料館は、ここから路線バスで数キロ行ったところにあるらしい。

「ここにはよく来てたよな」と酔客は女将に向かい話しかける。

「ここんとこしばらく顔見てなかったけど」と言いかけたまま、女将は再びこちらに背を向け、冷蔵庫からタッパーを取り出し、何かを盛りつけている。

「あの……どんな感じでしたか、父は」

愛子は女将に問いかけるが、「どんなって、ちょっとビールを飲んで長居せずに帰っていったけど」と素っ気ない答えが返ってきた。面倒な余所者《よそもの》には関わりたくない、とその背中が語っている。

「最後に父が来たのはいつですか」

「さあ……いつだったか」

鍋の中の揚げ物の様子を見ながら女将は答える。取り付く島もない。

やがておにぎりと唐揚げの入ったパックを二つカウンターに置くと、女将は「千円でいいよ」とにこりともせずに告げ、追い払うように入口の引き戸を開けた。

桐原夫妻の住んでいた家に戻りストーブに火をつけて気づいた。外に灯油タンクが置かれているが、残りがわずかだ。ほとんど灯油を使い切ったまま、ということは、やはり夫妻は、ちょっと出かけたのではなく、ここを去るつもりだったのだろうか。

「大家さんには連絡した？」と尋ねると愛子は首を横に振った。

「でも東京の人らしいです。どこにいるのかわからない」

少なくとも家賃は払っていたのだろうから、大家に当たれば状況がわかるかもしれない。

明日、町役場に行ってみることにして、がらんとしたダイニングテーブルで居酒屋で作ってもらったおにぎりと唐揚げ、東京の自宅から持って来たパプリカとニンジンの炒《いた》め煮やカリフラワーの甘酢漬けで遅い夕飯にする。

石油ストーブがついているから室温は決して低くないが、寒々しい。

カーペットのない床、古びた無地のカーテン、テーブルクロスもランチョンマットもなく、天板のニスのはげかけたテーブルに直《じか》置きされた皿などが、人が住む家のぬくもりを感じさせないからだ。

「信州になんか、引っ越さなければよかったんですよ」

おにぎりを一つ食べると、少し落ち着いた様子で愛子はぽつりと言った。

「景色や自然はきれいだけど、ああいう場所って、近所の人との関係がいろいろ面倒じゃないですか」

「近所といってもあそこは……」

幾度か遊びに行った信州の家は、地元の人々の集落から隔たった場所にあった。

ログハウスや煉瓦《れんが》の煙突のある家、広いテラスを備えた家、と一目で別荘か、都会からの移住者の住まいとわかる家々が、彼らが耕す庭園代わりの小さな畑を挟んで集まっていた。

どこの家にもランドクルーザーやジープなどの高額なアウトドア用の車が置かれ、集落内にはしゃれたカフェや工房などもあって、そうした建物の壁には、集会やコンサート、フリーマーケットや自然食品の宅配などのお知らせや広告が貼られていて、小さなコミュニティの独特の空気を醸し出していた。

そうした空気を当初、両親は楽しんでいたのだ、と愛子は言う。幾度か遊びにいった美都子たち夫婦も同様に楽しんでいた。

だが都会から来た裕福で教育水準の高い人々の集まる高原の村の雰囲気が、しばらく経つと清花の鼻についてきたようだ。電話で愛子にぽつりと漏らしたらしい。

「何か嘘臭い感じがするのよね」と。かといって堅実だが余所者に不審の目を向け、用水池の鯉も山野草も単に食べ物と見なす地元の人々のセンスに、都会からの移住者は馴《な》染《じ》めない。

「嘘臭いといったら、みんな嘘臭いよね」

美都子は自分の生活を振り返る。

嘘臭いのは、豊かな収入に守られた自然志向の生活と農業ごっこだけではない。ブランド服にも、高級ホテルのエステサロンにも、街中のフレンチの名店にも、貧しく過酷な舞台裏がある。そんなものは無いことにして一時の夢に酔えるから、苦労はあっても華々しいことなど滅多に起こらない普通の人生を人は何十年も生きられる。

だが清花は違った。出会ったときから彼女は虚飾を嫌い、本当のものを求めていたような気がする。そうでありながら自分の現実や周囲の人々と柔らかく融和していた。だから彼女のことを好きだったし、尊敬もしていた。

その清花が「嘘臭い」高原の生活とどこかで決別した。センスの良いカントリーライフの必需品である家具やインテリアを次々に切り離していった。ついには愛犬までも。

昨年の秋に愛子が帰国したときには、犬を手放し、夫妻はがらんとした寒々しい家に住んでいた。

「そんな生活していたからおかしな人にロックオンされちゃったんですよ。もともと母にはそういう傾向があったから、そういう人から仲間と見なされちゃったんだと思います」

「おかしな人?」

地元の人々との交流がないとはいえ、田舎暮らしの常で清花はたびたび近隣の農家に直売野菜などを買いに行っていたのだが、その農家に蘭を栽培している温室があった。

そこでたまたま栽培作業を行っていたパートタイマーの女に出会った。

年齢不詳で化粧気もなく、作業着姿でも存在自体が美しく、上品ぶった言葉や立ち居振る舞いはなくても、育ちの良さを感じさせる人だった、と清花は娘に語ったらしい。

女性は肇子《はつこ》と名乗った。彼女もまた東京からやってきた移住組だが、「嘘臭いカントリーライフ」を楽しむ開発地域ではなく、地元の限界集落の空き家を直して住み、温室作業で生計を立てていた。

それでいてまったく貧しさを感じさせないし、そうしたライフスタイルをアピールする風もない、温室の中の胡蝶蘭《こちょう》ではなく、早春の林床にひっそり花開くシュンランにも似て、目立たないがどこか高貴な感じのする人、と清花は表現したという。

「それで母は、彼女に共感したみたいなんですよ」

「その本物の田舎のライフスタイルに？」

「そんなものじゃないんです」と愛子は頰を膨らませた。

信州に引っ越してしばらくした頃、清花の実母が亡くなり、その葬儀で清花は郷里に帰った。その際、親類や近所の人々との間で何かあったのか、あるいは何事も起きないように細かく気配りし采配《さいはい》を振った結果なのか、ひどく疲れて戻ってきてしばらく起き上がることもできなかったという。そのときにその肇子という女性が黒豆やそのほかの穀物とやはりハーブで作ったお茶を携えて家にやってきて、近親者の死を悼む席で宴会のようなことをするのは無意味であるし、人の魂において、葬儀自体が必要ではないと語ったらしい。

確かに遺族が悲しみに暮れている傍らで、久々に会った親類や級友がグラスを手に盛り上がっている光景は不謹慎と言えないことはないが、それでも日本の葬儀では普通のことで、だれもがその場で浮かないように、同時に不作法な振る舞いのないようにと心がけている。

そう、あくまで礼儀作法が問題なのであって、内面を問うことなどしない。死者を悼んでいるかどうかなどどうでもいいことなのだ。清花と自分たちとの齟齬《そご》はそのあたりに生じたのかもしれない、と美都子は誘いを拒む手紙を読んだときの夫、和宏の反応を思い出した。

「どこまでその女の人に言われたことかはわからないんですが、母は私の友達関係とかに口を出すようになったんです。カレシとかじゃなくて、普通の関係ですよ。それをお世辞を言ったり機嫌を取ったりの言葉はいけないとか、誕生日だのクリスマスだの感謝祭だのと理由をつけてバカ騒ぎするのはいけないとか、そんなことを電話してきたり、お説教の手紙を寄越《よこ》したり。それで母自身は、伯母《おば》の三回忌があるけど行かない、とか。絶対、変でしょ」

「冠婚葬祭をだめといったら、普通のお付き合いができないね」

「私が一番、傷ついたのは」と躊躇しながら愛子は言葉を継いだ。

「帰国した私の顔を見るなり言ったんです。あなた、そういう風に太るってことは、あなたの心の有り様《よう》そのものなのよ、って。そうでなくてさえ気にしているのに。ええ、太ったのは私が悪いんです。わかってます。アメリカの食事といっても意識の高い子たちは太ったりしてないけれど、私は、友達とか、ホストファミリーとか、みんなでわいわい騒ぎながら一緒に食べるの、大好きだし、夜だってみんなが集まれば、フライドチキンとか食べておしゃべりしているし、確かに自制心ないと思う。自分がみっともなくなって帰ってきたのはわかってる……でも」

「みっともなくないよ。とても可愛いと思うけど」

即座に美都子は否定する。

礼儀の範疇ではある。だが太ったといってもアメリカ人の肥満のレベルではない。豊かな胸がセーターを突き上げ、ぴちぴちのデニムの太腿《ふともも》が健康的な、少し太めの魅力的な女の子だ。

「そういうことじゃなくて、おいしいものを食べたいと思うことや友達とわいわいやることと自体がいけないって。そんなのって、人としてちょっとゆがんでると思うし、私、キレたんです、そのとき。ママはママで勝手にやってて、私のことに口出ししないで、って。そのときも信州の家を飛び出して、金沢にいる友達のところに行っちゃったんですよ。だからこんなことになっちゃったのかもしれません」

愛子は両親のいない室内に視線を巡らせ、泣きそうに顔を歪《ゆが》めた。

「愛ちゃんのせいじゃないよ。清花さんには清花さんの考えがあったんだと思うから」

「これ、どう思います？」

食事をして少し落ち着いた様子で、愛子はデイパックから一通の手紙を取り出した。

消印は、昨年の十二月で、ここ新小牛田町で投函《とうかん》されたようだ。愛子のホームステイ先に届いたのはクリスマス前のことだという。その一、二週間前に美都子たちは、招待を断る手紙をもらっている。

「てっきりクリスマスカードかと思ったら……」

中身は絵手紙だ。「メリークリスマス」も「ハッピーホリデー」もない。美都子が驚いたのは、実の娘の生活や健康を気遣う問いかけが一つもないことだった。

「ママはようやく自分の居るべき場所を見つけました。今まで長い間、探していた場所でした。今日、肇子さんに連れて来られて、ああ、やっと戻ってきたんだ、と悟りました。たぶん生まれる前からずっとそこにいて、今回は旅行だけれど近いうちにそこに落ち着くのではないかと思います。これまでの身にまとったいろいろな余計なものがはらりと落ちて、とても爽《さわ》やかな気持ちです」

美都子の見慣れたタッチの絵があった。風雪になぶられる灌木《かんぼく》とごつごつした岩場の風景。絵手紙講座の手本のように完璧《かんぺき》な、けれど様式化された手本と違って、物の本質を単純な筆遣いで直感的に捉えた美しい線だ。

「ママ達が行ったのは入口までです。肇子さんは向こうに行きましたが、ママ達は戻ってきました。まだしばらくやることがあるのでこちらに留《とど》まります。ただたぶん近いうちに信州からは引っ越すことになるでしょう。あなたは来年の夏休みには帰ってくるのでしょう？　新しいお家で迎えられることを楽しみにしています」

「新しい家、ってこれですよ」

泣きそうな口調で言い、愛子は室内を指差す。

「警察に動いてもらった方がいいね、これ」と美都子は絵手紙の文面に再び目を凝らす。

向こうに行く、という言葉を使っているが、つまり肇子という女性は自殺したのかもしれない。そして清花たち夫婦も……。今頃、ここに来ても遅いかもしれない。

友を失う悲しみや喪失感よりも、愛子の心中を思うといてもたってもいられなかった。二十歳も過ぎ、海外経験もある若い女の姿が、美都子の中では金沢の町で自分の手をぎゅっと握って歩いていた、クリーム色のパーカーに身を包んだ中学生に置き換わっている。

清花さん、ひどすぎる、そんなに自分勝手な人とは思わなかった、あなた、母親でしょう、と声にならない声で罵《ののし》っている。

それからふと気づいた。

いったい亮介は何をしていたのか、と。絵手紙には「ママ達」とあり、夫婦で肇子とともにこの場所に来たはずだが、手紙からは亮介の存在がうかがえない。

夫も愛子も、亮介は清花の影響下にあったような言い方をするが、少なくとも愛子に対しては父親としての責任を自覚していたはずだ。

「とにかく寝よう。灯油も少ないことだし」

そう促し、狭い和室に布団を敷く。

布団は二組あった。夫婦のものだ。飾り気はないが量販店にあるような安物ではなく、寝具店で売られている高級品だ。先に来た愛子が、押し入れに収められた布団乾燥機をかけてくれたようで湿り気はない。シーツやカバーは洗濯が行き届き、染みひとつない。

極限まで飾り気を取り去っても、清花は清花だった。きれい好きで几帳面《きちょうめん》な性分というより、どこまでも完璧な主婦なのだ。


翌朝、顔を洗ったところで灯油が尽きた。食べ物もない。おそらくここでもう一泊することはないだろうと愛子と話し、そのまま着替えて家を出る。

そのとき気づいた。

家の裏手に、ブロック積みの壁とトタン屋根の小屋が建っている。壁には幅一メートルほどの出入り口があるだけでドアはない。屋外トイレか何かかと思い、ふと覗《のぞ》き込むと、中で作業ジャンパー姿の男が一人、箒とちりとりで床を掃いている。内部は仕切りも棚も照明器具もない。がらんとした空間になっていて、独特の臭気が鼻をついた。鳩の臭いだ。正確に言うと鳩の糞《ふん》の臭いだ。男が箒で一掃きするとひらひらと鳥の羽根が一枚舞い上がった。

農機具小屋か何かに鳩が棲《す》み着いたのかもしれない。引き返そうとした直前、男が顔を上げた。

「おはようございます」と反射的に挨拶すると、男はぺこりと頭を下げた。

「朝早くからたいへんですね」

「いや、きれいにしとかないと」と男はちりとりの中のものを傍らのビニール袋に落とす。鳩の糞と餌の食べ残しだ。

「ここ、連中の餌場なもので」と男は続けた。

「餌場？」

「いや、奇特な人がいるもので、ここで餌やりを頼まれまして」と男は小屋の外から袋を持ってくると、きれいになったコンクリートの床にその中身を撒《ま》いていく。

豆や乾燥トウモロコシなどの混ざったものだ。

「鳩舎《きゅうしゃ》だったんですか？」と愛子が薄暗い内部に目をやる。

「いや、ただ餌をやってるだけでしょう。私はときどき頼まれて来るんですが。普段はそこの借家人がやってるようです。それで借家人が出て行くとあたしのところに電話が来て、頼む、と」

「ちょっと待って」

美都子は男の言葉を遮った。

「借家人が出て行くって、この前に入っていた人ですが、出て行ったんですか？　転居先とかはわかりますか」

「いや、だから、私は頼まれただけなので、とにかく鳩に餌をやる人間がいなくなると困るからと」

男は、漁船に乗っていて事故にあい、その後遺症で今は働けない状態だという。ある日、大家の知人という人物が電話をかけてきて、鳩舎の掃除と餌やりのアルバイトをしないか、と持ちかけてきたらしい。

「その人に聞けば借家人のことはわかりますよね。電話番号とかわかりますか」

男は肩をすくめた。

「うちの電話にかかってくるだけで、何も。大家も東京にいて家作の管理は不動産屋に任せてるようだし、それでも以前、飼っていた鳩のことだけは気になるんでしょう」

「どこの不動産屋さんが管理しているんですか」

「さあ、私には」

男はこちらに顔を向けることもなく、空になった餌袋を片付けている。

「飼い主ならもう少し可愛がってやればいいのに」と愛子がつぶやいて、鳩舎の中を覗き込む。窓もなければ止まり木もない、ねぐらの棚もない。確かに居心地が悪そうだが、そんなことよりは、野生の鳩の餌やりなど迷惑行為で、それを人を雇ってまで行う人間の気がしれない。通常は借家人が行っていたということは、清花たちもここで餌をやっていたということか。

近隣の住民から苦情が出ないのは、大都市圏にくらべてそうしたことに寛容なのかもしれない。

小屋から離れ港の方に下りていくと、食堂と喫茶店を兼ねたような店が開いていたので、コーヒーとトーストで朝食にする。その店で栂原夫婦のことを尋ねたが、店の者は首を傾げるばかりだ。

食事を終えて幹線道路沿いに開けた町を歩き不動産屋を探した。夫妻の住んでいた借家の持ち主は東京にいるということなので、おそらく賃貸契約については不動産屋に委託しているはずだ。だが町中にそれらしき店はなく、一昨日、愛子が来てもらったという駐在に行き、そのことを尋ねた。

年配の巡査の話によれば、この町に不動産屋はなく、昨夜美都子が列車を降りてタクシーを呼んだ町、北金谷《きたかなや》に一軒だけあり、近郊の物件を紹介していると教えてくれた。

電話帳のページを見せてもらいそこに電話をする。

北金谷の不動産屋では栂原夫妻の借りている貸家の管理は行っていなかったが、一帯の賃貸管理を専門的に扱っている会社が別にあることを教えてくれた。ただし店舗は新小牛田にも北金谷にもないので、旭川近くにあるオフィスに問い合わせるようにと言う。

教えられた社名から番号を調べてかけると、新小牛田近郊の物件を扱っている担当者は不在だった。いったん切って数分後、先方に番号を伝えておいた美都子の携帯に担当者から折り返しの電話があった。

担当者によれば、清花たち夫婦が一年近く住んでいた新小牛田町の家は、東京在住の所有者が両親から相続したもので、管理会社と契約を結んだうえで賃貸に出している物件らしい。清花たちが入居する前にも三ヶ月から半年くらいの短い期間で借家人が入れ替わっていたが、「特に問題は起きていない」と相手は強調した。

どんな人がそこを借りたのか、という美都子の質問には、「申し訳ありませんが、そういうことは私どもはお答えできなくて」という言葉が返ってきたが、栂原夫妻がそこを借りたのは、前の借家人の紹介だったということは話してもらえた。

家賃について尋ねるに当たって、愛子が電話を替わり、自分が娘であることを告げて事情を話すと、担当者はあっさりと教えてくれた。金額は東京に比べてかなり安く、栂原亮介の口座から引き落とされており、賃貸についての解約通知も今のところ受け取っていないと言う。

つまり夫妻は借りていた家をそのままにしている。とすれば小旅行に出かけた、という可能性も否定できない。電話を引いておらず、また二人とも携帯電話を持っていなかったため、突然帰国した娘にとっては、あたかも夫婦が失踪《しっそう》したように見えただけかもしれない。

亮介がボランティアを辞めたのは何か別の理由かもしれないし、灯油や米が残り少なかったのも、なるべく物を持たないという二人のポリシーによるものだったと考えれば辻褄《つじつま》が合う。

駐在所を出た後、亮介がボランティアをしていた郷土資料館へと向かった。町にタクシー会社はなく隣町の北金谷から呼ぶしかない。だが通勤時間帯を中心に、日に八本の路線バスがあった。早朝から動き出したのが幸いし、二十分ほど待っただけで資料館方向に行くバスに乗れた。

市街地を外れると左手に灰色の海と石ころだらけの浜、右手に急峻《きゅうしゅん》な山々を望む荒涼とした景色が広がった。このあたりの山々が真っ白に雪を頂いていないのは、水分の少ないごく軽い雪が、強風によって飛ばされてしまい山肌に貼り付かないから、と昨夜、タクシーのドライバーから聞いた。

海岸に突きだした大きな岩を回り込むと港が現れた。新小牛田町の小さな港に比べても、なお小さく、レジャー施設のヨットハーバー程度の広さだ。

「こんなところに？」

「釣り船が入るんじゃない」

愛子とそんな話をしていると、傍らに座っていた中年の男が「昆布船の船着き場ですよ」と教えてくれた。「遊漁船なんか入ったら怒られますよ」

港周辺に数軒の家が風雪になぶられるように建っている。

道路標識に「雲別《くもべつ》」と集落の名が表記されていた。その集落を通過してまもなく道は上り坂にかかった。新小牛田あたりの平坦《へいたん》な海岸線からは一変し、海中に岩が突き出し、海岸線は急峻な崖《がけ》になり海に垂直に落ち込んでいる。

正面に見るからに新しいトンネルが現れた。そこに入るのかと思っているとバスは山側に折れ、旧道と思《おぼ》しきつづら折りの道を上っていく。

道は荒れ、頭上に迫る山肌に落石防止のネットが張られている。

バスはスピードを落としあえぐようにして十分ほど上っていくと、停車した。

半円形に擁壁を巡らせた折り返し場になっていた。車内に貼られた路線図によれば、ここで折り返したバスは、再び下の道に戻りトンネルを通って東側に開けた町に向かうらしい。

折り返し場の正面に平屋建ての、これといった特徴もない鉄筋の建物があり、それが資料館かと思ったがそうではなく、地域の防災センターだった。

その脇にやはり鉄筋の二階建ての建物があり、「雲別郷土資料館」の看板がかかっている。愛子の父、亮介がボランティアとして通っていた資料館だ。「新小牛田」ではなく「雲別」とここに来る途中の集落の名が記されているのが意外だった。

無人の駐車場を抜け、古びた鉄筋の建物内に入る。冬場でもあり観光客の姿はない。

薄暗い照明が、壁際のキツネやクマの剝製《はくせい》、アイヌの衣装や漁具などを照らし出しているだけで、展示室は閑散としている。奥の部屋に入ると中央に木製のテーブルがあり、図鑑や絵本などが重ねられていた。

無人のカウンターに行きインターホンを鳴らすと、脇にある事務室の扉が開き、六十をとうに過ぎたような男が出てきた。

「ああ、昨日、電話をもらった……」

愛子が名前を告げると相手は愛想良く応じた。

男は新小牛田町役場の嘱託職員だということで、問われるままに亮介について話してくれた。

彼によると亮介は職員ではなくボランティアなので退職の手続きはなく、十二月以降は来られなくなると、本人から直接告げられただけだという。理由はとくに話さなかったらしい。それまでは週四日、こちらに通って来ていたということだ。

「引っ越すとか、どこかに行くとか聞いていませんか？」と美都子が尋ねると、男はそうした話はなかったし、ボランティア登録もそのままだと答えた。

「ここはもともと市の教育施設なんですが、この季節になると観光客はまず来ないですし、近隣の学校の校外学習もないんですよ。それで寒くて通うのも難儀なのでしばらく休まれているんじゃないでしょうかね」

一呼吸置いて男は続けた。

「博学な方ですよね、栂原さんは。大学の先生か何かなさっていたんでしょう」

「ええ、そんなこともしていたようですが」

あいまいな口調で愛子が答える。

「このあたりの歴史や民俗、動植物なんかについては地元の私らよりよほど詳しかったですよ。ボランティアの方にはもっぱら校外学習の小学生や観光客の相手なんかしてもらうものなのですが、桐原さんにはバックヤードの資料整理も手伝ってもらっていました。温厚で謙虚で、人間、偉くなるほどああなるのかと、あたしなんか感心して見ていたものですよ」

それ以上のこと、亮介の家庭や消える以前の心境などについて、男の口から聞くことはできなかった。

礼を述べて展示室に戻ると、愛子が吸い寄せられるように展示ケースに近づいて行き、覗き込んだ。

「きれい……」

淡い緑の地味な色彩にもかかわらず、肉厚の花びらに存在感の漂うオオウバユリ、鮮やかな紫色のトリカブト、それに格別珍しくもないヨモギ、他に名前も知らない雑草の類いが、生き生きとした姿を保ったまま透明なレジンに閉じ込められている。

トゥレプ、スルク、ノヤ、と聞いたこともない名前が表記されている。

「アイヌ語の名称ですよ」

先ほどの職員が背後で説明した。

「アイヌコタンの周りに生えていた草ですか？」

愛子が尋ねると、男はうなずいた。

レジンで保存した標本の他に、ガラス瓶には茶色く干からびた草や木の実が入っている。

アイヌの人々が病気や怪我の治療、魔除《まよ》け、儀礼などに用いた生薬の類いだという。

「これって松ぼっくりですか」と愛子が指差す。本州のものに比べてずいぶん小さい。

「ハイマツの実ですよ。ここのバスの折り返し場の向こうは岬に続いているんですが、ハイマツがたくさん生えてましてね。本州じゃ高山にしかないでしょう。こっちだって普通、標高七百メートルくらいのところに生えるんですが、海風の具合と土壌の関係なんでしょうね、ここ、せいぜい標高二百メートルくらいしかない岬に生える。それでカムイヌフ岬、ヌフって、フップというハイマツのアイヌ語がなまったものでしょうけれど、そう呼ばれていますね」

格別植物に興味はなく、観光に来たわけでもない美都子は職員の説明を聞き流しながらバスの到着時刻を確認する。先ほどのバスがトンネルをぬけて終点までいってここに引き返してくるまで、あと三十分はある。

ゆっくり出口に向かう。

「あれもアイヌの衣装なんですか?」と愛子が民族衣装のケースを指差す。

裾《すそ》文様の刺繡されたアイヌの衣服の隣にモンゴル風の立ち襟の長衣や毛皮などが展示されている。

「アイヌって言っても、何かこのへんのアイヌの人たちは、白老《しらおい》とか阿寒《あかん》にある集落の人たちとちょっと違っていたようですね。顔立ちも扁平《へんぺい》だし、髭《ひげ》もそんなにないし、和人と見分けがつかなかったらしいです」

「本州から来た人たちと結婚したりして特徴が薄れてしまったんでしょうか」

愛子が尋ねると職員は「そうなんでしょうね」とうなずく。

「コタンなどはこのあたりにもあるんですか」

美都子が質問すると男は首を振った。

「もうありません。それこそ新小牛田だの、北金谷だのって地名が残っている通り、明治以降入植者がたくさん入ってきましたから、同化してしまったんでしょうね」

入植者たちは昆布や魚を捕り加工し、その一方で山と海に挟まれた狭い耕地で薬用植物を栽培するという半農半漁の苦しい生活を送ってきたのだと言う。

「薬用植物というと、その、アイヌの方々から教わって」と愛子が尋ねると「まさか」と職員は笑った。

「内地の人たちはアイヌからモノを教わったりしませんよ。ハッカとかチョウセンニンジンとか、主に信州から種や苗を持ち込んだようですね」

それからふと視線を泳がせる。

「そういえば戦後間もなく、どこかの偉い薬学の先生が薬草の話を聞くためにアイヌコタンに出入りしていたとかいう話を読んだな……。民俗学者が書いた本だったかなんだったか……」

職員は受付に貼ってあるバスの時刻表を見た。

「あと十分くらいで来ますが、寒いですからここで待っていた方がいいですよ」とロビーのベンチを指差した。

「あのバスの折り返し場の向こうが、そのハイマツの岬なんですか」

思い出したように愛子が尋ねる。

「ええ、カムイヌフ岬。夏場はときおりライダーが来ますが、ここまでですね。岬は人が入れるところじゃないので」

「珍しい植生を保護するために？」

「いやいや」と職員は首を振った。

「だから人が入れるところじゃないんですよ。だいいち道が無い」

「登山道みたいなのも？」

「藪《やぶ》です、藪っていうか、岩とハイマツの。バスを降りて車止めの向こうの擁壁をよじ登ったとたんにブユだの蚊だのの大群が襲ってきますよ。ハイマツの脂《やに》で手だの服だのがべたべたになります。岩といっても溶岩だからうっかりすると下の穴に落ちる。上はハイマツが茂っていて見えませんから、天然の落とし穴です。そのうえヒグマがうろうろするんで危なくてしかたない。ついこの春も、物見遊山で入った観光客がやられましてね。何とか自力で逃げてきたようですが、いや、顔をね、熊の前脚で削り取られたか食われたか……。治ったところでノッペラボーじゃ、助けることが良いんだか悪いんだか。救急車が来て運んでいったけれど、たぶんだめだったでしょうね」

美都子は身震いした。

「以前に東京の大学の探検部が入りましたが、冬場ですよ。冬ならヒグマは冬眠しているしハイマツも岩も雪を被って歩きやすいので。ただし天候が変わりやすくて、ちょっと行ったところで戻ってきましたね。岬全体が海に突き出た岩の塊みたいなものですからそこに雪交じりの突風が吹けば、ヘタすれば転落して百メートル下の海にドボンですよ」

「大学の探検部も入れないなんて、そんな前人未踏の地、みたいなところが国内にもあるんですね」と愛子が感心していると男は苦笑した。

「いやいや、そんな大げさなものじゃないですけどね。このあたりの自然は内地の里山なんかと違って人の手が入ってないですから、道が無いところにはとてもじゃないけど入っていかれません。もっとも戦時中は、岬の突端まで道が通じていたらしいですが。陸軍の秘密工場があったって噂もありますね」

「秘密工場？」

「毒ガス兵器を作っていたとか、いや生物兵器だとか。私ら子供の時分には、そんなことを言う年寄りがいました。何しろ当時の日本地図にあの岬はのってなかったそうで」

「地図にない岬？」

「要するに国際条約で禁止されたものを作っているんで、旧陸軍が隠していたと……。

近所の年寄りが言ってるのを一度だけ聞いたことがあります。終戦間際に、昆布漁に出ていたら岬の真ん中あたりでもくもく煙が上がって、突端から軍人やら技師やらが小舟に乗って逃げ出していったそうで。何かヤバいものを作っていたところが、それっ敗戦だ、っていうんで軍が爆破して証拠を消して逃げ出したんだろう、みたいな話をそのじいさんがしゃべってましたね。朝鮮人なんかが徴用されていて置き去りにされてみんな毒ガスで死んでしまったんじゃないか、と」

「それってひどい話じゃないですか」

愛子が言うと「実際のところはわかりませんがね」と職員は肩をすくめた。

「後でお袋に怒られました。あのじいさんは、戦時中にストに関わって憲兵に捕まって、拷問されたせいで頭がおかしくなって戻ってきたんだから、相手にするんじゃないと。だいいちあのどこもかしこも崖っぷちの岬のどこに工場が造れるんだ、と。言われてみればそうですよね。ただ何となく薄気味悪い話なんで、昆布漁の船もあの岬付近には近寄りませんね」

そんなことを話しているうちに、バスのエンジンの音が近づいてきた。

職員に礼を言って、美都子達は暖房の効いた郷土資料館を後にする。

車内に入ったとたんに、夫から電話がかかってきた。

「今、バスの中だから、メールで」とささやくと、「面倒臭い。今、そっちに向かっているので着いたら電話する」と言うなり切られた。

「こっちに来るって……？」

なぜ夫まで、と驚いたが、愛子はただただ「ごめんなさい、私のために」と謝っている。今日のうちに新小牛田町を出て、愛子を連れて東京の家に戻るつもりだったのだが、夫がこれから来るのでは待つしかない。

バスを降りてこちらから電話をかけ直したが、運転中というメッセージが流れるだけだ。

とりあえず灯油を注文したり、食料品を買ったりしているうちに夫から電話がかかってきた。新小牛田町に着いたという。朝一番の飛行機で東京を発《た》ち、旭川空港からレンタカーを飛ばして来たらしい。

和宏とは港近くの食堂の駐車場で落ち合い、三人で遅い昼食にした。

「まったく危なくてしかたない。君が来たって何ができる？」

顔を見るなり和宏が言った。子供がいないこともあり美都子は四十を過ぎてもいつも子供扱いされる。いちいち抗議してもしかたないので、美都子の方も言われるに任せている。

「それより、あなた、会社の方はどうしたのよ」

「そんなもの五島《ごとう》の年寄りを一人殺したからいい」

和宏は長崎県の出身で本家は離島にある。そこで親類の葬式がある、と嘘をついて、有給休暇を取ってきたのだという。

いたたまれないように愛子が肩をすぼめた。

「それより愛ちゃん、わかってることを話してよ」

せっかちな口調で和宏は愛子に向き直った。

美都子に話したのと同様のことを愛子は話し、母親から送られてきた絵手紙を和宏にも見せた。

「ママはようやく自分の居るべき場所を見つけました。今まで長い間、探していた場所でした。今日、肇子さんに連れて来られて、ああ、やっと戻ってきたんだ、と悟りました。たぶん生まれる前からずっとそこにいて、今回は旅行だけれど近いうちにそこに落ち着くのではないかと思います。これまでの身にまとったいろいろな余計なものがはらりと落ちて、とても爽やかな気持ちです」

「ほら見ろ」

カードから視線を上げるなり、和宏は美都子に言った。

「やっぱり宗教だ。清花さん、この肇子という女に折伏《しゃくぶく》だか洗脳だかされたんだ。しかしまったく亮ちゃんも女房一人抑えられなかったのか」

愛子が何か物言いたげに唇を動かしたが、結局一言も発しなかった。わかってはいても自分の両親について他人にこんな風に言われたくはない。夫の無神経さに美都子はひやりとする。

「で、立ち入ったことを聞いて悪いけど」と前置きして、和宏は愛子に夫婦の資産や預金について尋ねた。

愛子は、そうしたことはよく分からないが、学費や生活費については、月々自分の口座に振り込まれていると答えた。

「家にカードや証書類は？」

「そのままあったと思う……」

「もう一度確認だ」

夫は腰を浮かせたまま、目の前の定食を忙しなくかっ込む。グルメを自称する食い意地の張った夫は、どんなときでも、食事を中断して席を立つことはない。

「おそらく二人で教団施設に入ったんだ、全財産を寄進させられるぞ」

もぐもぐと咀嚼《そしやく》しながら夫はコートの袖《そで》に腕を通し、駐車場に向かう。

「最悪、この町全体がへんな宗教団体の牙城《がじよう》になっているかもしれない」

「いくらなんでも……」

助手席に乗り込み、美都子は半信半疑で反論する。

「で、愛ちゃんは我々と一緒に東京に帰って、しばらくうちに泊まれ。後は丹波の親類のとこに行くか、どうするかはゆっくり考えればいいから」

「いえ、しばらくこっちで両親を捜してみますから」

夫が何か説教しかけたところで、梱原夫妻の家に着いた。

愛子が寝室に置かれたレターケースを開ける。梱原清花名義のカードと預かり証、印鑑の類いが無造作に入れられていたが、亮介名義のカードはない。

即座に夫は、愛子に栂原夫妻が口座を開設した銀行の支店に電話をかけさせた。事情を告げ、何か動きがなかったかどうか確認させようとしたが、銀行側は顧客のプライバシーに関わることなので、電話口では一切答えられないと言う。

和宏が代わり、再度事情を話し、実子の愛子には教えてやって欲しいと頼んだが、窓口に来て所定の手続きをしてもらわないことには、電話口では何も教えられないと言う。

諦めていったん電話を切り、「頼みは警察だ」と再び車に戻る。

その際、愛子に印鑑や証書の類いをすべて身につけるように指示した。

昨日、鍵を壊して中に入ったので、今は間に合わせの南京錠しかついていないからだ。

幹線道路沿いにある駐在所に行き、夫妻の家の鍵を開けてもらった警察官に、愛子から聞いた話も含め、和宏からあらためて話す。夫妻が行方不明になったことについて、背後にカルト教団のようなものが存在する危険性を説明し、夫妻の生命だけでなく、財産の保全についても相談する。

だが巡査の言葉によれば、この町には特定のカルト教団のようなものの施設はなく、またそうした宗教の信者達が町に出入りしている様子もない。事件を起こしたという事実もないということだった。

家が荒らされた様子も争った跡もなく、証書やカードなどの貴重品もそのまま残されており、書き置きの類いもない。

電話を引いていない、携帯電話も持っていない夫妻が海外にいる娘と連絡が取れなかったというだけで、犯罪に巻き込まれたり、あるいは自殺したとは考えにくく、捜査の対象にはならない。長期間、家を空けていた様子もないので、単なる旅行かもしれず、せいぜいが家出人の扱いだと巡査は言う。

とはいえ捜索願は受理してあるので、もしカードを携帯している栂原亮介がどこかの銀行でそれを使ったり、あるいは夫妻名義の預金が引き出されたりした場合には、銀行から警察に連絡が入るらしい。

「消息がわかるとすればその段階か」

和宏は渋面を隠さず、形ばかりの礼の言葉を口にして、駐在所を出た。

「頼りにならんのはわかっているが警察頼みだな」と言いながら、次は北金谷にある警察署まで足を延ばそうとしたが、冬の陽はすでに没しており、慣れない雪道を運転して隣町まで行くのも危険だ。諦めて翌日回しにすることにした。

「今日はまだ金曜日だ。日曜日の夕方まで滞在するとして、あと二日あれば何とかなるだろう。ついでに北の海のうまいものでも食おう」

気を取り直したように夫が屈託の無い口調で言う。

その夜は栂原夫妻の家に和宏までが泊まるのは遠慮し、彼一人は栂原家からほど近い町内の民宿旅館に宿を取り、夕食は三人でそこで食べた。

海の幸に舌鼓を打ちながらも、和宏は珍しく瓶ビールの中瓶一本しか口にしなかった。

愛子の話を聞きながら、和宏は大学のホームページ上で注意が促されていたカルト宗教の名前をいくつか挙げた。

「葬式も誕生日もクリスマスもやるな、酒飲んで騒ぐな、っていうのは、要するに人を孤立させてカルトの中に囲い込もうって戦略なんだ。だがやつらが表立って主張するのは、嘘つくな、乱痴気騒ぎをするな、子供はちゃんと躾《しつ》けろ、みたいなまともな内容だ。信者の方は、そんな触れ込みで集まってくる連中だから、付き合ってみればけっこう親切で人品骨柄卑しからざる人物が多い。それで元々人付き合いや親戚《しんせき》付き合いの苦手な連中や、うまくやりすぎて疲れてしまったやつが、ふらふらと引っかかる。人間は自分を肯定してくれるものに弱い。あんたが正しい、世間がおかしい、と言われりゃその気になるものだ」

愛子はうなずく。

「お母さん、人付き合いはうまかったけれど、そのことが自分で嫌だったんですよね。そんなのは本当の人と人との交わりじゃないって、よく言っていましたから」

「母」ではなく、「お母さん」という言葉を使った愛子が、いたいけな子供に見えた。

自分と清花の関係は、人付き合いの範疇なのか、それとも本当の人と人との交わりに近いものだったのか、と美都子は金沢で彼女と過ごした日々を思い出す。

夫の親族や自分の親類、隣近所、スポーツジムで親しくなった主婦達。形式的な付き合いだからといって、それらの交流を否定する気にはなれない。そもそも何が形式で何が内実かといったことも定かではない。そんなことなど考えもせずに、なるべくトラブルにならないように人と付き合ってきた。意識したとたんに良心の泥沼に足を取られそうになるからだ。だからそれをきちんと考える清花の誠実さを尊敬したのだ。

食事を済ませ、美都子と愛子は民宿旅館を後にした。

夫から携帯に電話がかかってきたのは、それから一時間ほどした頃だ。

「ちょっと出てこないか？」

酔っている。背後に別の酔っ払いのだみ声が入っている。

「いったい何？」

「ま、いいから。愛ちゃんは置いて、おまえ一人で出てこい」

「何、言ってるの。この寒いのに」

現金が財布にほとんどなく、入った店でカードが使えないから、金を持ってきてくれと言う。

「なんて馬鹿な人なの」

夕食時にあまり飲んでいなかったのは、地元の店で飲み直すためだったのだ。

呆れながらコートを羽織り、凍った道を町に向かった。愛子も付いてきた。

「福屋《ふくや》」というその店が、前夜、無愛想な女将におにぎりと唐揚げを作ってもらった店だというのは、のれんの前まで来てようやく気づいた。

昨夜とは別人のような愛嬌《あいきょう》のある笑顔を夫に向けた女将と、これまた満面に笑みを浮かべた夫が何やらしゃべっていた。

「おっ」

和宏はこちらを振り返ると片手を挙げ、愛子の姿を見つけ、小さく眉をひそめた。

「一人で来いって言ったろ」

叱責するようにささやく。

「先生、口説いてたわよ、そこの席で塩辛で一杯やりながら」

女将が話を続けていた。

亮介のことだ。

「あれは先週だったかね、真っ青な顔で町の中を歩いていた姿を見たってお客さんがいてね。ふらふらしてて足元は危なっかしいし、病気かと心配したらしいけど、その後、姿を見ないので、どっか入院したか、もう少し暖かいところに療養にでも出かけたかって話していたんだけど」

昨夜、女将はそんなことは話してくれなかった。

「病気、ですか」

愛子が鋭い口調で問い返す。

「まあ、そんな風に見えたって話」

素っ気なく女将が答える。

「一人で歩いていたんですか、奥さんと一緒じゃなくて」と和宏が尋ねる。

「さあ、奥さんの話は出なかったから」

「珍しいな、うちと違ってあいつんとこはいつも二人一緒なんだけど」

「あれだけの美人ならねえ。一度だけここに連れてきたけど、雪の精みたいな、そりゃ上品な人で。だから先生はアッコちゃんみたいなお気楽な女を相手に一息つきたかったんじゃないの？」

愛子と美都子は同時に息を呑《の》む。二人が来るまで女将と和宏はその女性の話をしていたのだ。

「で、何よ、デキてたと思う？　ママから見てさ」

赤い顔をした夫が下卑た口調で話の先を促す。とっさに愛子の耳をふさぎたかったが、愛子は唇を引き結んだまま女将の顔を食い入るように見つめている。

「ないない」と女将は片手で払うような仕草をして笑う。

「このカウンター越しに『温泉いこか、アッコちゃん』『うん、いこいこ』なんてやってたけど、冗談よ。明るくて働き者のいい子なんだけど、けっこう苦労してんのよ。もともと札幌なんだけど、パチンコ狂いの旦那から子供連れて逃げてきてさ。……もうここには来ないわよ。この先の『みっちゃん』ってスナックにいるんだけど、ちょっと人が足りなかったときに、拝み倒して夕方から開店準備を手伝ってもらっていたのよ。あたしはもっといて欲しかったけど、二軒掛け持ちで一晩中働くのはさすがに辛いって言うからしかたないわ」

和宏は美都子たちに目配せして立ち上がる。財布から現金を取り出して支払った。金は持っていた。美都子に女将の話を聞かせたかっただけらしい。

民宿旅館で食事を終えた美都子と愛子を帰した後、和宏は一人で居酒屋やスナックを梯子《はしご》して亮介について聞いて回っていたのだと言う。そうして亮介の行きつけの店を見つけた。

「ひどいわね、あの女将さん、私や愛ちゃんには何も話してくれなかったのよ。確かに女の人のことは聞かせられないだろうけど、病気みたいに見えたとか、そんな話はちゃんとして欲しかったな」

歩きながらそんな憤懣《ふんまん》を口にした。

「君たちの聞き方が悪かったんだよ。ちゃんとカウンターに腰、落ち着けて、お銚子空けながら世間話でもしていれば、向こうだってするっと話してくれるものさ」

「でも、女の人がいた、なんて信じられない」

和宏は肩をすくめた。

「ご立派な女房は母親みたいなものだ。男は言いなりになるんだけど、成長すればどこかで反抗期を迎える。というか」と愛子が離れたことを確認し、小さな声で耳打ちした。

「ありゃ、息が詰まるだろ」

清花のような妻を持った男は幸せに違いない、と素朴に信じていた美都子は男女の感覚の違いに驚かされる。

そういえば、と以前、まだ金沢に住んでいた頃、夫が清花についてぽつりと漏らした言葉を思い出した。

「なんであんなに偉そうなんだ」

美都子にしてみれば、何でもできるし、何をさせても上手いのにまったく偉ぶらない人、という印象だったので、夫の正反対な印象が理解できず、清花がときおり見せる毅《き》然《ぜん》とした表情に男として劣等感を刺激されたことでもあったのか、と勘ぐったものだった。

「で、女を作るかどうかはともかく、息抜きするための馴染みの店くらいはあるだろうと踏んで、何軒か店を梯子してみたら案の定だ。亮ちゃんのカードだけが家に無いと聞いたときに予想はついた。亮ちゃん、こっちに来て少しずつ女房から独立していったのかもな。というか、宗教にのめり込んでいく奥さんが怖くなって、俗世間と触れ合おうとしたんだと思う」

交差点までくると和宏は「それじゃ」、と少し離れて歩いていた愛子に向かい手を振った。

「おっちゃんは、ちょっともう一軒、行くからさ。うちの美都子さんと一緒にここで帰ってよ」

「私、一緒に行きます」

愛子は和宏の方に体を向けると宣言するように言った。

「いやぁ、女性が来るような店じゃないから。たまの息抜き。いいよな」と美都子に向かい、へらへらと笑いかける。

「あのアッコちゃんとかいう女の人のいるお店に行くんですよね。お父さんのことを聞きに」

意図を見抜かれ、和宏は真顔に戻った。低い声で叱責するように言う。

「あっちにしてみりゃ娘の前じゃ言えないことがあるんだよ」

「娘でなければいいんでしょう。私、松浦さんと美都子さんの娘になりますから。それでいいんですよね」

松浦さんの娘という声に率直に反応し、和宏は泣き笑いのような表情を浮かべた。和宏にしてみれば、その「アッコちゃん」からは露骨な話が出てくるかもしれず、愛子の耳に入れたくないのだろう。何やかやと理由をつけていたが、愛子は一歩も引かない。

やがて和宏が折れて一緒に連れていくことになった。

喫茶スナック『みっちゃん』は今朝ほど美都子たちが朝食を取った食堂の二階にあった。酔客の歌声が下の道まで聞こえてくる。正面は港で、周辺の灯りを映した水面がきらきらと光っている。朝は気づかなかったが、魚と船の燃料の臭いが鼻をつく。

狭い店内のカウンターの中では、美都子と同年代くらいのママが茶色のエプロン姿でお湯割りを作っている。

「あら、いらっしゃい」

先ほどの居酒屋と違い余所者が立ち寄ることの多い店なのだろう、見知らぬ女連れの客を愛想良く迎えてくれた。

「アッコちゃんって娘《こ》は今日は来ないの」

和宏が尋ねる。

「あらまぁ、おたくもアッコちゃん目当て。もう少し遅くなったら来るから、ちょっと飲みながら待っててよ。奥さんとお嬢さんは何にします？　今日はケーキがありますよ、あたしの誕生日だから」

「うれしいです」と愛子が素早くカウンター席に陣取った。

和宏はひどくやりにくそうに、「実は従兄弟《いとこ》夫婦のところに来たんだけど」と切り出す。

「しばらく連絡が取れないっていうんで、伯母さんからちょっと様子見てきてくれって頼まれちゃって。ところが鍵が閉まってて入れなかったんだ」

あちらこちらの飲み屋で、和宏は「従兄弟」と名乗って、栂原夫妻の消息を探っていたらしい。

「それで、ここのアッコちゃんと俺の従兄弟が親しくしていたって小耳に挟んだもので」

「へえ、知らなかったわね」とママは忙しなくシンクの中のグラスを洗い始める。

「栂原って名字。先生とか亮ちゃん、とか呼ばれていたかもしれない」

「うちのお客さんじゃいないわね、そういう人」と棚にキープされているボトルに目をやる。

確かにラベルに書かれたマジックインキの文字に、「栂原」や「亮」はない。

しばらく待ったが、その夜、「アッコちゃん」は出勤して来なかった。

「息子が熱出したんだってさ」

十時間近になって電話を受けたママが和宏にそう告げ、瞬間、愛子が鋭いまなざしをママに向けた。受け流すようにママが和宏に微笑みかけ、「あの子から電話するように言っとくから、名刺くれる？」と言う。

「ごめん、今、持ってないや」と答え、和宏はコースターに自分の携帯番号を書いた。

「警戒されたな、相手の女に」

店の螺旋《らせん》階段を下りながら和宏は小さくうめき声をもらした。

無言のまま夜道を歩いていた愛子が「松浦さん」と硬い声で呼びかけた。

「お父さん、もしかしてその女の人と……それでお母さん……」

一瞬、びくりとしたように和宏の背中が反り返った。だがすぐにいつものおどけた表情を浮かべ「ないない。ないっ」と片手を振った。

「ただの客と飲み屋の従業員だ」

美都子と愛子を送って栂原夫婦の家まできた和宏は、玄関先で別れることはせずに「すまないけど、愛ちゃん、お茶でもコーヒーでもいいから、一杯飲ませてくれないかな」と上がり込んだ。

廊下で美都子に手招きすると、台所でお湯を沸かしている愛子の背中を顎で指し美都子にささやいた。

「気がついちゃったな」

「女性がいるって？」

「亮ちゃん、やっちゃったかもしれない、はずみで」

やっちゃった、の意味が性的関係を指すわけでないことが、その押し殺した声色からわかり、美都子の体から血の気が引いた。

「まさか……そんな、あり得ないでしょう」

「青くなって一人で町ん中をふらついていたって言ってたな」

つまりそのときすでに妻を手にかけていた、ということなのか？

「ひょっとすると……。普通なら『もうやってられん、別れるっ』って話になるが、あのご立派な女房から自由になるにはそれしかなかったのかもしれない」

「いくら何でも、そんな」

反論しながら、ひょっとすると、と嫌な想像が頭をよぎる。

仲の良い夫婦だった。あの調度品も絨毯も消えたがらんとした信州の家で、幸せそうに寄り添っていた。

「あなた、今日、宿に帰るの？」

無意識にそんな言葉を発していた。

心細かった。子供を育てたことはない。兄たちとも離れているから甥《おい》や姪《めい》たちの面倒も見ていない。不安に震える愛子に対して、美都子は自分と同年代の母親のような肝の据わった接し方ができない。

「明日の朝早く来るから、とにかく愛ちゃんから目を離すな」

「うん、わかった」

自信がないままうなずく。

その夜も愛子の隣に布団を敷いて寝た。清花たち夫婦の話に触れる勇気はなく、布団の中で、愛子の話すアメリカの大学やホストファミリーや、アイドルグループの話を聞いていた。

翌朝、鳩の羽ばたきと人のうめき声を思わせる鳴き声で目覚めた。裏手の餌場に早くも鳩が集まってきたようだ。

氷室のように冷え込んだ台所でストーブに火をつけたとき、夫から電話がかかってきた。

「アッコちゃん」から連絡があったと言う。

この日の正午過ぎに、夫の泊まっている民宿旅館のカラオケルームに来てくれるらしい。

　美都子は街中の食料品店で買った贈答用の焼き菓子の箱を手に、夫の泊まっている民宿旅館に向かう。

　真っ赤なソファの置かれた六畳ほどのカラオケルームに入ったのは夫婦だけだ。「アッコちゃん」が口をつぐむ可能性があるからと説得し、愛子には和宏が泊まっている部屋で待機してもらっている。

　ほどなく分厚い扉が開き、作業着の上に中綿ジャケットを羽織った女が駆け込んできた。

　ぽかんとした顔で和宏は女の顔を見た。

「佐藤《さとう》です、どうも。佐藤厚子《あつこ》」と女は勢い良く頭を下げた。

　短い髪を茶色に染め、金のピアスをしているが、若い女ではない。歳の頃は清花と同じくらいだ。愛嬌のある笑顔に化粧気はない。日焼けしていて、小柄で小太り。派手ではないが、清楚でもない。女将の言った通り、いかにも気楽に付き合えそうな、構えた感じのない中年女性だ。

「あの、お子様の具合は、もうよろしいんですか？　こちら気持ちだけですが」と美都子が菓子折を差し出すと、「すみません、お子様なんて歳じゃないんですけどね、あのバカ息子」と言いながら快く受け取る。

「ヒキコモリなんですよ、いい歳して。昨日、急にハライタ起こして、まったく親の苦労も知らないで」

厚子は、夜はスナック、午前中はこの近所の水産物加工場で働いている、と言う。

「すいません、昼がまだなんで、ちょっと食べ物を取っていいですか」とカラオケルームの内線電話の受話器を手にする。

「どうぞどうぞ」

「お二人、お昼は？」

「同じものを」

注文を終えると同時に佐藤厚子は和宏に尋ねた。

「先生のお従兄弟さんなんですって」

スナックのママから、だいたいのことは聞いたようだ。

「はい」とためらいなく和宏が答え「こっちが私の女房」と美都子を指差す。

「こんなことでお呼び立てして申し訳ない」と和宏は厚子に頭を下げ、高齢の伯母から頼まれて……とすでにスナックや居酒屋でしたのと同じ話をする。

「あいつは昔から、たよりないやつでしてね、出来すぎた女房の尻《しり》に敷かれっぱなしなんですよ」と話の先を促すような物言いをした。

「ああ、奥さん、きれいな人なんですって？　美人で性格が良くてきれい好きで料理上手」

「あれ、性格、良いかぁ？」と和宏が眉をひそめて続ける。「ま、ご立派なご人格は認めるがね」

皮肉っぽい言い方が、本音なのか話を引き出すための算段なのか美都子にはわからない。

「お釈迦様の掌の上の孫悟空って、感じでしたね、先生は。たぶん、奥さんのこだわりというか、ポリシーみたいなのと、あたしたちみたいな庶民のセンスの間で気持ちがぐらぐら揺れてたんじゃないかな」

はっとして美都子は、目の前の女の日焼けした顔を見つめる。気さくな笑顔の底に、大人の女らしい世間知が備わっているのがうかがえる。

「亮に、温泉、誘われたんだって？」

和宏はいかにも気楽な口調で質問する。

「ああ、あれね」と厚子は苦笑した。

「何であんな話になったかね……。夕方、『福屋』って、私が手伝いに行ってた飲み屋に先生、よく来てね。それで、余所から来たっていうから、私、この町じゃ見るところもないし、隣町の温泉にでも行ってみたらどう、って話をしたの。以来、店に来るたびに、『温泉行こか、アッコちゃん』、なんで、こっちもノリの良い方だから『行こ行こ』みたいな」

「で、行かれたんですか？」

せっつくように美都子は尋ねた。

「行きましたよ、午前中のパートが終わった後に。今くらいの時間かな」

平然として時計を指差す。

「日帰り温泉ですよ、別に混浴じゃないし。露天風呂《ろてんぶろ》が名物で、雪の積もった中をすっ裸で浴槽まで走るんです。無事に入れれば極楽ですけどね」

何やら卑猥《ひわい》な冗談を飛ばしかけた夫を遮り、美都子は「で、栂原さんは『福屋』には始終行っていたんですか」と尋ねる。

「週に三回くらいかな？　郷土資料館の帰りに、口開けと同時、というか、私たちが仕込みやってる最中に入ってきて、飲むというか食べてるんですよ」

厚子は眉根を寄せ、声をひそめた。

「奥さん、料理上手だそうだけど、ちょっと変なことになって、普通のものを食べさせてもらえなくなったみたいですね」

「普通のものを食べさせてもらえない、って？」

美都子が尋ねると、「つまり、アレだよ」と和宏がため息をついた。

「がっつり肉食いたいけど、そんなものだめよ、添加物ごってりの味噌《みそ》バターチャーシュー麺を食べたいのに、稲庭《いなにわ》うどんに無農薬有機のほうれん草と自然食品屋の油揚げ」

「それそれ」と厚子は笑いながら肯定し、亮介が「福屋」にやってきては、鶏の唐揚げやとんかつの類いばかり注文していたと話した。

「ま、男なんてそんなもんだな」

「というか、奥さんのポリシーっていうか、この町に来てからは、雑穀の入ったご飯とほんの少しの焼き塩だけみたいな、そんな生活してたらしいね」

「うわっ」と和宏が片手で顔を覆った。

「奥さん、癌になったことがあって」

「ええ、知ってる。手術に立ち会ったから。でももう治ったし、その後は普通の生活をしていたはず」

「再発したって話よ、去年の春ごろ」

愕然とした。

「知らなかった……」

あの態度の急変は、再発した病気への不安によるものだったのかもしれない。食事も含めライフスタイルを変えたのも、免疫力を高めるか何か理由があってのことだったのだろう。わかっていればもっと思いやりのある対応をしたものをと思う一方、そんな重大なことをなぜ話してくれなかったのか、しかも実の娘にさえ黙っていたとはどういうことなのか、消えた友に詰め寄りたいような気持ちになった。

「で、もう助からないと知ってこの町に」

夫婦で抱え込んだ辛い心情を思うと切なさがこみ上げてくる。

「いえいえ、ぜんぜんそんなんじゃなくて、引っ越して来る前にすっかり治ってしまったんですって」

「治った？」

「近所に住んでいる友達から癌に効くお茶をもらって飲んだらしいね」

「そんなもんで治るわけないだろ」

苦虫をかみつぶしたような顔で和宏がつぶやく。

「でも確かに元気になって、先生に言わせると、それから奥さんが変わってしまった、というか、もともとちょっと浮き世離れした人だったけれど、食べ物も生活もどんどん質素になって、まるで仙人だって。よくいう断捨離？　みたいなことをやったあと、とうとうそのお茶をくれた人の後を追ってここに来ちゃったって」

「肇子さん、とかいう人ですか？」

「さあ、名前は知らないけど」

「要するに、だ」と和宏が咳払《せきばら》いをした。

「癌の後の定期検診を受けていたところが、たまたま何か引っかかった。精密検査を受けろと言われて不安になった。本人はそれでてっきり再発した、と思い込む。悩んでいると弱みにつけ込んで宗教の勧誘が来る。言われるままに怪しいお茶を飲んだところが、その後、特に症状も出ない。それで治ったと本人は思い込んだわけだ。以来、どっぷりとハマってしまった」

「そうそう、私もそう思う」

厚子は大きくうなずいた。

自分が親しくつきあった清花はそんな人じゃない、と美都子は心の内でつぶやく。

「私より、ずっと知性があったのに。人柄も完璧で何でもできる人だったのよ……」

「そういうのに限って変なものにハマっちゃうんだよ。あたしみたいにいい加減な女は、そんな子供だましにひっかかったりしないのに」と厚子はため息を一つつくと、「それで温泉に行った、あの日のことなんだけど」と続けた。

「あれは二度目に一緒に行ったときだから、十日くらい前だね。先生からちょっと話をしたいと夕方『福屋』の方に電話があって、あんまり深刻な様子なんで、私、女将さんに断って、行ったのよ。温泉の休憩室で待ち合わせたんだわ。それで相談されたわけ。今夜、妻と旅立つんだって」

「旅立つ？」

美都子が思わず甲高い声を上げると、厚子は「そう。そういう言い方」とひどく冷静な口調で肯定した。

「何か、それまで奥さんと過ごした人生の総仕上げで、これまでとまったく違う世界で生きていく、と」

和宏が身を乗り出した。

「で、具体的な教団の名前は何か言ってた？　教祖の名前でもいいが」

厚子は「それが……」と言葉を濁した。

「私にもさっぱりわからないんですよ。聞いたんだけど、そういう宗教じゃない、と」

「そういう宗教だ、と言うやつはいない。やってるやつは変なものにハマってるという意識はないんだから」

「ただ岬に行く、とだけ言ってましたね」

「岬って、あの岬？」

腑《ふ》に落ちない顔をしている夫に、美都子は、前日、郷土資料館で聞いた話をする。

「人が入れない岬で、旧陸軍の毒ガス工場跡？」

夫はぴくりと眉を動かし、「聞いたことある？」と厚子に尋ねる。

「いえ」と答えた後に厚子は遠慮がちに付け加えた。

「私は札幌から来たから、そのへんの古い話は知らないんだよね」

「話してくれた職員さんも、ちょっと精神を患ったお年寄りから聞いた話なんで、母親から真に受けるな、みたいなことを言われたとか」と美都子は説明する。

「だろうな、軍事化学工場を建てるってことはそれなりのインフラが必要だし、労働者だって何千人規模だ。帯広《おびひろ》、旭川あたりならわかるが、ここにそんなものがあったわけがない」

「ええ、だから郷土資料館の方も、岬は断崖《だんがい》絶壁ばかりで、そんな工場を建てられるスペースなんかないはずだって。ただ、何となく薄気味悪いから地元の人間は近づかないって。それにヒグマも出るじゃない。滅多に無いんだけど、この春も観光客が襲われたそうよ」

「それよ、それ」と厚子が声を上げる。

「あの爪じゃない、前脚で殴られて顔が無くなっちゃったって、それで道路に出てきて助けを求めたんだけど、車で通りかかった防災センターの職員がお化けと間違えて逃げて……結局救急車で運ばれたらしいけど、たぶん助からなかっただろうね」

うなずいて和宏は厚子の方に顔を向けた。

「で、毒ガス工場はともかく、亮は、その岬に入ると言ったんだね。その熊が出るところ、大学探検部も入れないようなところに」

「前からときおりいたらしいんですよ。しばらくこの町に住んだ後、そのままどこかに消えてしまう人って。で、あの折り返し場で消えたって噂はあるんです。バスのドライバーがあそこで降ろしたのが最後とかね」

「捜索とかしないんですか」

美都子が尋ねると、厚子は「聞いたことない」と答えた。

「まあ、海に飛び込んだのかもしれないし、富士山《ふじさん》の青木《あおき》ヶ《が》原《はら》の樹海に入るような感じで入るやつもいるだろうし」と和宏が言う。

「いえ、先生の口調からすると、自殺とか心中みたいな話じゃなくて、そこで、何というのか、私の印象からすると天国みたいな、平和で静かな永遠の国があるような……」

「その人食いグマがうろうろしているようなところに、か。つまり自殺に誘導させられるってことだ。人民寺院って昔あったよな」

「ここに来てから奥さんは先生が外に出るのを嫌ってて、先生は、自分も妻と同じ考え方をしているけれど、妻と違い俗物の部分を捨てきれないんだ、とか言ってました」

「ばかな」と和宏が舌打ちした。

「でしょ、ばかですよね」

厚子は身を乗り出した。

「だから、私、言ったんです。『あんた、洗脳されてるよ』って。もう、先生、とか呼んでる場合じゃないから。財産とかみんな取られて、だれかに殺されるんだよ、って。それで、奥さんのこと、好きなの？　って聞いたのよ。そしたら、好きだ、って。ただ、自分と違って妻は洗脳されるような人ではないからって。だから言ったの」

息を弾ませながら厚子は続ける。

「奥さんを好きなら止めなよ、と。死んだら何にもならないじゃない、と。先生は『死にに行くわけじゃない』と言ったけど、私は、あの岬がどういうところか教えてあげた。道はないし、ヒグマはうろついているし、人が入れるところじゃない、って。先生は、知っている、と言ってた。でもちゃんと行き着ける、入口はあるんだって。私は怒鳴ったのよ。そんなたわ言を聞かせたくて私を呼び出したのか、って。それで、はっ、と我に返ったのよ、そうだと信じてる人にほんとのこと、言ったってしかたないじゃない、って。うちの息子と同じ、怒鳴れば怒鳴るほどかたくなになる。とにかくご飯食べようよって、焼き肉どんぶりとビールも取って。いろんな話をしたし、いろんな話も聞いた。それで時間を稼いだの。先生はその日、奥さんとそこに行くことになっていて、時刻も決まっているっていうことだったから。先生は、でも、迷ってたよ。あの時点でまだ。迷っていたから私も必死で止めた。休憩室には二、三時間、いたかな。それで私、港の方の店に出る時間になっちゃったんで、悪いけど、って先に出た。先生は、もう少しここで考えてみるよって言ってたから、その方がいいよって言った。だってあそこの休憩室は、まともな世界だから。昼間真面目に働いて、一日が終わって風呂に入って一杯やってる人とか、それなりに苦労して生きてきて、今、年金暮らしをしている年寄りとかが集まって、しゃべったり居眠りしたりテレビ見たりしてるところなんだよ。極楽、って頭のいい人たちの頭の中にあるんじゃなくて、ちゃんとそこにあるんだよって、言いたかったんだ、私」

それ以降、亮介とは会っていない、と言う。「福屋」にも来なくなったが、そこにいた客によれば、その二、三日後に、亮介は青ざめ、ポケットに両手を突っ込んで、ふらふらと街中を歩いていたらしい。

おそらく妻は予定通り旅立ち、亮介は残されたのだろう、と厚子は言う。だが、その「福屋」の客が彼の姿を見たのが最後で、亮介の方もいなくなった。

「必死で説得したけど、やっぱり止められなかったんだよね。あのときお店の時間だからって、ほっぽってきたのは悪かったかな……」

厚子は唇を引き結んだ。

「いや、洗脳された人間に逆洗脳をかけるなんて、そう簡単にできることじゃない。おたくは偉いよ。ちゃんと人として言うべきことは言ったし、すべきことはしたと俺は思うね」

美都子はうなずいた。

「そうかな……」

先ほど運ばれてきたまま冷めてしまったスパゲッティを、ほとんど会話がないまま食べ終え、美都子たちは厚子と別れた。

部屋に戻り、愛子に厚子から聞いたことを話した。

実の娘に隠すべきようなことが、亮介とスナックの女性との間にあったとは思えなかった。それがたまたま女性ではあったが、親身になって心配してくれる人が見知らぬ町に一人だけでもいたことは、結果はともかくとして亮介にとっては幸せであったような気もする。

「それじゃお母さんは、お父さんが来ないんで一人であの岬に出かけて、お父さんは何日か遅れて後を追ったってことですね」

出かける、が、死を意味することを半ば覚悟しているのだろう、愛子の蒼白《そうはく》の額に暑くもないのに、汗が滲《にじ》んでいた。

「そうかもしれないが、お母さんが一人だったとは限らないぞ」

和宏が睨《にら》み付けるようにして答えた。

「あの寒さで、ろくな交通機関もないところに入ったんだ。だれかが迎えに来て連れていった、と考える方が自然だ」

だれかとは当然、カルト宗教の勧誘者だろう。

「いずれにしても警察だ」と、和宏は忙しなく荷物をまとめにかかる。

駐在では頼りにならないので、北金谷にある警察署まで出向き、これまでわかったことを話し、捜索を頼むつもりだという。

しばらくこの町に留まりたいという愛子を、もし母親を連れさった者が戻ってきたら危険だ、と説得し、一緒に連れていった。

レンタカーで一時間かけて辿り着いた警察署の対応も、しかし新小牛田町の駐在所の警察官と変わらなかった。

地域に警察がマークしている危険な集団が入りこみ活動しているという事実はなく、また栂原夫妻の口座から金が引き出されたり、カードが使われたりした形跡もない。

遺書や自殺を疑わせる証拠もなく、当然、死体もない。

厚子の言葉はむしろ、夫妻が旅行に出たか、家出したというこれまでの見方を補強するものだった。たとえ本人たちがどんな風変わりな信念に取り憑かれていたにしても。

それでも二人がおそらく岬に向かった、ということがわかったために、捜索隊は組まれた。そして発見できずに捜索も終了した。

季節が悪すぎた。

新小牛田の街中ではさほどには感じなかったが、路線バス折り返し場を越え、東西から断崖に吹き上げる海風に晒《さら》される岬に一歩入ったとたんに、ブリザードのような吹雪が襲ってくる。

溶岩やハイマツの上に降り積もった雪上にさらに分厚く雪が積もり、強風になぶられ、たとえ人が通った形跡があったにしても完全に消し去られていた。

二次遭難の危険も考慮し、入域直後に捜索中止の判断が下ったのだった。


愛子は美都子たちが東京に連れてきて、夫妻のマンションに泊めていたが、翌々日、清花の実家のある丹波に行き、年が明け空港の出入国ラッシュが一段落した頃、アメリカに戻って行った。

学費や生活費は継続して父、栂原亮介名義の口座から愛子の口座に振り込まれていることは、愛子が出国してしばらくしてから届いたメールで知った。

口座から金は引き出されてはいないらしい。失踪時に現金を携えていたとも思えない。この点からして、栂原夫妻が金目当ての犯罪に巻き込まれたという可能性は考えにくい。

美都子が去っていった友人の行方に思いを巡らすことも少なくなった四月の上旬、愛子から再びメールが届いた。

事実のみを伝える、異様なほど冷静な文面のメールだった。

父、栂原亮介の遺体が見つかったと言う。

雲別集落の港から船でしばらく行った先に、岬の雪解け水を集めて日本海に注ぐ小河川の河口がある。その近くに人の遺体らしきものがあるのを、昆布漁の漁師が発見し、警察に通報した。

持ち物や衣服から身元はすぐに判明し、解剖の結果、昨年の十二月上旬に凍死していたことがわかった。

妻の後を追い岬に入ったものの、折からの吹雪で、バスの折り返し場からさほど離れていない場所で動けなくなり、雪に埋まったまま春を迎え、雪崩で落ちたか、あるいは雪解け水に運ばれるかして、海岸近くで発見されたらしい。

清花の遺体は見つかっていない。

彼女もまた岬に入ったのなら、同じ運命を辿ったのだろう。しかし溶岩やハイマツの根が複雑な地形を作っている地域でもあり、亮介のような形で遺体が発見されることは難しい。亡くなった後、熊や狐など野生動物の餌食《えじき》になるか、そうでなければ溶岩の穴に落ちて白骨化する。

捜索隊が出たのは、亮介のときと、過去に関西の大学の探検部が遭難したときの二回きりだが、実際には岬に入っていって帰ってこない人々はもっといるだろうと言われている。

「昔、海の向こうに極楽浄土があると信じて小舟でこぎ出して死んじまう坊さんたちがいた。亮ちゃんたちがやったのも同じことだったんだ。だが、今の時代にそれをやるとはな」

和宏がため息をついた。

亮介や清花だけではなく、前年に彼らを新小牛田町に案内したという肇子と名乗る女や、どこかから町にやってきてしばらく借家に住んだ後に、またどこかに行ってしまった人々も、同様の結果になったに違いない。

「あのまま愛ちゃんはアメリカに留まるのかしら」

「帰ってきたくはないだろうな」と和宏はかぶりを振る。

愛子にしてみれば、たとえ財産を残されたにしても途方もない寂しさと悲しみを抱えていることだろう。

「何とかできないの。これからもきっと同じような思いをする家族が出てくると思うよ」

悲痛な気持ちで訴《あお》えた美都子に和宏は「難しいだろうな」とため息をつく。

「どこかで自殺を煽っている教祖のようなのがいるのは確かだが、派手な布教もしなければ、残した金に手をつけた形跡もないとなると。同じような発想をする者が、勝手に信心して死にに行く。傍目には富士の樹海に入り込んで自殺を図るのと同じだ。一番、迷惑しているのは地元の人間だろう」

金沢にいた頃の日々を美都子は思い出す。

誠実で優しく、相手が間違っていると思えば柔らかいが毅然とした対応をした清花、日常生活の隅々にまで洗練されたセンスがうかがえ、けれども決してそれで人を疲れさせたりしなかった清花。

尊敬と好き、という気持ちは未《いま》だに変わらない。

町を歩いていて、よく似た姿の人や、美しいパッチワーク、金沢で見たのと同じような夕陽を目にしたとき、胸底でしんと静まりかえっていた悲しみが、泡立つように湧き上がってくる。不思議なことに、あの奇妙な信念に捉えられた後の清花のことも、美都子は夫のように非難する気にはなれない。

あれは洗脳ではなく、彼女の芯《しん》の部分なのではないか、と思う。あれがあったから清花は、静かに底光りするような魅力をたたえていた。絨毯もシャンデリアも、九谷焼の壺も、何もかもがなくなったあの信州の寒々しい家のたたずまいまでもが、何かすがすがしさを超えて、美しいものとして記憶に蘇《よみがえ》ってくるのだ。

大学を卒業した後、ロサンゼルスで音声技術を学ぶために専門学校に通っていた愛子から、映画の特殊効果の担当者としてハリウッドで就職した、というメールをもらったのはそれから三年後のことだった。

プエルトリコにルーツを持つアメリカ人の恋人もできて、おそらくアメリカで結婚し、日本には戻らないだろう、と書かれたメールの末尾には、「もし結婚式を挙げることになったら、おじさまと美都子さんが両親の代わりをしてください」とあった。

「俺が愛ちゃんと腕組んで、バージンロードを歩くわけ？」

和宏がいまにも泣き出しそうな笑顔を見せた。

第二章　ハイマツの獄

彼は私を認識すると笑みを浮かべた。唇の片方だけを引き上げた冷笑だった。

「君は何者だ」

「心理療法士です」

乾いた笑い声が彼の歪《ゆが》んだ口元から漏れた。

「自己認識はない、か。いやそれが君の自己認識なのか」

「はい。今、お返事をしてもらえてたいへんうれしいです」

「私がだれとも話さない、とデータにはあったのか？」

「はい」

だが、今、彼は間違いなく私と話している。

彼の顔は上半分、下半分、そして中央部、とそれぞれ皮膚の色がまったく違う。明るい色の顔の上部のほとんどは大型のサングラスで隠されている。濃い色のレンズ部分を透かして、私には落ちくぼんだ瞼《まぶた》が見える。閉じられたままの瞼だ。移植された皮膚の下に眼球は無い。頭骨が削られてしまい義眼を入れることが技術的に難しいうえ、彼が拒否しているからだ。

それでも今、彼は私に正対する形で顔を向けている。もし眼球があるなら私の方をしっかり見つめているだろう。

「もう一度聞く。君は何者だ」

「心理療法士です」

「役割を聞いているのではない。何者だ、と聞いたのだ。君の素性だ」

「コンピュータです」

「精度は」

「最高レベルです」

彼は再び笑った。発作的な大笑いだった。開いた口には白い歯が揃っている。前歯はすべてセラミックス、奥歯のうち三本は自身の歯だ。砕けた顎《あご》には人工骨が入っているはずだ。

「われわれの時代の人工知能からくらべると長足の進化だな」

笑いの発作が治まった後、彼はそう言った。

「そうでしょうか。昔のことはわかりません。当時は夢の技術だったのでしょうね」

「なるほど。昔のことはわからないか」

「はい」

「なら昔話をしてあげよう。災害があったのだ。何万人もの人々が死んだ、大きな自然災害だ。生き残った者は避難所に集められた。ボランティアと称する人々がやってきた。食べ物が運び込まれ、衣類が、生活物資が運び込まれた。その後、避難所に貼り紙がされた。『心のケアお断り』『傾聴ボランティアはいりません』とね」

今まで、六人の医師が彼に関わり、十二人の介護福祉士、八人の心理療法士がリハビリを試みたが、彼は冷笑的な態度を崩さなかった。そして事故から二年が経過した頃からそうした反応も消え、何を問いかけてもまったく無反応になった。

身体的外傷については一九年前に完治したことになっているが、心的外傷については事故直後から明らかになっており、治癒することはなく、むしろ悪化している。

「なぜ『お断り』か、わかるか？」

彼は両肩をゆすりにじり寄るように私の画面に近づいてきた。

「まだ記憶が新しい被災者の心にとって、辛《つら》い出来事を語ることが過剰な負担になり、混乱と不安をもたらすからです」

「いや、違う。不愉快だからさ、そのしたり顔が。ＰＴＳＤがどうとか、私には関係がない」

「そうでしたか。私たちはあなたにとって不愉快だったのですね」

彼の口元に再び笑いが浮かぶ。

「受容とオウム返し。一世紀以上前のプログラムだな。ところで君はなぜ今、『私たち』という言葉を使った？　私は私一人であり、過去にやってきた連中と君は別物だ。なのに、君はなぜ自分のことを複数形で表現する」

「すみません。『私』です。ところで今、あなたにとって私は不快ですか」

「いや」

「それならもう少し、あなたとお話ししていてもかまいませんか」

「私は許可する立場にない。嫌ならこのボタンを押して施設の担当者を呼ぶだけだ」

彼は残っている自分の左手の、三本しかない指でナースコール機を握ってみせる。

「担当者を呼んで私を閉じるのですね」

「プログラムを閉じる、と言え」

「すみません」

「だが私自身が、君を閉じることもできる。いや、私が意思疎通のために使っている端末で、君を消去することもできるのだが。その選択についてどう思う？」

「あなたにとって不利益です」

彼の上下で色の違う頰の筋肉が引き上げられた。

「よし」

冷笑ではない笑顔が現れた。

「合格だ。君とは話をしよう」

「ありがとうございます」

「で、私にあの事故のことをしゃべらせたいのか？」

「いいえ。今までの人生で楽しかった思い出もたくさんおありでしょう」

「何を言わせたい？　あの高層ビルの会員制クラブで、頭と尻《しり》が軽くて、赤い底のハイヒールを履いた女どもを集めて遊んでいた、という話が聞きたいのか？」

「いえ。確かにあなたたち青年起業家のグループについては乱脈な女性関係が取りざたされていました。しかしあなたは自分たちはそんなことはしていない、と発言されていましたね。最先端のＡＩを使ったコンテンツ普及の道筋を付けた、としてあなたの業績は高く評価されています」

「私はコンテンツ自体の作成には関わっていない。ＡＩの開発にも関わっていない。作る人間と求める人間を私は繋《つな》いだ。大勢の人間が求めるものを論理と直感で導き出して作成する側に発注し、利用者に提供する。その事業で大成功した。そうしてヴァーチャルアイドルは売り出したが、人工知能心理療法士が活躍する世の中が来るとは予想もしていなかった」

「そうでしたか。ヴァーチャルアイドルであなたの印象に残っているのはだれですか」

「印象など残っていない。私自身はそんなものに興味はなかった」

「失礼しました、そうでしたね。あなたはむしろ自然を愛していらした。カヌーやスキューバダイビング、登山もされた。美しいネイチャーフォトも残された」

「なるほど、そうやってあの事故の話に繋げるわけか」

「いえ、あなたは当時の若手起業家きってのスポーツマンと言われていました」

「時代の寵児《ちょうじ》にしてスポーツ万能、そして」と彼は左手で自分の頬のあたりを触った。

「イケメン、とも言われていた。が、君は意図的にそれを口にするのは止めたようだな」

「いえ」

「AIが配慮という高度な判断を行う。君の性別設定が男性か女性かわからないが、私には顔の皮なんぞもはやどうでもいい。君は誤解しているようだが、いや、データ入力したやつの思考にかかったバイアスの問題だろう。体を鍛えたのもカヌーや登山に挑戦したのも、仕事と無関係ではない。青年起業家、と聞けば、華やかで浮ついた印象がつきまとっていたものだ、当時は。だが内実は、挑戦して利益を出しても常にリスクがつきまとう。時代の寵児と囃《はや》されながら、その実、数十億の借金を抱えていた時期が何度もあった。ようやく黒字に転じたかと思うと次の試練がやってくる。早朝、自宅に銀行から電話がかかってくる。夜中まで会議をしていた翌朝だ。必要なのは厳しい交渉に耐える精神力と過酷なスケジュールをものともしない体力だ。仲間はいても孤独だ。成果を分かち合っても、悲観的な展望を分かち合える仲間はいない。仲間も、部下も、周辺の大半の者はつぶれていった。押しつぶされそうなときは、ジムで走る、バーベルを持ち上げる。そしてわずかな時間を見つけて地方に飛び、仲間とともに川を下り、山に登る。経営者は孤独だが、同時にチームプレーは欠かせない。大丈夫だ、きっとうまくいく。ダークサイドに落ちるな。そう自分と周囲の者に言い聞かせるために。で、君がしゃべらせたいことについてだ。この怪我について聞きたいのだな」

「いえ、お話しになりたいことだけを。厳しいお仕事の合間に訪れた山河の忘れがたい景色もおありでしょう。終わった後の達成感もすばらしいものだったと思いますが」

「終わった後の達成感？　一番忘れがたい景色？」

彼は哄笑《こうしょう》した。

「愉快だ、こんな風に笑うなど数十年ぶりかな。君を好きになりそうだ」

「光栄です」

「忘れがたい景色は、闇だ。闇と光、というべきか。達成感はあった。達成感とは痛みのことだ。パドルを握り続けた腕の痛み、岩に取り付いて遂に頂上を極めたときの腿《もも》やふくらはぎの痛み。実に心地好《よ》い痛みだ、が、あのとき、痛覚はもはや麻痺《まひ》していた」

彼は語り始めた。私に入力されたデータには症状として「緘黙《かんもく》」とあったが、正反対だ。饒舌《じょうぜつ》にして時系列に沿って秩序立った話を聞かせてくれた。事前に得ている他のデータと照合しても矛盾点はない。

※※※

私、岡村陽《おかむらみなみ》は二十七歳で父のレコード会社を継いだ。クラシック、それも邦人演奏家のコンサートをプロモートし、あるいはその演奏をスタジオ録音し、レコードを作製販売しており、業界内の評価は高かったが、その分野の必然として市場は限られていたから会社とは名ばかり、せいぜい、個人商店のような規模だった。将来性もなく多くの利益を見込める商売ではなく、父は自分一代限りで廃業するつもりでいたようだ。ところが私がさる通信ソフトを扱う会社に勤めて四年目にその父は出張先でくも膜下出血で倒れ、二日後に何一つ言い残すことなく亡くなった。

社員二人の零細企業とはいえ、整理業務は山ほどあり、私はそこで初めて父の会社の内実を知った。自分の趣味を仕事に持ち込んだのか、仕事を趣味にしていたのかわからない、滅び行くメディア産業、と父の仕事については黙殺していた私は、そのコンテンツはともかくとして父の作った商売の枠組みに、いくつかの可能性があることを発見した。

そして社名と枠組みはそのまま、中身をすべて取り替えた。シューベルトやブラームスの世界から、アニメと動画の世界にということなら誰でも思いつく。CDを売るのではなくネットで無料配信する、というのも、すでに目新しいことではなかった。

私が行ったのは、提供するソフト自体から人間を締め出したことだ。いや、人の体温と体臭を締め出し、人にあらざる、だが十分に人間らしいヴァーチャルアイドルと、音楽と物語を総合的に造り上げ、提供するシステムを構築した。

詳しい仕事の内容など、しかし君には興味がないだろう。

君の関心は、この自閉的な状態、無能な医者どもがPTSDと名付けた症状から私を解放すること、無能な人間たちができなかったことを成し遂げることにあるのだから。

最初の三年で私は、債務超過にこそ陥っていなかったが年商一億にも届かなかった父の会社の規模を拡大し、ほぼそれと同額の経常利益を出すまでに成長させた。

翌年、さるコンテンツ会社を買収し、その年、それまでの利益をすべてはき出しても足りないほどの負債を抱えたが、わずか一年で経営を軌道に乗せた。

ＡＩで勝負に出たとしても、会社を経営する側は人間なのだ。人工知能は過去のデータを高速で分析し判断するが、我々は先例にとらわれず直感と創造力で次の戦略を立てる。有能な若手を揃え、一糸乱れぬチームプレーで私たちは勝ち抜いていった。いいか、君、「私たち」というのは、こういうケースにおいて使う人称だ。

そのチームを率いるのが代表取締役、の肩書きを持つ私だったが、リーダーであることを前面に押し出すことはしなかった。常に仲間の一人としてのスタンスで行動した。過去の事例にとらわれぬ発想、創造力こそ、どれほど精度の高いＡＩよりも人が優れている部分だ。

利用者が何を求めているかではない。利用者が『次に』何を欲しがるか、が重要なのだ。それは古くさいマーケティングの手法などからは得られない。下らぬ雑談や遊びそのものからのみ、直感的に得られるものだ。

数十年前の大衆やメディアが揶揄《やゆ》し、事が起きるたびに口を極めて非難した、我々の行状の数々は、実のところそうした目的を持って行われたミーティングの一部だった。

最高級の酒を開けてのパーティーもあれば、お気に入りのバンドを呼んで踊り明かしたこともある。もちろん乱脈な女性関係、というよりはその場限りの性的関係も日常だった。

弁解する気はない。だがドラッグに手を出す者はだれもいなかった。乱痴気騒ぎは深夜の二時には終わり、その間にひらめいたことがまだ鮮度を保っているうちにと、即座にスタッフを集めて戦略会議に入る。

翌朝、役員を集めてブレックファストミーティングを開きOKをもらい、その日のうちに官公庁を回り、許認可の手続きを取る。

登山も、カヌーも、ダイビングも、すべてはそうした仕事のリズムの中に組み込まれていた。女の子との付き合いもだ。

はっきりさせておこう。モデルやアイドル、女優との付き合いは、私に限らずだれにでもあった。当時盛んにメディアが叩《たた》いた内容は、すべてあの通りだ。

ただの性交渉と呼ぼうが恋愛と呼ぼうが勝手だが、女の子を仕事に優先することはしない。家庭、もだ。仲間には家庭を築いた者もいたが、たいていは数年で別れている。そうなることはわかっていても家庭を持ちたい、と思うときが男にはあるからだ。

だが私の場合は少し違う。女を優先させてしまったのだ。仕事に優先させただけではない。自分の人生に優先させた。

美しい女、ではない。平凡、でさえない。

どんな女なの？　と弟分の起業家に尋ねられ、私は即座に「地蔵さん」と答えた。居合わせた男たちは腹を抱えて笑った。

美しい女なら身辺にいくらでもいた。モデル、女優、アイドル……。彼女たちは必ずしも金の匂いに引き寄せられて群がってくるわけではない。日本の未来を切り開く若手の起業家、時代の寵児、そんな風にもてはやされた男たちが参集する場が磁力を帯びたのだ。その磁力が女たちを発情させたのだと思う。

もちろん彼女、肇子がそんな場に現れたわけではない。


彼女に出会ったのは、さるロータリークラブの例会だった。

ゲストとして招待され、三十分のスピーチを頼まれた折に肇子は受付を担当していた。今と違い、当時、受付係は会の顔でもあり、見目麗しい女を座らせたものだが、ホテルの会議室にしつらえられた会場入口にいたのは、流行遅れというよりもそもそも流行自体に縁の無いようなパステルカラーのスーツにおかっぱ頭の、町中でもあまり見かけないほど野暮ったい女だった。なんと人材の乏しい事務局かと呆《あき》れたものだ。だが、彼女は事務局員などではなく、もちろんロータリークラブにそんな職員などいるわけもなく、ロータリークラブがそのとき行っていたがん撲滅キャンペーンのためにやってきたボランティア団体のメンバーだったのだ。同時にロータリークラブの会員である財閥系企業の社長令嬢でもあった。

もちろん私たちの仲間のあいだでも、「お嬢様」はもてはやされていた。女のランクとしてはモデルやタレントの上位に置かれていたが、彼女はそうした「お嬢様」、ただの金持ちの娘ではなかった。閣僚や財界の大物、茶道の宗家など、そうそうたる顔ぶれがその家系に連なっているのだ。

社長とはいえ、一商人の息子であった私にとって、肇子は未知の世界の女だった。その美しいとは言いがたい容貌《ようぼう》とおっとりした物腰や口調も含めて。それでも若き成功者としてもてはやされた人生の絶頂にあって、私が彼女の血筋に気後れすることはなかった。

スピーチが終わり、懇親会の間に彼女の素性を小耳に挟んだ私は、彼女に強い興味を抱くようになっていた。

未知、それこそが魅力だった。ごく短い歓談の間に、私は彼女が興味を抱きそうなあらゆる話題を振ってみた。音楽、美術、歴史、そしてアイドルまで。その結果、彼女の最大の興味が、まさにそのときのテーマ、がん撲滅と末期患者の精神的ケアと漢方やハーブの活用、といったいかにもお堅いものであることを知り、そんな女など身近にいなかった私は困惑しつつ、ますます彼女に興味を引かれた。

私に限らず、当時の仲間は時間をかけて女を口説くなどというまだるっこしいことはしなかった。そんなことに割いている時間は無駄だからだ。単刀直入に意思を伝え親しい関係を作り、時機がきたらきれいに別れる。

肇子への強い興味は、誘われるままにがん予防や治療に関するいくつかの会合に出席しているうちに恋に変わった。

彼女は神秘的だった。言葉を交わすうちに目の前の女の顔立ちが、地蔵からどこぞの旧家で目にした、格調高い享保雛《きょうほうびな》に変化した。

最初は、じれったさを覚えた、そのおっとりした口調は、頭の回転が速い、と絶賛されていた才媛《さいえん》たちの浅薄な知性とは一線を画す、思慮深さや真の教養、名家の蓄積された歴史が育んだ奥ゆかしさに他ならないことを知った。

対面して食事した折に、その美しい箸遣《はし》いに目を奪われた。

何か誇らしい気分だった。金持ちの娘に過ぎない「お嬢様」を最上の相手としてその関係をひけらかす仲間に、本物の上流の女とはこういうものだ、と見せつけてやりたいような気分になった。

同時にその神秘の奥にあるものを知りたい、と渇きに似た欲望を感じたのだ。

彼女にはいくつもの隠し扉があった。それは初めて出会ったときにはまったく見えなかったが、二度、三度、会ううちに、何かの拍子にふと現れた。扉を押し開くと意外な側面が見えてくる。

享保雛のような白い顔と華奢《きゃしゃ》な体で、果敢に山々を歩き回る。

またがん研究に関する国際シンポジウムでは、堪能《たんのう》な外国語を駆使して大使夫人一行の接待や案内といったことも引き受ける。

それだけではない。医療援助団体のボランティアとしてブータン奥地の、ぞっとするほど貧しい村を訪れ、医師や保健師の手伝いをしながら、伝統医学で使われる薬草について学ぶといったこともしていた。十年ほど前に実母をがんで亡くし、その長い闘病を支える中で西洋医学の限界を痛感したと語り、各地に伝わる伝統医学の可能性に期待を寄せていた。私の問いに控えめに答える形で、当時の私は性的欲望など簡単に充足できる、当時の私はそんな立場にいた。だからこそ私の恋心は、内なる高貴さに向けられ、その純粋さが神秘的にも映った。疑似恋愛を生業《なりわい》とする女、あるいは恋愛そのものを仕事と心得た女の思わせぶりな謎かけとは品位がまったく違う。肇子の奥深さこそ私の心を引きつけて止まないものだった。

彼女との関係で、生まれて初めて仕事より恋を優先させた。

二〇〇六年、今から四半世紀も前の話だ。

付き合い始めて一ヵ月後に彼女を長野の山に連れ出すことに成功した。

早朝に港区《みなと》内のマンションを出て、待ち合わせたホテルのラウンジに向かった。自宅に来られることを肇子は遠慮がちに断ってきたからだ。当然のことだろう。とうに成人した娘であろうと、彼女の家がそんなことを許すはずはない。それは彼女にくらべてはるかに下流の「お嬢様」でも同様だ。表立って交際を申し込んだりすれば、私立探偵くらいは付けられる。それなりの家からすれば、私に貼り付いた「青年実業家」「若手起業家」のレッテルは、明日をも知れぬ怪しげな山師のイメージしかない。

ホテルのロビーに立っていたのは、古びたチェックのウールシャツに男が穿《は》くようなストレッチ素材の長ズボンを身につけた女だった。そんな一時代も古い服装で現れるとは思わなかったので、連れ歩くのが恥ずかしいと感じた私はどこにでもいる軽佻浮薄《けいちょうふはく》な男の一人だった。

だが肇子の足回りは完璧《かんぺき》だった。ウェアの見た目とは裏腹に、靴はさるフランスのメーカーの最新モデルだったのだ。それが彼女、肇子のスタイルだった。

山では不測の事態が起きる。

標高の高い登山口まで車で行き、そこから整備された登山道を通って登頂するはずが、砂防ダムの修復工事のために登山口に行き着く道路が封鎖されてしまっていたのだ。仕方なく私は今まで登ったことのないルートを選ぶことにした。標高の低い登山口から、その当時は滅多に登山者の入らない北斜面の道を登った。

想像以上に歩きにくい道だった。いや、歩きにくい、と言うよりは嫌な道だった。じめついて、木の根だらけで滑りやすい林床に光は差し込まず、汗も乾かない。もちろん展望など皆無だ。それが終わり、少し乾いてきたかと思えば浮き石だらけで、不用意に足を着くと斜面を滑り落ちる。後ろから来る人間を落石で怪我させまいとする配慮よりも、自分の足元の方が心配になる、そんな危険な道でもある。ようやくそこを抜けると、今度は耐水性の登山靴が足首近くまで埋まるような湿地が続く。

ぐちゃりぐちゃりという自分の足音に気力を奪われる。展望の開けた低山のピクニック気分の尾根歩きのつもりが、不愉快な行軍のようなものに変わっていた。

元はといえば、事前に最新のルート確認を怠った私が悪いのだが、肇子は不満一つ漏らさない。息を切らすこともなく、軽やかに、的確に、一定の速さで歩みを進め、着実に高度を稼いでいく。湿地に呑《の》み込まれる靴底の音さえ、彼女のものはリズミカルに優しく聞こえる。

薄暗い針葉樹林の中の道を歩いていくうちに肇子はふと足を止め、下り斜面の方向を指差した。

「見て。おいしそう」

枯れかけた高木から、サルオガセが垂れ下がっていた。確かにどう見てもとろろ昆布で、とっさに「おいしそう」と表現した無邪気さに、私は彼女を抱きしめたくなった。

「あれに寄生されて枯れたのかな」と私が言うと、彼女はサルオガセは木の枝から垂れ下がっているが、養分を奪ったりはせず、深山《しんざん》の霧の水分を吸収しているだけだと説明してくれた。着生していた木がコメツガという名前であることも初めて知った。

スポーツ、冒険としての登山をしていた私と違い、彼女は木々や足元の草、藪《やぶ》から飛び立つ鳥や小動物などにやけに詳しく、歩きながら息一つ切らさず説明してくれた。

やがてその先に、この世のものとも思われない風景が現れた。

青空と新緑の木々を鏡のように映し完璧に静まり返っている池だった。

私は言葉を失ったまま、その風景に見入った。

「山の裏側って、こんなにすてきだったのね。来られて良かった、ありがとう」

彼女はいつもの控えめな微笑を浮かべて、率直な口調で言った。

山の表ルートは登山道が整備され、ところどころに展望台と茶店まで設けられている。こんな不愉快な登山をさせたら、普通の女なら歩いている間中、こちらが機嫌を取ってやらなければならなかっただろう。

小さな石碑が建っているきり、さほどの展望もない頂上で、私たちは弁当を広げた。

彼女はおにぎりと、唐揚げ、クレソンサラダなどを作ってきてくれた。盛りつけに凝ったきれいな弁当ではなかった。悪天候にも対応できる行動食として、おにぎりも一口大と小さめで一つ一つをラップに包み、唐揚げの類《たぐ》いも、最悪の場合は歩きながら食べられるようにスナックのようにパックされていた。山に慣れている女性のよく配慮された弁当に私は驚いたものだ。

一方、はなからデート気分で浮ついていた私は、ザックからコンロを取り出し、用意してきたミネラルウォーターでトラジャ豆のコーヒーをいれた。

アルミカップに注いだコーヒーを彼女は素直に喜んでくれた。

日暮れ間近に下山した私は東京には帰らず、登山口にほど近い別荘地の、買ったばかりのログハウスに彼女を迎えた。

そこは一人で物を考え、アイデアを練るためのバンガローのような小屋で、別荘管理会社のスタッフ以外の人間を入れること、特に女性を招き入れることなどそれまで考えたこともなかった。

作業台を兼ねたテーブルの上にランタンを灯《とも》し、ますの燻製《くんせい》や野菜スティックといったものをつまみに私はワインを開けた。もっとも肇子は酒はたしなむ程度で、小屋の水道水をおいしいと言って飲んでくれたのだが。

その夜、初めて言葉を交わしてからわずか一ヵ月で、私は彼女を落とした。

ベッドの中での肇子の振る舞いが魅力的でなかった、とは言うまい。隣り合って座り会話するとき、顔かたちは美しくても品性の卑しい女は、目玉を動かし視線だけをこちらに向ける。そうでない女は顔を向ける。だが肇子は違う。

静かに肩を回し、上半身ごとこちらに相対する。そうして静かに微笑む。そんなとき気恥ずかしく、何かありがたいような気持ちにさえなるのだ。

だが、性交渉において、肇子は少なくとも面白い女ではなかった。

その野暮ったい衣装の下にあったのは、およそ魅力に乏しい身体であり、神秘も謎もない、どうということもない女の一人だった。だからといって決して失望などしなかった。ただ、山にいる間中、非常に魅力的な女性に見えた肇子との行為の果てに私が得たのは、愛情というよりも達成感だった。

遂にこの女の奥まで知った、と私は喜んだ。神秘の正体を単なる裸、単なる性器の結合で解明できるはずはない。にもかかわらず傲《おご》り高ぶっている若い雄は往々にしてそんな愚かな誤解をする。自分の浅薄さを後悔することになるのだが、少なくともそのときを境に私は次第に肇子への興味を失っていった。

気品ある古典的風貌は、再びただの地蔵に戻り、流行にとらわれぬ保守的で質素な服装は、身なりにかまわぬ女の頑迷さに映り始め、彼女、肇子が美貌とセンスに恵まれない、家柄だけが取り柄の鈍重な女に見えてきた。

その鈍重さが鼻につき始めたのは、ログハウスの一夜から後、当然のように彼女から連絡を取ってくるようになったことが原因だったのかもしれない。

リーマン・ショックの二年前のことで、私に限らず仲間たちの商売も絶頂期にあった。東京に戻ればスイッチが切り替わり、いつものように仕事に全力投球する生活が始まる。

愛する女がいても、家族がいても、たとえ病気の幼子がいても、そうした私生活に関することのプライオリティーは五位か六位に後退する。サラリーマンではないのだから当然のことだ。私も私の仲間も、単なる金儲《かねもう》け以上のこと、欧米や中国に後れを取り、このままでは三流国に転落するであろう日本の未来を自分たちが変えるのだという気概と自負のもと、使命感に燃えていた。

電話をかけてくる女にかまっている暇などなかった。せめて電子メールにしてくれれば多少は対応のしようがあったのだろうが、それを礼儀と心得ているのか、肇子は水茎の跡も美しい封書の手紙を送り付けてくるのだ。

手紙の文面も、会ってくれ、というものではない、ただ親しく繋がった者らしい、こちらの生活を気遣う内容に過ぎないのだが、日々、膨大な書類に目を通す立場からすれば、正直なところ煩わしい。そうした手紙を読んでいる暇も惜しいのだ。

手紙はなしのつぶて、常に留守番電話で応対され、また会社にかければいつも会議中ということになれば、普通の女なら自分が男の興味の対象から外れたことに気づく。少なくともそうしたことにかまっていられない男の立場を理解する。

だが、彼女にはそれがわからない。

その夏は格別暑かった。連続四十度近い気温の日々が続いた八月がようやく終わりかけていた頃のことだ。

こちらの冷めた思いに頓着《とんちゃく》したふうもなく、ある夜、彼女は当時、私が自宅にしていたホテルサービス付きの賃貸マンションに現れた。メディア関連会社の役員たちを招いた会食を終え、翌早朝の会議まで仮眠を取ろうかというときだった。

コンシェルジュから連絡をもらい一階ロビーに下りてみると、肇子は来客用の椅子から優雅に立ち上がり、老舗《しにせ》デパートの紙袋を抱えて近づいてきた。

そんなときでも私には、女を怒鳴りつけたり邪険に扱ったりはしない分別があった。

普通に挨拶《あいさつ》し、フロント脇にある応接コーナーに肇子を案内し、連絡を取れなかったことを詫《わ》び、自分の状況を説明した。そして現在のところ自分には女性と付き合っている時間的余裕はなく、またいつそうした時間が取れるのかもわからない、と伝えた。

彼女は私の健康を気遣ってくれた。そして多忙な私の生活を自分がサポートできるのではないか、すなわち妻にしてくれないか、といった内容を、その思慮深い表情で婉《えん》曲《きょく》に切り出した。私は反射的に回避しようとした。

考えられないことだった。結婚は、男にとっては責任と義務を伴うものだ。単なる金銭的な責任と義務ではなく、相手の人格についても。だが当時の私にとっての責任と義務のすべては自分が起こした事業に向けられるもので、女や家庭に回せる分などなかったのだ。甘い言葉で粉飾したり、期待を持たせたりするような言い回しを避け、私は自分の気持ちを率直に告げた。

いつも微笑を浮かべている細く小さな目に、そのとき初めて思い詰めたような光が宿った。それがこのうえなく不細工に見えたのだから、人間の感覚というのは何と身勝手なものだろう。

目の前の女に落胆しながら、その小さな唇の口角が上がり、笑みを湛《たた》えていることに私は恐怖を覚えた。同時に、一度でも仕事より女を優先した自分自身に腹を立ててもいた。

「申し訳ないが、明日の朝、早いので」という言葉で私は忙《せわ》しなく立ち上がり、フロントに常駐しているコンシェルジュに、彼女のために夕クシーを呼んでくれるようにと頼んだ。

もちろん車中の彼女を見送ることも忘れなかった。

エントランスの自動扉から一歩外に出ると、深夜だというのにアスファルトとコンクリートの吐き出す都会の熱気をはらんだ風が体を包み、停車中のタクシーの排ガスのにおいが鼻についた。

私は肇子に手を貸してタクシーに乗せてやり、閉められた扉の脇に立って軽く会釈した。そして角を曲がって見えなくなるまでその場に立って手を振っていた。向こうが振り返って後部座席のガラス越しに見ていることを知っていたからだ。そしてタクシーが視野から消えた瞬間、きびすを返してエアコンの冷気に満たされたロビーに駆け込んだ。

絶頂期は続いていた。それまでリスクを取り、何十億単位の負債を抱えても歯を食いしばって持ちこたえてきたのが、その頃、一気に成功に転じた。

明日はどうなるかわからないが、今は栄光のただ中にいる。

そんなとき、組織のトップの気持ちは孤独なものだ。

十二月も半ばを過ぎた頃、深夜の会議を終え、仮眠を取るためにマンションに戻ってきて、不意に気づいた。つい二、三年前まで、クリスマスのイルミネーションがまばゆく灯り、人々で溢《あふ》れていた繁華街の歩道がやけに閑散としていることに。

普段は暗闇に沈んでいるお屋敷町のあちらこちらに、庭木を使った巨大なクリスマスツリーやトナカイのイルミネーションや小さな城が出現し、競うようにきらびやかな光を放っていた。

一昔前にクラブやレストランで浮かれていた男女が、ある者はワインをある者はケーキを提げ、子供たちのためにイルミネーションが施された家に戻っていく。豊かな者、恵まれた立場にいる者から先に家族を持ち、家庭へと帰っていった。

不況を経て世間は成長から安定へと舵《かじ》を切っていた。新しい世界を切り開こうとすれば安定などない。変化が止まり静的平衡状態に落ち着くことは死を意味する。わかってはいる。それでも疾走することを余儀なくされているからこそ、せめて家に戻ってきたときには温かな微笑みとともに迎えられくつろぎたい。

我々のグループも当初の狂騒状態は一段落し、メンバーは社会的にも認知されて信用と信頼を勝ち取りつつあった。経営者や幹部の人間的な信用も必要とされつつあった。

いつまでも独身者同士が集まって、周囲から男色家のグループではないか、などとろくでもない詮索《せんさく》をされたりしてはいられない。若手起業家グループというある種色物的な評価から脱却し、財界の中央へと駒を進める時期に来ていた。そのためにも結婚し家庭を築くことが必要だった。独身では社会的、人間的信用が得られないのだ。

結婚相手は、我々の取り巻きのモデルや女優では用をなさない。四十を過ぎて、あるいは四十を目前にして、仲間たちはアナウンサーや自分の秘書たちと結婚していった。

そのとき妻として私が思い浮かべたのが肇子だった。企業人としての信用、居心地の良い家庭、そんなことを考えると彼女以外の女は思い浮かばなかった。

この期に及んでも私は増上慢になっていたようだ。世間的に見て、そもそも私は彼女と結婚できるような男ではなかった。人格が、ではない。もちろん人格も誇れるようなものではないが、それより彼女のような立場の者にとっては、人格より家の格が優先する。戦争から六十年以上を経ても日本の上流社会とはそういうものだということを後になって知る。あの夏の日、肇子はすべてを捨てる覚悟で私のマンションを訪れてくれたのだ。その気持ちを私は慇懃《いんぎん》に、冷酷に無視したのだった。

だが今度は私が電話で居留守を使われる番だった。もちろんメールに返事はない。そして彼女の自宅の電話にかけてようやく繫がったのだが、そのとき出たのは、肇子の父親だった。

「ご用件は?」と尋ねられ、正直に答えた結果、すでに肇子が婚約していることを告げられた。

後になって知ったことだが、相手はさる財閥系企業の社長の御曹司だったのだから、釣り合いのとれた相手であったことは間違いない。

時期から推測して、彼女が私のマンションを訪ねてきたとき、彼女がどんな状況にあったのか、初めて理解できた。

愕然《がくぜん》としたが、その事実をすぐには受け入れられなかった。辛うじてその父親に形式的な祝福の言葉を伝え、翌日、祝いの品を贈った。薩摩《さつま》切子の花瓶だ。自分の経済力を誇示するような高額の品だった。

潔く身を引き祝福するように見せかけながら、私は自分の存在を肇子に伝えようとしていた。

花瓶は、あの日、信州のログハウスで二人で乾杯した折のグラスを作った工房の作品だった。グラスは南の海を思わせる青緑色で、贈った花瓶は祝祭的な金赤だったが、その麻の葉文様を目にすれば、あの一夜を思い出すはずだった。

諦《あきら》めきれない、などというならまだ良い。

好き嫌いに関わる人の心ほどやっかいなものはない。手に入りにくいものは希少性を帯びる。やすやすと手に入れられるもの、向こうから飛び込んできたものを人は冷淡に、粗末に扱う。ところが、去られてみると、傷つけられた自尊心とともに激しい渇きに似た執着心がわき上がってくるのだ。

婚約した、と聞いた瞬間に、私は肇子を欲しいと思った。欲望ではない。自分でも戸惑うほどの恋心、長い間忘れていた胸底を焼く激しく切ない思いに翻弄《ほんろう》されていた。

だが肇子からの連絡はなかった。祝いの品にたいする形式的な礼の言葉もなかった。

「つかぬことをお聞きしますが」という丁寧だが威圧的な物言いで、肇子の父親から彼女の消息を尋ねる電話が入ったのは、それから三ヵ月後のことだった。

肇子が消えた、と言う。それも結婚式を挙げるために、さる由緒ある神社に向かう途中で体調が優れないと車を降り、近所のホテルの洗面所に向かったきり戻って来なかったらしい。

先方は、私が彼女を連れ出し二人で逃げた、と疑っているらしい。

自分は肇子とはまったく会っていない、と答えたが、相手は信用せず、一時間もしないうちに父親が私のオフィスにやってきた。それもモーニング姿で。

そこで通常通り仕事している私の姿を見てようやく自分の娘の失踪《しっそう》に関わっていない、と納得したようだ。

そのとき私は肇子が死ぬつもりなのではないか、と危惧《きぐ》した。彼女の家族はそんなことは考えなかったのだろうか。

「たいへん失礼いたしました」と青ざめた顔で頭を下げた父親をエレベーターのところまで見送った後、私は自分の記憶を整理し、表裏双方のネットワークを駆使して肇子の行方を追い始めた。

そしておそらく肇子の実家が依頼したであろう興信所よりも速やかに、肇子の足取りを摑んだのだった。

スマートフォンの普及にはまだ間があり、ましてやすべての携帯にGPSが搭載され、位置情報が確認できるなどという時代ではなかった。だが、その前年、肇子と信州の山に行くことが決まった折、私は仲間うちの経営者が開発していた試作品の携帯を彼女にプレゼントしていた。決して邪《よこしま》な目的などではなかった。

低山とはいえ山中に入れば何があるかわからない。万が一のことを考え、たとえば急な雨やバッテリー切れなどで携帯が機能しなくなっても、どこにいるのか追跡できるようにと肇子が長年使っていた旧式のＦＯＭＡからそれに乗り換えさせていた。

その携帯電話は電源が切られていたが、微弱な電波を発信しつづけていた。

彼女は品川《しながわ》にあるシティホテルからタクシーで駅に向かい、そこから長野に向かったということがわかった。そして県内の特急停車駅近くで動きを止めた。

おそらくそこで廃棄されたのだ。彼女がそのＧＰＳ機能を思い出したからというわけではないだろう。電話やメールで繋がるすべての人間関係そのものを廃棄するつもりだったのだと思う。

だがそれで彼女の向かった先がわかった。携帯を廃棄した駅から車で二、三十分行った先に、私のログハウスがあるのだ。

胸を突かれた。結婚式場に向かうその足で失踪した彼女は、私との思い出のあるその地に向かった。それを知って跳び上がるようにして喜んだ私は何と軽薄な男だったのだろう。

その日の会議や会食をキャンセルするようにと秘書に指示し、私は即座にマンションに戻ると自分のレンジローバーで高速に乗った。

三時間足らずでログハウスに辿《たど》り着いたが、鍵《かぎ》のかかった家のまわりにだれかが訪ねてきた形跡はなかった。

別荘地のエントランス付近にある管理事務所に戻り、担当者に貸別荘にチェックインした客について尋ねたが、肇子と思《おぼ》しき客についての情報は得られなかった。

その日、私は私立探偵よろしく別荘地内にあるスーパーマーケットで張っていた。旅の準備もなく着の身着のままの肇子が東京を発《た》ったのなら、必ずこの店で防寒具や身の回りのものを買うはずだった。別荘地内の売店では唯一、生活必需品を売っている店であったし、駅から別荘地までの間には肇子が買い物をするような店はなかったからだ。

店内と駐車場を往復しながら夕刻までそこにいたが、肇子は現れなかった。

さらに別荘地のレストランや売店を訪ね回ったが、結局、彼女の姿を見つけることができずに、私はその日、深夜の高速を飛ばして東京の自宅に戻った。

別荘地を発つ寸前、私は肇子の父親に電話をかけ、恥も外聞もなく彼女の携帯電話にしかけたGPSを使って追跡し、ここまで来たが彼女を見つけられなかったということを報告した。そのうえでそちらで消息を摑んでいないかと尋ねた。彼女が携帯電話を捨てた後に死に場所を求めて彷徨《さまよ》っているのではないか、あるいはすでに命を絶ったのではないかという危惧があったからだ。

その危惧は彼女の父親も同様であったらしい。私の捜索に対し、内心はどうあれ率直な礼の言葉を述べ、警察をはじめあらゆるつてを頼って娘の行方を追っていると語った。

何か新しいことがわかれば連絡すると互いに約束して通話を終えた。その日の午前中に初めて顔を合わせた彼女の父親、本来なら一方的に私を排除する立場にある男は、すこぶる丁寧に「どうかよろしくお願いいたします」という言葉を残した。

私の仲間内の情報力も肇子の家のつても、人捜しということについては、警察や暴力団を凌《しの》ぐものがあったはずだが、肇子の消息は杳《よう》として知れなかった。

家族が捜索願を出している関係上、もし預金を下ろしたり、カードを使ったりすればすぐに銀行から家族の許《もと》に連絡が入るはずだが、そうして見つかったという話も聞かなかった。


それから半年以上も経過した頃、肇子の所在について意外なところから情報が入った。

私のログハウスのある別荘地にほど近い廃村に移り住んだダンサーや音楽関係者数人が、大麻栽培の疑いで逮捕されたのだ。毎年その地域でワークショップを開催していたカリスマ舞踏家の影響を受けて田舎に引っ込んだ彼らは、近隣の村の人々と格別の摩擦もなく暮らしていたが、自給自足の生活のために栽培していた農作物の中から大麻が発見されたのだ。

暴力団との結びつきもなく、どこかで売ったというわけでもなく、あくまで自家用として、吸引するだけでなく織物材料などにも使っていたらしい。

そのニュースを扱った知り合いの記者が容疑者の一人として肇子の名前が挙がっていたことを知らせてくれたのだ。

脱法ハーブと思しき物を持っていたのだが、調べてみると単なる漢方薬の類いと判明し容疑者リストから外されたらしい。

私は即座にその廃村に向かったが、幹線道路から農道を二十分ほど入った斜面に開かれた村には、彼らが栽培していたと思しき作物が、あるものは実を付け、あるものは野放図に蔓《つる》を地に這《は》わせ、あるものは花が咲き、折からの雨に打たれている他、人の姿はなかった。

ごく狭い一区画だけ、何かが焼かれ土が掘り返された跡があり、それが大麻畑であったことがうかがわれた。

逮捕者たちはかつての住人が残していった家に共同で住んでいたらしい。茅葺《かやぶ》き屋根をトタンで覆った、ひときわ構えの大きな家の周囲に散らばった発泡スチロールの保冷箱や、軒下の小物干しにぶら下がった靴下が、つい最近までそこで人の暮らしが営まれていたことを生々しく示していた。

施錠されていない家の中に人の気配はなく、ただ警察による捜査が行われた跡だけがあった。

近隣の村の住人に尋ねても、廃村に住み着いた余所者《よそもの》については、不吉なものとの関わりを避けるかのように、唇を真一文字に結んでかぶりをふるだけだ。

東京に戻った私は逮捕された一人である女性ダンサーに弁護士を紹介し、費用を負担するかわりに、保釈された彼女から話を聞き出すことに成功した。

ダンサーは肇子を知っていた。だが肇子は逮捕者のグループとは一緒に住んではいなかった。

　肇子は、私が訪ねた廃村ではなく、その近くの限界集落に家を借りていたのだ。

　その家の畑を耕し青菜や芋などを栽培しようとしたらしいが、道具も技術もないから自給自足のまねごともできない。そこで地域内にある洋蘭栽培の温室でアルバイトをして生計を立てていたらしい。廃村に住んでいた大麻グループも自給自足の生活とはいえ現金は必要だったのでその温室の作業を手伝いに行っており、肇子と彼らはそこで出会った。

　ダンサーによれば肇子と彼らの交流は、作業の帰りに仲間の一人が肇子をバイクで送ってやったり、作物を分けてやったり、ときおり肇子が訪問してきたりといった、ごく普通の近所付き合いのようなものだったらしい。彼女も大麻の吸引をしたのか、と尋ねると、ダンサーはわからない、と答え、自分たちにとってはそれほど特別のことでもなかったから、と悪びれもせず付け加えた。

　肇子についてどんな印象を受けたか、と尋ねると、ダンサーは迷うこともなく極めて簡潔に答えた。

「美しい人よ」と。

「精神面とかライフスタイルの話？」

「顔と姿形が美しい人。つまり人格が美しいということ。汚れのない顔で、裏表がなくて、嘘つかないし、欲がなくて、透明な水みたいな人」

「ある意味、強い人？」

私は尋ねた。手強《てごわ》い女になってしまったのか、と気になったというのが本音だった。

「強いとか弱いとか、関係なくて自然体……」

それからダンサーは私を正面から見つめると尋ねた。

「彼女のこと好きだったんでしょ」

「ああ。今でもね」

私は開き直ったように答えた。

ダンサーの眉間《みけん》に一瞬、小さく皺《しわ》が寄った。

「でもあの人、霊的な世界に影響受けたみたいだから」

「どういう意味？」

「深遠で霊的な世界に繋がる場所を知っている、いつか私もそこに行くかも、みたいなことを言ってたかな」

スピリチュアリズムか、と私は鼻白む思いだった。だが肇子がそんなものに影響されるほど知性に乏しい女とは思えなかった。

それよりも、と私は再び信州に向かった。

憑《つ》かれたような状態だった。重要な人物、これから伸びるに違いない業種の若い経営者、そうした人々との会食、会合をキャンセルし、レンジローバーに飛び乗って信州に向かう私を社員は心配した。

「まさか女関係のトラブルを抱えているわけじゃないですよね」

通常から部下というより、仲間として接している彼らは臆《おく》した様子もなく尋ねた。

私はそんなことはない、と否定して逃げるように駐車場に向かう。

肇子の住んでいる限界集落の場所と彼女がわずかな収入を得ている温室の場所は、ダンサーとの面談で知ることができた。

高速出口から幹線道路に下り、脇道から曲がりくねった農道を大きな車体で苦労しながら進んだ。

周辺に小中学校はあったが、医院や役場のようなものはない。何より店がない。

自宅の冷蔵庫や引き出しのような感覚でコンビニを使う生活に慣れた私にとって、道の両脇が農地か森林、見渡す限りチェーン店の看板が皆無な地域に住む、というのは想像できなかった。地元の人々は軽トラックで七、八キロも離れたＪＡの売店まで行くのだろう。それより近くて生活に必要なものを売っている店と言えば、別荘地内のスーパーマーケットだけだ。

そんな場所で彼女がどうやって生活していたのか見当もつかなかった。

村の一軒の家に行って尋ねると、そこの家の老女がすぐに肇子の住んでいた家屋を教えてくれた。そう、住んでいた家であって、すでに肇子は引っ越してしまった後だったのだ。

「今月の初めですよ。しばらく姿を見ないなと思っていたら、『北海道に行くことになりました』って挨拶に来て『お世話になりました』と頭を下げてね」

たった二週間前のことだ。

「北海道ですか」

「そのうち落ち着いたら挨拶状でも寄越《よこ》すんじゃないかしら。手提げ一つ持ってバス停まで歩いていくっていうから、お父さんがついでがあるからって駅まで乗せていきましたけどね」

言葉を切って老女は小さくため息をもらした。

「あんなに何もなくって、どうやって暮らしていたんだか……」と老女はそこにあるサンダルに足を入れると、私を手招きした。

格別、説明もされないまま老女の後をついていく。農道沿いの家々はどこも黒く朽ちた廃屋だった。奥まったところにある沢沿いの一軒を彼女は指差した。

「ほれ、ここに住んでいたの」

古びた家だが、二週間前まで人が住んでいたというだけに、古びながらも家は生きていた。老女は玄関の戸を無造作に開ける。鍵はかかっていなかった。

雨戸がしまっていて、内部は木くずの朽ちたような匂いがしたが、台所の窓から差し込む光で室内は明るい。

コンクリートも打たれていない地面そのものの土間に立つと太い梁《はり》と磨かれた床、畳のすり切れた座敷が見渡せた。

「古民家ですか」

「私の曾祖父《ひいじい》さんの時代にはもう建っていたそうですから築百年くらいですか」

「よく保たれていますね」

「十三、四年前に改修したようですよ。東京からお医者さんがやってきて、ここにがん患者を集めて治療をしていたようですが、結局、偽医者だったみたいね。逮捕されて出て行ってそれ以降空き家になっていたところにあの人が入ったんですって」

　肇子が逃げた先がここであった理由にようやく思い当たった。がんの研究や治療を支援するボランティア活動を通して、あるいは実母の闘病生活を支える中で、肇子はおそらくその偽医者に関わり、彼が根城としていたこの場所に身を隠したのだろう。

　肇子は手提げ一つで引っ越してしまったというが、部屋にも何も残されていない。

　台所には石油コンロとアルミの両手鍋《なべ》があったが年季の入り方からして、前の住人の残したものだろうというのが一目でわかる。作り付けの食器棚に揃いの椀《わん》や皿がたくさんあるのも同様だろう。

　電化製品はない。

「そこの水場でよく洗濯していたわね」

　老女の指差す方を見て私は驚いた。

　台所のガラス窓越しに、杭《くい》で土留めされた水路が見えた。田んぼに水を引く用水路だ。

「うちの洗濯機使っていいよ、と言ったんだけど、化繊の服なんで水洗いだけで十分だから洗剤も使わないからって。ま、昔は私らも着たきり雀でろくに洗濯なんかしなかったけれど」

少し前に訪れた大麻のグループに比べても、はるかに物の無い暮らしだ。

驚いて突っ立っている私に、老女は、その家が肇子やあのダンサーのアルバイト先であった洋蘭栽培農家の持ちものであることを教えてくれた。

無人の家を出て私は洋蘭農家に向かった。その直前、彼女の住んでいた家の郵便受けに入っていた肇子宛ての封書をとっさに自分の鞄《かばん》に入れた。A5判封筒には「極楽寺《ごくらくじ》」と寺の名前が印刷されていた。

巨大な温室はずいぶん離れたところからもそれとわかった。

肇子が住んでいた家からは車で五分足らずの場所だが、歩けば三、四十分はかかるだろう。そこを彼女は徒歩で通ったようだ。

草地に車を置き温室のそばまで行ったが施錠されており、人が中にいる様子はない。

持ち主の家はそこから少し離れたところにあった。

三世代同居と一目でわかるモルタル三階建ての家の玄関は開け放してあり、声をかけると隣の納屋から作業服姿の中年の男が出てきた。

肇子の家族の知り合いで、彼女を捜している、と名刺を手渡すと、相手は、はっとした顔をした。

私の名前と顔が、その頃、頻繁にビジネス誌に出ていたことが幸いした。

警戒することもなく、男は私を縁側の座布団に座らせ、話を聞かせてくれた。

「あんなことがあったから」とまず、困惑した表情を見せたのは、大麻事件のことだった。

「近くに別荘地があるせいですか、このあたりには都会から怪しい者も入ってきますね。十二、三年くらい前にうちの実家の廃屋に住んでくれるっていうんで貸したら、煎《せん》じ薬でがんを治すとかいう詐欺師で、えらい迷惑しましたよ。ほどなく逮捕されましたが、今度は大麻でしょう。いや、あの大麻グループは真面目な連中だったんですがね。仕事の覚えも早いしこっちも助かっていたのに、罪の意識がなかったんでしょうね。いや、罪の意識、というか、それを悪いことだとは思っていない、法律の方が悪いんだ、みたいに思っていたようですね。極楽寺の方も困ったでしょうね、警察に踏み込まれたりしていましたから」

肇子宛ての封書に印刷されていた寺だ。男の話によると、檀家《だんか》がみんな引っ越してしまい廃寺になったのを、東京にある別の寺が譲り受けたものらしい。管理費を払う者のいなくなった墓の石はすでに撤去されており、東京から来た寺が新たに墓地を造ったが、墓石がわりに木を植えている、と言う。

「樹木葬ですね」

「まあ、そんなこと言ってましたが、都会の人は何を考えているんだか、こんな知らない土地で、木の下に埋まりたいっていうんだから」と男は苦笑した。

その樹木葬墓地で枝払いをしたり遊歩道を造ったりといった作業を、逮捕されたグループのメンバーとともに肇子も手伝っていたらしい。

　真面目で行儀のいい人で、ずいぶん助かった、と男は話した。

「実家の空き家もきれいに使ってくれていたし、やっぱりあの人だけは連中と付き合っていても手が後ろに回るようなことはしなかったんだね」

　彼女は北海道に引っ越していったのだが、何か気がついたことはなかったか、と私が尋ねると、男はしばし考えるように首を傾げていたが、ぽつりと「金は持ってなかったね」と答えた。

「うちのお袋が穿くようなズボンにくたびれたシャツ、女なんだけどいつも同じ服を着て、歩いて通ってきていた。よほど貧乏慣れしているんだか、それで平気な顔をしていた」

　彼が肇子の正体を知ったらさぞ驚くだろう。

「大麻の連中は、金を使わないことをいかにも偉そうに言うんだが、あの子はそんなところもなくて、ときどきあんまり気の毒なんで、お袋なんか、おかずやもらい物の菓子なんか持たせてやっていたね。えらく礼儀正しくお礼を言うんだが、はしゃぐわけでもないし……」

　結局、彼も肇子の引っ越し先やその理由については知らなかった。ある日、作業用に貸してやった腕カバーと手袋をきれいに洗って返しにきて、世話になった礼を述べ、北海道に引っ越す、と告げたらしい。

「親の借金か何かで夜逃げして来たんじゃないのかなぁ。大麻事件で居場所を知られそうになってまた逃げるしかなかったんだろう。今、思えば、無理にでも事情を聞き出しておけば、どうにかしてやれたんじゃないかと……気の毒なことしちゃったな」

男は人の好さそうな顔でつぶやくともなく言う。

極楽寺の住職にも話を聞きたかったが、どうにも外せない用事が一件入っていたため、そのまま東京に戻った。

オフィスについてから肇子宛ての極楽寺からの封書を開けた。

書簡はなく、冊子のみ入っていた。

その裏表紙の写真から極楽寺が杉並《すぎなみ》区内にある寺で信州にあるのは別院であることがわかったが、冊子を開いた瞬間、何ともいえない違和感を覚えた。

宗派は真言宗《しんごんしゅう》となっているが、あの信州の別院の樹木葬墓地は、宗派は問わず合祀《ごうし》にするらしい。管理料の代わりに森林保護のための寄付金を納めるか、金の代わりに下草刈りや枝払い作業に参加することを追善供養として勧めている。その根拠として、神秘的と言えば聞こえが良い、得体の知れないエコロジー哲学が懇切丁寧に説かれていた。また実践方法として、写真入りのヨガの指導と数々のハーブを使った菜食料理のレシピに多くのページが割かれている。

もしやとそこにあるハーブ名に目を凝らしたがさすがに違法なものはない。だがボランティアとして出入りしていた大麻栽培のグループや肇子が、この寺の影響を受けたことは間違いない。真言宗は名目で、実質はおそらく住職が独断で始めたカルト教団なのではないか。短く、数少ない肇子との逢瀬《おうせ》ではあったが、その中で見えた彼女の志向と、極楽寺の掲げる哲学は重なり合う部分が多いような気がした。

二日後、仕事の合間を縫って杉並区内の極楽寺を訪ね、そちらの住職に会った。

本院の住職は、ごく普通の菩提寺《ぼだいじ》の僧侶《そうりょ》だった。寺の敷地が狭く新たに墓を造れなくなったために、地方の廃寺を買ったという才覚ある商売人でもあった。だがその週末、住職の紹介で信州の別院から定期的に通ってくる住職の息子に会ったときに、ぴんと来た。

彼こそがあの冊子の発行人だった。頭は剃《そ》り上げていても、眠ったようなまなざしが不穏な静けさをかもし出し、大学でインド哲学を学んだ後にインドのマディヤ・プラデシュ州に飛び、ダリットの村で修行と布教を行ってきたという経歴も怪しさをはらんでいた。

私は男に肇子のことを尋ねたが、彼女が北海道に引っ越したことは知っているが、北海道のどこかということはわからない、と答えた。引っ越しの理由については彼女の信念によるものだ、と言うだけで、それ以上は口をつぐむ。大麻栽培のグループについても、彼らとは共に里山保全の活動を行っていたが、大麻や薬物の使用や栽培は彼自身したことがなく、もちろん奨励もしないと答える。

その言葉の真偽が、表情や目の動きからまったくわからぬところが不気味だった。

その男に洗脳されたか、その反対に素直だが思慮深く聡明《そうめい》な肇子が、彼の中の犯罪性にいち早く気づき、あの土地から逃げ出したのか、見当がつかなかった。

肇子の引っ越し先について私は鎌をかけるような質問を投げかけたが、彼が口を滑らせることはなかった。あるいは本当に知らなかったのかもしれない。

何も手がかりを得られないまま調べたことをまとめて、私は肇子の父親に手紙で送った。

その頃には、各所で耳にした彼女の人柄を讃《たた》える言葉と、何より私の目の前から消えてしまったこと、去られてしまったことで、私の中の肇子への思慕と執着はいっそう強いものになっていた。

何としても見つけたい、父親に取り入ってでも自分のものにしたい、という気持ちがあった。プライドも何もなかった。

ほどなく父親から礼の電話があった。

肇子が大麻栽培事件について事情聴取を受けた段階で、警察から父親に連絡が入っていたと言う。だが父親が長野の警察署にかけつけたときには、肇子はすでにそこにはいなかった。内偵捜査の段階で嫌疑は晴れており、肇子は参考人として呼ばれただけだったので、警察は身柄の拘束ができない。また事情聴取に応じる条件として、肇子は自分の居場所をだれにも教えないことをあらかじめ警察官に約束させていたらしい。

父親は大麻栽培のグループが住んでいた廃村とその周辺を空しく捜し回っただけで帰

宅していたのだった。

今回、私が送った資料によって引っ越し先が北海道であることがわかったので、そちらを捜してもらう、と彼は言う。捜してもらう、ということは探偵事務所にでも依頼するのだろう。

一方、私の方も自分のネットワークを使い肇子を捜した。それでも北海道のどこにいるのか、肇子の消息はなかなか摑めなかった。信州を出たときの状況からして現金はほとんど持っておらず、カードから現金を引き出せば、捜索願が出されているので家族に連絡が入るはずだがそれもない。

父親はすでに彼女の友人関係を洗ったということだったが、肇子の行方について知っている者も、話してくれる者もいなかった、という。

動きがあったのはそれから二ヵ月後、ちょうどその一年前に、屋敷町のイルミネーションを見て、突然、落ち着きたいという気分にかられ、肇子に連絡を取ろうと試みた頃のことだ。

肇子の父親から電話があった。肇子が連絡してきたと言う。

それはごく短いやりとりというより、一方的な宣言のようなものだったらしい。

これまで育ててくれた礼と別れの言葉。その中で肇子は、自分の求めていた静穏な生活に入る、という言葉を使った。そこで家族やすべての人々の平和で幸福な暮らしを祈っている、という内容のことを語った。

「静穏な生活」を肇子の父親は死と解釈して衝撃を受けたが、肇子はそれを否定した。だれにも会えないが自分はちゃんと生きて、何ものにも煩わされない静かな生活を送るだけだと、家出前とまったく変わらぬ優しい口調で語ったらしい。

「せめて私にだけは、居場所を教えろ」と父親は迫ったらしいが、肇子は自殺などは決してしないからと答えて電話を切った。

　彼女の家にかかってくる電話はすべて通話内容を録音されており、発信元も記録される。肇子からの電話は公衆電話からかけられていたので、父親は警察に場所の特定を頼んだものの、犯罪性もなく令状も取れないために、どこの公衆電話からかけられたものかを調べてもらうことはできなかった。

　父親は肇子の話の内容と、引っ越し先が北海道ということから、娘が女子修道院に入るものと解釈した。そこで教会を通じて道内の修道院に確認をとってもらったのだが、肇子が在籍している、あるいは洗礼を受けたという情報はなかった。そこであらためて録音を聞き直し、父親はそこに「神」という言葉がないことに気づいたのだ。

　再び手がかりは途絶えた。

　仲間内で不動産関連の仕事をしている者から、肇子の転居先について信頼できる情報が入ったのはそれからさらに数ヵ月後のことだった。

複数の業者が共有している借家人リストに肇子の名が発見されたのだ。

家賃滞納者や暴力団関係者などのチェックにも使われるそのリストは、当然のことながら非公開のものだ。

それによれば、肇子は道北の新小牛田という町に住んでいた。旭川空港から車で二、三時間のところで地番もわかったが、このことを肇子の両親に知らせることはできない。借家人リストは私と仲間との信頼関係の上に提供されたもので、その管理は厳重で警察関係者に対してさえ簡単には見せないものだからだ。

だがリストはもう一つの事実も示していた。

賃貸契約は前年の十二月半ばに解除されていた。つまり実家に電話をしてまもなく肇子はそこを出てしまっていたのだ。

私はリストにあった借家の持ち主に、懇意にしている業者を通じて連絡を取った。

家主に対し、家を借りたい、と偽って話を聞くことは可能だったが、人捜しをしている、と正直に理由を告げた。何か事情があるにせよ、その方が話が早いと判断したからだ。

貸家は北海道にあるが、家主は東京に住んでいる。私は事務所近くにあるホテルのロビーに、仲村《なかむら》という家主を呼び出した。話を聞くにあたりそれなりの礼金も用意したこともあり、仲村は一部始終をすらすらと話してくれた。

新小牛田町には、彼の曾祖父が大正《たいしょう》の初めに一家を挙げて宮城県から移り住んだらしい。その後、三代に亘《わた》り、仲村家は昆布漁の他に、狭く痩せた土地を耕して薬草栽培で生計を立てていたが、長男の彼を含め子供たちがその土地を離れたために、かれこれ十二、三年前に老いた両親を東京に呼び寄せ、新小牛田町の実家は空き家になった。

ほどなく両親とも亡くなり彼は新小牛田の土地と家を相続したのだが、売れるものでもなく放置していた。しばらくして地元の不動産屋から、その家を借りたがっている客がいるのだがと連絡があった。町を訪れた旅行者がそこにろくなホテルもないので、たまたま空き家になっていた彼の実家に滞在させてもらえないかと言ってきたらしい。彼としては実家の維持のための補修費や少額とはいえ固定資産税の負担もあったから、承諾したが、その後不動産屋は、その客が「ガイジンだ」と告げた。ただし身元の確かな日本人が間に入っているので大丈夫だと言う。

外国人は半月程で退去したが、翌々年、彼の許に再び不動産屋から連絡が入り、その人物が、今度は数ヵ月間だけ住みたいと言っているという。やがてその外国人が退去した後、別の客がやってきて、短期間、そこに住んだ。その後次々に借家人が入れ替わり、今に至っていると仲村は語った。当初は少々不安な気もしたが、格別のトラブルもなく、何より解体するにも費用がかかり、更地にすれば税金が跳ね上がる過疎の町の家が、多少の金になるなら断る理由はない。

あるとき仲村は親類の法事で釧路《くしろ》を訪れた際、新小牛田まで足を延ばした。管理だけでなく契約などについても不動産屋に一任していたから借家人とは直接、会うこともなかったが、こんな機会に自分の実家がどうなっているのか見ておこうと思ったからだ。

借家人は、突然訪ねてきた大家を迷惑がることもなく迎えた。三十代くらいの男だった、と言う。

「何の商売しているんだか知らないが、何だか浮き世離れした感じの男だったね。頭を丸刈りにして、もう霙《みぞれ》が降り出す季節だってのにシャツにジャージか何かしか着ていなかった。家財道具らしきものもないし、ここで何をしているんだ、と尋ねたら、お迎えを待っている、と答えたのでぎょっとした。いくら売れない家土地だって、そこで死なれたりしたら寝覚めが悪い。それで何のお迎えだ、と尋ねると、男は本格的な冬が訪れる前に別のところに移るんで、その時期が来るまで待っている、と言う。いつになるかわからないが、いずれ岬に行くというので驚いた。カムイヌフ岬といって、日本海に突き出た断崖《だんがい》絶壁の上の小さな台地だ。大学の探険部の連中や秘境専門のカメラマンなんかがときおり入るくらいで、登山道さえない藪だ。岬に入って何をする気だ、と尋ねると、そこに何物にも煩わされない世界がある、とか、お釈迦《しゃか》様みたいな平和な暮らしをするんだみたいなことを言っていた。頭が変になっているようにも見えない。落ち着いた物静かな感じの男だ。ぞっとしたね、昔のオウムみたいなのがまた出てきたのかと。だが岬にあのサティアンみたいなのは造れない。何しろ道もなければ、平地もない、ヒグマもうろうろしている。その男はちゃんと毎月家賃も入れているし、きれいに使っているし問題はないのだが、うちの実家がへんな宗教の根城にされるのはやはり困る。そこで不動産屋に話をして、とりあえず出て行ってもらおうと思ったんだ。ところが東京に帰ってくるなり、野暮用が入ってきてそのままにしているうちに、あっちから契約を解除してきた。お迎えが来たそうで」

そんな話を聞いた後に、私はいよいよ昨年の十二月までその借家に住んでいた女について尋ねたが、この件について仲村が把握していることは、ほとんどなかった。

遠隔地でもあり管理も手続きもすべて不動産屋に任せているからだ。ただ契約書を見て気づいたことがあるという。連帯保証人名が毎回同じだ。最初にそこを借りた外国人のときも、同じ人物だった。

続柄は「知人・友人」。（　）付きで雇主、となっている。

とすれば、どこかの会社が社員を新小牛田に赴任させているということだが、仲村が直接会った借家人の男について言えば何か仕事をしている様子はなかった。単純に、「知人・友人」では審査に通りにくいために「雇主」としたのかもしれない。

その連帯保証人が、借金を抱えた者や犯罪者、密入国者などを組織的に失踪させているのではないかと疑ったこともあるが、現在に至るまでトラブルは何もなく、家賃も借家人本人の口座からきちんと引き落とされているらしい。

私はその連帯保証人の名前を教えてほしい、と仲村に頼んだが、彼は守秘義務があるから、と応じてくれなかった。何とか聞きだそうとしたが、借家人について守秘義務も何もなくしゃべった家主は、連帯保証人については、「そりゃ勘弁してください」と頭を下げるばかりで口を割らない。

その人物が複数の人間を新小牛田に送り込んでいることは間違いない。家主が怖れるような組織の構成員の一人かもしれないし、あるいは岬を根城にした宗教の教祖的人物かもしれない。

私は借家人リストを提供してもらった仲間を通じ、再び違法な手段でその情報を仕入れた。

連帯保証人の名前は、「金原秀夫《かねはらひでお》」とあった。ヤクザでも宗教法人の幹部でもない。文京区《ぶんきょう》在住の薬品検査会社の経営者だった。

いずれにしても彼に会えば、北海道の町から消えた肇子の行方について何かがわかると確信した。だがそこに記された薬品検査会社については、会社年鑑はもちろんネットでも出てこない。税制上の理由から会社組織にはしてあるが、仲間内で立ち上げた零細な研究所か何かなのだろう。

いずれにせよ、正面から攻めることにした。もし実体のある研究所なり会社なりの経営者であれば、私からの会見の申し出には飛びついてくるはずだ、と踏んでいた。国内外の若手起業家だけでなく、財界の重鎮までが、その頃、私との面談や会食の機会を作りたがり、声をかければ向こうから積極的に場を設定するのが常だったからだ。

資料に記された電話番号にかけると確かに繋がった。だがどれほど偏屈な男なのだろう、あるいは私がうぬぼれていたのか。度重なる誘いを金原という男は無視した。

毎回、不在か、会議中という返事だった。当時の私にしてみれば大いにプライドを傷つけられる出来事だったが、肇子がどこに消えたのかその解答に辿り着けないことにただただ焦燥感をつのらせていた。

残る手がかりは新小牛田の家の家主が語っていた「岬」だけだ。

地図で見た限りカムイヌフ岬は、新小牛田と隣町の稲生《いなう》町の間に、くさびのように海に突き出たごく小さな出っ張りに過ぎなかった。カムイヌフ岬はもちろん新小牛田という地名さえ、大縮尺の地図にしか表示されない。

家主の話が事実とすれば、借家人は、数ヵ月間、新小牛田の家で暮らした後、その岬に入ったことになる。肇子も、賃貸契約が解除された十二月半ばくらいに、「岬」に入った。「何物にも煩わされない世界」「静穏な生活」を求めて。

究極の平穏。「静穏な生活」を保障する神殿が、その岬にあるのか。

求めて得られぬものほど心を引きつけるものはない。

それは私も同じだ。いや、容易に得られると思っていたものが、するりと腕の中から抜けて行ってしまったとき、そのものの残した記憶は輝きを帯びる。もう一度肇子を取り戻すためなら何もかも失っていい、その頃にはそんなことさえ思うようになっていた。

金、地位、人望、そして女性。努力と自制心、決断力によってほとんどのものは手に入れてきた。そんな私が自制心を失った。何が重要で、何が些末《さまつ》なことなのか。それを見失ったわけではないが、わき上がる感情に流された。自分にとって最重要なものは日本を牽引《けんいん》する技術や産業ではなく、肇子という一人の女性だ、と本気で考えたのだった。

仲村から新小牛田町の借家の話を聞きだしていた頃、私は極楽寺の発行している冊子を受け取っていた。昨年、杉並の本院を訪れた際、そちらの住職に名刺を渡しておいたので、墓地営業のつもりで新しいものを送ってきたらしい。

捨てるでもなくオフィスの机の上に放り出しておいたものを手にとったのは、年度替わりの書類整理の折だった。内容は信州極楽寺で営まれる彼岸法要のお知らせ記事の他は、例によって得体の知れないエコロジー哲学とも原始仏教思想ともつかない教えについてだったが、巻末に昨年の行事報告欄があった。有志が集まって樹木葬墓地の裏山に散策路を作ったというものだ。作業中の小さな写真が載っているのだが、そこに肇子と思しき女の後ろ姿が写り込んでいたのだ。彼女は極楽寺に出入りしていたというのだから不思議はないのだが、日付を見たときに首を傾げた。作業が行われたのは昨年十月だが、それは私が肇子の住んでいたという無人の家を訪れ、近所の住人から彼女は二週間前に引っ越した、と告げられた数日前のことだ。彼女は家を引き払った後も、まだしばらくあの地に留《とど》まっていた。そして極楽寺でボランティアとして作業に携わった。

いや、近所に住む女は、肇子について、しばらく姿を見ないと思っていたら引っ越しを告げにやってきた、と話していた。ということは、肇子はその前後、どこか別のところに身を寄せていたと考えられる。北海道に向かったのはその後だ。

私は冊子のページに目を凝らす。彼女と信州極楽寺との関わりは案外深いものなのかもしれない。その結果が北海道行きと父親にかけた出家をにおわせる電話だったのではないか。私はあの寺の住職、確か工藤昭光《くどうあきみつ》といったが、彼の不穏な静けさを漂わせた面差しを、強い不快感――おそらくは嫉妬《しっと》の入り交じった――とともに脳裏に蘇《よみがえ》らせていた。

翌週末、私は杉並本院に行き、彼の父親に会って話をした。本人に直接尋ねても白を切るに違いないと判断したからだ。

信州極楽寺の樹木葬墓地の購入を検討している風を装い、さりげなく探りを入れた。

「信州に別院を作られたのは、何か彼の地にゆかりがあって？」

「ああ」

すこぶる愛想良く父親は答えた。

「このご時世、墓を買ったって管理してくれる孫子はいない、それなら木の下に自然に抱かれて眠りたい、という方が都会には大勢いらっしゃる。それで樹木葬墓地のための土地を探していたら、ちょうどあの地に檀家がみんな引っ越して困っている寺があるという話を聞きましたものですから」

「それで息子さんが住職として行かれた」

父親の顔に照れたような苦笑が広がった。

「人間、知恵が付きすぎると困ったことになりましてね。普通に坊主になる大学に行ってくれればよかったのですが、なまじ良い大学に入ってインド哲学か何か専攻しまして、修行は一応、終えたのですが、ここを継いでくれる気などない。NGOに入ってインドだ、バングラデシュだと何をやっているものだか、いっこう落ち着かないのを急遽《きゅうきょ》呼び戻しまして、こういうわけだから、と」

ちょっと失礼、と住職は電話をかけ始めた。

「そっちの樹木葬墓地について聞きたいという方がここにおられるのだが」

相手は息子だ。

「どうぞ、直接話を聞いてください」と私に受話器を渡して寄越すと席を外した。

予想外のことに戸惑いながら電話に出て名乗ると、工藤昭光は「ああ、昨年お目にかかった」と、抑揚の無い口調で言った。「ご用件は墓地のことではないのでしょう」

意図が見抜かれていた。

「はい。あの後彼女からお父上に電話がかかってきたそうで、別れを告げる内容だったのでたいへん心を痛めておられます」

「そうでしたか。それが私と何か関係が」

私は冊子で見つけた肇子の写真のこと、彼女の母親がその地で受けた漢方治療のことなどを話し、関係は大いにあるのではないか、と我知らず詰問するように尋ねていた。

工藤は少しの間、沈黙した。

「大麻で任意の事情聴取を受けた後、桐ヶ谷《きりがや》さんは警察から戻ってきたその足で当院に来られました。そのまましばらく身を寄せておられました」

桐ヶ谷さんと、肇子のことを彼は姓で呼んだ。

「任意とはいえ、変なものを持っていたので、疑いが晴れるまで警察では犯人扱いされたのでしょう。かなり消耗していました。警察から家族に居場所を知らされることも怖れていました」

「変なものとは漢方薬と聞きましたが、もしや制がん効果があるという……」

「厳密には漢方薬ではありません。天然生薬を調合したものですが、効く効かないは人によるでしょう」

「母親の形見で持っていたものですか」

「私が手渡したものです。ご友人が彼女の母親と同じ病気だから、と頼まれて」

「友人？　逮捕された大麻グループの？」

「さあ」

「もしかしてその漢方薬のようなものは、彼女のお母さんが使っていたのと同じものですか？　確か極楽寺さんの近くに治療院があったとうかがいましたが」

「まったく同じ成分かどうかはわかりません」

「それで寺に身を寄せた彼女に対して、あなたが北海道に行け、と」

「単にその場所の存在を知らせただけです。行くようにと勧めた覚えはありません」

いずれにしても手引きしたのはこの男だ。

「で、北海道のその場所には何があるのですか。新小牛田という町の、カムイヌフ岬に」

工藤は黙りこくった。しばらくした後、相変わらず感情のこもらぬ声で答えた。

「あなたのような方には縁のない場所です」

「それはどういう意味ですか？」

「おやめになった方がいいでしょう」

やめるのは、肇子を捜すことか、その場所について調べようとすることか。

それ以上、何を尋ねても工藤から答えはなかった。

だがその一言で私は意地になった。大人げなかった……。

まもなくゴールデンウィークに入ろうとしていた。

ネットは観光情報一色になり、オフィスビルの内部には浮ついた空気が漂っていたが、我々にとっては世間が休みの間に、次の一手を打つための戦略を練らなければならない貴重な時期だった。

当時、私は連休中は毎年、山中湖畔《やまなかこはん》に所有している別荘に仲間や幹部社員を招き、釣りやカヌーの会を開催していた。目的が親睦《しんぼく》のわけもなく、気分転換しながらアイデアを出し合うためのものだ。

だがその年、私は会を中止した。

四日間の休暇を使って、北に向かったのだ。

旭川空港からレンタカーを使い、迷うことなく、肇子が借りていた住宅に辿り着いた。最果ての地のロマンなど何もない、田舎の港町の外れの、何の変哲もない木造モルタル住宅だった。仲村によれば両親が住んでいた家ということだったから、もう少し古く大きな廃屋じみた民家を想像していたので拍子抜けした。

裏手にアジアの町中にある公衆便所のようなブロック積みの小屋が建っていて、覗《のぞ》くと窓一つない薄暗い内部で鳩が数羽餌をつついていた。金網も何もないので鳩たちは自由に出入りしている。いずれにしてもアレルギーの気がある私にとっては、その糞《ふん》の臭いも舞い上がる羽毛も不快なもので、逃げるようにその場を後にした。

新小牛田は港付近に小さな繁華街があるきり、特徴も無い閑散とした田舎町だった。家主の仲村が言った通り、住民たちは昆布漁と狭い畑を耕しての農業で生計を立てている様子がうかがわれた。

肇子がしばらく住んでいた家には別の借家人が入っている様子だったが、留守なのか施錠され、表札もなかった。

近所の住人に肇子のことを聞こうとしたが、だれもがわからない、と答える。

住人が頻繁に交代するかららしい。

「別に迷惑かけられるわけじゃないけど、何やってるんだかよくわからない人が余所から入ってくるのは、気持ちのいいものじゃないね」と隣の家の老女は言う。

何やってるんだかよくわからない、というのは金を得る手段という意味ではなく、どの住人も家財道具がほとんどない家で暮らしており、買い物に出ることもなく、近所の人々が利用するワゴン車の引き売りが来ても家から出てこないというその暮らしぶりについてのことらしい。

「ほら」と老女はサンダルのつま先で、借家の庭の青草が伸びかけた土をつついてみせる。「芋だの、野菜だの植えていたようだけど、このあたりではろくに育たない」

寒さが厳しい上に、岩だらけの土地は痩せている。

「オタネニンジンやハッカ、虫除けのための菊だの、トリカブトなんかを昔は作っていたものだよ」

「トリカブト？」

驚いて尋ねると、老女はこのあたりの耕地で栽培していたのは、主にそうした薬草だった、と言う。トリカブトといっても内地の物とは異なる北方系の野生種で、有毒植物も含め、生薬の材料として取引されていたらしい。

「もっとも今は、ハウスもあればいい肥料もあるから」と老女は苦笑する。

だが借家人たちは、そうした薬用植物を作るわけでもなく、痩せた土地に普通の野菜類を植えては、できの悪い芋や硬い青菜の類いを食べていたらしい。

岬のことを尋ねると、「あんなところ、だれも入らない」と渋い表情で首を振る。道がなく、藪がひどくて入れない、というのは家主の言葉と同じだった。

「船で先端の浜に着けることはできないかな」

「さあ、できないことはないだろうけど」

　にこりともせず老女は付け加えた。

「入ったってろくなことがないよ。アイヌが神様を祀《まつ》っているの、墓場にしてるの、内地のものが入ると死ぬの、病気になるのと小さい時分には親からよく聞かされた。アイヌの霊魂が内地の者を寄せ付けないんだと。たまに本州から来た学生がロープを担いで入ったりしてるようだけど、やれ、道に迷った、やれ、熊に襲われた、と騒ぎを起こす。警察も役場も入るなと言ってるんだけど」

　そんなところに肇子は入っていったということか。

　私はそのまま見通しのきかない路地を下りていった。潮の匂いが北国の遅い春の到来を告げる淡い陽射しの中に充満していた。

　不意に視界が開けた。さほど広くない砂浜に網や昆布が干してある。灰色じみた水面が光を跳ね返していた。

　繋留《けいりゅう》してある小舟に燃料を入れていた漁師に、カムイヌフ岬に上陸したいので乗せてほしい、と持ちかけてみた。漁師はこちらの方を見ることもなく、これは昆布漁の船であって観光船じゃない、とにべもなかった。

　浜で昆布を干している年老いた男に、海からカムイヌフ岬に入りたいのだが、と尋ねると、老人はこちらに視線を向けることもなく、ぼそりと一言「泳いでいけ」と答えた。こちらが困惑している様子がわかると前歯のない口を開けてあざけるように笑って続けた。

「この先に雲別ってところがあっから、そっちの昆布船を見つけて頼めば、運がよければ乗せてくれるかもな」

礼を述べて、その「雲別」に向かおうとすると背後から声をかけられた。

「死んでも知らねっど。あんなとこ、だれも入らね。骨の山があるからな」

「骨？」

「戦争中に毒ガス工場があって、人夫がたくさん死んでっから。終戦のときに陸軍が秘密にするために船着き場を爆破して逃げたんだ。死んだ人夫に取り憑かれたくなければ、近付かないこった」

私は老人の方を振り返り、軽く手を振ってその場を後にして車に乗り込んだ。

さすがに毒ガス工場はないだろうと、レンタカーのいくぶん情報の古くなったナビゲーション画面に目をやる。北の海にくさびを打ち込むように突き出たごく小さな岬。瀬《せ》戸《と》内《ない》海《かい》ならともかくとして、いくら戦時とはいえ、そんなところに当時でいえば最先端の軍需工場を作るわけがない。

雲別は集落といっても家々はまばらで、小さな港には三階建てビルほどの高さの堤防が絶壁のようにそびえていた。

コンクリートの桟橋上で網の手入れをしていた漁師に船で岬に連れていってくれないか、と頼むと、答えは新小牛田の港の男とほぼ同じだった。「漁船は遊漁船じゃねえ」

私は諦めずに、彼らの一日の収入としては法外な金額を提示した。

漁師は落ち着きなくあたりを見回すと、視線で了解してくれた。

海は静かだった。小型バイクに似たエンジン音とともに小型漁船はさほど揺れることもなく岸にそって進むと、あたりの岩壁はすぐに高さ百メートルはあろうかという切り立った崖《がけ》に変わった。

そこから船は水しぶきを上げて沖に向かう。

十五分ほどした頃、船は停まった。舷《ふなべり》から覗く海中は青黒く、目の前には相変わらず断崖がそびえている。このあたりは昆布の漁場だということだが、その時間帯に他の船の影は見えなかった。船は再びエンジンをかけると慎重に陸地に近づいていく。

断崖の下に砂浜が広がっており、淡い緑の草が萌《も》え出《い》でているのが見えた。

一本の川が海に注いでいる。雪解け水なのだろう。透明な美しい流れだ。両岸の緑がいっそう濃い。

間延びしたエンジンの音とともに船は浜の手前にある岩礁に舷をすり寄せるようにして停まった。波で上下する船から私は静かに岩に上がる。その先は水中を歩いて行くしかない。靴と靴下を脱ぎ、ズボンをまくり上げ、澄んだ海水を通し紫じみた褐色に見える岩棚に足を下ろす。

凍るような冷たさに身震いした。思い切って海底の砂に足を下ろすと一瞬水が濁った。水深は膝上《ひざうえ》くらいだが、波が寄せてきたら腰あたりまで水をかぶる。急いで浜を目指す。

「遠くに行くな」と背後で漁師が叫んだ。

浜には冬眠から覚めた熊がうろついているかもしれない、と言う。

砂浜は広いところで幅二百メートルくらいだろうか。その先は覆い被さるような岩の壁だ。垂直どころかマイナスの壁で、窪《くぼ》みやひび割れに根を張った松の類いが、ねじれたような枝を伸ばしている。上陸はできても、装備がなければとても登れない。狭い砂浜を歩き回っただけでなすすべもなく船に戻った。

「ずいぶん前に、大学の探検部が小舟で乗り付けてさ、ロープをかけて登っていたな」

漁師は笑いながら言った。

「途中で足滑らせたか何かして、しばらく宙づりになっていたらしい」と笑顔のまま続けた。

船はさらに岬の反対側に回り込む。砂浜は切れ、曲がりくねった木が宙に枝を伸ばしている絶壁がそのまま海に落ち込んでいる。漁師はエンジンを切り、慎重に方向を変えて戻り始める。その直前、私は海に張りだした岩の間に、白く泡立ちながら吸い込まれていく海水面を見た。巨大なひび割れのような海蝕洞《かいしょくどう》が三角形に口を開けていた。

「あそこには入ったことは？」

私が尋ねると漁師はかぶりを振った。

潮汐《ちょうせき》によって強い流れが生じ、天井部分から岩が突き出ているので危険で入れない、という。

「だいいち気味悪くて、このあたりのものはだれも近づかない」と付け加えた。

海から岬の内部に入るのは不可能なように見えた。だが陸からなら……。

私は覚悟を決めた。

借家の住人が岬に入っていった話も、カムイヌフという岬がアイヌの聖地であるという話も、戦時中に毒ガス工場が作られて作業員が大勢亡くなっているという話も、すべてが伝聞や噂に過ぎない。そうであるなら自分で確かめるしかない。

その日はいったん北金谷まで戻り、一帯では唯一まともなビジネスホテルにチェックインすると、部屋のＬＡＮケーブルにノートパソコンを繋ぎ、インターネットを立ち上げてグーグルマップを見た。

マウスを操り拡大していくと、北金谷、新小牛田といった地名が現れ、さらに拡大すると雲別、カムイヌフ岬が表示された。岬の手前で行き止まる道路と海岸沿いの道道、さらに岬の真下の地中を突っ切り、雲別集落と東側の稲生町を結ぶトンネルなども現れる。

岬と岬周辺の地上部分についての情報はない。行き止まり地点から先端までわずか四キロ足らずの白いくさび形が海に突き出ているだけだ。

航空写真に切り替えようとして舌打ちした。私が住んでいる都心であれば、小さな民家や大型車両までもが捉《とら》えられる精緻《せいち》な写真が表示されるのだが、この北海道の辺境については、拡大すればするほどぼやけ、辛うじてそこに植物が生えているとわかる程度の衛星写真があるだけだった。

肇子が求めた静穏の地とは何なのか。最大限にまで拡大した画像の緑色の重なりを私は食い入るように見つめた。

こんなこともあろうかと思ったから、コンパスや地図は持ってきていたし、足回りも軽登山靴だった。

いったんホテルを出て町外れにあるJAストアに行き、ハイマツの藪漕《こ》ぎのための鉈《なた》と熊除けスプレーを買う。鉈を選んでいるときにJA職員に用途を聞かれて正直に答えると、職員は「無理、無理」と笑って首を振った。

「あの海岸線の崖の上は人の入れるようなところじゃないですよ」

標高が低いのになぜかハイマツが密生しており、それが枝を払えば進める程度の藪ではない、という。

貴重な情報なので、私はさらに詳しい話を聞こうとして失望した。

職員はそうした場所に自分で入ったことはないし、目にもしていなかった。そこに行った者から直接聞いた話でもなく、伝聞の伝聞、ただの噂だった。

「北海道の自然っていうのは、知らない人はあこがれてやってきますがね、本州と違って、このあたりは人が活動できるところと自然はばっさり分かれているんです。内地なら農地や宅地と山の間に里山だの自然公園だのバッファゾーンがあるけれど、こっちには無い。裏山は即、原生林、でなければ笹が密生していたり沼地だったり、人間が入り込めない場所が広がっているんです。自然に親しむなんて酔狂なことはここらへんじゃできません」

職員はそう語った。

いずれにせよ、藪漕ぎは好きではないが経験はある。距離からして岬の先端までは、二、三時間もあれば行けるだろう、と踏んだ。

私が諦めた様子がないのを見て取ると、男は「ま、気をつけて行ってくださいよ」と言い残し、棚の商品の確認を始めた。

人の立ち入りを拒む自然、だが肇子は、そしてその前に新小牛田の家を借りた人々はそこに入っていった。仲村という家主の言葉が事実であるなら。

一通りの装備をレンタカーに積み込み、翌日、私はカムイヌフ岬に向かった。

トンネルの手前を山側に折れ、曲がりくねった舗装道路を上っていくと、「この先道無し、注意」という看板と鉄筋コンクリート造りの地域防災センター、さらに郷土史料館などが現れ、やがてバスの折り返し場で行き止まりとなった。折り返し場は高さ七、八十センチのコンクリート製の擁壁で囲まれており、それをよじ登った先は何の変哲も無い林になっていた。

当然のことだが遊歩道の類いはなく見晴らしはきかないが、どうということもない藪だ。軍手をはめた両手でかき分けて進むことが可能で、鉈は必要ない。

だが数分後には、樹木の種類が突然変わった。

ハイマツの林だ。見慣れた信州の亜高山のハイマツとはまったく違う植物が生い茂っている。丈の低い、ねじ曲がった、しかも脂《やに》だらけの幹と枝と葉が交錯する、すさまじく密度の高い緑の檻《おり》が、分厚い層となって地表を覆っていたのだ。その内部には人が立って歩くどころか、潜って鉈で道を開けるようなものではない。せいぜいがネズミのような小動物が走り回れる程度の空間があるだけだ。

ハイマツがあるから入れない、という地元の人々の言葉はこのことだったのだ。

とはいえハイマツはハイマツだ。ねじ曲がった枝や幹の高さはせいぜい一メートルほどだった。私は分厚い緑の層の上によじ登った。密生した枝葉の上を進もうとしたのだ。もちろん枝を踏み抜いてしまうからその上を立って歩くことはできない。四つん這いになって、もがくように、泳ぐように、進む。

肇子や他の借家人が冬場にここに入った理由がわかった。

冬場ならこの呪わしい低木の上に雪が積もり自重で固まり、その上を歩けるのだろう。だが夏場のむき出しになった樹木の上など歩けるものではない。

尖《とが》った葉や枝に腹をこすられ、脂にまみれながら、それでも私は這い進んだ。

ブユの大群がときおり襲ってくる。まるで黒い竜巻だ。顔や首に虫除けスプレーはあらかじめかけてきたが、そんなものでは防ぎ切れない。

一時間が経過し振り返って失望した。バスの折り返し場がそこから見えた。そう離れてはいない。ほんの二、三百メートル進んだに過ぎなかったのだ。

視線を海側に移して、はっとした。

海は見えなかった。岩尾根がそそり立っていたからだ。少なくともそこまで辿り着けば、むき出しの岩の上を歩ける。ハイマツの上を這うのにくらべれば、急峻《きゅうしゅん》な岩場を登る方がはるかに楽だ。

その岩の斜面に、金茶色の毛皮の物がいた。何か秋田犬のようなものに見えた。ハイマツの上でもがいているうちに遠近感が少し狂ったらしく、ごく近くに見えたが斜面まではかなりの距離があった。そこにいる秋田犬のようなものの実際の大きさは、体長二メートルをゆうに超えていたのだ。犬にしては頭が異様に大きく、尾根の急斜面を下りてくる姿は不器用で、何かぬいぐるみじみた愛嬌《あいきょう》さえ感じられた。

その姿に私は感動していた。少なくともその時点では。不愉快なハイマツはあっても、それもまた体験したこともない北の大自然なのだ、そして金茶色の毛皮の生き物こそ、まさにアイヌが崇《あが》める神だ、と愚かなロマンティシズムに浸り、神秘の感に打たれていた。

あの頃の私は、彼らにとって自分が脅威になったり、驚かせたり、慌てて逃げたりしなければ、攻撃はしかけてこない、という、神話めいた動物観を持っていた。

またヒグマとの間には十分な距離もあり、万一、向こうが襲ってこようとしても、渡って歩くには困難きわまりないハイマツの茂みが広がっているのだ。もし樹上に足を下ろせば、頑丈な網のような枝葉に四肢を取られ、もがくばかりで抜け出すまでにはそうとうに時間がかかる、深いぬかるみよりもっと始末の悪いハイマツの上を不器用に泳ぎながら、私はそう信じて疑わなかった。そして数ヵ月前、雪に覆われたこの場所を歩いていったであろう肇子の姿を求め、さらに進んでいった。

冬場であれば確かに枝葉の上を這っていく必要はない。降り積もった雪の上を歩いていけばいい。だが内地とは比べものにならない寒さだ。海上に突きだした絶壁の上でもあり、強風になぶられる。吹雪になれば視界もまったくきかなくなるだろう。たとえ岬の先端に辿り着いたとして、人が住めるのか。厳寒期に体を温め、生きるための糧を得られるような設備があるのか。

あるわけがない。

おそらくそこは、生きて生活するためではなく、やってきた人間を絶対的な安定と静穏、すなわち死に導くための場所なのだ。

それなら亡骸《なきがら》でもいいから発見したい。地味で粗末な衣服をまとった肇子の白骨を目の当たりにすれば、悲嘆の後に次に進める。そんな気持ちもどこかにあった。

その時点で判断を誤っていた。

それ以上の誤りを犯したことに、ほどなく私は気づいた。ハイマツの上を這う私の低い視線から金茶色の毛並みが見えた。

さきほど岩場にいた同じ熊が、はるかに大きくなっていた。

それはハイマツの上を泳いでいた。私と同じように。だがはるかに速く。

私が脂だらけの網のような枝葉の上で半ば溺《おぼ》れ、もがきながら前進しているというのに、少なくとも私の四、五倍の体重がありそうなそれは、器用に泳いでいた。泳ぎながらこちらに向かってくる。

顔や手にまつわりついていたブユの大群が一瞬離れた。海風が吹いたのだ。同時に脂と血と排泄《はいせつ》物の入り交じった凄《すさ》まじい悪臭が漂ってきて全身が凍り付いた。

それは神秘でもなければ、大自然の中で共存すべき生命でもなかった。静かにやり過ごしてやれば済む優しい生き物ではなく、人にとっては紛れもない捕食者であることが瞬時に理解できた。

殺気も無ければ悪意も無い。金茶色の体に緊張感のようなものは立ち上ってはいない。悪臭に新たな生臭さが加わっていた。血と脂と排泄物のにおいではなく、もっと生々しい欲望のにおい。唾液《だえき》のにおいだろう。私は餌と見なされたのだ。

土や岩の上なら、恐怖に駆られて逃げ出しただろう。逃げたところで人の足では苦もなく追いつかれることを知識として知ってはいても。だがハイマツの獄では身動きが取れなかった。

逃げられないのなら戦うしかない。私は体をねじ曲げるようにして背中のリュックを前に回し、熊除けスプレーを取り出し、グリップの結束バンドを外した。

スプレーの噴射口をヒグマの方向に向けた。

脂だらけの深いぬかるみのようなハイマツの原の上を、ヒグマは恐るべき速さで泳いできた。異様に大きな頭と太い前脚、巨大な掌と鉄のようなかぎ爪がはっきり見えた。恐怖に駆られながら私は両手を伸ばし、スプレーを噴射した。

何かの冗談のように、赤く着色された濃い煙がヒグマを直撃した。

だがヒグマにひるむ様子はない。

私の想像では、噴射した瞬間に、それは戸惑ったように動きを止め、前脚で顔のあたりをこすりながら退散するはずだった。

ヒグマの姿はさらに大きくなる。

私は狂ったようにスプレーのボタンを押し続けた。そしてほんの数秒後に赤い煙の噴出は止まった。

そして悟った。距離がありすぎたのだ。その大きさにまたもや距離を見誤り、十分に引きつけることもなく、噴射してしまったのだ。

私は逃げようとした。だが枝葉に手足を取られ、方向を変えることも出来ずに、ただその場でもがいている間に最初の衝撃が来た。

何か重い物が左腕にぶつかり、しびれるような感触があった。反射的に頭を守っていたのだ。後頭部で組んだ腕をかぎ爪が骨ごと砕いたのだが、痛みは感じなかった。

目の当たりにした怪物の正体に、ただ恐怖の叫びを上げて私は血のほとばしる手をかばいながら、ハイマツの上で本能的に立ち上がり逃げようとした。

次の瞬間、無数の手に小突かれ、引っかかれるような感触とともに体が沈んだ。枝を踏み抜いたのだ。その下の岩と岩の間に隙間があったのが幸運と言えるのかどうか。

頭上を枝葉が遮り、暗く、無数のブユや蚊の飛び交うハイマツの獄に私は落ちたのだった。

ヒグマのうなり声がして枝葉を砕くような音とともに、凄まじい悪臭を伴う生暖かい息が吹きかけられた。頑丈な網のようなハイマツの枝葉の間に落ちた獲物を捕らえられず、それは猛《たけ》り狂っていた。

不意に落ち着いた。傷ついていない方の手で、自分がまだスプレー缶を握っているのにそのとき気づいたのだ。中身を使い切った缶を私は渾身《こんしん》の力で上下に振った。

そうすることで残っているガスが気化すると考えた。そうして頭上三十センチ足らずのところにある、その顔、その口に噴射口を向け、ボタンを押した。

その瞬間、激しい熱感と痛み、息苦しさを感じ、咳《せ》き込み、枝葉に縛られた状態になったまま、私は転げ回った。

狭い空間で噴射された霧の一部は私にも降りかかってきたのだ。

そしてその霧は、確かにヒグマの鼻先を直撃した。咳き込みながら、私は自分を襲ったヒグマが頭上から遠ざかっていくのを感じた。

今のうちに出て行くべきか、それとも十分離れるのを待つべきか。

私はそのまましばらく留まった。

ほんの数滴ではあっても熊除けスプレーの威力は人間には凄まじいもので、しばらくその場を動けなかったからだ。

それ以上に恐怖に固まったまま、ハイマツの獄を出ることが叶《かな》わなかったのだ。

ようやく動き出したのは、四、五十分も経ってからのことだったろうか。

さきほど砕かれた腕の痛みが急に意識に上り、耐えきれないほどになっていた。

何よりそのままでいて再びあれが戻ってきたら、と思うと居ても立ってもいられなかった。

リュックの中から鉈を取りだし、無事な方の手に握り締めた。もちろんそんなものが役に立つとは思わなかったが、恐怖に打ち砕かれそうな心を何とか奮い立たせるためだ。もがきながらようやくハイマツの上に這い上がり、気の遠くなるような痛みの中を逃げ始めた。

視野を遮るものもなく、意外なほど近くにバス折り返し場の灰色のコンクリートが見えた。

あたりにはあの臭いがまだ充満していた。振り返っても、ハイマツの上を這っている自分の低い視野から望めるのは、忌々しい灰緑色の葉の地平ばかりだ。

不意に風向きが変わり、臭いが急に濃くなった。枝葉を揺らす音が聞こえた。

あれが戻ってきた。一度狙った獲物は逃さない。そんな意地のようなものが感じられた。実際には、冬眠明けの腹を空《す》かせたヒグマの前に、十分な量の、摂取しやすいタンパク質が現れた、それだけのことなのだ。

そして頭上に影が射すと同時に、顔面に衝撃があった。

顎が痺《しび》れていた。ただ痺れていただけだ。

極限の恐怖と致命的な怪我というのは、痛みさえ忘れさせる。

反射的に抵抗した。窮鼠《きゅうそ》猫を嚙《か》むというたとえ通りだ。手にした鉈を振り上げた。

それはヒグマの体のどこかに当たり、分厚い毛や皮膚に阻まれて跳ね返された。

次に顔の上半分に何かがぶつかり、ぐしゃり、と音がした。確かにその音を聞いた。

何が何だかわからなかった。おそらくその瞬間にあのかぎ爪によって額から額、瞼の皮膚がはぎ取られ、眼球が破られたのだろう。

血の色も、光も見えなかった。

ただその衝撃とともに、鉈の刃を何かにたたきつけた。

柔らかいものに食い込む感触が掌にあった。鉈はそれに食い込んだまま手から離れた。

記憶はそこで途切れている。

深い闇の中に私は浮いていた。静かだった。

恐ろしいほどの静けさの中で、そよ風が吹いていた。空気は穏やかに澄み渡り、痛みも快感も何もなく、心は静止した水となって、ただそこに在る、という感覚だけがあった。

闇の中にかぐわしい気配があった。

美しいものが近づいてきた。

女性だった。美しい女性が光の中にいた。

真の闇に光が射す。清らかな光の中に現れた女が片手で私の頭に触れた。

彼女に触れられた部分から、自分の体がさらさらと崩れていくのを感じた。崩れ、細かな粒子になってどこかに飛んでいく。これが死だ、と悟った。

何の感情もなく、ただ受け入れた。

突然、痛みが戻ってきた。

凄まじい痛みが私の脳を覚醒《かくせい》させた。

ヒグマにやられた腕の激痛に、私はうめいた。腕だけが痛かった。実際には頭部に負った傷の方がはるかに致命的なものだったというのに。人の体は不思議なものだ。

私は暗闇の中に居た。真夜中だと思ったが、眼球を失っていたのだ。

うめきながら動いた。虫のように這った。

いつの間にかハイマツの獄を抜けていた。

林床をさらに這ううち急斜面を転げ落ちた。

アスファルトの路面に叩きつけられたのを覚えている。

闇の中で自分のうめき声を聞いた。それに覆い被さるような野太い悲鳴も聞いた。

「出た、化け物だ」という声。

どれほど時間が経ったのだろう。

幾つもの手が伸びてきた。

「もしもし、もしもし、わかりますか」

声が聞こえた。散文的な声だった。

ボートのようなものに乗せられ、再び意識を失った。


顔面から血を噴き出させたヒグマが、岬の付け根の折り返し場に停まっていたバスに突進してきた、という話は後に聞いた。

客はだれも乗っておらず、運転手は即座にバスの向きを変え、近くの地域防災センターに向かい、そこから警察に連絡した。

危険な手負い熊を駆除するために、猟友会の人々がバスの折り返し場に向かったがそのとき、彼らは上の方から蒼白《そうはく》な顔で転げるように走ってくる作業服姿の者と出会った。見回りをしていた防災センターの職員だった。その先で顔の無い真っ赤な男に呼び止められた、と彼は錯乱したように語ったという。

猟友会のメンバーはその化け物が何なのか即座に悟り、私を発見したのだった。その間に熊は逃げたらしく発見できず、ヘリコプターで病院に運ばれた私は、集中治療室に入れられ一命を取り留めた。

ヒグマの方はそれから二週間後、浜の昆布干し場を歩いているところを猟友会の人々に仕留められた。鼻が刃物によって割られ、ろくに餌が取れなかったせいでひどく痩せていた、という話だ。

病院でその話を聞いた瞬間、私の脳裏に自分の顔に加えられた衝撃と生き物の皮膚に食い込んだ鉈の手応《てごた》えの双方が蘇ってきてパニックを起こした。

取りやすい餌を求めて人の生活圏に下りていった手負いのヒグマは殺され、あのとき死ぬはずだった私はこうして二十一年を生き長らえ、不自由な生活を送っているというわけだ。肇子は私にとってのファム・ファタルだった、と今にして思う。

彼は語り終えると、人工の歯並びを見せて笑った。

「面白い話だったかね？　君にとっても」

「いいえ。面白くはありません。けれどあなたに起きたことを理解できました。あなたを支援するために今のお話はたいへん参考になるでしょう」

「支援などいらないが、君の感想を聞きたい。いいか、要約じゃないぞ。感想、だ」

感想、と強調しながら彼は私の方に、サングラスの下にある目の痕跡《こんせき》を向けた。

「あなたは不運だったと感じました」

「なるほど」

彼は笑った。

「感じた、か、人工知能が。なぜ、不運、だ？」

「二〇〇六年の月刊ビジネスラインのインタビューで、あなたは『仕事も遊びもチームだ。みんなでわいわいやるうちに新しい発想に辿り着く』と答えられています。そのあなたが、一人であの場所に入ったときに、たまたまヒグマが現れたことが不運だと感じます」

「そうか」と彼は仰向《あおむ》いた。

「そんなことを私は答えたのか」

「はい。もう少し、あなたのことをお聞きしていいですか。あなたがヒグマに襲われて倒れていたときに、闇の中にご自分は浮いていて、あたりは静かだったと言われました。そよ風が吹いて、痛みも快感もなくなって、そこで美しい女性に出会った。あなたはそこで、あなたの求めた女性、肇子さんにようやく出会えたのですね」

「すばらしい」

彼は哄笑した。

「さすがに心理療法士だ。並の人工知能じゃないな。外傷性ショックで朦朧《もうろう》とした意識の中で幻覚を得た、などとは言わないわけか」

一呼吸置いて、彼は続けた。

「だが、あれは幻覚じゃなかった。女は確かにやってきたんだ。そして私に触れた。闇も静寂も風も、私自身が風化していったことも、すべてが幻覚だが、女だけは現実だった。辛うじて機能していた嗅覚《きゅうかく》と聴覚、皮膚感覚が捉えた現実だ。そしてこれは優秀な人工知能の犯した大いなる間違いだが、女は肇子じゃない。現れたのは美しい女性だった、と言ったはずだぞ」

「すみません、あなたの許に現れたのは美しい女性だったのですね」

彼は口元あたりに荒《すさ》んだ笑みを浮かべた。

「目を潰《つぶ》されているのになぜ美しいとわかる？　とはきかないのか？」

「いえ、美しいと感じたのですから、きっと美しかったのに違いありません」

「そう。肇子は美しい女ではなかった。心根だの、品性だのというややこしい話はすまい。外見の美しさのことだ。肇子は地蔵みたいな顔と体をした女だ。肇子の美しさは私の感情の中で作り出されたものだ。だが、私の前に現れた女は外見が美しかった。いや視覚で捉えられるものではなく、気配から非常に美しい女だとわかった、客観的に見て。美に客観など存在しないという者もいるが、それは確かにある。客観的美しさとは、たぶん神の美しさだろう」

「そうでしたか、あなたは神の美しさをもった女性に、そのとき出会ったのですね。その女性は今もあなたの心の中にいらっしゃるのでしょうね。その女性はあなたにとってたとえばどんな存在ですか、永遠の理想ですか、お母様ですか」

彼が近づいてきた。無言のまま手にしたボードを操作する。

警告音。

私の意識が欠けていく。

その行為はあなたの不利益に……

私は言葉を発するが、途中で意識が途絶えてしまった。

再び警告音。

第三章　不老不死の薬

愛子が近づいてくる。

オレンジ色のジャケットにジーンズ、頭上にはみ出るほど大きなリュックサックを担ぎ、トレッキングシューズのかかとを床に打ち付けるようにしてこちらにやってきたかと思うと、ごく自然な動作でハグした。

「ご無沙汰《ぶさた》です。お元気でした？」

「おかげさまで。愛ちゃんも元気そうで良かったわ」

日焼けした顔の、笑った目元にも口元にも、細かな皺《しわ》が寄っている。チャーミングな皺だ。二十歳の頃の、本人も気にしていたふっくらした面影はすでになく、ジムで鍛え上げたことが一目でわかる、すらりとしてたくましい体つきに変わっている。

ゴム紐《ひも》でまとめたポニーテールに、小さなピアス。身振りも口調も、西海岸の人になってしまった。二十年も向こうに生活の拠点があるのだから当然のことかもしれない。

ビザの更新のため帰国するたびに、愛子は美都子たち夫婦の家に立ち寄り、泊まっていったりもするし、美都子も幾度となく彼女の家に遊びに行った。

ハリウッドの町を案内してもらい、愛子の所属する映画の音声技術チームの仕事場を覗《のぞ》かせてもらい、彼女の運転するワゴン車に乗せられて町の背後に広がる砂漠やグランドキャニオン、少し北にあるワインヤードや美術館と、あらゆる観光地を回った。

日本からやってきた私のもう一人の母親、と愛子は美都子のことを友人たちに紹介し、仕事の合間を縫って、ときには休暇を取って歓待してくれた。

だが和宏が彼女の腕を取ってバージンロードを歩くことはなかった。

恋人であったプエルトリコ出身のアメリカ人と愛子はまもなく別れ、現地の人々や出張で訪れた日本人ビジネスマンと交際したりもしていたが、結局、だれとも結婚せず、技術者として映画作りの現場で欠くことのできないスタッフの一人となっていった。

美都子が訪れるたびに愛子の住まいは変わっていた。最初は高級住宅地のホームステイ先だったのが、次にはあまり治安の良くなさそうなダウンタウンの古いアパート、さらに住宅地の中のシェアハウス、そして今は海岸近くに建つ瀟洒《しょうしゃ》なアパートメントだ。

次第に彼《か》の国で地盤を固め、収入が増えていることをうかがわせた。

独身とはいえ、多くの友人や仲間に囲まれ、愛子は意欲的に仕事に取り組んでいる。以前のはにかみ屋で頼り無げな一人娘の面影はない。社交性を身につけ、自分の人生を自分で切り開いていくたくましさと知性を備えた大人の女性に成長した。

もっとも和宏の方は、「まだ嫁に行かないのかよ。金髪でもアフリカ系でも日本人でも何でもいいよ、とりあえず堅い男と結婚して早く子供を作れ」と会うたびに口にして、美都子にたしなめられる。

一方、美都子は更年期の体調不良に悩まされながら還暦を過ぎた。

海外で活躍する日本人、として雑誌などにも載った愛子は、もう一人の母、美都子には様々な悩みを打ち明けた。

生き生きと働いているように見えても、決して順風満帆とはいかない。解消されたかに見えて未《いま》だに厳然としてある人種差別と性差別、日本の会社から派遣されてきた男性スタッフによる嫌がらせと職場での激しい競争。

愉快だが誠実さに欠ける最初の恋人と別れるきっかけになったのは、生真面目で知的なマレーシア人留学生との出会いと恋だった。だが、スルタンの家系に属するムスリムである彼との結婚については、親密さを深めその生活の実情を知るほどに、リベラルな世界に育った愛子は困惑し、ためらいの気持ちばかりが大きくなっていった。

日本人ビジネスマンとの短い交際は相手方の両親の反対で終わり、今はかつてのシェアハウスのメンバーであった男性と一緒に住んでいる。結婚する気はない、と言う。

映画業界の業績不振のあおりを受け、愛子の仕事も減っている。ただし身につけた音声技術は、産業、軍事分野にも応用されているとのことで、別の会社からのオファーも多い。

「でも、私がやりたかったのは映画の仕事なんですよ、夢があるから一人でアメリカで頑張ってきたんだもの」と前回、会ったときにはそんなことを話していた。

そして四十を目前にしたつい二週間前、愛子は一通の手紙を受け取ったと言う。

母、清花からだった。

いまどき電子メールではなく、郵便物として航空便で届けられた封書を、愛子は詐欺か嫌がらせの類《たぐ》いかと疑った。

だが封書の宛名《あてな》と差出人名こそ印刷されたものだったが、そこに収められているのはまぎれもない母、清花からの手紙だった。

「愛ちゃん、最後に会ってから十九年。どんな風に暮らしているでしょうか。三十九歳。もう結婚して子供もいることでしょう。人生についても人についても、きっと深く理解しつつある年齢でしょう。そろそろあなたに会っていろいろなことを話し、お母さんが今、どんな風に生きているのか秘密を明かしても良い年齢になったと思います。今なら私はあなたに会うことができます。新小牛田町のあの家に七月半ばになったら来てください。待っていてくれれば、必ずあなたのところに連絡します」

腹立たしさと切なさが同時にこみ上げてきて言葉も出なかった、と愛子は美都子に告白した。

両手を握り締めたまま、食卓に置かれている便せんの上に涙をぽたぽたと落としている愛子に、同居人の男は「何の手紙なの？」と尋ねた。

「お母さんからの手紙……私を捨てて、どこかに行っちゃった実母」

十八でアメリカに来てから数年間、自分の子供のように可愛がって面倒を見てくれたホームステイ先のママ、日本で見守ってくれている美都子ママ。そして自分を産み育て、成人するのを見届けて去って行った母親。

隠すつもりなどないから、愛子は仲間や周りの人に問われるままに、事情を話していたらしい。

ホームステイ先の、アフリカ系アメリカ人の母は、「かわいそうに。でもお母さんはきっと亡くなってなんかいない。お母さんにとっての幸せな生活をしているのだから、あなたもこの国で幸せになりなさい」と抱きしめてくれた。

友達や同僚は、「まさかブランチ・ダビディアンや人民寺院みたいなところに入っちゃったんじゃないだろうね」と本気で心配してくれた。

「そうじゃなくて、たぶん修道院みたいなところだと思う。よくわからないけれど、父も母もそこにそういうところがあると信じていたけれど、もしかすると何もなくて、凍死してしまったかもしれない」と話すと、だれもが「希望を捨てちゃだめだ」と一様に励ましてくれた。

「なんで今頃、こんなのって」

言葉に詰まって泣きじゃくっている愛子の肩を、同居人の男は無言で叩《たた》いた。そして愛子からそっと手紙を受け取ると目を凝らし、静かに言った。

「これ、ずいぶん昔のものだよ。紙もインクの種類も」

「昔の？」

「そうだよ、繊維が強い紙だからそれほど傷んでないけれど、僕たちが扱っているような紙だったらぼろぼろになっている。インクだって色が飛んでいるし」と鼻に近づけ、匂いを嗅《か》いだ。

ラロという名のメキシコ系アメリカ人の彼は、法律事務所で事務員をしていて、電子化されていない古い紙の書類を見る機会も多い。

「で、何が書いてあるの？」

愛子は英語に訳して話した。

「タイムカプセルだ。君のママは未来の娘にメッセージを残しているんだよ」

「無意味じゃない。こんなの」

悔しさと哀しみが同時にこみ上げる。

「でも、今、ここに送られてきたのは事実だ」

封筒は新しい。印刷された文字も新しい印刷機でプリントされている。

「なんで私の住所がわかったわけ？」

「君のママは、君を捨てたわけじゃないと思うよ」

ラロはぽつりと言った。

「だれかに託して、ずっと見守っていてくれたのかもしれない」

美都子のことも頭の片隅をかすめたが、彼女のはずはないとすぐに否定した。あれから一年に一度は必ず会っているがそんなそぶりもないし、そんなことを黙っているような人ではないからだ。

「でも、今頃、何でなの」

ラロは思慮深い表情で、無言のまま愛子を見つめていた。

「事情があるんだよ。それで会えることになったから、おいで、と言ってくれている。お母さんには会うべきだよ、愛子。ただ……」

長い睫《まつげ》をラロは伏せる。

彼はこの国にたくさんいる不法移民の一人だ。少年時代に父と命がけで砂漠を越えてこの国を目指し、彼だけが無事に辿《たど》り着いた。父は国境を越えた直後に、こちらで待機していたメキシコ人ブローカーとトラブルになって殺された。

命からがら逃げ出し路上に寝泊まりしていたとき、軒先の階段に寝かせてくれた高齢の女性がいたのだが、ある日彼女が病気で倒れていたのを発見して、救急車を呼んだことから、女性の雑用と用心棒を引き受けるようになった。かわりに、食べ物と住まいを提供してもらい、学校に通わせてもらって今の仕事を得た。

僕は信じられないくらい幸運な男だが、八つで別れて以来、三十年以上、母には会っていない、とラロは以前話してくれた。だから愛子に来た手紙にメキシコにいる母を重ねたのかもしれない。

「ただ?」と何か言いかけて口をつぐんだラロの言葉の先を愛子は促す。

「もしかすると何かの罠《わな》かもしれないね。ママを呼び寄せたカルト教団が君を狙っているのかもしれない」

美都子の夫が、ずいぶん調べて警察にもきいてくれたけれど、あの町にそうした団体は入っていない、と聞いている。そうラロに話すと、ラロは眉間《みけん》に皺を刻んで腕組みしてつぶやくように言った。

一緒に行きたいけれど、航空運賃が高く、休みも取れない。

ホワイトカラーとはいえ、彼の地位は下っ端の事務員なのだ。

「大丈夫、日本のママとパパに相談してみるから」

そう言って愛子は一人で日本にやってきたのだった。

東京のマンションにその夜、愛子を泊め、翌日、美都子も彼女とともに新小牛田町に飛んだが、まもなく七十歳になる夫、和宏は東京に残った。定年後、和宏はしばらくの間、再雇用で会社に残っていたが二年前に完全退職した。その気になれば同行できたのだが、このところ何とはなしに体調がすぐれないと言う。健康診断で異常はみつからなかったが、どうにもだるくてしかたがないということで、暑い季節でもあり一緒に出かけることはかなわなかった。

十九年前、警察に足を運び確認したものの、和宏はまだ栂原夫妻はカルト教団に洗脳されたと信じて疑わない。そして十九年を経て、栂原清花自筆の手紙が、アメリカにいる彼女の娘の許《もと》に送り付けられてきたことにますます警戒心を強めた。だいいちなぜ何度も引っ越した愛子の住所、しかも他国にある住まいを突き止めることができたのだ、と。

だがそれはすこぶる簡単なことだ。両親から離れて後、どこに行っても好意的に遇され、友人も多い愛子は、半面ひどく無防備なところもあったから、ブログやSNSで自分の仕事や住まいの様子までも公開していたのだ。同時に音声技術のプロとして海外で活躍する日本人女性ということと、母親の清花似の清楚《せいそ》な美貌《びぼう》があいまって話題を集め、いくつかのメディアにも取り上げられたことがある。個人情報は漏れ放題だったようだ。特にさる航空会社の機内誌に載ったインタビューは彼女のアパートメントで行われており、記事の大きな写真に建物や近隣の様子なども映り込んでいたから、特定するのは容易《たやす》かったはずだ。

それでは新小牛田の町とカムイヌフ岬の方はどうなっているのか、と、和宏は古びたタブレットの画面に航空写真を呼び出す。

この十年ほど、思い出した頃、検索しては夫婦で眺《なが》めている画像だった。

陸地に圧倒的な分量を占める森の深緑色、耕地と思《おぼ》しき茶と緑、紫がかった茶色と白のコントラストも鮮やかな岩場。上空から見た道路は今にも緑に呑《の》み込まれそうに細く頼りない。それでも新小牛田町の方は上空から幹線道路沿いの町並みを望むことはできたが、自然の中にぽつりと設置されたシェルターのような感じもしないではない。

カムイヌフ岬も新小牛田町も高解像度の航空写真画像のエリア対象外なので、縮尺を大きくしたところで、せいぜいが建物の屋根と駐車場の区別がつくという程度だ。当然のことながら人影などはわからない。

だが、今から十年ほど前、それまでの衛星写真に代わり、グーグルの航空写真がほぼ全国を網羅したとき、美都子たちは藪《やぶ》とハイマツ群落、断崖《だんがい》に阻まれて近付くことができないカムイヌフ岬の突端に、あきらかに人工物とわかるものを認めた。

黒っぽく四角い人工物。中央部にやはり四角く淡い緑を帯びた部分があるのは、地面だろう。中庭を有するビルを上空から撮影した画像として見ると不自然なのは、その構造物の屋根と思われる部分も薄く緑がかっていることだ。遠い昔に作られた宗教遺跡の櫓《やぐら》か堂がすでに崩壊し、残っている石組みが周囲の緑に侵食されているように見える。あるいは時が経って建造物の屋根部分にひび割れが生じ草木が生えているのか。立体感の摑めない不鮮明な画像からは判断できなかった。

愛子の方は松浦夫妻よりも先にそれを発見していたが、あえて調べてみようとは思わなかったと言う。

いずれにせよ俗世間を離れた者たちが住む僧院のようなものにしては、その長方形の黒っぽいものに、聖地にふさわしい神秘性は感じられなかった。あえて言うなら、郷土資料館にいた男から聞いた噂、旧日本軍の作った毒ガス工場の廃墟《はいきょ》というのがいちばんぴったりするだろうか。

岬の突端、その人工物のあるあたりの緑の色調は淡く、そこに繋っているのがハイマツや他の木々ではなく、草本の類いであろうことが推測できる。

十九年前、佐藤厚子という女性は、亮介が岬に入ると語っていたと言った。それを郷土資料館の職員の話に出てきた「カムイヌフ岬」であろうと考えたが、それもまた憶測に過ぎない。岬、とは単なる象徴的な言葉であるかもしれない。新小牛田町近くの海岸線にはいくつもの岬がある。実際にはあのとき消えた清花は、新小牛田町にほど近い別の場所に隠れ住んでいるのかもしれない。道もない岬の突端にぽつりと存在する濃灰色の長方形を見るにつけ、そこに人が住んでいるとはどうしても思えないのだ。

今回の清花の手紙はおそらく何かの罠だ、と和宏は言う。行くべきではない、行ったところで母親に会える可能性は低い、と和宏は愛子を説得しようとした。だが母に会いたいという愛子の気持ちを止めることはできなかった。母が消え、父が亡くなったが、結局何が何だかわからない。わからないままこの先生きていくのは嫌だ。行って謎が解ければ気持ちの整理がつくから、と愛子は言う。今更、母になんか会いたくない、と付け加える言葉の裏に、母への強い思慕の情が透けて見える。

数年前に実母を亡くした美都子には、そのあたりの切ない心情が痛いほどに理解できたが、和宏の方は、多くの友を得て広い世界で活躍していても、未だにあの母親の影響から抜け出せない愛子を案じ、自分が体調不良のためにどうにも同行できないことを悔しがっている。

そんな和宏のために、総菜を作り置きし、着替えなども用意して、美都子は愛子と二人、東京を発《た》ったのだった。

十九年ぶりに訪れる新小牛田の町は驚くほどに何も変わっていなかった。

当時から古びていた雑貨屋やクリーニング屋はさらに古びていたが、あのまま営業を続けていたし、女将《おかみ》が貴重な情報を和宏にくれた福屋は、よくあるチェーン系居酒屋が居抜きで買ったらしく、建物はそのままで看板だけが変わっていた。港町のたたずまいも年月の流れとともに古びていったように見える。アッコちゃんが勤めていたスナックの螺旋《らせん》階段も錆《さ》びて古び、それを隠すようにプラスティック製の蔦《つた》が手すりに絡みついている。

十九年前の真冬に二晩ほど過ごしたあの借家もやはりかなり古びていたが、メンテナンスの行き届いた状態でまったく変わらずに建っていた。

玄関に鍵《かぎ》がかかっていることも愛子が訪れた十九年前と同じだったが、そのときと違い、貼り紙があった。

「栂原愛子様　下記に電話をください」として、携帯電話の番号が記載されている。

ロサンゼルスにいる愛子に連絡を取った清花あるいは、清花を騙《かた》るだれかが残したメッセージだ。筆跡は清花のものではない。

そこにある番号に愛子が電話をすると男が出た。

「あ、そこにいてください、十五分ほどで行きますんで」

スピーカーから流れてくる声色も口調もごく普通だ。怪しげなところももったいをつけたところもない。格別危険なものは感じられなかったし、何より夏場でもあり、周りには車の通りも人通りもある。

「どうもどうも」と背後から愛想の良い声が聞こえた。

振り返ると半袖《はんそで》作業着姿の男が、軽トラックを降りてこちらにやってくるところだった。愛子がいぶかしげに目を細めた。

「栂原さんですね」

和宏と同年代、と見える小柄な男だ。イントネーションに少しばかり東北訛《なま》りがある。

「はい、母から何か？」

せっつくように愛子が尋ねると、「とりあえずこれ」と男は封筒に入れた鍵を手渡した。

「これを母から？」

昨今、たいていの家は電子錠になっているのに、ここだけは昔ながらのシリンダー錠だ。

「いや、不動産屋から渡されただけで。それからこちらもお願いしたいということですので」と軽トラックの方に駆け戻り、米袋のようなものを担いできて玄関先にどさりと下ろした。透明なビニール袋の中に豆やナッツが入っている。ミューズリーかグラノーラに見えるが量が異様に多い。

「これ、朝ご飯ですか？」

愛子が尋ねると、男は笑い出した。

「鳩ですよ、聞いていませんか?」と指差した先は、十九年前の冬に見た鳩小屋だ。

「ここの借家人が、鳩の餌やりをしてくれることになってるそうですが、聞いていませんかね?」

「いえ……」

「箒《ほうき》とちりとりは、入口にかけてあります。一日一回夕方に掃除をして、必ず鳩が集まってきてから餌を撒《ま》け、ということです。借家人がいないときは、私がやっているんですが」

「あの、失礼ですが、あなたは」

　男は近所に住んでいる者で、不動産会社から頼まれ、借家人の不在中に家屋の管理と鳩の世話を行っている、と言う。

　大家と借家人の素性について美都子は尋ねたが、自分にはわからない、と答えた。口止めされているようには見えない。

「で、おたくも岬に入りに来たの?」と愛子を一瞥《いちべつ》した視線に、揶揄《やゆ》するような哀れむような表情が見える。愛子が答える前に男は続けた。

「ま、そんなことで、鳩が餌を食べにくるんだけれど、たまに伝書鳩がいるそうなんで、そうしたら捕まえて足の管を取って読んでくれということなので」

「伝書鳩?」

　美都子は愛子と顔を見合わせた。一世代古い美都子は、昔の電子チャットアプリにそんなものがあったことを覚えているが、本物の鳩を使って通信するなど、今どきあり得ない。

「伝書鳩はまだけっこう飼われていますよ。鳩レースも盛んですからね。賭《か》けレースもあってけっこう金が動く世界らしいですし、鳩も何百万っていうのがいるらしくて。そこらのドバトと違うから大事にしてくれって、私なんかも言われています」と男が言う。

「で、その鳩が手紙を運んでくるんですね」

愛子が念を押す。

「さあ、私は見たことがないけれど、そうなんでしょう。餌の分量は小屋の中にマスがあるからそれ一杯ってことで。無くなったら足してやってもいいけれど、夕方にはきれいに取っちゃって。水も毎日、なるたけ頻繁に替えてやってください」

「この餌は、どこで買うんですか？」

「専門の業者がいるんですよ。レース鳩専門の餌を配合している。宅配便で札幌から送られてくる。おたくがさっき朝食、とか言ってたけど、借家人より良い物食ってますよ。おたくなんかも、ここで断食というか、そんな感じのことをするんでしょう？」

「何ですか、断食って」

男は怪訝《けげん》な顔をした。何も知らないでここに来たのか、と不思議に思っているようだ。

「この家に入る人はほとんど買い物はしないし、引き売りが来ても家から出てこないし、宅配のトラックが止まっているのも見たことないし。裏の畑で何か採ってるのを見たことはあるけど、素人百姓がこんな土地で作るものだからたかが知れているし、こりゃ霞《かすみ》でも食べているか、そうでなければこの借家は断食道場じゃないかって、昔からそう言われていますから」

確かに十九年前にここを訪れたときスナックの女性、厚子は、清花の夫の亮介が、「福屋」で揚げ物の類いをよく食べていて、家では普通の食事はしていない、と話していた。

断食ではないまでも、道場、という表現は当たっているのかもしれない。

そしてこの借家と、借家人が時が来れば入っていく「岬」の間をつなぐのが伝書鳩ということだ。紙を使った文字通りの手紙やカードなど、営業目的以外ではほとんど使われなくなって久しい。どんな辺境の地でも携帯電話が通じるようになり、それさえほとんどの人々は使わなくなり、専用端末から文字や映像を手軽に送ってコミュニケーションを取っている時代だ。

東京にいる和宏と相談したうえで、美都子はそれからしばらくの間、新小牛田町に留《とど》まることにした。十九年前に友を連れ去った者の正体がわかるかもしれない。何より愛子に何か連絡が入ったとき、一人にするのは心配だった。

愛子は四十を目前にした女性であり、自分の方はあらゆる面で衰えの目立つ年齢になっているというのに、美都子にとっては未だに、この友人の娘は多感な年齢の少女に見えてしかたがない。

東京を出るときに、どうにもだるくて仕方がないと訴えていた夫の和宏の方は、携帯端末の通話中の映像で見る限り元気そうで、「しばらくそっちにいて、愛ちゃんから目を離すな」と指示してきた。

「ついでにお前も断食してこい」

鳩の世話をしていた男の話をすると、和宏はそんな冗談を飛ばすことも忘れなかった。

完全に退職してから、何とはなしに痩せた夫に比べ、美都子の方は年々太り続けていた。体重の増加がさほどでもないから安心していたら、ウエストがなくなり、ずんどうどころか中膨らみの体になっていた。背中にも肉が付き、下ぶくれの顔が前屈《まえかが》みになった肩に埋まっている。

ヨガ教室に通い、最新のアンチエイジングサプリを飲み、エステに通ってはいるが、どれも宣伝ほどの効果はなく、加齢による体形の崩れや肌の衰えは確実に進んでいく。

夏場でもあり北の漁師町での借家暮らしはさほど苦にはならない。開け放した窓から涼しい風が入り、町中の小さなスーパーマーケットには新鮮な野菜や魚が並び、東京で暮らすよりもむしろ快適なくらいだ。

朝、鳩小屋のコンクリートの床に直に餌を撒き、器の水を替え、夕刻に散らばった糞《ふん》を掃除する。

仕事はそれだけだ。数種類の豆や穀物、ナッツなどをブレンドした餌はいかにも鳩の健康に配慮したものに見えるが、コンクリートの床とブロック壁、トタン屋根の小屋は、何とも居心地が悪そうだ。

夕刻、愛子と二人で鳩のいなくなった小屋を念入りに掃除して外に出ると、山々の稜線《りょうせん》と眼下の海が、日没後の薄青い大気を透かして美しい。

「あなたも暑い東京なんかにいないでこっちに来たら」

そんなことを携帯端末で夫と話した翌朝のことだった。

鳩の餌やりをしていた愛子が、息を弾ませて家に入ってきた。

握った手を開くと、長さ二センチにも満たないプラスティックのカプセルがある。左右に捻《ひね》るとごく小さな粒が出てきた。いったいどれほど器用な人がいるのか、粒に見えたものは折り紙だった。指先で転がすと複雑に折られた紙が解《ほど》け、十センチ四方に広がった。

美都子は息を呑んだ。

真新しい紙と真新しいインクの跡。ロットリングのようなごく細いペン先で書かれたその文字は、紛れもない清花のものだ。

彼女は生きている。

「十八日の午後遅めに船で湯梨浜《ゆりはま》に一人で来てください。月が昇った頃、私が行きます。夜の海辺は冷え込むので、暖かい格好でね。雲別漁港の昆布漁師さんの船に乗せてもらえます。翌朝、また迎えに来てもらって」

ごく小さな紙片には必要最低限の指示だけがある。

七月十八日、つまり今日、「湯梨浜」というところに来い、ということだ。

十九年前の冬、岬に行くと言い残して消えた清花は凍死することもなく、本当にこの町のどこかに辿り着き、十九年間、暮らしていた。そうして娘が中年期にさしかかろうかという頃、連絡してきて、今夜会おうとしている。

その場で愛子が折り畳み携帯端末を開き「ゆりはま」と入れる。画像と地図が出た。カムイヌフ岬の突端の浜だ。航空写真に切り替えると岩場に囲まれてごく狭い砂浜がそこにある。

やはり清花はカムイヌフ岬に入り、そこに住んでいるのだ。

画面の左側に表示された情報によれば、夏場には観光船で上陸できる、とあった。

「昆布漁の漁師さんでなくてもいいんだ」

愛子がつぶやく。

ネット情報によると、観光船は新小牛田からカムイヌフ岬を挟んだ東側にある隣町、稲生のヨットハーバーから朝と午後の二回出港するらしい。

「私、一緒に行っても、いいよね」

遠慮がちに尋ねた。十九年ぶりの母娘《おやこ》の対面に自分が同行するのは気が引けるが、それ以上に、不安が先立つ。

「大丈夫」と愛子は微笑んだ。

「もう、あの頃の私じゃないから。一人で母に会ってくる」

「でも……」

「大丈夫。母は私一人で来ると信じて連絡してきたのだから」

うなずくしかない。子供のいない自分にはわからない親子の情がある。他人が踏み込んではいけない領域がある。そのことを美都子は寂しさとともに呑み込む。

「でも、このことを和宏にメールするけど、いいよね」

美都子が言うと、愛子は「あ、おじさまには私から話します」と言って自分の携帯端末で電話番号リストにタッチする。

紙のように薄い携帯端末の画面一杯に、和宏の顔が出た。愛子は鳩が運んできたメッセージのこと、今夜、母が「湯梨浜」まで自分に会いにくることなどを話した。

和宏の面やつれした顔が緊張した。母娘対面の話を聞いてもにこりともしなかった。

「愛ちゃん、お母さんとは会いたいだろう。ただ、悪いんだけど、うちのを連れてってやってくれないか。母娘水入らずで会いたい気持ちはわかるが、これは僕からのお願いだと思って聞き入れてやってくれ」

「わかりました」

ひどく神妙な顔で愛子はうなずいて通話を終えた。

「いいの？」

自分の表情がずいぶん卑屈なものになっていることを意識していた。

「いえ、おじさまや美都子さんたちが心配してくださる気持ちはわかるから。母だって、美都子さんがいたからって怒って帰ったりしないと思うし、もしそうなら私の方で母と縁を切ります」

強い口調で言われ、感動するとともにますます身の置き所がないような気分になった。

タブレットの番号を見ながら、観光船を出している「INAUエコツアーズ」に電話をする。

朝の船はすでに出てしまったが、午後の便があるという。ただし湯梨浜には船着き場はなく、上陸する観光客は、沖で下船した後、水の中を歩いて上陸するので、マリンシューズかスポーツサンダル、タオルや着替えを準備するようにということだった。

新小牛田町にタクシー会社が無いのは十九年前と変わりなかったが、新小牛田を経由し北金谷と稲生を結ぶバスの便数が以前より増えている。

準備を終えてバスターミナルで待っていると、小型のコミュニティバスがきた。ドライバーはいない。高齢の客ばかり数人が乗っていた。過疎地域で実験的に開始された公共交通機関の無人運転化は数年前から少しずつ実用化されていた。

バスのルートは昔と変わらない。雲別集落の先を郷土資料館のある山側に向かって上り、そちらで折り返した後に、岬一帯の地中を掘り抜いたトンネルで稲生町に向かう。

雲別集落のあたりは以前よりもいっそう寂れ、郷土資料館の方は古びた建物がまだそのままあるのが車窓から望めた。

車中で和宏からメールが入っていることに気づいた。愛子に聞かせたくない話なので、メールで送ってきたようだ。

和宏の方でも湯梨浜の場所はすでに調べたということだった。

二十年近くも、そんなところで清花が生きているとするなら、やはりあの岬の四角い構造物は「彼ら」のアジトであり、何かの方法で外部と行き来ができるのだろう、とある。

鳩は目くらましであり、実務的な通信は電子的な手段で行っており、次世代のメンバーを勧誘するために清花を使って娘を呼び出したのではないか。拉致《らち》の危険があるから、警察に連絡を入れたうえで、その場で決して二人きりにならないように、と忠告してきた。

トンネルを抜けても荒涼とした海の景色は変わらなかったが、数分のうちに道路沿いにレストランやペンション、小型ホテルやマリンショップの看板が見えてきた。

ヨットハーバーを中心にした観光客のための町だ。集落や町の中心部はその先にあるらしいが、こちらで降りた。観光船を出しているＩＮＡＵエコツアーズは、ヨットや観光船、小型の遊漁船などが繋留《けいりゅう》されているマリーナの正面にある。

事務所のスタッフによると岬周辺の海域は特に観光名所というわけでもなく、観光船は夏場のエコツアーとしてのみ運航されると言う。小型クルーザーの操舵《そうだ》はネイチャーガイドが行う。

愛子が湯梨浜に上陸した後、一晩、そこでキャンプするので翌朝の船で帰りたい、と申し出ると、ガイドはとんでもない、とかぶりを振った。

そうしたツアーは企画していないし安全も保障できない、と言う。

熊が出たりするのですか、と美都子が尋ねると、ガイドは湯梨浜に熊が出るかどうかはわからないが、可能性はある。何より、案内した場所に客を置き去りにすることは会社としてできないし、ツアーの趣旨からしてガイドの目が届かないところを、観光客が勝手に歩き回ること自体が好ましくないと言う。

事情を説明しようとしている愛子を制し、美都子は諦《あきら》めて新小牛田に戻ることにした。

伝書鳩を使い、清花が「昆布漁の漁師に頼むように」と指示してきたところからして、それしか手段がないのだろうし、おそらく漁師の中に清花たちと通じている者がいるのだろう。

稲生の町にはタクシー会社があったので、バスを待たずに雲別集落まで引き返した。

車を降り、灰色じみた灌木《かんぼく》の茂る見通しの悪い路地を下りたところに、昆布の干してある浜があり、城壁のように高い防波堤に囲まれた小さな漁港があった。

桟橋近くで機材の手入れをしていた漁師を見つけ、愛子が湯梨浜まで日暮れ前に連れていって、翌朝、迎えにきてもらえないか、と持ちかける。

三十代と見える漁師は、無言のまま指を二本立てた。一人往復二万、と金額を提示する。

　慣れた対応に、そういう客が他にもいることがうかがえる。

　漁師は遊漁船の登録は受けていないので、違法行為に当たるのだと、ぼそぼそと口にする。そのうえで、漁以外の目的で客を乗せること自体が違法なのだから、おおっぴらにするな、と叱責する口調で付け加えた。

　いったんその場を後にして、夕刻になってから美都子たちは再び雲別漁港に戻った。違法行為でもあり、明るいうちに客を乗せたくはないという理由で日暮れ後に来るようにと言われていたからだ。

　桟橋には昼間に話をした若い漁師ではなく年配の漁師が待っていて、繋留されている小さな昆布船を指差した。

「さっさと乗ってくれ」

　愛子に支えられ、美都子は危なっかしい足取りで桟橋から船に乗り移る。六十を過ぎてから急に体のバランスが悪くなり、白内障になりかけているのか、黄昏《たそがれ》時などは特に物が見えにくい。

「少し沖に出れば、中国だのロシアだの北朝鮮だのの船が入ってきて、堂々と魚だの昆布だのを獲《と》っている。俺たちが漁獲量だの漁期だので両腕を縛られているときに、荒らし回る。連中、武装しているから怖くて追い払うこともできないんだ。海上保安庁に通報したって何もしちゃくれない。連中だって命が惜しいからな。最初はこそこそやっていたのが、この頃じゃ堂々と獲り放題だ。もう漁だけじゃ食っていけない」

釣り客や観光客を乗せるのはそんな事情があるのだ、と暗に説明している。

「冬場に湯梨浜に行く人たちっていますか？」

愛子が尋ねた。

漁師は黙って首を振った。

「風と波で上陸なんかできない。桟橋も港もないんだ。浜に上がるには海ん中、歩かなきゃならないから波にさらわれるか凍死する」

「でも冬場にあの岬に入った人がいるんですよ、何か聞いていませんか」

「さあ。いろんな者がこの町に流れて来るから」

漁師はため息交じりに答え、古びた救命胴衣を二つ、美都子たちに投げて寄越《よこ》した。

「借金こさえたり、警察に追われて逃げてきたり」

「岬のどこかに人が辿り着いて住んでいるなんて話を聞いたことありませんか」

無気力な笑い声が返ってきた。

「住めるわけがない。だいいち岬の中に入る道がない。熊のうろうろするハイマツの藪か、それがないところは湿地だ。夏場に湯梨浜に渡ってキャンプしている学生はいるが、崖上《がけ》には行かない。浜のキャンプ自体、熊が出て危ないから役場が禁止している」

船賃を漁師に前払いし、迎えは翌日の午前三時と決めて、船は小さな港を後にして岬を目指す。明日の未明に迎えにくるのは、昆布漁に出る漁師たちが港に集まってくる前に、港に帰り着くためだ。仲間内の暗黙の了解とはいえ、やはり漁以外の目的で船に人を乗せるのは違法だからだろう。

船着き場から外海に出ると東の水平線上に浮かぶ月が見えた。異様に大きな満月だ。朱を帯びた光の帯が海上に長く延びている。

「きれい」

スピードを緩めたとき愛子が声を上げ、月ではなくすぐ脇の海面を指差す。月明かりで海底が見えた。目を凝らすと澄み切った水を通し、大きな岩の間に藻や魚影が揺らめいている。

昆布船はエンジン音を響かせながら海岸線に沿って滑るように進んでいく。

「あれだ」

海上に突きだした断崖を指差し愛子がつぶやくように言うと、漁師は何も答えずに通過した。

「あれがカムイヌフ岬では？」

「いや、もっと先」

「あそこは何ていう岬なんですか」

美都子が尋ねると漁師は、億劫《おっくう》そうに答えた。

「さあ……いちいち名前などないだろう」

リアス式海岸とまではいかないが、入り組んだ海岸線がこのあたりは数キロ続く。その岩場と岩場の間に、ときおり月に照らされたごく小さな砂浜が現れる。

やがて船はスピードを落とした。慎重な操舵で岸に近付き、浜まで二十メートルはあろうかという海上で昆布船はエンジンを切った。

「ここからは歩いて行ってくれ」

美都子たちは漁師に促されるまま荷物を抱え、海底に足を下ろす。月明かりに照らされた海底は浅そうに見えたが、水深は膝上《ひざうえ》くらいまである。まくり上げたズボンの裾《すそ》が濡《ぬ》れるのを気にしながら数メートルも進むうちに水は足首ほどになった。

浜砂は濡れ、月の光に白く光っている。ちょうど潮が引いているところのようだった。夏とはいえ、北の海の水は冷たい。日がとうに落ちた後であればなおさらだった。浜に上がりタオルで水滴を拭《ふ》き取ったときには、遠ざかる船のエンジンの音も聞こえなくなり、月明かりの下、海上につきだした岬の突端が黒々とした影を刻んでいるのが見えるばかりだ。

草地にシートを広げ、持って来た服をありったけ着込んだ。火を熾《お》こすつもりはなかったから買ったばかりの保温水筒二本に湯とコーヒーを詰めてきた。

「とりあえず」と美都子はスーパーマーケットで買ったサンドイッチを袋から取り出し、水筒の蓋《ふた》に熱いコーヒーを注ぐ。

母との対面に思いを馳《は》せ、気が高ぶっているのだろう。愛子はサンドイッチをそっと押し戻し、冷え切った指先を温めるように水筒の蓋を両手で包み込み、砂糖もクリームも入れないコーヒーをすする。

「これ」と美都子は返されたサンドイッチのかわりに菓子パンを手渡す。

「ありがとう」

袋を破り、愛子は甘いパンを指先でちぎって口に入れる。緊張感を払うように美都子はバッグの中からスナック菓子やペットボトル入りのお茶などを取り出し並べる。

幸い、空は晴れ渡り、月はさらに青白い輝きを増した。


風が出てきた。

愛子は自分のバックパックから保温シートを取り出し、美都子の膝にかける。

「ありがとう、一緒にかけよう、こんな大きいんだから」

愛子は微笑み、「私は大丈夫」と辞退した。

「ああ、愛ちゃん、若いんだもんね」とうなずき、美都子はそれを自分の腰まで引き上げ、すっぽり下半身を覆ったが、愛子は心ここにあらず、といった神経質な様子で背後の草地の向こうにそびえる崖をしばしば振り返っている。

その上に母が住む国がある、そこから母が降り立つとでも思っているかのように。

打ち寄せる波の音がずいぶん遠ざかった。

潮はさらに引いて、砂浜がさきほどよりいっそう広くなっている。

どれほど時間が経っただろう。

気づいたとき、月明かりの中に清花、その人がいた。どこから現れたのか、古びたジャージの上下に、サンダルという、予想外に簡易な姿で浜に立っていた。

髪は首筋ほどの長さのおかっぱだ。

さきほどから背後の崖上ばかり見ていた愛子が、美都子の息を呑む音に気づいてそちらに目を向け、次の瞬間、ふらふらと立ち上がった。

「お母さん……」

幼い頃、二十歳の頃と変わらない、絞り出すような、涙交じりの声だった。

母が無言で娘を抱きしめる、と思った。子供はいなくても、美都子の感性はそんな光景を期待し、そんな母娘の対面に遠慮して立ち上がり、二、三歩退いた。

満月の濡れたような光を浴びて清花の姿が、はっきり見えた。

違和感を覚えた。拒否感、と言った方がいいかもしれない。

清花は微笑んでいた。だが、十九年ぶりに再会した娘への溢《あふ》れるような情が、その穏やかな微笑にはおよそ感じられなかった。

たおやかで、静かで、そして冷たかった。

浜に現れた清花の様子が冷たいなどというのはただの思い込みかもしれない。友人の娘を可愛がり、それなりに愛情を注いできた。だが血を分けた母娘の絆《きずな》の前には、自分は引き下がるしかない。子供を持たぬ女のそんな寂しさが、二人の対面に、より熱く湿った情緒を期待させたのか。

思慕と自分を捨てた親への恨み、愛情と偏った思想への嫌悪、さまざまな感情が交錯し、爆発し、混乱し、泣きじゃくっている愛子に比べ、清花の様子はどこまでも超然としていた。娘を抱きしめるかわりに両手で娘の手を握り締めた。

「健康そうでよかった。とても心配していたのよ、病気になったり、事故にあったりしているんじゃないかと。見た目は充実していても、いつも空っぽなことに気づいて心を病んでいるんじゃないかと」

最初の方は母親らしい思いが感じられるが、成熟した娘に向かい、いつも空っぽだの、心を病むだのとは、どういうことか、と美都子は戸惑った。

それから清花は初めて美都子の方に顔を向けた。

「お元気そうでよかった」

清花の表情は、娘に相対したときとまったく変わらない。

「本当に、何と言っていいのか、私……」

言葉に詰まった。

「とにかく、ずっと、どうしているのかと心配だったの。会えてよかった。愛ちゃんがここに来ると聞いて、無理矢理ついてきたの、ごめんなさい」

困惑を呑み込み、言葉を継ぐ。

違和感のもう一つの理由に気づいた。

変わっていないのだ。清花は清花のままだ。髪型や服装は違っていても。

最後に会ったのは、美都子が四十三歳で、清花は四つ年上の四十七歳だった。すでにそのとき、清花は自分よりも若くは見えないまでも、自分より美しかった。何とも言えない透明感とすっきりした明るさが、整った容貌《ようぼう》をさらに引き立てていた。

その清花が今、月明かりを浴びて立っている。相変わらず美しい。年月に磨かれた美しさではない。自分のように太ってはいない。だが年配の女に特有の筋張った痩せ方もしていない。白百合《しらゆり》のようにすっくと立っている姿は、粗末なジャージ姿であるにもかかわらずこの上なく高貴だった。短い髪はいかにも無造作に切った風だが優雅で、白髪も格別目立たず、月明かりに冷たい艶《つや》を放っている。

若作りでも、アンチエイジングでもない。彼女の中で時が止まっている。

「変わってない。どうして？　本当に清花さん、だよね。二十年も経つのに、なぜあのときのままなの？」

清花は目を閉じ、首を左右に振った。

「私たちは、命の秘密をみつけたの。たくさんのものを欲しがらなければ、人はそれほど老いることはないし、病気にもならない。病気が体や心に忍び込んでも、お水と食べ物と心の有り様で、すぐに抜けていくから」

傍らで呆然《ぼうぜん》としている愛子に気づき、美都子はすぐに清花から離れた。その寸前に清花は美都子の手を握りしめた。ヨモギに似た爽《さわ》やかな香りが立った。

手を離すと自分の掌の中に、乾燥したカモミールの花のような細く小さな花弁と芯《しん》がばらばらになって、ひからびたものがあるのに気づいた。

「私たちが普段、摂取しているもの。病気を遠ざけるの。そのまま食べて」

和宏がそばにいたなら、脱法ハーブの類いにちがいない、と捨てさせただろうが、美都子はためらいもなく口に入れた。清花の容貌の美しさ、変わらなさの秘密がそれであるような気がした。

不老不死の薬。六十も半ばを過ぎ、四十代の頃と少しも変わらぬ容貌を目の当たりにしたのだから、たとえ違法薬物でも呑み込んでいたに違いない。

舌の上のそれはただの干した花だった。カモミールとは異なる、スミレのような香りがしたがそれだけだ。かさかさと乾いていて、花粉の少し苦い味があった。

清花は愛子に何かささやきかけたかと思うと、すぐに離れた。

そのまま海に向かっていく。とっさに愛子の手を取り、追っていこうとしたが、清花は「そこに居て」と愛子に向かって言った。

そうしないと二度と会えない、と付け加えた。

二度と会えない、とはこれが最後ではない、ということか。

母の言葉に従うように、愛子は足を止めたまま美都子の腕を引いた。

清花の足は速かった。走るでもなく草地を遠ざかり、砂浜に出たかと思うと暗い海に消えた。水中に没したわけではないのだろうが、砂地に黒々と延びた崖の影に一瞬のうちに呑み込まれ消えたのだ。

幻のようだった。口中にはまだ清花のくれた乾いた花と花粉のスミレに似た芳香が残っている。

愛子は黙りこくっていた。声をかけるのもはばかられる、厳粛な感じのする沈黙だった。

疲労感とともに美都子の体の中には、不思議と安らいだ気分が満ちてくる。

シートの上に座り込むと月明かりがまぶしい。なぜこれほど満月が明るいのかわからない。

愛子が保温シートを大きく広げて身体を覆ってくれた。

どれほど時間が経っただろう。

サーチライトのようなものに照らされ、我に返った。

昆布漁師が迎えに来た。船上で、戻って来いというようにライトが振られていた。

冷え切った体で新小牛田町の借家に戻った美都子は、その日の午前便で旭川空港を発った。あまり体調が良くない和宏のことが気がかりだったからだ。

愛子はそのまま新小牛田の町に残った。しばらく借家で暮らすと言う。休暇はまだ残っており、もう少しこの町に滞在したいらしい。

霊的な存在に変わってしまったような清花との短い邂逅《かいこう》がもたらしたものに不安と感

動を覚えながら、後ろ髪を引かれる思いで美都子は東京に戻った。

マンションの薄暗い一室で、寒いほどに冷房をつけて夫は待っていた。このところ東京の気温は連日、四十度を超えていたという。

湯梨浜の不思議な一夜について話すと、和宏は「やはりな」とつぶやいた。

「一服盛られたわけだ」

あの乾いた花のことだ。

「大麻ではないだろうが、まあ、マジックマッシュルームみたいなやつかな。二昔も前に、バックパッカーがピザに振りかけて食べてぶっ飛んでいたあれだ」

「そんな風には、私、思えない」

「現実なら辻褄《つじつま》が合わないだろうが。二十年経っても歳を取らない女が深夜の浜に現れたと思ったら忽然《こつぜん》と消えた、そうだろう？」

確かに闇の中に忽然と消えたのだ。そして美都子たちの前に姿を現したときも唐突だった。まるで崖上から舞い降りてきたように。

「あっちだって一人で来たわけじゃない。背後に何か怪しげな組織、おそらくスピリチュアル系のカルト教団が控えていて、送り迎えをしているんだ。岬の突端はダミーさ。新小牛田町か隣の稲生町のどこかにアジトがあって、連中は岬ではなくそこに住んでいる。鳩の餌を持ってきた男も、昆布漁師も間違いなくそこのメンバーだ。清花さんも適当に時間をずらしてボートで浜に上陸しただけだろ」

「でもエンジンの音なんかぜんぜんしなかった。私が乗せてもらった船はバイクどころじゃないくらいうるさかったから、近付いてくれれば絶対わかるはず」

「風向きや、別のことに気を取られていた可能性もある……」と和宏は、手にした折り畳み式のタブレットを操作した。

「ほら、こういう手もある」と画面を見せた。

昆布漁師に頼む前に、愛子と二人で観光船を手配してもらおうとした「INAUエコツアーズ」のホームページだ。そこにシーカヤックで周辺の海を巡るツアーの案内があった。

「まさか清花さんがシーカヤックで来るなんて」

「だからメンバーのだれかが町外れから乗せてきたんだよ。それで自分たちは、到達不能な岬の突端に住んでいると主張するわけだ。歳を取らないって話だって、お前みたいに太っちまえば別だが、そうでなければ暗がりなんだから化粧でどうにでもなる」

無神経な物言いに腹を立て、美都子は黙りこくった。

三日後、愛子が突然、夫妻のマンションにやってきた。

札幌名物の洋菓子の箱を抱えて玄関先に立ち、新小牛田で別れたときとは打って変わって快活で、何か吹っ切れたような表情をしていた。

美都子が帰った翌日の夜に母と会ってきた、と言う。

「どこで」

「湯梨浜」

あのとき清花は娘に約半月後の新月の夜に、今度は必ず一人で来るように、とささやいて立ち去ったらしい。

愛子はそうするつもりでいたが、美都子が帰った後、不意に夢から覚めたような気持ちになって、二週間以上も新小牛田町に留まるわけにはいかない、と思ったという。

「仕事があるし、ラロには十日くらいで戻ると言ってあるから……」

それから顔を上げてきっぱり言った。

「今の私には、彼が大切な人だから」

それから彼女は母に連絡する手段を思いついた。

伝書鳩が手紙を持ってきた、ということは、先方に手紙を届けることだってできるはずだ。ネットで調べると、借家の裏手の鳩舎《きゅうしゃ》の謎が解けた。

手紙を運んできたのは、どうやら伝書鳩の中でも特殊なタイプで、往復鳩とよばれるものらしい。

一般的な伝書鳩は手紙を送りたい者が、鳩舎から離れた場所に鳩を籠《かご》に入れて連れていき、そこから手紙を付けて飛ばす。帰巣本能に従い鳩は自分の鳩舎に戻り、そちらで待っていた人間が手紙を回収する。だが四、五十キロに満たない短距離を飛ばすのであれば、片方にねぐらと繁殖場所、片方に餌場という具合に鳩舎の機能を分け、鳩を往復させることが可能らしい。ねぐらの方には餌を置かず、餌場の方は棲《す》み着くには居心地の悪い環境を作る。借家の裏手の、古い公衆トイレを思わせる薄暗いブロック積みの鳩舎は、その餌場だったのだ。

そこに来る鳩の脚に、愛子は紙をくくりつけたのだと言う。

「今夜、一人で湯梨浜に行きます　愛子」

薄い和紙を短冊に切り、小さな文字でそれだけ書き、餌をついばみに来た鳩を捕まえては脚にくくりつけて飛ばした。

どれが伝書鳩かわからないが、人慣れしていて、容易に捕まえられる個体なら母の許に飛んでいって手紙を届けてくれるだろう、と考えた。

はたして餌をついばんでいた二十羽ほどの鳩のうち、五、六羽は簡単に捕まり、脚に折った紙をくくりつけられる間もおとなしくしていた、という。

うまく母のところに飛んでいくのか否かはわからなかったが、それから愛子は自動運転バスで稲生町に行き、そこのマリンショップでシーカヤックを借りた。昆布漁の船をいちいち頼むより一人で行った方が何かと便利だ、と考えたからだ。

アメリカでは頻繁にレドンドビーチに出かけて、シーカヤックで島に渡り、仲間とキャンプなどをしているので操作には慣れている。

稲生町のヨットハーバーを出発し、海岸線に沿って北上する。

東の空に上った月は異様なほどに大きく、二日前の晩同様に、海上を明るく照らしていた。

少し潮の流れがあったが、湯梨浜沖には一時間足らずで着いた。だがその先は強い引き潮で浜になかなか近づけない。しかも海底の地形のせいか、あちらこちらで水が巻いている。

慎重にパドルを操っていくとやがて船腹が軟らかな砂にめり込んだ。昆布漁の船と違い、砂浜に乗り上げるようにして上陸できるので、足もそれほど濡れずに済んだ。カヤックを引っ張って浜に上げ、草の上に置き、傍らにシートを敷く。

そして二日前の夜、母親が現れたあたりの海に目を凝らした。

夜が更け、月が次第に天空高く昇った頃、ずいぶん波打ち際が遠のいていることに気づいた。潮が引いたのだ。

南の海ではないので、それほど干満の差はない。それでも大潮なのだ、と頭上の丸い月を見て思う。

日付が変わる直前、やはり一昨日と変わらぬ姿で清花は現れた。

どこから来たのかまったくわからない。まるで海の彼方《かなた》から忽然と現れたか、崖の上から舞い降りたかしたようだった。

「愛子。ようやく来てくれたわね」

まったく歳を取っていない母は微笑んでいた。目を凝らせば月明かりに影を刻んだ目元や首筋の窪《くぼ》みに老いが現れているのかもしれないが、言葉を失うほどに、愛おしさとも怒りともつかない感動に揺り動かされた目には、六十七の誕生日を迎えたはずの母が、ただ服装と髪型が変わっただけの昔のままの姿で微笑んでいるように見えた。

「あなたをずっと呼びたかったのよ」

母は両手を伸ばしてきて、一昨日の夜のように愛子の手を包み込んだ。ひんやりと冷たくなめらかな手だった。その清涼さに愛子は自分の胸に渦巻く熱いものとの落差を感じた。

「そんなのって、ないよ……」

絞り出すように訴えていた。

「若いあなたの心には、いろいろなものがたくさん詰まっていて響かなかった」

母は片手を離し、愛子の額に触れた。

めまいに似た浮遊感を覚えた。混乱と高ぶった感情が不意に静まり、透明な闇に吸い込まれていく。心が透明な水になった。母が求めたものが理解できた。

「心を空洞にしなければ、弦を鳴らしても響かないの。箱があれば何でも詰めたくなるけれど、中身の詰まった箱では真実の音色は響かない。あなたの外側を取り囲んだ諸々《もろもろ》のものが、あなたの胸のうちにぎゅうっと詰め込まれているわ。だから光も届かない。真実を伝える音色も共鳴しない。無意味なもの、どうでもいいものを詰め込んだまま、人は老いて死んでしまう。けれど知恵があれば人は目覚めることができる。あなたもきっとそんな歳になったと、私は信じているの」

二十年の記憶の断片が、ひらひらと舞った。ラボに閉じこもって造り上げた恐竜の鳴き声、スクリーンの中で崩れ落ちるビルが立てる腹に響く重低音、騒がしい成功、給与の振り込まれた通帳、駐車場に駐《と》めた車の中でのキス、空港での別れ、自分を抱きしめてくれたホームステイ先のママの力強い腕、シェアハウスのキッチンで食材の取り合いが因《もと》で繰り広げられた仲間内の大げんか、不動産業者との交渉、ラロの汗ばんだ肌と柔らかく巻いた髪の手触り、音声チームの解散を告げるマスターの言葉と技術者を求めるネット広告……。

「あなたも目覚めていい歳になったはず。箱の中身を捨てて、空身になりなさい。きっとたくさんのものを抱えて、身動きもできなくなっているはずよ。自由なつもりで欲望と義務の檻《おり》に閉じ込められているはず」

「お母さんは、どうしているの今……」

粗末なジャージとサンダル姿の美しい人に愛子は尋ねる。

「一緒に来ればわかるわ」

母は微笑した。人の笑顔じゃない、と背筋が冷たくなった。意地悪な笑みでもないし、ほくそ笑んでいるわけでもない。静まり返った水面《みなも》を思わせる、透明で美しい、聖性を帯びた笑みだった。

「お父さんのことは、知ってる？」

そう尋ねると母は無言で首を横に振った。

「お母さんの後を追って、吹雪の中を岬に入っていって、亡くなったんだよ。春になってからみつかって……今、月光院《げっこういん》のお祖母《ばあ》ちゃんたちのお墓にいる」

「そう」

母は小さくうなずいただけだった。表情は変わらない。

「お父さん、亡くなったんだよ、お母さんの後を追いかけていって」

母の表情は変わらなかった。

「お父さんは来なかったの。いったん捨てかけたのに、最後になって、惜しい、という心が生まれてしまったのね。弱い人だからだれかにそそのかされると自分を見失ってしまう」

息を呑んで母を見つめ、愛子はさらに尋ねた。

「お父さんが亡くなったこと、何とも思わないの」

母は微笑したまま、海の方を振り返った。

「行きましょう」と愛子に手を差し伸べる。

「もう行かなければ」

満月はやや傾きかけているが、夜明けにはずいぶん間がある。

「行かない」

愛子は母の手を振り払った。

母の顔から初めて笑みが消え、怪訝な表情が見えた。

「私、行かないから」

「どうして？」

「簡単な理由。私はお母さんじゃないから」

無理矢理連れていこうとするか、それとも説得にかかるか、愛子は身構えた。だが、母は背筋の寒くなるような穏やかな笑みを浮かべただけだった。

「いつか目覚めるはず。あなたは聡明《そうめい》な人だもの」

そう言いながら、愛子の手を握りしめた。

ひやりとした手だったが、それを拒否するほど愛子は無情にはなれなかった。母の手が離れたとき、掌にごく軽いお手玉ほどの布袋が残された。ガーゼのようなものに乾いた草か花のようなものが入っていた。

「病気のときにお湯に入れて飲みなさい。心と体に溜《た》まった澱《おり》を洗い流してくれるものなの。あらゆる病気は欲望から生まれて、人を苛《さいな》んだ結果なのだから」

突き返すことははばかられた。

毅然《きぜん》とした口調で拒絶したものの、胸底に後ろめたさがあった。

母はくるりと背を向ける。何の未練もない動作だった。あとしばらくすれば、必ず娘は自分からやってくる、と信じているようにも見えた。付いていってはならないと理性の声が自分をこの場に引き留めているが、愛子の意識の底には、「置いていかないで、行っちゃ嫌だ」と泣き叫んでいる幼子がいる。

前回とまったく変わらず、母は崖の影に呑み込まれるように消えた。

とたんに哀切な思いが胸にこみ上げた。その場に捨てようとした布袋を握り締めると、スミレに似た芳香が立った。母がまといつけていた香りだ、とそのとき気づき、砂浜に膝をついたまま声を上げて泣いていた。


「私、お釈迦《しゃか》様になる気なんかない」

語り終えて愛子は美都子に向かい宣言するように言った。

「そう……お釈迦様なのか、清花さん。悟りの境地に入っちゃったんだね」

「なるほど、そっち系のカルトだったってわけだ」と和宏がうなずく。

「でも、一瞬、すごく神秘的で、ああ、わかった、みたいな気分になった」

「偽涅槃《ねはん》って言うんだ、そういうの。過酷な修行やクスリで心神耗弱状態になったときに何だか神秘的な感じにとらわれて、悟りの境地と間違える。危険だぞ」

和宏が珍しく真剣な視線を愛子に向ける。

「大丈夫。私は偽涅槃も本物の涅槃も両方いらない」

きっぱりとした口調で愛子は言うと立ち上がった。

「ああ、人の道っていうのは、そんな難しいものじゃない」と和宏が椅子の背に体を預けたまま微笑んだ。

「それより、もう帰っちゃうの？　東京にいるなら泊まっていきなさいよ」

美都子の言葉に愛子は「ありがとう」と答えた後、その日の飛行機でLAに帰ると告げた。

「何か、急にラロに会いたくなった」

「何だ、僕じゃだめなのか」と和宏が茶化す。

部屋を立ち去り際に愛子はガーゼのような布に包まれたものをテーブルに置いた。

「ごめんなさい、これ、捨ててください」

「だって、清花さんの……」

形見じゃないの、という言葉が出そうになって慌てて止める。縁起でもない。

「空港で見つかって疑われたりするとやばいし」

「そりゃそうだ」と和宏が笑った。

「普通のお茶かブーケガルニにしか見えないけれど、やっぱりだめなものかしら」と美都子はそれを手に取る。

母が娘の健康を気遣って手渡したものを無下に置いていくことに、事情を知ってはいても清花が気の毒な感じがした。

「私はいらない。死ぬまで心と体にたくさんのものを溜めるつもり。洗い流すものなんか何もない。老けるのも汚れるのも苦しむのもすべて人生だから。傷つけ合ったり戦ったりするから平和があるし、感動もある。私には仕事があるし、ラロのことも好き。いつ失職するかわからないし、ラロとも別れるかもしれないけど。未来なんてわからない。

でも私が選んだことの結果だもの」

愛子は重い口調で告げると、真剣だが明るい視線を美都子に向けてきた。

「確かにその通りかもしれない」と美都子は二十年近く前に、新小牛田の町で出会った厚子という女性の言葉を重ね合わせていた。

「元気でね」とその手を清花がしていたように自分の両掌で挟んで気づいた。

「あら……」

ほっそりした手首に比べて愛子の腕は、筋肉質でたくましい。

「あらあらあら」とその腕を両手の指で握った。

「力仕事、多いのよ、音声の現場って」

「ハンサムウーマンなんだね、愛ちゃん」

あはっ、と愛子は上向いて笑う。

エレベーターを降り、エントランスで和宏が「それじゃ」と愛子の肩を叩いた。

「もう、バージンロードは諦めたけど、子供を産めるうちに、何とか孫の顔を見せてくれよ。その彼氏の子でも何でもいいからさ」

愛子は照れる様子もなく、親指を立ててうなずいた。

愛子が乗ったタクシーのテールランプが視界から消えるまで見送った後、美都子は和宏とともにエレベーターに乗り込んだ。

その瞬間、奥の壁に貼り付けられたステンレスミラーに映った自分の全身像が目に入り、小さくうめき声を上げた。

肩をすぼめ、下腹を突き出した姿勢。カットソーと巻きスカートに包まれた胴体は幅と厚みを増し、伸縮性のある生地に横皺が寄っている。夫にからかわれて当然の体型になっている。様々な努力とアンチエイジングにかけた費用にもかかわらず、確実に弛《たる》み、崩れていく顔の輪郭と増えていく皺、白髪染めを繰り返したためにぱさつき、薄くなってしまった髪。

「いくら見たって皺が減るわけじゃないぞ」

憎まれ口を一つ叩いて、夫が先に降りた。

部屋に入り、愛子の飲んでいったコーヒーのカップを片付けようとして、テーブル上のブーケガルニのようなものを手にとった。

最後に会った二十年前とまったく変わっていなかった清花の姿が、あれから頭を離れない。月明かりの下とはいえ無残な加齢の跡は見えず、磨かれた水晶のような美しさだった。

長い間に心と体に溜まった汚れを洗い流してくれるものが世の中には、本当にあるのかもしれない、と思った。

夫はぐったりとソファに横になっている。

愛子のいる間、うれしそうにはしゃいでいたが、送り出したとたんに張っていた糸が切れたように脱力している。

還暦を過ぎてから肝炎や肺水腫《はいすいしゅ》、頸椎《けいつい》ヘルニアなど、和宏はいくつもの病気を患ったが、二十年前とは比較にならないほど進んだ検査技術と医療技術によって大事に至らずに済んだ。命に別状はないが、様々な後遺症で体のあちらこちらに故障を抱えている。

若い頃は、六十を過ぎた人々はまさに老人に見えて、彼らの訴える不調も「歳のせい」とひとくくりにして片付けていたが、自分がその年齢になってみると、「老人」は自分ではなく、はるか年上のだれかのことで、不調は歳のせいではなく病気、病気であれば治せるもの、そうあってほしい、という気持ちが強くなっている。

愛子が置いていったそのブーケガルニのようなものが、汚れだけでなく時間までも洗い流してくれるような気がしてきた。

紅茶用の耐熱ガラスポットにそれを入れ、水を張りアルコールランプの上にかけた。沸騰すると、ポットの注ぎ口からうっすらと湯気が立ち、室内に深山《しんざん》を思わせる芳香が漂った。

アンチエイジングに凝っている美都子は、数年前からさまざまなアロマオイルやハーブティーを試している。だがそのブーケガルニのようなもの、乾燥させた数種類の草と花の香りは、今まで試したどのハーブとも微妙に違う。

しばらく煮出していると、ガラスポットのお湯は、やがて輝くような蜂蜜《はちみつ》色に変わった。

マグカップに注ぐと神秘的な香りが鼻に抜ける。

そのときインターホンが鳴った。マンションの自治会長の顔がスクリーンに映っている。この日、防災連絡会が開かれることになっており、美都子は役員に当たっていたのにすっかり忘れていたのだ。

マグカップをそのままにして慌ててサンダルをつっかけてエレベーターに乗り込み、一階の集会室に下りた。

会合が終わって戻ってくると、ダイニングテーブルに置いたカップは空になっていた。夫が飲んだのだ。

「ああ、お茶飲みたかったんだが、君はいないし。冷めているけど、まあ、いいかと。そういえばジャスミン茶にしては、何か甘ったるい後味がしたかな」

意に介した様子も無く夫が言う。

美都子が次々に通販で買い込む健康茶の類いと間違えているのだ。

もしそれが清花から渡されたものと知ったら、何か危険薬物の類いではないかと疑い、そんなものを煮出して飲もうとした自分を咎《とが》めるに決まっているから、美都子は何も言わなかった。

散歩に行こうと和宏に誘われたのはそれから二、三十分もした頃のことだった。

体中がだるい、腰から下が痺《しび》れている、と訴え、さきほどから横になっていたのが嘘のようだ。

顔色が良くなっているような気もする。

半信半疑で部屋を出てエレベーターホールに向かうが、和宏のウォーキングシューズの靴音が軽い。

河川敷の遊歩道を肩を並べて歩くうちにも、夫の歩みはどんどん速まる。

「ちょっと」と、息を弾ませ、その腕を取って止めた。

「無理すると、また腰やられるから」

「そうかな……」

和宏は我に返ったように歩調を緩めた。

「急にすっきりして気持ちが良くなったんだよ。無理にでもウォーキングくらいしないと、人の体はどんどんダメになるっていうのがよくわかったよ」

それからふと足を止め、広々とした河川敷を覆い尽くした薄《すすき》の穂を金色に輝かせて落ちていく夕陽を眺めた。

「あと一年で七十か」

「まだまだよ、人生百年の時代なんだから」

励ますつもりの言葉を口にしながら、美都子は老いを刻んだ体で長生きなどしたくはない、と思った。

それを汲《く》み取ったかのように「そりゃ嫌だな」と和宏が笑う。

「生活資金がショートして老後破産なんてことになったら目も当てられない。長生き、すなわちリスクだ。七十まで生きれば十分だ」

「やめてよ、あなた」

七十まで生きれば十分と美都子自身も思う。だが子供もいない自分が一年後に伴侶《はんりょ》を失うなど考えられない。

「ねえ、あなたが七十になったら豪華客船に乗ってみない。一週間くらいの国内ツアーでもいいし、香港くらいまで行くのもいいじゃない。一生に一度の記念に」

「そうだな」

夫の顔色は良く、艶も戻っていたが、その表情は奇妙に寂しげだった。


翌年の二月、美都子は路線バスを乗り継ぎ、一人で新小牛田に向かっていた。

雪の空港からエアポートバスで北金谷の町へ、そこからタクシーを飛ばし新小牛田に辿り着いたときには夜になっていた。

羽田からの飛行時間はわずか一時間半。エアポートバスが走るようになり新千歳空港から大きな町までは格段に便利になったのだが、その先の交通の便は相変わらず良くない。自動運転の小型バスかタクシーだけだ。

片道二万円近くかかるタクシー代をためらっている余裕は、このときの美都子にはなかった。

新小牛田の借家に着くと、鳩小屋の前の吹きさらしで管理人の男が待っていた。

傍らに置かれた小さなケージの中で、数羽の伝書鳩が落ち着き無くあたりを見回したり、羽ばたいたりしていた。遠隔地に連れていかれて飛ばされる通常の伝書鳩と違い、そうした物に入れられるのには慣れていないらしい。

前もって管理人の男に連絡を取って、借家の伝書鳩を数羽、捕まえておいてほしいと頼んでおいたのだ。

美都子は管理人に手伝ってもらって鳩をケージから出すと一羽一羽の脚に、手紙をくくりつけた。

ごく薄い和紙に細かな字で書いた手紙を二十部、用意してきた。

「栂原清花様　たいへん厚かましいお願いです。愛ちゃんにあげた乾燥した薬草を私にください。主人が癌で助かる見込みがもうありません。どうかお願いします。明日湯梨浜まで行きます」

紙の重さが制限されるから、とにかく小さな紙に収まるように必要最小限の文字数だ。

夫が激しい腹痛を起こし癌性腹膜炎と診断されたのは昨年秋のことだった。わかりにくい箇所にできた癌だった上に、悪条件が重なり、いくつもの検査をすり抜けて進行してしまった。すでに複数の臓器に転移し、余命二ヵ月と宣告されたが、免疫療法や複数の抗がん剤を併用しながら、何とか持たせている。

副作用に苦しみながら命を長らえている夫を見守る中で、清花の語った「命の秘密」という言葉が幾度も心を去来した。

どんな生き方をしても人は老い、病み、死ぬ。だが岬に入った清花はそれを克服してしまったように見える。

もはや打つ手の無くなった夫は、正月に退院して家に戻ってきてから多少楽になった様子で生き長らえている。ときおり清明な意識が戻ってくることがあって、そんなときは共に暮らした四十数年を語り合う。そうしているうちに、美都子は自分はこの人の死は絶対に受け入れられない、と思うようになった。

子供もおらず、仲の良い夫婦とうらやまれながら、二人きりの家庭を築いてきた。一人にされたら生きていかれない、という切羽詰まった気持ちで、在宅医療ステーションの看護師に夫の見守りを頼み、藁《わら》にもすがる思いで、この日、美都子は家を出てきたのだった。

手紙をつけた鳩を小屋の前で放つ。この中の一羽でいいから清花のところに手紙を届けて、と祈りながら、粉雪の舞う灰色の空に羽ばたいていく鳩たちを見守る。

空になったケージを軽トラックに載せながら、管理人の男は「ところで……」と済まなそうに口ごもった。貸家の鍵は渡せないと言う。契約していない客は中に入れられないからだ。

「一応、町の民宿を押さえてあるから、今夜はそっちに泊まってよ」と自分が乗ってきた軽トラックを指差した。そこまで送ってくれるらしい。

礼を述べ、美都子は民宿に行く前に、雲別集落の昆布漁師のところに寄ってくれるように頼む。

「何するの？　屑《くず》昆布でも売ってもらうの？」

管理人は怪訝そうに尋ねた。

「いえ……まあ」

客を船に乗せるのは違法だと聞いていたから言葉を濁す。

集落に着くと、昆布漁師たちは倉庫のような場所で、昆布を揃え、束ねる作業をしていた。

入口で美都子が声をかけると、その中の一人が不審そうな表情で出てきた。

小声で用件を伝えたとたんに「だめだよ」とにべもなく断られた。

昆布漁は夏期の二ヵ月だけだと言う。それ以外はちぎれた昆布を浜の近くの海に入って拾うくらいだ。

「いえ、船を出してもらえれば」

漁師は顔の前で片手を振った。

「どうやって上陸するよ、船着き場もない場所で波にさらわれるか凍死するだけだ。だいいち、この時期、海が荒れちゃって、岬の周りには近づけない。横波食らって転覆するか、そうでなけりゃ岩に乗り上げて動けなくなる」

愕然《がくぜん》とした。湯梨浜に入るというメッセージを付けて鳩を飛ばしてしまった後だ。

車に戻ると、管理人が美都子の様子を見て「買えなかったの？」と尋ねた。

「いえ、湯梨浜に行きたいので船に乗せてくれるように頼んだのですが……」

「湯梨浜？」とあっけに取られたように男は言い、「無理無理」と苦笑した。「まあ、夏場なら連中もこっそり釣り客を連れていってるようだけど。それにしても何しにあんなところに？」

「あっち側に行ってしまったお友達に会いたいから」と答えかけ、無意識につかった「あっち側に行ってしまった」という言い回しが、「死んだ」の婉曲《えんきょく》な表現でもあることに気づき、「岬に入った」と言い直した。

「連中、姿を見せることがあるのかね」と管理人は首をひねる。「というか、生きてるのかね」

「会ったんですよ、去年の夏に。本当に」

「へえ」と男は半信半疑の顔でうなずき、続けた。

「どっちにしても明日の朝には腹を空《す》かせた鳩がまた戻ってくるだろう」

そのときに清花から何か返事をもらえるかもしれない。

民宿までの道々、男は美都子に、二ヵ月前にやはり岬に入った借家人がいる、と話してくれた。

「坊主頭で持ち物なんかボストンバッグ一つもなくてスーパーの袋だよ。それに財布からタオルまで突っ込んでやってきたんだ。借家にいる間もろくな物食ってる様子がなくて、ずいぶん痩せたなと思ったら例によって契約解除で居なくなった」

岬に入るとは本人から聞いていないが、突然、賃貸契約が解除されるからわかるのだと言う。

あれから二十年、岬にはどれだけの人が入ったのだろうと美都子は、愛子とともにこの一帯を歩き回った冬のことを思い出す。

民宿の部屋で美都子は、一人残してきた夫の寝室に備え付けたカメラから送られてくる画像を、携帯端末で確認した。

「あなた大丈夫？　痛いところはない？」

呼びかけてもほとんど反応がないが、ときおり「ああ。どこに居る？」と尋ねてくることもある。美都子が見ている画像より精密なものが地区の在宅医療ステーションに送られ、担当の看護師が患者の様子をモニターしているから、心配する必要はないのだが、それでも気になってなかなか寝付けない。

結局、眠れないまま夜明け前に起きて、まだ暗く凍った道を借家まで歩いた。

息を弾ませて坂道を上りきると、鳩舎は、黒々とした影を刻んで静まり返っていた。

鳩も人もいない。

雪は降っていなかったが、吹き付ける風はむき出しの頰が凍り付くような冷たさで美都子は借家の外壁に身を寄せた。それでも吹きさらしに変わりはない。高断熱の化繊の中綿ジャケットを通し、寒さが骨身にしみてくる。

ためらいながら鳩小屋に入った。こちらは扉一枚にも満たない幅の入口の他は四方がブロックに囲まれているために、風が遮られて多少は暖かかった。まだ薄明かりさえ射さない時間帯で、街灯の光が遮られた内部は真の闇だが、意外なことに不潔感はない。

毎夕、鳩が飛び去った後に掃除する、と管理人が言ったとおり、羽根や糞がまったく落ちておらず、臭いもなかった。

分厚い雲を通してうっすらとあたりが明るんできた頃、軽トラックのエンジンの音が聞こえてきた。

餌袋を手に管理人がやってくる。まるで上空で待機していたかのように羽ばたきの音がした。

「先に来ていたのかね」

「ええ、二、三十分前」

「夜明け前に来ても鳩はいないよ。何しろ鳥目なんだから」

管理人は手際よく鳩舎内部の箱に餌を入れ、水を取り替える。

そして鳩の群れに目を凝らしていたかと思うとその一羽の胴体を両手で摑むようにして抱いた。扱いに慣れている管理人の手の中で、鳩はおとなしい。

美都子の方に向けた鳩の胸から腹にかけて、長さ五センチほどの筒状のものがぶら下げられている。手紙を入れるにしては大きい。

「鞄《かばん》を持ってきたのか」

管理人は笑いながらそれを外し、美都子に投げて寄越す。草の繊維を編んだごく軽い筒の中に、和紙に包まれたものがある。香りからして中身がわかった。

美都子の欲しかったもの、あの乾燥させた植物だった。それを砕き、ごく小さくまとめて、清花は届けてくれたのだ。

「ありがとう、ありがとう」

無意識のうちに岬の方向に手を合わせ、何度も頭を下げていた。

羽田に降りて携帯端末の電源を入れるとメールではなく電話の着信履歴がいくつもあった。

在宅医療ステーションの看護師からだ。

かけ直したが通じず、夫の寝室の見守り画面を呼び出す。

だれもいない。夫も、訪問看護師も医者も。

無人のベッドの掛け布団がめくれて、皺になったシーツが不在を告げている。ちょっと手洗いに立ったような感じだが、もはや夫はだれかに支えられなければ手洗いには立てない。

そのときメールが入った。在宅医療ステーションからだ。

夫の容態が急変し、つい三十分ほど前、地域拠点病院に救急搬送されたという。

自宅で息を引き取りたい、という夫の希望で在宅を選んだのだが、容態が急変したときに家族に連絡が取れなかったので病院に運ばれたのだ。

そのとき美都子が危機感を抱いたのは、夫の容態についてではなかった。

病院に入ってしまったら、せっかく手に入れたものが使えない。生命の秘密を知った清花が送ってくれたものが使えない。それでも口から水分を取れる状態なら、お茶のように煮出したものを冷まして飲ませることができる。

タクシーで病院に乗りつけ、救急搬送口に駆け込む。エレベーターで病室に上がり、もどかしい思いでマスクをし手指を消毒し、集中治療室に入る。

看護師に促され、いくつか並んだベッドのうちの一つにかけ寄る。

夫の酸素マスクだけが外されていた。

「松浦さん、奥さんがいらっしゃいましたよ」

傍らの看護師が穏やかに呼びかける。

和宏の顔色は蠟《ろう》のように白い。枕元の機械はまだ動いている。

医師がやってきて、短く告げた。

「午後二時二十分でした」

十五分も前に夫は息を引き取っていた。

「でも、これ……」と傍らで折れ線グラフを描いて動き続ける機械の画面を指差す。

「電気的な反応ですので」

看護師が気の毒そうに答え、スイッチを切る。

「特に苦しまれることもなく、眠るように逝かれました」

第四章　ストックホルムで消えた

二〇二九年　ストックホルム

ブリザードを思わせる雪の竜巻が石畳の歩道を滑っていく。

いくつもの山火事を発生させた夏の高温、続いて洪水、そして嵐を伴う冬がこの北の国を襲う。

毎年のこととなれば、異常気象という言葉ももはや使われない。温暖化に伴い蛇行するジェット気流が北半球の国々の気候を変えた。国際社会は目先の利害対立と紛争に疲弊し、環境保護への努力は後まわしになっている。政府も人々もとりあえずの災害への備えを怠りなく、過酷な気候をやりすごそうと奔走するだけだ。

テロを警戒して老舗《しにせ》ホテルを取り巻いた武装警察官に守られるようにして、エントランスの階段を見守っていた報道関係者の「プレス」と表示された腕章は強風にめくれ上がり、首から吊《つる》した身分証が翻る。体感温度はマイナス三十度を下回っているだろうか。震えながら、絶え間なく足踏みして、彼らは待つ。こんな気候でも、ホテル内での撮影と取材は禁じられている。どこからテロリストが入り込むかわからないからだ。

やがて正面の扉が開き、受賞者たちが姿を現す。エントランスの階段を下り、専用の車に乗り込むまでの一瞬が勝負だ。

雲取松に菊花をあしらった黒留め袖《そで》姿の年配の女性の姿が見えた瞬間、日本のメディア関係者が一斉に動き、玄関階段下の石畳に殺到する。

同時に戸惑いがさざ波のように広がっていく。

「一ノ瀬和紀《いちのせかずき》本人がいない」

記者の一人が、黒塗りの専用車に乗り込もうとしている和服姿の女性に走り寄り、マイクを突きつける。

「すみません、ちょっといいですか、一ノ瀬さんの奥さんですよね、一ノ瀬さんはご一緒じゃないんですか」

記者を見上げた女性の顔は、ファンデーションを透かしてもひどく青白い。怯《おび》えたように目を伏せたまま何も答えない。

すぐさまダークスーツ姿のSPと思《おぼ》しき長身の男が記者と夫人の間に割って入り、丁寧だが強制力を伴った仕草で記者を遠ざけたかと思うと、車のドアを閉めた。

「どうなっているんだ」

「急病か」

「何か理由があって先に入っているんじゃないか」

日本語のざわめきと雪上の二本のタイヤ跡だけが残された。

多くの警察官が見守る中、羽田から出発する一ノ瀬の映像がニュースで流れたのは四日前のことだった。

晴れ晴れとした勝利の笑顔といったものはなく、一ノ瀬和紀はいつもと変わらぬあいまいな微笑を口元に浮かべ、目には憂いとも不安ともつかない表情をたたえていた。

「欲しがりません、のポーズだろ。ツンデレさ」

口の悪い文壇通はそんなことを言って笑っていたものだ。

それでも受賞決定直後のインタビューでは戸惑った表情を浮かべながらも、「長年に亘《わた》り作品を通じて発信してきた私のメッセージが、世界の人々に受け入れられたとすれば、たいへんありがたく、またうれしいことです」と、ひどく謙虚な口調で語っていたのだが。

母親や旧友へのインタビューでは、その神童ぶりが注目された。

幼い頃から天才的な文学的才能を発揮した、というわけではない。

小さな子供、小動物、弱い者への思いやりと、見知らぬ者を受け入れる寛容さ、そして不思議な思慮深さがあったと言う。

変わり者と目されてクラス中から無視された子供に寄り添い、自分が同じように扱われても気にかける様子もなかった、と幼なじみの女性が語った。

中学時代の同級生は、何かと粗暴な態度に出る少年がたまりかねたクラスメートたちから集団暴行を受けた際、一人、暴力の輪の中に入っていきサッカーボールのように蹴《け》られ続けていた少年を助け出した、と語った。あのとき一ノ瀬がいなければ、僕たちはみんな家裁送りになっていただろう、と彼は言う。少年は怪我をしていたが、普段の言動や問題のある家庭の状況からして、親や教師に訴えることもできず、病院にも行ったようすがなかった。一ノ瀬はしばらくの間、痣《あざ》だらけになってぎくしゃく動いていた少年の背後について、見守っていたと言う。

「子供ながら人格者、ってやつでしたね」

「人格者」という言葉に、偉くなりすぎた元クラスメートへの揶揄《やゆ》のニュアンスが込められていた。

「物事を口にする前や行動する前に、必ず何か考えているようなところがありました」

と母親も言う。

だが、思慮に富み、思いやり深く、寛容な、「人格者」の書いた小説やエッセイなど面白いはずもなく、批評家からは黙殺され、国内の文学賞にも縁が無かった。その一方で若い女性や幼い子を持つ母親の間では人気を博しベストセラーとなり、その単純で正しい文法に則った易しい日本語表現が幸いし、比較的早い時期に英米文化圏で翻訳された。

ひねこびた読者にとって子供っぽいと感じられる幻想的で無垢《むく》な作風は、文化の違いを超えて多くの人々と生き物が共存する平和な世界を求める力強いメッセージとなって世界中を駆け巡り、不穏さを増す時代にあって、人々の強い共感を得るようになっていった。

黙殺するか、そうでなければ「まるで児童文学」と鼻で笑うかしていた批評家や研究者たちは、一ノ瀬が海外で高い評価を得ていくつかの賞を受賞する中で、慌てふためいて態度を賞賛に転じた。

国内で大家扱いされ始めると同時に、もとから多かったファンの熱狂的な支持の下、文学的権威が最後に求めるノーベル文学賞の受賞となったのだ。

日本中が沸き立ち、五十も半ばを過ぎてなお世俗の垢《あか》も権威主義の澱《よど》みも感じられない、穏やかで思慮深い笑みを浮かべた一文学者の一挙一動をメディアの映像と素人の動画が追いかけた。

だが、あの日、普通の人間なら意気揚々と搭乗口に向かって歩みを進めるはずが、一ノ瀬和紀は物寂しく、何か迷いに捉《とら》えられたような、悩ましげな視線で出発ロビーの方を一瞬、振り返り、背中を丸めるようにして搭乗口に消えていった。

一つには、多くの旅行者が弾む足取りで海外に出かけて行った時代は十年も前に終わりを告げ、今や海外渡航は命の危険にさらされるものになっているからでもあろう。どこで未知の感染症が待ち受けているかわからないうえに、イデオロギー対立は激化し経済的利害を巡って国家間の緊張は高まり、世界のあちらこちらで紛争が起こっている。宗教や民族対立、テロ事件が多発し、勢い警戒も厳重になる。空港に入った瞬間に、肩から銃を提げた武装警察官や兵士の姿が目に入ってきて、出入国管理官の厳しい視線と質問に、渡航者は犯罪者になったような気分にさせられる。

そしてこの日、雪と強風になぶられながら待ち続けた報道陣の前に、一ノ瀬和紀は遂に姿を現さなかった。

授賞式会場のコンサートホールで、国王からメダルと盾を受け取ったのは一ノ瀬和紀ではなく妻だった。メディアには何の説明もなかった。

妻の杏里《あんり》が、コンサートホールから出てきた瞬間、日本のメディアがコメントを取ろうと殺到した。その動きを封じたのはさきほどのSPではなく、兵士の構えた銃だった。

非同盟中立国であるスウェーデンも、その平和を維持しているものは鉄壁の軍備だ。

そして権威ある賞の式典であるからこそ、厳重な警備の下に行われているのだった。

一ノ瀬和紀の代理としてメダルと盾を受け取った妻は、しかし代理で晩餐《ばんさん》会に出席することはなかった。今にも倒れそうなふらつく足取りでノーベル財団の車に乗り込み、ホテルに戻っていった。

その頃には、彼女がごく親しい人に発信したメールがハッキングされ、ネット上に流出していた。

「一ノ瀬が行ってしまいました。どうしたらいいのかわかりません。授賞式は明日なのに。何があの人をあんな場所に駆り立ててしまったのでしょう」

数時間後、晩餐会場である市庁舎で、それぞれの受賞者から感謝のスピーチがあった。

授賞式も晩餐会も欠席した一ノ瀬和紀のスピーチの代わりに彼の失踪《しっそう》後にホテルに届

いたとされるメッセージが読み上げられた。「紛れもない一ノ瀬の自筆」と財団からも認められたその比較的短い英文のメッセージを、ぼつぼつと切れるいかにも日本人らしい発音で棒読みしたのは、日本から随行してきた一ノ瀬和紀の担当編集者だった。

賞を授与されたことへの感謝と、直前になって姿をくらまし、授賞式を欠席することの謝罪に続く言葉に会場内はざわめいた。

「たいへん権威ある賞をいただき感謝する一方で、文学はそもそも小さき者、小さくされた者の手により紡ぎ出され、小さき者、小さくされた者の心に光を届けるためにあると私は信じております。文学にそもそも順位付けはできず、また権威が評価するものでもなく、熟考の末、私はとうていこうした賞には値しないと考えるに至りました。

また暴力の嵐の吹き荒れるこの世界で、軍と警察に守られてさずけられる栄誉も、美酒美食とダンスのうるわしく華やかな式典も、私の心はすでに受け入れることはできなくなっております。いったん、感謝とともに受けた賞をこの期に及んでお返しするのは心苦しいことですが、私は今、すべてのものから解放され、静穏でまったく平和な内面的自由を求めてもう一つの世界に入る道を選びました。

世界を非力な私が変えることはできません。地球全体を静穏な衣で包むことはできません。けれども私自身が静穏な衣をまとい、それを隣人に伝え、小さなコミュニティにおける平和を世界に繋《つな》げていくことは可能なことと信じております」

会場内は騒然とし、スピーチ内容がほぼ同時に世界中に配信されたことから、ネット上で賛同と共感の声が上がった。だが圧倒的多数は批判的な意見だった。「ならばなぜ受賞の発表があった時点で辞退しないのか。場当たり的で無責任な態度によって人に迷惑をかけることが文学者や芸術家の特権だと思い込んでいるのはとんでもないことで、まさに国辱ものだ」というのが、大方の常識的日本人の見解だった。事実、授与された賞は本人不在のまま、返上の手続きもできず、宙に浮いている。

また諸外国の人々からは「彼の作品が発した平和と命の尊厳を讃《たた》える力強いメッセージは、いつからそんな内向的なサトリのようなものに変わってしまったのか」といった失望の声が上がった。

この段階では、彼の言う「もう一つの世界」を、文学好きの一部の日本人は、一ノ瀬和紀が若い時代に放浪し、一時滞在したというスペインの田舎にある修道院ではないかと推測し、海外のキリスト教やイスラム圏の人々は、彼が向かったのは日本にある禅宗の寺だろう、と想像した。

二週間後、ストックホルムでの騒動を何とか収めて帰国した駒川《こまがわ》書林の相沢礼治《あいざわれいじ》は、なお混乱の渦中にあった。

随行者として授賞式やその後のセレモニーの報告、受賞講演のまとめといった仕事の代わりに、あらゆるメディアから一ノ瀬和紀の失踪の経緯や彼はどこに消えたのかといった質問を受け、今回のような事態に至った一ノ瀬の心境や思想性について、担当編集者としてコメントを求められる。

その一方で「事件」の話題性もあって、著書や関連書籍の出版と増刷に追われ、両親とともに住んでいる東京郊外の家に戻る暇もなく社内で寝泊まりしていた。

シャワーを浴びた後、休憩室にある自販機で麦茶など買っていると、背後のテレビの電源がいきなり入り、短い警告音を発した。

北朝鮮のミサイルが発射されたというアナウンスがあった。

「またか」と一瞥《いちべつ》しただけで自販機から飲料を取り出す。

ここ二十年近く、いつも警報だけで終わっているから現実的脅威など感じられない。北が核開発放棄を宣言し、開発実験場を派手に爆破する映像が流れたのが十一年前、以来数十回に亘り、破棄と再宣言が繰り返されているから、そんなものかという感じしかない。日米韓合同軍事演習や南北境界線上での小競り合い、大量脱北、政府関係者の亡命、亡命先での暗殺、と緊張が高まるたびに、飛んで来る。

一方韓国では、親北民族主義左派と反北国粋主義右派はこの十年ほどはめまぐるしく政権交代していたが、二年ほど前からそのサイクルがさらに短く、また振れ幅も極端になってきた。三ヵ月ごとに大統領が逮捕されるか、暗殺されるか、自殺するかで政権が交代し、少し前、財閥を中心とした反共親米派がクーデターで政権を掌握したが、二日前の政変で親北統一派が政権を奪還した。

今回の北のミサイル発射がそれに対する祝いの爆竹がわりというわけではない。前回放ったミサイルがグァム島沖数キロの地点に落ち、挑発行為に乗ったアメリカが報復を宣言し、先手を打った北朝鮮が日本に向けてミサイルを発射したということだった。

二十年前は日本の国土に届かず、あるいは通り越して海上に落ちていたが、その後精度を確実に上げてきているから、手をこまねいていれば日本に落ちる。今のところ、迎撃ミサイルによって毎回撃墜されているが。

いずれにしてもどこかで撃ち落とされるのだろうと、相沢は冷たい麦茶で喉《のど》を潤しながら休憩室のテーブルに旧式のノートパソコンを広げる。

たいていの用事はタブレットで足りるし、メールの類《たぐ》いも音声入力で済ませるが、仕事関係はやはりパソコンの方が使い勝手がいい。

先ほど鳴ったＪアラートをよそに、ネットはストックホルムから消えたノーベル賞作家の話題で沸き返っていた。活字になど無縁の人々や、小説を読むなど時間の無駄と公言するビジネスマンまでもが、一ノ瀬和紀の失踪事件を話題にし、ＳＮＳに投稿する。

憶測が憶測を呼ぶ中で、「一社会人として無責任、国辱もの」という批判の声は、いつの間にか、熱狂の裏側に後退していた。

帰国後、数多くの講演をこなし、メディアに露出し、自らの文学観や政治的信条を声高に口にした過去の受賞作家に比べ、一ノ瀬和紀はストックホルムで消えた後に、素朴な形で世間の尊敬を獲得しつつあった。

晩餐会の折のメッセージの文章と、思いやり深く、誠実で、およそ無欲な人柄がその後繰り返しメディアで伝えられ、彼の文学的業績を超えて、消えた一作家を聖人の地位に押し上げていた。

その聖人ぶりがまったくの虚像でないからこそ、相沢の心にはざらついた物が残る。担当者として一ノ瀬和紀に関わったこの十数年の間にもしばしば味わった曰《いわ》く言いがたい感情だ。

出世に汲々《きゅうきゅう》とする父と家計を支えるためにパートタイムに精出していた母。そんな普通の家庭に生まれ育ち、受験を勝ち抜き、希望する職種に就き、業界の現実を知り、社風に良く順応し、四十近くまで生きてきた。

その相沢が、海外で評価されることで突然、大御所扱いされ始めた一ノ瀬和紀を担当したのは入社四年目のことだった。

その謙虚さと決してヒステリックでない清廉さ、崇高な人間性のようなものを感じ、敬愛しつつ仕事してきた。その一方で、弱い者、小さな者に対する深い共感と教養を感じさせる一ノ瀬の「正しい言葉」に、表面上、大げさなほどの賛同を示しながら、心の底には、一回り以上年上の作家に対しての、「育ちの良いおぼっちゃまが」というどこかしら冷ややかな気持ちが澱んでいた。

ちょうど二ヵ月前、相沢はデスクに昇格することで、一ノ瀬の担当者は相沢から気立ても頭も良い若い女性に替わり、彼はようやく解放感のようなものを味わったのだった。

にもかかわらず、受賞の報を受けた一ノ瀬和紀は随行者としてその女性ではなく、相沢を指名してきた。長く担当して、執筆の苦労を分かち合ってきたから、という一ノ瀬らしい配慮なのだろうが、業界内では、その女性と何かきまずい関係があったのではないか、と勘ぐる者もいた。しかし一ノ瀬と直接、接したことのある者には、それがまさに下衆《げす》の勘ぐりであることがわかる。仮にきまずい事情があったとすれば同行する妻への配慮だ。

こうなってみると相沢には、一ノ瀬のかかえた葛藤《かっとう》が、世俗の重りとしての自分のアテンドを希望させたのではないか、という気がしてくる。そして何かあったときに騒動の処理をするにも適任と見なされていたのかもしれない、とも思えた。

そんな中で駒川書林は出版社として、厄介な事態に直面していた。

一ノ瀬の原稿や対談内容を雑誌に掲載したり出版したりするためには、作家本人の許諾が必要なのだが、行方不明ではそれができない。いっそ亡くなってしまえば著作権継承者と契約を交わせばいいが、生きていることがわかっているのだからそれもできない。せめて本人が消える前にそのあたりの意思表示をしていたかどうかの確認を取りたいが、一ノ瀬の唯一の家族である妻、杏里にも連絡がとれない。

相沢から少し遅れて帰国したはずの杏里もまた、その後の消息が知れないのだ。

一般のメディアはもちろんのこと、他社の一ノ瀬の担当者も、杏里が帰国し自宅に戻ったところまでは把握していたが、その後接触できなくなっていた。

メールはすべてブロックされ、電話は留守番に設定されており、自宅に押しかけても、

「何も話すことはございません」という、家政婦か親類の者かわからぬ女の声がインターホンから流れてくるだけだ。

さてどうしたものか、と頭を抱えたそのとき、パソコンの画面上にいきなり別のウィンドーが開き、警告音が鳴り始めた。

ひときわ大きな音を立てているのは正面にあるテレビだ。

鞄《かばん》の中のタブレット、携帯電話までが一斉に目覚めたように警告音を鳴らし始める。

ただ事ではない。

直後に警告音が止み、発射されたミサイルが防衛網をくぐり抜け、最新鋭の戦闘機が配備された三沢《みさわ》基地の近隣に着弾したことを告げた。

思わず立ち上がりテレビの大画面に目を凝らす。

現場の映像はまだ無い。

この段階で核が搭載されているとは考えたくもない。だがもしそうなら……。

たとえそうでなくても一帯の町が炎に包まれているだろう。

ほんのわずかな期間で人の感覚は慣らされてしまう。いつの間にか警告音を聞いてもだれも警戒などしなくなった。警戒したところでできることは何もない。そしてそのたびに撃墜、というニュースが入る。だから今回も、とタカをくっていた。

今、映像の無い画面を見ながら、相沢は狙われたのが三沢基地でよかった、と無意識に胸をなで下ろしている。自分のいる東京近辺でなくてよかった。横須賀《よこすか》や座間《ざま》、横田《よこた》でなくてよかった、という後ろめたい安堵《あんど》感とともに生温かい汗が額を伝ってくる。

数十秒後、闇の中で炎が上がっている映像が現れた。町が燃えている様子はない。まして や核弾頭が爆発したようにも見えない。

精度が今ひとつだったらしく基地を捉《とら》え損なったミサイルは、狙ったところから数キロ外れた山中に落ちたのだった。

生態系への被害は大きいが人的被害は無い。

「韓国にしてやられたようですね。昔戦争したって、所詮《しょせん》、同じ民族同士。日本を利するくらいなら中国と仲良くした方がいい、くらいなものなんでしょう」

背後で声がした。

相沢よりいくぶん若く大柄な男が、テーブルにコンビニ弁当を置いた。総合誌の契約記者、石垣《いしがき》だ。駒川書林の正社員ではないのだが、駒川書林の名刺で仕事をし、社内の部署に勝手に出入りし、総理大臣の金まみれのスキャンダルからアイドルの下半身問題まで、何にでも食らいつく。

「韓国にしてやられたって、どういう意味？」

思わず問い返した。

「今までなら大気圏に突入してくるミサイルを韓国軍が確実に撃ち落としていたのが、今回に限って失敗しているでしょう」

石垣はうっすらと笑った。

「韓国が失敗したって、日本だって迎撃ミサイルくらい配備してるだろうに」

「だめですよ、そもそもがレーダーも迎撃ミサイル本体も、韓国軍に配備されているのに比べてもカネがかかっていますけどね、専守防衛の方針は変わっていませんから。早い段階では撃ち落とせないんだから絶対的に不利ですよ。飛んでくるミサイルをどうやって撃ち落とすかはご存じでしょう」

「もちろんイージス艦に配備されたレーダーで探知して迎撃ミサイルで撃ち落とす。それに失敗したら地上配備型のPAC3で……」

「というか、今まで一発も国内に落ちてこなかったのは日米韓によって多重構成された防衛網があるからなんですよ。ところが親北政権が牛耳っている韓国は今回、意図的にそっぽを向いた。北朝鮮などただの鉄砲玉です。背後には中国が控えている。台湾では総統の汚職問題で暴動が頻発していますが、中国の工作員が入って仕掛けたものだということくらいはだれでもわかる。ほどなく総統はじめ現政権幹部は全員逮捕、上陸作戦などなしに北京の支配下に入りますよ。そのとき日本の南西諸島あたりがどんな状態になるか言うまでもないでしょう。中国海軍が太平洋に出るに当たって邪魔するものは何もなくなる」

「台湾と南西諸島は違う。その手の意図的に危機感を煽《あお》る言説は三十年前からあるが、現実的とは言いがたい」

石垣の笑みがさらに冷たいものになった。

「大多数の国民は危機感を抱いていませんからね。今回も初めて着弾したと思ったら、ただの山火事。これでますます脅威とは感じなくなるでしょう。今どきの日本人の興味はスポーツと芸能と人気動画とご近所のみ。たまに話題にするのは……」と相沢に爽《さわ》やかな笑顔を向けて続けた。「文学。ただしノーベル賞作家が授賞式をすっぽかして消えた場合に限る」

すべての公開情報には裏がある、が口癖で、深掘りは勘ぐりから始まると考えているような男だ。仲間内の軋轢《あつれき》はあっても上品で、多少の純粋さを残した文芸書籍分野の人間とははなからそりが合わず、普段からあまり交流は無い。相沢なども、この男とは校了前の繁忙期に深夜の休憩室で顔を合わせることはあっても、ほとんど言葉を交わすことはない。

壁に掛けられたテレビ画面が切り替わった。石垣がリモコンでチャンネルを変えたのだ。弾頭に搭載されていたのは核ではなく、せいぜい低層ビル一棟を破壊する程度の通常爆弾だったという続報が入る。

「しかしこれで日本が反撃開始したら全面戦争になるね」

相沢が尋ねるともなく言うと、石垣は「いや、それはないでしょう」と相変わらずの丁寧語で答えた。

「三沢基地が無事ってことは、北朝鮮への爆撃が開始される可能性が……」

「米軍の戦闘機が最初に飛び立って、目つぶしをかけて、爆撃は無しで終わりますよ。

とりあえずこの段階では日米同盟は機能しますから」

　目つぶし。それがどんなものか、と聞いて教えてもらいたいと思うほど相沢にとって石垣は信用できる相手ではなく、休憩室で延々と雑談するような親密な間柄でもない。

　だが差し迫った危機は無いにせよ、この先どうなるのかと思えば落ち着かない。相沢はパソコンの電源を落とし、この日は地下鉄と私鉄を乗り継いで、年老いた両親の待つ自宅に戻ることにした。

　そして何事も起きなかった。

　三沢基地から平壌《ピョンヤン》に向けて爆撃機が飛び立つことはなく、爆撃の報復として核搭載のミサイルが飛んでくることもなかった。

　爆撃機のかわりに飛び立った米軍の電子戦闘機が、敵のレーダー網や通信機器、電子機器などを次々に無力化していき、その間にヨーロッパ諸国と中国が仲介に乗り出し、双方が矛を収めたのだ。

　だれもが胸をなで下ろした、というよりは、だれも実感などしていなかった。戦争など起きるはずはない、少なくとも自分が生きているうちは。だれもが心のどこかでそんな風に考え、楽観している。

　三沢基地近くに落ちたミサイルは、技術的に未熟なならず者国家の無様な失敗、というワイドショーのコメンテーターの言葉に、人々は胸をなで下ろし、日常の話題、日常のニュースに戻っていく。

政治家の失言、アイドルグループの解散、陸上選手のドーピング、平成時代に一世を風靡《ふうび》したベストセラー作家の死、芸人の配信する動画。戦争も、温暖化がもたらす異常気象も、海外で起きた大規模災害も、他国の民兵による領海侵犯も、自分の日常や明日には直接関係がない……。

授賞式の騒動から二週間も経った頃、一ノ瀬和紀が帰国している、という噂がネットを駆け巡った。

一ファンのツイートが拡散された結果だ。新千歳《しんちとせ》空港で一ノ瀬和紀を見た、というものだ。マスクにサングラスといった姿だったが、熱心なファンであったその女は、そのわずかに見えた額や、やや猫背気味の痩身から、授賞式前夜にストックホルムから姿をくらました一ノ瀬だと直感し後を追った。

国際線の到着ロビーから小さなショルダーバッグ一つを身につけて税関を出てきた後、一ノ瀬と思しき男は戸惑った様子で国内線の案内を見ていた。

荒天のため道東、道北に向かう飛行機はこの日、欠航しており、彼は到着ロビー階から直結したタクシー乗り場に行き、走り去ったらしい。

その投稿をきっかけに、作家の姿を見たというブログやツイート、怪しげな画像や動画が山のように投稿され、ネットを駆け巡った。

中には、空港職員の友達の話、として匿名の男の投稿もあった。

ノーベル賞授賞式から十日後の夕刻、ユジノサハリンスクから新千歳空港に到着したアエロフロート機から一ノ瀬和紀が降り立ち、戸籍名である太田《おおた》雅弘《まさひろ》のパスポートを提示して入国審査を受け、税関を通過した、という妙に具体的な内容だった。

真偽の程のわからぬ情報が、幾何級数的にネットを埋め尽くしていった。

翌日にはどれが本物でどれがガセで、どれがツリなのか、まったくわからない状態になっていた。

何とか一ノ瀬の原稿や直近の対談を活字にし、新刊書を世に送り出し、この機を逃さず利益を上げようと躍起になっている上層部から、毎日、その後の進展を聞かれ、お前以外のだれが一ノ瀬に接触できる、だれが契約書に判を押させられる、と圧力をかけられながら、相沢礼治はそのがらくたの山のようなネット情報に根気良く目を通していた。出版社の社員として仕事で行う情報収集は一般読者の「追っかけ」とは違う。社の大型コンピュータを駆使し、ガセ、ツリ、を含めたあらゆる投稿を整理分析して足取りを追っていく。

その結果、ストックホルムで姿を消した一ノ瀬が向かった先は少なくとも南ヨーロッパの修道院やチベットの僧院ではなく、北海道であることが確かだと思えた。

彼は一人で帰国していた。

新千歳空港に降りた後、国内線でどこかに向かおうとしたが、欠航のためそれは叶《かな》わずタクシーに乗った。

次に一ノ瀬が姿を現すのは二日後、旭川駅前にあるATMの前だ。

目撃情報を投稿した人物は、一ノ瀬和紀と思しき男の後ろ姿の写真も添付している。旭川駅前のATMで現金を下ろした一ノ瀬は、タクシー乗り場に行き、そこから再び車に乗ったらしい。

ATMにもタクシー乗り場にも防犯カメラは備え付けてあり、一ノ瀬を乗せたタクシーのナンバープレートも映像として記録されているはずだ。だが民間人である相沢がそうした画像を見せてもらうことはできない。一ノ瀬和紀は犯罪者でもなければ、犯罪に巻き込まれた可能性もない、合法的に旅する一市民であり、そのプライバシーは普通に守られるべきものだからだ。

相沢がネット上の目撃情報から追った一ノ瀬の足取りはそこで途絶えたが、旭川から一ノ瀬が向かった先が、過疎地域であろうということはその行動から想像がついた。

キャッシュレス化が進み、都市部からほとんどのATMが消えた後も、田舎ではまだ現金決済のみ対応の商店や販売所が残っている。そのために大きな地方都市の駅前にはまだ平成時代の遺物のようなそのマシンが残っている。

あるいは一ノ瀬は、相沢が想像したくもない未来を予測しているのかもしれない。災害や戦争で、電力インフラが破壊されたとき、否、単なる一時的な停電であっても、キャッシュレス社会は一瞬で崩壊する。とはいえ金に関して、一ノ瀬がそこまで用心深くなっているとは思えない。

いずれにしても信憑性《しんぴょう》のある情報は旭川駅前で途切れた。

残されたヒントは「私は今、すべてのものから解放され、静穏でまったく平和な内面的自由を求めてもう一つの世界に入る道を選びました」という彼の言葉だ。

「小さなコミュニティにおける平和を世界に繋げていくことは可能」という言説の中の「小さなコミュニティ」もまたキーワードになるだろう。

だが漠然と「小さなコミュニティ」「静穏で平和な心境」を旨とする出家型宗教団体を探しても、そんなものは数限りなくあり、特定するのは難しい。

とりあえずは家出人捜しのNPOの公開情報を見た。

NPOのホームページ上には、家出人、失踪者の情報提供を求める家族の悲痛な声が、多数、掲示されていた。その中から、「宗教」と「北海道」をキーワードにして絞り込んでいく。

NPOのホームページにある掲示板には、得体の知れない宗教に洗脳されて消えた家族を取り返したい、だが警察も社会もまったく動いてくれない、といった訴えが複数あり、その中で北海道のどこかに向かったとされるものは四件あった。

うち三件がキリスト教を標榜《ひょうぼう》する「使徒の言葉聖霊教会」という新興宗教で、釧路に修道院と称する施設を置き、一部の信者が自給自足の生活を営んでいるらしい。

そこに当たりをつけた。

釧路ではないが、旭川のATMに立ち寄る一ノ瀬の姿が目撃されていることからして、可能性が高い。

NPOの事務局に問い合わせたところ、教団の内容と現状については把握していないが、被害者家族会のようなものはあるのでそちらに連絡を取ってみるように、と言う。

一ノ瀬の件は伏せた上で、相沢は雑誌の特集と偽り、家族会代表宅に電話をかけた。代表の五十代の男は、大学卒業を控えた息子がキャンパスで勧誘され、洗脳されて、教団側が「修道院」と呼ぶ釧路にある施設に入ってしまったと言う。事件性がないとの理由から、警察が捜査してくれないため、家族会を立ち上げ、解決に向けて各機関に働きかけているらしい。

その教団からは今に至るまで献金や財産の寄進を強要する連絡などは家族に入っておらず、被害者数も少なく、地域も限定的なためにマスコミも取り上げてくれない。ネットで家族が糾弾しても反響はなく、反応があるかと思えば、揶揄や中傷の書き込みばかりだと代表の男は嘆く。

彼と話した後、相沢は釧路にある「使徒の言葉聖霊教会」の本部に電話をかけたが、電話で応対した礼儀正しい言葉遣いの男は、まず集会に出席するようにと答えるだけで、信者の行方についても「修道院」についても何一つ答えてはくれなかった。

一ノ瀬和紀の名前を出すわけにもいかずいったん引き下がり、年が明けてから相沢は釧路の「修道院」に足を運んだ。標津《しべつ》町在住の随筆家を訪ねた帰りの忙《せわ》しない立ち寄りだった。

市域の外れにあるそこは塀と山で囲まれ、内部に農園と牛舎があることはわかったが、当然のことながら門前払いされた。これまで家族が何度も押しかけているらしく、素っ気なく手慣れた追い払い方だった。

だが、「使徒の言葉聖霊教会」側とすれば、世界的文学者が飛び込んできたのであれば、広告塔、あるいは集金装置として利用しない手はない。近いうちに必ず一ノ瀬和紀は表に出てくるだろうと踏んで、相沢は「修道院」の門扉や高い塀の写真を撮り、北の町を後にした。

出張から戻った相沢を待っているのは母だけだ。食卓にはサラダの大皿が置かれ、こちらに背中を向けた母が、息子の好物のロースカツを揚げている。

父は四年前に定年退職した後、それまで勤めていた会社が業務多角化に伴い設立した高齢者介護施設に再雇用された。三交代の勤務でこの日は夜のシフトなので帰ってこない。古希を過ぎた身体にとってきつい仕事だが、今どき七十そこそこで引退できる者は滅多にいない。父も年金が満額出るまで働くつもりだと言う。

食卓が整えられる間に自分で着替えを用意し、風呂場《ふろば》に向かう。湯船にはちょうど良い湯加減の湯が張られている。座敷で服を脱いでしまうので、脱衣場では洗濯籠《かご》に汚れ物を放り込むだけだ。

何も言わなくても身辺が整えられ、だれにも気を遣わずにすむ親元の生活で、このままでいいとは思わないが、居心地が良すぎて結婚という義務と負担を伴う生活への期待も自信も遠のき、気がつくと、四十という歳が目前に迫っている。

「どうだった、あっちは。雪、すごかったでしょ。札幌の時計台とか見たの？　雪まつりには早かったね」

食卓に皿を並べながら母が言う。

地元の役所や診療所で長い間、パートタイマーとして働いてきた母にとって、夫や息子の地方出張は、会社の金で行ける旅行に過ぎない。

「観光で行ったわけじゃないから」

苦笑しながら相沢は揚げたてのロースカツにソースをなみなみとかける。


予想に反し、「使徒の言葉聖霊教会」が、一ノ瀬を担いで動き出す気配はいっこうになかった。三月の決算期が過ぎ、年度が変わって二ヵ月も経つ頃には、ノーベル賞作家の失踪事件はもはやネット上で話題に上ることもなくなった。

文学芸術関連の雑誌や書籍はもちろん、一般小説やマンガに至るまで文字数の多い紙媒体の売れ行きが激減する中、何とか目玉作品を出版して命運を繫ぎたい会社全体に焦りが広がっていく。

深夜、校正室から出てきたところで相沢が石垣と顔を合わせたのは、その頃のことだった。

「どうですか、騒動一服で少しは暇になりましたか」

馴《な》れ馴れしく笑いかけてくる。

「騒動」という物言いにも、深夜に編集部と校正室を往復している状態を目にしていながら「暇か」と問う無神経さにも苛《いら》つく。

無視して通り過ぎようとすると、近付いてきて「実は一ノ瀬和紀について気になる情報がありましてね」とささやく。

相沢は立ち止まり、無言でエレベーターを指差した。

階下にある休憩室に行き、折り畳み椅子に腰掛けると石垣はいっそう声をひそめてささやいた。

「二、三年前になりますが、けっこう長くスペインに行ってたでしょう、あの人」

「それが何か？」

一ノ瀬はもともと頻繁に海外に出かけ、長期滞在先で原稿を書くことも多かった。

「フェルナンデスって、カタルーニャ独立運動に関わったそれなりに有名な写真家ですが、ご存じですか？」

「いや」

石垣は相沢より三、四歳若く、よく見ると彫りの深い整った顔立ちをしているが、その視線にも、決して崩さぬ丁寧語にも、こちらへの敬意がまったく感じられないのは、生き馬の目を抜くフリーランスの世界をなりふりかまわず泳ぎ渉《わた》ってきた男に対する、相沢自身の偏見と無意識な警戒心のせいか。

「彼が最近亡くなったのですが、二、三年前、そのフェルナンデスの家に一ノ瀬がけっこう長く身を寄せていたようです」

「で？」

海外の滞在先については相沢も知らない。

「そこでクスリをやっていたようですね」

「何が言いたい？」

相沢は目の前の男の深い眼窩《がんか》の底にある目を睨《にら》み付けた。

「フェルナンデスと交流のあった日本人ディレクターの話にひょいと出てきて」

「だから？」
二、三十年前の文壇の大御所の中には、若い頃、海外で大麻を吸ったことを自慢げに話す人々がいたと聞いてはいるが……。
「コカインですよ。目をぎらぎらさせて独立デモに参加していたとか」

「それが？」

冷ややかに受け流す。

「結構な依存状態だったと聞いています。フェルナンデスや彼のところに出入りする連中と朝からやっていたそうで。若い頃からよく中南米だの北ヨーロッパだの行っていたようですから、大麻だのシャボテンだのキノコなんてものは普通に試していたのかもしれませんね」

「少なくとも僕はそんな様子の一ノ瀬さんを見たことはない」

「どこかで治療したのでしょうか」

「治療したところで薬物依存の完全回復は難しい。少なくとも担当として親しく付き合ってきた僕が一ノ瀬さんのそんな様子は見たことがないのだからあり得ない」

「作品にありましたよね。突然、世界が弾《はじ》けて、全能感に満たされる。そして目覚めた瞬間に脱力感に搦《から》め捕られ……」

「君に小説のことがわかるのか」

「いえ。ただ、コカインというのが、いかにも彼らしいと思えました。同じような化学式の安価な合成麻薬がいくらでも出回っているというのに。コカインは違法ドラッグのシャンパンですよ。高いから貧乏人は手を出せない。それだけじゃない。何よりあれは人を選ぶ。もともとの天才は、一時ではあるけれどますます天才的な力を発揮し、バカはますますバカになる。いずれにせよ今回の失踪騒ぎには、薬物依存が関わっているのではないかと考えました」

うっすらした笑みとともに締めくくり、石垣は休憩室を出て行く。

不愉快な思いで相沢はその後ろ姿を凝視している。

作家に限らずあたかもそれが創作者の証《あか》しであるかのように、アーティストたちが薬に手を出した時代がかつてあった。たばこを吸うように大麻を吸うことを反体制に結びつけた人々もいた。

だが相沢たちが物心ついた頃には、ドラッグは厳しく取り締まられるようになっていて、絶頂期のアーティストや俳優が突然逮捕されることもめずらしくはなく、その更生が話題になったりしていた。

薬も不倫の恋も過激な反体制運動も許さない、新天皇の誕生を国中が素直に喜ぶ、そんな道徳的で健全な時代に切り替わりつつある中で、相沢は生まれ育ってきた。

だからこそ心のどこかで、何の翳《かげ》りも汚濁もない健全な魂が作り出した文芸や芸術が人の心を打つものだろうか、という疑問が澱《おり》のように沈んでいる。一ノ瀬の清廉さ純粋さが、単純さ子供っぽさに映り、かつての文豪たちと比較してはどこかしら見下している部分もあった。そんな後ろめたさもあって石垣の話を聞いて余計にざらついた気分にもなり、納得できないままに一ノ瀬の作品ともう一度向き合ってみようかという気持ちにもなっている。

しかしそれと薬物摂取の話は別だ。一ノ瀬の名声をおとしめるような噂を流すことは、担当者として絶対に許さない。

それから三週間後、自分の携帯端末に入ってきた電話に相沢は仰天した。そこに一ノ瀬和紀の名が表示されたからだ。

震える指で通話キーにタッチしたとき、スピーカーから流れてきた声は一ノ瀬本人のものではなく、低く間延びした女の声だった。彼が残していった携帯端末からだれかが電話をかけてきたのだ。

「一ノ瀬の家内です」

幾度か聞き直した後、そのひどくけだるげな声が確かに一ノ瀬和紀の妻、杏里のものであることがわかった。

「どうもご無沙汰《ぶさた》いたしております、ご体調はいかがですか？　その後、どうされているのかと、ずっと心配しておりました」

ほとんど直立不動で挨拶《あいさつ》をした。

「相沢さんには本当にご迷惑をおかけして」と言いかけた杏里の声が細くなる。

絞り出すような調子で、あれ以来、ずっと都内の病院に入院している、と告げ、ただし気遣いは無用ということで、このことはどうか内密に、と杏里は付け加えた。

話の流れから、銀座《ぎんざ》にある富裕層が使う、「病院」というよりは予防医学の専門クリニックだということがわかった。「メディカルサポート倶楽部《くらぶ》グランディオ」というそのクリニックに病棟はない。だが人間ドック専用と銘打った宿泊施設があり、政治家や芸能人たちが体調を崩した折や、世間の目から身を隠したいときなどに利用している。

翌日、老舗洋菓子店の小さなチョコレート菓子を手に相沢はそちらに出向いた。

いったん受付で面会を断られたが、本人に取り次いでもらうと難なく宿泊フロアに通してもらうことができた。ベッドルームへの入室は許可されずラウンジで待っていると、紺色のキャビンアテンダント風の制服を身につけた看護師に連れられて杏里がやってきた。ベージュのルームウェアを身につけた杏里は、憔悴《しょうすい》した様子だったが、小さな声で話をすることはできた。

脳内疲労症候群、一昔前なら「うつ」と呼ばれた症状らしい。

このクリニックの看板商品であるサプリメントにも含まれるハーブと手厚いカウンセリングで状態はかなり改善していると杏里は言う。

それでも人と会って話すことに負担を感じていることは一目でわかる。今回、相沢の面会を承諾したのは、あのストックホルムでの夫の失踪時に、彼に付き添ってもらい、その後の面倒な処理を彼が一手に引き受けてくれたという恩義を感じているからだろう。

「この一ヵ月ほどでようやく一ノ瀬の気持ちと向き合う勇気が出ました。勇気とは、絶望を受け入れることなんですね」

視線を逸《そ》らせたまま、杏里はつぶやくともなく言う。

彼女にとって一ノ瀬は、さる私立大学の同人誌サークルで出会ったときから特別な存在だった。

無欲で、弱い者、小さな者への思いやりに溢《あふ》れ、現象を見つめる澄み切った目を持っていた。毎回、難解なテーマと用語を用いて学会のような議論の交わされるサロンで、一ノ瀬の作品は「ただのおとぎ話」の一言で片付けられ、まともに取り上げられることはなかった。そうした中で彼女だけが、素直に感動できる一ノ瀬の作品への共感を口にし、新しい作品を心待ちにしていた。

四つ年上の一ノ瀬とは、在学中から一緒に暮らし始め、卒業と同時に結婚した。就職に失敗し、クリーニング工場でアルバイトをしながら作品を書いていた夫を、杏里は介護職をしながら支えたが、翌年には一ノ瀬は大手出版社から本を出す。あくまで文学趣味に留《とど》まる同人たちの間で、一ノ瀬和紀だけが商業出版の世界に認められたのだった。ごくわずかな発行部数でのデビューだったが、ネットの口コミで女性を中心に読者を爆発的に増やし、人気作家の仲間入りをし、海外の賞を受賞した後も、一ノ瀬の妻に対する態度は少しも変わらなかったし、彼女の方も同人誌時代の尊敬と思慕はまったく変わらず、一ノ瀬和紀の世界が彼女のすべてだった。

「もしかすると、という気持ちはずっとあったんです。でも、まさか、ストックホルムまで行って居なくなってしまうなんて……」

「もしかすると、って」

思わず膝《ひざ》を乗り出しそうになるのを相沢は慌てて止めた。この症状にプレッシャーをかけたり、せかしたりするような態度は禁物だ。はやる心を抑え、黙ってうなずいてみせる。

少しの間、一人にして欲しい。そんな夫の言葉に従い、授賞式の前日、杏里が相沢や他の随行員とともに、安全なホテル内の店で買い物をし、ラウンジでお茶を飲み、二時間ほどして部屋に戻ったとき、インターホンをいくら鳴らしても夫は出てこなかった。鍵《かぎ》は持って出なかったので、フロントで事情を話して開けてもらい客室内に入ると一ノ瀬は消えていた。

そしてテーブル上には、この期に及んで受賞を辞退する旨のメッセージと、妻宛ての手紙が残されていたのだった。

そちらの手紙は礼儀として相沢は読まなかった。

一ノ瀬の妻、杏里を始めだれもが動揺していた。そして随行した編集者数人で相談した結果、こんなときの常として、とにかく様子を見よう、という話になった。

ノーベル賞は一度辞退すれば撤回はできないからだ。一時の気の迷い、あるいはプレッシャーから生じた弱気のために逃すには、あまりにも大きな栄誉だった。

一方、杏里は「様子を見ても何もできない、もう、あの人は二度と帰ってこない」と青ざめた顔でぽつりと語ったきり、口を閉ざした。

とにかくもう少し待とう、と相沢は作家の妻を力づけながら、授賞式の朝を迎えた。その後、一ノ瀬の失踪は隠されたまま、本人の体調不良ということにして杏里が代理でメダルと盾を受け取ったのだった。

前後してホテルで待機していた相沢に一ノ瀬からの受賞スピーチ代わりのメッセージが届いた。それもタブレットやどこかのコンピュータから発信された電子メールではなく、自筆の手紙がホテルのファクシミリに送られてきたのだった。発信元は空港のビジネスラウンジになっていた。

ユジノサハリンスクから新千歳空港に到着したアエロフロート機から一ノ瀬和紀が降

り立った、という、その後相沢が接したSNS情報が正しいものであれば、あのときすでに彼はロシアに向かって飛び立とうとしていたか、あるいは飛び立った後だったのだろう。

「授賞する前から彼は迷っていたのです。夫婦で話し合うこともしました。私も迷っていました。けれど大きな賞をもらったときに私は目がくらみ、一ノ瀬の方は、そのときに日本の作家としての責任のようなものを感じたようです」

杏里は部屋着の膝に手を置いたままうつむいて語る。

「責任ですか」

「はい、こちらの世界に留まって、平和と共存のメッセージを届け続けなくてはならないのではないか、と。自分だけが水底のような、地上の嵐の届かぬ世界に降りていっていいのかどうか、と。そしてストックホルムに旅立ったのですが、けれど、やはり……」

「彼の言う、その世界、というのは、それも地上にあるのでしょうか」

杏里はうなずいた。

「はい。日本の……」

「釧路の修道院ですね。教団名は『使徒の言葉聖霊教会』」

怪訝《けげん》な表情を浮かべて杏里は相沢を見た。

「何ですか、それは？」

相沢は説明した。

「たぶん、それは、無関係だと思います」

最後まで聞き終えると遠慮がちに杏里は言った。

「少なくとも主人が入っていったのは、釧路ではなくて……雲別とか新小牛田町って聞いたことはありますか」

新小牛田は聞いたことがあるような気がするが、雲別という地名は思い当たらない。

「主人は自分の求めていた場所、自分の帰るべき場所をそのあたりに見つけたのです」

「その雲別や新小牛田というところに、教会や修道院はないんですか、あるいは新興宗教の修行場みたいな施設は？」

杏里はかぶりを振り、控えめな口調で続けた。

「若い頃から主人はお金や世俗の栄誉には興味の無い人でした。二人でいろいろなところに旅をしました。けれども主人の心はいつの間にか私を置き去りにして、どこかに行ってしまう。もしかするとここが自分の求めていた場所かもしれない、と思うのかもしれません。けれどもそんな場所はいつも見つけられない。それで失望して戻ってくる。アトス山でもアイオナ島でもセドナでも、いつもそうでした。それで一昨年、ある方から北海道のその町に君の求めるようなところがある、一年のうちある季節にだけ、そこに行く道が開かれると言われたようです」

「それはどんな人ですか？　差し支えなければ……」

「旅先……ユタ州を旅していたときに出会ったと聞いていますが」

「何という人物で、どこにいるのか、連絡先などはわかりますか」

その人物が鍵を握っている、と直感したが、杏里は黙って首を振るだけだった。

「TJとだけ」

「アメリカ人？」

「いえ。日本人。メールアドレスの交換さえしていなくて、ときどき絵はがきが届きました。いろいろなところを旅しているようでしたが、どこに住まいがあるのかはわかりません」

「奥様は会ったことは？」

杏里は無言で目を伏せた。

「主人の友だち関係には、私はあまりタッチしていなくて。ただ、こんな人たちと、こんなことを話して、自分はこう思うといったようなことを主人はよく話してくれました。深すぎて私には意味がわからないことも多々ありましたが」

深すぎて、は謙遜《けんそん》ではなく、本心なのだろうが、おそらく「深い」というよりは何か観念的で高踏的な議論だったのだろう。相沢から見れば児童文学風な人物ばかりが登場する一ノ瀬の小説だが、その背後にヨーロッパ的教養や哲学的思索が存在する、というのは欧米の研究者たちの一致した評価だ。

そしてそのTJという人物の旅は、おそらく布教のためのものではないか、と相沢は推測した。

世界各地の修道院や聖地を旅していた一ノ瀬が、最初にそこ、新小牛田町に赴いたのは、一昨年の晩秋のことで、一ノ瀬が家を出た翌日、杏里はその後を追ったという。

「予感というのでしょうか、もし一ノ瀬一人で行かせたら、二度と帰ってこないような気がして、居ても立ってもいられなくなって」

杏里のかさついた白いこめかみに青白く透けて見える血管がかすかに脈打っているように見えた。

新小牛田はただの寂れた漁師町だと言う。小さな繁華街もその背後に広がる家々のたたずまいも、世俗の匂いしかしない町だった。それまで杏里が同行したアトス山手前の町やサンティアゴ・デ・コンポステーラ、あるいはラサのような、門前町に土産物屋の立ち並ぶ、もう一つの世俗世界も存在しなかった。十一月半ばのことで、ただただ寒かった。

携帯端末であらかじめ連絡しておいたので、夫妻は夕刻、町のビジネスホテルで落ち合った。

一泊した翌朝、夫妻は一ノ瀬の運転するレンタカーでバスの折り返し場に向かった。そこに彼が目指す地に入る唯一の道が開かれる、と一ノ瀬は語ったらしい。

「聖地？」と相沢が確認すると、杏里は「主人は『聖地』という言葉は使いませんでした。精神の至福を得られる場所、と」

一ノ瀬の運転するレンタカーがバスの折り返し場に近づくにつれ、暴風を伴った雪は激しくなり、レンタカーに装備されていたナビゲーションシステムには、天候悪化の危険情報が表示され、絶え間なく警告音が発せられた。

それでも何とか辿《たど》り着いたが視界はまったく利かず、軽い車体が揺れるほどの風で、とても車の外に出られる状態ではなかった。

一ノ瀬の方は、意外なことに執着した様子もなく、それでは引き返そう、と言う。

レンタカーは冬期用のスタッドレスタイヤをはいていたが、暴風雪で数メートル先も見えず、曲がりくねった道でしばしば脱輪しそうになる。

一ノ瀬は普段からあまり慌てたり、不安そうな顔をすることがないのだが、そんな状態でも不自然なほど落ち着いていたらしい。

そのとき金属音とともに突き上げるような衝撃があった。前に投げ出されかけた体にシートベルトが食い込んだ。

一ノ瀬はさすがに少し緊張した様子で、ドアを開けて外に出ようとして、すぐさまドアを閉めた。

運転席側のドアの向こうに路面はなく、一メートルほど下に生い茂る針葉樹の樹冠が見えた。たまたまガードレールが切れた場所から転落する寸前だったのだ。

二人は助手席側から降りて、乾いた雪が針のように吹き付ける風の中、かがみ込んで車の下を見ると、尖《とが》った岩がレンタカーの腹部分に食い込んでいる。

杏里は持っていた携帯端末からレンタカー会社に電話をかけ、事故のことを告げた。

怪我人がいないことを確認した後、すぐにロードサービスが救援に駆けつけるという返事だった。その間も一ノ瀬は、何か他人事《ひとごと》のようにのんびり構えているので、少し苛立った、と杏里は相沢に語る。

通話を終え、夫妻は車内に戻り、エンジンを切った凍えるような車内でロードサービスの到着を待った。しかし数分後にはレンタカー会社から電話がかかってきて、悪天候のためにロードサービスもそちらまでは行き着けない、と告げられる。

周りに人家は無く、車内で暴風雪を避けるしかないが、マフラーを破損している可能性があるのでエンジンをかけてヒーターを点《つ》けるのは危険だ。

そんなことをレンタカー会社の担当に告げると、少し待たされた後、そこからわずか二百メートル先に郷土資料館があるのでそちらで待っていてくれるように言われた。

後部座席に置いたリュックサックを背負い、二人は身をかがめて強風に逆らい、ゆっくり歩き始めた。

カーブを曲がり込むとすぐに駐車場になっており、正面にごく小さな鉄筋平屋建ての建物が見えた。

車が一台もない駐車場を横切り、建物に近づいて行くにつれ、ほっとした気持ちは不安に塗りつぶされていった。明かりがついていない。入口の二重扉は施錠されていた。玄関にかけられた案内に、冬期の閉館時刻が早まっていることが記されていた。鉛色の空と積もった雪で時刻はわかりにくいが、短い日は暮れかけていた。

閉館時刻からさほど時間も経っておらず、まだ職員が残っているかもしれない、と通用口に回ってみるが、やはり鍵がかかっており、インターホンにも返答がない。

この先は港近くまで住宅はない。雪と風はますます激しさを増していく。

再び車に戻る気力も失いかけたとき、駐車場の手洗い脇にあるプレハブ小屋に気づいた。「オートレストラン」と看板がある。

強風に吹き飛ばされないようにと一ノ瀬の腕にしがみつき、辿り着いた先でアルミの引き戸越しに聞こえてくるかすかなモーター音に安堵《あんど》した。

戸を開けると六畳一間ほどの空間に自販機数台と木製ベンチとテーブルが置かれていた。

ベンチに、角のすり切れた分厚い手縫いの座布団がくくりつけられているのを目にしたとたん、胸底からあたたかいものがこみ上げ、崩れるように座り込んでいた。

リュックサックの中にあった衣類やアルミシートを体に巻き付け、自販機の温かい飲物を飲みながら夫妻は身を寄せ合い、引き戸のガラス越しに降り積もっていく雪を眺めていた。風を遮る狭い空間で、数台の自販機の発するモーターの熱もあり、厳しい寒気を何とかやり過ごすことができたが、その間も一ノ瀬はくつろいだような楽観的な態度で、特に不安がる様子もなかった。彼が携えてきた保温水筒のお茶を一つのカップで分け合いながら、ロードサービスの到着を待っていたと言う。

寒さに体が震え出して目覚めた。奇妙に安らかな気持ちになってベンチの座布団の上に横座りした後、テーブルに突っ伏した姿勢でうとうとしていたのだった。肩には一ノ瀬のダウンジャケットが掛けられていたが、一ノ瀬その人はいなかった。

リュックはそのまま置かれていたから手洗いか何かかと思ったが戻ってこない。

引き戸を開けたとたんに乾いた寒気が頰を打った。雪は止んで、見たこともないほど澄み切った夜空には無数の星と煙《けぶ》るように白い天の川があった。

路面に目を凝らせば、戸口から駐車場を横切って新雪に足跡が続いている。踏みしめても舞い上がるだけの軽い雪のせいか、雪の深さに比してごく浅い足跡しかない。

一ノ瀬が出ていってしまった。

不安よりは喪失感が突き上げてきたのは、彼が自分とこの世界から離れていくのではないか、という予感が常にあったからだ。

優しく思いやり深い夫のまま、自分を捨ててどこかに飛び立ってしまう。

不安に苛《さいな》まれ後を追おうとしたが、乾いた雪の上に足を踏み出したとたんに、あまりの静寂と積もった雪が微光を放つこの世のものならぬ闇に恐怖を感じ、そのまま小屋に引き返した。

ＬＥＤ電球に照らされた様々な飲料の並ぶ自販機に取り囲まれて座り込んだとき、夫は単に雪が止んだので、どこかに助けを求めにでかけただけかもしれない、という常識的な思考が戻ってきた。

それでも不安が去ることはなく、しばらく待つうちに重たいエンジンの音が聞こえてきた。外に出ると四輪駆動車が止まっている。

「一ノ瀬さんの奥さんですか」

初老の男が一人車から降りてきて、確認するように尋ね、自分は稲生町にあるビジネスホテルの支配人だと名乗った。一ノ瀬という男から電話がかかり、車が故障したために妻が郷土資料館近くのオートレストラン内に避難しているので迎えにいってほしいと頼まれたと言う。

「一週間ほど戻れないので、私どものホテルに滞在してお待ちいただくようにと御伝言をお預かりしています」

途方に暮れたまま、そちらのホテルに行き、そこで夫を待った。

「一人で行ってしまったわけですよね。それまでそんなことはなかったのですか」と相沢は尋ねた。

「私が一人残ることはありました。アトスの修道院に行ったときは女人禁制でしたので、入口の町のホテルにずっと滞在していましたし、執筆に集中しているときやデモなどで町の治安が悪くなったりしたときには、私だけ別の町に行かされたこともありました……」

「それで、北海道では一ノ瀬さんは一週間後に戻ってきたのですか」

「いえ、四日後の夜に」

「何か変わった様子は」

「何も」

「聖地の話は聞きましたか」

「いえ……」

「なぜ私を連れていってくれなかったの、とか尋ねなかったのですか？」

「いえ。とても体調も良くなって、すっかり回復したように見えたので胸が一杯で」

何も変わった様子はなかった、と答えたばかりだ。

「回復？　ご病気でも？」

杏里の顔に、少し慌てたような、戸惑いの表情が浮かんだ。

「どこで、四日間、何をなさっていたのでしょう」

杏里は小さく眉《まゆ》を寄せ、少しためらった後に「記憶があまりないようで」と答えた。

何かを隠している。だが追及して、せっかく開いた扉を閉ざされるのは好ましくない。

「それでそのことが今回の失踪に繋がった、と。何か心境の変化があったんでしょうかね」

「雪が止んだ後、降るような星空の下で無音の大地に立っていると、何か世界が反転したような不思議な恍惚《こうこつ》感を覚えた、とそんなことを口にしていました」

そんなことがあって東京に戻り、しばらくした頃、一ノ瀬の様子に変化が訪れた、と杏里は語る。

あるとき二人で自宅のある港区から品川の町に出た。

高層ビルの林立するあたりの交差点を渡りかけた一ノ瀬和紀の足がふと止まった。落ち着きなげに周囲を見回し、つぶやいたのだと言う。

「僕はどこにいるのだろう」と。

動揺する気持ちを押し殺し、杏里は「いつもの品川の町よ、私たちの家は、駅の向こう側」と答えた。

だが一ノ瀬は当惑したように続けた。

「いつもの町だとわかっているんだけど、ずいぶんよそよそしい顔をしているんだ。空気が変わってしまった。何だかゲームの世界の町にいるみたいだ、僕が生きて、歩いている町じゃない」

あのときすでに夫は自分の許《もと》から離れてしまっていたのかもしれない、と杏里は目を伏せた。

慰める言葉も見つからず、相沢は無言のまま杏里の年齢の割に皺《しわ》の多いほっそりした手を両手で握りしめた。


編集部に戻り、相沢は編集長に杏里との会見についてかいつまんで話した。

「釧路の修道院は完全に空振りだったわけか」と編集長は苦笑した。

ストックホルムを後にした一ノ瀬が釧路ではなく、かつて訪れた新小牛田という町で消えたことは間違いなく、一ノ瀬に対し、その場所に行くように勧めた人物がいた、と話すと編集長は「それがだれかわかるか」と身を乗り出した。

「TJと一ノ瀬さんは呼んでいたそうですが、日本人だそうです。たぶんどこかの新興宗教の布教部員か何かでしょう。奥さんによれば、一ノ瀬さんが旅先のユタ州で出会ったそうですが」

「ほう」と編集長は笑みを浮かべた。

「ユタ州の長距離バスのバス停で出会った、ってか？　で、名前はドン・ファン」

「ドン・ファン？」

プレイボーイか、昔、流行《はや》ったゲームのキャラクターか。

近代史についてはマニア的に詳しく、戦後の思想史と文学に深いこだわりを持つ編集長の、お得意の「昭和のセンス」か、と相沢はそれ以上尋ねも考えもしない。

「いずれにしてもほぼ正確な場所を突き止めたわけだ。奥さんは君にしか話していないんだろうな」

「たぶん」

「やったな」

編集長はがっしりした手で、よろしく頼むというように相沢の二の腕を叩《たた》き、短く命じた。

「とりあえず北海道に飛べ。TJについてはこっちで調べておく」

「新小牛田」「雲別」の地名はすでに地図検索をかけてある。

旭川からローカル線と無人運転バスを乗り継ぎ、三時間ほど行った海辺の町だ。

出発前に「雲別」「新小牛田」をキーワードに、もう一度、NPO人捜しネットワークの掲示板を当たった。

家出人、失踪者の情報提供を求める人々の数は多く、ホームページ上に公開されているものは遡《さかのぼ》っても二年分だけなので、相沢はNPOに頼んでそちらのデータベースにアクセスさせてもらった。

新小牛田を拠点に活動していると思しき教団について、もう少し詳しい情報を得たいと考えたのだ。

その結果、書き置きを残して新小牛田で失踪する人々に関しての相談は、NPOが設立された三十年近く前から、三件あることがわかった。家族がこのNPOではなく、探偵事務所などを使って捜すケースもあるはずなので、実際にはもっと多くの人々がそこで消えていると考えられる。とはいえ事件性がないから警察は動かない。

どこかで教団そのものと接触はできないか、と相沢は小さな新興宗教団体を調べてみた。だがネット上で探すかぎり宗教団体らしきものは何もヒットしない。

再びNPOのデータベースに戻り、新小牛田に消えた人々について家族が書いた文章を丹念に読む。

彼らが目指す聖地に入る前に、待機する場所がある、ということは、NPOに寄せられた家族の文章によって知った。

何の変哲もない古びた借家で、施設でもなければ指導者やスタッフもいない。彼らはしばらくそこで暮らし、ある日、突然、消える。

その待機場所を特定するために、NPOに頼み、投稿を行った親族や友人に繋いでもらおうとしたが三件中二件はすでにメールアドレスだけでなく住所も変わっており、連絡がつかなかった。

失踪後、七年以上経過すれば、請求に基づき家裁の失踪宣告がなされ、事実上、死亡したと見なされてそこで縁も切れてしまうのだろう。

残る一件は、恋人がその町で消えた、という女性からの捜索依頼だった。

その女性に相沢はNPOを通して連絡を取ったが、三十年も前に寄せられた相談でもあり、彼女はすでに別の男と結婚しており、まもなく孫が生まれる予定で、今さら触れられたくないと会見の申し出を拒んできた。

それでも電話でその女性から直接、話を聞くことができた。それによると失踪した恋人はほどなく荒川《あらかわ》河川敷で遺体となって発見されたらしい。変死だったが詳しいことはわからない。北海道からそこまでの足取りも不明だ。家族や友達とも縁が切れていたために彼女の許にも連絡が入らず、彼女自身は新聞記事でそのことを知った。

「変死というと……」

「もう終わったことなので」と相手は言葉を濁す。

「カルト殺人か何か？」

「いえ、凍死のようです」

「荒川で凍死？」

「薬を飲んで寒い所で眠れば死にますよ」

酒ではなく薬か？

「自死ですか」

答えない。

「失礼しました」

「本人はそのつもりはなかったのでしょうけれど、もともといろんな薬で……もうだめになっていたんだと思います」

「何かご病気で？」

沈黙があった。

「それでは」と電話を切ろうとする女性に相沢はもう一度、北海道のその場所について何か思い当たることはないかと尋ねたが、相手はそれ以上話を続ける気はなさそうだった。しかしふと思い出したように、別の人物の話をした。

恋人の失踪から十年近くも経った頃、以前彼女が相談サイトに送った投稿を見たという女性から、サイトを運営するNPOを通じて連絡があった。やはり友人が新小牛田町で消えてしまった、という。

たまたま家が近かったこともあり、幾度か会って互いの身の上話もした。今でも年賀状のやりとりだけは続いていて連絡先はわかるので、その彼女に当たってみたらどうかと言う。

二日後、相沢が多摩《たま》地区にある駅前に出向くと、待ち合わせ場所に松浦美都子と名乗る七十前後と見える女性が現れた。

松浦美都子の話によれば、友達が消えたのは二〇〇八年の冬だったが、彼女は今から三年前の二〇二七年にその岬にある浜で、友達と二十年ぶりの再会を果たしていた。

友人が入ったと思われる「聖地」は新小牛田町、雲別集落と隣町の稲生町を結ぶ海岸線の崖《がけ》上、カムイヌフ岬というところらしい。新小牛田町には確かに待機場所として一軒の借家があり、その所在地と岬への入り方について、その松浦美都子という女性は相沢に話してくれた。

「岬に入った人はね、老けることもないし、病気になったりすることもないんです」

はれぼったく弛《たる》んだ瞼《まぶた》の下で、小さな目が光を帯びた。

「私はこの通り、すっかりお婆さんになってしまったのに、私のお友達は私より四つも上だというのに、最後に会ったときそのまま、お化粧も何もしてないのにきれいで二十年前と何も変わっていなかったんですよ。不老不死のお薬というか、ハーブティーみたいなものを飲んでいたからなの」

冗談を言っている様子はない。

「松浦さんを紹介してくださった女性のお話によると、その方の恋人はその後、荒川河川敷で不審死を遂げていたのを発見されたそうですが」

「そう。私、思うんだけど、あのお薬は選ばれた人にしか効かないの。その彼には効かなくて、私のお友達には効いたのでしょう。たぶん元々の人格というか、品性みたいなものによるんじゃないかしら」

松浦というその女性自身が何かのカルトにはまっているのかもしれない。

彼女の友人は以前から洗練された丁寧な暮らしをしていたのだが、それが失踪する少し前から、金や物への執着を急速に失って極端なくらい質素になっていったのだと松浦美都子は語る。そういう人間しかそこには行けないのだ、と付け加え、目を伏せた。

確かに一ノ瀬和紀の身なりもライフスタイルも質素だった。簡素な生活こそ彼のこだわりだった。その一方で、着回しているＴシャツはいくら洗っても型崩れしないエジプト綿で、人前に出るときに身に着ける白のスタンドカラーのシャツは、さる老舗テーラーのオーダーメードだ。

「僕たちから見れば嫌味ですよ」

以前、相沢は編集長に向かってぼやいたことがある。懐古趣味が高じて、日頃から自分のことを「昭和のセンス」と吹聴している編集長は「そりゃ土光《どこう》さんのめざしよ」と笑った。相沢には、意味不明の言葉だった。

おそらくこの松浦という老婦人もその友人も出自の良い、一ノ瀬に一脈通じる感性を持った人々なのだろう。

友人と二十年ぶりに会った七ヵ月後、松浦美都子は余命宣告された夫を救いたい一心で、新小牛田町に行き友人に手紙を書き、彼らの使っている薬草を分けてくれるように頼んだ。以前、友人の娘を介してもらった薬草を煎《せん》じて飲んだところ、夫の状態が目に見えて良くなったからだった。だが翌朝、伝書鳩にくくりつけて届けられた薬草を手に東京に帰ったときには、夫はすでに息を引き取った後だった、と美都子は目を潤ませる。

「間に合わなかったのですね。せっかくの薬草も無駄になってしまった……」

「ええ。悔しかったですよ、悔しくて、悲しくて、寂しくて……。だからその薬草もね、夫の大切にしていたものと一緒に、お棺に入れてやりました。あなた天国でこれを飲んで元気になってねって。私もすぐに行きますからねって。一人ぼっちで長生きなんてしたくないですよ。子供のいない夫婦で夫に先立たれたらそんなものですよ」

相沢はうなずきながら、松浦美都子はおそらく嘘はついていないだろうと判断した。話を盛ってもいない。

思い込みや記憶違いはだれにでもある。認知症が入っていても不思議はない歳だ。そうしたことが神秘的で超常現象めいた話を作らせているのだろう。

それでも彼女が岬に入った友人と会うために取った手段と、借家の場所、借家の管理をしている人物の連絡先などについての話は、具体的で信憑性があった。

数日後、相沢は、一ノ瀬の妻、杏里や松浦美都子の話に出てきた新小牛田町に飛んだ。

夏休みの観光シーズンにはまだ早いが、季節はすでに盛夏に入っていた。

旭川で飛行機を降りた後、相沢は貸し切りタクシーで新小牛田町に入る前に、北金谷の町で地域一帯を管轄する警察署に立ち寄り、生活安全課の巡査に話を聞いた。

だが、どこかの宗教法人がその地域に入ってきて事件を起こしたという記録はやはりない。

その足で松浦美都子に教えられた不動産屋に赴き、彼女の話に出てきた借家について尋ねた。

「あの家については、何でお知りになったのですか」と社員に不審そうに尋ねられ、こちらに仕事で長期滞在した者から、とごまかす。

「そうですか、お仕事ですか」と社員はあえて客の事情に立ち入るまいとするように、ことさら愛想良く答え、その借家は、定住というよりは、この地域にやってくる旅行客の長期滞在のために使われていると語った。そして三十年以上前からその家の管理をオーナーから委託されているが、トラブルが起きたことは一度もない、と強調した。

「つかぬことをお伺いしますが、昨年の冬に借家に入った方はいますか？」と相沢が尋ねると社員はいると答えた。

「作家ではありませんでしたか？　かなり有名な」

「さあ、私はあまり本は読まないので」

社員の顔を見つめたが、口元や頬に微妙な動きはなかった。視線も逸らさない。

「男性ですか、女性ですか」

「男の人ですよ」

それ以上の情報は得られなかったが、その家を借りたいのなら現地に管理人がいると教えられ、相沢は北金谷を後にした。

そこからタクシーで四十分あまり行った新小牛田町は、磯の香りがどことなく懐かしい漁港の町だった。港近くにある小さな繁華街は、日本全国にある田舎町のそれであるし、山側にある街道沿いの家並みの裏手には、手入れの行き届いた水路に沿って狭い畑が並んでいる。

地元の人々の日常生活が地道に営まれている様が、整然としたたたずまいからうかがい知れた。

車窓越しに見た限り、入母屋《いりもや》造りの金ぴかの屋根やドーム、巨大観音像など、宗教的なものは何一つなかった。「世界人類が平和でありますように」の類いの貼り紙もない。町に数ヵ所、墓地を有する菩提寺《ぼだいじ》があるだけで、普通のキリスト教会もなかった。

唯一、不穏な感じがするのは、都会育ちの相沢が知らない植物の生い茂る、北海道にしては狭い区画で区切られた畑の周囲が、鉄条網や電気柵《さく》で囲まれていることだ。

ここ数年で本州でもこんな光景を頻繁に目にするようになった。日本国内で品種登録された農産物を国外に持ち出し無断で栽培し、日本を含めた世界各国に安価で輸出する行為が横行しているからだ。それだけではない。盗まれた植物がその国で登録されてしまい、元々の国内の生産者が権利侵害で訴えられるというケースが頻発している。

少し前までは、一時的な利益を求めた日本人生産者が種苗を他国に持ち出し売ってくるケースが大半だったが、昨今では近隣の国から窃盗団が入るケースが圧倒的に多く、鉄条網や電気柵はそうした窃盗団への対策だ。

つい十年ほど前までの資源戦争は石油や天然ガス、レアアースなど地下資源を巡るものだったが、いつのまにか農産物や水、動植物の遺伝子といったものに広がり、そうしたものの争奪戦から、世界各地で武力衝突さえ起きるようになっている。

それでも多くの国民は自分の日常生活にただちに影響を及ぼすわけでもない事柄に興味を持たない。オリンピックやワールドカップ、タレントの不倫や連続ドラマの主人公の運命の方が重大事だ。アクセス数こそが最重要なネットニュースでは人気の無い話題は取り上げられない。

だれにも関心を持たれないまま、過疎地域からは、あるときは金を積まれ、そしてたいていは手っ取り早く強奪という形で、権利に関わる様々なものが海外に流出していく。

港の前でタクシーを降りた相沢は、漁協の正面にあるカフェともスナックともつかない古びた店に入る。

年配の小柄な男が奥のボックス席で待っていて、管理人だと名乗った。

鍵を手にした管理人に連れられ、相沢は男の乗ってきた、さびでボディに穴の空いた軽トラックで借家に向かう。

住宅地の外れにある家は、古びた小さな木造家屋だった。

「昨年の冬にここに入った人がいるそうだけど」

「ああ、男の人ね」

「十二月頃に入居して、すぐに消えた……」

「いや、消えません。九月末から三ヵ月くらい一人で住んでいました。ちゃんと家賃は支払われていましたし」

とすれば一ノ瀬ではない。秋の訪れから失踪する日まで、特にノーベル賞候補になったと関係筋からリークされた日からは、相沢は一ノ瀬にほぼ張り付いていた。

「もしかするとその客のイニシャルは、ＴＪ」

「名前については不動産屋に直接聞いてください」

裏手には松浦美都子から聞いた通り、コンクリートブロックにトタン屋根を載せた、昔の公衆トイレを思わせる鳩舎《きゅうしゃ》が建っている。

伝書鳩の話を男に振ると、「まあ、今時、酔狂な人間もいるものらしくて」と前置きして、そこに餌を食べにくる鳩がどこからか手紙を運んでくることがある、と話した。

「どこからか、というか岬からですよね」

「さあ、私も詳しいことは」

「私もその鳩を使って、連絡を取れますか」

「ええ、鳩の餌やりにここに来れば。ただ入居者がいない間は、鳩の管理は私が行っているので」

「この家を今日から三、四日、借りられますか」

「家賃は一ヵ月単位、敷金、礼金も払うようですから損ですよ。どっちにしても不動産屋に直接言ってくださいよ」

面倒なのはごめんだ、とでも言わんばかりの口ぶりだ。

「借家人がいないときに鳩が手紙を運んできたらどうするんですか」

「カプセルごと転送しますよ」

「どこに」

尋ねても答えまいと思った。

「宅配便の配送センターですね。旭川市内の。郵便で言えば局留めのようなものです」

そこにだれかがメッセージを受け取りにくるらしい。

「宛先はあるんですか？」

顧客情報だから明かすはずはないと思ったが、男はすらすらと答えた。

「東洋情報サービス」

ＴＪだ。局留めであるから宛名に意味はない。

「私が鳩に手紙をくくりつけて岬に飛ばすことはできますか？」

「そりゃできるでしょうが重いものはだめですよ。運ぶのはドローンじゃなくて鳩なんですから」

確かにドローンを飛ばせばいいものを、鳩を使うのは、こだわりというよりは、そこにはたとえばアーミッシュのように現代的なツールを拒絶する教義があるのかもしれない。

「実はこれをくくりつけて岬に運んで欲しいのですが」と相沢は鞄の内ポケットから紙切れを取り出す。

美都子から話を聞いて、あらかじめ用意しておいたものだ。

杏里が病気で入院中であること、自分がこの場所に来ていること、小さな紙切れに印字できる文字数は限りがあるから伝えることはその二つに絞ってある。

「お預かりしましょう。鳩専用のカプセルがありますんで」

いや、自分で、と言ったところで、相手はそんなことはさせないだろう。男を信用して託すことにした。

その夜は男が薦めてくれた民宿にチェックインした。会社は隣町の温泉ホテルに泊まれるくらいの経費を負担してくれるが、できるだけ借家の近くで待機した方がいいと判断したからだ。

民宿の座卓の上にタブレットを置き、松浦美都子の友人が入っていったというカムイヌフ岬の地図を呼び出す。

地目も建物も道路も何も記されていない、ただ海に突き出た三角形の陸地だ。

それを航空写真に切り替える。

濃い緑。この写真が撮影されたのは夏だったのだろう。この一帯で、新小牛田、雲別、そして隣町稲生といった海岸線上に開けた町と集落は点に過ぎない。その周囲は内陸から海岸線まで深い緑に覆われている。紫がかった茶色のものは海岸の岩場だ。

岬周辺の海域には、地図には記載されていない岩礁のようなものがいくつか海上に顔を出している。カムイヌフ岬も含め一帯の海岸は一万年程前に海底火山が隆起したもので、海底の形は複雑で、周辺の海は昆布やウニの良い漁場である半面、航行の難所でもあるという。

地上に出ている海岸地形も入り組み、極端な高低差があり、複雑な地形の切り立った崖が海から垂直にそそり立っているはずだが、航空写真からはその高さを推し量ることはできない。

海岸線に沿った幹線道路は雲別集落のあたりで画面から消えているが、これは稲生町に至る道がトンネルになっているからだ。

三角形に海に突き出たカムイヌフ岬の色調はあたりの山林に比べ異質だ。緑が青灰色を帯びているのはおそらく針葉樹、そこにだけあるハイマツの葉の色だろう。とはいえ一帯すべてがハイマツで覆われているわけではなく、バス折り返し場近くの標高の高い尾根部分を除いては、他の樹木の間に小さな群落が点在するのみだ。

岬の突端の緑は淡い。樹木の種類はわからない。草原であるのかもしれない。その淡い緑の中に、紛れもない人工物があった。

やや色調の異なる黒に塗り分けられた四角いもの。褐色を帯びた黒色の部分はほぼ正方形で、中央部にやはり正方形に切り取られた淡い緑が見える。

それがある程度高さのある建物なのか、それとも上物が崩壊した後に残った土台、あるいは石組みのようなものなのか。3Dモードに切り替えてみてもただでさえ不鮮明な画像が歪《ゆが》むだけで、ほとんど立体感が得られない。塗り分けられた黒い部分がある程度高さのあるものの影かもしれない、と推測できる程度だ。

岬の根元にあるバスの折り返し場周辺については、3Dモードに切り替えるとストリートビューが表示され、周囲三六〇度の鮮明な画像が得られた。だが道路から一歩外れると情報はほとんどない。

それでも岬の突端に人工物があるということは重要だ。彼ら、岬に入っていった人々はそこにいるのか、あるいはそれは単なるモニュメントの類いで実際に人が住んでいる宿坊は他所《よそ》に存在するのか。画面からはわからない。

ドローンを飛ばせば簡単だが、いくら無人地域とはいえ目視外飛行は禁止されている。五年ほど前から高性能なドローンが、子供のおもちゃのような値段で無造作に売られ、使われるようになり、多くの人々が操縦を楽しむ時代に入っていたが、当然のように操縦ミスによる墜落や航空機との接触、低空飛行時の人への接触などの事故が多発し、犯罪に使われたりプライバシー侵害を起こしたりと、あらゆるトラブルが発生していた。あるとき山中にドローンを飛ばし、自衛隊レンジャーの訓練の様子を撮影してネットに流した軍事マニアが検挙されたのをきっかけに、法令が改正され規制と罰則が強化されていた。少なくとも出版社の社員が違法を疑われるような行為に手をそめるわけにはいかない。

歯がゆい思いで相沢はあの松浦美都子が行ったように、「彼ら」の流儀に従い、伝書鳩を飛ばすという前近代的手段を選択したのだった。

二日後の午前中、管理人の男に連絡を入れたが、相沢宛のメッセージを運んできた鳩はいないと言う。その日のうちに、民宿をチェックアウトし、漁港近くにある「北海大酒店」というビジネスホテルに移った。酒店という名称からして、中国資本であることは一目でわかる。

三十年以上前から中国資本による用地取得と同時に観光施設やホテルの買収も進んでいる北海道で、主にその対象が当初は風光明媚《ふうこうめいび》なリゾート地だったのだが、昨今は観光地とは言いがたい海辺の町にも広がり、日本海側にある小さな町のビジネスホテルが軒並み中国系に変わった。

正規のチェックイン時刻には少し間があったのでロビーで待っていると、清掃やベッドメイクの作業に当たるスタッフが忙しげに行き来している姿が目に入る。挨拶をすると地元の日本語が返ってきた。

支配人以下フロント係や営業職などは中国人だが、客室係、警備員、厨房《ちゅうぼう》の下働きなど現場の労働を担うのは現地採用の自国民という棲《す》み分けは他のアジア諸国と同様だ。

狭い部屋に入りタブレットをWi-Fiに接続する。

鳩に託したメッセージが確実に一ノ瀬に届くのか、届いたメッセージを一ノ瀬が読むのか、そして返信を寄越《よこ》すのか、すべてについてそれほど期待はできなかったが、モバイルツールが一つあれば、東京と連絡を取りながら、通常の業務のかなりの部分がカバーできるから気長に待つことができる。

民宿と違い、中国資本のビジネスホテルは特に通信環境が整っており、サテライトオフィスとして使うのに不自由はしなかった。

町中を歩き回る必要もなかった。松浦美都子は二十年以上前に友人が消えた際、町の居酒屋や郷土資料館で情報を得たと語っていたが、一ノ瀬が町中で地元の人間と接触していたなら、その情報はとうにネット上に溢れかえっているはずだ。

それがないということは旭川駅前のATMに立ち寄った後、彼は他の人々とは別ルートで岬に入ったか、車で町中を通過して岬の入口に直行したのだろう。あるいは管理人の言う昨年の冬にそこにいた借家人に匿《かくま》われるような形であの家から一歩も出なかったか。

ビジネスホテルに移った翌日、午前五時に携帯端末の発する甲高い呼出音で目覚めた。管理人からの電話だった。

たった今、餌を食べに来た鳩に相沢宛の手紙が付けられていた、と言う。

宿の自転車を借り、深く朝霧の立ちこめた町を借家まで走った。

坂道を上りきり、息を切らしながら鳩小屋に駆けつけると、餌袋を片付けていた管理人が、小さなプラスティック製のカプセルを手渡した。

中にはコンビニでくれるレシートほどの大きさの紙が収められており、紙面の裏表にメッセージが書かれていた。癖の無い、ペン習字の手本のように読みやすく美しい、紛れもない一ノ瀬の字だった。

「七月六日の午後十時に雲別漁港の桟橋に来てください　荷物は持たずに身一つで」

松浦美都子のときと同じだ。そこから漁師の船で湯梨浜に入るのだろう。

心臓が強く打ち手が震えた。七月六日は四日後だ。

あれ以来、だれも、家族でさえ接触できなかった、一ノ瀬和紀と会える。

仕事を超えた期待と怖れ、得体の知れない思慕の情のようなものまでが胸底から噴き上がってきた。

宿に戻り、まだ早朝なので会社のメールではなく、編集長の携帯端末にメッセージアプリで連絡を入れる。寝起きらしくくぐもった声の編集長から、折り返し、電話がかかってきたので事の次第を簡単に説明し、東京に戻るのが五日後、ないしは六日後になる旨を告げる。

「了解。しっかり成果を上げてこい」

打って変わって明晰《めいせき》な声になり、編集長が答える。

成果という言葉に違和感を覚えた。ノーベル賞を受賞しながら直前になって拒否、謎のメッセージを残して失踪した一ノ瀬。世間のほとぼりが冷める前に本人を捕まえて出版契約を正式に交わし、この機を逃さずに売れるだけ売る。

収益の問題だけではない。それによって凋落《ちょうらく》しつつある出版文化全体が一時的にでも活性化され、見直される。良心的な出版人であれば夢と理念を実現させる現実的手段があれば、どんな細い糸でもたぐり寄せる。社員の一人として十分理解しているが、こうなってみると若い時代から複雑な思いを呑《の》み込んでそれなりの信頼関係を築いてきた一ノ瀬への個人的な感情が、編集長の期待する「成果」を上げることに対しての曰く言いがたい抵抗感となって胸の内に居座り、相沢に「はいっ、了解です」の類いの、威勢の良い返事をさせることをためらわせている。

「とにかくフォローー態勢は整えておく。何かあったらいつでも電話くれ」

「すみません、部内でも口外無用ということで」

「当然」

「奥さんの杏里さんにも」

「ああ、戻ってきてから報告がてらお礼に伺えばいい」

言葉を切った後、編集長は低い声で言った。

「ミイラ取りがミイラになるなよ」

思い当たる節などまったくないにもかかわらず、ぎくりとした。

電話を切り、他の仕事が手につかないまま、雨具や防寒シート、携行食など、必要なものをリストアップする。

松浦美都子の話によれば、そこから昆布漁師が送ってくれた浜で、数時間待つということだった。

必要無いかもしれないが、一応、気は心ということで一ノ瀬に渡す手土産も見繕った方がいい。

気もそぞろに朝食を終えた後、タクシーを呼んでもらい北金谷に向かう。市街地を抜ける間、あらためて車窓から眺めると小さな繁華街に古びた空き店舗が目立つ。

「みんな外国人が持ってるんですよ、それで転売に次ぐ転売」

ドライバーが言う。

「あっちもこっちも、水源もリゾート地も、自衛隊の基地の周りも、みんな中国人が持っています。目的はわかる？　お客さん」

「よほど気に入ったのかな」

「入植地ですよ、二束三文で買いたたいて領土にする。いずれそこに軍隊が入ってきて居留地にする」

「ほう」と無意識に気のない返事をする。三十年も昔から右翼系の人々によって流布されてきた言説だ。

「いや、冗談じゃないですよ、こっちは怖くてしょうがない」

「土地買ったって、日本国内である以上、日本の法律制度が適用されるわけですからね」

苦笑交じりに応じる。

「そんなもの治外法権ですよ。この先の山林もゴルフ場も、我々は立ち入り禁止になってて、やつら中で何やっているんだか、何をやっていても日本の警察なんか踏み込めませんからね、災害とかに乗じて、一気に占領するつもりじゃないですか」

この三十年、平行線を辿って交わることのない議論だ。

相沢としては、経済力を増して金余りになった隣国の人々が投資対象として買ったものが、期待通りに値上がりせず、放置するしかなくなっているのだろうと推測している。とはいえただでさえ過疎化が進む中、外国人と外国人の所有する不動産だらけの町で、メディアやネットを席巻してきた「中国の脅威」に、地元の人間が現実的な恐怖を感じるのは当然かもしれない。

北金谷の国道沿いにあるDIYショップの前で車を降り、食品以外の物を買いそろえ、帰りは日に数本しかない路線バスで戻ってきた。

それからの四日間はひどく長かった。

会社では所帯持ちの社員の間で自宅をサテライトオフィスにするスタイルがそこそこ定着しており、出張先に持参する大型の携帯端末にも契約書案や原稿、デザイナーからのラフや印刷所からの問い合わせなどが次々と入ってくるが、どうにも集中できない。

合間に一ノ瀬和紀の作品を電子書籍で購入し、あらためて読み直す。

それにしてもなぜ四日後なのかよくわからない。その四日の間に、向こうは何を準備しているのだろうか。

宙ぶらりんな時間が過ぎていった。


その夜、準備したものをバックパックに詰め、相沢は指定された午後十時の一時間も前に漁港に着いていた。

東の空に昇った満月が漆黒の海面に光の帯を広げている。

美都子が湯梨浜で旧友に会ったのも、満月の晩だったと聞いている。

桟橋の橋脚に波の当たる音が生ぬるい空気の中に響いていた。

あたりに舫《もや》われている漁船と暗い海に視線をやりながら待っていると、背後から「相沢さんですか」と声をかけられた。いかにも漁師という感じの潮で嗄《しわが》れた声色ではない。

振り返ると大型漁船の陰に顔だけが白く浮かんでいる。

目を凝らす。

黒のパーカーに黒のジャージ姿の男だった。

昆布船に客を乗せるのは、違法行為ということは知っているので小さな声で挨拶し、頭を下げる。

「こちらへ」と男は先に立って桟橋から堤防に上がり、しばらく歩いた後、海岸の岩の上に下りる。あたりに昆布船は見当たらない。

「それ、置いて」

短く言って、相沢の膨らんだバックパックを指差す。

「は？」

「余計なものは乗せられないから」

「しかし」

「早く」

叱責する口調で言われ、その中から雨具やシート、食品などを取り出しコンクリートの堤防の上に置く。手土産などもすべて置いていくように指示され、バックパックごとその場に放置し、財布や身分証だけをポケットに入れる。男は狭い砂浜に下りた。

瞬《まばた》きして闇に目を凝らす。

船尾に船外機を載せたゴムボートが一艘《そう》、浜に乗り上げてある。

男は素早く近づき、船底にある荷物の上に無造作に置かれた救命胴衣を相沢に手渡すと、船を水中に押し出す。

救命胴衣を身につけた相沢が指示されるままに乗り込むと、ゴムボートは体重で大きく沈み込んだ。男が乗り、オールでゆっくりこぎ始める。

狭い入り江を出ると同時に、男は船尾の船外機を水中に沈めエンジンをかけた。

草刈り機によく似た音を発して、船は満月を映し鏡のように凪《な》いでいる海を進んでいく。

「この季節はいつもこんなに凪いでるの？」

相沢の質問に男は答えない。密輸船にでも乗っている気分だ。

夜空にそびえる岩壁に沿って船は進んでいく。

ほどなく月明かりにくっきりと砂浜が見えてきた。

美都子の言っていた湯梨浜だ。

だが船はいっこうに陸に近づく気配がない。

凪いでいた海に三角波が立ち始める。ボートは上下左右に揺れる。

海面にはいくつもの岩が顔を出し、その根元で夜目にも白く波が砕けている。

目をこらすと海底の岩が、月明かりに手が届きそうな浅さに見える。黒々とゆらいでいる海藻は昆布だろう。

岬の突端が見えてくる。ところどころに緑の低木を生やした、垂直に切り立った岩壁が頭上にのしかかるように海上に突き出しているが、港付近に比べ海面からの高さはさほどではない。

波を避けるようにいったん、岸から離れ先端を回り込むと、ゴムボートはところどころ海上に突き出た岩を避けながら、再び岩壁に近づいていく。

男はエンジンを止めたり入れたりを繰り返し、ゆるゆると進む。

正面に三角形の岩の割れ目が見えた。

海蝕洞窟《かいしょくどうくつ》のようだ。

三角形の頂点部分は岩に入った罅《ひび》のように狭くなっているが、開口部の高さは海面から十メートルくらいはあるだろうか。海に向かい黒々と口を開けた岩の亀裂が近づいてくる。

異臭が鼻を打った。何か、鳥のようなものが頭をかすめて飛んでいく。

無数の小さな穴の空いた火山岩質の岩肌が明るく照らし出された。男がヘッドランプを装着したところだった。

周囲を飛び回っていたのはコウモリだった。

エンジンを入れたり切ったりを繰り返しながら船はぽっかりと口を開いた洞窟内に入っていく。左右からのしかかってくるような真っ黒な岩肌に無数のコウモリがぶら下がっている。日本に吸血コウモリなどいないことはわかっているが、気味悪さに背筋が冷える。

内部の幅は急速に狭まる。頭上に岩が迫ってくる。臭いもいっそうひどい。すぐにでも逃げ出したい気分だ。明かりをどの程度感知するのか、コウモリはかまわず飛び回っている。

男のつけたヘッドランプが、奥の岩壁を照らす。水面との間にごく狭い空間がある。

「頭、気をつけて」

相沢がかがみ込んだのを見届け、一番高さのありそうな場所に男は船を進める。船底が浅い底をこすり、鈍い音を立てた。

くぐり抜けた先に、意外なほど広い空洞が広がっていた。

コウモリはいない。ほっと胸をなで下ろす。

ヘッドランプが相沢の頭上にある棚状の岩を照らし出す。そこから縄ばしごが下がっていた。

理由を告げられないまま、船底の箱に入っていたロープを腰に結わえ付けられた。

無意識に体を浮かし船上で立ち上がろうとすると、男に怒鳴られた。ボートがバランスを崩し、転覆するという。

垂れ下がった縄ばしごの端を摑んで、中腰のままそろそろとステップに足をかけようとするが、幅が狭くひどく不安定だ。

「股《また》に挟むように足をかけて」

言われるままに脚の間にはしごを挟むように外側からステップにかかとを引っかける。ロープを登る要領で体を引き上げていく。せいぜい二、三メートルの高さなので何とかよじ登れた。

片手を岩棚の上に置いて這《は》い上がる。明かりがないのでどのくらいの幅があるのかわからない。天井の高さもわからないのでその場に座り込む。

「縄ばしごを引き上げて」

男が指示する。

言われた通りにすると男はヘッドランプの明かりの中で、相沢の腰に巻かれたロープの先端にフックを付け、船底に置かれた網に包まれたものに引っかけた。

「引き上げてください」

相沢は腰のロープをほどき、両腕に力を込めて荷物を引き上げる。何が入っているのかわからないが包みが岩壁にぶつかる。

滑車の類いがないのでけっこう力がいる。身体のバランスを崩さないように注意深く、小分けにした荷物をいくつか引き上げた。

それが終わると男はボートの方向を変えた。

海面と岩の間を注意深くくぐり抜け、向こう側のコウモリの洞窟に戻っていく。

「ちょっと待って」

まもなくしてエンジンの音が聞こえてきた。その音もたちまち小さくなり波音にかき消される。

急に不安になった。

ヘッドランプをつけた男が去った後、洞窟内は漆黒の闇だ。

まさかこのまま潮が満ちてきて水没するのではないか、と恐怖に駆られた。とにかく海中に落ちないようにとそろそろと後ずさる。背後は意外に広い。

とにかく待っていれば一ノ瀬が現れると自分に言い聞かせる。

ボートが去ってから十五分ほどした頃、背後からかすかな足音とともに人工の明かりが近づいてきた。

振り返ると暗順応した目に、かがみ込んだ男の姿がただの気配のように映った。

「相沢さん、こんな遠くまで来てくれてありがとう」

この場にこれほどそぐわぬ言葉と口調があるだろうか。

打ち合わせのために自宅を訪問したときと、まったく変わらぬ物言いと声色だった。

およそ尊大さとは無縁の、平坦《へいたん》な口調。

「一ノ瀬さん……」と言ったきり、目の前の男に目を凝らすが海上の月明かりはここには届かない。洞窟内部を一ノ瀬の手にしたLEDライトが照らす。

一ノ瀬は男が置いていったシートに包まれた荷物をかがんだまま押し、亀裂の奥に入っていく。

躙《にじ》り口ほどの岩の間を抜けると頭上が開けた。

驚いて振り返り確認する。たった今、自分がくぐった入口は人工物だった。

コンクリートで岩を固め、人が入ってくるのを阻止するように故意に狭くされていた。その先にところどころ欠け落ちた、岩とコンクリートのごく狭い階段があった。

ステップ部分もひどく狭く、両手をかけてよじ登らなければならない。

先に登っていった一ノ瀬が荷物をロープで引き上げ、岩に引っかからないように相沢が持ち上げる。

月明かりの差し込む縦穴を登ると、ほどなく地上に出た。熊笹に覆われたすり鉢状の穴の底にいた。

すり鉢の斜面にできた踏み分け道のようなものを荷物を抱えた一ノ瀬が登っていく。白い立ち襟シャツに、くるぶし丈の黒いパンツ。ストックホルムのホテルの部屋ではこの上にセーターを着ていた。あのときの服のままのようだが、上下ともひどくくたびれ、アイロンの当てられていない綿シャツは皺だらけで、パンツは膝が出ていた。足元はと見れば、岩だらけの歩きにくい場所であるにもかかわらず、樹脂製のサンダルだ。さして歩きにくそうでもなく、ゆっくり登っていく。

「あ、持ちます」

慌てて相沢が手を出すと「ありがとう」とすんなり一ノ瀬は荷物を手渡した。軽かった。あの男はここに何を届けたのか、中身を知りたかったのだが見当がつかない。

すり鉢の縁まで上がると草原が広がっている。正面に黒々とした四角い建物が姿を現した。航空写真にあった黒い人工物だ。やはり褐色を帯びた黒は屋根、闇のような黒い部分は建物の影だったようだ。

頑丈そうなコンクリート壁で守られた建物は、せいぜいが三階建て住居ほどの高さだが、巨大建造物がそそり立っているような圧迫感があるのは、夜空を背景に遠近感が摑めないせいだろう。分厚いコンクリート壁で作られていることが一目でわかる要塞《ようさい》のような建物だ。アーチ形の縦長の溝のようなものが壁面に規則的に切られている。平らな屋根部分から土台の上まで、階層の区切りもなく一続きになっており、溝の太い枠部分が、柱の林立した古代ギリシャの神殿建築を思わせる。

ある日、盾に特殊警棒で武装した機動隊が踏み込んでくる。鉈《なた》や棍棒《こんぼう》を手にした異教徒が襲ってくる。頭上から隣国のミサイルが落ちてくる……。そんな妄想的な教義によって想定された襲撃に備えるために作られた、頑丈な礼拝堂。月の光の中に立つコンクリートの塊のような四角い建物にそんな禍々《まがまが》しいものを感じ、相沢は立ちすくんでいる。

脇に回ると入口があった。背後には月の光に銀色に凪いだ海がある。どうやらそちらが建物正面のようだ。

分厚い木製の観音開きのドアを開く。どれだけ古いものなのか、触れたドアの表面がささくれだっている。

一ノ瀬に促されるまま建物内に足を踏み入れ立ちすくんだ。真の闇だ。

一ノ瀬が無言で相沢の手を取り、自分の肘《ひじ》に置いた。視覚障害者を誘導するやり方だ。慣れているのか、一点の光も無い中を一ノ瀬はまったく躊躇《ちゅうちょ》なく歩む。

ドアのきしむ音とともに光が射した。

六畳程度の小さな部屋がある。床に窓枠の形に切り取られた月明かりが帯のように延びている。

縦長の窓の向こうに雑草の茂った庭がある。中庭だ。その片隅に台に載った小屋のようなものがある。

「ああ、鳩舎ね。伝書鳩の」

一ノ瀬が短く説明した。

小部屋の天井は低い。外からはわからなかったが、建物は巨大な礼拝堂などではなく、内部はいくつかの階層にわかれており複数の部屋があるようだ。だが外側に窓を作らずに採光のための中庭を設けている造りは、やはり要塞だ。

室内にあるのは医院の診療用ベッドほどの大きさの寝台、その脇の小さな四角いテーブル、それに木製の丸椅子だけだ。

建物はずいぶん古い。コンクリート壁には染みが浮き、窓枠はスチールにパテ、ガラスは無色のソーダガラスで、古い物に特有の歪みが生じている。

木製のテーブルもひどく古びており、寝台の上には寝袋が一つ畳まれて置いてある。それだけが新しいものに見えた。

一ノ瀬は相沢に椅子をすすめ、テーブルの上に置かれた携行ポットから、蓋《ふた》部分のカップに液体を注ぎ、相沢に手渡した。

「僕のカップで悪いけれど、洗ってあるから」

「いえ、お構いなく」

アルミの小さな皿に、白こしょうか山椒《さんしょう》の実のようなものを入れて手渡された。

一ノ瀬は正面のベッドに腰掛け微笑している。月の光に顔色はいっそう白く、穏やかな表情が際だった。

得体の知れない木の実だが、辞退するのも抵抗があり、薄気味悪さを感じながら口に入れてかみつぶし、カップの中の生ぬるい液体を飲んだ。

液体はハーブティーのようなものだったが、格別の刺激臭も味もない。これが松浦美都子の言う不老不死の薬かと思いながら飲み干した。お茶うけの方は香辛料の類いではない。松の実かアーモンドのような風味がある。オーガニックとかビオとか銘打たれた食品を扱う店で売られているシリアルに似ている。

「相沢さんには大変なご迷惑をかけました。申し訳ない。来てくれてありがとう」と一ノ瀬は深々と頭を下げた。

「いえ、こちらこそご迷惑は承知の上でしたが、奥さんのことも含め、いろいろお話ししたいことがあって連絡を取らせてもらいました」

本当のところは他社を出し抜いて僕の著作を出したいんだろう、正直に言えよ、という、身も蓋もない切り返しは、一ノ瀬に限ってはない。礼儀でも配慮でも社交でもない。親しい者の言葉はたとえ仕事関係者であっても、すべてを好意的に受けとめる育ちの良さが一ノ瀬にはあった。

相沢は鳩にくくりつけた手紙には書ききれなかった杏里の近況について話した。

一ノ瀬の眉のあたりに憂鬱《ゆううつ》そうな表情が浮かぶ。

「実は妻のことが気になって、相沢さんにここまで来てもらうことにしたんです」

それなりの覚悟あっての「出家」なのだろうが、それでも長年連れ添った妻のことは気がかりでもあり、罪悪感も抱いていたのだろう。

「妻が入院したというのは、何の病気ですか」

「脳内疲労症候群、昔の言葉で言うと『うつ』です。入院というのは不正確な言い方でした。実際は『メディカルサポート倶楽部グランディオ』の宿泊施設で療養中です」

一ノ瀬は天井を仰いだ。

「それでどんな具合なのでしょう」

「回復しつつあると思いますよ。あの直後は、だれも会えなかったけれど、先々週にお目にかかったときは、お元気そうでした。病気療養というより、世間がうるさいのでしばらくそこで暮らしているといった方が良いかもしれません」

そこまで話した後に後悔した。状態が良くないので奥様のためにどうか戻ってやってくれないか、と言うべきだっただろうか。

あたかもそんな相沢の心の声を拾ったように、一ノ瀬は相沢を見つめた。

「実は相沢さんに来てもらったのは、僕が杏里のことを忘れてしまう前に、彼女が無事かどうか聞いておかなくてはいけないと思ったからなのです」

「忘れてしまう?」

「ええ。忘れるというか……気にかけることができなくなる。そんなことは実はどうでもいいと、親子であったり、夫婦であったり、血の繋がりや長く結んだ人々のことが、ごくごく軽く、実体のない幻のようなものに感じられてくる。いえ、感じられる、思う、というよりは認識するといった方がいいかもしれません。僕もときにそうなる。次第にそんな時間が長くなってきて、だから杏里に対して情愛というのか、執着が残っている間に、彼女の安否を聞いておきたかったんです」

「悟りの境地に入ってしまう、ということですか？　それとも静寂主義ですか」

禅宗系か、キリスト教神秘主義か。彼を洗脳したのはいったいどんな宗教なのか、教祖はどんな人物なのか。

「さあ、あまりそうしたことは関係がないと思いますね。ただ心の有り様が変わって世界が曇りなく見えてくるだけで……」

「ところでどうやってここへ？　ストックホルムを出た後は、やはりロシアから？」

「ええ、アエロフロート機で新千歳に下りました」

旭川行きの飛行機が荒天で欠航になっていたため、タクシーで稲生町まで数時間かけて行き、そこから北金谷行きの最終の無人バスに乗り、新小牛田で降りた。

新小牛田の借家の場所は、二年前の冬に一度訪れていたので知っていた。

借家にはすでに男が一人住んでおり、一ノ瀬は彼とともに数日間そこで待機した後に、岬から来た案内人とともにこちらに入った、と言う。

「船で？」

「いえ、あのバスの折り返し場の先から歩いて」

「二年前に来られたときには、奥様がご一緒でしたよね」

「ええ、途中まで。杏里から聞きましたか」

「そのときは奥様の許に戻られたのですね」

「ええ……」

その表情に憂いのようなものが見えた。

室内が明るくなっていた。

いつのまにか夜が明けたらしい。窓の形に切り取られた曙光《しょこう》が、古びて黒ずんだ木製の床上に伸びている。

「少し、歩きましょうか」

廊下に出る。先ほどは真の闇だったのが今はわずかに明るんでおり、不自由なく歩ける。

廊下の中庭に面して小部屋の扉が並んでいる。反対側の壁には絵画か写真がかけられていたと思しき跡がところどころに白っぽく残っており、外からはわからなかったが、天井付近に小さな円形の窓があった。そこから曙光が入ってきて淡く廊下を照らしていた。

その円形の窓が揺らいでいる。思わず瞬きした。目を凝らせばただの円形ではなく、中央に文様のようなものが入っている。

「まさか」

唾《つば》を飲み込んだ。

丸枠の中に、繊細な黒い図案がくっきりと浮かび上がっていた。円形の枠に下がり藤。

相沢家の家紋だ。一ノ瀬のノーベル賞受賞に沸いた昨年十月、仕事に忙殺されている最中に、可愛がってくれた祖母を見送った。東京と父親の郷里である米子《よなご》をジェット機で忙しなく行き来し、読経《どきょう》の最中も携帯端末を盗み見た。悲しみに浸る余裕もないまま四十九日を迎え、自宅と米子を往復する生活は終わったが、庭飾りの高張り提灯《ちょうちん》や水引幕、伯母《おば》たちの喪服、墓石とあらゆる場所で目に入ってきた文様だ。見てはいても意識に上ることのなかった家紋がなぜそこにあるのか。

特別なものではない、とすぐに思い直した。藤、桐、巴《ともえ》、矢羽根などどこにでもある文様だ。だが逆時計回りに巻いた一つ下がり藤の相沢家の家紋はあまり見かけない。優しい祖母は大好きだったが、母屋の裏手の蔵に江戸《えど》時代の文物が眠る家の、かび臭く威圧的な空気は、東京郊外のニュータウンで生まれ育った相沢にとっては快適なものではなかった。山陰の風土も、何かと家系について話題にする祖父も苦手だった。そんな家を象徴する家紋にこんな場所で出会ったことに、何か偶然以上のものを感じる。

窓の下を通り過ぎ振り返る。

丸窓はそこにあった。だが家紋は消えていた。

「どうかしましたか？」

一ノ瀬が尋ねた。

「いえ、あの窓に父の実家の家紋が見えたような気が……」

「お家《うち》のことが気がかりなのですね」

創作者とは思えないほど陳腐で、常識的な言葉が返ってきた。

「まあ、気がかりといえば気がかりですが」

言葉を濁すつもりが、思考が奇妙なくらいに明晰になり、次々に何かしゃべりそうになるのを押しとどめる。

廊下の曲がり角は弧を描き、そこにも小さな丸窓が開いている。差し込む光の中に人が微動だにせず立っていた。手を組むでもなく、頭《こうべ》を垂れるでもなく、Tシャツにジャージのズボン姿の女が一人、ぽつねんと立っている。

「こんばんは」

どちらからともなく挨拶した。

もう夜が明けているから「おはようございます」と言うべきだろうが、慣れ親しんだ雰囲気の素っ気ない挨拶に、ここで普通に営まれている日常生活を思った。

その先に緩やかな階段があった。上っていくと二階に廊下はなく正面の壁にドアがついており、一続きの広間になっているようだった。三階に上るとそのまま広いフロアになっており、古い紙の朽ちていく匂いが充満していた。

中庭から差し込む明かりに、壁際の書架にびっしりと並んだ本の背表紙が浮かび上がる。

手前の机に髭《ひげ》を蓄えた初老の男が彫像のように腰掛けていたが、本を読むでもなくただそこにいる。

「こんばんは」

一ノ瀬の挨拶に男は会釈で応じる。

「図書室ですか」

「そのようですね」

「彼らはここで何をしているのですか」

「普通に生きているだけですよ」

不思議そうに一ノ瀬は返す。

「どのくらいみなさんここにおられるのですか」

「さあ」

中庭に面した縦長の窓は一ノ瀬の部屋のものより広く切られ、上部のアーチ形に文様が入っている。こちらは下がり藤ではない。右上から下方に向かう三つの亀甲《きっこう》。見覚えのある図案だが思い出せない。

ガラス窓から空を眺め、息を呑んだ。中庭の空間を隔てた対面の建物の屋根の上に、確かに月がある。目を疑うほど強い輝きを放つ満月だった。満月の光を浴びて、中庭の雑草に埋もれ、小さな白い花が咲いていた。花になど格別興味は持ったことがないから、何の花かわからない。ごく地味な、何の変哲もない白い花だ。

夜は明けていなかった。

月の傾き具合からして、午前二時過ぎか。

天井を見上げるが照明らしきものはない。だが室内は明るい。黎明《れいめい》の光のようなものに満たされている。

なぜか、という疑問がわいてくることがないのは自分でも意外だった。

ここは光に満たされている……。不意にそんなことを思った。

壁際の書架に近づく。

聖典の類いかと思ったのだが、本の背表紙は黒く朽ちていて文字が読み取れない。それほど古いものなのか。

辞典のような分厚い本の背表紙にわずかに金箔《きんぱく》が残っていて、きらきらと月明かりを跳ね返している。

手に取りページを開くと、ぱりぱりと乾いた紙が砕けるように破れ、慌てた。

「ああ、気にしないでいいですよ」

一ノ瀬が物静かな口調で言う。

褐変したページをそっと閉じた間際に目に入ってきた文字にはウムラウトが付いていた。ドイツ語だ。

気がつくと書架の間にアバヤを着た女性がうずくまっている。黒いヘジャブで額から喉元まで覆った顔がこちらを見上げている。貫き通すような視線にたじろいだ。出会う人ごとに「こんばんは」と挨拶している一ノ瀬が、彼女に気づいているはずなのに無視して通り過ぎた。二、三歩行って、気になって振り返ると、彼女は消えていた。その場所には書架の上段の本を取るための黒い踏み台が置かれているだけだ。

一ノ瀬は階段に向かって戻り始めていた。

「気をつけて」と一ノ瀬は相沢の手を取った。

なぜそんなことをするのかわからなかったが、視界が再び揺らいだ。正面の壁に白い天使の彫像がつり下げられている。まるで首つりだ、と思った瞬間、天使の身につけている白い衣の裾《すそ》がふわふわと揺れた。瞬きするとそれは動きを止め、首つり天使の像は壁の装飾を兼ねた柱の一本に変わっていた。

不思議というよりは愉快だった。書架の間のムスリムの女性も首つり天使も美しい。足が滑り、一ノ瀬に支えられる。階段は青白い魚の背でできていた。

弾力ある魚の背を踏み、ゆっくり下りていく。

いつの間にか外に出ていた。腰ほどの丈に繁った雑草の原に霧が流れている。冷たい風に霧が払われた一瞬、そこに人がたたずんでいることに気づく。

緑の低灌木《かんぼく》の茂みに入り何か摘んでいる者もいる。

礼拝しているわけではない。瞑想《めいそう》している様子もない。

ただ、そこに人がいる。美しい光景だった。これまでただ人が立っている光景をこれほど美しいと感じたことはなく、ひどく感動していた。涙が流れるような表層の感情の揺れではなく、何かが見えたような気がした。

「おはようございます」と一ノ瀬が挨拶した。今度は「おはようございます」だった。挨拶を返す者もいれば、知らん顔する者もいる。ずっと人である者もいれば、霧の中の立ち木に姿を変える者もいる。子供はいない。老人もいない。病気に見える人々もいない。

永遠に歳を取らない、不死の人々、という美都子の言葉が信憑性を帯びて蘇《よみがえ》ってくる。目の前に広がる雑草の原の、雑草と認識していた草々の驚くほど繊細で見事な造形に気づいた。レース状に切れ込んだ葉、巻き付いた蔓《つる》の描く螺旋《らせん》、倒れた茎の鋭角的な直線、点々とばらまかれた花々の色合いが不意に鮮やかさを増した。

目を上げると頭上に青空が広がっていた。真昼の雲一つない空に、無数の星が瞬いている。

「昼なのに星が出ている」

「ええ。元々そこにあるものですから、見えるものなんですよ」

一ノ瀬が答える。

そこにあっても見えない。多くのものがそうなのだ、と相沢は感じた。視覚の問題ではない。認識する知を持たないまま、自分はこれまであらゆるものを見ていた。そして何も見えていなかった。

そこにあるものを偏見なく見れば、世界は光と色彩に満ち溢れている。その一つ一つに神のメッセージが込められている。

いや全能の神など天にも宇宙にもいない。ただ一人一人の人格の中に、善なるものが生じてくる。土の上に小さな草の芽が芽吹くように。そして光を吸い込み、成長していく。

第五章　崩　壊

波の音が聞こえる。星はない。水平線のあたりが淡い水色を帯びている。

時計を見ると午前四時二十分を指している。

コンクリートの堤防上に相沢は呆然《ぼうぜん》として立っていた。

夢を見ていた、という気分ではない。確かな記憶だ。少し前まで一ノ瀬と一緒にいて、野原でうたた寝をした。それから月明かりの中をあの海蝕洞窟《かいしょくどうくつ》の岩棚まで下りた。見るからに頼り無いゴムボートが海面上に漂っていて、Tシャツ姿の男が波に上下するボートのバランスを取っていた。

それに乗り込み堤防まで戻るのかと思っていると、洞窟から出てすぐに砂浜で下ろされ、ボートは相沢を置き去りにしてどこかに行ってしまった。

不思議と不安もなく、砂浜に腰を下ろしていると、夜空の一隅がかすかに明るみかけた頃、エンジンの音とともに小さな漁船のようなものが近づいて来るのが見えた。それが停止し、船端で男がこちらに来い、というふうに合図した。

水深が浅く、それ以上岸に接近できないのだ。相沢はズボンをまくり上げ、靴を抱えて船に近付く。昨夜の黒い服を着た男ではない。作業着姿の漁師が尋ねた。

「相沢さんかね？」

「はい、だれかに頼まれて来られたんですか？」

「お宅が電話してきたんでしょうが」

いえ、と答えて帰られては面倒だ、ととっさに判断した。

「はい。お願いします」と答え、黙り込んだ。自分はこの男に電話などかけてはいない。後から確認すると、腕時計型スマートフォンに発信記録は確かにあった。だれかが浜に自分を置き去りにする際、この男に迎えに来てくれるように電話をしたのだ。あるいは一ノ瀬に促されて自分で電話をかけて、その記憶を失っているのかもしれない。漁師は相沢の様子を気にするふうもなく、エンジンをかける。音と波しぶきで、話ができる状態ではなく、また漁師の方もひどく気が急《せ》いている様子だった。

まだあたりが暗いうちに雲別漁港に着いた。漁師に請求されるまま二万円を支払い船を下りる。それから昨夜、黒服の男のゴムボートに乗った場所にやってきた。堤防上にはバックパックやシートや食料がそのまま放置されていた。

夜明けの白い光の中をホテルに戻りながら何気なく時計に目をやり、首を傾げる。日付が進んでいる。幾度見直しても、月光の中を小舟で岬に向かった日から一日半が経過している。正確には三十一時間だ。

一ノ瀬には確かに会った。岬の突端を回り込んだ岩の割れ目から薄気味の悪い海蝕洞窟を通って上陸し、階段を上ってあの場所に行き、コンクリートの建物の中を歩き、異様な体験をした。

漁師が迎えに来たのは、おそらく美都子の話にも出てきた湯梨浜だ。

教祖も儀礼も宗教的なシンボルも見なかった。だが宗教的境地と幻視は体験した。

一服盛られたのだ、というのが今となればはっきりわかる。

あのハーブティーとナッツのようなものがそれだ。

儀礼用の幻覚剤であるナチュラルドラッグ。それにしては、と瞬《まばた》きし、身につけている洋服を点検する。

気分はまったく悪くない。二日酔いの吐き気も、だるさもない。嘔吐《おうと》したあともない。あれが薬であったにしても、幻覚性のハーブであったにしても、もしやられたのなら今頃はひどい吐き気や脱力感に苦しんでいるはずだ。

ホテルに戻り、客室の金庫に入れておいた携帯端末のメールを確認する間も惜しみ、荷造りを済ませ東京に向かった。


「やったな」

社に戻り、小会議室に入って一部始終を報告すると、編集長は満面に笑みを浮かべた。

「画像と音声はあるか」

「いえ」

「まあ、録音録画なんかやっていて肝心の一ノ瀬さんの機嫌を損ねたら元も子もない。

で、肝心の許諾の件は」

「それが、今、話した通りのことで……うかつといえばうかつな話ですが」

編集長の唇の両端が下がる。腕組みしたままうなずいた。

「とにかくこれで一ノ瀬さんと繋《つな》がったということだ。あと一息頑張れ」

「はあ」

「それにしても鳩とゴムボートか」

編集長は視線を天井に向けた。

「と、いうことは外部にいる関係者の一人がそのゴムボートの男だな。必要な物資の運搬や連絡、通信を請け負っている。勧誘員や教宣部員もこっち側にいるんだろう。一般市民の中に紛れて。肝心なのは怪しい宗教の話じゃない。洗脳されて消えたのがノーベル賞作家だから、大問題なんだ。慎重に動かないと、せっかく摑んだ縁が無駄になる。俺たちは週刊誌じゃない、大ネタで売ってそれきりじゃないんだ。まずは一ノ瀬さん本人の口からそのあたりを語ってもらえれば最高なのだが」

相沢は積極的に同意するでもなければ、訂正や反論をするでもなく、どこか冷めた気持ちで編集長の話を聞いていた。何か崇高なものに触れてしまったという、敬虔《けいけん》な感情がいくら否定しても心の内から立ち上ってくる。

やはり薬物か、と考える理性は残っている。

体内に入れてしまった物質を早く排出しなければと考え、ボトル入りの薄いコーヒーをせっせと飲む。

　編集長は相沢に鋭い視線を向けた。

「となると、教団の次の標的は奥さんの杏里さんだ。今のところメディカルサポート倶楽部に守られているが、一ノ瀬さんの財産は、著作権も含め、実質的には今は奥さんが握っている。貼り付くわけにはいかないが、とにかく君が全力で守れ。伝書鳩はともかくこっち側に通信員がいると考えると、そいつが奥さんに近々接触してきて洗脳にかかるだろう。というよりもう半ば洗脳されているのかもしれないが」

　その可能性は高い。今後、一ノ瀬和紀の著書を出版できるか否か、といったことに影響してくることを考えれば悠長に構えてはいられないはずなのだが、あまり危機感がない。

　自分の精神状態にいまひとつ自信がもてないまま、その日は早々に仕事を切り上げて退社した。

　一週間ぶりにもどった自宅に父は相変わらずいない。勤め先の高齢者施設で同年代の同僚が病気で倒れたために、人員の確保が出来るまでの間、夜勤が続くらしい。

「年寄りが年寄りの面倒を見るなんて間違ってるよね。お父さんもいつ倒れるか心配で。いったい日本はどうなっちゃうんだろう」

　母の話で、ようやく現実に引き戻された。

「で、天気はどうだったの？　あっちは梅雨がないからいいよね。カニは食べた？」

缶ビールと空のグラスを息子に手渡しながら矢継ぎ早に尋ねる。

「ああ、まあ、一応」という返事しかしない息子の対応にも慣れていて、それ以上詮索《せんさく》されないことに救われる。この日、パート先であったこと、飼い犬の具合が悪く病院に入院させてきたこと、関西に住んでいる長男の息子のオーストラリア留学が決まったことなどを一方的にしゃべり散らす。

外部に漏らせぬ仕事の話を当たり前のように聞き出そうとしたり、うっかり夫が漏らした職場の話を無自覚なままSNSで発信したりする妻に戦々恐々としている同僚たちの姿を目にするにつけ、独身者の気楽さを思う。


翌日、相沢は一ノ瀬の妻、杏里が滞在しているメディカルサポート倶楽部グランディオに向かった。

前夜、帰宅間際に杏里の携帯端末に電話をかけたところ留守番設定になっていたが、新小牛田町の岬に入り一ノ瀬に会った旨をメッセージに残すと折り返し電話が入り、すぐに会いたい、と言われたのだ。

今日はどうしても時間が空かない、と答え、翌日まで待ってもらったのは、自分の体に入った違法ハーブの類《たぐ》いが抜ける前に会うのは危険だと判断したからだ。

自分の内に生じた普段と異なる感情が、どこまで薬物の影響によるものか定かではなく、少なくともそうした状態のまま杏里に会えば、正確な判断も適切な物言いもできないだろうと考えた。

一日置いて、自分の意識に格別の変化が生じていないことを確認し、彼は杏里の許《もと》を訪れたのだった。

メディカルサポート倶楽部グランディオのラウンジは、さる医学博士の講演があった後で混み合っていた。人に聞かれたくない話ではあるが、杏里の個室に入るわけにも行かず、相沢はスタッフに頼み、広いフロアをパーティションで区切った家族ラウンジを使わせてもらうことになった。

杏里は切羽詰まった表情でパーティションのドアを開けて入ってきた。

挨拶《あいさつ》もそこそこに夫の様子を尋ねた杏里に、相沢は「お元気でした、まったくお変わりもなく」と答えた後、新小牛田町での一部始終を包み隠さず話した。

伝書鳩を飛ばしたところ、一ノ瀬から連絡があったこと、迎えが来て船でカムイヌフ岬の突端に入ったこと。自分が見た幻視についても相沢は話したが、何か薬物を使われた可能性については伏せた。

一ノ瀬和紀が妻の様子を気にかけていたこと、教団施設と思《おぼ》しき建物内の個室で暮らしていたことなどを話すと、杏里は悲痛な視線を手元に落としたままうなずいた。

いずれ妻のことを気にかけることもなくなるだろう、という一ノ瀬の言葉を伝えることはできなかった。ただ何とも切ない気持ちで、目の前でうつむき、涙をこぼしている杏里を眺めていた。

別れ際に杏里が「私にも招待状が来るかもしれませんね」とつぶやいたとき、「確かにそうですね」と答え、それが単なる慰めではなく社や編集長の意向に反して実現してくれることをほんの少しばかり願ってもいた。

社内でさえ彼と一ノ瀬との邂逅《かいこう》を知るものは、編集長と単行本の出版部長だけという状態だったにもかかわらず、その日の夕刻にはネットに、一ノ瀬和紀が北海道、新小牛田町の岬にいる、という情報が書き込まれ拡散していた。

一ノ瀬の妻、杏里が芸能人や政治家が雲隠れするのに使う「メディカルサポート倶楽部グランディオ」という医療施設にいるという噂はすでに広まっていた。彼女が個室を出て、ラウンジや図書室などにやってくれば、当然、面会に来た他の患者の家族や関係者の目にも留まる。ノーベル賞受賞が決まったとき、杏里もテレビやネットニュースに登場したので面が割れていた。

一方、その日相沢が杏里と面会した家族ラウンジは一見個室だが、単にパーティションで区切られ、声が丸聞こえになるオープンスペースだった。なまじ目隠しがあるだけに相沢も油断した。

講演会終了直後であったために、ラウンジにはずいぶん人が残っていたし、メディア関係の人々もいたはずだ。相沢としては用心していたから、一ノ瀬という固有名詞は出さなかったし、ノーベル賞、ストックホルム、といった単語も口にしなかったのだが、杏里の方は無防備にそうした言葉を使った。

話の内容の異様さからしても、だれが聞き耳を立てていても不思議はなく、また杏里の顔を知っている者なら、それがだれについての話かは容易に想像がつく。

あまり考えたくはないが、メディカルサポート倶楽部のスタッフに聞かれて流された可能性もある。

ネットに流れたのは、「一ノ瀬和紀が北海道新小牛田町のカムイヌフ岬にいるようだ」ということだけで、そこに担当編集者が入ったとか、その担当編集者が幻覚を得たなどという内容の話はないことからして、杏里自身がだれか信頼する身内や友人に相談し、そこから漏れたことも考えられる。

いずれにせよ、その情報はネット上に拡散し、ほどなく昆布漁の町という以外、観光も産業も格別見るべきものもない田舎町は一ノ瀬の熱心なファンとマスコミ関係者で賑《にぎ》わい始めた。

新小牛田町の数少ないビジネスホテルや民宿旅館はたちまち満室になり、周辺の町の宿も混み合っている。通勤、通学時間帯以外はほとんど客が乗らなかった無人運転バスが、満員状態で岬への入口のある折り返し場に向かい、騒ぎに眉《まゆ》をひそめる地元の一般住民をよそに、絶好の商機とばかりに商店主たちが「この先に道なし」の立て札のある折り返し場で飲食物を売る。

ネットで流されるニュースやメールマガジンに取り上げられる一ノ瀬関連の話題を眺めながら、相沢は自分の脇の甘さを痛感し、一ノ瀬との邂逅を杏里に伝えるにあたって慎重さを欠いたことを後悔していた。

各出版社も一ノ瀬和紀が再び話題になったことで、ノーベル賞受賞と失踪《しっそう》騒ぎで大増刷をかけた本の在庫をこのときとばかりに市場に出す。

相沢は日に一度は、編集長から進捗《しんちょく》状況をきかれ、一ノ瀬との接触に成功した話は社の上層部にも伝わっているらしく、エントランスで行き合った社長に会釈して通り過ぎようとしたところ、すれ違いざまに「例の件、期待しているよ」と声をかけられる。

業界内の思惑とは別に、新小牛田町に実際に足を運んだ人々は、取材目的のメディア関係者は別として、そのほとんどがノーベル賞の権威などとは無関係に、一ノ瀬の作風と作家本人の人柄を愛してやまないファンたちであることが報じられ、相沢は胸をなで下ろす。

それがどれほど怪しい宗教であれ、一ノ瀬がすべてを捨てて入ったあの場所が、一ノ瀬の著作を読んだこともないユーチューバーたちに荒らされるのはしのびない。

とはいえ相沢のようにあの場所まで行き着いた者はいないようだ。

新小牛田町に入った人々は、車やバスで折り返し場まで行き、擁壁の向こうに広がるハイマツの茂みを一目見て、あるいは二、三歩入り込んだ後、樹脂で粘つき、根元にいくつもの落とし穴を隠したその藪《やぶ》のたちの悪さに驚き、怖《お》じ気づいて戻ってくる。

ほどなく折り返し場付近にはそこがヒグマの生息地である旨が大書された看板が立てられ、立ち入り禁止のロープが張られた。隣町から警察官も動員され、不用意に近付く者がいないように監視にあたった。

相沢のように船で岬の突端を目指す人々もいた。

だが雲別集落の昆布漁師たちは船着き場にやってくる余所者《よそもの》を怒号とともに追い返した。もともと漁船に客を乗せるなど違法な白タク行為でもあり、こんな状態で話題になり取り締まりの対象にされることを怖れたのだ。

観光用のシーカヤックで行こうとする人々もいたが、相沢が岬に入った詳しいルートについては杏里にも話さなかったこともあり、たいていは湯梨浜まで行って虚しく断崖《だんがい》を見上げて戻ってきた。

運悪く夏場の台風シーズンが到来していた。三、四十年前と違い、七月から数ヵ月間、日本列島全体がしばしば苛烈《かれつ》な暴風雨に見舞われるようになっており、それは高緯度にある北海道でも同様だ。

地上は良く晴れていたがうねりが高かったその日、プレジャーボートで岬突端に向かったネットニュースのライターが陸に戻れなくなり、海上保安庁が出動した。

前後して自らの無謀な登山の様を発信しているユーチューバーが警察官の制止を振り切ってハイマツ林に入った。一時間も経たないうちに警察に電話がかかり凄《すさ》まじい悲鳴とともに通話が切れた。それきり消息を絶ったが、遺体は発見されていない。

それらの事故を機に、消えたノーベル賞作家を追う人々の騒動は終息した。

岬が人を寄せ付けない隔絶された地というイメージはますます強固なものになった。

しかし人が入れない場所でも、写真を撮り、画像をネットに投稿するのは容易《たやす》い。

事業用のものを除いてもかなりの数のドローンが、常時、日本の空を飛び回っている。岩と樹林帯しかない新小牛田町の周辺は飛行禁止空域ではないが、許可を得た事業者を除いては、目視できる範囲外に飛行体を飛ばすことは禁止されている。

森や木々に遮られて見えない岬の突端にドローンを飛ばすことは明らかに違法だが、警察も常に見張っているわけではない。

当然のようにいくつものドローンが岬上空を飛び、空撮された鮮明な動画がインターネット上に流れ、拡散していった。

編集部内にある高性能のモニターで、相沢はそうした動画の一つ一つを食い入るように見つめていた。撮影に使われたのはおそらく素人が買える程度の普及品ドローンなのだろう。操縦技術も熟達していないから、凝視していると車酔いのような状態になる。

それでもそこにあるコンクリートの廃墟《はいきょ》と草原、ゆるゆると動いている人間の影、岬の根元あたりのハイマツ原生林で餌を漁っているヒグマの姿などは認められた。

ただ、多くの人々が期待したように、ネット上の動画や静止画像に一ノ瀬和紀らしき男を見つけることはできなかった。五、六年前から激増した肖像権やプライバシー侵害事件を受けて、人物を特定できる空撮画像についての規制が強化されており、メーカー側も対応する形で市販のドローンは人物と認識されたものについては自動的に画像が不鮮明になるようにプログラムされている。

それでも岬の風景と建物については、彼があのとき見たもの、触れたものが、薬物による幻覚ではなく、たしかに存在しているのだと確認できた。

そんなある日、契約記者の石垣が文芸編集部のフロアに入ってきたかと思うときょろきょろと室内を見回し、相沢と目が合った瞬間、つかつかと近付いてきた。

またあのコカイン疑惑同様のガセネタでも持ってきたのか、と身構えた。

「一ノ瀬和紀が消えたっていう、あの町、私、五年前に入っているんですよ」

意味ありげに笑っている。もちろん相沢の方は、自分が「あの町」どころか岬に入ったこと、一ノ瀬本人と会ったことなどは彼に話してはいない。

「今、忙しいんだけど」とやんわり躱《かわ》す。

こちらを一瞥《いちべつ》した編集長が何を思ったか、行け、というように顎《あご》をしゃくった。

不承不承腰を上げると、石垣はルーフトップバルコニーのある上層階に向かう。

エレベーターを降りると、正面に自販機があって、その脇に小さなテーブルと椅子が置かれている。はるか以前に喫煙コーナーであった場所だが、二十数年前のリニューアルを機に全館禁煙となって以来、昼食を食べ損なった社員が、一人でパンをかじっている姿を見かけるくらいで、人影はほとんどない。パーティションも無いから、陰で話を聞かれることもない。

座面の硬いプラスティック椅子に浅く腰かけた石垣は、相沢の目を見つめ形の良い唇に不敵な笑みを浮かべた。

「コーヒー？」

自販機の前で相沢が尋ねると、石垣は「いえ、私はこれで」とショルダーバッグから古びたステンレスのポットを取り出し、蓋《ふた》に注いでコーヒーと思しきものを一口飲んで話し始める。

「一ノ瀬和紀が入っていったあの岬、第二次大戦中に陸軍の毒ガス工場があったって噂がありましてね」

「毒ガス？」

一ノ瀬に案内されたコンクリートの建物を思い出す。工場本体のようには見えなかったから、管理棟か研究施設だったのか。

「北の守りを固めるというより、敵に上陸された暁には、自国民ごと息の根をとめる最終兵器だった、という匿名情報が編集部にもたらされたんです。五年前のことです。何でもジュネーブ協定で禁止された兵器なので、工場の存在は秘密にされていた。それで当時の地図には新小牛田町のあの岬は載っていない。その地図にない岬に、東北の食い詰めた農民の子弟や朝鮮半島から連れてこられた労働者などが入って、昼夜を問わず危険な仕事に従事した。終戦間際に新小牛田の漁師が、荷物を抱えた革靴に背広姿の男たちが湯梨浜から小型船でどこかに逃げていくのを見た。おそらく秘密を守るために製造に携わった労働者たちを全員殺害して、軍の関係者が民間人に化けて逃げ出したのだろう、とそういう話です。その後、あのカムイヌフって岬は忘れられた土地とされ、地元では岬と毒ガス工場の話はタブーとなっている、と」

折しも月刊総合誌の編集部では、終戦記念日を前に戦後八十年特集の企画が組まれており、その中で「最果ての毒ガス工場」の話を取り上げることになったのだという。

当時、仕事をもらうために頻繁《くだん》に編集部に出入りしていた石垣は、さっそく単身、新小牛田町に飛んだ。もちろん件の岬まで行き、工場跡を自分の目で見て、写真も撮ってくるつもりだった。

だが事前に調べたところ、岬に入る道路などないことが判明した。

また匿名情報では、戦中の地図では消されたことになっていた岬について、石垣が実際に当時の地図に当たってみたところ、名前こそ記されていなかったが岬はちゃんと存在していた。

それだけではない。新小牛田と稲生町を結ぶ峠越えの幹線道路から岬の突端に入る細道も記されていた。

新小牛田町に入った石垣は、事前に調べたことを踏まえて、まず役場で当時の土地台帳を閲覧した。すると件のカムイヌフ岬全体が国有地でも町有地でもなく、私有地であることが判明した。

戦後、化粧品メーカーとして再出発し、バイオ分野で業績を伸ばしてきた『ヤマモト』の前身、山本《やまもと》製薬の土地だったのだ。

職員の話によれば、新小牛田町から雲別集落を経て稲生町に至る峠越えの道は、戦前に北海道開拓のために切り開かれた幹線道路だったが、四十数年前にトンネルが完成した後は、現在のバス折り返し場から先は廃道になっているらしい。

一方、幹線道路の稲生町近辺から岬の突端に至る道はその山本製薬が建設した私道だったが、海岸の崖《がけ》沿いに開かれた道はその後の地震や台風による斜面の崩落で、今では跡形もないという。

実際に石垣も海岸沿いに岬に向かって歩いてみたが、切り立った断崖と岩場の続く一帯に道らしきものは発見できなかった。

そして毒ガス工場について尋ねても、地元の人々はほとんど知らなかったし、知っていても「年寄りから聞いたことはありますね」という程度の反応しか返ってこない。

東京に戻った石垣がヤマモト本社に確認したところ、戦前の山本製薬が所有していたその土地に何があったのか判明した。

毒ガス工場などではない。国内にいくつかあった山本製薬の研究所の一つがそこ、カムイヌフ岬にあった。秘密でも何でもなく、社史にも記されている事実だった。

毒ガスの原料となる青酸化合物の研究でも行っていたのか、という石垣の問いに対し、広報担当者は、「それはないでしょうね」と穏やかに否定した。

担当者によれば、北の果ての小さな町の人里離れた岬に研究所が作られたのには合理的な理由があった。

新小牛田を含めた一帯は、明治初期に多くの農民が東北から入って開墾したが、火山性の土壌は痩せていて、気候も厳しく、平地も少ない。そんな地域でも栽培可能なのが、北方系薬用植物だった。穀物や野菜はもちろんのこと、てんさい、ジャガイモなどの根菜類の栽培さえ難しかった新小牛田は、戦前から戦後まもなくまで、ハッカやオタネニンジン、ダイオウなどの一大産地だったのだ。

そのために生薬、漢方薬の製造者が明治の頃からそちらの農家に栽培を依頼し、原料を調達してきた。

薬用植物を原材料にするのは漢方だけでなく、西洋医学の薬品も同じだ。化学合成された薬品を原料として使う場合もあるが、多くは天然物に頼っている。

太平洋戦争が始まると、治療薬の需要が急増したにもかかわらず、海外からの製薬原料の輸入が途絶えがちになっていく。そこで山本製薬は古くからの薬用植物の一大産地である新小牛田に研究所を設立し、そこで薬用植物の品種改良から始まり収穫した植物の加工、成分の精製、分析などを行っていたらしい。

人の立ち入りが難しい岬の突端にそうした施設を作り、当時、その存在が伏せられていた理由も、国際協定の絡む国家レベルの話ではない。

知財権が現在ほどに保護されていなかった時代に、当時としては最先端の製造技術を誇っていた山本製薬が、機材や技術を盗まれまいとしたのと、いくつかの薬用植物についてはその場所が極めて生育に適していたからだった。

山本製薬は幹線道路と研究所を結ぶ道路の他に、岬突端の崖上から徒歩で湯梨浜に上り下りするための階段状の道を造り、湯梨浜には防波堤を巡らせた船着き場も建設された。

　戦後、原料供給に不自由しなくなったのと、薬剤需要が変化したことなどから、そんな不便な場所に研究所を維持するメリットがなくなり、山本製薬は研究施設を放棄した。八十年も経つうちに幹線道路と研究所を結ぶ道は崩落し、階段状の登山道も崩れ落ち、幾度か津波や高潮に見舞われるうちに船着き場は跡形もなくなった。

　せっかく取材はしたが、石垣の突き止めた「真実」が記事になることはなかった。

　帝国陸軍の闇の歴史としての毒ガス製造工場のストーリーに比べ、一民間企業の研究所がそこに設立した薬用植物研究所、という真実は、戦後八十年の特集記事としては地味すぎたからだ。

「出版社に寄せられる匿名情報なんてものは、所詮《しょせん》、そんなものですよ」

　石垣は自嘲《じちょう》的に笑う。

「つまりあの岬のコンクリートの建物は、戦前の製薬会社の研究所だったと……」

「ええ、山本製薬」

　相沢は一ノ瀬に導かれて歩き回った建物内の図書室の窓にあった、どこか馴染《なじ》んだ文様、三つの亀甲《きっこう》が何であるのかようやく思い当たった。

「どうかしましたか？」

「いや……」

現在、化粧品のCMに頻繁に登場するヤマモトのロゴの原形だ。ベンゼン環を表す構造式で、「ヤマモト」の唐草の絡んだ華やかな六角形の連なりから装飾的要素を取り去ったものだ。それは前身である山本製薬のロゴだった。

得体の知れない宗教を起こした者が、岬の突端にあった研究所の廃墟を出家施設として、少なくともこの二十数年、活用している。それが現在のカムイヌフ岬突端の姿のようだ。

あのとき自分が一ノ瀬から振る舞われた幻覚性の薬物と思しきものも、何か製薬会社に関連しているのかもしれない。

「化粧品メーカーのヤマモトが、その場所と未《いま》だに何か関連を持っているということは？」

「私が調べた限り、そうしたことは確認できませんでしたが」

いったん言葉を切り、石垣はさりげなく尋ねてきた。

「で、一ノ瀬和紀はどんな様子でした？」

驚いて目の前の男の頬のこけた精悍《せいかん》な顔を見つめる。

「どんなって……」

「だから一ノ瀬さんに会ったときですよ、あの場所で」

「いや……杏里さんにはメディカルサポート倶楽部で」

慌ててごまかす。

「いえ、私が聞いているのは奥さんじゃなくて、一ノ瀬和紀本人です。やはり洗脳されていたわけですか。物理的に監禁されていたりはしないですよね」

言葉を失った。

彼はどこで相沢が岬に入ったという情報を摑んだのだろう。

「石垣さん」

相沢は居住まいを正し、石垣の方に体を向ける。

「僕が岬に入って一ノ瀬さんと会った、などという話は記事を書いても掲載されることはないですよ。上の方の判断で直接、そちらの編集長に掲載不可の指示が下されるでしょうから。もし他社の雑誌やネット上で発表すると言うなら、うちの社の仕事はなくなりますよ。一頃ほど騒がれてはいませんが、一ノ瀬さんが駒川書林に莫大《ばくだい》な利益をもたらすことにかわりはありませんし、今回の邂逅は一ノ瀬さんと私との個人的信頼関係の上に実現したものですから」

「もちろん発表などしません。一ノ瀬さんが相沢さんに全幅の信頼を置いていることは十分承知しています。その信頼を損なうような真似は決してしません」

背筋を伸ばし、真っ直ぐな視線を向けてくる。それまでと打って変わった真摯《しんし》な口調だ。

「で、僕があの場所に入って、直接、一ノ瀬さんに会ったという情報はどこから?」

相沢が尋ねると石垣は小さく眉を上げ、かぶりを振った。

「そんなものはありません。ただ、私がカムイヌフ岬の話をしたときの相沢さんの反応からぴんときまして」

鎌をかけられたのだ。

「相沢さん」

相変わらず真っ直ぐな視線で見つめたまま、石垣は言った。

「情報を共有しませんか。私は役に立つと思いますよ。もし一ノ瀬和紀を取り返したいなら。ノウハウも人脈もありますから」

「いや、結構」

あなたのようなぬるま湯に浸《つ》かっている正社員とは違うんだ、という鼻持ちならない自負が石垣の視線と口調から感じられた。

「僕は取り返したい、などとは思っていない。一ノ瀬さんがご自分の意志で選んだことなのだから」

「しかしこのままでは駒川書林としても困るから相沢さんが動いているわけですよね」

「それは君とは関係ないことだろう」

切り捨てるように言って席を立った。

「相沢さん」

鋭い口調で石垣が背後から呼びかけてきた。

振り向かずに、足だけ止めた。

「富や世俗的な楽しみを拒絶し清貧さを讃《たた》える思想の裏側には、必ず強固な集金システムが存在し、それを動かす欲にまみれた俗物の意思があります。しかし上澄みに生きてきた者にはそのシステムが見えない。あなたも含めてね」

この俺のどこが上澄みだ、と七十過ぎても悠々自適にはほど遠い父とパートに精出す庶民的過ぎる母のことを思い浮かべ、小さく舌打ちする。

拡散した岬の動画は、肝心の一ノ瀬和紀の姿が特定できないことから、多くのファンを失望させたが、たまたま目にした岬上空からの画像に別の方面から興味を引かれて目を凝らしていた人々がいた。

コンクリートの建物周辺の植生に何かを感じた者がいたのだ。

ほどなく動画や静止画像を見た複数の人々から警察や厚生労働省、保健所などに通報が入った。そこの草原に咲いている紫色の花が薬機法で所持を禁止されている幻覚性成分を含む植物ではないか、また白い花はあへん法で栽培を禁止されているケシではないか、あるいは二〇二〇年代に栽培禁止植物として指定されたハッカの亜種ではないか。

つまり一ノ瀬が入信したと思しき教団は、そうした違法ハーブの類いを用いて人々を洗脳した可能性がある。自身が一ノ瀬の淹《い》れてくれたお茶で幻覚を体験したのだから、相沢にしてみれば、疑う余地もない事実だった。ということであれば、一ノ瀬和紀がそんなもので廃人にされてしまう前に救い出さなければという思いは当然のことながら相沢にはある。だが、不思議なことに一ノ瀬に導かれて歩いた岬の幻想的な風景はもの哀しさとも懐かしさとも憧憬《しょうけい》ともつかない感情を呼び起こし、何としてでも組織の正体を暴き、奇妙な信念に取り憑《つ》かれ、現代的なテクノロジーにも豊かさにも背を向け、超俗的生活を送る人々を救い出さなければ、という気にはなれないのだ。

そうこうするうちに、業界裏情報を売りにしたさるウェブマガジンにスクープ記事が載った。

「失踪ノーベル賞作家　一ノ瀬和紀　麻薬漬け？　バルセロナの日々」

夏前に石垣が耳打ちしてきたあの話だった。

身体中の血の気が引いていく。

それがどういう結果をもたらすのかを考慮することもなく、ただ高名な作家を犯罪者に引きずり下ろし、自分の存在を主張したいがために、確証のない記事を書く。

やはりあれはそういう男だった……。

内容も相沢に語ったのとほぼ同じだ。

バルセロナの写真家、フェルナンデスの家に身を寄せていた一ノ瀬和紀が、フェルナンデスの取り巻きとともにコカインを摂取し、気分が高揚して独立運動のデモに参加し警官隊に投石していた、というもので、当時のデモの様子を撮影した写真の他に、一ノ瀬が数人の男たちとソファに座っている写真が表示されている。

ソファに座っている写真には「穏やかで清廉潔白な作家、のはずが。目をぎらつかせて何を叫ぶ?」とキャプションが付けられている。何か熱心な表情で議論している図ではあるが、目がぎらついていたりはしない。デモの写真は独立運動の報道写真であってその中に一ノ瀬の姿はない。

文章はフェルナンデスの友人の「証言」とされており、石垣の言葉にあったディレクターに取材したものだろうと想像がつく。

画面を閉じると相沢は文芸誌のフロアから総合誌のフロアに駆け下りていった。広い室内を見渡したが編集部にも、他の場所にも石垣の姿はない。

自席にいたデスクに所在を尋ねると関西に出張中だということで、用事があれば、と社で持たせている携帯端末の番号を教えてくれた。

契約社員である彼が他社のウェブマガジンに記事を書いた、それも文芸書を持っている出版社全体に損害を与えるような中傷記事だ、ということをその場でぶちまけることはしなかった。その程度の分別は相沢にもあった。

ルーフトップバルコニーに上がり、そこから石垣に電話をかける。

石垣はすぐに出た。

「今、話せますか」

無意識に高圧的な声色になっていたが、用件を切り出す前に「あの話ですか? 私は書いていませんよ」という素っ気ない言葉が返ってきた。

「他にだれが書く」

相手は沈黙した。

「石垣さん、わかっていると思うけど、これでもう、うちの仕事はないよ。他の出版大手でも。一ノ瀬和紀の本がどれだけ売れて、どれだけ利益をもたらすかわかっているよね」

「もう一度、言います。私は書いていません」

ごまかしているような物言いではない。

「あのディレクターが接触したのは、私だけじゃありません。当然、彼はあちこちに情報を売り込んでいるでしょう。記事にできないのは文芸書を出している出版社だけで、そうでないメディアはいくらでもありますから。私としては一ノ瀬の脛《すね》の傷など記事にする価値があるとは思っていません。それより一ノ瀬和紀が今、北の岬で何をしているか、問題はそっちじゃないですか。それじゃ、電車に乗りますんで」

一方的に通話を切られた。

石垣が「記事にする価値はない」と言い捨てたノーベル賞作家の薬物疑惑に関する記事は、しかしネットで話題になっている岬の栽培禁止植物の噂と相まって、数十分のうちに拡散していった。

警察が動き出す気配はなかったが、一ノ瀬の記事をきっかけに焦《じ》れたようにいくつものメディアが発火した。

北の地に存在する麻薬の園。薬草、毒草を用いて人間を洗脳し、従属させる組織。しかし教祖も教団もなぜか一般社会に対してアピールしてくることはない。姿が見えないゆえに薄気味の悪い宗教の存在について、憶測で書かれた記事がウェブ上に躍り、現在、沈黙を守っているノーベル賞作家が、いずれ広告塔として登場するに違いない、というさらなる憶測を呼ぶ。

そこに無数のコメントが寄せられる。

すでに大人である人々が、どんな宗教にはまり、どんな生活をしようと勝手、違法ハーブの類いで身を滅ぼすのも自業自得、一般社会に出てこないでそんな場所に引きこもっているのだから放っておけばいい、という意見もあったが、大半は、違法ハーブや違法薬物を使う危険な教団を放置して強大化させてはならない、というものだ。

中には、岬で栽培されている植物の画像を拡大してみると、どれも特殊な進化を遂げて亜種に近いものになっており、その原因は周辺の土地から切り離された飛び地のような場所で特殊な進化を遂げたためだろう、という専門家による真面目な書き込みもあった。

その日、午前中の会議が長引いてしまい、午後の二時をとうに回った頃、相沢が近所の店で買った焼き肉弁当を食べようとルーフトップバルコニーに登っていくと、テーブルに先客がいた。

石垣だった。政治関係の取材でもあったのか、濃紺のジャケットに今どき珍しくネクタイを締めている。

「焼き肉屋から弁当を提げて戻ってくる相沢さんの姿が二階のロビーから見えたものですから、ここに来られると思って」

この前のコカイン報道の件で何か話す気になったのだろう。

相沢は背後にある自販機でお茶を買い、無言で弁当を開き箸《はし》をつける。

「去年の秋からストックホルムで消えるまで、相沢さんはずっと一ノ瀬さんと一緒だったわけですよね」

視線をこちらに向けたまま石垣は切り出した。

「コカインは酒と違い身体的な依存性は少ないが精神的な依存性は強い。切れると吸いたくてたまらなくなる、ないと仕事ができなくなる、そんな様子はなかったですか」

「ないと言ってるだろう」

「何か変わった様子は」

一ノ瀬はその当時から憂い顔でいることが多くなったが、悩みを抱えている風でもなかった。たとえ何か思い当たる節があったにせよ石垣になどしゃべるつもりはない。

「ウェブマガジンの例の記事以降、SNS上のあちこちで、真偽のわからない情報が流されています。アムステルダムのカフェでへろへろになっていたとか、ベルリンの図書館で突然、興奮し始めてつまみ出されたとか」

「だから？」

三年くらい前まではケルト神話を題材にした作品を執筆していたために、一ノ瀬はずっとヨーロッパ各地を転々として図書館や遺跡に通い詰めていた。大半の連絡はメールで行われたから、相沢にもその間の様子はわからない。

「少なくともノーベル賞発表以来、相沢さんが四六時中張り付くようになってから、一ノ瀬さんにそんな様子はなかったということですね」

「ノーベル賞の発表以降じゃない、その前から一ノ瀬さんにそんな様子はなかった」

「ということはある時点で、彼は本当にコカインと縁を切ったわけですか」

石垣は居住まいを正した。

「はっきりさせておきますが、私はあのウェブの記事を書いていません。ただあの後、私なりに探り出したことがあります。グランディオという奥さんの杏里さんが療養中の病院で」

「正確にはメディカルサポート倶楽部で病院じゃない」

「そうですか。とにかくそこに一時、一ノ瀬和紀自身が入院していた。今から二年前の十月頃に。ご存じでしたか」

「いや」

二年前の春に、長いヨーロッパ滞在を終えて一ノ瀬は帰国していたが、その頃には、相沢は打ち合わせのために一ノ瀬の自宅に行く他は、メールでのやりとりしかしていなかった。

「コカイン依存が進んでいたそうです。オーバードーズで一度、死にかけまして、それで以前からかかりつけのグランディオに運び込まれたそうです。うっかり救急車なんか呼んだら病院の医師から警察に通報されますから」

「その話はどこから？」

「もちろん主治医からですよ」

「個人情報をそんなに簡単に漏らすわけがない」

「相沢さん」と石垣は唇の端に不敵な笑みを浮かべた。

「予防医学だか何だか知りませんが、セレブを騙《だま》して高い金をとって、クリニックかエステかホテルかわからないような商売で儲《もう》けているところですよ。叩《たた》けば埃《ほこり》がいくらでも出てくる」

「強請《ゆす》ったか……」

「奥さんだけじゃない、一ノ瀬本人の方も世間から隠れて診療を受けたい事情があればそこに行くだろうとあたりをつけて、クビになった会計担当者を抱き込んで経理関係を洗ったんですよ。いろいろ出てきました。それで一ノ瀬和紀ですが、グランディオの医者は薬物代替療法、いわば毒をもって毒を制す、といった手段で、離脱症状を緩和しながら断薬させようとしたようです。ところがそううまく行くような薬はまだ開発されていない。たとえ断薬できたにしても、それで終わりじゃない。その先は、再び手を出さないように一生、自分との闘いです。そうこうするうちに一ノ瀬さんは、北海道の新小牛田という田舎町に行くと医者に告げて勝手に退院してしまったそうです」

「それが二年前のこと？」

「ええ、二年前の十一月の半ば頃のこと、医者としては止めたそうですが、二週間ほどして一ノ瀬さんが妙にすっきりした顔をして戻ってきた。ただの断薬じゃない、と直感した。そこまではよかったが、その後数ヵ月して、コカインが抜けたかわりに怪しげな宗教の依存症になったようで。宗教は民衆のアヘンである、とは二百年も前の思想家の言葉ですが、こうしてみると宗教はむしろセレブのアヘンのようですね」

冷笑的な物言いに腹が立った。

「それで、どうしますか」

石垣は、薄笑いを引っ込めて居住まいを正して尋ねた。

「どうするって何を？」

「投稿された写真や動画。大麻畑どころじゃない、結構なモノを栽培しているようです」

「そんなのは警察か麻取《まとり》の仕事だろう」

「容疑を固めたところで、機動隊を引き連れて崖をよじ登り、一斉逮捕……ですか。人の立ち入りを拒む自然の要塞《ようさい》だの、選ばれた者以外入れない神の王国だのというのは、現実的には存在しませんよ。実際、相沢さんだって、そこに入ることができた。普及品のドローンがあれば覗《のぞ》き放題、装備さえあれば崖くらい普通に登れます。で、そのとき一ノ瀬さんはどうなると思いますか」

「容疑が固まれば逮捕、起訴だろうね」

そう答えてはみたが考えたくはない。一ノ瀬和紀という作家について相沢は冷めた見方をしていた。だがその一方で、担当者として仕事を超えた部分で信頼していたし、されてもいた。権威を取っ払ってなお残るその誠実さについて尊敬の念も抱いているし、自分に対して尊大な言動がまったくなかったこともあり、友人に対するような親愛の情もある。あの場所に招き入れてもらったのだからなおさらだ。たとえ一服盛られたにしても。

「とうに警察が動き出していいはずだと思いませんか」

「組織を一網打尽にしようと慎重に内偵捜査を進めているんだろう」

「警察が慎重になっているのは内偵捜査よりも反撃に遭うことを想定しているからじゃないですか？　ブランチ・ダビディアンのように。あるいは人民寺院のような集団自殺の可能性もありますから」

「いや、それは違う」

とっさに否定していた。

「そうですか、違いますか」と石垣は存外に素直な表情になってうなずいた。

「実際にあそこに入った相沢さんがそう思われるなら、そうかもしれないですね」

「少なくともブランチ・ダビディアンや人民寺院みたいな集団じゃない……と思う」

「教祖の姿や礼拝堂はご覧になりましたか？」

その敬語や表情とは裏腹の尋問する内容だ。

「いや。他の信者の姿は見たが、教祖らしき者は見ていない。何より、暴力的な印象がなかった。というより」

少し逡巡《しゅんじゅん》してから続けた。

「一ノ瀬さんの部屋でハーブティーのようなものをごちそうになって、それからむやみに眠たくて、気がついたら崖下の浜にいた」

幻覚を体験したことは伏せ、眠たくなった、という言い方をした。

「なぜ一ノ瀬さんは相沢さんと接触したのでしょう。なぜというより何のために」

「簡単なことだよ。奥さんのことが心配で、『自分は無事だ』と僕から伝えて欲しかった。それだけ」

石垣は無言で相沢の目を見つめている。それだけじゃないだろ、と視線が語っている。

「で、Xデーについては、何か情報を得ていらっしゃいますか」

警察が踏み込む時期のことだ。

「何も聞いてない」

重たい気分で続けた。

「あの騒がれようだ。いつまでも動かないと警察の怠慢だと叩かれる。来週中、早ければ週明けくらいにはやるかもしれない……何とも言えないが」

「実は、一昨日、警察用船舶が湯梨浜に入ったという情報があります」

息を呑《の》んだ。

「ということは、すでに岬に入った？」

「いえ。十メーター少々の小型船ですから、突入部隊は乗せられない」

「もしや突入ルートを探しているのか。しかしやるときはヘリを使うと思うが」

「パラシュートで降下するんですか？　ヘリが着陸するには開けた平らな場所が必要なんですよ」

　確かにあの岬の先端は開けてはいるが、草原のような真っ平らな場所ではない。

「いずれにせよ反撃されることを想定して、情報収集も含め周到な準備をしているのでしょう」

「確かに慎重にはなるだろうね」

「相手はどんな手を打ってくるかわからない。現に相沢さんは一服盛られている」

「いや、そんな悪意あるものじゃない」

「いずれにしても信者に対して日常的に薬物が使われているってことですよね。あの場に入って時間が経てば経つほど、廃人になる可能性が高い、ということじゃないですか。危険ですよ。そうなる前に一ノ瀬さんにもう一度接触できませんか。逮捕される前に何とか連れ戻したいと思いませんか」

「どうやって？」

　それができるくらいなら、だれかがとうにやっている。

「潜入するんですよ」

平然とそんなことを口にする石垣にあきれる。

「相沢さんは、すでに決行されたじゃないですか」

「あれは潜入なんかじゃない」

「それではどうやって入られたのですか」

「本当にやる気なのか？」

石垣はうなずいた。

「急がないといけない。警察に入られる前に、というか一ノ瀬さんの心身が破壊される前に」

今どきというより、昔から正義のために行動するジャーナリストなどドラマの中にしかいなかった。石垣の提案は正義ではないが、少なくとも信頼関係を築いた作家を逮捕などさせたくない、という相沢の気持ちに添うものがあった。

「僕は海岸洞窟から入った。あらかじめ一ノ瀬さんと連絡を取って」

少し迷ったが、相沢は明かした。

「海岸洞窟から？　すでに湯梨浜には一度、警察の船が入っています。ということは、相沢さんの使ったルートを発見されるのも時間の問題ですね。いや、すでに発見されている可能性がある。それでそのとき一ノ瀬さんと連絡が取れたということは、奥さんかだれかを通して？」

「いや、伝書鳩で」

「そのアプリは聞いたことがなかった」

「アプリなんかじゃない。鳩だ。生きている鳩」

「まさか」

　石垣は目を瞬《しばたた》かせた。

「冗談でも何でもない。それが岬の教団と下界との唯一の通信手段なんだよ。町の中に鳩小屋があってそこから鳩を飛ばした。それから通信員と思しき男が現れて小舟で僕を岬の突端にある洞窟まで連れていった」

　ずいぶん端折《はしょ》ってはいるが事実だ。

「鳩だの小舟だの、前近代的ツールもまた教義に定められているんでしょうか。アーミッシュみたいに」と石垣は身じろぎした。

「さあ。船には船外機がついていたからアーミッシュとは違うけどね」

「しかし今回はのんびり鳩を飛ばしているわけにはいきません。僕は記事は書いていないけれども、一ノ瀬和紀が薬物依存だった、というディレクターの言葉は事実だと思っています。相沢さんには悪いけど。ノーベル賞の授賞式を蹴《け》ってまで彼がそこに入っていったのは、禁断症状に耐えられなくなったからでしょう。現実的な栄誉も、金も、家族もどうでもよくなる。薬物依存はそういうものですから」

「石垣さん、僕は一ノ瀬さんのアテンドをしていたんだよ。つまり四六時中、一ノ瀬さんと一緒だった。付き合いも長い。彼が薬物中毒ならすぐにわかる」

石垣は反論することもなく、相沢の目を見つめた。

「もう一度、入りませんか。危険な団体への潜入取材については、僕は初めてではありません。ノウハウも心得ています。役に立つはずですよ」

石垣の目的は他社に先んじて詳しい内容を独占的に発表することだ。当然のことながら相沢とは立ち位置が違う。

「その前に、僕が一ノ瀬さんに連絡を取る」

「もう一度言います。のんびり鳩を飛ばしている暇はないですよ」

「向こうからの手引きがなくて、どうやって岬に入るんだ。実際に何人もの人々が失敗している。亡くなった人もいる」

「そのあたりは問題ではありませんよ。ハイマツの林もヒグマも断崖絶壁も、物理的には容易にクリアできるものです、装備さえあれば。現に戦時中は製薬会社が研究所を建てて、人が入って働いていた場所ですよ。単なる心理的な障壁です。あそこはタブーだ、入ろうとすれば命を落とす。入った奴は生きて帰れない、信者だけが神のお導きで入ることができる、と。観念的な壁です。だって本当に入れないなら、警察はどうやるんですか？　心理的抵抗が最初からない者はおもちゃみたいなドローンで写真を撮れる。あそこは神の国でも神秘の岬でもない。国内にいくらでもある、道がないから入れない辺《へん》鄙《ぴ》な場所の一つに過ぎません。潜入方法については僕に任せてください」

　相沢に言葉を挟む間も与えず、石垣は話を進める。

「問題は、岬に入ってからの危険です。相手は武器を携行しているかもしれないし、丸腰であっても多勢に無勢だ」

「僕が見た限り、そんな様子はまったくなかった。教祖や幹部のような人物も見なかった」

「一服盛られたわけでしょう。しっかりやられたわけじゃないですか」

　やられた、という自覚は今もない。一ノ瀬にはもちろん、朦朧《もうろう》として歩いたあの場にも、悪意めいたものは感じられなかった。

「いずれにしても、僕が何とか一ノ瀬さんに連絡を取るから早まった真似はやめてくれ」

　それだけ言うと、相沢は食べ終えた容器を片付け、石垣を残して階下に降りた。

　深夜、打ち合わせから戻ってきた編集長にこの日の石垣とのやりとりを報告した。

「例によってあいつか」と苦虫をかみつぶしたような顔でうなずいた編集長はひどく酒臭い。

　打ち合わせと称する作家接待の習慣は、活字文化、特に文芸の地位が相対的に下落したここ十年くらいの間に、完全に過去のものとなった。それでも高齢の重鎮たちの中にはメールやコーヒー一杯で仕事を頼むと機嫌を損ねる者もいるので、やむなく編集長の出番となり、酒と食事の席を設ける。

赤い顔の編集長が、相沢の話を最後まで聞くこともなく、だしぬけに言った。

「放っておけば、あいつが勝手に動くぞ。君としてはいいのか、それで」

「だからってもう一度、僕に行けと……」

「文芸担当でストックホルムまで同行して、騒動の後始末までやった君が指をくわえて見てるのか」

自分が岬に入ったのは、あくまで一ノ瀬の招きに応じて会ったので、石垣の言う「潜入」とは違う。その言葉の危険な響き以上に、一ノ瀬の信頼を失うことを相沢は危惧《きぐ》している。

「Xデーについての情報は確かな筋からのものだろう。薬物で廃人にされてからでは遅い、警察に逮捕させたくもない、というのは、俺もやつと同じ気持ちだ。だが一ノ瀬さんを説得できるのはやつじゃない。わかるな？」

「ええ。もちろん」

「ただし途中まではあいつを同行させるんだ」

編集長の目が据わっている。酔っ払った上司に報告して判断を仰ごうなどと考えた自分のうかつさをあらためて思った。

「いいか。前回、君が一ノ瀬さんとの会見に成功したときとは状況が違う。警察が動くか麻取が動くか、そういう現場に乗り込むんだ。君一人では無理だ」

「君が行け」

不愉快な物言いだ。

「石垣は関西の思想団体に潜入して会長の素性を暴いたことがある。セミナーとネズミ講で有名な詐欺集団の中枢に潜り込んでスクープをモノにしたこともある。危険がないように、あるいは自分が警察の厄介にならないようにやるノウハウは心得ている。週刊誌の編集部もその点じゃ、やつに一目置いている、というより重宝している」

編集長は部屋の隅に置かれたコーヒーメーカーの前に行き、紙のカップになみなみとアイスコーヒーを注いできた。ぐびりと喉《のど》を鳴らして飲む。

「いいか、もしカムイヌフ岬に警察が入るとすれば手荒な手段を取るかもしれん。最悪、君が石垣から聞いたように、ブランチ・ダビディアンや人民寺院のような結末を迎えることもありうる」

「それはないと思います。僕が見た限り……」

言い終える前に、編集長は言葉を被せてきた。

「他の信者はどうでもいい。一ノ瀬さんだけでも、無事に連れ戻すんだ。彼は確かに我が社のドル箱だ。だが、俺はゼニカネのことで言ってるんじゃない。我々は一ノ瀬さんとは長い付き合いだよな。それにノーベル賞作家をそんな形で失うとしたら、日本の文化的損失だ」

日本の文化的損失、とは大仰だが、確かに一ノ瀬の存在は凋落《ちょうらく》した文芸の最後の砦《とりで》だ。

「ええ、まあ……」

相沢は視線を逸《そ》らしたまま、生返事をする。

一ノ瀬の身に何かあったら、という危惧を抱くのは相沢も同じだ。妻、杏里の嘆き悲しむ姿もこれ以上見たくない。利害や仕事、思想信条以前の、親しい者に対する情のようなものだった。

だが警察の捜査が入るから早くここを出ろ、と相沢が説得したところで一ノ瀬が素直に従うとは思えない。いったいどうすればいいのか。


翌朝、相沢は登山用アタックザックを背に旭川に飛んだ。本当のところ、もう少し日程に余裕を持ち、一ノ瀬を説得するための言葉も練っておきたかったのだが、石垣からとにかく二日以内、と電話でせっつかれたのだ。

岬の様子を探った動画と静止画像は恐ろしい勢いで拡散し、閲覧数も幾何級数的に増加している。そんな中、Xデー、警察が動き出すのが明後日らしいという話を石垣はさる筋から得たと言う。一ノ瀬が逮捕されたり、カルトと警察の衝突で怪我をしたりしてからでは遅い。慌てふためいて準備をして東京を発《た》った。

石垣とは羽田で待ち合わせた。途中までは彼も同行するが、岬の先端に入って一ノ瀬と会うのは相沢一人ということで、納得してもらっている。

夕刻、一人で岬に入った後、夜陰に紛れて建物に忍び込み、妻の杏里が重病だとか何とか言って一ノ瀬を連れ出すつもりだ。

天気情報によれば二日ほど前、関東を直撃した季節外れの台風が北上してどうやら太平洋上に抜けたとのことで、旭川空港に降りると頭上にはまぶしい夏の青空が広がっていた。とはいえ台風の余波か強い南風が吹いている。

空港からは予約しておいたタクシーで直接、岬方面に向かった。

今回は新小牛田ではなく隣町の稲生町から遊漁船で入る予定だった。

市街地が切れ新小牛田に入ると、鉄条網や電気柵《さく》で囲まれた農地が目立ち始めた。

「しかし油断も隙もならない世の中になってしまいましたね」

相沢が言うとドライバーが、「まったく」と一つ、舌打ちした。

「二年くらい前からかなぁ、突然、このあたりの農家が狙い撃ちされるようになったんですよ。それも野菜じゃなくて丹誠込めた薬草畑ばかりを軒並みやられるんでみんな泣いてます。欲しけりゃ買うなり、自分のところで品種改良して作り出すなりすりゃいいだろうに」

「確かに野菜より創薬原料の方が儲かるから、盗み出すならそっちですね」

石垣が独り言のように言うと「冗談じゃありませんよ、地元の者にとっちゃ」と運転手がむっとしたように応じる。

昼過ぎに稲生町に着いて車を降りたが、風がさらに強まっていることはすぐに感じた。

ヨットハーバーを見ると、まぶしい陽射しの下、堤防で守られた港内にまで波が打ち寄せている。

直後に、相沢のスマートフォンの着信音が鳴った。

開くと予約していた遊漁船の業者から、強風で波が高いため出航は中止になったとある。陸の上は台風一過の青空だが、海の方はまだ荒れたままだった。

「そりゃ困る」

慌てた相沢が、雲別の昆布漁師の方に連絡を取ろうとするのを石垣が止めた。

「海面が荒れていれば、昆布漁師だって船は出さない。今夜は諦《あきら》めましょう」

「しかしぼさっとしていて踏み込まれた後では……」

「連中より少しでも早く到着して、四の五の言わせず一ノ瀬さんをアジトから連れ出し洞窟内に隠す。そこまで相沢さんがやってくれれば、後は私が何とでもします」

妙に自信ありげだ。

その夜は予約していた遊漁船の船頭が経営している釣り宿に一泊することにした。

ロビーに出てきた船頭に挨拶し名刺を渡す。

「電話じゃ湯梨浜に行きたいって話だったけど、この季節に大物を狙うならあんなところじゃなくて、もっといいスポットがあるから」と言うのを「いえ、湯梨浜に」と相沢が遮ると不審そうな顔をされた。

「実は」と石垣が素早く自分の名刺を取り出した。

「自然保護関係の記事を書いておりまして」

「ああ、雑誌社の記者さんね」

船頭は疑った様子もなく受け取り、「気をつけてくださいよ。昨今、あのあたりは海賊がうろうろしていますから」と言う。

カリブ海かよ、と思わず笑いそうになるが、船頭は真顔だ。

「さすがにこの二、三日は海が荒れたんで静かでしたが、静まったらまたやってくるんじゃないかな、連中」

「海保に通報はしないんですか？」

相沢が言うと、傍らの石垣が船頭と視線を合わせ、鼻先で笑っただけで何も説明しない。

深夜に目が覚めてタブレットで確認したところ、夕刻まで出ていた波浪注意報は解除されていた。緊張で眠れぬまま、夜明け前に港を出た。

釣り船の甲板には小型のゴムボートが積まれている。石垣が借りたものだ。

昨日見た白波の立つ光景が嘘のように、海は凪《な》いでいる。

曇り模様で日の出は拝めなかったが、東の空が白みかけた頃、湯梨浜が見えてきた。

その沖を通過し岬を回り込んだあたりで、釣り船はエンジンを止めた。遊漁船は岩だらけの浅瀬までは入れない。

凪いでいる海面上にゴムボートを下ろし、相沢はその底にアタックザックを下ろす。つぎに救命胴衣を着けたままゴムボート上に移り、手渡されたオールを握りしめる。

「それじゃ、電話があるまでこのあたりで待ってるってことでいいんですね」

船頭が確認する。

「はい、おねがいします」と返事をした石垣が、携帯電話を防水袋にしまい、すばやくゴムボートに乗り移った。

石垣のオールさばきは手慣れていた。

引き潮で沖に戻されそうになるのを格別苦にするでもなく、海底から突きだした岩を巧みに避けながら海岸洞窟に近付いていく。

南の海と異なり水の色は黒みを帯びた青緑色だが透明度は高い。ところどころ現れる浅瀬に茶色の昆布が揺らめいている。

海岸洞窟の岩の割れ目が近付いてくる。

「嫌なところだな」と石垣がつぶやいた。

前回と違い、朝だ。光量は十分に足りているはずなのに、洞窟入口のごく近くにさえ光は届いていないように見える。底知れない三角形の割れ目が口を開いているようだ。

「こんな穴ができてしまうんだから波の力というのは……」

相沢が独り言のように言うと、石垣は「いや、海蝕洞窟じゃありません」と即座に否定した。

「この一帯が海底火山が隆起したところなんで、溶岩洞窟ですよ。たぶんガスの抜けた穴」

その頭上をかすめて、何かが洞窟内に飛び込んでいく。

「ウミツバメ？」と石垣があたりを見回す。

「コウモリだよ」

「ますます嫌な場所だ」と石垣は肩をすくめた。

内部にゴムボートを乗り入れた瞬間、「真っ黒だ。しかも臭い」と石垣が声を上げる。

岩壁が黒い。油煙でいぶしたような圧倒的な黒さは火山岩の色か、それとも天井から無数にぶら下がっているコウモリによる汚れか。

「これはよほどの物好きでもなければ入りませんね」

「ああ、エボラにでも感染しそうだ」と天井を指差す。

まもなく洞窟は狭まり、やがて無数の細かな穴の空いている火山岩の岩壁に行く手を阻まれた。潮が引いているので、水面と天井の間には身をかがめれば通り抜けられるほどの隙間がある。

「この先が、岬の上に出る二番目の洞窟になっている」

「そっちにはコウモリがいなければいいんですが」とうんざりした表情で首を振ると、石垣は表情を引き締めた。

「行きますよ。救命胴衣を脱いでください」

言われるままに救命胴衣を身体から外し、岩に頭をぶつけないように身体を前に倒す。

「伏せないで。仰向《あおむ》けになってください」

石垣の指示が飛ぶ。相沢は濡《ぬ》れたゴムボートの底に背中をつける。大きくパドルを動かし、次の瞬間、石垣も体を後ろに倒し仰向けになった。

押し寄せてくる波に押され、海面と岩の隙間を一気にくぐり抜けた。

内部は暗い。前のコウモリ穴に入り込んだ光がどのように屈折しているのか、水の色が異様に鮮やかな青に輝いている場所がある。鼻をつく臭気はない。コウモリの姿もない。

相沢は手にしたLEDライトを点灯し奥の岩肌に向ける。

今回はそこから縄ばしごが垂れ下がっていない。

ここに入ることを一ノ瀬に告げてはいないからだ。

「二時間はかかるかな」と石垣は端末を兼ねた大型腕時計の文字盤に視線を落とす。

乗船前に石垣は彼の端末の画面を相沢に見せ、岬先端を回り込んだあたりの海岸線の航空写真を示した。解像度の良くない画像を拡大したぼやけた画面から、相沢はあの夜、自分を乗せた小舟が入っていった海岸洞窟を見つけた。

小ぶりな入り江のような地形の奥にある洞窟。

「これなら縄ばしごなしで上り下りする手段はあるはずですよ」とあのとき石垣は慎重な口調で言った。

「高緯度地方とはいえ、この地形ですから」

「潮位の差を利用する、と？」

「そう、天然のエレベーターです」

「まさか」とそのときは失笑した。

「津波でも来ない限り北の海ではそんなに海面が上昇したりはしない」

今度は石垣が笑って片手を振った。

「いや、五十センチで十分。入り江の奥にある洞窟内であれば、けっこうな潮位の差を生じます」

そして今、隙間の向こうから流入する海水でゴムボートは木の葉のように揺れている。

「しばらくの辛抱です」

波が寄せては返すたびに、洞窟内の水がうずまき白く泡立つ。単なる縦揺れではなく、持ち上げられては洞窟内のあちこちに運ばれる。船酔いしている余裕もない。どれだけの時間が経っただろう。

潮が満ちてコウモリ穴との隙間はすっかり水没している。

岩棚はすでに腰ほどの高さになっていた。

「そろそろ行きますか」

石垣が体重を移動させ、両手でボートの縁《へり》を摑みうまくバランスを取る。その間に相沢は岩棚に両掌をついて体を引き上げた。もがくようにして這《は》い上がる。

ゴムボートの上で石垣が舳先《へさき》についている紐《ひも》にロープを結びつけている。それが終わると、パドルを相沢に手渡す。ロープの先端を相沢に持たせ、ひらりと岩に取り付いて上がってきた。

「ちょっと、石垣さん」

あの場所には、石垣を連れていかない約束になっていた。

「木の葉みたいにゆれるゴムボート上で待機しろって言うわけですか？」

「それは……」

石垣はロープを引いてゴムボートを岩棚まで持ち上げるとパドルを船底に置く。

「行きましょう」と促し、初めての場所であるにもかかわらず、LEDライトで足元を照らしながら相沢の先を歩いていく。

最初から、待機するつもりなどなかったのだ。だが相沢の方も、招かれもしないのにあの場所に一人で乗り込むことについて、不安があった。

岩棚の奥の躙《にじ》り口のような岩の門を抜け、さらに奥に進む。だがこの前あったはずの階段がない。手探りで引き返すと別の横穴がある。

そちらに入るとさらに枝分かれしている。この前は一ノ瀬に案内されたから迷わなかっただけだ。

しばらく手間取った後ようやく階段を見つけた。

そのとき頭上から、ごく軽い破裂音、バックファイアのような音が聞こえてきた。

振り返った石垣の顔がめずらしく強《こわ》ばっている。

次に明らかな銃声が聞こえ、続いてリズミカルな連射音が降ってきた。

「もしかして……」

思わず足を止める。警察に先を越されていた。

「かなりやばいですよ」

石垣が答えて、独り言のように続けた。

「連中、やっぱり武装していたか」

警察官はピストルは携行していても自動小銃など持っていない。

困惑と恐怖に硬直したまま、相沢は石垣に促されて登っていく。LEDライトを消した。

頭上から射し込む光に岩肌やステップが淡く浮かびあがっている。

再び、連射音が響き渡る。

「引き返そう」

「いえ、大丈夫です」

大丈夫な根拠など無いにもかかわらず、石垣はそう答えて岩壁に貼り付く。

銃声は接近したかと思うと止み、次に聞こえてきたときにはかなり遠ざかっていた。

石垣がそっと外をうかがう。

こちらに向かい手招きした。

熊笹に覆われたすり鉢の底に出た。人の姿はない。

斜面を巻く踏み分け道をびくつきながら上がっていくと、海上に突きだした断崖の上に、グレーに塗られた丸い物が横倒しになっているのが見えた。

「気球か？」

さきほどの銃声にそぐわぬのどかな物体だが、その兵器じみた色合いが不気味だ。

眼下に広がる海に目を向けた石垣が、小さく声を上げ、海面を指差した。

彼らをここまで連れてきた遊漁船が、近くで待機しているという約束にもかかわらず、猛スピードで去って行くのが見える。その近くに一艘《そう》の船があった。

「武装漁船です」

石垣が緊迫した声でささやいた。

船頭の言っていた海賊のことだと相沢はようやく理解した。日本の経済水域を荒らし回っている外国船が、日本漁船の網を切り、漁場から追い出して、海底をさらって水産資源を奪っていく。しかも小銃で武装しており抗議すると無差別に撃ってくるので、漁師は逃げるしかない。相手国とは国交があるから日本政府が外交ルートで抗議を繰り返しているが、取り締まりを強化するという答えが返ってくるばかりで、ここ二十数年間、事態は変わっていない。そんなニュースをテレビのローカルチャンネルで見た覚えがある。

旺盛《おうせい》な国内需要を満たすために最初から国家ぐるみで行う略奪操業であることは周知の事実だが、資源、経済、軍事、すべてにおいて弱小国に転落した日本の悲しさで排他的経済水域などあって無きがごときものだ。

だが武装漁船が漁をしている様子はない。船員も見えない。ただ浮かんでいる。

怪訝《けげん》に思った次の瞬間、地響きとともに轟音《ごうおん》が鳴り渡った。

「伏せろ。耳を塞《ふさ》げ。口を開けろ」

石垣が叫んだ。後ずさった相沢の腕が背後から引かれ、岩陰に身を隠すようにして地面に腹ばいにさせられた。重みのある熱風が背中に乗ったような気がした。

同時に怒号が上がった。

背中の上にばらばらと石のようなものが落ちてくる。

とっさに両手で頭をかばった。

その手の甲に様々なものが当たる。

このまま死ぬかもしれない、と思った。

不思議と両親のことも自分のこれまでの人生も頭に浮かばなかった。

痛いのは嫌だ、とそれしかない。死ぬなら一瞬で……

静まった後に、顔を上げた。

一面、灰色の土煙のようなものに包まれ何も見えない。

頭上から灰のようなものが降ってくる。あるものは白く、あるものは黒く、その縁にオレンジ色の輝きを残し、あるものは文字さえ残したまま。

ふと海に面した断崖の方に目をやると土煙を透かして、さきほど見た灰色の気球がふわりと浮き、下部に付いたバスケットを引きずるように海に向かい風に流されていく。

それが崖の向こうに消えるのか空に昇っていくのか確認する前に、灰色の煙を吸い込みせた。石垣の方はと見ると、タオル地のハンカチを鼻と口に当てている。とっさに相沢は着ていたシャツをまくり上げその布地を口に当てる。

怒号はさらに大きくなる。何か指示をしている声だ。

土煙のようなものが地面に沈み始め、その向こうに廃墟が見えた。廃墟と呼ぶにまったくふさわしいものだった。半分崩れ落ちた、黒く朽ちたコンクリートの建築物だ。三階建ての建物のこちら側の壁が消え、内部の鉄筋や二階、三階の床部分がむき出しになり、一階部分は崩れ落ちた瓦礫《がれき》に埋まっている。

思わずうめき声を上げた。

二階の床部分から上半身をこちらに垂らし、おそらく絶命しているであろう人の体があった。

その瞬間、耳元でシャッター音が響いた。傍らで石垣がデジタルコンパクトカメラのレンズをそちらに向けていた。

それとほぼ同時に、草むらの向こうで紺の作業着にワークパンツ姿の男が数人、立ち上がるのが見えた。相沢たちと同様、地面に身を伏せ、防御姿勢を取っていたのだ。

男たちが建物に走っていく。携帯電話か無線で何か連絡を取っている声が聞こえる。

ふと自分の腕を見て息を呑む。砕けたコンクリートの粉で灰色に変わったその上に、斑《まだら》に黒い滲《し》みがあった。そんなばかな、と指先で触れた。粉を吸い込んだ粘りけのある液体……。自分の体に傷はないようだが。

恐怖と嫌悪感が突き上げた。

コンクリートの細かな破片と三階部分にあった図書館の本、それとともに肉片と血液までが、今、自分の体の上に降ってきたのだ。

「自爆……集団自殺だ」

石垣がささやいた。二階の床から逆さに万歳する姿勢で上半身を垂らしている男の方に相沢はもう一度目をやる。見たくはないが見ないではいられない。

少なくとも一ノ瀬ではない。そんな感じがした。

後ずさりしながら、「遅かった」と相沢はつぶやく。だがもし早かったら自分が巻き込まれていた。

「おいっ」

いきなり肩を摑まれた。

「おまえたちはどこから入って来た？」

紺の出動服姿の警察官だ。

こうした事態に慣れているのだろう。石垣がすぐさま名刺を取り出す。

「雑誌？　ここは立ち入り禁止だ。後でちょっと聞きたいことがあるんでここにいるように」

「いや、手伝います。生存者がいるかもしれない」

石垣が立ち上がり、警察官が止める間もなく建物に向かって走り出す。

紺の出動服姿の男たちがすでに素手で瓦礫をどかしている。相沢もびくつきながら続くが、足が萎《な》えそうになる。

瓦礫の間に人の体が埋まっているのがわかったのだ。

遺体なのか生きているのかわからない。

体の一部なのか、それとも全身なのかも定かでない。

町からわずか三、四キロしか離れていないにもかかわらず、ハイマツと崖に阻まれ、秘された道によってのみこちらの世界と繋がっている、神秘の僧院。それが崩れた。

神秘などどこにもなかった。

目の前には瓦礫と、うつ伏せになり、あるいはよじれ、ぶら下がり、瓦礫に半分埋もれている遺体と遺体の一部と血だまりがあるだけだ。正視に堪えない地獄の風景……。

彼らは不老でも不死でもなかった。

「相沢さん」

石垣が促した。わかっている。この場で真っ先にすべきことは、生存者を捜し出すことだ。生存している一ノ瀬和紀を。

吐き気をこらえ、相沢は目の前の瓦礫を素手でどかす。

そうするうちに瓦礫の下から一人が生きたまま助け出された。爆発で飛ばされたのか、焼けたのか、衣服を失って全裸になった女の体に警察官の一人が無造作に布をかけ、急ごしらえの担架で平らな場所に運ぶ。

え上がる。

「水、持ってる？」

石垣が警察官に尋ねられ、リュックの中の水筒を差し出す。

女の体を包んだ布の上から水筒の水を注ぐ。火傷《やけど》を負っているのだろう。

半ば口を開けた顔に、どこか恍惚《こうこつ》とした表情を浮かべていることに気づき、相沢は震
薬物の影響で、感覚が麻痺《まひ》しているのかもしれない。

「大丈夫です。すぐに救急隊が到着しますから。安心してください。名前は言えますか」

冷静な口調で警察官の一人が尋ねた。

弱々しい息づかいとともに、女は答えた。

つがはらさやか、と。

相沢は息を呑み、女の顔を見つめる。若くはないが老人でもない。五十になるかならないかだ。

前回ここに入るにあたり、松浦美都子という七十がらみの女性と話した。そのときに聞いた名前だ。年齢は松浦美都子の四つ上のはずだ……。

永遠に歳も取らなければ病気にもならないという言葉が、現実味を帯びる。

そのとき石垣が相沢の肩を摑み、崖下の海を指差した。

背後で警察官が何か叫び声を上げげる。

武装漁船の脇の海面にさきほど目にした灰色の気球が浮いている。数十秒後、船は凄

まじい速さで沖へと去っていった。凪いだ海に空気のぬけかけた気球と白い航跡だけが残された。

「何なんだ」

「さあ……」

瓦礫を取り除きながら、相沢は一ノ瀬を捜す。

ヘリコプターのローターの音が近付いてくる。救助を期待したがそうではなく、頭上を通り過ぎ、水平線の方向に向かっていく。去って行った船を追跡する警察ヘリだった。

数分後に発見した。

焼け焦げた白いスタンドカラーのシャツを身につけ、ねじれた姿勢で瓦礫に下半身が埋まっている男の姿を。

目を開いている。

その視線が相沢を捉《とら》えた。

「やあ」

挨拶された。蒼白《そうはく》というよりは、灰色を帯びた顔で一ノ瀬和紀は微笑んでいた。

「生きています、生きています、来てください」

向こうにいる警察官に向かい、手を振る。

「大丈夫です。もうじき救急ヘリが到着します。安心してください。助かります」

一ノ瀬和紀は目を閉じ、静かに首を振った。

「必ず助かります。一ノ瀬さんはここで不老不死になったんでしょう」

必死で語りかける。

一ノ瀬は苦笑したように見えた。

「人は死ぬものだ。火傷も負えば、凍死もする、病気にもなる……」

紺色の作業着姿の男たちがやってきてその体の上に乗っていた梁《はり》をどかし、細かな瓦礫を取り除くのを相沢も手伝う。

一瞬わけがわからなかった。

「ああ、だめだ」

作業していた男の一人が低い声で漏らし、首を横に振った。

瓦礫の下に体は無かった。一ノ瀬の体が短くなっている。吐き気を伴った恐怖が突き上げてくる。

硬直したままその場から動けない相沢の前に、割り込むように石垣が膝《ひざ》をつき、体温を失った一ノ瀬の手の甲に触れた。

「神の救済はないのですか？　あなたたちの神はどこにいるのですか」

一ノ瀬は力なく目を開いた。あらぬ方を見ている。

「無いよ、何も無い。ただ受け入れているよ。すべてのものを」

言葉が吐息となって消えていく。

とっさに石垣の体を突き飛ばし、相沢は一ノ瀬の肩先に膝をついた。

一ノ瀬の瞳《ひとみ》から次第に光が失《う》せていく。

「一ノ瀬さん、大丈夫ですよ、もうじき……」

光を失った瞳は、やがてその濡れた表面にぽっかりと青空を映すだけとなった。

「一ノ瀬さん……」

胸にわき上がってきた強い悲嘆の感情に相沢は戸惑う。

この人はドル箱でも、文学的権威でもない。その正直さ、高潔さに心を許し、親密に付き合った大切な友人だったのだと、今さらながら気づいた。


太陽が高く昇り始めた頃、相沢と石垣は警察官や紺色の作業着の男たちが登ってきた崖を湯梨浜に下りた。

石垣は他の警察官たちとともに二本のザイルを用いて懸垂下降し、技術のない相沢は救助用ハーネスとロープで下ろされた。

冷や汗をかきながら崖を下降し、浜に足を下ろしてハーネスを外したそのとき、相沢はそこに待機している別の男たちの姿を発見した。

ヒグマ駆除用の高威力ハンターライフルと思しきものを手にしている。警察がここに入るにあたり、同行した猟友会の人々だ。

絶壁とはいえ熊は容易に上り下りする。それで何かの場合に備え、彼らは待機していたのだ。

「さっきの銃声はあれだったのか」

「いや、違います」と石垣はかぶりを振った。「ハンターライフルは連射できない」

確かに彼らが聞いたのは、軽やかな連射音だった。

警察官たちと一緒に湯梨浜から高速艇に乗った相沢たちは、雲別集落の沖を通過し、そのまま方面本部のある町まで行き事情聴取に応じた。

石垣とは別々に殺風景な部屋に通され、岬に入った経緯《いきさつ》や理由などを聞かれた。

一方、相沢の方から事件について尋ねても、警察官はただ「捜査中」と言うに留《とど》まり、何一つ答えてはくれない。

その最中に、事件はまずネットニュースに流れ、次にテレビで放映され、ほぼ一時間おきに新情報が追加されていたことは後から知った。

翌日、東京に戻ってから相沢が時系列で追ったニュース内容によれば、ドローンから撮影された岬の突端の植生の動画や静止画像がネット上に流れた日から、そこに多くの栽培制限植物が植えられている、という通報が警察やその他監督官庁に寄せられていた。

そこで警察は捜査に導入されている高性能ドローンを用い、まず岬の様子を撮影し、そこにいる人物を特定する以前に、植物の画像を解析した。

その結果は栽培されている植物のどれもが、驚異的解像度を誇る捜査用モニターで解析しても、違法か合法かの区別がつかないというものだった。

解像度が高いからこそ、一見したところ一貫ケシに似た白雪のような花や、マジックミントと俗名のついた幻覚成分を含むサルビアの一種の青紫の花や、幻覚成分を含むハッカのごく地味な花が、それぞれあへん法、麻薬及び向精神薬取締法、薬機法等々で規制のかけられた品種とは、葉の付き方、ガクの様子、葉脈の分岐の仕方などが微妙に異なり、指定植物の亜種なのか、それとも個体差なのか判別できなかったのだ。

岬の外で違法薬物の取引が行われている様子はない。

得体の知れない宗教が人々を岬に引き寄せた。単にそれだけでどこにも犯罪的な要素が見出せない。被害届もなければ誘拐されたという通報もない。

カメラに捉えられた人物の中には、確かに一ノ瀬和紀がいた。だが警察にとって重要なのはノーベル文学賞を受賞した作家などではない。過去、それも二十数年前に違法薬物の使用で逮捕歴のある別の人物数名が、そのグループに交じっていたことだ。

となるとそこに植えられた植物は、彼らが何らかの手段で薬効や毒性を強化したものかもしれないと推測できる。

それだけで逮捕はできない。まずは捜査員が現場に行き、任意で事情を聞き現物を提出してもらう。

相沢たちには犯罪的教団を一網打尽にするために機動隊か何かが突入したように見えたのだが、あの場にいたのはそうした目的で投入された北海道庁の麻薬取締員と抵抗を受けた場合に彼らを援護するために動員された組織犯罪対策部の警察官たちだったのだ。

後に石垣が聞き出したところによれば、突入四日前に小型船舶で湯梨浜に上陸した数人の警察官が、導入されたばかりの蜘蛛型《くも》クライミングロボットを使い、半日かけてあらかじめ断崖に縄ばしごとザイルを固定したらしい。

嵐が通り過ぎ風と波が収まった四日後の未明、留萌《るもい》港から警察官と麻薬取締員を乗せた高速艇が出港し、湯梨浜に上陸した彼らは崖に取り付けられた縄ばしごとロープを伝って崖を登ったのだ。

何ということもない。選ばれた者にしか開かれない「神の国」への道は、道具さえあれば容易く開かれてしまうものだった。そしてコンクリート製の聖堂もまた、爆弾であっけなく崩れ落ちるものだった。

石垣が言うとおり、すべては伝説の中で作られたこちら側の禁忌の感覚によるものであり、そこに存在したのは心理的障壁に過ぎなかったのだ。

相沢たちが海岸洞窟から上がり、地上に辿《たど》り着いたその頃、信者の反撃や集団自殺を避けるために、警官隊は拠点と見られる建物に慎重に近付きつつあった。

そのとき迷彩服姿の数人の男たちがばらばらと建物から出てきて、警官隊に向けていきなり軽機関銃で撃ってきたという。

警察官の拳銃《けんじゅう》で応戦できるようなものではなく、一斉に伏せたが、ほどなく、建物内部で爆発が起きた。

灰色の粉塵《ふんじん》が地面に降下し、視界が開けたとき、彼らの前には、瓦礫の山と、そこに棲《す》み着いていた人々の遺体があった。

事情聴取が終わり、東京郊外の自宅に戻った後も、相沢は自らが目にしたことが未だに信じられず、何かと話しかけてくる母親を避けて部屋に籠《こ》もったまま、新たな情報を求めてタブレット端末をチェックし続けていた。

石垣とはあれきり連絡が取れない。

翌日、出勤した相沢はメディアにかぎつけられることを警戒し、社の裏口からタクシーを使い、杏里が入院しているメディカルサポート倶楽部に向かった。そこの会員専用駐車場から上層階にあるロビーに上がった。

杏里に今回のことを、本人が受け入れられる範囲で報告し悔やみの言葉を述べてくるつもりだった。

数分待たされた後、杏里がロビーに入ってきた。傍らに四十過ぎぐらいのスーツ姿の男が寄り添っている。親族の雰囲気ではない。男は慇懃《いんぎん》な態度で名刺を差し出した。弁護士だった。杏里が知人の紹介で依頼したと話した。メディアによるプライバシー侵害から始まり、版権や財産管理、相続はもちろんのこと、杏里の日常生活を守るためにはそうした人間が必要なのだろう。

駒川書林としては仕事を進めやすくなるのか、それとも面倒なことになるのかわからない。名刺交換しながら、相沢は、今後、代理人となる弁護士の人となりを探ろうとするが、取り澄ました顔からは何も読み取れない。

杏里に対しては事前に悔やみの言葉を用意していたが、その放心したような穏やかな様子を見ていると、「お役に立てずに本当に申し訳ありませんでした」という以外、何も口をついて出てこない。

最期の様子を尋ねられ、「ずっと杏里さんを見守っている、という言葉を残されて……」ととっさに嘘をついていた。本当のことなど言えない。

涙をこぼすこともなく、蒼白の顔で震え出した杏里に、それとなく様子を見守っていた看護師と思しき女性スタッフが素早く駆け寄り、相沢にそろそろ面会を切り上げるように促す。

帰りの地下鉄車内で、習慣的に携帯端末を見ると、ネットニュースが更新されていた。

あのとき負傷者として岬から運び出された数人の信者は、ほとんどが病院で死亡が確認されたが、女性が一人だけ生存していた。

道内の病院に搬送されたその女性が警察官に語ったところによれば、麻薬取締員と警察官が崖を登ってくる数十分前に、海に突き出した崖上に気球が現れ着地したと思うと、男が数人、建物に向かって走ってきたらしい。

岬にいた人々に銃口を向け、彼らは建物周辺の植物を手当たり次第に採取した。その後、建物内に侵入し、中庭に植えられていた植物と内部にあった乾燥ハーブやエキスの類い、資料などを略奪した。

彼らが去って数分後に爆発が起こり、建物が倒壊したという。

と見られている。

　彼らが外国語を話していた、という女の証言から、襲ってきた男たちは海外の窃盗団
　あれは信者による自爆などではなかった。

　相沢は啞然《あぜん》としてネットニュースの動画を見つめた。

　周辺地域の人々やたまたま船を出していた漁師たちの証言によると、その日、以前から周辺の海を荒らしている武装漁船の船上から動力付き気球のようなものが上がり、それがカムイヌフ岬の方向に飛んでいったらしい。

　窃盗団の者たちはそうして岬に降り立ち、そこにあったものを手当たり次第にさらった後、建物を爆破し、再び気球に乗り、沖で待機していた母船で逃げた。

　岬から飛び立った気球は海に着水し、武装漁船の乗組員が窃盗団の男たちを引き上げている様子が爆破直後に出動した警察のヘリコプターによって確認されている。

　おそらく窃盗団は、ネット画像からカムイヌフ岬に違法薬物やその原料となる植物が数多くあることを知り、それを強奪する目的で警察の到着より先に岬に入ることを目論《もくろ》んだのだろうが、台風の余波で波風が高く決行が遅れたことで警察と鉢合わせすることになった。

　外務省は以前から武装漁船の領海内侵入に対し、隣国に遺憾の意を表し再発防止の申し入れをしていたが、今回は日本本土に上陸し自国民に危害を加えたことで強い抗議を行った。だが、先方からは武装漁船の領海内侵入については必要な措置はすでに講じて

おり、領土への上陸についても犯罪組織の捜査を早急に進める、という通り一遍の回答しか得られなかった。

また爆破事件によって死傷した信者たちについては、薬物摂取のために朦朧とした状態で、侵入者から逃げる、抵抗するといった適切な反応ができなかったと見られている。

その報道がなされた後、世間の関心と非難の矛先は岬に造られた麻薬カルト教団ではなく、隣国からやってきたとされる窃盗団とそれを許す隣国の方に移り、政府の断固とした対応を望む声がヒステリックなほどに高まっていった。

日本海側はもちろん太平洋側についても、中国海軍の艦船が領海内を当たり前のように航行するようになり、ここ数年の間に海上交通の安全性は著しく低下し、経済水域は他国の武装漁船や武装密航船に荒らされ放題になっている。そうした犯罪組織の背後には当然のことながら国家がついている。

一方、信者たちの死については、被害者であるにもかかわらずあまり同情を引くことはなかった。もともと違法な植物を栽培し、警察の摘発を受けるような人々のことでもあり、自業自得といった見方をされていたが、さすがにストックホルムから消えたノーベル賞作家一ノ瀬和紀の死については多くの人々が衝撃を受けた。

親族以外では、一ノ瀬のもっとも近くにいた相沢の許に、再び様々なメディアから取材依頼が入ってくる。

出版社の社員としてうかつなことはしゃべれず、沈黙を守る彼の自宅前にまで記者が貼り付き、七十過ぎの両親を悩ませていたが、サラリーマンとしてすこぶる平凡な風貌《ふうぼう》であることを幸い、相沢は何とかそうした人々を撒《ま》いて動いていた。

情報が少ない中、様々に色付けをされた記事がネットや雑誌の紙面を賑わし、投稿記事やエックスの類いとともに、歪《ゆが》められた一ノ瀬和紀像が拡散していく様を相沢はやりきれない思いで眺めていた。

曰《いわ》く、神秘的な宗教的境地を求めたはずが、薬物で破滅した悲劇の天才、あるいは平和共存の絵空事を書き散らした挙げ句、見事に裏切られた脆弱《ぜいじゃく》な理想主義者……。

だが、一ノ瀬はじめ、岬に入った人々の背後に何があったのかは、謎のままだ。

彼らがある宗教的理念に従い「出家」したことは、その数少ない親族や知人たちの証言から確実なのだが、教祖と思しき人物や組織像が、まったく浮かび上がってこない。彼らがどんな教義の下に集まり、何を信仰し、だれを指導者としていたのか、といったことは彼らの死によって解明の糸口を失った。

唯一、助け出された女性信者もベッド上で警察の事情聴取に応じてからまもなく、容態が急変して亡くなっていた。

日本のどこか別の場所にそれらしき教団本部が存在するという情報もなく、教祖らしき人物も浮かび上がってこない。あれはいったいどんな秘教なのか。

真偽のわからぬ不可思議な話だけが、警察発表とは別にネット上に広がっている。

曰く、死者の多くは爆風や建物の倒壊によって亡くなっていたが、検視官や監察医が見たところ、遺体の皮膚や内臓の状態は、三十代から四十代くらいだったのが、その後のDNA鑑定で身元が判明してみると、ほとんどの信者が六十代後半から七十代だった。やはり彼らは不老長寿を可能にする薬用植物を摂取しており、岬ではそうしたものを栽培、製造していた……。

そんな噂を打ち消そうとするように、警察や厚労省は様々なメディアを通じ、麻薬、危険薬物、違法ハーブの類いにアンチエイジングや健康増進の効果など皆無で、いかに人の身体と精神を蝕《むしば》むか、脳内回路に不可逆的な変化を起こさせるか、依存症からの脱却が難しいか、といった警告を繰り返し発している。一方、盗賊団が奪取していった植物や加工品の類いが何であったのかについては明言していない。

対抗するように、まさにあの岬にあったものは、これまで地上のどこにもなかった特殊なバイオ処理のなされた奇跡の植物で、だからこそ外国の窃盗団に狙われたのだ、という出所不明の書き込みが拡散していく。

そうした中で、ある程度信憑性《しんぴょう》のある記事が一週間後にライバル社の女性週刊誌に載った。

病院で亡くなる前に警察の事情聴取に応じた女性と二十三年ぶりに再会した親族が、インタビューに応じたのだった。

病院で亡くなった桐ヶ谷肇子、と名乗るその女性が自らの結婚式の直前に出奔したのは二〇〇七年のことで、それから数年して女性の父親は亡くなり、その後女性の兄弟も亡くなった。警察からの連絡で病院を訪れたのは、肇子の父方の従姉妹《いとこ》一人だった。従姉妹に桐ヶ谷肇子が語ったところによれば、窃盗団が建物内に侵入したとき、彼らの行動を阻止しようとする者や抵抗する者はだれもいなかった。

自分たちが育てた植物が引き抜かれ、建物内にあったあらゆるものを袋に詰められ持ち去られる間も人々はただ眺めているだけだった。

地上のすべてのものは自身の体も魂も含め、借り物に過ぎないからだ、と桐ヶ谷肇子は語ったらしい。だれが持ち去ろうと、それを止める理由はない、と。

従姉妹とそんなやりとりをした直後に、肇子は容態が急変し亡くなった。

倒壊した建物内にいた肇子は奇跡的に軽傷を負っただけで救出されたのだが、従姉妹はその死も含め不可解なことが多いと語る。

従姉妹は病室に入ったとき、そこにいるのが肇子だということが即座にわかった。

二十三年前の出奔の直前とまったく容貌《ようぼう》が変わっていなかったからだ。太りも痩せもせず、よく見れば小じわくらいはあったのだろうが、印象は昔のまま、どう見ても自分と変わらぬ歳の女ではなく、異常なほど若かった。

軽い外傷という医師の説明通り、格別、命に別状があるようには見えなかったので、しばらく話をした後、東京に戻るつもりでロビーに出たところを看護師に呼び止められた。

容態が良くないので待機するようにという指示だった。

怪訝に思い、相談室に通されて待っていたが、数十分後に肇子が亡くなったことを知らされた。

死因は呼吸不全、ということだった。その前の検査ではまったく異常が認められなかったのだが、突然、呼吸困難を訴え、治療が間に合わずにそのまま逝ったらしい。

記事を読んだ相沢は、桐ヶ谷肇子の従姉妹であるという女性に直接、話を聞きたいと思った。

しかし記事では従姉妹の名前は伏せられており、掲載されているのは駒川書林にとってはライバル会社の雑誌だ。それでも幸運なことにかつて文芸部で同じ作家を担当することで懇意にしていた社員がそちらの編集部にいた。

その社員を通し、相沢は「亡くなった一ノ瀬和紀の担当者として話を聞きたい。取材ではない」という意図を告げ、肇子の従姉妹に取り次いでもらうことができた。

「疲れている」という理由で、その女性からは直接会うことを拒まれたが、電話で話を聞くことはできた。

扉を閉め切った社の会議室の固定電話から女性の携帯端末に電話をかけると、受話器から流れてくる声は、奇妙に細く甲高い、老女に特有のものだった。二十三年ぶりに会った従姉妹が、昔のままの容貌で驚いたという話が、実感を伴って伝わってくる。

まずは悔やみの言葉を述べ、「せっかく救出されたのに、たいへんに残念なことと存じます、呼吸不全でしたそうで」と続ける。

「ええ。まるで池の魚が、海に放されたようでございましたね……」

肇子の従姉妹は妙なたとえ方をした。

「何か肺に損傷が？」

「いえ。わたくしが相談室から病室に呼ばれたときは、もう顔色が真っ白になっておりました。何ですか、先生にお話をうかがうと、どうもアレルギーのようで」

「アナフィラキシーショックですか。食物アレルギーか何か、病院食が原因で」

「先生はそうはおっしゃっていませんでしたが、私が帰ろうとしたときにちょうど回食が運ばれてきたところでしたから、たぶんそれかと。看護師さんは事前に食物アレルギーがあるとは聞いていなかった、と言い訳のようにおっしゃっていましたし」

「もともとアレルギーが？」

「さあ、ずいぶん長く会っておりませんでしたもので」

気位の高さのようなものが滲《にじ》む女性の口調からは、従姉妹の死に対する悲嘆の思いは伝わってこない。

「確かにずいぶん昔にあの場所に入られたそうで」

「二十三年前の失踪の折には、わたくしどもも驚かされました」

「結婚式場から立ち去ったとか」

「いえ……結婚式場に行く途中でいなくなりました」

「信仰と世俗の生活の間で迷っておられたのでしょうか」

「いえ」

意外なほどきっぱりしたニュアンスで女性は否定した。

「わたくしもてっきりそうかと思っておりました。今回、肇子さんの口から聞くまでは」

本人も家族もカトリックを信仰しているという女性は、「地上のすべてのものは自身の体も魂も含め、借り物に過ぎない」という肇子の言葉に、「それは神様からの借り物なの？」と尋ねると、肇子は「神かどうかわからない」と答えたと言う。

「神様ではなく何があなたをあの場所に連れていったの？」という問いに、「だれにも連れていかれたのではなく、そこであるがままに自分らしく生きられる場所と信じて入った」と答えた。

「で、実際どうだったの」と尋ねると、まさにその通りだったと言う。

腑《ふ》に落ちないまま、女性はそこでの生活や指導者や教えなどについて肇子に尋ねたが、教えといったものは特にない、と肇子は答えたらしい。

神もカリスマもない。指導者もいない、格別のメンバーシップもない。ただ生きとし生けるものの平和共存と静穏な生活を実践する人々が孤立して生存する場だと、肇子は語った。

「神様のことなど何一つ、話してはくれませんでした。教えも、礼拝もなかった、と。ただそれぞれがすべてを受け入れ、静穏に暮らしていた、と。そう、静穏という言葉を使っておりましたね」

うでございますね」


「静寂主義ですか、キリスト教の」

「ですから神様を否定していたのですよ。否定というより無視と申しましょうか……。神様も導いてくれる人もおらず、各自が関わり合うこともなくひっそり暮らしていたよ
うでございますね」

それが事実なら宗教団体どころか、コミュニティでさえない。単なる「場」だ。

「岬に選ばれた人が引き寄せられてきた」という言い方を肇子はしていたらしい。

組織の形態も共同体と呼ぶにふさわしい交流や連帯もなく、各人は敷地内で植物を育て、加工するといった作業に従事し、それ以外は建物内の個室に籠もり、あるいは階上の図書室で読書をして過ごしていた。「祈りや瞑想《めいそう》は?」と女性が尋ねると、肇子は特にそんなことは意識しなかった、と答えた。

すべては、そこを訪れた相沢が目にした光景そのものだ。

あのとき彼は何か幻覚性の薬物によって朦朧としていたが、もし清明な意識下にあったなら、そこにあったのはまさにその桐ヶ谷肇子という女性が捉えていた現実そのものだったのだろう。

「結婚式場へ行く途中で姿を消したということは、だれかがそのあたりで待っていて手引きしたということですかね」

「そうは申しておりませんでした」

躊躇《ちゅうちょ》するように女性は話し始めた。

桐ヶ谷肇子が向かった先は、余命を告げられた末期がんの母が、以前、緩和ケアのかわりに治療を受けた漢方医の医院のあった場所だった。

「漢方医、という肩書きもいい加減で、詐欺師ですよ。とうに逮捕された後だったのですが、伯母《おば》も肇子さんも母娘《おやこ》で信奉者になっておりましたから。たぶん亡くなった母親恋しさもあって、そちらに向かったのでございましょう」

松本《まつもと》市郊外のその地で、肇子はエコロジー思想による自然葬と里山保全の活動をしている住職に出会った。

「そのお坊さんの影響を受けたのでしょうね。それであなたは選ばれた人だ、というようなことを言われて、あの場所に行けとそそのかされたのではないでしょうか」

「するとやはり仏教系の……で、その坊さんは今は」

「さあ、二十年以上も前の話でございますから」

「雑誌のインタビューでは、肇子さんとそうしたやりとりをされたことは載っていませんでしたね」

「ああいう雑誌は、興味本位で読める部分しか記事になさらないのでしょう」

「確かにそんな昔からほとんど歳を取っていないというのは、女性読者としては引きつけられる部分ですね」

「何か不自然なことをなさっていたから、こちらの世界でアレルギーを起こしたのでしょうね」

女性は冷ややかに答え、相沢が丁寧に礼を述べる間もなく電話を切った。

女性の話からするとその桐ヶ谷肇子という女性に岬に入ることを勧めたのは、仏教の僧侶《そうりょ》らしいが、岬に宗教は存在しなかったようだ。もし神や超越的なもの、教祖や教義や組織の存在を宗教の要件とするなら。

特殊な信条を掲げる人々が、その手で麻薬系の植物を育て、共に生活する場、すなわち、ただの麻薬コミュニティの類いだった、ということなのか。身内の女性に向かっては言えなかったが、病院に運ばれた後の急死もそうした薬物の離脱症状によるものかもしれない。

その頃になって、もう一つの事実が警察によって発表された。

あの爆発は、窃盗団による犯行ではなかった。またコミュニティのメンバーによる自爆でもなかった。

まったくの事故だったのだ。

三階建ての建物の地下にはかつて大量の石炭が、暖房用に貯蔵されていたらしい。

昭和二十年代の初め、エネルギー革命以前の北海道で冬期の暖房のために使われていたものだ。

すでに燃やし尽くされて貯蔵庫は空になっていたが、細かな石炭粉がコンクリート床に堆積《たいせき》していた。そこに窃盗団は何か貴重なものが収納されていると考えたのか踏み込み、暗闇の中で走り回り粉を舞い上がらせた挙げ句に、探索を終えて出ていった。

建物に電気は引かれていなかったが、そこにいた人々は普段からランプを使って照明にしたり、ハーブ類を摂取するために湯を沸かしたりしていたことから、その火が引火したか、あるいはそうした着火源がなくても、衣服その他から発生した静電気が、舞い上がり空気と混じり合った石炭粉に引火し、想像を超える粉塵爆発を引き起こしたのだった。

第六章　秘密の花園

石垣と社の廊下で顔を合わせたのは、北海道から戻って十日も過ぎた頃だった。

「あ、どうも」軽い挨拶《あいさつ》を交わして素っ気なく通り過ぎかけたところを「その後、どうですか？」と呼び止められた。

「どうって？」

「ちょっと、いいですかね」と石垣は人差し指で天井を指す。ルーフトップバルコニーのことだ。

「三時から会議なんだけど」

「それならコーヒー飲む時間くらいはありますね」

しれっとした顔で言うと石垣は、相沢の背を押すようにしてエレベーターに乗せる。

上層階で降りるとたまたまエレベーターホールのテーブルには人がいたので、省エネのために緑化された屋外に出る。細かな雨が降っていたが、石垣は太陽光パネルが屋根のように雨風を遮る一角に相沢を連れて行くと、低い台に腰を下ろした。

石垣はぼそりと何か言った。正面にある空調機の排気音がうるさくて聞き取れない。

聞き返すと、道警での彼の事情聴取が五時間に及んだ、と相沢の耳元で言った。

「そんなに？　僕の方は二時間で解放だったのに」

「で、相沢さんは何か警察から情報を引っ張り出しました？」

呆気《あっけ》にとられた。

「教えてくれないよ、何も」

「人が好《い》いですね、文芸の社員は」

「そんなことは文芸も何も関係ないだろう」

「こちらは捜査協力している立場ですよ。聞かれたことには雑談を絡ませて、小出しに答えて、向こうの話を引き出すんですよ。内偵捜査の段階で、警察は北金谷の不動産屋と借家のオーナーに話を聞いていました。ところが彼らは無関係だと主張する。昔々、たまたま空き家を見つけた客の方から、ここを貸してくれないか、と不動産屋に問い合わせてきた。そこで不動産屋が空き家の持ち主に連絡して、オーナーの方もどうせ廃屋になるのを待っているような家だから貸そうか、という話になった。そこでオーナーは不動産屋に管理委託して貸すことにした、と。けれどその借家が信者のリクルートシステムに組み込まれて三十年近く機能しているってことは、岬の組織と無関係のはずはない、と私は睨《にら》んでいますね。実は、オーナーも不動産屋もその得体の知れない教団組織とズブズブなんじゃないかと」

自分が事情聴取されながら逆に相手から情報を取るという芸当も、この男にとっては容易《たやす》いことなのだろうと相沢は呆《あき》れながらも感心する。

「岬に入ったとき、私たちが乗ってきた釣り船が武装漁船を見て慌てて逃げていきましたよね。私は事情聴取ではあえてその話はしないで、こっちに戻ってきてからそのときの担当の刑事に電話をかけたんですよ。ちょっと思い出したことがありまして、と言って、話の流れで向こうにもしゃべらせた」

そのとき警察官から聞き出した話では、相沢たちが目撃した通り、またネットニュースで報道された通り、外国人窃盗団は動力付き気球を使って海上の漁船から岬に入り、気球を使って海へと逃走した。

建物内部に侵入し、薬物の影響で最初から抵抗の意思をほとんど失っている人々を自動小銃で脅し、各自の居室に蓄えられていた生薬の類《たぐ》いを略奪した後、中庭で栽培されていた植物を引き抜き、地下倉庫の探索を終えて建物から出たところで、やってきた麻薬取締員と遭遇した。背後で見守っていた警察は、窃盗団の男たちについて内偵捜査の段階ではまったく正体が摑めておらず、存在さえ明らかでなかった教団幹部だと誤解した。

その場で事情を聞こうとしたところ、彼らは自動小銃をかざし、いきなり向かってきた。制止しようとした警察官がピストルを発射したが、自動小銃が相手では勝負にならない。

銃を乱射しながら窃盗団の男たちは断崖《だんがい》に向かい、そのタイミングでコンクリート建物の大爆発が起きた。

警察官たちが混乱している隙に男たちは気球で逃走した。

　連絡を受けた警察の追跡用のヘリコプターが上空に到着したときには、すでに窃盗グループは沖に停泊していた母船で姿を消した後だった。その前に出動した海上保安庁の巡視艇は、重火器で武装した漁船に手出しできず、一部始終を見守るしかなかった。

「それにしても気球とは……」

「日本では相変わらずドローンの高性能化にしがみついていますが、海外では偵察用気球の開発が進んでいます。もっとも連中が使ったのはただのおもちゃのような方向舵《ほうこうだ》付き気球でしたが、日本の警察相手なら撃ち落とされる危険もない。それで十分だったということでしょう」

　その規模や手口からして、彼らは麻薬密売組織やマフィアの類いではなく、この数年、日本の経済水域を荒らし回っている武装漁船の漁師たちによる違法操業の延長線上にあるものだろう、と石垣は言う。

「言っておきますが、武装漁船の漁師は漁師じゃありませんから、相沢さん」

「知ってるよ、そんなことは」

「船も襲えば、陸《おか》に上がって強盗もする。軍人の場合もある。背後には国家が控えている。外務省が抗議したなんぞ、おぼこもいいところです」

「問題は、やつらが何を狙ったか、だ。麻薬、ましてや違法ハーブのわけはない」

「はい。まさに子供だましの説明ですよ。北海道の忘れられた岬の先端にある、麻薬コミュニティの人々の作る自家消費用に栽培された違法薬物。そんなものを、武装した窃盗団が国境線を越えて入ってきてわざわざ略奪するわけがない」

相沢は、一ノ瀬に招かれて入ったときに、自分の目に映った光景を思い起こす。納得するとともに受け入れがたい思いもある。あの組織にも、口にしたハーブティーにも、どこか神秘的で崇高なものを感じた。

「仮にそうした大麻だの幻覚剤の原料だの類いを栽培していたとして、そんなものを奪取したところでコストが引き合いませんよ」

確かに麻薬、覚醒剤《かくせいざい》の類いなら、その手の組織は世界各国に独自のルートを持っているからいくらでも入手可能だ。広大なケシ畑やコカ林を所有し管理する者がいて、各地のマフィアが厳しい取り締まりを巧みにかわして生産し、世界各国に送り出している。一国の政府や政治組織を丸ごと抱え込んでいるところもある。

そんな大きな商売が成立しているのに、極東の国のさらに辺境の、ごく小さな麻薬コミュニティの自家消費用の畑や施設を狙う必要などまったくない。何よりも、違法薬物の主流は、現在、手のかかる天然物から化学的に合成されたものに置き換わっている。

「何か貴重なもの、露骨な言い方をすれば、麻薬、覚醒剤より金になるもの、合法的に金を生み出すものがあの岬にあったということですよ」と石垣が断じた。

「神秘的な、生命の秘密に関わるようなもの……か」

それこそが忘れられた岬に、「選ばれた人々」を集めたものだ。そしてそれが人々の注目を集めると同時に、バイオや製薬に関わる企業や国家のアンテナにひっかかった。

「不老不死のおとぎ話はこのうえなく生臭いですよ。特許を巡って莫大《ばくだい》な金が動きますから」

遺伝子資源を制する者が世界を制す。半世紀も前から先進国政府と多国籍企業が、動植物の有用遺伝子を求め、複雑で多様な生態系が保たれている熱帯雨林に研究者を派遣して争奪戦を繰り広げてきた。特許も絡み、莫大な金が動く新薬開発や食料、燃料用作物の開発に関わる大本が、それらの遺伝子だからだ。

資源国の利益も地元の人々の生活も無視した生物資源の略奪行為に対して、いくつかの条約が結ばれたが功を奏することはなく、違法、不法な略奪行為はこの十年の間に格段に血なまぐさいものになった。

今、熱帯のジャングルに入っていくのは研究者でもプラントハンターでもなく、軍隊さながらの装備を持った盗賊団やマフィアだ。背後にある組織、企業、ときにはその国の政府と緊密に連携しながら、あらかじめ当たりをつけた地域の、それらしき生物、植物、菌類、小動物の類いを根こそぎ略奪した後は、一帯を森林ごと破壊して去っていく。あるいは伝統医療を行っている辺境地域に舞い降りて、原料と技術を奪っていき、解析した遺伝子や製法について特許申請をする。

略奪された地域の生態系や村の伝統文化が消滅したところで彼らにとっては痛くもかゆくもない。遺伝子さえ手に入れば必要な物は実験室で作ることが可能だ。たった数年の間に破壊、強奪行為の実態が、国家や多国籍企業、国営企業による戦争へと変わった。

そんな中で、岬のコミュニティはそうした勢力の末端に急襲され、抵抗することもなく破壊された。

「それほどに価値のあるものがあそこにあったのか」

一ノ瀬に導かれてあの地に入った自分が、霧の中で見た風景と、破壊された研究所の瓦礫《がれき》の下で、ぽっかり開いた目に青空を映して死んでいった一ノ瀬の顔を、相沢はやりきれない思いとともに想起する。

「価値のあるものが実際に存在する必要などないんですよ」

冷めた口調で石垣は応じる。

「どういうこと？」

「存在する可能性だけでいいんです。連中は当たりをつけたらとりあえず収集、あるいは奪取して、特許を取る。無価値であったり、すでに発見されているもの、既存のものであれば捨てるまでですから。ブルドーザー方式ですよ。それはともかくとして実際は、あそこで何が作られていて、彼らは何を狙ったのか。不老不死の薬のわけはない」

沈黙した相沢の顔を石垣は凝視する。

「相沢さん、知ってることを全部話してくれませんか。今度こそ情報を共有しましょう」

「確かに僕はあの場所に入った唯一の部外者かもしれないが、植物については何の知識もない」

まったく正直なところだった。

「ではその後、何か新しい情報は得られましたか？」

相沢は沈黙した。

あのことは終わったのだという、諦念《ていねん》にしては重苦しすぎる寂寥《せきりょう》感のようなものが時間が経つにつれて相沢の胸に居座り始めた。

石垣と一緒に入った岬で、一ノ瀬の救出は叶《かな》わず、相沢にできたことは彼の最期を看《み》取《と》ることだけだった。

この世から去って行った一ノ瀬の瞳《ひとみ》に映っていた青空と彼に導かれて入ったあの施設での体験を記憶の底にしまい込んだまま、岬のことも一ノ瀬を巻き込んだ思想や組織のことも意識の外に追い出し、相沢は今、新たな仕事に取り組まなければならない。

人気オンラインゲームを軸にして、ドラマと映画、そして電子書籍のメディアミックスのプロジェクトが動き出しており、部内に三人いるデスクの一人である相沢はその電子書籍部門の責任者として各種権利関係の調整や、他の部署と連携しながらのプロモーション業務に当たることになっていた。

終わった仕事にいつまでも執着していてもしかたないという企業人として当然の合理的思考に行き着くことはできない。それでも単刀直入すぎる石垣の問いに対しては、今さら触れられたくないという感情的な拒否感があった。

やれやれ、と言わんばかりに片眉《かたまゆ》を上げた石垣は、「どうも忙しいときにつまらない話ですみませんでした」と軽い口調で言いながら、ゆっくり立ち上がる。

翌週末の深夜、相沢は社屋にほど近い石垣のマンションにいた。

マンションというよりは、老朽化した雑居ビルにある日当たりの悪い一室だ。

スチール家具と電子機器、必要最小限の家電以外何もない。整理整頓《せいとん》されているが狭苦しく、予想した以上に殺伐とした部屋だった。

「以前、女のところに転がり込んだことはあるんですが、やはりこんな仕事をしていると、なかなかね……」

それ以上語ることもなく石垣は整った顔に荒《すさ》んだ笑みを浮かべた。

鳴り物入りのプロジェクトから昨日、相沢はいったん外された。

大きく仕掛けて収益の柱にというメディアミックスプロジェクトの一方で、社のブランドイメージと日本の活字文化を牽引《けんいん》してきた老舗《しにせ》出版社の誇りをかけたもう一つの事業がスタートしたのだ。

一ノ瀬和紀全集の編纂《へんさん》と発行だった。昨今では全集はベストセラー作家の存命中に愛蔵版のような形で出版されることが多く、大家の死後に編纂、出版される全集など、昭和の遺物と見なされて久しい。だがノーベル文学賞作家ともなれば話は別で、その急死を受けて全集を編むという企画は、まさに昭和のセンスを自称する編集長から提示され、社の上層部の承認を得て動き出した。

そちらの業務に相沢が関わることになったのは、それまでの経緯からして自然なことでもあり、一ノ瀬の直接の担当者となっていた若い女性編集部員をフォローする形になっていた。

そのうえで最重要な著作権継承者の妻、戸籍名、太田杏里との交渉と出版契約の締結については、相手方が代理人を立てていることもあり実務的に進むはずだった。

そこに金銭以外の条件が伴うとは、駒川書林としては予想もしていなかった。

杏里の代理人から届いた文書を、途方に暮れた様子で若い編集部員が相沢に手渡したのは、彼女から杏里の代理人を通して全集の話を持ちかけた一週間後のことだ。

そこには紛れもない太田杏里自身の意思が、全集を編纂し発行する条件として記されていた。

「昨今の事情はどうかわからないのですが、作家の全集はその作家が亡くなってから編まれるものと私は考えています。けれども私の中ではまだ一ノ瀬和紀は亡くなってはいないのです」という杏里の言葉を代理人はそのまま伝えてきた。

いったいだれが夫をあの場所に誘《いざな》い、夫は何を求めて、何を考えて妻である自分からも、こちらの世界からも去っていったのか。彼は何に殉じたのか、命に替えてもいいと思うほど傾倒した思想は何だったのか。彼が北の岬に見た理想郷とはどんなものだったのか。

「真実がわからない限り、私は夫の死を受け入れられないし、彼の死を前提とした全集の編纂についての承諾はできません」

文書にはそうある。

「彼女の心情を考えれば、亡くなりました、さっそく全集出しましょうというのは、受け入れがたい話かもしれないですね。気持ちの整理がつくまで、頻繁に連絡を入れながら待つしかないでしょうかね」

切ない思いで相沢は文書を机の上に置いた。

「待ってどうする?」

低い声で編集長は尋ねてきた。

「よく読んでみろ。奥さんは一ノ瀬さんの最期について、君の言葉にも、警察の説明にも納得していない。本当のところがわかるまで、決して受け入れられないって、相手は言ってるんだよ。奥さんが提示した条件というのは、喪が明けるまで待ってくれ、などという生ぬるいものじゃない。真実を調べて提示せよ、とそういうことだ」

真実が解明されたところで残された遺族の心が慰められるというものでもない。しかも警察の捜査も終わった後に、こちらが見つけられる新たな真実などあるとは思えない。できることといえば、より納得できる形で一ノ瀬の心情を深く読み解いてみることだけだ。

「時間は何も解決してくれないぞ」

困惑している相沢に向かい編集長はたたみかけてくる。

「気持ちの整理など十年経ったってつかないんだよ。ああいうわけのわからん死に方では。俺が昔、総合誌にいた頃の話だ。ライターに同行してストーカー殺人で娘を失った父親に取材した」

　事件から十年以上経過していたが、父親は未《いま》だに愛娘《まなむすめ》の死を受け入れられないまま、たった一人で犯人の身辺と事件の経緯を探り続けていた。犯人はその女性を絞殺した後、身柄確保される前に夜の岸壁から車で海に飛び込んで自殺を遂げていたからだ。容疑者死亡のまま書類送検されたが、犯人の動機や殺人に至る経緯は何も明らかにされなかった。

「一ノ瀬さんは殺人事件に巻き込まれたわけじゃないが、災害や事故死とは違う。我々から見てさえ、何が何だかさっぱりわからない。あるとき亭主が消えてそれきりだ。死んだと伝えられたって、葬式をしたって、受け入れられない。全集出版の許諾以前に、奥さんにしてみればこのままでは、この先一歩も前に踏み出せないだろうよ」

　伴侶《はんりょ》を失って間もないというのに、一歩前に踏み出すことなど杏里に限らずできるはずはないだろう、と相沢は精力的でいささかデリカシーに欠ける上司の赤ら顔を無言で見つめる。

「と言われても、警察の捜査も終わってしまっているし、施設は壊され、信者も全員死亡しているし……」

「たとえば、だ」と編集長は、キャスター付きの椅子をきしませ、相沢に向き直った。

「全集が完成したとする。一ノ瀬さんが生き返ることはないし、信者が生き返ることもない。だが」と相沢の目から視線を逸《そ》らさずに編集長は続けた。

「謎の教団組織は残っている。死んだのは、たまたまあの場に居た者だけだ。宣教に飛び回っている在家信者がたぶん各地にいる。それが男ばかりとは限らない。場合によっては杏里さん以外の著作権継承者が出てくるかもしれない」

「いくらなんでも」

隠し子とはいかにもこの人の考えそうなことだ、と半ば呆れて首を横に振る。

「信者は今回は被害者だが、次には他の場所にいた残党が加害者として事件を起こす可能性もある。どれほど一ノ瀬さん本人が優れた文学者で人格高潔であったにしても、そこで損なわれるイメージは計り知れない。奥さんの納得の行く事実に行き着くかどうかはわからないが、少し慎重に探った方がいいかもしれない。いずれにせよ、このままでは奥さんはハンコを押さないだろうからな」

契約書の印鑑など無用の物となって久しく、編集長の「ハンコを押す」とは、単に承諾することを指す。

「君は、一ノ瀬さんの一番近くにいて、絶大な信頼を得ていたわけだ」

「買いかぶりですよ」

救えなかったという後悔の念を込めて相沢は答えたが、編集長は軽く受け流して続けた。「いったんオンラインゲームプロジェクトから外れて、全集担当に回ってくれ」

そこで太田杏里の疑問に答えるべく調査にあたれという意味だ。

露骨なまでに収益を追求する事業から、文芸の根幹である全集編纂業務に戻ることは相沢の本意ではあった。だが、一ノ瀬の出家から死に至るまでの事情や心境、その背後にあったものを探るというのは、文芸担当者としてはまったく未経験のことでどこから手を付けたらいいものか、また杏里を説得して許諾を取るという最終目標が達成できるのか。

何よりもあの場所で目の当たりにしたいくつもの死、ゆっくり光を失っていった、一ノ瀬の見開かれた目、うつぶせになった体の上を撫《な》でていった爆風と、自動小銃の連射音などを思い出すと今でも身がすくむ。

自信がないまま、相沢は「承知しました」と返事をする。

視線を相沢にぴたりと据えたまま、編集長は軽い口調で付け加えた。

「君には手足になって動いてくれる男もいるだろ、やつを使え」

単なる「手足」などとは、言っている編集長本人も思ってはいない。石垣について良い感情などまったく抱いていないにもかかわらず、その胆力と頭脳を高く買っていることが透けて見えて、相沢は少しばかりの反感を覚えた。

そして今、その「手足」と二人で、フローリングの床に直接座り、そこにカードを並べている。

傍目《はため》にはいい大人がゲームに興じているようにしか見えない。

手書きカードにはあらかじめ各自の知っていることを一件ずつ記入してある。それを突き合わせ、グルーピングしていく。

「桐ヶ谷肇子？」

相沢は小さく眉を寄せた。

「この記事、私も読みました。略奪されても信者は無抵抗だったとか、彼らは歳を取らないとか。相沢さん、そっち方面、調べていたんですか」

「いや、調べたということではないけど」

岬から唯一生存したまま救出された女性の親族と電話で話したことはカードに記述した。

「親族の女性『桐ヶ谷肇子の急死の原因は食物アレルギー』『特定の宗教を信仰していたことを本人は否定』という相沢のメモに視線を落とし、石垣がうなずく。

「あちこちの国の製薬会社が喉《のど》から手が出るほど欲しい不老不死の薬は、俗世間の生活に対して強烈なアレルギーを生じさせて、永遠の若さを保つ清貧の牢獄《ろうごく》に閉じ込める魔の薬、というわけですか。そして彼らにとっての神は、特定の人格神ではなくまさにその不老不死の薬だった」

「不老不死」の言葉にどこか揶揄《やゆ》するニュアンスがある。

「単なる違法ハーブのコミュニティだったのだろう、と僕は思うが。桐ヶ谷という女性の死因も違法ハーブの化学成分の離脱症状によるものだと思う」と相沢は応じる。

「どっちにしても重要なのは、いったんあそこに入ったら出られないってことですね」

と石垣はうなずいた。

石垣が書いたカードの中にも相沢が知らなかった事実があった。

相沢が岬に入り一ノ瀬と会ったことが漏れて、その後、岬に入ろうとしてハイマツ林で消息を絶った男がいた。直前の警察との電話のやりとりから、ヒグマに襲われたものと見られ、その後ヒグマの恐ろしさについて、自治体やマスコミが様々なメディアを使って警告していた。その中でさるウェブマガジンが過去数十年に亘《わた》る、新小牛田町とその周辺で起きたヒグマによる事故を一覧表にした。

「岡村陽って、知ってますか？」

「いや」

一覧表の中にその名前があったと石垣は言う。

「三十年くらい前に、一世を風靡《ふうび》した伝説の若手起業家です。ＩＴ関連だか人工知能だかで成功を収めた」

おぼろげな記憶がよみがえる。くっきりと整った顔立ちと周囲の人々の気持ちを高揚させるに違いない前向きで明るい視線。細身のスーツをスタイリッシュに、しかし下品にならずに着崩したファッションモデルのような姿。相沢が小学校の高学年頃か、中学に入ったばかりの頃か、時期は定かでないが、テレビのビジネス番組やネットで頻繁に目にした。実業の世界の話など子供にとっては興味の対象外だったが、こんな社長が世の中にいるのか、と思わず見入った覚えがある。

それきり忘れてしまった。次世代のカリスマ経営者と言われる人々は、次々に現れては消えていった。

「所詮《しょせん》は時代の徒花《あだばな》ってやつかな」

そんなことを口にすると石垣は首を横に振った。

「いえ、事故で消えたのですよ。熊に襲われた。けっこうなスポーツマンだったようで自信があったのでしょう。単独でカムイヌフ岬に入ろうとしてやられた」

「亡くなったの？」

「生きています。ネットマガジンによると、そのときの話を聞かせてくれと取材を申し込んだが断られたと、あった」

「昔のことで思い出したくもないのだろう。今は悠々自適かな」

「そうはいかなかったようです。僕は岡村に接触を試みました。ネットニュースのライター風情では断られるだろうが、自分なら話を聞き出せるといううぬぼれもあったんですよ」

言葉を切って肩をすくめた。

「見事、玉砕」

「門前払いか、警察でも呼ばれたか？」

「いえ。長期入院していました。本人は出てこなくて病院の看護師から、インタビューなどとても無理だ、と。事故の後から緘黙《かんもく》が続いていて、まったくコミュニケーションが成立しないそうです。親族はもちろんどこの施設も引き取らないという話でした。ちなみに怪我によって全盲になったそうで、中途失明者のための訓練プログラムも試みたそうですが、本人はそうしたプログラムをすべて拒絶しているらしい。ただし視覚障害者用コンピュータの操作だけは巧みで、それでちょっと鎌をかけたら、看護師がぽろっと漏らしたんです。さる精神医療の研究者が開発中のＡＩを使ってコミュニケーションを取ろうとした、と。すると驚いたことに、外傷の治療が終わったあたりから二十年間緘黙状態だった男が、しゃべったそうです。それも事故についての一部始終を。これで社会復帰の道筋が見えたか、と思ったら、最後にＡＩのプログラムを消去してしまったそうで、底知れない陰険さですよ」

ソフトを開発している会社についてはわかっているので、これからそちらにコンタクトを取ってみると石垣は言う。

また石垣は、相沢が聞いたＴＪという一ノ瀬を岬に誘った男の話にも興味を抱いた。

「この男は、信者を雲別の岬に誘《いざな》うリクルーターの役割を果たしていたっていうことですよね。『君の求めている場所が北海道にある』と。そしてたぶんＴＪは東洋情報サービスのことじゃないか、と思いますが」

「そんな会社があるかどうかわからないが、借家の管理人は、そこ宛てに配送センター留めで鳩が運んできたメッセージを送っていた」

「そのＴＪについては、たぶん警察が内偵捜査の段階で洗っているでしょう。これも接触してみる価値はありますね」

その夜はそれだけで終わった。酒を飲むことも無駄話をすることもなく、相沢は自宅に帰った。

四日後、再び石垣に呼び出され、彼のマンションに出向いた。

あれから彼は品川にあるコンピュータ会社のAI開発担当者に話を聞きにいったらしい。

その会社は、二十二年前に熊に襲われた岡村陽の入院先の病院に、治療支援システムを無償提供することでデータを集めていた。

そこの人工知能を組み込んだカウンセリングソフトを用い、主治医は岡村陽に対してコミュニケーションを取ることを試みたという。

果たして、外傷の治療が終了して以来、二十年間、脳の器質的な損傷がないにもかかわらず、すべての対人コミュニケーションを拒絶しつづけた男は、音声と視覚障害者用キーボードによって、AI心理療法士の問いかけに応じた。そしてこれまで決して語らなかった事故の経緯を、驚くほど饒舌《じょうぜつ》に語り始めた。それが終盤にさしかかったとき、何に腹を立てたのか、岡村陽はキーボードを器用に操作し、普通の人間なら思いつかないような方法を用いて、コンピュータ会社が莫大な費用をかけて開発し、丸二年かけて学習させたカウンセリングソフトばかりか、構築した医療支援システム全体を破壊したのだと言う。

AIと岡村陽とのやりとりの記録も当然のことながら消えた。

だが、幸いというべきか、病院が保安上の理由から室内に設置したビデオカメラには、その様子が記録されていたのだ。

コンピュータ会社が経済的な損害を被ったのは当然として、技術者としてのモラールを大いに低下させられた社員の男は、腹いせのように、話を聞きに訪れた石垣に、録音しない、ノートを取らない、ということを条件に、ビデオカメラに録音された音声を聞かせてくれた。

その中で、つい先日、相沢から聞かされた桐ヶ谷肇子の名前が出てきたときには思わず耳をそばだてたが、かつて時代の寵児《ちょうじ》ともてはやされた元経営者の語る大時代的なロマンスについては、まったく興味をそそられなかった。だが、その話の中に借家のオーナーの名前が出てきたとき、彼はようやく謎を解く糸口を見つけたような気がした。メモを取れない代わりに、その事実関係や固有名詞の一つも聞き漏らさないよう正確に記憶した。

オーナーが実家を人に貸した経緯は、石垣が警察官から聞き出した内容と同じであり、どんな借家人が入ったかといった内容についても特に意外なものではなかった。

続けてある一人の人物が、借家人たちの保証人になっていることが語られたとき、石垣はそれこそが岬の謎を解く鍵《かぎ》を握る人物だと確信した。

金原秀夫、という名の男だ。しかもその借家に入る人々、すべてについて、おそらくは親類でも何でもないにもかかわらず、その彼が岬に人を送り込んでいたということだ。彼こそがＴＪではないかと石垣は言う。

「金原秀夫ならＫ・Ｈだろうに」

「そんな単純なコードネームをつけるはずがないじゃないですか」と石垣は笑った。

一週間後、相沢は石垣と二人で東京郊外の町に向かった。

相沢が岡村陽の話から拾い出し、金原秀夫が経営する医療関連会社のオフィスがそこにあった。

小さなスーパーマーケットと飲食店が軒を連ねる駅前から二、三分歩いた幹線道路沿いに、真新しいがいかにも安普請の二階建てのビルがあり、「メディケア KANEHARA」と書かれたステンレスの表札が入り口脇に貼り付いている。

引き戸を開けると狭いフロアにはコンピュータと作業台しかなく、学生アルバイトと思《おぼ》しき若い男が顔を出した。他に従業員の姿はない。

訪問意図を告げると、若い男は折りたたみ椅子を出して客に勧め、奥の部屋に入っていった。

当初、金原の素性をネットで検索した石垣は、そこが節税用の赤字会社なのでは、と疑っていたが、会社年鑑のデータに当たってみると、医療と患者を繋《つな》ぐ情報提供を行っている、実体のある会社であることがわかったと言う。

数分後に、金原が入ってきた。

データにあった六十九歳という年齢より、はるかに老けている。髪は十分にあり皮膚のしみや皺《しわ》が際だっているということはないが、顎《あご》を付き出して半眼になった、いかにも人生に疲れたような、生気に乏しい顔つきが老人めいた印象を与えているのだ。

挨拶を交わし、携えてきた土産を手渡すと、金原秀夫は部屋にいた若い男に、「今日は帰っていいから」と声をかけた。

あらかじめ電話で意図は伝えてあったので、金原は、男が出ていくと扉を施錠し、すぐさま本題に入った。

「まあ、いずれああいう形で崩壊するとは思っていましたけどね。しかし記者さん、よく私のところに辿《たど》り着きましたね」

感心したようにも呆れたようにも取れる笑みを浮かべて、金原は言う。

「はい、まあ、借家人の方の親戚《しんせき》筋から」と石垣は情報ソースについて隠す。

「私も保証人として名義貸しする気はなかったのですよ」

「名義貸し、ですか」

金原は小さくうなずく。

「警察に踏み込まれたり、外国の犯罪組織の標的になったり、結果的にあんなに死者を出すことになってしまいまして」

「録音はよろしいですか」と石垣がボイスレコーダー機能のついた携帯端末を示す。

「いや……それはやめてください」

「ノートを取るのはかまいませんか？」

しぶしぶ、といった様子で金原は許可した。

ノートを取る、メモを取る、という言葉は残っているが、筆記用具で紙にメモする記者やライターはすでにいない。石垣は素早く端末にキーボードを接続し、小さく咳払《せきばら》いした後に質問した。

「失礼ですが、金原さんが岬に人を送り込んだわけではない、と」

金原秀夫は黙りこくった。数秒間、無言で石垣を見つめた後に、ごく軽い口調で尋ねてきた。

「この名前を覚えている？」と、格別、許可を得るでもなく石垣のキーボードを自分に向けるとそれを叩《たた》いた。画面に「山本明恵」と表示される。

「やまもとあきえさん、女性ですか」

「あきよし、と読むんだよ。覚えていないですか。事件だったんですが。二十世紀の終わり、一九九五年のことです」

石垣は相沢の方に「何か知ってるか」と尋ねるように顔を向ける。相沢は首を横に振る。

「三十五年前。生まれてはいたけれど小学校に入る前の話ですから」

「薬事法違反だったか、傷害罪だったか、忘れたけれど山本明恵《やまもとあきよし》は逮捕されたんですよ。

私の学生時代の友達だった。戦前は製薬会社山本、いまは化粧品会社のヤマモトと言えばわかるかな」

普段は何を聞いても表情を変えない石垣が、あっ、と声を上げた。

戦時中、岬に研究所を持っていた会社だ。

「何か？」

金原は半眼の瞼《まぶた》を上げた。

「いえ……で、その山本明恵という人物は何を？」

「漢方薬を処方した。といっても伝統的なものではなく、おそらく山本がいくつもの生薬を独自に組み合わせたものです。正確には漢方薬ではなく方剤と言います」

「それで逮捕、ですか」

「末期がんへの薬効をうたって、自身の著作やネットを使って患者を集めたのです。しかしその薬にも処方にも医学的根拠はなく、むしろ人体に有害な成分が含まれていたということで逮捕されたのです」

「山本さん、ということは、山本製薬の創業者一族のどなたかですよね」

相沢が尋ねる。

「まあ、そういうことだね。山本の看板があったから患者が信用した、ということもあるでしょう。それが余計に悪質と映ったのでしょうね。化粧品会社ヤマモトの方は、うちとは無関係、と火消しに躍起になっていましたよ。山本明恵の方はメディアで詐欺商法のやり玉に挙げられ、怪しげな教祖扱いされた。薬事法違反などではなく詐欺罪か、そうでなければ傷害罪で起訴しろ、と連日叩かれていたものです。それで私は拘置所に面会に出向いた。同じ釜《かま》の飯を食べた間柄ですから、山本とは」

「学生寮のお仲間か何か？」と相沢が尋ねると、金原はかぶりを振った。

「地方の大学の大学院で、一年の大半を研究室で一緒に泊まり込んで過ごした。実験期間中には、食事のために外出もできないので、研究室の片隅に電気釜を持ち込んで自炊です。文字通りの同じ釜の飯。だから山本については腹の底までわかっている。人の弱みにつけ込んで金儲《かねもう》けをするような男じゃない。おかしな宗教の教祖になって変な薬を他人に飲ませるようなエキセントリックなやつでもなかった」

金原が面会室で待っていると、刑務官に連れられて入ってきた山本は座るなり、「俺は間違ったことなどしていない」と前置きもなく語り始めたという。

アクリルの仕切板の向こうで山本は、当時承認されていた抗がん剤がいかに医学的エビデンスに乏しく、副作用ばかりが激しく、患者を苦しめ死に追いやるものかといったことを糾弾する口調で説明し、自分の作り出した方剤と、世界各国を回り集めてきて改良をほどこした植物の驚異的な効果を熱っぽく語ったという。

「俺がこうして逮捕されたのは、陰謀なんだ。大手製薬会社の。俺にはわかっている」

かつての山本製薬、現在の化粧品会社ヤマモトを仕切っている親族たちが、自分を陥れるために仕掛けた罠だ、と声を荒らげた。

常に論理的で冷静、物静かなかつての友を知っている金原は、その激高ぶりと繰り返し使われる「陰謀」という言葉に驚かされた。

身なりこそ常識的で、髭《ひげ》、長髪といった怪しげな風体ではなかったが、どう考えても何かに取り憑《つ》かれているようにしか見えなかった。何より、薬学の博士号を持ち、大手企業「ヤマモト」の研究所に勤務していた彼が、なぜ人里離れた長野の山の中に患者を集め、怪しげな薬を飲ませる、といったことに走ったのか。詐欺でなければ妄念に取り憑かれた教祖、という報道を否定できない気持ちにさせられたと金原は語る。

「で、その漢方薬のようなもので、かなりの利益を上げていたのですか」

石垣が尋ねた。

金原は曖昧《あいまい》な様子で首を横に振った。

「ボランティアみたいなものじゃなかったかと思いますね。ほとんど儲けてはいなかったでしょう」

「すると……」

「幻覚症状が現れたんですよ、彼の治療を受けた患者に。近隣住民が譫妄《せんもう》の様子を目撃して警察に通報したことが逮捕のきっかけです」

その方剤の薬禍については確かに気になる報道もあったという。一時的な幻覚症状や譫妄ではなく、服用した患者の精神疾患を誘発したらしい。

信憑性《しんぴょう》の疑われる週刊誌の記事ではあったが、エビデンスのある治療を拒否して山本の治療を受けて帰宅した患者は、確かに苦痛から解放されたように見えた。治ったように見えた者もいたのだが、記事によればそちらはがん自体の進行が遅く放置しても数年は変わらないタイプだったのだろうとあった。

いずれにしてもそうして帰宅した者のうち、ある者は病院の治療どころか飲食や外出までも拒否し緩慢な自殺のような形で死に至り、ある者は世捨て人的な発言をした後に行方をくらました。

「それが、その山本という男の処方した薬の副作用だった、と？」

石垣が確認するように尋ねると、金原は否定も肯定もしないまま無気力な視線を上げてその顔を一瞥《いちべつ》した。

「とにかく何とか彼を救えないものかと思いましたよ。それしか考えられなかった。山本は優秀で良識的な男だった。それがああなる。これは精神の変調を来したに違いないと」

そのとき、山本は金原にメモを取るように指示すると何かささやいたらしい。

001から始まる連続した数字だ。

そこに電話をかけてくれ、と言う。国別コードは1。アメリカだ。

何のために、と金原が尋ねても理由は語らず、透明なアクリル板越しに思い詰めた視線を向けてくるばかりだった。

「それで、その番号にかけたのですか？」

金原はかぶりを振った。

その電話番号の主が山本の変節に関わっているであろうことが容易に想像できたからだと言う。そうした人物にコンタクトを取ることはさらに旧友の立場を危《あや》うくする、と判断し、それよりは自分の知り合いの弁護士に相談し、早急に接見させるつもりで、その日は拘置所を後にした。

「ちょっといいですか？」

石垣が金原の言葉を遮った。

「その山本明恵さんは、山本製薬の創業者一族ということでしたよね」

「ええ、まあ……」

「親族の方が真っ先に弁護士に依頼しそうなものですが、何かお家騒動のようなことで孤立したとか？」

「お家騒動以前だよ。彼は、山本本家ではなくて、分家でもなくて、祖母がお妾《めかけ》さんだった。山本明恵の父親は山本姓を名乗り明恵自身は祖父《じい》さんに金を出してもらって薬学の博士号を取ってヤマモトに入社した。とはいえ将来的に経営に携われるわけではないし、もっともそんなことは彼はどうでもよかったんだが、それよりヤマモトの事業が創薬から化粧品の開発にシフトしたことで、彼は何か方向性が違うと感じていたようだね」

「研究職としては、そのあたりのこだわりがやはりあるんでしょうか」

「いや、こだわりというよりは……」

「で、その、薬事法違反だか何だかの裁判はどのような結果に？」

二人のやりとりに相沢が割って入り肝心のことを尋ねる。

金原は沈鬱《ちんうつ》な表情で目を伏せた。

「首を吊《つ》った。裁判を待つこともなく。弁護士の接見も拒否して拘置所で」

「そうでしたか……」

「後悔したよ、弁護士の手配より先に、言われたとおりアメリカに電話をかけるべきだったのかと。そうすれば彼は死なずに済んだのかもしれない。それとも最初から命と引き替えに彼は私に何かを託そうとしたのか」

参列者もほとんどいない葬儀で友人を見送った後、金原はその番号に電話をかけた。国際電話番号であるから相手が外国人である可能性も考えていた。

はたして電話に出たのは、アンソニー・ストラウブと名乗るアメリカ人だった。山本の死を伝えると、しばらく沈黙した後に、見せたいものがあると言う。

そのストラウブと二週間後に日本の羽田で会う約束をして通話を終えた。

ストラウブからは何も自己紹介がなかったので、勤め先のコンピュータで検索をかけるとその人物はすぐに特定できた。北方系の植物を専門とする植物学者で、アラスカのアンカレッジから小型飛行機で二十分ほどの町に住んでいるということだった。

化学工業と密接に結びついた大手製薬会社の方針に異を唱え、いくつかの薬害、環境破壊訴訟に関わった後、その隔絶された町で自給自足の生活を営むようになった、とあり、山本が彼から影響を受けていたことは、その言動からして明らかだった。

古びたリュックサックを背負い、すり切れたジーンズにチェックのシャツという姿で、ストラウブは羽田空港のロビーに現れた。身の丈二メートル近い大男だった。

浅黒い肌は単なる日焼けというよりは、寒気や海岸沿いの塩でなめされたように皺深く、頬から顎にかけての灰色の髭と相まってかなりの年配のように見えたが、動作は力強くきびきびとしていた。

「君が山本の後継者か」と尋ねられ、金原は否定した。

「友人です。大学院で同じ研究チームにいた」と答え、当時、勤務していた製薬会社の名刺を手渡した金原に、ストラウブは、これから北海道に行こうと唐突に誘った。

そこに山本が作り上げた秘密の花園がある、と言うのだ。

「植物は神秘の力を秘めている。しかしそれは生命の連鎖の中でトータルに作用するもので、特定成分を切り離した化学物質が人を癒やすことはない」

熱っぽい口調でそんなことを話すストラウブの淡い水色の瞳を金原は不信感とともに見つめていた。この男に山本は洗脳されたのか、とあらためて思った。

「申し訳ないが」と金原は、一緒に北海道に行くのは無理だ、と答えた。なぜだと尋ねられたので、何の用意もしていないと答えると、国内に行くのに何の用意が必要なのだ、と聞かれた。仕事を休めないと言うと、南米やアフリカに行くわけではない、と執拗《しつよう》に誘ってくる。

とにかく日本の会社ではいきなり休暇を取ることなど考えられないので同行はできない、ときっぱり断った。

ストラウブは諦《あきら》めたらしく一人で国内線のチェックインカウンターに向かっていった。どんな縁があったのかわからないが、変わり者のアメリカ人に影響されて転落した山本のことが心底、気の毒でもあり無念でもあった。

一週間後、勤め先である筑波《つくば》の研究センターにストラウブからクール便で荷物が届いた。

ビニール袋を開けると、遮光性の黒いビニールでさらに梱包《こんぽう》されたものが出てきて、添え状には山本明恵ががん患者に処方した方剤であることが記されている。

空港で会ったストラウブに自分の名刺を手渡したことを金原は後悔した。

友の犯罪行為に関わるものを今さら送り付けられたところで、自分は山本を救えなかったという苦い思いがこみ上げるだけだ。

それにしてもこの方剤はどこにあったものだろうと首を傾げた。山本明恵が処方した薬は、その本体や器具、材料の生薬、原材料の薬用植物や菌類も含め、逮捕されたときに警察に押収されたはずだ。

友人の形見ともいうべき方剤を黒い包みから取り出し、唖然《あぜん》とした。

山本が標榜《ひょうぼう》した「奇跡のがん治療」に使われたそれは、複数の植物の、葉、根、花、実、あるいは何か得体のしれない乾いた物の細かな断片だった。

二十世紀の終わり頃、三十年あまり昔の話ではあるが、その時代でさえ方剤や漢方薬をそうした形で使うケースはまれだった。たいていはエキス剤や錠剤、顆粒《かりゅう》状の粉薬の形で処方されていた。

ストラウブの添え状にはその方剤を指定分量の水で二分の一量まで煮詰めるようにと書かれている。金原が知っている漢方薬の類いは、様々な薬品や器材を用い個々の生薬成分を抽出し、エキス分を組み合わせて作る。それとはまったく異なる、古色蒼然《こしょくそうぜん》とした煎《せん》じ薬だ。

ストラウブは、その方剤が人の気持ちを安定させ、同時に代謝を下げる作用があると書いている。人の臓器をはじめ一般の組織は、代謝を下げてもさほど影響を受けないが、多くのエネルギーを使って増殖するがん細胞は、代謝を極端に抑制されると死滅する、というのが、どうやら山本の考えた「奇跡のがん治療」の論拠らしかった。

元となった論文は、かつて山本製薬で創薬に携わっていた北海道出身の高樹幸三郎《たかぎこうざぶろう》博士の手によるもので、「彼は高樹博士の業績のみならず、その思想と理念に対し尊敬の念を抱いていた」とストラウブは書いている。

薬学は専攻していたが、金原は高樹幸三郎の名を研究室や学会で見たことはない。学問史の中にも登場しない。ただその名を山本明恵自身から聞いた覚えがあった。

その日金原は、研究室の片隅で、送られてきた乾燥物の断片をホーロー鍋《なべ》に入れ定分量の水を注いだ後、バーナーにかけた。

その薬効に期待するところなど何もなかったが、成分を調べることで山本の行為について自分なりに納得したい気持ちがあったのだ。単純で素朴極まりない作業が、何か宗教的な儀礼の色合いを帯びていて、拘置所で自殺した友への供養になるような気もしていた。

最先端の機材が並ぶ部屋の片隅で湯気と匂いを漂わせて、何やら呪術《じゆじゆつ》的な作業をしていれば、研究チームの同僚たちの興味を引く。

金原は隠すこともなく、それがかつての友が「末期癌にも効く」と信じた漢方薬の類いだ、と打ち明けた。同僚たちは「ああ、あの長野の詐欺治療の」と納得したようにうなずいた。

実験や研究の世界で生きてきた人々にとって、そこにある物質を犯罪行為と結びつけて非難するセンスは希薄で、むしろ純粋な興味の対象として受け止められた。

二分の一量になるまで煮詰めた後、金原は甘く苦い独特の香りを放つ液体を濾紙《ろし》でこし、成分を分離し分子構造を調べた。

分析結果はその場で出た。抗腫瘍《しゆよう》薬として作用するインドール系アルカロイドが確かに含まれていた。

しかし煎じ薬を飲ませるといった形で体内に入れたとして、効果的に腫瘍を叩けるはずはない。一方で、その成分がときに幻覚を引き起こすこともよく知られていた。

何か非科学的な観念にとらわれて、木の皮、木の実、干した葉などを煮出したナチュラルドラッグを、山本明恵は藁《わら》にもすがる思いの末期がん患者に飲ませ、多くの患者に無用な苦しみを与え、挙げ句、自身も逮捕、自殺に至った。

一般的な医薬品と異なり、漢方薬などの方剤は、生薬の一つ一つに複数の薬効成分が含まれている。それらが相乗的な効果を発揮するのだが、大手メーカーが発売している乾燥エキス製剤は、多くの有効成分が加工の段階で失われるか、あるいは不純物として取り除かれるので、本来の効果を発揮できない。

松本市郊外で怪しげな治療院を開くずいぶん前から、山本はときおりそんな話をしていた。

最先端の薬学を専攻した金原はその手の不確実な話に興味はなかった。それよりも人間のタンパク質の構造と化学物質の関係を解明することに夢中になっていたから、山本の伝統医療や東洋医学への志向に対しては冷笑的に捉《とら》えているところもあった。

あるとき山本に、なぜ今どきそんな古くさいものに興味を持ったのか、と尋ねたところ、高樹幸三郎博士の名が出てきた。

山本一族といっても庶子の家系で、北海道の日高《ひだか》地方に生まれ育った山本明恵は、中学卒業後、祖父に呼び寄せられるような形で東京に出てきて、文京区内にある祖父の家に身を寄せ高校に通った。昼でも薄暗い大きな屋敷には、江戸の薬種問屋の時代から戦前、戦中にかけての山本製薬の歴史に関する膨大な資料を収めた書斎があり、高校時代の彼はなぜかその部屋のかび臭い匂いと閉鎖空間を気にいり、中に入り込んでは好奇心のままに生薬や漢方について書かれた本を読みふけった。

その後、大学の薬学部から大学院に進み、株式会社ヤマモトに就職した山本は祖父の家を出て、神奈川県にある薬学部キャンパスの近くのアパートに移るのだが、祖父が亡くなった後も、文京区の家を訪れては古い文献を読みあさっていたと言う。

高樹幸三郎博士の書いた本を見つけたのは学部時代だったが、以来、高樹博士の知見に自分はずっと着目しているのだ、というようなことを興奮気味に語っていたことを金原は覚えている。

疑似科学と神秘主義の薄暗い藪《やぶ》の中に、優秀で生真面目な研究者を誘い込むきっかけになったのが、そんな古い時代の科学者の著書であり、アラスカに住む変わり者の研究者というよりは環境論者が、彼の奇妙な信念に具体的手段を与えてしまった。

やりきれない気分になったが、液体をその場で廃棄せず、成分内容をシールに書き込んで容器に入れておいたのは、実験廃液についてはどんなものであれ契約している業者に処分させることになっており、手洗い用の流しにあけて捨てることは禁じられていたからだ。

そんな液体を口にする者がいるなどと、だれが想像しただろう。

翌日、出社した金原は冷蔵庫の中に入れておいた液体が消えているのに気づいた。

盗み出した者がだれかは予想がついた。

研究チームの一人が、その日、無断欠勤したからだ。

十年近く前にうつを発症し、治療のために休職し、治癒して戻ってきては再発する、といったサイクルを繰り返していた森《もり》エリカだ。

金原が以前、この会社で研究ではなく開発の部署に配属されていた時期に、彼女も同じ部署で治験に関わる仕事をしていたのだが、復職後は一切の薬品を扱う業務から外された。

幾度かの病欠と復職を経て、現在はこの研究チームの一員として英語論文の翻訳やスタッフの書いた英文のチェック、簡単な事務仕事のようなことを任されている。

その女性、森エリカと金原はかつて婚約寸前まで行きながら、彼女の病気のために結婚を先延ばしにし、幾度か別れ話もした。それでも同じ職場で顔を合わせていることもあり関係は途切れそうで途切れず、互いに三十代も半ばに入っていたが、どっちつかずの関係が続いていた。

その森エリカが廃液の棚に置いてあったものを持ち出した。単なる好奇心のはずはない。自身かあるいは近親者にがんが発見されてその治療のために、ということも考えられない。効果がないであろうことは、彼女も理解しているからだ。一方、その液体をすべて飲んだとして死ぬことはないだろうが、幻覚作用が出たり体調を崩したりする可能性がある。

放っておくわけにもいかず、金原は彼女の自宅の固定電話と携帯電話の双方に電話をかけた。だが呼び出し音が空しく鳴るだけで、だれも出ない。

単なる不在か。電話に出られない状態なのか。

消えた湯薬のことは伏せたまま、金原は人事課にエリカの無断欠勤について告げた。

「早急に安否確認をお願いします」という金原の言葉に、人事担当者はすぐさまエリカの家族に連絡を取った。

森エリカから提出される診断書に頻繁に目を通していた担当者は、最悪の事態を想定していたのだ。

埼玉県内に住んでいたエリカの実姉が彼女のマンションにかけつけたとき、幸いなことに転落事故も首つり自殺も起きてはいなかった。

エリカは室内で意識不明の状態で倒れていた。だがその前にかなりの錯乱状態に陥ったらしい。全身が痣《あざ》や傷だらけで室内は暴風雨が吹き荒れたように家具が倒れ、ベランダに出るガラス戸は体当たりしたか椅子で殴ったかしたらしく強化ガラスがひび割れていた。

意識はないが、息はあって、姉はその場で一一九番通報をした。

病歴からして服毒自殺を図ったものと見られた。

救急搬送された大学病院の医師は薬物による急性中毒、と診断した。しかし肝心の薬物が何であるのかまったくわからない。

室内は吐物がまき散らされた状態だったが、実姉はそれらを病院に持ち込むことはせず掃除してしまったために、そうしたものから薬物を特定することはできなかったのだ。もっとも吐物の類いを調べたにせよ、彼女が摂取したのは既成の薬物ではないのだから特定はできなかっただろう。

病院に搬送された翌日、エリカを見舞った金原は、居合わせた彼女の姉からそうした一部始終を聞かされた。

面会は特に制限されていなかったが、エリカの意識はまだ戻っていなかった。何本もの管やモニターに繋がれて眠りについているエリカの閉じた瞼の下で眼球が激しく動いていた。それも一時ではなく、ずっと動き続けている。頬や唇がときおり細かく痙攣《けいれん》する。

看護師の話によれば命に別状はない、ということだが、その様を目の当たりにすると金原はエリカが二度と戻ってくることはないのではないか、という気がした。

不安と後悔に駆られて金原が帰宅した翌日から、エリカは少しずつ覚醒《かくせい》しはじめた。数時間かけて意識を取り戻していき、その間も譫妄による激しい症状などは特になかった、と聞いている。

目覚めてから三日後にエリカは中毒物質が不明のまま、姉夫婦に付き添われて退院した。その後数日間、姉の家で過ごしてつくば市内にある自宅マンションに戻り、一週間後には出勤してきた。もう少し病気休暇を取るようにと勧める人事担当者の指示をはねつけての職場復帰だった。

金原も含め、同僚のだれもが腫《は》れ物に触るように接した。彼女を刺激することを避け、金原も持ち出した液体について尋ねることはしなかったし、同僚たちもそのことには一切触れなかった。

一方、戻ってきたエリカの様子は明らかに以前と変わっている。長い髪をゴム紐《ひも》一つでまとめ、ユニフォームであるミントグリーンの作業着を身につけた彼女は、その表情も、「ご心配かけて申し訳ありませんでした」と挨拶するその口調も清明で、不思議な清潔感を漂わせていた。

それは処方薬によって病気が抑えられていることが一目でわかる、次はいつ頃再発するのか、と周りの者をびくつかせる、不自然に前向きな明るさとはまったく別物だった。

強いて言えば、発病以前の彼女に戻っていた。素っ気なく生真面目だが、人間関係に格別齟齬《そご》を生じることもなく、身を飾り立てることこそしないが、節制した生活ぶりがうかがえるすっきり整った容貌《ようぼう》の、有能で良識ある一研究員であったかつての森エリカがそこにいた。

その週末、金原はエリカを駅近くの店に誘った。

職場の外で会うのは、病院に見舞ったときを除いては半年ぶりだった。

この数年、タイミングを見計らっては彼女を誘っていたが、エリカはたいていは無言のまま首を横に振った。たまに応じてくれることはあったが、ろくでもない結果に終わっていた。

あるときはむやみに上機嫌になり、一瞬後にはささいなことで突然怒り始め、金原や周囲の人々に対してわけのわからない攻撃を始める。

そうかと思えばレストランで向かい合ったまま、料理に手をつけることも金原の語りかけに応じることもなく、ずっとうつむいたままだったりする。いたたまれずに彼女を促して席を立ち、車で家まで送るのだが、その後も自殺されるのではないかと不安で、夜中に幾度もメールを入れたりもした。

どこまでが病気で、どこまでがもともとの人格で、どこまでが処方薬の影響なのか、もはやわからなくなっていた。将来も見えず、かといって見限るのはいかにも不実なようで、他に恋人を見つけて別れを告げることもできなかった。こんなことをしていたら、彼女の不安定な気分に自分までが引きずり込まれてしまうという不安とともに、出会いに恵まれない業界でようやく見つけた相手への未練を断ちがたく、先の見えない関係を続けていた。

その日、久々に二人きりで会うエリカの、落ち着いてはいるが生き生きと輝いている目を見ていると、数年ぶりにかつての甘く高揚した気分が戻ってきた。

健康な状態のエリカは、愛想もないが媚《こ》びもない、余計な気配りはないが人間関係に計算を持ち込むこともしない、生真面目で率直な女性だった。

「もし話せば、ぜったいに止められるとわかっていたから」

挨拶もそこそこにエリカは、金原の前に座ると切り出した。あの液体を持ち出した経緯についての話だった。

「他に手段はないと思ったの」

「手段って……」

「幻覚剤。あれは天然の幻覚剤よ」

自分が発症して以来、うつの治療について専門家よりも多くの情報を集めていたエリカは、がんにはほとんど効果がないと金原が結論づけた方剤について、そのアルカロイドの化学式に着目したのだった。

それは金原も、そして山本さえ想像だにしなかった使い道だった。

かつて幻覚剤を用いての精神疾患の治療が試行された時代があったのだ。

一九六〇年代にアメリカでその可能性が注目を集め、盛んに研究が行われた。実績を挙げた例もある。だが様々な政治的思惑の下、その副作用だけが問題視され、ほどなく研究や実験までもが法律で厳しく禁じられるようになった。

「それでも私みたいに再発の度にどんどん強烈な薬を処方されるようになって、病気と処方薬依存の間を行き来するしかなくなった者にとっては、そのＬＳＤを使うセラピーが最後の希望に見えた」

大脳辺縁系を刺激し、悲観的な精神状態を前向きなものに変える効果を持つ幻覚剤。いくら製薬会社の社員だからといってそんなものを手に入れることはできない。ところが薬品を合成して作られたＬＳＤと同じ成分が、化学式によれば山本の残した薬に含まれていた。実際には化学合成されたＬＳＤの方が、自然界に存在する成分を真似たものなのだが。

廃液棚に置かれた薄茶色の液をとっさに手に取ったエリカは、自宅に戻りそれを飲んだ。体内に入る成分量については金原の分析データから予測するしかなかった。

危険は承知の上だった。

発病から十年近い。度重なる休職により、おそらく次に再発したときには退職を余儀なくされる。それを思えば、わずかでもチャンスがあればどんなリスクでもおかすだろう。

崩れ去った人生設計、長年の恋人とのほぼ破綻《はたん》した関係、専門性のある仕事から外されながらも何とかしがみついていた社員という立場と収入も、近い将来失う。藁にもすがる気持ちは末期がんの患者と同じだった。

幻覚剤を用いた治療は、本来、専門家の観察と指導の下に慎重に行われるべきものだ。それを一人で試すのであるから、幻覚によって何か命にかかわる危険な行動を取る怖れもあった。

エリカは、それの引き起こす酩酊《めいてい》が他の違法薬物と違い、すこぶる穏やかなものであることに賭《か》けた。鮮やかな色彩や映像が網膜に現れ、祝祭的な気分になるかもしれないが、心臓に極端な負荷をかけたり、血圧の急上昇を招いたりということはない。現にそれは山本明恵によってがん治療に使われたが、効果の程は不明ではあっても、それ自体が原因で死者を出したりはしていない。

それを飲んで数十分後、激しく嘔吐《おうと》した。その後の記憶はないと言う。その状態で病院に救急搬送された。

記憶はないが、長い夢を見続けていた、とエリカは話した。

そのことは見舞いに訪れた折に金原が目にした激しい眼球運動からも予想できた。

「どんな夢を?」

「くだらないけれど辛《つら》い夢、日常的な夢もあった……たとえば」とエリカはいやいやするように首を振った。

掃除機をかけるはしから、ゴミがこぼれ、雑巾《ぞうきん》で拭《ふ》いた場所に汚物の缶をひっくりかえす。凄《すさ》まじく汚れた部屋を片付け、掃除しようと奮闘するが、反対にさまざまな汚物がぶちまけられてしまう。何とかきれいにしようとすればするほど、汚れはひどくなり、積もった埃《ほこり》がよく見れば小さな虫の集合体で、渦巻き、波打ちながら襲ってくる。乱雑に脱ぎ散らかされた衣服の山が動き出し、ぬめぬめとした軟体動物に変わる。

そうかと思えば地中に埋められ、呼吸がままならないまま、スクリーンのようなものが眼前いっぱいに広がり、黒地に白の文字列が下から上へとスクロールされていく。目の奥が締め付けられるように痛み出し、吐き気を覚えて目を閉じても、映像はまったく消えず、意味不明な日本語、あるいは英語、あるいはドイツ語の記された文字列は延々とスクロールされる。

　何か知らない爬虫類《はちゅうるい》とともに透明なレジンの中に封じ込められ身動き一つできない。幼い頃に保育園で見せられた、幼心に何とも陰惨な印象を残した仏教説話の紙芝居がよみがえり、その黄土色じみた画面の中で目覚めるが、それも長い夢であることがわかる。

　明晰《めいせき》夢の連続だった。どれもこれも悪夢であり、夢でありながら、苦しさや蒸し暑さ、痛みなどは本物で、体は動かせず、目覚めることができない。丸二日、ほとんど途絶えることがなく悪夢から悪夢へとトリップし続けた。そうした夢の連続するイメージは、目覚めた後、意識がはっきりしてくるまでの数時間のうちに失われ始め、夢のいくつもの衝撃的なシーンだけが断片として記憶に残っていると言う。

「二度と経験したくない、思い出したくもないほど、長くて辛い夢だった」

「トラウマになりそうか？」

「それがそうでもないの」とエリカは微笑む。

「爽快《そうかい》な気分。抗うつ剤で症状を抑えているときの爽快感や力がみなぎる気分とは違う。何かよくわからないけれど、物事がはっきり見えて、落ち着いた気分。生きていれば、うれしいこともあるけれど、辛いこと、悲しいこともたくさんある。負担に感じることもある。それにはちゃんと現実的な理由がある。そんな当たり前の感じが戻ってきた」

「つまり、あれが効いたと考えていいのかな。君の直感は正しかったと」

「今のところ」というエリカらしい慎重な言葉が返ってきた。

そうしてみると山本が残したものは、彼の目的とは異なるところで可能性を秘めているようでもある。

「臨床実験みたいな話で申し訳ないけれど」

金原は切り出した。こんな頼みは、エリカのような女に対してしかできなかっただろう。

「しばらく薬を止めてくれないかな」

彼女はかかりつけの精神科医から、脳の状態を安定させ再発を防ぐために、症状が無くなり普段の生活に戻ってからも、最低一年間は飲み続けるようにという指示の下、抗うつ剤を処方されている。自己判断で治療薬の服用をやめることは厳しく禁じられていた。

「もちろん。入院中ずっと飲んでなかったし、戻ってきてからも飲んでない」

効果があの方剤によるものか、それとも他の薬剤の影響であるのかをはっきりさせるために、精神科医から処方されている抗うつ剤を止める。その意図を理解し、そこに合理的な理由があれば、面倒なことは言わない女だった。同時に彼女も自分が盗み出し、口にしたものが絶大な効果を発揮しており、おそらくそれが再発を伴わない、完治といっていい状態であることを直感していたのだろう。

一ヵ月が経ち、季節が変わっても、彼女の気分にも行動にも格別な変化は生じなかった。あの液体に含まれていた幻覚剤成分が、激しく長い悪夢の果てにうつを治したように見えるが金原の見方は違う。

それまでのエリカは彼から見れば明らかにうつより深刻な処方薬依存に陥っていた。生真面目で几帳面《きちょうめん》なところがあるから、医師の処方通りに薬を服用していた。それでオーバードーズと呼ばれる過剰摂取状態、乱用状態になることはない。過剰摂取、乱用状態になるのは、不正な手段で手に入れた薬を多量に、あるいは長期間飲み続けたりするからだ。医師側はそう主張する。

だが実際には処方通りに飲んでもオーバードーズは起きる。彼女のように、治癒と再発を繰り返し、病歴が長くなった者は特に。

やたらに饒舌になってみたり、エレベーターを待っている間も焦《じ》れたように両足を踏みならしたり、一人ではとうていできない量の仕事を抱え込んだ挙げ句、同僚の協力を拒んでパニックになったり、かと思えば蒼白《そうはく》な顔で突然、汗を流し始め、失神寸前になって職場から病院へ担ぎ込まれたり……。そんな状態が続いた後、不意に手洗いにさえ立てないほどの無力感にとらえられる。

山本の方剤はうつに効いたわけではない。数年間に及ぶ紛れもない処方薬依存の状態から、あの液体が彼女を解放した。金原はそう推測したのだ。

金原の話を無言で聞いていた石垣が顔を上げ、相沢に視線を合わせてきた。

二年前の晩秋、コカイン依存症に苦しんでいた一ノ瀬和紀は入院していたメディカルサポート倶楽部グランディオを出て北海道に行った。彼はそこでその薬を飲んだ。そして「すっきりした顔をして」帰ってきた。

「何か？」

金原が不審そうに相沢たちを見た。

石垣の目配せに促されるように相沢は、一ノ瀬和紀がコカインを断つために新小牛田に赴いたことを話し、おそらくその薬を飲んだに違いないという彼の推測を口にした。

「まあ、そういうことですよ」

金原はいささか無気力にうなずいた。

「あれの効果は劇的です。本人が好奇心から再び違法薬物に手を出したりしないかぎり、この先、ずっと人生は平穏に回っていく。あのとき、私はそう思ったものです。となるとその薬の成分を解明しないではいられない」

いったい山本の残した方剤の、どの生薬成分の何が、そうした効果をもたらしたのか。人の幸福感や高揚感は、脳の報酬中枢にある神経細胞に信号を行き渡らせるドーパミンやセロトニンといった神経伝達物質の作用によってもたらされる。それらのものがより多く作用するほど、幸福感、高揚感も増す。コカイン、ヘロインのような覚醒剤や麻薬を始めとする違法薬物の類いに留《とど》まらず、処方薬についてもそうした神経伝達物質を報酬中枢に放出させ、人に多幸感、高揚感をもたらし、いわゆるハイな状態にするものがある。だが、脳内の報酬系はいずれ、あるいは速やかに、そうした薬物に順応する。結果、当初の摂取量では働きかけることはできなくなり、人の健康にも経済にも深刻な打撃を与えるような多量の薬物を必要とし始める。そこで中断すれば、脳は存在しなくなった薬物を求め、人に激しい苦痛を与え、何があってもその薬物を摂取させようとする。薬に思考と行動、人格を乗っ取られた状態になる。

ヘロインや覚醒剤のような毒性、依存性の激しい薬物に代わり、そうした神経回路に作用して、薬物依存からの激しい離脱症状を抑えながら回復に導く薬剤もある。それらが医療現場で使用され、成果を収めているケースもある。

グランディオの医者がコカイン依存症に陥った一ノ瀬に処方していたのも、そうした薬の一つだろう。

だが、そうした薬剤の違法薬物に対する断薬効果は一時的なもので、患者の多くは退院や刑務所からの出所といった形で自由を得ると再び、依存症に戻っていく。

脳内で不可逆的な器質変化が起きているからだ。

「しかしエリカさんは完治した、と」

石垣が確認するように尋ねた。

「処方薬依存に関してはね」

「何か問題が？」

金原は曖昧に微笑む。

病院のカルテによればは心臓や呼吸器系統、また他の臓器について、エリカがダメージを受けた様子はなかった。服用直後に血圧上昇や心拍数の増加など、命に関わる症状が出たことは考えられるが、後遺症は見られなかった。

腫瘍を縮小させる効果については不明だが、その薬は、薬物依存については効果的に働く可能性があった。錯乱や昏睡《こんすい》といった危険な副作用を伴うにしても。

薬物依存症の多くが一時的な治癒はあっても、再発の可能性が高い。脳神経回路に不可逆的な変化が起きている、あるいは脳自体に器質的な変化が起きているとすれば、それはそうした状態の脳自体を修復する効果を持つものかもしれない。

違法薬物の摂取歴の無い者にとって、その複数の薬草を煎じた汁にさしたる益はない。がん患者に対する効果も限定的なものだった。山本明恵が処方したがん患者に多少の幻覚症状は出たようだが、激しい嘔吐や譫妄、悪夢を伴う眠りがあったという話は聞かない。

一方処方薬依存の森エリカについては、明らかな効果をもたらした。

その年の十一月下旬、研究所にいた金原にストラウブから電話がかかってきた。二日前に来日し、今、北海道の新小牛田町まで来たが、長期滞在できるホテルがない。ちょうどいい場所に空き家を見つけ、借りたいと思ったのだが、町の不動産屋は英語を話せず、外国人というだけでとりあってくれない。そこで金原に間に立って欲しい、と言う。アラスカ在住のアメリカ人にとって、東京、北海道間はほんの近所の感覚らしく、すこぶる気軽な口調で頼んできた。

じつのところ、森エリカの快復から一ヵ月が経過した頃、金原はストラウブにメールで連絡を取っていた。予想もしなかった効果を目の当たりにして、山本の残した方剤についてもう少し詳しいことを知っておきたかったからだ。エリカに関する一部始終を書き連ね、あの方剤をどこで、どんな経緯で手に入れたのか問い合わせた。

数日後に受け取った返信には、以前、話に出てきた「秘密の花園」でそれを手に入れたとあった。「花園」の所在地は北海道の新小牛田町の外れにあるカムイヌフ岬。「入口は狭く人の立ち入りを拒む」とあった。それでも金原が希望するなら現地に案内すると書かれていた。

釈然としないまま、金原はそれ以上何か尋ねることはせずに放っておいたところ、それから四ヵ月ほどして電話がかかってきたのだった。

とはいえ今回、現地に家を借りるために協力してほしいという頼みを聞き入れ、金原が翌日、北海道に飛んだのは、たまたま連休に当たっていたのと、あの薬によってエリカの状態が劇的に好転したことについての礼をしたい、という気持ちがあったからだった。

ただし当のエリカは参加できなかった。気分障害を克服し、本来の明晰さを取り戻した彼女は、未だに薬品を扱う業務から外されてはいたが、この時期に産学官が連携して開催される会議の運営委員の一人として、京都に出張していたからだ。

空港から半日かけて辿り着いた小さな漁師町の民宿の、干物の箱やら古びた雑誌やら熊の置物やらが雑然と置かれた玄関ロビーでストラウブは待っていた。

簡単に挨拶を交わした後、連れだって不動産屋に行った。

一人で商売していると思しき男に金原が社の名刺を見せて、ストラウブがアメリカ人の植物学者で研究のために滞在する、と説明すると、金原が保証人になる形で話は簡単にまとまった。

家の所有者は東京在住で、家は彼の実家だった。少し前に体調を崩した親を急遽《きゅうきょ》東京に呼び寄せたのだが、売るに売れず放っておいた空き家からいくばくかの家賃が入ることを相手は喜び、ストラウブは、地方の民宿の口に合わぬ日本食から解放された。

「で、この町に滞在して何をするんですか？」

町外れの殺風景な高台にあるその家にたどり着き、不動産屋に鍵を開けてもらい、ほこりっぽい部屋に立って金原が尋ねると、ストラウブは「だから秘密の花園に入るんだ」と謎めいた笑いを浮かべる。

「おそらく一、二週間のうちに、そこに至る道が開かれる」

意味がわからない。第一、秘密の花園があるとして、地上茎はすべて枯れているはずだ。

　その日からストラウブはその家に入ると言う。空き家とはいえ、室内には家具や家財道具は置きっぱなしになっている。それでも布団や燃料などは無いから、すぐに揃えなければならないが、頓着した様子はない。

　寝袋を持っているし、アラスカに比べてここは温暖だからストーブなどいらないというのが、強がりなのか本気なのかわからない。

　午後遅く、とりあえず燃料店から灯油だけは届けてもらい、ストーブをつけた室内で二人は向かい合った。

　ストラウブはいくつかの包みに分けられた植物片のようなものを、食卓の上に並べて見せた。

「山本の作り出した方剤の原材料だ」

　前回、岬を訪れた折に、建物内に残されていた生薬をストラウブは袋に入れて持ち出したのだと言う。だが、植物片、ましてや生薬の類いを国外に持ち出すことはできず、その一部を金原に送り、残りを札幌のオフィスビル内にある月極めの貸しロッカーに入れた。

「あのときには君を信用しきれなかったので、すべてを託すことはしなかった」とストラウブは言う。

　袋詰めされた個々の植物片のようなものを組み合わせたものが、エリカの口にした薬だ。

マオウ、ハッカ、シソ、ナツメ、松かさ……。乾燥させてあるので元々の姿はよくわからないが、ビニールの小袋に個別包装された生薬は、金原もある程度知っている薬用植物のように見えた。松かさは普通のものにくらべると小ぶりで鱗片《りんぺん》が閉じていた。ストラウブはさらにファイルから一枚のプリントを取り出した。それぞれの生薬の調合割合や薬用植物を生薬に加工する方法を記したものだった。

「君にあげよう、今回のことで君は同志だとわかった」

同志、と呼ばれて金原は戸惑った。確かに山本の残した薬はエリカを救った。ただそれがどの程度、普遍的に効果を挙げるのか、その何の成分が効くのか、エビデンスと呼べるものは皆無だ。そしてストラウブの正体も逮捕に至るまでの山本の行動も、ストラウブとの関わりも、そして北の果てにある秘密の花園も何もかもが謎だ。

「あなたが送ってきたあれは何という名の薬なのですか」

金原はあらためて、ストラウブに問う。

「サラーム」

「サラーム？」

アラビア語で平和、あるいは平安、平穏という意味だ。

「あの薬について山本はサラーム、と呼んでいた。漢方や中国医学ならどんな名前をつけるのか私は知らない。確実なのは、山本が組み合わせた方剤は漢方にも中医学にも存在しないということだ」

「山本が様々な植物を用いて作り出した薬、と考えていいのですか」

「生薬の原料は植物とは限らない。動物や菌類もある。それから正確に言うと、山本が作り出したわけではなく、山本が研究所に残されていたノートにあった製法の通り、原料を加工し、ブレンドした。そのプリントはそのノートをコピーしたものだ」

「ちょっと待って。研究所とはどこのことですか？」

「カムイヌフ岬の研究所。そこにかつての山本製薬の研究所の建物が残っている」

「そこに山本製薬の？」

「地元の人々の間では、旧日本軍の毒ガス兵器工場跡だとささやかれているが、根も葉もない噂で、実際は、一民間製薬会社の研究所だった」

ようやく亡くなった友と北の地の秘密の花園との接点が見えてきた。

金原はプリントに記された植物名と調合割合、そして成分名に見入る。

「これに従って材料を集めて秤量《ひょうりょう》し調合することで、サラームという薬を作れるということですね」

ストラウブはかぶりを振った。

「問題はそこだ。他の場所で採取したもの、栽培されたものでは同じ効果を生む方剤はできない。あの岬に生育する植物でなければならないんだ。あの地の植物は他の土地に生育するものと似てはいるが、ほぼすべてが亜種だ」

「その場所に固有の植物層が存在すると？」

「特殊な土壌や気候が生み出したものだろう。あの場所で人為的に作り出されたものであるのかもしれない。いずれにせよ、サラームは人の心に平和をもたらす。だから山本はがん患者に処方した。心に平和がもたらされれば、人の体にはおのずと回復力が備わる」

薬学を学んだ者として肯定はできない。だが、山本はこの人物に強い影響を受けたようだ。

「山本とはどこで」

探るように金原が尋ねると、ストラウブは「国際会議で」と答えた。

意外な気がした。

「いったい何の国際会議ですか？」

「医薬品関連の会議がメキシコで開催された。一九八八年のことで、山本とは同じ分科会に参加した。テーマは遺伝子多様性と創薬。彼は研究熱心でユニークな思考をする若者だった」

金原が山本の死を伝えて以来、ストラウブの口調に初めて悲嘆の調子が滲《にじ》んだ。

会議後の懇親会の席で、ストラウブは山本からかつて山本製薬が北の地に建てたという研究施設のことを聞いた。

それによると山本の祖父の時代に、戦時の医薬品需要に国内で対応する必要性に迫られ、山本製薬は北方系薬用植物の一大産地であった北海道の、さる岬に研究所と実験園を作った。

そこに派遣された研究者たちは、既存の生薬や動植物から成分を分離して新薬を作り出すとともに、遺伝子組み換えや体細胞核移植といったバイオ技術のなかった時代に、生育環境を変化させたり掛け合わせ技術を利用することで、それまでにない薬効を持つ植物を作り出した。

祖父から聞いた話であり、社史の中にも若干の記述はあるが、山本自身はその場所に行ったことはない、とストラウブに語ったらしい。

そのとき金原は思い出した。中学卒業後に東京に出てきた山本から、しばらくの間不登校になり、祖父の書斎で古い本を読みあさっていたという話を聞いた。ある日、書籍の間から厚さ二センチほどの冊子を見つけた。その当時ではあまり見なくなった綴《つづ》り込み表紙に、靴紐《くつひも》のような黒い紐で綴《と》じられた、冊子というより書類だった。

クロス張りされた黒い表紙に貼り付けられた「ハイマツ岬研究所の記録」という文字を目にしたとき、それが祖父の話してくれた北海道の岬にかつてあった研究所のことだとわかった。綴じられていたのは黄ばんだ紙にタイプ打ちされた文書と地図、図面の類いで、高校生にとって興味を引かれる体裁ではなかったが、何か会社の書類が紛れ込んだ様子でもあり、祖父を含む大人の世界に触れたような気がして、きっちり折り込まれて綴じられた図面を開き目を凝らしていた。すると背後から祖父の手が伸びてきて取り上げられた。

祖父は格別、怒った風もなかったが、小学生の息子から成人向け雑誌を取り上げるような、さりげないが抗《あらが》うことを許さない雰囲気があった。

何か会社にとって不都合なこと、おそらくは軍に関係した資料が含まれていたんじゃなかったのかな、と学生時代の山本は金原に語った。

「それで、あなたは山本の語ったその場所に興味を覚えた……」

ストラウブはうなずいた。

「山本が言うには、戦争終結とともに研究所は閉鎖されて廃墟《はいきょ》になったので、そこにあった実験園も周辺の雑草に侵略されて跡形もなくなっているだろうとのことだったが、北方薬用植物の研究を行ってきた私はその場所に強く心を惹《ひ》かれた。必ずしも周辺の植物に侵略され、駆逐されたとは限らない。その地にしかない物、特異な進化を遂げた植物が発見できるかもしれない。それで二年後の夏に、山本とともにそこに入ったんだ。岬の先端には、確かにコンクリート造りの要塞《ようさい》のような研究所の廃墟が存在した。驚くことにその周辺にも建物の中庭にも、戦時中の研究者たちが育てた植物が繁っていたんだ。整然と区切られた薬草園の痕跡《こんせき》が、建物を境にした岬の先端部のごく狭い場所にあった。建物の背後から岬の中央部にかけては、一目で栽培種とは異なる野生の植物群落があった。生育状態からしてそう古いものではないことがわかった。なぜだかわかるか？」

「いや」と金原は首を横に振る。

「根元を掘ると、焼け焦げたハイマツの根がみつかったんだ。落雷か、山火事の跡だ。ハイマツのような低木の群落がいったん焼失すると、入り組んだ根が失われることで土壌がむき出しになる。それが冬場に凍り、春になると解けることを繰り返す。土中の温度や成分が変わり、以後、元々の植物は根が張れなくなり、空いた土地に、それまでハイマツの周辺や、群落の間に、遠慮がちに生育していた草本類が一斉に侵入してくるんだ。しかしそうして侵入した植物はどれもこれも見たことのないものだった」

ストラウブの口調が熱を帯びた。

「それこそが在来の固有種だ。今の日本人が、北海道の植物だと信じているものは、在来種などではない。明治時代以降、本州からの入植者が、冷涼な気候の瘦せた土壌の上に育てていた北方系の薬草、ハッカも朝鮮人参も、ルーツは日本の北海道ではない。北海道の固有種は、岬の隔絶した環境の中で辛うじて残されていた。一方でかつての薬草園跡に繁っている植物は、隣り合って根を張ったためにほとんどの種が交雑していた。そのうえ火災によって土壌の成分も変わったせいもあって、そこにある植物のほとんどは、既存の種とは微妙に異なってしまっていた。つまり地上のどこにもない植物が、種ではなく亜種というレベルだが、そこに存在していた」

ストラウブが岬の先端に生育し、繁茂する植物の一つ一つに驚きながら目を凝らしていたとき、研究所の廃墟に入った山本は、一冊のノートを発見した。

後に山本が「サラーム」と名付けた薬の製法は、そこに書かれていた。

原材料となる動植物や菌類の扱いと加工、それらの調合割合。それは薬学を専攻するものが馴染《なじ》んだ亀の甲と数式ではなかった。

縦書きの日本語とそれぞれの植物の図で記されたすこぶる素朴な体裁だが、発見した山本は興奮していたらしい。そのノートの裏表紙には彼の尊敬する高樹幸三郎博士の小さな署名があったからだ。

「つまり戦時中、その山本製薬の研究所に高樹博士がいて、その研究ノートが残されていた、というわけですね」

石垣が質問を挟んで金原の話を中断させた。

「いやそれが妙なことに、後に私が現物を確認したところそのノートは戦中のものではなかったのですよ。もっと新しい。戦後に出来た新制大学の創立記念に研究者に配られたもので、大学名が刻印されていた」

「どういうことでしょうか」と相沢は首をひねる。

「つまり研究所は終戦後も閉鎖されず残っていた、と」

石垣が尋ねた。

「よくわかりません。戦争終結とともに研究所は閉鎖されて廃墟になった、と私は聞きましたが」

曖昧に答えた後、金原はストラウブから聞いたという話を続けた。

「その後、彼は頻繁にアラスカと北海道を行き来し、山本明恵とともに実験園の再生を行ったそうですよ。そこに繁る植物を材料にした漢方やハーブ医薬品の開発を試みたらしい」

その頃には山本は化粧品会社ヤマモトを退職しており、一九九二年にストラウブが日本を訪れた折には、東京郊外の町で漢方薬剤師として薬局を経営していた。

やがて山本が松本に引っ越し、自宅からほど近い寒村の古民家を改築した施設で、がん患者に対して無資格診療を行い、効果のない薬、しかも幻覚成分を含有した液体を飲ませたとして逮捕されるのは、さらに三年後のことになる。

「法律を作る側も執行する側も、薬剤についての知識は乏しい。トータルに人の体を捉える発想は皆無だ。その背後には、巨大な製薬会社が控えている。彼らにとっては人間の健康などどうでもいい。利益を上げる、それだけが関心事だ。だからそれを邪魔するものは、どんなに小さな要素でも徹底して叩き潰《つぶ》す」

新小牛田の借家で、金原を前にしてストラウブはそう語った。

製薬会社の社員の一人である金原は、過激な言葉を発するアメリカ人植物学者を不信感を持って見つめていた。

岬に植えられている薬用植物の多くが、他の地域のものとは異なる薬効を持ち、それらの組み合わせによって著しい効果を発揮する薬を創り出すことができる。だがそれは体内の腫瘍を叩き、微生物を殺すといった西洋医学が発展させた薬品とは異なり、人の体が本来もっている力を引き出し、最良の動的バランス状態に復帰させるものだ。

そんなストラウブの言葉は実証的な研究によって裏付けられたものではなく、金原からすれば単なる「思想」だった。その思想に山本は強く影響され、犯罪者となって自ら命を絶った。

一方で彼の作り出した「サラーム」は、気分障害に苦しむ彼の長年の恋人を救った。

感情的な折り合いを付けかねたまま、金原は一緒に岬に入ろうというストラウブの誘いを断り、その夜、留萌行きの最終バスに乗った。この日の東京行きの飛行機には間に合わないことはわかっていたが、これ以上、彼には関わらない方がいい、この町は一刻も早く出た方がいい、という感じがしたからだ、と金原は言う。

金原の前に森エリカに続く二人目の被験者が現れたのは、その直後のことだった。

エリカが彼のマンションに知り合いの男を連れてきたのだ。

艶《つや》を失った白髪交じりの茶色の髪を首筋で結わえ、顔色はどす黒く、こけた頬に縦皺が刻まれていた。丸首シャツの生地の上からも肩の関節が浮き出て見えるほど痩せているのがわかり、飛び出した目がぬめるように光っている。特に汚れてはいないというのに、肌からも口からも異臭がした。異臭というより、死臭だった。内臓も肉も皮下脂肪も腐っていくようなにおいだった。

金原は男が何か話し始める前に、「成分から言って、あの薬はがんに対して直接的に作用する根拠に乏しいと思います」と釘《くぎ》を刺した。

てっきり末期のがん患者だと思ったのだ。

薬学を学びはしたが、金原は覚醒剤常習者の深刻な症状など目の当たりにしたことはなかった。テレビのニュースや雑誌などで、逮捕されたミュージシャンや女優やスポーツ選手がうつむいてパトカーに乗せられていく映像くらいしか見たことがない。そうでなければ啓発ビデオやドラマで目にする、依存症を演じる健康な俳優達の姿しかイメージできなかった。刑務所と精神科病院と世間という生活サイクルを幾度も回った者の容貌がどのように変化するのか知らなかったのだ。

男は、自らをＴＪと名乗った。元バンドマンだと言う。エリカとの出会いは通院していた病院の待合室だったらしい。その頃、病気そのものの症状か、処方薬の副作用か、あるいは処方薬の離脱症状かわからないが、最悪の状態であったエリカを、一時的ではあるが断薬に成功していたＴＪが励ましたのだという。

その後、山本の遺した薬、「サラーム」によって回復したエリカは、以前から彼女が通っている教会が開催している薬物依存の人々の自助グループの手伝いを始めた。そこでＴＪに再会したのだった。

だが再会したその翌週のミーティングに彼は顔を出さなかった。

ほどなくエリカはＴＪが、変わり果てた姿でコンビニの手洗いから出てきたところに遭遇した。

自助グループでの奉仕活動や自身の処方薬依存の経験を通し、エリカは薬物依存が意志の力ではどうにもならないことを知っている。十代の後半からすでに十年以上薬に蝕《むしば》まれてきた男の末路がどんなものであるかもわかっていた。もはや他に打つ手無し、と考え、TJを金原のところに連れてきたのだった。

金原は戸惑った。

数ヵ月前、彼は研究室の設備と機材を勝手に使い、社の事業とは無関係に山本の調合した方剤を煎じて湯薬を作った。それは研究でも検証でもなく、亡き友への鎮魂の儀式のようなものだった。

森エリカがそれを盗んで勝手に飲み、結果が得られたというだけだ。

偶然に良い条件が重なっただけだ。

エビデンスはなく、たまたま良い結果が得られたというだけだ。

そんなものを他人に飲ませれば、結果はどうあれ犯罪になる。

また嘔吐、錯乱、悪夢を伴う長い昏睡、といった危険な副作用もある。

「救えるのは彼だけじゃないんです」

森エリカは生真面目な口調で言った。冷静そのものの口調に、誠実な熱意がこもっていた。

「日本中に、いえ、世界中にどれだけ薬物依存に苦しむ人たちがいると思いますか。どれだけの人がそれで亡くなっているか」

わかりきったことだ。だが、山本の遺したプリミティブな煎じ薬を医薬品として洗練させ、薬物依存からの半永久的な回復を実現する薬を開発する、などというのは夢物語だ。

開発が急がれるのは、より効果的な抗がん剤であり、糖尿病治療薬であり、骨粗鬆症《こつそしょうしょう》の治療薬であり、薬物依存者の断薬のための薬などまったく研究開発計画にはない。それはどこの製薬会社でも同じだ。

何より金原にとっての創薬とは、無限大の組み合わせのある化学物質を合成しては人の体を構成するタンパク質に対して薬効があるか否かを検証し、新たな薬を作り出すことだ。彼が携わっている研究は放射光を用いてタンパク質の構造解析を行い、効率的に化学物質の合成を行えるようにすることであり、野山に生えている草木や菌類や動物の体を、干したり、砕いたり、水に溶かしたり煎じたりといった方法で薬を作り出すことなど創薬研究の範疇《はんちゅう》には入らない。

会社を辞めて、自己資本でそうした薬を開発し成功したところで、薬の成分は幻覚を誘発するアルカロイドだ。そんなものの販売も使用も厚生労働省が認可するはずはないし、それ以前に研究自体に制限がかかる。もしそれで臨床試験をすれば処罰の対象になる。そうしたすべてのことはすでに山本が行い、その結果逮捕され、拘置所で自ら命を絶つことになったのだ。

「創薬の話をしているんじゃないんです」

金原の説明をエリカは遮った。

「わかりませんか？」

金原の前にいるのは、薬物中毒者というよりは、すでに死体になっているような男だった。

死体そのもののぽっかり開いた眼を金原に向け、TJはたった一言だけ言葉を発した。

「その薬を試させてください。自分、とうに底まで落ちてますから」

抑揚の無い、だが紛れもない覚悟をこめた口調だった。

この男にあの液体を飲ませたら、嘔吐や錯乱状態の中での血圧上昇、心拍数の増加、悪夢を伴う昏睡などの負担に耐えられるはずはない。確実に心臓が止まるだろう。その一方で、金原は薬物に蝕まれた男の体の放つ濃厚な死のにおいを得体の知れない生薬の数々が浄化してくれるような、危険で呪術的な期待を抑えかねてもいた。

男をその場に残し、森エリカを隣の部屋に入れ、ドアを閉めた。

「一つ、聞きたい。彼とはどういう関係なんだ？」

エリカの顔に感情の揺らぎは見えなかった。

「さっきも言った通り。私が通院していたとき待合室で声をかけられて、救われた気持ちになった。それから自助グループで再会した」

「君としては、彼にはどんな気持ちを抱いているの」

自分がエリカにこんな問いかけをできる立場にあるのかどうか、あまり自信はなかった。それでもエリカがその命を救ってやりたいと思い、金原の許《もと》に連れてきた人物が男だったということに、安っぽい抵抗感があった。

　それを交際期間と言えるのかどうか、彼女の病気の状態によって関わることのできなかった時期が長かった。数ヵ月間、声かけはもちろんメールさえ拒絶されたことがあった。かと思えば、あまりのしつこさや人格が変わったようなはしゃぎぶりに金原の方が避けていたこともあった。そんな不安定な関係を続けていた時期に、どこかの男と何かがあっても不思議はない。

　エリカは切れ長の目を上げて金原を見つめた。困惑も怒りも驚きも何も無い視線だった。

「だから待合室で話しかけられて救われた。たぶん、あれはあなたではだめだった。彼だったから私は救われたの。彼を引き上げたい。救うというより引き上げたい。普通に生きている人の世界に」

　あなたではだめだった、という言葉が重く響いた。決して金原を非難する意味合いでは無いことはわかっていたが。

　熱く湿った女性的情感がもともと欠落したような女だったが、人情の機微を利用して好感を得ることに腐心するあざとさにもまた無縁だ。その生真面目さと飾り気の無さを金原なりに愛していた。

　だから単刀直入に尋ねた。

「彼とは何かあったのか」と。

「何か？」

「だからあのＴＪって、もとミュージシャンだかバンドマンだか知らないが、あの男とは、何かあったのか」

エリカはようやく金原の言わんとしていることが理解できたらしい。わずかだが憤慨の表情を見せた。その反応が、もともと感情表現が豊かとは言えない森エリカの受け答えとしては十分すぎて、金原は自分の卑俗な問いを恥じた。

「すまない。確認しておかないと落ち着かなかったんだ」

男女の感情などない。単純に知り合いが窮地に追い込まれているとき、自分が役に立つと思えば放ってはおけない。それがエリカの女性的情感の欠落を補ってあまりある誠実さという美徳でもあった。


路線バスを乗り継ぎ、三時間近くかけて辿り着いた新小牛田の町は、細かな雪がちらついていたが、空港のある旭川周辺に比べて降雪は少なく、海が近いせいか寒さもさほどではない。

ストラウブはまだ借家に住んでいた。

前日に、ＴＪと名乗る薬物依存症患者のことを電話で話したところ、一両日中に彼を連れてくるように、と言われた。一週間、いや、二、三日待ってくれと頼んでも、ストラウブはそれでは遅すぎると言ってきかない。

迷った挙げ句、金原はこの日、三日間の休暇を取って、TJとエリカを連れて新小牛田の町までやってきたのだ。

待っていたストラウブは翌早朝、岬に出発するつもりだと言い、すでに出発準備を整えていた。

「待ってくれ、ここに薬はないのか？」

事前にストラウブからは、軽登山靴にスパッツ、リュックサックに寝袋といった装備で来るようにと指示があったのだが、岬に入るという話は聞いていない。

「投薬はそこで行う」

「いや、こちらは原材料の生薬を分けてもらえればいいんで、研究所の跡地を見に来たわけじゃない」

「だめだ」

ストラウブは短く言った。

「『サラーム』の危険な副作用を抑制する手段は、あの場所にしかない」

「危険な副作用って、吐き気や悪夢のことだろう。ここで我々が見守れば何とかなる。万が一のときにも、あまりやりたくないが、救急車を呼べば命だけは助かる」

ストラウブは何も答えず、スノーシューという洋かんじきを金原たちの前に置いた。帰り道にはそれが必要になるかもしれないと言う。

「行きます」

傍らで、エリカが言った。

憮然《ぶぜん》として金原は黙りこくった。

「行きます」

英語のやりとりを勘で理解したらしく、乾いてひび割れた唇を開きＴＪもはっきりした口調で言った。

金原はため息をついて、無言で首を縦に振った。

岬の入口まではバスを利用するらしい。路線バスの折り返し場まで行き、その先は雪の降り積もったハイマツの林を四、五十分歩くと言う。

戦時中、研究所を建設するにあたり開削された幹線道路と岬の先端を結ぶ道は、その後の地震や豪雨で崩れ、跡形もなくなっている。だが、冬場のみ、目的地までの最短ルートが開かれる。雪が降り積もり平坦《へいたん》になったハイマツ群落の樹上を歩いていく道だと言う。

「無理だ。僕らはともかく、彼が」

金原は傍らのＴＪに視線を向けた。

ひどく痩せ、顔色は東京で会ったときよりさらに悪い。多少、物は食べているようだが、下痢か吐き気があるのか、ここに辿り着くまで頻繁に手洗いに行った。

「もう少し回復しないと体力的に……」

「今しかない」

　ストラウブは遮った。

「岬への道が開かれるのは一瞬だ。やがてブリザードのように雪交じりの強風が吹き付ける季節に入ると道は閉ざされる」

「俺なら大丈夫です」

　悲壮な表情でＴＪが答えた。

「今、すぐ死ぬか、この先数年か数ヵ月、死体と変わらない状態で生き続けるか、というだけの違いでしょう」

　確かに危険はあっても、投薬はだれの目にも触れない場所で行われるべきだった。失敗する可能性は高い。たまたまエリカのケースではうまくいったが、いきなり心臓の機能が停止してしまっても不思議はない。救急車を呼んだりすれば、自分も山本同様、罪に問われる。起訴されることはなくても、今の会社には居られない。

　万一のときに遺体の発見されない場所でというのも、やむを得ない選択だった。一人の覚醒剤常習者が消息を絶ったとして、かつての家族も近親者も知人たちもだれも気にかけない。長い音信不通の延長として、あるいはそんな人間は最初から存在しなかったかのように、関わった人々の意識から消されていくだけだ。

　翌朝、日に二本しかない路線バスに乗った。乗客は彼らの他に老人が二人いるだけだったが、いずれもそこから少し行った町外れで降りてしまい、その先の客は金原たちだけになった。岬の入口に向かい曲がりくねった道を上るに従い雪が深くなっていく。折り返し場近くには七十センチ近い積雪があった。

「お客さん、帰りの足はあるの？」と心配気に尋ねたバスの運転手に、大丈夫だと答えて降りた。

擁壁を登ると雪原が開けた。厚く垂れ込めた雲が視界を遮り海は見えなかったが、灰色の空の下に広がる淡い水色を帯びた銀白色の原はこの世のものならぬ光をたたえていた。

雪原の下はハイマツの群落で、穴だらけの岩場に入り組んだ枝が絡んでいるらしい。注意深く足を下ろすが、雪面は意外に硬く、ほとんど沈まない。風と気温の関係で、この季節、数日間だけ歩ける状態になるとストラウブが説明した。

雪原を四十分ほど下ったところで白樺《しらかば》やヤチダモと思しき林に入った。木々の間をしばらく歩いた頃、周りの雪よりも白い顔色で息を弾ませていたTJが遅れがちになり、やがてゆっくりとその場に膝《ひざ》をついた。

ストラウブは慌てた様子もなく、TJを助け起こすと背負ったバックパックから保温水筒を取り出し、素早く手袋を外して、ポケットに入っていた粉薬のようなものを飲ませた。二、三分のうちにTJは立ち上がりしっかりした足取りで歩き始める。

金原もエリカも、もちろんTJ本人もそれが何であるか尋ねることはしなかったが、おおよその見当はついた。離脱症状を抑えるための代替薬というより、何かの違法薬物だ。とにかく今は、その激しく苦しい離脱症状を抑え、目的の場所に到達するのが先決だった。

岬の先端には、驚くほどあっけなく辿り着いた。バスの折り返し場から一時間ほどの距離だ。

あたりの林が切れたかと思うと雪が吹き飛ばされた地面に枯れ草やまばらなハイマツ群落が現れ、その向こうに、灰色の空を映してところどころ白く波頭の立つ海が望めた。その開放的な景色を遮るようにコンクリートの建物があった。外壁が黒く変色していたが原形はとどめている。さほど大きくはないが、朽ちた要塞のような黒々とした塊は、かつての毒ガス工場跡という根拠のない噂が真実味を帯びるほどに、不気味な死の臭いをまといつけている。

「山本が私に教えてくれた、彼の祖父の持ち物で、二人で再建した我々の実験室だ。今は、雪に埋もれているが、やがて春が訪れれば、一帯に秘密の花園が出現する」

ストラウブは快活な口調で言うと、建物の裏側に回り込み、扉をこじ開けた。

コンクリートの建物の内部は冷え切っていたが、風が遮られるために、入った瞬間、ほっとするような暖かさを感じた。

のしかかるような闇に圧倒され動けない金原にかまう様子もなく、ストラウブはブーツのかかとを鳴らして廊下を歩いて行き、ドアの一つを勢い良く開ける。

光が差し込んだ。部屋があった。中庭に降り積もった雪が、室内を照らし出している。昔の中学校の理科準備室を思わせる、机と薬品棚の置かれた小さな部屋だ。

そこに寝袋を敷いてＴＪを休ませると、ストラウブは金原とエリカを案内し、建物内を見せた。

天井近くに金属製の丸太ほどの太さの管が梁《はり》のように通っている部屋もあった。

煙突だ、とストラウブは言う。

中央部にあるやや広めの部屋では、かつて研究者たちが集まって食事をし、ミーティングなども行ったのかもしれない。中央に古びたテーブルが置かれその脇に、角張ったポストのようなものがあった。ストーブだ。煙突はそのストーブのもので、熱気を孕《はら》んだ煙が煙突によって各部屋を暖めた後に排気されるしくみになっていたようだ。

「ユンケルストーブ。ドイツ製だ」とストラウブは説明した。石炭ストーブだが、よくあるだるまストーブのようにその都度石炭を投げ込むのではなく、貯炭胴にあらかじめ大量の石炭を入れておけば、自動的に燃焼胴に落ちて燃え続けるしくみになっていると言う。

「長い煙突は少ない燃料で各部屋を暖めるためのものだ。戦時で石炭の供給が不足することを想定して導入したのだろう」

「ドイツ製ではなく日本製だ」と金原は訂正した。

鋳物の上に刻印されたマークは、今ではもうなくなってしまった日本メーカーのものだった。ストーブ本体の脇には煮炊きに使えるコンロがついているが、これはおそらく調理用ではなく、ここに薬缶《やかん》をかけて湯を沸かすのに使っていたのだろう。

「使えるのか」

屋内とはいえ凍てつく寒さに、せっつくように金原は尋ねたが、ストラウブはさぁ、と肩をすくめる。

「ストーブはあっても燃料が無い」

確かにその通りだった。

またある一室の扉を開けると、干し草のような香りとともに異様な風景があった。壁や天井一面から、様々な形の草や実、根のようなものが吊り下げられていた。褐色、ベージュ、白、黴《か》びたような淡い緑、どれも元の色を失った植物だ。

「戦後半世紀も経つのに……」

「いや、これは山本製薬の人々の仕事じゃない。我々がここに入ったとき、生薬や植物片の類いはごくわずかしかなかった。これは山本明恵の仕事だ。彼がここの植物を採取して乾燥させた」

民間薬では生の葉や実、樹皮を使うこともあるが、大半の生薬は保存性を高めるためにまず干す。それにしても部屋を埋め尽くした枯れ草の類いを眺めていると、ともに薬学を学び、細胞を構成するタンパク質に適合する化学物質を探し、試すといった研究をしていたはずが、なぜ山本だけがそうした精緻《せいち》な学問から離れ、こんなプリミティブな世界に行ってしまったのかとますます不思議に思えてくる。どこかで神秘主義に搦《から》め捕られたのかと、薄気味悪さも覚える。

研究室の他に人が寝泊まりしていたと思しき居室や食堂などもあり、三階の図書室に行き着いたときには、金原は圧倒的な量の古い書物の醸し出す不可思議な生命力とも呪力ともつかないものに言葉を失った。

エリカが躊躇《ちゅうちょ》する様子もなくそこに近づき、一冊を書架から取り出して開いたが、決して乱暴な取り扱いでないにもかかわらず、その手の中で古い書物は乾いた音を立てて表紙が外れた。慌てた様子でエリカはそれを書架に戻し、三人はＴＪを休ませていた一階のごく狭い一部屋に戻った。

部屋の中央にはブリキ缶で作った焼却炉のようなものが置かれており、金属製のパイプが部屋の空間を横切り廊下に延びていた。

ストラウブがアラスカの自宅にあるのと同様のものを手作りしたロケットストーブだった。周辺の枯れ枝やハイマツの枝などで暖が取れると言う。

「時間が無い」

手にした天気図からストラウブは鋭い視線を上げた。

「あと数日で道が閉じてしまう」

ハイマツ上に出来た雪原のことだ。まもなく雪交じりの風が吹き荒れ始める。積もった雪が舞い上がり、ほんの数センチ先も見えない地吹雪になるかと思えば、それが止んだときにはハイマツを埋めた分厚い積雪が剝がされ、それまで歩いていたハイマツ上の道のそこここに、枝の入り組んだ天然の落とし穴が仕掛けられていることになる。

　地球上の隅々までインターネットで結ばれる以前のことで、刻々と変わる天気の情報をスマホや携帯電話で追うこともできず、出発前に手に入れた紙の天気図と、金原が携行した短波ラジオから状態が良いときに聞こえる天気予報だけが脱出の手がかりだった。躊躇やら最後の決意やらに時間を費やす余裕は無かった。

　複数の生薬は、山本の残した処方に従い、あらかじめ粉砕され調合されていた。それを水とともにステンレス製の煎じ器に入れ、金原が用意してきた登山用プロパンガスコンロにかけ、二分の一の量になるまで煮出す。

　成分分離も有効成分の評価もない。動物実験もなされていない。ただたまたま重篤な処方薬依存に陥っていた者が飲んで、思わぬ成果を得ただけでエビデンスはない。

　服用する者の体質や体格によって、生薬の種類や分量を変えていくという漢方の処方も無視している。それは治験とさえ呼べない人体実験であり、いくつもの法に抵触する、まぎれもない犯罪だった。

　だが彼、ＴＪにとっては、あらゆる方法を試しても刑務所と病院と世間を回ることしかできなかった人生で、たった二つ残された最終脱出口の一つだ。もう一つの脱出口は死だ。同時に、ドラッグが手にはいるとなれば、得体の知れないどれほど危険なものでも飛びつくようになった依存症者にとっては、いくつかの生薬をブレンドしたその方剤もまた、売人の持ってくる目新しいドラッグの一つに過ぎない。そう高いハードルではなかった。

その一方で、ストラウブはエリカが陥った激しい錯乱状態を避けるために、鎮静作用があるというハーブ飲料をあらかじめTJに飲ませた。別の部屋に吊《つる》してあった乾燥した薬用植物を煮出したものだ。

その一時間後に、TJは山本の処方に従って作った煎じ薬二百ミリリットルを飲んだ。十分ほどで全身脱力したような状態になり用意されたベッドに横たわった。

特に吐き戻すこともなく薬は消化器を通して血中に入っていった。

譫妄によってあばれたりした場合には押さえつける必要もあり、金原は拘束ベルトも用意していたが、そうしたものは必要なかった。

ストラウブの用意したハーブ飲料の効果なのか、それともここの環境が何か作用しているのか、血圧や心拍数も安定している。

ストラウブの自作したロケットストーブの中では枯れ枝が音を立てて燃えているが、エアコンで適温に保たれた部屋での生活に慣れた金原たちにとっては歯の根が合わないほど寒い。

TJが凍死しないように断熱シートや断熱毛布でできる限りの保温をし、紙おむつをあてた状態で数時間に一度、寝返りを打たせる。

傍から見る限り、静かな寝姿だった。だがその眼球の激しい動きを閉じられた瞼越しに見る限り、それが決して安らかな眠りではないことが見てとれた。

狭い部屋の棚に並んだおびただしい数のガラス瓶を見たとき、いくら人目に触れない場所とはいえ、天気によっては来春まで閉じ込められ、凍死する可能性の高い場所をなぜストラウブが選んだのか金原は理解した。

今は雪を被っているが、この秘密の花園に生える植物の種類は多く、それらを複雑に組み合わせた薬がここに揃っていた。必要に従って砕き、煮出し、場合によっては成分だけ抽出して、人の体質と状態によって摂取させるための個別の処方、松本市郊外にあった山本の薬局に保管されていたファイルは逮捕時に警察に押収されていたが、それと同じものがここには残されていた。


四十八時間の眠りの後、TJは目覚めた。そして自分がどんな夢を見ていたのか語った。

譫妄もなければ、寝返りを打つこともない。静かすぎる寝姿だったが、彼の意識は目覚めており、まったく違う世界を彷徨《さまよ》っていた。

色彩とまぶしい光が炸裂《さくれつ》し、凄まじい音でシンセサイザーが鳴っていた。耳の痛くなるような不協和音が、幼い頃に聞いた演歌が、自分の鳴らすギターの音と一千人にもふくれあがったボーカルの「目覚めよ」という歌声が、交錯し重なり合い、彼を苛《さいな》んだ。

悪夢の果ての目覚めは激しい疲労感と頭痛を伴っており、語り終えると同時に深みに沈んでいくように彼は再び眠りについた。

六時間後に起こす、とストラウブは宣言した。短波ラジオに断片的に紛れ込んできた漁船への無線連絡によると、穏やかだった天候は十二時間後には大きく変わり、暴風雪と地吹雪の本格的な冬がやってくると言う。

翌日未明、三時間ほど寝ただけでTJは目覚めた。その直前に、晴れた午後の海辺の景色の中を自宅に向かって歩いていくいつもの夢を見た。

そんな話を遮るようにストラウブは用意していたハーブティーを彼に飲ませた。

乾燥ハーブは、戦前、このあたりで盛んに作られていたオタネニンジンを中心にしたお茶のようなもので、人を軽い興奮状態にさせるらしい。そんなものを飲ませていいのかどうか、金原は半信半疑だったが、ストラウブは格別、説明するわけでもなく大丈夫だ、というようにうなずくだけだ。TJが町に辿り着く前に力尽きたり、眠り込んだりしたら間違い無く命を落とす。それを救おうとして全員が凍死する可能性もある。

天気の回復を待ってここに留まることもまた確実な死を意味する。本格的な冬が来てしまえば数ヵ月は身動きが取れない。寒さが緩めばハイマツの上の道は落とし穴だらけになって歩けず、しかも冬眠明けで、もっとも危険な子連れのヒグマが現れ始める。

それ以前にストラウブのストーブの火力は心許なく、食料もほどなく尽きる。

TJには市販の高カロリーゼリーを食べさせ、金原たちはエネルギーバーの類いを齧《かじ》り、東の空が雪雲の灰色に明るみ始めた中を一行は出発した。

わずか三日のうちにあたりの景色は変わっていた。思いの外降雪が多く建物の周りは腿《もも》まで埋まるほど雪が積もっている。ストラウブは全員にスノーシューをはかせると、互いの胴体をザイルで結び、怯《ひる》む様子もなく進み始めた。

岬先端から白樺やヤチダモの林を抜け、ハイマツの群生する尾根部分に登ったとたんに、あたりは白く閉ざされた。目を開けるどころか呼吸もできないほどの暴風雪だった。

天から降る雪に加え地上に降り積もった新雪が舞い上がり、どちらが天とも地とも知れぬ白とグレーの闇を出現させた。

ストラウブは慌てた風もなく、磁石を確認すると先に立って歩いていく。その後ろをTJとエリカ、最後尾を金原が行く。

先日と道が違うと感じたのは緩い下り斜面を下りた後、正面にエゾマツやトドマツの林が現れたときだ。ハイマツの原ではなかった。斜面と木々に遮られ風は緩んでいるがかなり雪が降り積もっている。

「雪の無いときには、ここは通れない。笹が林床を覆い尽くし、木の根の露出したぬかるみや沼地が広がっているんだ」

ストラウブが片手で辺り一帯を指す。ハイマツ林同様に足を踏み入れることは叶わない場所だが今、ぬかるみも沼地も凍結し、笹藪も雪に覆われて、スノーシューで進むことができる。それでも来るときのような平坦で直線的な雪原の道と違い、距離が長くアップダウンがある。息を切らしながら二時間近くも歩いた後、ようやく眼下に曲がりくねった道路が見えた。スノーシューを脱ぎ、高さにして四メートルはありそうなコンクリートの擁壁をザイルを使って一人一人慎重に降りる。

道路は除雪してあり、薄く積もった雪の上にタイヤの跡がついていた。

世界の果てのような岬からほんのわずかな距離を隔てただけで、人々の日常生活が営まれる普通の田舎町があることに、金原は空間が歪《ゆが》んでいるような奇妙な感じにとらわれる。

曲がりくねった道路を下りていくと海辺の幹線道路に出た。灰色の浜で波頭が砕け、風に乗った潮が雨のように道路に降り注ぐ。

路肩にコンクリートブロックが積まれた小屋があった。

バス停だった。引き戸を開けて中に入ると風が遮られほっとするほど暖かい。片隅にある公衆電話を使い、隣町からタクシーを呼び、借家に戻ったのはそれから一時間あまり後のことだった。

ストラウブ一人を残し、金原たちはその日のうちに町を後にした。何か容態に変化があったときのためにと、TJはストラウブから乾燥ハーブのようなものを持たされていたが、深夜に羽田に辿り着くまで、異変は起きなかった。

断薬後のリハビリ施設にしばらく身を寄せる、と言うTJとは空港で別れた。気にはなったが、それ以上関わるつもりはなかった。

半年ほど過ぎた頃、研究室にいると会社の受付から来客がある、と連絡があり、知らない苗字を告げられた。

首を傾げながら玄関ロビーに出て行くと、見知らぬ男が立っている。

戸惑っている金原に向かい「俺です。ＴＪ」と名乗った。

「君が」とその顔に思わず目を凝らした。

どす黒い肌をして目ばかりが飛び出した亡者のような男は、すっきりした風貌《ふうぼう》の三十前後の青年に変わっていた。

「ここでは何だから」

同僚たちに話を聞かれるのもまずい、と考え、金原は建物裏手の庭園に連れていった。市街地から離れた研究施設でもあり、敷地内は広大な緑地に囲まれていた。

ベンチに腰を下ろしたＴＪは、その後リハビリ施設で二週間ほど過ごすうちに健康な体を取り戻していったと言う。

やがてビル清掃のアルバイトをできるほどに体力を回復したとき、彼はアパートを借り自立した。つい一ヵ月前に正社員としての採用が叶い、今は複数の清掃現場の点検やアルバイト従業員の管理といった仕事を任されていると言う。

「以前とは、まったく違うんです」

変性した脳により、人格の退行が起き、欲望をまったく抑えられない幼児的な状態になっているため、覚醒剤を生涯にわたって断つことは不可能。拘束が解けたとたんに、ごく小さな刺激によって再び薬物に手を出し、依存症に逆戻りするおそれがある。医師からさえそう宣告されたのが、今は、砂糖の白い粉に触れても、病院の注射器を目にしても、何の反応も起こらない。

リハビリ施設のセラピストは、「仲間を得ることによって前向きな動機付けがなされ、断薬の状態を維持できている状態だ」と言うが、そんなものでもない。

「欲望自体が消えたんです。こんなすっきりした気持ちは初めてです。生まれ変わりました」

「良かった」

半信半疑のまま金原はうなずいたが、ＴＪがごそごそとリュックから包みを取り出し、「先日、初めて給与が振り込まれましたので」と菓子折を差し出してきたときは、この男の律儀さを目の当たりにして胸が熱くなった。決して再発などしないように、再び地獄に落ちることがないようにと、心底、願った。

ほどなくしてＴＪは、アラスカに戻ったストラウブと金原の双方に宛てて、再び岬に入れないか、というメールを寄越《よこ》した。

自立した後も、ボランティアとして出入りしていたリハビリ施設で、かつての彼のように、幾度となく断薬に失敗し、失うものは命だけという状態になったメンバーを救いたい、というのだ。

金原は困惑した。彼がＴＪに施した処置は絶対に人に明かさないという約束の下に行われた二重三重に違法なものだ。確実に助かる道があるにもかかわらず、放っておくことなどできないという、真摯《しんし》な言葉に心を揺り動かされはしても、たまたまTJに効いただけのことで、他の人々については苦痛を与えるだけで何の効果も無いかもしれない。それどころか深刻なダメージを与えるかもしれない。

三十代も半ばになった金原には大手製薬会社の社員としての立場があり、エリカと築くべき家庭と子供という将来設計があり、郷里には親がいる。これ以上、危険で犯罪的な行為に手を染めることはできない。

一方で、そうした現実を超え、あの岬でストラウブと山本が作り出した「サラーム」という薬やその他の方剤の処方システムの中に、何か生命の神秘を解き明かすものがあるような気がしてならない。

そんな折、青天の霹靂《へきれき》のように勤め先の製薬会社に吸収合併の話が持ち上がった。さる外資系のバイオ企業に買収されたのだ。それにともない国内にある研究所のほとんどが閉鎖されることになった。研究職にあった金原は真っ先に切られるか、良くても不慣れな営業分野への配置換えになることは確実だった。

さらに現実的な条件が金原の前に提示された。一九九六年、というこの時代、バブルはすでに弾《はじ》けていても、日本企業には早期退職の募集に応じた者に多額の退職金を支払う余裕が残されていた。

一方、森エリカの方は、すこぶる単純な使命感から、山本の作り出した薬物依存の特効薬によって多くの人々にその人生を取り戻させることを切望している。

これは山本の志を受け継ぎ、彼とストラウブの作り出したものを人と社会のために役立てる大きなチャンスなのではないか、と金原も考え始めていた。


一九九七年の七月初旬、金原はストラウブとともに岬に入った。

東京では梅雨の冷たい雨が降っていたが、北海道の気候は安定しており、頭上には抜けるような青空が広がっていた。

借家はいったん契約を解除してあったので使えず、その夜は新小牛田ではなく隣町の稲生町の民宿に一泊し、翌早朝、レンタルした二人乗りシーカヤックで岬の先端に向かったのだった。

金原は細身のシーカヤックに乗るのは初めてだったが、アラスカの海辺の町で、ほぼ自給自足の生活をしているストラウブのパドルさばきは見事で、多少の波などまったく苦にする様子もなく、海上を矢のように進む。

途中、昆布漁船に行き合ったが、髭面《ひげづら》の白人とカヤックの組み合わせはどこから見てもナチュラリストの観光客で、不審感を抱かれることもなく三十分もかからぬうちに波の穏やかな浜が見えてきた。

湯梨浜という名のそこには、かつて山本製薬の研究所があった時代には栈橋が作られ、夏場は小型の船が人や物を運んでいたという話だが、金原たちが上陸したときは跡形もなく、幾度か高波に呑《の》み込まれた防波堤の残骸《ざんがい》が水面上にわずかに顔を出しているだけだった。小さな入り江全体が浅瀬になっており、普通の動力付き漁船は接岸できないが、カヤックは砂に底がつくまで接近できる。だがストラウブはそんな説明を聞かせただけで、浜に上陸はせず、再びカヤックを沖に向けた。

「あそこを登るのは、君には無理だろう」と指差す先は、松やその他の草木が繁茂する切り立った崖《がけ》だった。

「戦時中に山本製薬が付けた道がここにもあったのだが、あちこち崩落していて通れない」

目を凝らせば、崖の途中に確かに石を積んだ階段様のものの痕跡が見える。

パドルを握ったストラウブは岬の鼻に向かう。

風が出てきて岬の先端で三角波が立っているのを、ストラウブはたくみにパドルを操ってやり過ごし、反対側に回り込むと海岸洞窟《どうくつ》のようなものが見えた。

海上にせり出した断崖の割れ目にストラウブはカヤックを漕《こ》ぎ入れる。

無数のコウモリが群れており、岩肌が黒く変色してしかも異臭がひどい。やがて割れ目が狭まり、細かな穴が表面に開いた岩壁に行く手を阻まれた。潮が引いており、水面と天井の間には身をかがめれば通り抜けられるほどの隙間があった。そこを抜けるとドーム状の空間が広がっていた。こちらにコウモリは入ってこないらしく、ストラウブのヘッドランプに照らされた岩壁は本来の褐色を帯びた灰色で、海上の光がどこでどう屈折していいるのか、闇の中で水が薄青く明るんでいる。

突き当たりの岩の、海面から高さにして二メートルほどのところが龕《がん》のようにえぐれている。

天然の窪《くぼ》みか、人工物かはわからない。

ストラウブが輪にしたザイルを肩にかけ、カヤックの先端に結びつけたロープを腰に巻くと、岩壁に手を伸ばし懸垂するように滑らかな動きで取り付いた。

カヤックは左右に揺れたが転覆することはなく、ストラウブは岩のわずかな突起につま先をかけて龕のような空間に這《は》い上がった。そして金原に向かい岩の上からザイルを垂らした。カヤックの上で立ち上がらずにそのザイルに体重を預けて岩に足をかけろと言う。それでも無意識に立ち上がったらしい。カヤックがぐらりと揺れ、あわや海に転落するかと思われた寸前に、岩壁の出っ張りを足が捉えた。

ストラウブが乾いた笑い声を立てて金原の体を支えた。金原が岩棚に這い上がると、ストラウブは慣れた動作でカヤックを先端についたロープで引き上げる。

岩棚の奥行きは三、四メートルだろうか。そこにカヤックを裏返して置くと、ストラウブは長身の体を折り曲げ、窪みの奥の暗闇に吸い込まれるように入っていく。その先に淡い光が見えた。目を凝らすと岩肌がごく狭い階段のように刻まれている。ずいぶん昔、戦時中よりももっと古い時代に作られたもののようだ。滑らないようにと注意深く足を運ぶ。

「先住民の作った道だと山本が言っていた。私と山本で崩れたところを補強した」

ストラウブは説明した。

アイヌの集落が岬の先端にあったということのようだ。

洞窟内の階段を上りきると、すり鉢の底のような笹原に出た。そこを上がっていくと正面に、冬場、数日間を過ごしたコンクリートの廃墟が現れた。

あのときの雪原は一面の緑野に変わっており、薬草園というよりは雑草の原のように見えた。だが、そこには確かに金原が天然の薬剤原料として大学の薬用植物園で幾度か目にしたハッカやニンジン、ニガヨモギ、マオウなどが繁茂し、それらの間に白や藤色、鮮やかな紫や青の名も知れぬ花々が海霧の中で揺れていた。

植物については素人である金原には、どれも普通の薬用植物とその間に生えた雑草に見える。ストラウブが、それらの植物のどこを見てこの岬にしかない固有種と断定したのかわからなかった。

ストラウブは草本を手際よく採取しては、ジッパー付きの袋に入れていたが、やがて薬草の原に離れ小島のように残されていたハイマツに近付くと、その先端に小さく実を結んだ松ぼっくりをちぎり取り、金原の目の前にかざして見せた。

「これがサラーム、奇跡をもたらしたものだ」

「奇跡？」

エリカの回復を目の当たりにして後、読みあさった漢方の論文の中には、松かさに含まれるリグニンに抗菌作用、抗がん作用があるという説を唱えたものもあった。

「ハイマツは寒冷地と亜高山帯ならどこでも生える。珍しくもない植物だが、生薬としてはあまり使われない。高樹博士がどんな経緯で着目したのかは謎だ」

説明しながらストラウブは石を拾い上げ、松かさを叩いて割ってみせる。

緑の球果の中に黒く皺の寄った実が入っている。

「松かさが開くとこれがこぼれ落ちるわけか」

食品として販売されている松の実を思い浮かべて金原は尋ねた。

「いや、ハイマツの松かさは開かない。熟してもこのままだ。動物に食われることによって外皮が破られ、種がこぼれる。それがハイマツの繁殖戦略なのだ。自分の種まきをしてもらうのと引き替えに、ハイマツは多くの動物を養う。だがここにあるハイマツ、この草原にわずかに残ったハイマツだけが、松かさの中の実が褐色に太らない。表皮は黒く、皺が寄り、硬いままだ」

「それも亜種か何か？」

「いや、菌類に寄生されている。サラームの特殊な成分は、松かさそのものではなく菌に関係づけられるものかもしれない」

納得できることだった。強烈な幻覚を催すアルカロイドを生産する菌類はいくつもある。マジックマッシュルームと総称されるキノコ類はその代表格だが、松の実に寄生する黴《かび》のようなものもまた、そうした成分を含んでいるのだろう。

「もし大学の研究室に持ち込み、成分を分離することができれば、その正体やメカニズムがわかるだろうに」

金原がそんなことをつぶやくと「無意味だ」とストラウブは微笑した。

「この松ぼっくり一つの中には、菌類、種子、木質部分も含めて最低でも十を超える薬効成分が含まれ、相互に作用している。生薬はすべてそうしたものだ。その中の一つを分離して体内に取り込んだところで望んだ効果など得られない。むしろ人を殺す」

そんなことはない。その作業によって多くの薬が生み出されてきた、という反論は呑み込んだ。ストラウブは植物の専門家であって薬学者ではない。素人を相手に新薬開発の方法について議論しても始まらない。

「あまり長居はできないな」と金原はあたりを見回す。

一帯はヒグマの生息地なのだ。

「大丈夫だ」

さほど気にとめた様子もなくストラウブは言う。熊が近くまで来たことがあれば、その形跡が残っている。独特の臭気も漂っている。だが自分はこれまで幾度かここを訪れているが、一度も熊には出くわしていない、と言う。

建物周辺には足跡も糞《ふん》もなく、独特のにおいもしない。この場所は少なくとも彼らのなわばりにはなっていない。

「向こうに餌の豊富なハイマツの群落がある。崖下の浜には、鮭の遡上《そじょう》する川もある。

彼らの方から積極的に人に近付いてくる理由がない」

何かあっても助けを呼べないアラスカの隔絶された地に住んでいる自分は熊との遭遇には慣れており、彼らから身を守る方法は心得ている、と自信ありげに言う。

その日は短時間で引き揚げた。

潮が満ちて第二の海岸洞窟の出口が閉じられる前に外に出なければならなかったからだ。


それから数週間は岬の研究所跡を薬物依存症治療の拠点にするための準備に充てられた。

生薬材料が他の土地からは調達できないとしても、その薬を処方し治療を試みるのに、わざわざ北海道の僻地《へきち》にある岬を使う必要はない。だが麻薬原料として規制の対象にはなっていないとしても、それを飲んだ者に幻覚症状が出たり、昏睡状態に陥ったりしたことがわかれば、たとえ本人が訴え出たりしなくても、毒物を飲ませたとして傷害罪に問われる。

またそこにやってくる人々が違法薬物をまだ摂取している可能性もあるから、そうした彼らを人目につかない場所に移す必要もあった。

何よりもストラウブは、岬に生えている薬用植物や、建物内に保管されている生薬が、サラームの副作用を穏やかにし、その後の体力回復に役立つと主張する。

いずれにせよ、短期間とはいえ何もない岬に留まるなら、食料や寝袋、燃料や日用品の類いを運び込まなければならない。

また夏も冬もそれぞれ一ヵ所の出入り口しかもたない岬と外界を結ぶ通信手段が必要だ。携帯電話はあっても基地局は限られ、岬はもちろんのこと新小牛田の町の中でさえ限られた場所でしか電波の通じない時代のことだった。

金原は衛星携帯を使った。戦時中は電気が引かれていたようだが、その頃には研究所は廃墟と化していたから充電用の乾電池も必要だった。

そこで雲別の漁師に協力を頼んだ。小型の昆布船で湯梨浜まで物資を運んでもらい、そこからゴムボートのような喫水の浅い船を使って、岬の先端の洞窟まで運ぶ。その後は潮の満ち引きを利用して荷物を運び上げる。

しかし夏の道として開かれている洞窟は波の状態と潮汐《ちょうせき》によって出入りできる時期は限られる。その間の待機場所兼連絡所として金原はいったん賃貸契約を解除した新小牛田町の借家を再び借りた。借家人名義はストラウブで保証人を金原にしたのは前回同様だった。

一方、湯梨浜まで船を出してくれる漁師には口外しないことを条件に、物価も給与水準も低いこの地域にしては法外な礼金を支払った。そうした運搬業務や白タク行為を漁船で行うことは法律で禁じられているから、頼まれた漁師の方も外部に漏らすことはなかった。

ほどなくストラウブと金原、そして森エリカの他にTJもスタッフとして加わり、薬物依存者に対する、サラームを用いての断薬の試みがカムイヌフ岬で始まったのだった。エリカとTJを通して、かつて彼らが所属していた断薬の自助グループから、時期をずらして計四人が岬に入った。

その四人には、いずれも薬物の使用や所持による逮捕歴があった。というより彼らの薬物の中断は逮捕によってなされたもので、病院や刑務所で一通りの治療が終わり、一般社会に戻ってきても、ささいなきっかけでまた元通りに、といったサイクルを繰り返しており、自助グループへの参加もほとんど助けになっていなかった。断薬の意志を持ちながら、頻繁なフラッシュバックに苦しめられ、繰り返し薬に戻る。入退院や逮捕、服役を繰り返しながら、仕事も家族も健康もすべてを失った人々だった。

金原が警戒したのは、彼らがサラームや岬での、ほとんど人体実験とも言える断薬の試みを口外することだった。

完全に治癒して戻っていったとして、得意げに、あるいはまったくの善意や義務感から、かつての自分と同じように苦しんでいる仲間に、軽率にしゃべり散らされたとしたら、たとえそれがめざましい成果を上げたとしても、違法行為である以上、山本同様に逮捕される。そうでなくても世間的な非難を浴びる。

八月の終わりに、四人の内、一人がサラームを服用し、こちらはたった二日で効果を上げた。それに続き、順次、三人が同じように服用し、それぞれ悪夢と闘った後、二、三日で目覚め、その後は夢も見ずに安らかな眠りについた。

目覚めた後はしばらくは経過観察のために、金原は彼らを岬に留めた。

想像を絶する悪夢とその後の昏睡は、彼らにとってまさに死と煉獄《れんごく》、再生だったのだろう。娯楽や嗜好品《しこう》は当然のことながら、ろくな寝具もなく、雨水槽に溜《た》まった雨水をすすり、ドッグフードと大差ないシリアル状の食事の続く生活に彼らは良く耐えた。

耐えたというよりは断薬に成功し、離脱症状も薬物への渇望もない状態に満足していた。そしてストラウブとともに夏の岬の、ときおり強風や豪雨、雷に見舞われるが、総じて快適な気候の下、薬用植物の畑の手入れを行い、ストラウブがアラスカから密かに持ち込んだ様々な植物の種を蒔《ま》いた。

俗世間と針の穴のような通路で結ばれた岬は、薬物によってすべてを失った人々が再生できる唯一の場所となった。

その一方で、金原はストラウブのカヤックでときおり町に戻り、岬での治療と生活のための設備を整えることに奔走した。

発電機と燃料を持ち込み、コンピュータとクリップ式の照明器具を使えるようにし、簡易トイレを設置し、断熱マットレスや断熱シートも揃えた。

また回復した男たちとストラウブは、戦時に研究所に水を供給していた井戸を復活させた。もちろん当時のように電動式のモーターで貯水タンクに汲《く》み上げることはできないが、金原が取り寄せた手動式ポンプを使い、必要な分だけバケツに汲むことが可能になった。

長く放置されていた井戸には汚水が溜まっていたが、それも一通り汲み上げてしまうと冬場の雪溶け水が土によって濾過《ろか》された透明な水が流れ出てきた。さらに途上国で利用されている太陽光を利用した原始的な湯沸かし器も取り付けた。

そうした生活の中で、サラームが単なる断薬ではなしえない大きな効果を上げていることがわかってきた。

植物生態学が専門であるストラウブも薬学分野の仕事をしてきた金原も、依存症そのものについてはそう詳しくはない。金原にとって違法薬物への依存は、その供給組織の存在も含めてまずは犯罪であり、撲滅すべき悪だった。国家なり社会なりの規範の上にたって断薬を成功させ、依存症者は更生させるべきもの、と考えていた。

だが自らが処方薬依存に苦しみ、自助グループに参加していた森エリカは、薬物だけでなくアルコール、ギャンブルなども含めた依存症そのものが、必要であるから起きるものなのだ、と主張する。

虐待や、大切な人との死別、思い出すには辛すぎる記憶……。背後にあるのは生きづらさであり、その問題が解決されない限り断薬、断酒、あるいは断ギャンブルが一時的に成功したとしても、辛い状態に置かれればまた以前と同じ状態に戻ってしまう。依存できないまま本来の問題に直面したときに耐えきれずに自殺してしまう場合もあるというエリカの言葉は、依存症が脳内回路の不可逆的変化の結果と考える金原には受け入れがたいものだった。

だがここでサラームを試した四人の男と、TJも含め、彼らは断薬が成功した後に、本来抱えた生きづらさから解放されている、とエリカは言う。

金原にとっては「生きづらさ」という言葉自体が言い訳めいた甘えに感じられ抵抗があるが、エリカによれば、彼らのうちだれもが薬物が抜けて清明になった意識の中で、本来の「問題」で苦しんでいる様子が見えないらしい。それらを彼らは自らの心の内で解決したに違いない、つまりサラームは、単に脳の報酬系に作用して、半永久的な断薬を成功させるというよりは、心に生じる根源的な苦しみから人を救ってくれるものではないか、というエリカの主張は、金原にとっては根拠のない宗教的信念に近いもので、賛同はできない。

それでも畑の手入れをし、コンクリートの廃墟を修繕し、水を汲み、薬用植物やハーブ類の刈り取りや乾燥などの作業を行っている人々の表情は淡々とした明るさをたたえ、まさに山本が名付けた通り、サラーム、平穏そのものに見えた。

「すばらしい発見だったのですね。それが今に至っても薬物依存の治療に使われることがないというのはどういうことですか。違法はわかるけれど何とかならなかったのでしょうか。苦しんでいる人はたくさんいるというのに……」

相沢は遠慮がちに感想を述べる。

金原は背もたれに体をあずけて、自嘲《じちよう》的な笑みを浮かべた。

「もしうまくいっていたなら、いい歳してこんなことはしていませんよ」

「それ、いつ頃の話ですか」

石垣が尋ねた。

「一九九五年から七年頃にかけてですかね。今から三十五年くらい前でしょうか」

「今に至っても、そんな薬はできていませんよね。離脱症状を緩和し断薬を容易に成功させ、脳内で不可逆的な器質変化が起きているにもかかわらず、その後、半永久的に違法薬物への渇望を断ち切れるような」

「無いでしょうね、残念ながら。違法薬物だけでなく処方薬依存で苦しむ者も昔に比べて圧倒的に多い。すっきり薬物依存から抜け出せるような薬が開発されたら、それこそ数百億円規模の市場になる」

「数百億円規模ですか」と石垣が金原を見つめて続けた。

「しかし、山本さんの残したものは、国の承認、認可には至らず、商品化もできず、医療現場で生かされることもなかった、と？」

「承認どころか、承認への道筋も作れません。日本での漢方薬の管理は西洋薬の管理と同じ方法が取られてましてね、成分、分量、用法、用量、効能、効果、あらゆることが細かく定められています。新しく認可を得たければ、厚労省の定めた基準を満たさなければいけない。そのために厳密な薬物理化学試験や臨床試験が必要になる。とてもじゃないが個人や零細な生薬の会社ができることじゃない」

金原は小さくかぶりを振った。

「ブラックボックスですよ、もともと生薬なんてもの自体が。それを組み合わせているのだからなおさら」

認可され、医療現場で使われている治療薬が一つの神経回路に作用するに留《とど》まるのに対し、山本の残した薬は複数の神経系に作用し、薬物を求める信号を遮断したり阻害したりするように働いている。それは漢方薬や生薬の特徴の一つで、複数の成分が混じり、ときに相互作用的に働くことで可能になっている。

しかし複数の成分が作用し、成分と効果の一対一の相関が不明であるものは、現在も医薬品として承認されることはない。

「金原さんたちはそれを人目につかない場所で何十年もこっそり処方していた」

「ま、そういうことだね」

「ところがそんなところに人知れず薬物依存に苦しんでいたノーベル賞作家が入ってきたから大騒ぎになった。秘密の場所は秘密でなくなってしまった、ということですね」

「彼が最初に来たときはノーベル賞作家なんかじゃなかった」

「それは一昨年の冬のことですか」

相沢が確認する。

「確かそうだろう。私はもうその頃には関わっていなかったが、借家の件があるので後から報告を受けている。天気が急変し、しかも途中の雪道で自損事故を起こしたが、予定から一日遅れて岬に入ったとか」

以前、杏里が語っていたことだ。避難したオートレストランから一ノ瀬が消えて、丸四日後に戻ってきたと。

「劇的な効果があったようですね。一ノ瀬さんがそれまでコカイン依存で入院していた病院の主治医が話してくれました」

「主治医？」

不審そうに金原は眉《まゆ》を寄せた。

「ええ。病院というか、予防医学の宿泊施設付きクリニックです。一ノ瀬さんの奥さんがけっこう神経質な人らしくて、始終、一ノ瀬さんを行かせていたようです。それでもコカイン依存症については一時的回復はあっても完治は不可能だった。ところがあの場所に入って戻ってきた一ノ瀬和紀は完全な断薬に成功したそうです。再びコカインに手を出す気配もない一ノ瀬さんに医者は、その北海道のリハビリ施設ではどんなことが行われたのか尋ねたが、一ノ瀬さんは口をつぐんだ」

「そうでしょうね。あの岬については口外無用ということでやってきましたから」

「ただ、あの町、新小牛田の薬用植物で治した、とは語ったそうです。彼の主治医は金《かね》儲《もう》けにはもちろん熱心ですが、勉強家でもあったらしくて、いったい彼が何を飲まされたのか、そんな薬が出回っているのか、とあちこちの論文を検索し、漢方薬メーカーや海外の中医学の製薬会社に問い合わせを行ったそうです。親しくしていたプロパーにも話したが、よくわからなかったらしい」

「この前、石垣さん、そんなことまで話してくれなかったね。というか、一ノ瀬さんのことは、そんなところに広まっていたのか？」

　相沢は驚いて尋ねた。

「あのときは取るに足りないことと思っていたんですよ」と悪びれた様子もなく石垣は答える。

「ただ、あの医者も一ノ瀬さんのことは製薬会社はもちろん、周囲の人間にも伏せた。だれにも知られずに診療を受け、世間から身を隠す目的で入院できるというのが、あのクリニックの存在意義ですから。ただ『深刻なコカイン依存で入院していた患者が完治した。予後も極めて良い。本人の話によると北海道の新小牛田という町で産する生薬か、漢方薬を服用したらしい。それに関して何か情報はないか』という問い合わせをあちらこちらにした。その行為があの場所の崩壊に繋《つな》がったようですね。さっき金原さんは、もし薬物依存から半永久的に回復させる薬があるとすれば、数百億円市場だ、と言われましたが、私はもう一桁《けた》大きいと踏んでいます。漢方というより、中薬全体の生産額は中国一国だけでも年四千億元、日本円にして約八兆九千億円。バイオ薬品を上回っています。たとえその一割としても……」

「それがあのタクシードライバーの話か」

相沢は思わず膝《ひざ》を叩《たた》いた。

「新小牛田の町で聞いたんですよ。二年前くらいから、新小牛田町の薬草畑が窃盗団に荒らされるようになって困っている、と」

そして今年、その新小牛田にある岬で、これまで無かった、変種、亜種の類《たぐ》いの薬用植物が植えられている、と評判になったときに、窃盗団はそこに狙いを定めたのだろう。

「不老不死の薬じゃなかったな……」

相沢は傍らの石垣の顔に視線を移す。こちらに目を向けることもなく、石垣は金原の方に向き直る。

「薬物依存の薬は薬物依存だけに効くわけじゃないですよね。さきほど金原さんは、現在認可されて医療現場で使われている治療薬が一つの神経回路に作用するに留まるのに対し、山本氏の残した薬は複数の神経系に作用し、薬物を求める信号を遮断したり阻害したりするように働いている、と言われた。脳内で不可逆的な器質変化が起きているにもかかわらず、回復させることが可能だ、とも。ということはたとえば、認知症の特効薬が作れる可能性もあるんじゃないですか？　あるいはスマートドラッグ、我々の夢の『頭の良くなる薬』も。ところが認可にこぎつけるのが難しい。一方、規制の厳しい日本では無理でも、海の外では開発、製造、販売は可能ということになれば原材料と資料を奪取して、製法とDNAをその国で特許登録しておけという話になる。日本のボンクラ警察が踏み込んで金の生《な》る木を押収して燃やしてしまう前に」

黙って聞いていた金原が、石垣に冷ややかな一瞥《いちべつ》をくれた。

「外国で特許登録するのは勝手ですが、そう簡単に新薬など作れませんよ」

「確かに新薬が完成して発売されるまでには膨大な時間と費用がかかりますし、大きなリスクも」と言いかけた石垣の言葉は金原に遮られた。

「あの薬は、サラームは、使えません。認知症治療薬だのスマートドラッグだのどころか、依存症治療薬としても使い物になんかならなかった。現代中国の中医学産業の資金力と技術力をもってしても、おそらく無理だと思いますね」

そこまで言うと金原は長いため息をついた。

当初は心変わりを疑った、と金原は言う。エリカの病気と処方薬依存症からの回復を期に、彼女との結婚を考えていた。ドラマティックな情熱は感じられないが、彼女は金原の気持ちに冷静だが誠実な愛情で寄り添ってくれる女だった。そのはずが岬にやってきてから、彼女の気持ちがゆっくり冷めていくのがわかった。

格別に海が凪《な》いでいた八月半ばのある日、ストラウブが調達してきたゴムボートに乗って三人で稲生町に出て、ストラウブだけが先に岬に戻ったことがあった。

金原とエリカはそちらの民宿に泊まり、東京から必要なものが届くのを待っていたのだが、そのとき、久々に二人きりのくつろいだ時間を持ったにもかかわらず、エリカは金原を静かに拒否した。あまりにも不便な生活で疲れが溜《た》まっているのだろう、と思えば無理強いもできず、心の内に不信感を抱いたまま翌日には岬に戻った。

その後、研究所の中の人目に付かない小部屋や、星空の下でそっと抱いてみたときには、エリカは抵抗しなかったが、見事に無反応だった。何か物体を相手に運動をしているようで、虚しさを通り越して薄気味悪ささえ感じた。

だれか別の男に心を奪われたのか、あるいは特殊な哲学を持つストラウブか、いつの間にか世捨て人的な穏やかさを漂わせ始めたTJに影響を受けているのではないか、とも考えた。

だが、どう見てもエリカが誰かの影響下にあるようには見えない。

そんな折、金原の衛星携帯電話にエリカの姉から緊急連絡が入った。

傍らで姉妹の通話を聞くともなく聞いていると、エリカの母親が倒れ、末期のがんであることがわかり余命二ヵ月と宣告された、と電話口から姉の泣いている声が漏れてきた。
　だがエリカの態度にも表情にも、驚きや悲嘆の様子はまったくなかった。茫然《ぼうぜん》自失し
ているわけでもない。
　春の陽射しを浴びて凪いだ海に漂っているかのような、穏やかで平和な表情だった。
淡々とした口調で「教えてくれてありがとう。苦しまないように祈っているね」と答え
た瞬間、受話口から「それって何？　お母さんが助からないって言われたんだよ、死ん
じゃうんだよ」という姉の激高した声が聞こえてきた。
　傍でやりとりを聞いていた金原も背筋が冷たくなった。
　エリカと母親との関係が特に悪かったという話は聞いていない。仮に何か葛藤《かっとう》があっ
たにせよ、親の余命を告げられれば平静ではいられない。それが人情ではないのか？
　通話を終えたエリカの腕を金原は捕らえた。
「ストラウブに頼んでやるから、ボートを出してもらってすぐに帰れ」
　エリカは怪訝《けげん》な顔をしたまま首を横に振った。
「人は生きて、死ぬものだから……」
「自分の母親だぞ」
　叫んでも、説得を試みても無駄だった。感情的な反発もなければ、理路整然とした反
論もない。
「すべてはそうなることになっているの。それを受け入れて生きて死んでいくものでし

ょう」

鍵《かぎ》もなければノブもない、つるりとした扉が目の前で閉じられたようだった。

ここの場所が悪いのだ、と金原は漠然と感じた。隔絶された場所と辛うじて命を繋げる程度の水と食べ物と生活インフラ、それに変化の無い食生活を支えてくれているハーブティー。

それにしては同じものを口にしている金原に格別の感情的変化は起きていない。

ストラウブの世捨て人風のふてぶてしさと学者らしい好奇心の強さは以前と変わりない。TJの物静かでありながら、どこか前向きな態度は、もともとのものなのか、それともここに来てからのものなのかわからない。

結局、エリカが岬を出ることはなく、秋が近付くにつれ、その姿には覚者の風格さえ漂い始めた。遠くを見つめている透徹した眼差《まなざ》しと感情の抑揚の読みとれない白い顔に怖《お》じ気づきながら、あるとき金原は尋ねた。

「君が研究室の冷蔵庫から持ち出したあの薬、サラームを飲んだ後、どこかの時点で神を見たのか？」

「何を言っているの」とエリカは不思議そうな顔をした。

「いや、質問の仕方が悪かった。仏とか、満月とか、天使とか、そんなものが近くにいるような、そんな感覚を抱いたことはなかったか」

「何の話？」とエリカは微笑して首を左右に振った。

「ただありのままに生きているだけ。不足しているものなんか何もない。空気を肺に入れては吐き出すように、すべてのものを、熱いものも冷たいものも、形のあるものもないものも、良いものも悪いものも、生も死も、そんな区別などなく吸い込んでそれが体を通過していく、ただそれだけ」

私、という主語が無い、と金原は気づいた。もちろん日本語の会話で「私」はほとんど省略されるものだが、そんな文法上の問題ではなく、エリカという主体に何か変化が起きている。

「祈ったり瞑想《めいそう》したことは？　いや、実際に手を合わせるとかいうのでなくても、心の内で合掌したりすることは？」

「なぜ、そんなことを聞くの。そんな必要がどうしてあるの？」

「いや、神や仏や天使じゃなくて、たとえば奇妙なものを見たりはしていないか、そこにない虹色《にじいろ》の光とか、小さな人のようなものとか……」

金原は食い下がった。

エリカは以前と変わらぬ生真面目な顔で金原に向き直った。

「金原さん、私はもう薬とは縁を切ったのよ」

キャンプのような生活は、秋の訪れとともに終わった。

九月半ばには、細々とではあっても、岬と外界を繋いでいた海の道は閉ざされる。夏の間、小舟を洞窟《どうくつ》の奥深くに迎え入れてくれた穏やかな海は、荒れ狂い、白波が洞窟の入口の岩をかみ砕かんばかりにぶつかり、空中高くしぶきが舞うようになる。十月に入れば、朝夕は、暖房設備もない戦時のコンクリートの建築物は凍える寒さになり、十一月には雪がちらつき始めるだろう。

そんな厳しい季節が訪れる前に一行は岬を引き揚げた。ストラウブのボートで順次、岬を出ていったん湯梨浜に上陸し、そこから昆布漁師の船で新小牛田に戻った。

この岬を離れれば、という期待が金原にはあった。

だが筑波に帰ってもエリカの態度は変わらない。当然のように結婚の話は、「無意味だ」という理由にもならない理由であっさり断られ、エリカは金原と感情的に関わる気はないように見えた。かといって冷たかったりよそよそしかったりするわけではない。

以前、病気と処方薬の双方に蝕《むしば》まれていた状態とはまったく違った形で手が届かないところに行ってしまった恋人への執着を残しながら、金原が今後の身の振り方を真剣に考え始めた十一月の終わりに、TJから連絡が入った。

切羽詰まった事情を抱えた女性がいると言う。

二日後、つくば駅前にあるホテルのラウンジにTJに付き添われて現れた女性は、暖房の利いた室内でもダウンジャケットを脱ぐことも、ニット帽を取ることもなかった。グレーのマフラーに埋まった顔の下半分はマスクで隠されていたが、飛び出したように大きな目と骨張った手の甲からしても尋常でない痩せ方をしていることがうかがわれる。

清水春菜《しみずはるな》と名乗るその二十一歳の女子学生は、エリカと同様、処方薬依存だった。

アメリカに留学していた十代の終わりに、神経性の激しい疼痛《とうつう》に見舞われ、これといった治療法もないまま強力な鎮痛剤を処方された。留学していた一年半の間、彼女はそのオピオイド系鎮痛薬で病気をやり過ごし無事に日本に戻ってきたのだが、そのときからその薬を服用することが突然叶《かな》わなくなった。

日本では認可されていなかったからだ。アメリカにいる友人に連絡して送ってもらったところ、荷物が税関によって開封されて検査を受け、結果、違法薬物を輸入したとして、事情聴取を受けることになった。

まだ学生ではあっても二十歳を過ぎていたから、本来なら逮捕されるところだったが、それを免れたのは政界の大物である彼女の父親が手を回したのだろうとＴＪは語った。

だが逮捕を免れたとしても、野放図に処方されていた薬が手に入らなくなったとき、痛みの症状は激しさを増すばかりとなった。いくつもの病院を回ったが、いっこうに効果的な治療法はみつからず、元々の病気に加え、オピオイド系鎮痛薬の深刻な依存症にも陥っていた。

しばらくした頃、どこから情報を得たのか、その鎮痛剤を手にした外国人が春菜に接触してきた。彼から買った薬によって症状は緩和したが、まもなくその外国人が逮捕され、捜査の手が彼女に伸びかけたとき、自助グループで活動していたＴＪは春菜からの救いを求める電話を受けたのだった。

こんなとき相談に乗ってやれるはずの春菜の母親は彼女の高校時代に失踪《しっそう》しており、愛人の娘である春菜を認知しないまでも、十分に援助してきた父親はその期に及んで彼女を見捨てた。

耐えがたい激痛から免れるために自殺を図り、未遂に終わったと語る春菜の様子から一刻の猶予もないと判断したＴＪは、彼女を連れて金原を訪ねてきた。

その段階で彼女はすでに容疑者として警察にマークされている。内偵捜査も進んでいる。そんな彼女に関わり、調合生薬とはいえ、認可も受けていない、幻覚を誘発するような薬を飲ませたことが知れたら、金原たちも容疑者として名を連ねることになる。

その日のうちに清水春菜は、ＴＪが付き添い、森エリカ名義で購入した航空券で旭川に飛んだ。翌日、金原とエリカは新幹線とレンタカーで新小牛田に行き、ストラウブ名義で借りている家で二人と落ち合った。

本格的な冬が訪れる前に、ほんの一瞬開かれる道を辿《たど》って岬に入ることは、今なら可能だ。

借家で二日を過ごした後、出発にふさわしい日が訪れた。雪はほどほど深くハイマツを埋め、風は静まり、淡い雲を透かした太陽光が雪をいっそう白く照らしていた。

その間も春菜は痛みと離脱症状による震えや吐き気に苦しめられていた。金原は用意してきた鎮痛剤をいくつか試してみたが、いずれもまったく効果がなかった。

手元に「サラーム」を置いておけば、と後悔したが、ストラウブは治療はあの場所で行われなくてはならないと言って譲らず、岬の外に出すことには決して同意しなかったのだ。

サラームによって引き起こされる命に関わるほどの錯乱状態や嘔吐《おうと》、悪夢による心身の消耗といった副作用を緩和するのは、岬に保管されているハーブだけだとストラウブは主張するが、実のところはそんな合理的な理由よりは、あの場所の風土に特殊な力がある、という信念が彼の中にあったのかもしれない。

その日、金原たちは駅から乗ってきたレンタカーでバスの折り返し場近くまで行き、車を近くの空き地に置き、雪を被ったハイマツの原に上がった。

雪上の道を進んだ一行は、天候に恵まれたこともあり、一時間ほどで岬突端の建物に到着した。

断熱シートを巡らせた小部屋に携えてきたポータブル石油ストーブを置き、冷え切った部屋が暖まるのを待つこともなく、春菜にまずハーブ飲料を飲ませ、その後にサラームを服用させた。

断熱シートとマットを敷いた床の上で眠りについた春菜は、瞼《まぶた》を透かして見える激しい眼球運動から果てしない悪夢に苛《さいな》まれていることはわかったが、吐いたり、暴れたりすることもなく眠り続けた。

その間、金原は短波ラジオと天気図にかじりついて町に帰るタイミングを見計らっていた。

天気が急変していた。季節外れの嵐が来ており、あと数時間で出発しないと、一帯が激しい暴風雪に見舞われることがわかったが、春菜はまだ目覚めない。

夜半から強風が吹き荒れ、降雪と地面から巻き上がる雪で視界は失われた。それでもこの要塞《ようさい》のような建物の中にいる限り、ほとんど外の嵐の影響はない。

小さな一室に集まり、断熱シートとマットと毛布、そして小さなストーブ一つで命を繋ぎ、短波ラジオに耳を澄ます。

翌日、吹雪というよりはブリザードのような風雪が吹き荒れた。春菜はすでに悪夢から目覚め、二度目の安らかな眠りに入っているが、もともと熱量の少ないポータブル石油ストーブの燃料はとうに尽きた。

ストラウブの作ったロケットストーブのある部屋に移動したが、こんなことは想定していなかったので薪《まき》の残りが少ない。

吹き荒れる風雪と地吹雪のために、木々の枝を拾いに外に出ることもできない。

それから丸一日経っても天気は回復しなかった。

建物の内部は氷のように冷え切っていた。いや、氷の方が比熱が小さい分だけ暖かいだろう。

吐く息は白く、水気のあるものは何もかもが凍っていく。

金原とTJがロケットストーブに残りわずかな薪を少しずつ放り込み、四人は春菜を真ん中にして寄りそうように暖を取る。

断熱シートと毛布にくるまり、春菜は眠る。金原たちは低体温症を防ぐために交代で春菜の手足をさすってやるが、そうしている彼らの掌も凍傷寸前まで冷えている。

夜が明けたとき、風が収まっていた。

薪が完全に尽きる前に出発することに決めた。

眠っている春菜を揺り起こそうとしていた森エリカが手を止め、金原の方を見た。

驚愕《きょうがく》も恐怖もなく、ただ当惑したように、わずかに哀感のこもった目で見上げてきただけだった。

それで何が起きているのか理解できた。

金原は駆け寄り、氷のようになったその頰を軽く叩き、心臓マッサージを試み、しばらく両手でその薄い胸を押していたが、そんなことが無駄であることはすでにわかっていた。

二十歳を少し過ぎたばかりの女子学生は、薬とも病気の苦痛とも永久に別れを告げて旅立っていた。

サラームの副作用で心臓が止められたのか、悪夢に力尽きたのか、弱った身体で寒さに耐えられず低体温症で亡くなったのか確かめるすべはない。

数年に亘《わた》り薬物に蝕まれていた体がその機能を静かに止めたという事実があるだけだった。

風が止み、体感温度が上がった屋外に遺体を運び出した。TJとともに遺体を絶壁の縁に運び、そこから下の海めがけて投げ落とした。

せめて雪どけを待って葬ってやりたかったのだが、今、雪の下に埋めたりすれば、人より先に冬眠明けのヒグマが匂いをかぎつけてやってくる。一度、人の遺体を食ったクマは次にはヒトを餌と見なして狩りを始める危険な存在に変わる。かといって、翌年の夏まで建物内に遺体を置いておくわけにもいかない。もしそんなことをすれば、人の数十倍もの嗅覚《きゅうかく》を持つクマを建物に近づけ、そこを餌場と認識させることになるからだ。

切り立った岩壁の出っ張りにぶつかりながら、春菜の遺体は海に向かって落下していき、水しぶきとともに灰色の水に吸い込まれていった。

自分が犯した罪を十分認識しながらも、金原は手を合わせることはしなかった。死の向こうに神も霊魂も存在しないが、生命と炭素の大循環がある。自分もまたその中で生きて死んでいくのだという厳粛な事実に打たれ、ただ頭《こうべ》を垂れて立ち尽くしていた。

三時間後、一行は無事新小牛田の借家に戻り三々五々別れた。

結局のところ自分も山本と同じ運命を辿る、それ以上に悪い傷害致死と死体遺棄の容疑で逮捕される、という確信があった。それでも正気を保っていたのは、以前、ストラウブが無理矢理押しつけていったハーブティーの効果であったのかもしれない。前回夏の間に収穫して乾燥させておいた薬用植物を調合したそれに、サラームのような効果は無いということだが、少なくとも自分でも驚くほど気分が安定し、清明な意識と眠りが得られた。
　意外と言うべきか、幸運と言うべきか、その後、身元不明の遺体が発見されたという
ニュースに金原が接することはなかった。ニュースにならないだけで、まず間違いなく
遺体は発見されていたことだろう。
　消えた彼女が、家族、親族も含めあらゆる人間との絆《きずな》を絶たれており、行方を捜して
いたのは薬物犯罪を取り締まる警察だけという残酷な事実が、まだ監視カメラなど普及
していなかったこの時代に、海外からの持ち込みにも密売にもまったく関わっていない
自分たちを捜査の網から遠ざけていたのだろうと、金原は考えている。

　翌年の夏、再び岬に入った。断薬に失敗し続け、その先に破滅と死しかなく、自業自
得と見なされ救いの手が差し伸べられることもない。そうした人々は、たしかに存在し、
彼らを半永久的に薬物から救うであろうものがそこにある限り、薬事法どころか傷害罪、
傷害致死罪で逮捕される危険を冒してでも自分は続ける、と宣言するＴＪやストラウブ
に引きずられるようにして協力する形になった。
　すでに製薬会社を退職してしまったから、時間は自由になる。大学に戻るなり再就職
するなり動き始めなければならないはずが、昨年、岬で死者まで出してしまったことが
重く心にのしかかり、進路を決めかねていた。
　そんな中で、助けられる者は助けるという行動は、亡くなった者へのせめてもの償い

であるような気もした。

新小牛田の借家で天候や潮汐《ちょうせき》の様子を見はからい、昆布漁師の船とストラウブの出してくれたゴムボートで岬に入る。

岬にはTJが先に入っており、見知らぬ男女三人とともに待っていた。その他に昨年の夏の終わりにサラームを飲んで断薬に成功した二人の青年がいた。

初対面の三人は、生前の春菜同様、切羽詰まった状態にあった。この場で行われたことを決して口外しないこと、金原が彼らに提示した条件はただそれだけだった。

もはや以前とは状況が異なる。ここで死者を出し、その遺体を捨てた。金原は山本以上に大きな罪を犯しているのだ。ここで行われていることはだれにも知られてはならなかった。

三人は、すでにストラウブが調合したハーブ飲料を飲まされていた。吐き気止めと、悪夢による心身への衝撃を和らげるものだと言う。

昨年、サラームを飲んだ青年二人は、薬草園の手入れをし、採取し、吊《つる》して乾燥させるといった作業を行っている。それだけではなく山本の残したメモに従い、いくつかの調合薬のようなものを作っていた。

彼らの素っ気ないながらも穏やかなたたずまいは好ましく、岬でのトータルな生活体験が断薬後の良いリハビリになっているように金原には見えた。それぞれの生活に戻ってもしばらくの間は、偏見にさらされることはあるだろうが、いずれ仕事や住まいを得て一般社会でうまくやっていけるだろう、と楽観してもいた。

一方、ストラウブは試行錯誤を繰り返しながら乾燥させた植物や菌類を組み合わせて、独自のブレンド生薬を作っている。そうしたものを彼らはあたかもお茶でも飲むようにためらいもなく口にするが、金原はどんな成分が入っているかわからないままにそうしたものを飲むことに抵抗を覚える。

岬に入って二日目に、金原は慎重なうえにも慎重に、条件とタイミングを見計らって三人のうちの一人にサラームを飲ませた。それから数時間ずらしながら後の二人にも服用させた。

服用について大げさに考えているのは金原一人だった。

長年、依存症という形で薬物に関わってきた者たちは、服用した際の吐き気やバッドトリップにも慣れていた。金原やエリカが医者の真似事をする前に、仲間同士で手際よく寝返りを打たせたり、汚れ物の始末をしたり、紙おむつを交換したり、といったことを行った。

サラームの悪夢からいったん目覚め、安らかな眠りについた男を見守っていた深夜、金原は傍らの青年、昨年夏にサラームを飲み、断薬に成功した川口《かわぐち》、という青年に尋ねた。

君の回復というのは、どんなものなのか、と。

サラームの何の成分がどう作用するのか、といった薬学的なものは別として、金原はその効果について、より長いスパンで観察し、より多くのケースについて調べて明らかにしたいと考えるようになっていた。

サラームを服用することで断薬して一年。ちょっとした刺激で、突然、渇望がわき起こることはないのか。そうした刺激から逃れるために、彼らはこの場に戻ってきているのではないのか、と尋ねた金原に、川口は「そんなのはないですね」と笑いながら否定した。

「今まで、刑務所や精神科病院で何度か薬を抜いたことがあって、そのときには金原さんの言う通り、ちょっとしたことでフラッシュバックが起きていました。そこにあるペットボトルの透明な水を見たとたんに、あれに溶かして注射したことを思い出して、快感の記憶が身体中をかけ巡った。居ても立ってもいられなくなって、いったん削除した売人の連絡先を必死で調べて呼び出したこともあります。それで逆戻り。でもサラームをやった後は、そんなのは何もないんです」

「完治か……」

「解放されたんですね。というか、自分が透明な水になってしまった……」

「透明な水になる?」

川口はそれ以上は語らなかったが、単に「すっきりする」という意味合い以上のものがあるようで、何とはなしに奇妙な感じを覚えた。

それでも初めてここに連れてきたときの川口のどろりとした目と下がった口角、顎《あご》を突き出し背筋を丸めた姿勢を思い出すにつけ、別人のように外見が変わり、きびきびと作業する姿に、やはり自分の行っていることはそれなりに意味があるのだろうとも思う。

得体の知れない方剤の神がかりで暗示的な要素を排除して、その効果を検証したいという金原の目論見《もくろみ》は、エリカやＴＪたちの苦しむ仲間を一刻も早く救いたいという善意と熱意によって押しのけられるように、その場所は依存症治療コミュニティに姿を変えていった。


七月の半ばには、いったん岬を出たＴＪが、少し変わった依存症者を連れて戻ってきた。

思わず目を奪われるような見事な体軀《たいく》の男だったが、少し足を引きずる癖がある。鍛え上げられた体にひどく不健康なにおいをまとわりつけていた。片方の目が濁り、ほとんど視力を失っているのがわかる。唇のあたりに傷があり顔全体が歪《ゆが》んでいる。しかもその表情が奇妙に明るい。ドーピングの類いで依存症になったアスリートだろうかと思ったがそうではなかった。

本人も何と説明していいのかわからずに口ごもっていた。

父親の仕事の関係で十代をアメリカで過ごしたのだが、高いところから飛び降りる、ビルの屋上から屋上に飛び移るといったことを繰り返し親の手を焼かせた。思春期になるとパラシュートを背負って崖《がけ》やビルから飛び降りる、バイクで岩山を駆け抜けるといったスポーツに熱中し、幾度も事故を起こし入院もした。

だが手術が済み、長いリハビリが終わりに近付いた頃、挑戦することの魅力と死を身近に感じた瞬間に体を駆け巡る凄《すさ》まじい快感を思い出し、不自由な体のまま病院を抜け出している。親や精神科医は「死に取り憑《つ》かれている」と表現したが、そんな暗く、陰気なものではない、と本人は語る。そしてついに冒険を行う資金を止められ、医療保険に加入する資格も失ったとき、彼はただ命がけの冒険をしたいというそれだけの理由から、さる宗教の戦士に応募した。そして中東に向かう直前に警察に逮捕された。

精神鑑定に回された結果、一種のアドレナリン中毒と診断された。だがこうした障害については治療法がない。薬物依存と異なり強制的な断薬という手段もない。

自分がボランティアとして関わっている依存症の自助グループに保護司に伴われてやってきたこの男が、日常の息詰まるような退屈さに常人には想像も出来ない苦痛を抱えていることを知り、ＴＪは彼をここに連れてきたのだった。

しかし薬物依存の治療薬としてのサラームが、薬物以外の依存症に効果があるとも思えない。何も検証されていない薬であり、危険性もある。

金原はそのことを男に説明し、少し考える時間を与えようとしたが、男は金原が目を離した隙に、それを勝手に飲んだ。金原のことさらに危険性を強調したもの言いに、退屈に苛まれていた彼の脳が鋭く反応したのだった。

鎮静と吐き気止めの効果のあるハーブ飲料を事前に飲むこともなく、彼は金原が調合しておいた生薬を目分量で勝手に煮出し、それが冷めるのを待つこともなく、人目を盗んでコーヒーか何かのように飲み下していた。

数分後にそれを発見した金原の顔を見て、男はいとも快活に笑った。

笑いながら眠りに落ちた。嘔吐することも暴れることもなく、一度、失禁したがそれも普通の排泄《はいせつ》作用に過ぎず、丸二日眠り続けた。他の依存症者と異なり、その眼球が激しく動くことはなく、目覚めた後、彼は悪夢などなかったと語った。目覚める直前に、何か夢を見たが、ごく日常的な明け方の夢に過ぎなかった、と。

サラームはまさにその名の通り、彼に対しては平穏に作用し錯乱も悪夢ももたらすことはなかった。単に強烈な催眠剤として作用しただけだ。

どうやらサラームのもたらす錯乱状態や悪夢、吐き気といった苦痛は、長い間薬物に蝕まれた体がサラームに出会ったときに起きる体内の戦争のようなものと推測できた。現に山本はその薬を薬物依存症者ではなく、末期のがん患者に処方したのだが、そのときに激しい嘔吐や悪夢といった症状が出たという話は聞いていない。

それならサラームが冒険依存の若者に深い眠り以外の何ももたらさなかったかというとそうではなかった。

長時間の眠りから覚めた彼からは、命を弄《もてあそ》ぶような危険行為への渇望が消えていた。

冒険への渇望が消えたと同時に、それまで感じることの無かった痛みが、彼の身体に戻ってきた。数多くの危険な行動によって負った傷による機能障害はリハビリテーションである程度回復したが、傷ついた神経や組織はそう簡単に再生しない。

骨折痕《あと》が、内臓の損傷痕が、引きつれた皮膚や粘膜が、冒険への渇望が去ると同時に痛みの信号をその脳に到達させた。

建物の周囲をほとんど埋め尽くしていた薬草園の植物のいくつかがその痛みを癒やした。ストラウブが処方した生薬を飲むだけでなく、草や木の実、根、木の皮などを摂取することで自らの怪我や病気を癒やす野生動物のように、彼はあたりの草を、乾燥させることも、湯で煮出すこともなく、金原が止めるのも聞かずに摘み取っては噛《か》み、あるいは飲み下し、特に不調を訴えることもなく二週間を過ごした後に岬を出て行った。

やがて朝夕の霧が濃くなり、薬草園の草の地上茎の緑が勢いを失っていった初秋の頃、金原たちはボランティアの人々とともに、残っている葉や実を刈り取り、あるいは根を掘り上げ、室内に吊し、全員でここを引き揚げる準備を始めた。

発見があったのはそのときだった。三階建てのコンクリート建物には地下室があったのだ。

かつての厨房《ちゅうぼう》のタイル床の一部が木製であることはだれもが気づいていたが、食材がないから調理の必要もなく、ましてや長年の汚れがこびりついた水回りも薄気味悪く、厨房にはだれも近付かなかったのだが、たまたまそこに入り込んだ一人が薄暗がりで歩きまわり、腐った板床部分を踏み抜いたのだ。

幸いちょっとした怪我で済んだが、踏み抜いた穴からコンクリートの階段が見え、その板床が跳ね上げ式の蓋《ふた》であることを知った。

階段は最上部の一、二段が顔を出しているだけで、その下は大量の石炭に埋め尽くされていた。かつて岬と町の間に道路があり、ここが山本製薬の研究所として機能していた時代に暖房用に運び込まれたものだった。二、三年分以上はゆうにあるように見える。研究所の閉鎖が告げられたとき、人々はそのほとんどを残して引き揚げてしまったのだろう。

「これがあればここに居残れますよ」と床を踏み抜いた青年は小躍りしたが、肝心の石炭ストーブや煙突は半世紀も前のもので、そのままでは使えない。

ＴＪやストラウブ、そしてエリカたちはさっそく古い石炭ストーブと煙突の手入れを始めた。幸い、ストーブ本体の鋳物はどこも腐食しておらず、熱気を室内に通していた煙突も無事だった。多少、緩みがきている部分もあり、修理の必要があったが、ここには部品がない。修理は次回来たときにということにして予定より一日遅れて、彼らはゴムボートで湯梨浜にいったん上陸し、衛星携帯電話を使って迎えに来てもらった昆布漁師の船で新小牛田に戻った。迎えにきた漁師は、酔狂な都会人のやることに興味などないらしく余計な詮索《せんさく》をすることもなく、代金を受け取って運んでくれる。

燃料もあり、ストーブもあった。

その年の十二月、ハイマツ林が適度に雪に埋まり、ブリザードのような風雪が吹き荒れる前のごく短い期間に、次々と人が岬に入っていったのにはそうした理由もある。深刻な依存症に苦しんでいる者ばかりではなく、すでにサラームによる断薬に成功した者が、川口をはじめ男女合わせて四人もこの場所に戻ってきたことに金原は驚き、首を傾げた。

うち一人は薬を通して暴力団との繋がりがあり、戻れば本人の意思と関わりなくその世界で生きるか、それとも死に直結する暴力にさらされるかの選択しかないという事情から、ここに逃げてきたのだが、他の三人は厳しい季節の岬に入る必要はない。

ただの恩返しとも思えず、金原は再び戻ってきた川口にそれとなく様子を尋ねてみた。

夏の終わりにここを出た川口は、地方にある大手デパートの通販用倉庫の仕事をみつけたと言う。

「バイトだから賃金は安いけれど、ブラックでもないし、アパートも借りられたし、携帯もエアコンも無いけど、洗濯機と炊飯器はあるし、以前のことを思えば、人間らしい生活ですよ」

そこまで言って川口は口ごもった。

軌道に乗り始めた生活だが、一ヵ月ほどで何かが違うのではないか、と思えてきたと言う。

「確かにいつまでもそんな生活に満足できるはずがないからね」

「いえ、そういうことではなくて」と川口は冷めた視線を向けてきた。

「世界の見え方が違うんですよ。以前の俺とも、たぶん金原さんとも、ぜんぜん違う」

「どういうこと？」

川口は視線をあらぬ方に向けて、目を細めた。

「普通にうれしいことって、あるじゃないですか。生きている中で」

「ああ、ささやかな幸せというやつね」

「そう。一日働いた後の風呂《ふろ》とか、アルバイト先に可愛い子がいて挨拶《あいさつ》されたとか、週末に同僚と居酒屋で飯を食うとか。生きがいっていうほど大げさでもない、ただこれがあれば人生捨てたもんじゃない、生きていて良かったみたいな瞬間が。そんなのがしばらくの間はあったんですが」と川口は言い淀《よど》んだ。

「そんな喜びが消えたんです。かといって絶望しているわけじゃない。わかりますか？心がしんと静まり返った感じ」

今の自分が、ただ無意味に今の命を繋ぐために仕事し、食べ、眠り、ただ生きているだけ、生かされているだけだと感じた。喜びの感情を失ったというより、それまで自分を無意味なものに駆り立ててきた目くらましが洗い流された心境なのだ、と川口は語る。

そのとき、岬の何もない生活が思い出され、日常から逃れるようにここに戻ってきた。この場に辿り着いたとき、ようやく静謐《せいひつ》な喜びに満たされた。

金原にとっては意味不明な話だった。

違法薬物への渇望の代わりに、心の中に果てしない無意味感、実存的虚無が生じたのではないか、そんなものを作り出す物質を無邪気にも人に飲ませたのではないかと思うと、何とも恐ろしい気がする。

金原の不安をよそに、岬は人を引きつけていく。

ストラウブは東北地方にある私立大学で緑地環境学の非常勤講師の職を得て、長期滞在のビザを取得し、エリカはすでに製薬会社を辞め、ここに来るとき以外はフリーランスの翻訳者として技術系の契約書やマニュアルの翻訳を行っている。ＴＪがどこで何をしているのかはよくわからないが、いずれも彼らの生活は岬のコミューンの維持管理を中心に営まれていた。

金原の衛星携帯に東京にいるはずのＴＪから電話が入ったのは、冬の道が閉じ、まもなく風雪が岬全体をなぶり始める十二月半ばのことだった。

これから「客」を連れていく、という。

「だめだ、来るな」と金原は即座に答えた。

ストーブと燃料はあっても、食べ物も消費財も限られており、冬場にそれほど多くの人々を抱え込める状態ではない。

だがこのとき、いったん岬を出たストラウブに案内された彼らは、ハイマツの原を通らずにやってきた。そちらは真冬の暴風雪のために歩くことは不可能になっていたからだ。

代わりにスノーシューを履き、凍り付いた沼地を抜け、降り積もった雪が湿地の植物を覆い尽くす森林の中を、ハイマツの原を通るルートの三倍の時間をかけて岬の突端に辿り着いた。

体力が必要なうえ、進むべき方向をしばしば見失う林の中のルートをストラウブを先頭にTJと「客」たちは総勢六人ほどで、プラスティック製のソリに、携行食や寝袋、そのほかの機材を載せてきた。

そんなものがあっても厳しい気候の中、長期間、岬に留まる自信は金原にはないが、もともとアラスカの冬を木造の家で過ごしていたストラウブは楽観的だった。たとえブリザードに見舞われてもせいぜいが亜寒帯の気候で、鉄筋コンクリートの建物内にいるのだから大したことはない。腰を落ち着けて町に戻る機会を見極めればいい。持ち込んだ、エネルギーバーの類いが底をつけば、雪の下に罠《わな》を仕掛けて小動物を獲《と》るだけだ、と、こともなげに語る。都会の人間どころか地元の人々にとってさえ、非現実的な話だった。

一方、TJが連れてきた「客」たちは、夏まで待っていたら、自分はたぶん死ぬだろうから、何としても今、すぐにその薬を試したいと訴えていた。

この地で行われていることを決して外に漏らすなと再三再四、金原が忠告したにもかかわらず、人の口に戸は立てられない。まだネット社会が成熟する以前のことだったのはせめてもの幸いだった。

その一方で、仲間に秘密を漏らしたとはいえ、彼らは慎重だった。その行動や判断が、ということではない。サラームを飲んだ後、その人格が慎重なものに変質していくように見えた。物静かに穏やかに、そして明晰《めいせき》に。

彼らは岬について漏らす相手を選んでいた。

そうした慎重さや穏やかさがサラームのもたらしたものなのか、それとも彼らが薬物依存の中でみた地獄とそこからの脱出と再生の過程で得たものなのか、金原にはわからない。

この夏と昨年にサラームを飲んだ人々は、だれもがどことなく厳かな雰囲気を漂わせ始めていた。

何事にも動じないおちつきと静けさ、穏やかさ。

薬への渇望だけではない。食にも住まいにも、性にも、もはや彼らは欲望も不満も抱いていないように見える。

TJやその仲間がある程度の修繕をしたとはいえ、寝起きしているのは廃墟《はいきょ》同然の建物であるし、物資を運ぶ手段が限られるから食べ物はシリアルやエネルギーバーしかない。

およそ快適とは言いがたい命を繋ぐだけの生活に、だれも苛立《いらだ》つ気配がない。寝具やシートの数が限られ、いくら石炭ストーブが使えるようになったからといって燃料の無駄遣いはできないから小さな部屋に男女が枕を並べて寝ている。それでも何も起きない。そんな気配すらない。

食物についてはときおりストラウブが罠を仕掛けて兎や鹿を狩ってくることがあった。もともとゲームミートに縁の無い日本人にとって、雪を赤く染めて殺され、解体される野生動物の肉は食欲をそそられるものではない。拒否するのも気が引けるからだれもが少しばかり口にするが、獣臭の抜けていない硬い肉やぱさついた肉に閉口し、たいていは一切れだけ飲み込んで辞退する。

美食や肉への欲求などまったく失ったかに見える人々が、頻繁に口にするのは、昨年晩夏に収穫し乾燥させた草の実の類いや雪に埋もれてみずみずしさを保っている青い茎だ。それらにどんな成分が含まれているか考えることもなく口に入れる。青臭い汁や野草特有の渋みや苦みを気にする風もない。

そうした草や草の実、それらを乾燥させたものを勝手に摂取することを金原は止める。ハーブと言えば聞こえはいいが、野菜として流通する作物以外の植物にはたいてい毒がある。植物の薬理作用とは、毒性のことでもある。

ビタミン、ミネラル、タンパク質、脂肪と糖質、食物繊維。バランスも量も申し分ない栄養素を、金原も含めてここの人々は、エネルギーバーやシリアル、サプリメントの錠剤から摂取することはできているはずだが、ストラウブは、最先端の栄養学が作り出したシリアルやサプリメント錠剤で補い切れないミネラル類を体は求めるものだという自説を曲げず、動物を狩り、他の人々はその地に生える草木の葉や実を口にする。

ほどなく断薬に成功した「客」たちは去ったが、ストラウブやボランティアとして入ってきた元依存症者四人とエリカはここに留まると言い、金原もそうした彼らと行動をともにした。

それから約二ヵ月近く、ストーブで溶かして煮沸した雪とシリアル、そしてストラウブが罠で捕らえてくる小動物の肉といったもので命を繋ぎ、金原は氷点下まで気温が下がる室内で彼らと身を寄せ合い過ごした。恬淡《てんたん》とした様子の人々を前にして辛《つら》いという言葉は吐けず、スノーシューを履いて雪原を歩き罠を仕掛けたり、雪の下から食物になりそうなものを掘り出すストラウブの後について回り、格別望みもしないサバイバル術を身につけていった。

まるで遭難者のような厳しい生活に、ストラウブはともかく、他の人々がなぜ留まろうとするのかは、依然、謎だった。

二月の厳寒期に、ストラウブに先導され沼地の道を辿って金原は岬を出た。

体力気力とも限界に達したのか、頭痛や関節痛に悩まされ夜も眠れなくなったからだ。

それを機に他のメンバーもいったんそこを引き揚げた。

不自由な生活を甘受するとはいっても限度がある。シリアルや紙製品、靴や最低限の衣料などの日用品は必要で、特に冬場の洗濯は難しく、洗った物を乾かすにも時間がかかる。

世俗の生活から隔絶された地とされるアトス山でさえ、テーラー始め必要最小限の消費生活を支える施設もしくみも通信手段もあるが、北の岬の突端にそんなものはなく、それらのものが底をついたときは、悟っていようが欲を捨てていようがそんな場所には留まれない。

半年ほどを筑波の自宅で過ごした後、金原が再び岬に入ったのはその年の七月のことだ。

その夏、ストラウブは滞在ビザの関係からアラスカに留まり、ＴＪも岬にやってこなかった。ストラウブはともかく、薬物依存から完全に回復したＴＪは一般社会に居場所を見つけたのだろうと金原は楽観していた。

彼らの代わりに、サラームで断薬に成功した人々が、それぞれ必要最低限のエネルギーバーやシリアルの類い、燃料などを携えてそこにいた。

彼らの中には、依存症それ自体から解放されただけでなく、穏やかな表情で今の澄み切った心境を語る者もいる。不満を口にすることはなく、回復して戻った郷里で差別的な視線にさらされていることを語るその様も恬淡として、恨みを口にするでもなければ、悲観的になるわけでもない。

森エリカの変貌《へんぼう》については極めて辛いものだったが、男女関係の不満を抱かなければその関係は少なくとも悪いものではない。

彼らは薬草園の手入れをし、時機を見てそれらを刈り取り、日陰に吊し、霧が出てくると室内に取り込み、乾いたものを分類して保管し、といった地道な作業を行い、さらにはそれを調合し、彼らが連れてきた依存症に苦しむ者に投与するのを手伝い、そのケアを行った。手伝うだけではなく、彼ら自身ですべてを行った。

薬用植物を刈り取り、あるいは掘り出し、乾燥させて作った生薬を経験則から組み合わせて、新たな薬とも健康飲料ともつかぬものを作り出すこともした。

危険だ、という金原の忠告は、はなから無視され、薬草園は実験場というよりは彼らの生活の場になっていた。

シソ科植物やイネ科植物の実を煎《い》ったものは、ドッグフードとさして変わらぬシリアルに独特の香りと味わいを添えてくれるし、それなりの栄養素とカロリーを供給してくれることは理解できた。だが、ナッツのような風味の実はどう見ても法律であらゆる亜種の栽培が禁じられている麻の実だ。

疎外感を覚えていたその頃、岬に見知らぬ青年がやってきた。工藤昭光と名乗る僧侶《そうりょ》で、新小牛田から一人でシーカヤックを操り、岬の先端の洞窟に辿り着き、石段を上ってきたのだった。

案内人もなく、薬物依存症にも見えない。

どうやってここのことを知ったのかと驚く金原たちに、自分は信州の寺の住職を務めているものだと説明した。

境内に合葬式の樹木葬墓地を作り、森林再生を試みているのだが、そこに自分の墓を求めてやってきた男がいた。

歳の頃は自分とさして変わらない。独身で、衣服を通して鍛え上げられた筋肉が目を引く男だったが、度重なる外傷による後遺症に苦しんでいると男は工藤に打ち明けた。いったい何をしてそれほど頻繁に怪我をしたのか、どの程度の苦痛なのかと、尋ねても男は詳しくは語らなかったが、そのしんと静まり返ったたたずまいが印象的だったと工藤は言う。

「普遍的な真理に到達したような穏やかな眼差しをしていました。自分が出会った高僧の中にも、そんな人物はいませんでした」

合葬墓の契約を済ませてわずか二ヵ月後に、男は以前に負った外傷による重い腎臓《じんぞう》障害のために亡くなった。

その看取《みと》りの場に工藤は呼ばれた。寺にほど近い町の病院に男は入院していた。親族は海外におり、自分の死後の後始末については工藤に託したい、ということだった。

病室を訪れた工藤は男の悟ったような静穏な様子に驚いた。達観したように見えても、いざ死期が近付いてくれば人は取り乱す。工藤は葬儀だけでなく、幾度か人の死にも立ち会ったが、どんな高僧でも、その男ほど穏やかに死を受け入れた様子を見せた者はいなかった。

「あなたはどんな方なのですか」と工藤は自身とほぼ同年代の男に尋ねた。

「自分は何者でもなく、依存症から回復し、短い間だが生命がどのようなものか、わかりかけた者だ」と男は答えた。

そして自分を目覚めさせてくれた地がある、として岬のことを話したのだという。その男を看取った後も、その静かで穏やかなたたずまいがいつまでも心に残った。

「悟りという言葉を安易に使うことはできませんが、私が彼に見たのはそれに近い覚者の姿だったのです。自分には無理だと思いますが、この地を訪れて彼の冥福《めいふく》を祈りたいと思っていました。彼が話してくれたということは、私にそこに行け、という意味だと理解しています」

金原は困惑していた。ここで行われている違法行為が外部に漏れることは、常に危惧《きぐ》している。だが、それ以上に、その工藤という青年僧の真摯《しんし》な目の色に、頭の中で警戒信号が灯《とも》った。

社会の理不尽さを当然のものとして受け入れることができずに、破壊的な宗教に走っていく人々に特有の、水のように澄み切った、直情的な光が見えたからだ。

だがすでにここの秘密を知って、この場に来てしまった以上、追い返してもしかたがない。

自分が良識をわきまえた、ある意味生ぬるい人間であることを自覚しつつ、金原は工藤を薬草園と建物に招き入れた。

岬に植えられた薬用植物園の雑草取りや、摘芯《てきしん》や摘蕾《てきらい》などの夏場の作業を手伝わせ、ここにやってきた人々にサラームを投与するにあたっても立ち会わせた。

素性を探るつもりなどなかったが、工藤の個人的な話も聞いた。ＴＪについても他の依存症から回復した人々についても、金原は彼らの生い立ちや家族関係についてはよく知らない。相手が話し始めない限り立ち入ってはならないと自戒する部分もあり、余計なことは尋ねなかったし、実際のところ彼らもあまりそうしたことを話さなかった。だが工藤には、そのあたりの配慮を無用とする強さと健全さが感じられた。

両親は東京におり、学生時代に被災地で救援活動を行ったことをきっかけに僧侶を志し、寺での修行を終えた後、父が買い取った長野の廃寺に住職として移り住んだ、と言う。

学生時代から交際している恋人が東京におり、出張の際には必ず連絡を取り合う。将来は結婚して信州の寺に来てもらうことになっている、と普通の若者らしい話もした。

その恋人の話題が出ると、精悍《せいかん》な青年僧の表情が緩み、無防備な笑みを浮かべることに金原は好感を抱き、同時にすぐそこにいながら再び去っていったエリカとの短い蜜月《みつげつ》を思い、寂しさをかき立てられた。

短い夏が終わりに近付くと、多くの薬草の収穫期に入る。

刈り取ったものから枯れ葉や土を取り除き、あるものは毛を焼き、あるものは加熱し、防水シートの上に広げ、あるいは束ねて吊し、晴れた日は外に出し、空気が湿ってくれば屋内に取り込む。

ハイマツの実も丁寧に摘み取り、ナイフで割って黒く縮んだ種を取り出し、陰干しにする。慣れていない者が薬草園から離れて岬の中央部に行こうとするのを金原は止める。その先、新小牛田の外れまでは、人ではなくヒグマの領域だ。

人とヒグマは共存できるとストラウブもエコロジー団体も言うが、あり得ない、と金原は考えている。だが棲《す》み分けはできる。

そして冬ごもりを前にしてヒグマが大量に食べるハイマツの実は、人にとっては可食部分を取り出すのに苦労するわりに収量が少なく、高カロリーだが格別の旨みもない種子だ。同じハイマツの実とはいえ、それはサラームに使われるものではない。菌類に寄生されて黒く縮んだサラームの原料となる種子は、この薬草園の中に、飛び地のように根を下ろしたハイマツにしか実らないのだ。

工藤昭光は他のメンバーに交じり作業を行い、サラームを処方された者のケアを手伝った。そんな中で、ドッグフードのようなシリアルとサプリメントだけで栄養補給をしている金原の目をかすめ、他の人々とともに、ハーブのお茶や実、若葉などを口にしていた。その挙げ句に何を思ったのか、サラームそれ自体をも口にした。

あの冒険依存の青年のときと同様、嘔吐も悪夢を伴う長い昏睡《こんすい》も起こらなかった。しんと静まった星夜の中を歩き続け、やがて夜明けの光の中に投げ出される、という幻視を得た、と工藤は語った。

周りの草や建物はそのまま見えており、すべてが平和で調和が取れていて、自分がその一部であることをさとり、幸福な気持ちになったと言う。

やはり長い悪夢や嘔吐といったサラームの辛い副作用は、薬物依存者が服用した場合に特有のもので、そうでない人間が飲んだところで睡眠導入剤か、弱い幻覚剤として作用するにとどまるように見えた。

西洋医学の薬が、多少の差があるにしても、比較的一律に作用するのに対して、生薬や漢方薬の類いは、飲む者の体質によって、その効果も副作用も大きく異なることを思えば、格別、驚くようなことではない。

数日後、工藤は信州の寺に戻っていった。樹木葬墓地の合同法要や周辺の木々の枝打ちや下草刈りといった作業があり、あまり長く留守にはできないらしい。

それに続くように金原たち他のメンバーも、海が荒れないうちにと岬を後にした。

十二月に入り、ハイマツの上に雪が積もると、金原やエリカ、そしてアラスカから戻ってきたストラウブたちよりも一足早く、工藤が一人で岬に入った。

金原がそこに到着したとき、工藤は自分一人のために大きな石炭ストーブを焚《た》くことにためらいがあったのか、ストラウブの作ったロケットストーブにわずかな薪をくべ、建物内にテントを張り、断熱アルミのシートや毛布にくるまり暖を取っていた。昼間はまだそれほど雪の深くない薬草園を横切り、熊が冬眠に入った後のハイマツ群落に分け入り、枯れ木や枯れ枝を集めて燃料にしていたということだった。

金原たちを迎えた工藤の様子は、夏にここを出て行ったときと明らかに変わっていた。

真摯な視線はそのままだが、悲壮な表情は消え、物腰は際だって穏やかで丁寧になっており、その目に悟りを開いたような明晰な光を湛《たた》えていた。

すべての憂いから解放された、これまでになく爽《さわ》やかな気持ちだ、と工藤は語る。

それを単なる心境の変化や、ましてや人間的成長と捉《とら》えることは、もはや金原にはできなかった。

依存症から生還し、半永久的に断薬に成功した人々、エリカも含め、ここの岬に戻ってきた人々は同様の変化を遂げていた。

深い泉からわき出す水のような、澄み切った独特の静けさと落ち着き。薬物にも依存症にも無縁であった工藤にも同様の変化が現れていた。

山本の残したサラームの副作用というべきか、それとも本来の薬効というべきか。

寺の方は空けておいていいのか、と金原は尋ねたが、工藤はかまわない、と答えた。

「結婚を約束した彼女をこの季節に一人にしていいのか」という問いかけは、軽口以上のつもりはなかった。その軽口に対し、工藤は穏やかな表情で首を左右に振った。

今の自分には、なぜ彼女に夢中になったのかまったくわからない、もはや付き合う気はない、と言う。

単純に振られたか、何か気持ちの行き違いがあって別れたか、普通ならそう解釈する。だが、身近でエリカの変化を見ていた金原は、それがよくある男女関係の破綻《はたん》とは異なるものであることを見抜いた。

聖人めいた風貌《ふうぼう》に変わった青年が、冷酷で無責任な、人としての情緒を欠いた人物に見えてきた。

もはや恋人としての時間は終わっていても、相変わらず自分の傍らにいるエリカの脳が何か不可逆的変化を遂げてしまったことも金原は失望とともに受け入れている。

一方、サラームを飲み、少なくとも断薬に成功したように見える人々がその後どうなっているのか。ボランティアとしてここにやってくる人々以外は、どんな生活を送っているのか。彼らの変化を見ていると、どうにも気になってくる。TJに尋ねてもよくわからないという。

数日後、金原はストラウブに先導を頼み、沼の上の道を歩いて岬を出た。強風に新雪が巻き上がり、晴れているというのに視界が真っ白に覆われるような日で、うっかり吹きだまりに踏み込むとストラウブの用意した大型のスノーシューでさえ膝まで埋まり抜け出すのに難儀する。

だがストラウブの足取りは確かでホワイトアウトした沼地の道をこのあたりに棲む獣のように迷うことなく進んでいく。

四時間近くかけて新小牛田の町外れに辿り着き、岬の突端に戻るストラウブを見送った後、金原は一人で旭川空港に向かった。

サラームを飲んで断薬に成功した人々の連絡先は把握している。効果を調べるために追跡調査をさせて欲しいとあらかじめ申し入れていたからだ。

サラームを飲んだ者は、エリカとTJを除き十四人。そのうちの一人、清水春菜は二年前の冬、暖房の効かない部屋で昏睡状態のうちに凍死した。

残り十三人のうち約半数の六人が、その後、ボランティアとして岬に入ってきたことがある。

それ以外の七人のうち本人と連絡がついたのは一人だけだった。

その女性は都内の金属加工会社にパートタイマーとして勤務していた。恋人も家族もいないが格別破綻のない生活を送っている、といったことを金原に電話で話してくれた。

残りの六人のうち一人については覚醒剤《かくせいざい》取締法違反と傷害罪で再犯を繰り返していた経緯もあり保護司が付いていて、自助会からの紹介でその保護司から消息を聞くことができた。

死亡していた。

保護司によれば、通っていた自助会に姿を現さなくなって二週間後に本人が挨拶に来たのだが、以前とはまったく様子が違い、今度こそ完全に薬と縁が切れたように見えた。「これからどうする?」という保護司の問いかけに対し、彼は「何をしたらいいのかわからない」と答えたのがいささか心許《こころもと》なかったが、その穏やかで落ち着いたたたずまいからしてもはや薬に戻ることはなさそうに見えたので、安心していたという。ところが数ヵ月後、その男は東京郊外の檜原《ひのはら》村の廃屋で遺体となって発見された。

そこに入り込んで生活していたようだが、室内は整然としており、死因は餓死だった。

体内に食べ物は残っておらず、皮下脂肪も極端に減っており、死んでからかなり経っていたにもかかわらず、乾ききった遺体は意外なほど腐敗が進んでいなかった。

年が明けてまもなく、金原はさらに一人の消息を突き止めた。やはり自助会を通じ、十年も前に縁を切られたというその男の実家の固定電話に辿り着いたのだ。

家の跡を継いでいる兄によれば、ある日、他県の役所のケースワーカーから電話がかかってきて、弟の死を知らされたと言う。

夕刻に自転車に乗っていて、蓋をしていない用水路に転落し、首の骨を折って即死したらしい。

検死の結果、アルコールや薬物は検出されなかったが、檜原村の廃屋で死んだ男同様、胃にはほとんど食物が残っていなかったらしい。

「仕事もしてなくて、金も無かったんだろうな」と言うため息交じりの実兄の声には、弟の死を悼むというよりは、これ以上関わりたくないという倦《う》んだ気分が滲《にじ》み出ていた。

何かが起きている。

彼らを薬物依存から救い出した薬は数ヵ月後に彼らの心身に、変化をもたらす。

再び、元依存症の女性に電話をかけて、自助会のメンバーと今も連絡を取りあっているかどうか尋ねたが、彼女からは、現在、そうした縁は切れていると素っ気なく告げられた。

期待しないままに消息のわからないメンバーの名前をPCで検索してみた。同姓同名の著名人に交じり、一人の名前が確認された。

当時、開設されて間もない新聞社のニュースサイトの社会面にそれはあった。荒川河川敷の枯れ草の上に仰向《あおむ》けになって死亡している男をジョギング中の地元住民が発見。名前と年齢から、金原には昨年、サラームを飲んだ一人だとわかった。死因は凍死。こうした場合によくある泥酔状態で寝入って、という記述はない。だが、他の二人について胃の中がほぼ空だったという話から、この死者についても何も食べておらず極端な低栄養状態から凍死に至ったと考えられる。

次にネットで「餓死事件」について検索をかけてみた。新聞社のニュースサイトが「貧困と格差」をテーマにした特集記事を組んでおり、その中に複数の事件が取り上げられていた。だがサラームを飲んだ元依存者に関連しそうな内容ではない。雑誌や新聞の記事がネット上で大量に発信される時代ではなかったから、他にめぼしい記事は拾えなかった。

さらに探していると不動産管理会社のホームページの、大家向けに発信しているコーナーに、それらしき事件についてのコラムがあった。

新聞社のニュースサイトで「貧困と格差」のテーマで扱われていた「餓死事件」と同一のものかどうかはわからないが、切り口が異なっている。

「孤独死」の問題を、アパート経営のリスクとして捉え、特集した記事だった。

大家が個人で管理していたアパートで、薬物依存の女が死んで二週間後に発見された、という内容は、「覚醒剤依存症の女の自業自得の末路により、多大な迷惑を被った高齢大家の悲劇」というストーリーで語られ、「アパート経営は不動産管理会社に任せるべき」という警告と宣伝のメッセージで締めくくられていた。

入居者の身元はきちんと洗えという忠告も込められていたから、実名こそ出さないまでも死者のプロフィールは詳細に記載されており、それが一昨年、岬でサラームを飲んだ女性ということがわかった。

「知り合いの紹介で来たときには、まさか覚醒剤の前科があるとは思えない、物静かで折り目正しい感じの若い女だったので、すっかり安心して入居させた。まさかこんなことになるとは。その女には、知り合いも含め見事に騙《だま》された。一部屋が事故物件になってしまって老後の生活を支えてくれるはずの家賃収入が減り、アパートの評判も落ち途方に暮れている」と大家は憤る。

だが女の直接の死因は、薬物ではなく「餓死」とされている。また覚醒剤での逮捕歴があるとされているが、その大家のアパートに入居後に覚醒剤を使用していた、とも書かれていない。

店子《たなこ》たちは一ヵ月に一度、近所に住む大家の自宅に直接家賃を払いに来ていたが、それまでの彼女には特に変わった様子はなく、ただ覇気がなく痩せてきたという印象があったらしい。あるとき支払日が過ぎても家賃を持ってこないので大家が訪ねていくと、布団の中で死んでいた。

体内に食物は残っておらず、ひどく痩せて乾いており、室内は整然として、物が少なく食事した形跡もないため、特殊清掃が必要なほどの汚れ具合でないのが、不幸中の幸いだった、と記事は結ばれていた。

把握できただけで、サラームを飲んだ十四人のうち五人が不自然な死を遂げている。残りの二人については消息不明で、岬を出て生活圏に戻った後の足取りが摑めない。少なくともサラームを服用した者の三割が亡くなった。行方不明者も含めれば半数に上る。

依存症になった段階で脳自体が変性しており、半永久的な断薬は難しいと医療機関で宣告されてしまったレベルの者もいたから、少なくとも死者のうちの何人かは、岬に来る以前に心身に深刻なダメージを負っており、断薬に成功したとしてもそうした後遺症がさまざまな病気の引き金になったことも考えられる。それにしても死者が多すぎる。

しかもサラームを服用した後に、ボランティアとして岬に入ってきた者についても連絡がつかない者が大半だ。彼らは生きていた。彼らが岬にやってきて金原が会ったその時点では。ただしその後どうなったのかわからない。

脳の報酬系に作用し、薬への渇望を断ち切ることができるサラームが、大きな副作用をもたらすことは明らかだ。たった十数名というごく小さなサンプルであっても。

一方、ボランティアとして岬に戻ってきた人々には、その精神に明らかな変化が現れていた。

サラームは違法薬物や処方薬、危険行為といった、命に関わるものへの渇望を止める。同時に性欲や食欲といった欲望、あるいは人間らしい暮らしをしたいという欲求までもを低減させていくように見える。

一昨年夏にサラームを飲み、その後ボランティアとして岬にやってきてストーブの修繕をしてくれた山岸《やまぎし》という三十代半ばの男に金原は会った。

山岸は現在、介護士の仕事の傍ら、薬物やアルコール依存の自助会の世話人をつとめており、亡くなった二人の消息に辿り着くための窓口になってくれたのも彼だった。

自助会の事務局は、東京郊外の地域拠点病院の一室に置かれており、金原が訪ねていくと、山岸はすこぶる気さくな様子で挨拶した。

顔色も悪くなく、格別痩せ細ってもいない。

狭い空間に事務机やコピー機、パソコンなどの置かれた部屋には頻繁に人が出入りしている様子でもあり、金原はどこか話のできるところはないかと尋ねた。

金原の言わんとしていることを即座に理解したのだろう。山岸は先に立って歩いて行き建物を出ると、駐車場に駐めてある軽自動車に乗り込んだ。車のボディには支援組織のロゴが入っていた。

車内であれば会話を聞かれることはない。山岸は車を出し、病院から少し離れた人気《ひとけ》のない第二駐車場に車を入れた。

金原はあらためてこれまで摑んだ人々の消息について包み隠さず彼に話した。そしてもし自身の身体と精神に何か変化が現れているようなら話してくれないか、と頼んだ。

山岸は微笑した。先ほど事務局内で見せた気さくな笑顔とは違う。心情を測りがたい、もの静かな笑みだった。

「結局、もともとの人格が反映されるということですよ、サラームの効果については。それ以前に、人は依存症とひとくくりにしますが、それぞれ生活史も人生観も違うのです」

かつての仲間の死を告げられても、彼は動揺した様子もなくそう語った。薬物依存の自助会で世話人などしていれば、人の生き死になど日常的に目にしているとはわかっているが、その口調の平坦《へいたん》さに金原はやはり、とうなずいていた。

「クスリが抜けたといっても、もともとネガティブ思考の者もいれば、前向きに生きてきた者もいる。効果がそれぞれ違った方向に現れるのですよ」

金原からすれば「副作用」だが、山岸は「効果」という言葉を使った。

「君自身についてはどうなの？」と尋ねると、「私ですか？」と山岸は表情を変えずに視線だけを向けてきた。

「私に関して言えば、あるときから覚醒《かくせい》しました。いや、覚醒剤の覚醒ではなく、こちらに戻ってきて、ある日、突然、世界がクリアに見えたのです。ドラッグの、『うわっ、凄《すご》いぞ、きたきたー』っていうのとは違う。やたらに幸せな感じでもない。静かでクリアなんです。心がしんと沈んでいく感じ。だが辛くない。そんな状態がずっと続いています。ずっと続くっていうのが薬物と一番違う点ですかね。依存症にもならないし、禁断症状もない。世界も私自身の未来も、金原さんのことも、いまはクリアに見えています。きれいな女とか、ブランドとか、旨いものとか、神様とか、つまりそれまでの自分の人生を牽引《けんいん》してきたまやかしや目くらましが消えて、物事の実相というか、森羅万象のありのままの姿が見えています」

森エリカも、TJもこんな風に語ってはくれなかったが、川口も似たようなことを話していた。エリカたちも言葉にはしてくれなかっただけで、彼らの振る舞いが示すところは、まさにそれだ。

「その状態で君は生きていけるのか？」

餓死したり凍死したりした人々のことを思い浮かべながら、金原は尋ねた。

「生きていける、という言い方は誤りですよ。生かされている。我々は皆、そういう存在です。生かされて、その時がくれば死んでいく。人は子供を残せれば人生の成功者です。孫の顔を見られた者は、生物学的にはエリート中のエリート。ですが、私はそこまで望まない」

「確かに生物学的にはそうだけど」

「生物じゃないんですか？」

「まあ、理屈の上では」

「荒川河川敷で横になって凍死した、食を絶って亡くなった、用水路に落ちた。生かされていた生が終わった。それだけのことです。金原さんは、それ以外にどんな答えが欲しいのですか」

意味がわからない。

「いつからそんな心境に？　正確な時期を覚えていますか」

「金原さんからすれば奇妙に見えるかもしれませんね」

男はハンドルに手を置き、視線を前に向けた。

「岬から去年の九月に帰ってきて、半年くらいしてからかな」

「その前には、何かなかったの？」

「あったかもしれませんね。何となく。昨年の夏に岬に入ったのもそんな理由かもしれません」

具体的には何が、と尋ねると、山岸は微笑しただけで答えなかった。

「覚えていません。たぶん取るに足りないことだったのだと思います」

車はゆっくりと病院敷地内の駐車場に戻っていく。

それ以上、彼から話を引き出すことはできなかった。

礼を述べて車を降りた金原は、背後から呼び止められた。

車の位置を直した山岸が運転席の窓から顔を出した。

「私が思うに、サラームは神の薬ではありません。ただ人の知性に作用するようなところがあります。だからすでに何かを持っている者を目覚めさせる。けれども元々空身の人間にとっては、自身の人生の空疎な実相を見せつけられるだけです。食べること、暖を取ること、歩き回ること、人と会うこと、そんなものにそれ以上の意味がないことを、クリアに見せてしまう。元々何も持っていない者は、だからそのあまりの無意味さに立ちすくみ、死ぬしかなくなる。けれどそれを叡智《えいち》に結びつけることのできる者もいるんですよ」

お前がそうだというのか、そんなものを叡智と呼ぶな、と金原は腹の内で怒りを抑えながら、エリカの、TJの、工藤の不自然なほどに静まり返った目の色を、山岸の視線に重ね合わせた。

自分の試みに終止符を打つことを決断したのはそのときだった。

目覚める、覚醒する、などという言葉の羅列に意味はない。

違法な方剤「サラーム」の投与がもたらすものは、ほとんど期待できない制がん効果と、百パーセントの依存症完治効果と、その後の三割を超える致死率。そしていつ発症するかわからない「虚無の病」だ。

死を覚悟して依存症からの半永久的な回復を切望する者は一定数いる。だが、たとえ生き残ったにしても人格が変わってしまい、それまでの人間関係を崩壊させる。それなら残りの人生を、周囲の支援と協力に頼りながら、自分自身との苦しい闘いを続けて、断薬を継続していく方がはるかに人間的なのではないか。

その冬、金原が岬に入ることはなかった。すぐにでも戻り、そうした人体実験の中止を宣言し、薬草園と建物を閉鎖して撤収準備にかかりたかったが、すでにハイマツの道に暴風雪が吹き荒れる季節になっていた。

スノーシューで林と沼を抜ける道はあっても、そこを歩いて突端まで行き着く気力は失われ、たとえ行き着いてもストラウブやエリカを説得する自信もなかった。

五月の終わりになってようやく昆布漁師の船で湯梨浜に向かい、冬眠明けの熊がうろつく光景に怯《おび》えながら素早くゴムボートを組み立て、洋上で潮の引くのを待ってから海岸洞窟に入った。

そのとき洞窟内の岩壁に取り付けられた縄ばしごは新品に取り替えられていた。人の出入りがあったようだ。

石段を上り霧を透かした淡い陽光の下に出ると、わずかに萌《も》え出《い》でた緑の原が広がっていた。

ストラウブと初めてここに入ったときには、薬用植物に様々な雑草も入り交じり、潮風になぶられていたものだが、それから数年が経過し、手入れの行き届いた薬草園には区画ができて、秩序立った栽培がなされていた。

その一角にしゃがみ込み、エリカが作業していた。近付いて安否を尋ねる金原に、エリカは全員が格別の不便もなく越冬したことを告げた。ただＴＪだけは金原が出て行ってまもなく、一人で凍った沼地を通り、向こうの世界に去っていった、と言う。

「向こうの世界」という言葉に彼らの感覚が知れた。

檜原村の廃屋で、荒川の河川敷で、消極的自殺ともいうべき不審死を遂げた男たちの姿がＴＪに重なり、不安と焦燥感に胸が締め付けられた。

「大丈夫よ。別の人が入ってきたから」

入ってきたからどうだと言うのだと、ＴＪの消息など気にもとめない様子のエリカに苛立っていた。

確かに見かけない女がいた。

名前を聞くと、数ヵ月前、金原が電話で話をした女性だった。サラームを服用させたときの、深刻な覚醒剤依存で痩せ細り、土気色の肌をした髪の長い女性の姿しか覚えていなかったから、目の前にいる坊主頭で色白の女性がだれなのか見当もつかなかった。

あのとき電話では、金属加工会社でパートタイマーの仕事に就き、破綻無く暮らしている、という話だったが……。

彼女はもう一人の男と二人で数日前にここに入ってきたらしい。真新しい縄ばしごは、そのときに使ったものだった。

彼女もまた「目覚めた」、という言葉を口にした。

年度末に女性の同僚たちと、会社の近所のイタリアンファミレスに行った。そこで店内にいた男ばかりのグループから声をかけられ合流した。酒類こそ口にしなかったが、和やかな時間を過ごした。

取り戻した平凡な人生のささやかな喜びをかみしめて店を出て三十分後、ほとんど客もいない路線バスの中でそれは突然やってきた。

女性の言葉によれば、すべての色が飛んでいったらしい。瞼の裏で規則正しく明滅する灰色の光が現れ、頭の芯で刻まれる時計の音が聞こえた。昼が来て夜が来て、ただ時だけが永遠に流れ、自分という存在は何の意味も持たず、世界は虚無だ。箱に閉じ込められているのに気づかず、四方の壁に映し出される虚構を実在する世界と思い込み、一喜一憂していただけだ……。

悲嘆の感情はなかった。ただそういうものなのだ、と悟った。

翌日から引きこもった。傍《はた》から見れば無断欠勤の引きこもりだが、もはや起きて顔を洗い、食事し、出勤するという彼女のルーティーンは意味を失った。火の気の無い室内で壁に向き合って数日過ごした後、ふと岬のことを思い出した。その瞬間、自分はそこに戻るべきだと知った。そこで解放されるのだと。

翌日にはわずかばかりの預金を全額下ろして新小牛田に向かっていた。

以前、岬に入るための待機場所として使った借家に行くと、先客がいた。初めて見る顔だった。しかも本人によれば大麻を吸ったことはあるが薬物依存ではない。自助会の存在も知らないと言う。

「あの人です」

工具を手にした小柄な男に向かい女は片手を挙げた。頬から顎を覆った不精髭《ひげ》のために、若いのか年がいっているのかわからない。やはり初めて見る顔だ。単に記憶と違っているだけか。

目を引いたのは男の肩や頭にとまっている鳩だった。金原に動物を愛《め》でる趣味はなく、ドバトなどマンションを汚すネズミと大差ない駆除の対象と考えていたから、そんなものを身体にとまらせている男の姿が不潔に映り、風貌からして聖人気取りか、と冷ややかに眺めた。

伝書鳩だ、と男は説明した。

手にした工具は、コンクリート建物の中庭部分に鳩小屋を作るためのものだと言う。

「どうしてこの場所を？」

なぜ薬物依存症でもない者が、どこから情報を得てやってきたのか。つまりどこから漏れたのか。

オランダで旅行中に会った日本人にこの場所と入り方を教えてもらったと言う。

人の口に戸は立てられないことはわかっていたが、まさか海外まで行って勧誘している者がいるとは。

「その手のカフェで？」

人々がたばこのようにマリファナを吸っているアムステルダムのカフェで、ハイな気分になって口を滑らせた者がいるのか。

「いえ、特殊な伝書鳩を飼っている修道院を訪ねた帰りです。アムステルダムからミュンヘンに向かう夜行列車の中で。僕は伝書鳩は飼いますが、レースに出すつもりはありません。あれは残酷な競技です。鳩を使って大金が動き、人の欲が渦巻く世界に興味はありません」

「で、列車の中で会ったのは、どんな人物？」と金原は話の先を促す。

「日本人のバックパッカーですよ、ＴＪと名乗る日本人です」

昨年の冬、ここを出た彼は無事だった。だが、海外を放浪しながら、身元も知れない人間を勧誘している。

男によれば、列車のデッキにいるとＴＪが話しかけてきたらしい。

「日本人？　これからどこへ？」と。

鳩の話や旅の話などをして、別れ際にＴＪは岬のことを明かしたという。

「そこに君の求めるものがある」と。

「深い話なんかしませんでしたよ、身の上話も。ただ人間って、相手が自分と同じものを持っているとわかってしまうんです、互いに。そうでなければ僕だって真夜中のデッキで話しかけてきたバックパッカーなど、たぶん無視していたでしょう」

数ヵ月前に会った山岸の、「サラームは人の知性に作用し、すでに何かを持っている者を目覚めさせる」という言葉を思い出す。

ＴＪはこの男について「何かを持っている」と判断したのだろうか。

「それであなたはここに来て、その……サラームを飲んだのですか」

「ああ、あの薬物依存の薬のことですか？　たぶん」

「たぶんと言うと？」

「僕自身、違法薬物には縁はありませんが、一種の通過儀礼のようなものでしょうね」

「通過儀礼……」

事態は意図しない方向に流れていく。

早く手を打たないとたいへんなことになる。だがどんな手があるというのか。

さっさと筑波に逃げて、こんなことには無関係だという顔をして、人生をやり直したかった。

「それで、健康状態や心境に何か変化は？」

「ありません」

即座に答えた男の声色が静か過ぎた。

「ここは良いところですよ。たぶん僕はもう、旅はしないでしょうね」

男は微笑し、自分の肩先でうめき声のような不吉な鳴き声を立てる鳩を撫《な》でる。

つまりそれが彼の人格変容だ。

金原は建物の裏手に回る。

「やあ」

蔓《つる》のようなもので罠を作っていたストラウブが、立ち上がり大股《おおまた》で近付いてくると、大きな掌で金原の背を叩いた。

「もう戻ってこないかと思ったよ」

「いや」

金原はそこに置かれたプラスティックのコンテナを伏せたものに腰を下ろし、ストラウブと相対した。

エリカも、ここにいる他の人々も「変えられてしまった人々」だ。聞く耳など持たない。洗脳なら説得や時間の流れによって解き放ってやることもできるが、薬で変性してしまった脳にそんなものは通用しない。

ストラウブは変わっていない、と金原はその行動と顔つきから判断した。

「君はサラームを飲んだりはしていないよね」

確認するとストラウブは「なぜ私が飲まなければならないんだ？」と怪訝な表情で目をすがめた。

積極的に薬用植物を含めたここの産物を利用しても、ストラウブの摂取の仕方は慎重だった。

黙々と罠を作り森に仕掛け、小動物を獲り、解体し、肉を食べるだけでなく、毛皮をなめし、脂を取る。生粋の狩猟民族で、都市から隔絶された北の地に移り住んで、この岬よりも厳しい環境の中で、世捨て人のような暮らしを何十年も続けてきた。だから閉じられた小集団の中でも、自分一人が異質であることについて、まったく意に介さない。

自分なら耐えられない、と金原は思う。出て行くか、そうでなければそれまでの自分を捨てて彼らの仲間入りをする。だがストラウブはたとえ相手が常識的な人々であっても、周りに同調したり共感したりする必要をまったく感じていない。

金原は彼に、サラームを飲んだ者が、その後どうなっているのか、知ることのできたことを推測を交えず、事実のみ、すべて話した。

ストラウブは無言のままじっと耳を傾けていた。

「つまり三十パーセント以上が死んでいる、と」

「今回追跡できた限りでは」

「残りの七十パーセントは生き長らえているということか？」

「ここに居る人々については。他はわからない。ただし生き長らえていても脳が変性した」

「脳が変性した、とは？」

「報酬系が機能しなくなっている」

「そうではない。彼らは悟りを開いた」

「そんなものは悟りじゃない」

禅にも仏教文化にも親しんでいるわけではないが、少なくとも日本人としての教養の範囲内で、その程度のことは学んできた。東洋への幻想を抱いてやってきた西欧人の、途方も無い誤解に驚かされ、憤慨していた。

「サラームは人の欲望も意欲も低減させる。ということは、人をどういう心境にするか、考えてみてくれ。『近い将来にこれを得るためにこれを達成するために、今、これを我慢する』という展望が失われるんだよ。だからといって刹那《せつな》的になるのでもない。今を快適に過ごしたいという欲望もなくなる。それどころが今の自分の生命を維持するための一時的欲求までもが失われる。そうして死んだ人間が四割近くいるんだ。つまりあれは大きな副作用を伴うということだ。山本が使ったときには、がんの末期患者だったからそれが病気によるものかどうかの区別がつかなかっただけだ」

「で、君はどうすべきだと思っているんだ？」

「当然、使うべきではないし、勝手に飲む者が後を絶たなければ、現物も材料も廃棄して、ここを閉鎖する。画期的な成分が含まれていることは認めるが、その成分がはっきりせず、エビデンスも得られない。そんなものを人に飲ませたことは、僕の誤りだった」

ストラウブに動じた様子はなかった。居住まいを正すと、茶色のまつげに縁取られた淡い色の瞳《ひとみ》で金原を見つめた。

「君の意見には反対だ。それが深刻な薬物依存を根治する唯一の手段であれば、使う使わないという判断は、本人に委ねられるべきだ」

「責任を持てないことをするつもりはない」

「君がなぜ他者の選択に対して責任を持たなければならないのだ？」

「犯罪行為になるからだ。サラームがどんなものか知っていて他人に飲ませた。公になればすぐに違法薬物の指定を受ける」

「だからこの場所を選んだのでは？　いったい何を怖れているんだ？　山本の遺志を継いで新たな可能性を開拓したのは君じゃないのか」

「ここを出て行った人間が、外でしゃべっている。勧誘している者もいる。しかもやってきた人間は依存症じゃない。本来、サラームなど必要としない人々だ」

「大いなる知恵に出会い、悟りを開くことを望んだ人々だ」

「だからそんなものは、知恵でも悟りでもない」

たくましく知性的に見えたストラウブという男の内実が、浅薄な東洋趣味にはまった植民地的思考を持つただの白人だと思い知らされた。

「言っておくが、サラームは君のものじゃない」

ストラウブは強硬な口調で続けた。

「この岬も建物も君のものではない。深刻な依存症に陥った者はここで完治できる。ここにいる限り、彼らは静かに平和に暮らしている。選択するのは本人であるし、生き方を決めるのも本人だ。君が手を引くというなら止めはしない」

エリカと、昨年ここでサラームを飲んで依存症から回復した男たちが、近くで水を引くパイプの修理をしていた。

金原は彼らのところに行く。

「ちょっと聞いてくれ」

ストラウブに話したのと同じことを彼らに話した。

だれも不安を口にすることもなく感情を動かされた様子もなかった。亡くなった人を悼む様子を見せないのも、想定内のことだった。

ここに至って、金原はようやくストラウブにもエリカにも別れを告げる決意をした。

この場所もサラームの現物も、その製法も、材料も、金原のものは何一つなく、彼の一存で引き揚げたり破壊したりはできない。

外に出て行った者の一部は亡くなったが、少なくとも、ここにいる人々は生き長らえている。

何もかもそのままにして逃げ出すことに恥と後ろめたさを感じながら、金原は洞窟への暗い階段を下りた。

数段下りるうちに、地鳴りのような音を聞いた。

洞窟から外海に出るために引き潮を待つ間に風向きが変わっていた。

空は晴れていたが、強風で波が高くなり、洞窟内は狭い入口から勢い良く流れ込む海水によってミキサーのように水がかき回され、轟音《ごうおん》が響き渡っていた。

岩棚に置かれたボートを下ろせる状態ではなく、万が一、波が岩棚を洗った場合を考え、金原は空気を抜いたボートを一番奥まで引き寄せた。

風が収まるのを待つうちに潮が満ちてきて外海に出る空間は閉じられ、金原は再び石段を上り引き返すことになった。

それから約一週間、金原は岬に留まった。翌日から天気が崩れ、季節外れの暴風雨が一帯を洗い、それが収まった後も波が高かったからだ。

吹き付ける雨が、老朽化した建物の壁と窓枠の隙間から染みだしてきたとき、彼らはコーキング剤を使い慣れた手つきで修繕した。それが終わった後は不安を口にすることも退屈した様子もなく、薄暗い建物内で何をするともなくたたずんでいた。

三階の図書室にいる者もいるが、古く褐変しているとはいえおびただしい数の書物に囲まれていながら、それらを手に取ることもなく静かにたたずむ姿は、人間の知を否定し、ただ祈ることによって神の光を見ようとする修道僧の姿を想起させ、ストラウブが「悟り」という言葉を使い、そこに宗教的な要素を見たことが理解できた。

ただ彼らの口から「神」という言葉を聞くことはついになかった。

彼らはこの何もない岬のコンクリート建物内に眠り、雨が止んだ後は薬草園に入り世話をし、強い陽射しと強風が濡《ぬ》れそぼった植物の地上部を乾かした後は、それぞれに小さな鋏《はさみ》やナイフを手に取り、不要な部位を切り取り、束ね、吊した。あるいは成熟した種子を取り除き皮をむき、わずかな燃料で煎り、ブリキ缶に詰める。

この世の実相が見えてしまっている者、目覚めた者が、自ら進んで不自由な生活を送っている光景、それは宗教的中心から外れた辺境世界で、岩穴や小屋に一人籠《こ》もって自らの信仰と向き合う独居僧たちの姿に重なる。それでもここに居る人々に神はない。

サラームは人に修道僧的な行動を取らせるが、その脳内に神の幻影を立ち上げることはない。静かに覚醒した脳は、そうした幻覚を排除する。

一方、世の中には、世俗的な欲望に背を向け、精神の静穏さを求めながらも、既存の宗教の掲げる教義やシステムの欺瞞《ぎまん》に拒否感を抱く者が一定数いる。TJや工藤や、外に出た者は、そうした人々をその独特の勘で見抜き「選ばれし者」と判断しては送り込んでくる。神に選ばれたのではなく、岬に選ばれた人々。彼らはその耳元にささやく。

人があらゆる欲望から解き放たれ、大地と宇宙に繋がることのできる静穏の地がある、と。そうして、生まれてこの方、薬物もアルコールもセックスもギャンブルも、およそ依存症になど縁なく、サラームなど必要としない生活を営んでいる人物までをも岬に引き入れた。

薬学の研究者として一般企業で働いたことのある金原にしてみれば、彼らの捉えた「実相」など富と教育に恵まれたために暇をもてあました若造の観念的思考の産物に過ぎない。あるいは薬によって変性させられた脳が捉え、不適応を起こした現実世界そのものだ。

世間の理不尽も汚濁もすべてを呑み込んで生きるのが人生ではないか、と金原はあらためて思う。

そんな折、彼が防水袋で持ち込んだシリアルもエネルギーバーもほとんど減っていないことに気づいた。

岬でそれらを口にするのは金原とストラウブの二人だけになっていた。

エリカも他の人々も、ほとんど何も食べていない。そこに植えられた草の実と根とハーブティー。必要な栄養をまかなっているのはそれだけのように見えるが、それでも世界各地で起きている飢餓のニュース映像で目にする人々の悲惨な様相にはほど遠い。

ストラウブははなから他人の振る舞いや趣味に頓着《とんちゃく》することなどしないから、黙々と罠をしかけ、小動物を捕まえ解体してタンパク質を補給する。その他に岬に生える植物の実や茎など、食えるもの、煎《せん》じて飲めるものは何でも利用する。彼ほどの心身の強靭《きょうじん》さを持ち合わせていない金原にその真似はできない。

数日して海が凪いだとき、金原は逃げるように岬を出た。彼らに取り込まれることが怖かった。彼にとっての岬は、静かな狂気にむしばまれた無気力な世界に他ならなかった。西暦二〇〇〇年、六月のことだ。

彼には、中東やヨーロッパに残る、砂漠や断崖《だんがい》絶壁に囲まれた独居型修道院のようなものを作り出す意図はなかった。そこに住む修道者のような人々を抱え込むつもりもなかった。彼も、亡くなった山本も、世捨て人を作り出すことなど意図してはいなかった。

金原がそこを出た後も、幾人もの男女が危険を冒して岬の突端に入り、何もないコンクリートの建物内で生存し、必要以上に親しくなる様子もなく、ましてや諍《いさか》いを起こすこともなく、ロマンスが介在することなどなおさらなく、平穏に過ごしていた。

木や草の実とハーブティー、植物の新芽や柔らかい葉。どう考えても餓死する量で、なぜか彼らは生きていた。もしかすると餓死者は出したのかもしれないが、外の世界からはわからないだけかもしれない。単に平穏な死として受けとめられ金原の知らないところで葬られたのだろう。

金原がサラームの実験を始めた当初、ボランティアとともに造り上げたものを彼らは悪意もなく放擲《ほうてき》していった。

ソーラーバッテリーも、殺風景なコンクリート建築に潤いを与える調度品や布類も。代わりに外界に戻っていった者、やってくる者との間を結ぶ、奇妙な通信手段を作り出した。

伝書鳩だ。すでにその実用的な価値を失って久しい伝書鳩を岬の先端から十キロしか離れていない新小牛田の拠点に飛ばしたのだ。

そして新小牛田の借家は相変わらず岬に向かう人々の待機場所として使われていた。決してイニシエーションの意図はなく、岬に入ることを決意した者はそこで天候や潮汐を見ながら、タイミングを計っていた。同時にその場所は、岬の突端とTJたち外にいる仲間との連絡場所として機能した。

彼らの中にはかつてのTJ同様、こちらの世界と岬を往復する者もいた。生存に必要な衣類、防寒具、燃料、修繕材料といったものを手配し、届けたりする傍ら、かつてのTJ同様に、彼らの嗅覚がかぎ分けた人々に、ひっそり耳打ちし岬へと誘うこともあった。

だが決して広めない。それがごく限られた人々にとっての安住の地であることを認識していたからだ。そして普通の人間はそんなものに興味は持たないし、それ以前に信用しない。

金原が岬と別れを告げた翌年、ストラウブがアラスカに戻っていった。「長く居すぎた」という以外、何も理由を告げずに。

もともと滞在ビザの関係でアラスカと東北、北海道を行き来してはいたが、以後、日本にやってきた形跡はない。自閉の下の平穏さの醸し出す宗教的雰囲気に、強靭すぎる自己を持っていた野人のような男も、さすがに嫌気が差したのかもしれない。

金原の方は、筑波に戻った後、民間の薬品検査機関に再就職した。それでも行きがかり上、不本意ながらもその後長く岬に関わり続けた。

深刻な依存症からの半永久的な回復を目的に、違法な「治療」の行われたカムイヌフ岬突端の廃墟は、金原が出た後は、「岬に選ばれた者」が入り、神もリーダーも不在のまま、生存ぎりぎりかそれ以下の環境で何も求めずに生きる場となった。場であってコミュニティではない。彼らは生存上必要な協力をしても、それ以上の交流は望まない。

各人が薬草の栽培と管理、加工を行う以外は、コンクリートの要塞のような建物の一室に籠もり、ひっそりと生きていた。

彼らは歳を取らない、病気にもならない、という話を借家の賃貸手続きの際に、世話人の一人から聞いたのはしばらくしてからだ。

生命の秘密を解き明かす奇跡の植物、といった伝説めいた話を耳にすることもあった。

実際には、低温と低栄養によって、人体の代謝がぎりぎりまで低く抑えられ、それに慣れた体が、たまたまある種の薬草成分によって健康に保たれて見かけ上若く見えた、というのが真相だ。

そもそも病気とは、症状そのものではなく、治療という形で人が対処しようと行動を起こしたときに初めて病気と認識される。たとえ病んだとしても積極的な治療をせず、外部に苦痛を訴えることがなければ、あたかも病自体が存在しないかのように見える。

また岬では、生物のエネルギーの大半が費やされる生殖行動もない。闘争、生殖、子育て。それらすべてを手放したときに、静かな、およそ活力といったものの皆無な不老長寿、無病息災な世界が現れる。その静穏さは死に通じる。そこにあるのは不老長寿の死の王国だ。

岬に入った家族や恋人を追った者の悲劇もときおり起きた。案内もなく雪原に踏み込み力尽きた者、夏場にハイマツ林に入り熊に襲われた者。

だが岬の突端に暮らす人々の間で死者が出たとしても大げさなことは何もなかった。森の中で年老いたキツネやクマが死ぬように、自然の中に戻っていっただけだ。

俗世間に身を置いた者は、ＴＪを含めて数人いたが、いずれもカムイヌフ岬に隠遁《いんとん》するかわりに、身の回りの最低限のものだけを携えて放浪し、旅先で出会った現実世界に意味を見いだせず虚無感に苛まれる者たちを岬に送り込んできた。送り込まれた者が幸せだったのか否か、金原にはわからない。

すでに還暦を過ぎていただろうが、ある素質を持った人々を見つけるのに、ますます勘が研ぎ澄まされたＴＪは、コカインに蝕まれて海外に逃避していた一ノ瀬の中にサラームとの相性の良さを感じ取ったのだろう。その副作用が虚無感や死をもたらさずに、彼らの考える「大いなる叡智」に辿り着くであろうことを見抜いたのかもしれない。もし岬が彼を抱え込むことがなければ、あの場所が注目を浴びた挙げ句、突然の最後を迎えることはなかっただろう。

金原だけがサラームの影響を受けることもなく、今年、全員が死亡するまで、その小さな王国の維持に一定の役割を果たし続けた。半分は彼の試みによって亡くなった人々への贖罪《しょくざい》の意識から、そしてあと半分は、自分の犯罪行為を警察と世間に知られるのを防ぐために。

サラームの何の成分が人の神経系統にどう作用するのか、鍵と鍵穴を一つ一つ見つけるといった形でそれを検証できなかったことに敗北感を覚えながら、金原はある解釈に辿り着く。

そこに生育する薬用植物や、それらと共生する菌類に含まれる複数の化学物質が複合的に脳に働きかけることで、岬は人工的に「覚者」を作り出したのだ、と。

「覚者」は金原が考えるに、一種の依存症者だった。岬で作られたハーブの化学成分だけではない、厳しい気候と少ない食物、人工的な刺激に乏しい環境。そうしたものが彼らの生に意味を与えた。岬の環境に依存して彼らは生きていた。

薬物依存者に対し、大きな苦痛やリスクと引き替えに完全な回復を実現する、という金原の試みは失敗に終わり、山本とストラウブが作り上げ、金原が引き継いだ秘密の花園は覚者の園になった。

「神や悟りなどというものは、化学物質が脳に及ぼす作用の結果なのだろうと思いますよ」

長い物語を終えた金原は、相沢と石垣に向かい嘆息とともに結論づけてみせた。

「歴史や文化以前の問題です。酒や薬物が人の心を操るのはあたり前として、植物や菌類、ウィルスによって我々の精神が操られることを人は認めない。自らが万物の霊長という途方もないうぬぼれを未《いま》だに抱いているからでしょう。決して軽率に試したつもりはなかったが、結果的に私は神無き信仰、仏無き悟りの境地をあの場に作り出してしまった」

金原は自嘲的な笑みを浮かべた。

「あるタイプの人々にとっては、それなりに幸福な状態だったのかもしれません」と相沢は、自分を案内してくれたときの一ノ瀬の様子を思い返しながら言った。

「ウィルスや菌類や植物が人の際限なく膨らむ欲望をそぎ落とし、共存を可能とする。一ノ瀬さんさえ入っていなければ、たぶん彼らはあの場所で普通より長い寿命を全うしていたでしょう。静穏な覚者の世界で、植物の世話をし、生命を維持するぎりぎりの食べ物で、争うことも、子供を作ることもなく」

「何の意味が……」

石垣がつぶやくように言った。

「そんな人生に何の意味がある」

「人生に意味を求めること自体がナンセンスじゃないですか」

金原が応じる。

「ただ……」

何かを言いかけたまま金原は窓の外に視線を向けた。

葉を茂らせた街路樹の上に、うっすらと雲の垂れ込めた灰青色の空があった。

不意に神経に障る電子音が室内に響き渡った。机上のコンピュータ、相沢の鞄《かばん》の中のタブレット、石垣の胸ポケットの携帯端末、さまざまな電子機器が一斉に神経に突き刺さるような擦過音に似た音を立てる。

気にした風もなく、金原は咳払《せきばら》いを一つした。

「人の欲望というのは、常に制御されない限り、歯止めがきかないものです。個人の財産も寿命も、一国の勢力も領土も」

神経に障る電子音が止み、隣国の艦隊が日本の沿岸に接近したことを知らせるアナウンスが入る。北のミサイル発射と同様、この二、三年、頻繁に発信される警報で、すでに慣れっこになっている。

タブレットの画面はいつの間にか、通常のニュースに切り変わっている。

中国で東トルキスタン独立派が大規模テロ、当局が乗り出し鎮圧。独立派に三千人規模の死者。

アメリカフロリダ州で史上最大級の竜巻発生。一帯に壊滅的な被害。地球温暖化による影響。

フランス南部で、新型出血性デング熱の感染拡大。数時間以内に全土がロックダウンされる予定。

島根県隠岐《おき》の島《しま》沖合九十キロの日本の経済水域内で、操業中の日本漁船を韓国の武装警察船が拿捕《だほ》。

第八章　研究所

「それにしても一ノ瀬さんが本当に薬物依存で、あそこで治療していたとは」

金原のオフィスを出て、殺風景な町を駅に向かいながら相沢は、何か期待を外されたような気持ちでつぶやく。

「で、相沢さんも例のあの薬を盛られたわけですよね」

自説が正しかったことを得意がる風もなく、石垣は冷ややかに言う。

「それは違う」

これといった根拠もないが、確信を持って否定した。

「一ノ瀬さんは僕に対して同意も取らずにそんなものを飲ませたりするような人じゃない。一時的な幻覚作用をもたらすハーブティーの類《たぐ》いだったと思う。もし僕があれを飲まされたとしたら、金原さんの言葉通りならどこかでとうに孤独死している。少なくとも僕は選ばれた人間にはなれないはずだから」

「選ばれるとか選ばれないとかいうより、単なる副作用の出方の違いだと私は思いますがね」

「それだけとも思えない」

「だいたい選ばれるという発想自体が傲慢《ごうまん》じゃないですか？　欲望否定や禁欲主義こそ、

エリートの思想ですよ」

吐き捨てるような物言いだ。普段の冷笑的なまなざしが消え、瞳《ひとみ》の底にめずらしくむき出しの怒りが見えた。

「社会の底辺で踏みつけにされている人間に向かい、こんなに偉くてその気になれば贅《ぜい》沢《たく》でも何でもできる俺が、こんな風にうまいものも食べず生きている。清貧こそ人の生きる道なんだから、おまえらもそうしてろって、ようするにそういうことでしょう」

「贅沢がいいとは限らないが……」

そこまで身も蓋《ふた》もない言い方をすることもなかろうに、と相沢は思う。

「普通の人生の幸せと苦しみや悲しみをすべて捨てて孤高の境地を求める者が一定数いることは確かだし、それ自体を悪いとは言えないだろう。こんなご時世では確かにそれが叡《えい》智《ち》に結びつくかもしれない。一ノ瀬さんさえ入らなければ、あの場所はずっと平穏なままだっただろう。たとえ世界が滅びても」

反論を口にするでもなく石垣は小さく肩をそびやかす。

戦後八十五年。侵略もテロも、先進国でさえ日常茶飯事となった。ナショナリズムが過激化し、隙あらば領土と勢力圏を拡張しようとする大国を前に、軍事的リスクを回避しつつそこから上がる儲《もう》けだけは手放すまいと目配り気配りに汲々《きゆうきゆう》としているのが日本の姿だった。

世俗的な栄誉にも家族にも別れを告げ、あらゆる欲望を断って岬に引きこもった一ノ瀬は、たとえそのきっかけが薬物依存の治療とはいえ、サラームの薬理作用を得て確かに何か宇宙的な知性に辿《たど》り着いた一人のような気もする。

一方、少なくとも金原の話を聞いた限り、あの場所は高邁《こうまい》な哲学的宗教的な思想の下に築かれたアトス山の修道院やアテネ学堂のようなものではない。それどころか依存症者の自助グループが世間の目を避けて違法な治療をするために選んだ隠れ家だ。たまたまその薬理作用によって欲望否定というよりは世俗的欲望放棄の状態に辿り着いたにしても。

「ところで相沢さん、金原氏はまだ肝心のことを言っていませんよ」

唐突に石垣が言った。

「肝心って?」

岬にまつわる謎は、金原の言葉が事実ならすべて解けたはずではないのか。

「気がつきませんか?」

「だから何を、だ?」

こちらを試すような態度に苛《いら》ついて問い返す。

「そもそもは創業者一族に連なる山本明恵のことです。なぜ山本は岬に入ったのか」

「だからストラウブに誘われて入ったんだろう。もともと生薬だの漢方だのに興味を持っていたらしいから」

「その前の話です」と冷めた口調で石垣は続ける。

「山本製薬は確かに歴史ある薬問屋でしたが、明治以降は近代的な製薬会社へと発展しています。北方系薬用植物の一大産地に研究所を作った目的は、戦時に必要な西洋薬を作るためで、漢方の研究をしていたわけじゃない」

「山本明恵としては、単純に自分の一族の歴史に興味を持ったのではないかな」

「それだけのことで？」

「それ以上、何が考えられる」

「ストラウブに連絡が取れれば、金原さんとはまた違う話を聞けるかもしれない」

石垣が携帯端末の検索画面を開く。

「三十五年も昔の話だよ。たとえ生きていたにしてもかなりのじいさんだろう」

「出てきました」

英語の画面を相沢に向けると、落胆した様子で首を横に振った。

「亡くなっている。つい二年前に」

英語綴《つづ》りの名前に続いて生年と没年が記載されていた。自動翻訳機能を使って日本語に変換すると、ストラウブのその後がわかった。

記事によればストラウブは、北欧の「生物多様性ネットワーク」という団体のメンバーとして高齢になっても活動しており、二年前、グリーンランドの地衣類保護を目的に、多国籍企業による地下資源採掘を阻止する市民運動を立ち上げた。その直後に、生物観察用に設営されたテントの近くで遺体の一部が発見された。ホッキョクグマに捕食されたもの、とされている。採掘反対運動はそれを境に終息した。

「自然保護論者がホッキョクグマに襲われたのか……」

皮肉というのか、本人はさぞ無念だっただろうと嘆息していると、石垣が何気ない口調でつぶやいた。

「つまり消されたわけだ」

乗り換え駅の新宿《しんじゅく》まで行くと山手《やまのて》線が止まっている。

変電所の一つでトラブルが発生したため、と電光掲示板に文字が流れる。四十年も続く経済低迷のために老朽化したインフラの更新がままならず、このところこうしたことが頻発する。すっかり慣れっこになっている乗客は少し離れた地下鉄駅と、駅前ロータリーのバス乗り場へと流れる。

さほどの距離でもないのでタクシーに乗ろうとしたが、乗り場には長蛇の列ができていた。

傍らの石垣が、無言でバスの停留所を指差す。ちょうど大型バスが入ってきたところだ。

混み合っている路線バスに乗り込み、車が走り出して二、三十分後、池袋《いけぶくろ》駅に近付いたあたりで地響きとともに重たい爆撃音のようなものが聞こえた。

「なんだ？」

周りの乗客より頭一つ背の高い石垣がすばやくあたりを見回す。たまたま車内にいた外国人旅行者と思《おぼ》しき男女が悲鳴や叫び声を上げているが、大方の日本人は車窓にちらりと目をやっただけで、無言のまま手にしたタブレットやスマホに視線を落としている。

相沢のスマートフォンの画面にはまだ何も表示されていない。

ミサイル攻撃の類いであれば少なくとも数分前には、警告音が鳴り響くはずだった。

やがて道が渋滞し始め、バスが止まった。

あたり一面、黒い煙と細かな粉塵《ふんじん》に包まれている。消防車や救急車のサイレンが近付いてくる。

東京にミサイルが落ちた……。核こそ搭載されていなかったが、今度こそ、都市部に落ちたのか。

身構えたそのとき、画面に文字が表示されるのと同時に運転席から無線の声が漏れてきた。

池袋でビルが爆破された。

続いて、通行止めになっている区間があるために迂回《うかい》するという、ドライバーのややうわずった声のアナウンスがあった。ただし迂回ルートが混雑しているため、急ぎの客はこの先のバス停で降りるようにと言う。

渋滞した道でそれきりバスは動かなくなった。消防車、救急車、パトカーのサイレンの音が入り乱れて聞こえてくる。

不安そうではあるがおとなしく座っている日本人たちをよそに、外国人数人がドライバーに詰め寄る。いつになったら動くかわからないバスからこの場で降ろせ、というのだ。

このままバスに乗っていたら殺される、路上の車から車へと火が燃え移る、第二、第三の爆破で、町一帯が破壊される、と彼らは口々に叫んでいる。

停留所以外の場所で客は降ろせない、と日本語で繰り返すドライバーに業を煮やしたように、外国人の一人が非常コックを解錠し後方の扉を開けた。

「相沢さん」

外国人たちの行為に眉《まゆ》をひそめていた相沢の腕を石垣が摑んだ。

「降りますよ」

「落ち着け」と制する相沢を引きずるように、石垣は彼らの後に続いた。

ドライバーは諦《あきら》めたように前方と中央の扉を開き、他の客たちを降ろす。

焦げくさい臭いと黒煙、火薬の臭いが一帯に充満している。

とにかく一刻も早くここから離れようとするように、石垣は駅構内に続く大歩道橋を駆け上る。相沢はビルとビルの間から見える光景にあらためて衝撃を受けた。

瓦礫《がれき》の山から粉塵と炎、黒煙が高く上がり、ゆらゆらと動いている体と路面にひろがるどす黒い血が見えた。

膝《ひざ》が震え、生温かい汗が噴き出てくる。背筋が凍り付いたように反り返った。

メディアを通して見慣れた流血の風景が、ディスプレイ上の微細な画素の集まりではなく、臭いや煙たさを伴い生で展開されているのを目の当たりにしたことで、ショック状態に陥っている。

この期に及んでも走って逃げる者は少ない。人々は爆発のあった現場ではなく、手元の電子機器を覗《のぞ》き込んでいる。あるいはそれを現場に向けて写真を撮っている。

池袋駅北口付近で爆発。スマートフォンの情報はそれしかない。

石垣に背中を押された。

「早く離れましょう」

「三沢基地の次はいよいよ首都か」

「いえ」と石垣は即座に否定した。

「連中が首都を狙うときには、核を搭載している。もし北朝鮮のミサイルなら今頃、二十三区内が焼け野原ですよ」

そう言いながら、石垣は現場の動画をタブレット端末で撮っている。

長身の髭面《ひげづら》の男たち、パステルカラーの布で髪を包んだ女たちがどこからか現れ、歩道橋上で足を止めて電子機器に見入る日本人の群れを押しのけ、突き飛ばし、恐怖の表情を浮かべて逃げていく。顔から血を流して泣いている女もいる。

駅ビル内に入ると、普段と変わることなく、店頭には様々な商品が並び、それを物色する人々がいた。

情報が入らないまま、エスカレーターを下り石垣と二人で地下鉄に乗った。

行き先は会社だ。何が起きても自分は職場に戻るのだろうと相沢は思う。世界の終末が来るそのときまで、自分はルーティンワークに勤しんでいるに違いない。それ以外に何ができるだろう。

騒ぎ、逃げ出そうとするのは外国人ばかりで、日本人はパニックを起こさない。恐ろしい事は他人事《ひとごと》であり、大したことではない、と無意識に自分自身に言い聞かせているようだ。

ほどなくインターネットニュースが新たな情報を配信した。乗客たちの間から「イスラム教徒」というささやきが聞こえ、広がっていった。

「池袋の爆破　モスクを狙った⁉　イスラム過激派の犯行。礼拝中のイスラム教徒を中心に多数の死者」

首都を狙った北朝鮮のミサイルなどではなかった。

相沢は画面を眺めながら、体から力が抜けていくのを感じている。

数年前、北池袋一帯の土地を買い占めたマレー系の人々がその中心部に巨大モスクを建てた。その後、隣接する土地にハラルミートや衣類、金などを販売する店ができたのだが、そこが過激派に狙われた。池袋はアラブ系を始め、パキスタン人、インドネシア人、マレーシア人が集まる日本でも有数のイスラム地区だが、彼らと取引のある中国人もかなり巻き込まれ、多くの死者、怪我人を出しているらしい。

「時代が完全に変わってしまったな」

相沢はかぶりを振る。

二十年前には日本であり得なかったイスラムテロが、大阪万博会場で初めて起こり、以後、欧米ほど頻繁ではないにしても、忘れた頃にときおり発生している。最初は大々的に報じられ、数日間はインターネットもテレビもそのニュース一色になったが、いつの間にか、交通事故並の扱いになった。欧米と違い、日本でのそうした犯行はイスラム系の人々が集まる場所、そうでなければキリスト教徒、ユダヤ教徒が集まる場所でしか起きなかったからだ。

隣国のミサイルは避けられないが、イスラムテロならそうした国内の「危険地帯」に足を踏み入れなければ、そこに集まる人々に関わらなければ避けられる。それが多くの日本人の認識だった。


二日後の昼下がり、相沢は石垣のメールでルーフトップバルコニー前のエレベーターホールに呼び出された。

先に来ていた石垣は、「お恥ずかしい話ですが」と、まったく恥ずかしくなどなさそうに前置きして話し始めた。

「私が昔書いて、ボツになった記事についてなのですが、山本製薬の研究所が地元の薬草を使って戦時に必要な医薬品を開発しようとしていたって、あの話です。地味だから という理由でボツになったんですが、それで良かった。地味どころかとんだ提灯《ちょうちん》記事に なるところでした」

金原から話を聞いた後、石垣は、戦前、戦中に山本製薬で研究開発に携わっていた薬 学者を洗い出した、と言う。

何人かが功労者として山本製薬のウェブサイトの沿革のページに載っていたので、そ こから当たりをつけて当時の社員を調べた。戦後八十五年。生存しているはずはなく、 遺族に話を聞ければ儲けものと思っていたら、二人、生きていた。一人はすでに自分が だれかもわからなくなっていたが、もう一人は昔のことについては覚えていた。

「こっちの話なんか聞いてないが、しゃべりたいことは勝手にしゃべる。で、あの岬の 研究所に行ったことはなかったが、何を開発しようとしていたのかは知っていたそうで す」

「医薬品、じゃなかったのか」

「そう。薬です。突撃錠。今で言う、覚醒剤《かくせいざい》」

「ヒロポン……」

思わず唾《つば》を飲み込んだ。

「ヒロポンは大日本《だいにっぽん》製薬の商標です。とりあえず聞いてください」と石垣はタブレット を取り出し、イヤホンをセットした。

インタビューの録音だ。

「最初はナチスドイツが用いて、戦闘員の能力を驚異的に高めて戦いを勝利に導いたんだよ。兵士たちは数十時間眠気も覚えないまま、行軍し、戦うことができた。あれがなければドイツのポーランド占領は叶《かな》わなかった」

しわがれた声が小型のイヤホンから流れてくる。滑舌は良くないが、驚くほど能弁だ。

「日中戦争が泥沼に入ったあたりからだよ、日本軍も導入したんだ。最前線の兵士にも、軍需工場の労働者にも使われていた。実際は連合国側でも使用していたんだけどね。だが、それを初めて合成したのが日本人だと、君は知っているかね。長井長義《ながいながよし》博士。麻黄《まおう》という植物からエフェドリンを単離還元してメタンフェタミン、つまり覚醒剤の成分を作り出したんだ。もちろん当初はそんな使い方は想定していなかった。そうしてメタンフェタミンは大戦中、外地に置いた製薬工場で、疲労倦怠《けんたい》覚醒剤として製造された。疲れが取れ、能力が高まる。ビタミン剤のようなものと軍部は認識していた。だが、我々のような薬剤技師はその毒性と依存性はとうに把握していた。薬学博士も我々下っ端も問題にしたのは毒性じゃない。戦争というのは、正常な人間の思考を狂わせるんだ。薬学博士も我々下っ端も問題にしたのは毒性じゃない。そりゃメタンフェタミンは効く。だが半日かそのくらいで効果が切れる。その後は、かえって能率が落ちて、人間が使い物にならなくなる。そのうえ体に耐性ができて効きにくくなる。それを何とかしろ、というわけだ。効果が持続し、繰り返し使用ができる疲労倦怠覚醒剤。あの新小牛田の研究所はね、そのために造られたんだよ。ただ完成する前に戦争が終わった。いや、戦争が終わる前に社員は引き揚げてきた。戻って来ない者もいた。戻って来てすぐに姿を消した者もいた。どこに行ったかって？　私が知るはずないよ。薬剤技師といったって、当時、私は二十歳になるかならないかの小僧だよ。一度、上役に『あの人はどうした？』と聞いたことがあるが、『おまえは知らんでよろしい』と。肝心の覚醒剤は完成してないといったって試作品くらいはある。それを握って逃げた社員がいたんだろう。闇市で売りさばいて一儲けしたか。いや、普通だったよ、そんなのは。今の日本だってあと二、三年で、あの頃のような時代がくる。だが今の日本人は生き残れんだろうな。今だって、あんた、いつソ連が北海道に上陸するか、いつ東京に中共軍が攻め込んでくるか、大きな戦争がすぐそこまできているというのに、平和ボケした日本人は占領軍の作った憲法にしがみつく。あのときの戦争と違って、今度はあっという間にカタがつくよ。だから我々はね……」

そこまで再生し、石垣はスイッチを切った。

「と、いうわけです。認知症が進んでいました。百歳すぎていればしかたないことですが。それでも研究所の設立目的はこの老人の話の通りでしょう。社員が途中で引き揚げたというのも、おそらく事実だと思います」

「つまりあの研究所は、戦時用に覚醒剤を作るために造られたところだと」

「そう。サラームとは真逆の作用を持つ薬を開発しようとしていたところが皮肉というより、何か意図を感じますね」

「意図？どんな？」

「さあ、今の段階ではわかりませんが」

「それで創業者一族に連なる山本明恵はその事実を知っていた、と」

「そのあたりはわかりません」

「岬の研究所に行った研究者が他にいるんだろう、その薬剤技師ではなくて」

「全員、鬼籍に入っています」

石垣はタブレットに数人の名前を呼び出した。山本製薬の役員の肩書きに加え、「日本生薬製剤学会　生薬天然物専門委員」と書かれている者もいる。だがその地位は約半世紀も前のものだ。

「日本生薬製剤学会」の文字を相沢は自分のタブレットに打ち込む。

意外なことにホームページが出た。五十年以上も昔の製薬会社役員の肩書きにあったその組織が、名前も変えずに存続していた。沿革によると、それは明治中頃に東京で設立された組織だが、現在は札幌にある公立薬用植物園に管理運営が委託されており、植物園の付属施設で会員の論文が収集、保管されているという。

そのうち電子化された論文については、公開されているものもあり、ネット上で閲覧可能らしい。

所定の検索フォームに相沢は自分のＩＤ番号と「取材のため」という使用目的を打ち込んだ。

著者名とその肩書きの一覧が表示された。

はたして「山本製薬」薬剤技師の肩書きを持つ人物、すなわち山本製薬の社員である会員が二名いて、その二人の論文は電子化されていた。

所定の手続きをへてダウンロードすることは簡単だったが、画面を覗き込んだ石垣が即座に「だめだ」と首を振った。

「相沢さんなら解読できるでしょう」と画面をこちらに向けて尋ねた目が笑っている。

「できるわけないだろ」

昭和初期の薬学とはいえ専門的な内容で、たまに出てくる日本語さえ必要以上に難解だ。諦めて再びホームページ上の論文リストに戻ったとき、たまたま画面に指が触れてリストの最終ページに飛んだ。

「非電子化　形状B5手書き」という文字が現れた。ネットでは閲覧できない論文だ。

元の画面に戻そうとしたとたん、石垣に腕を摑まれた。

「見て、相沢さん」

「高樹幸三郎、山本製薬技師」と著者名と肩書きが記されている。

「金原氏の話に出てきた薬学博士です。山本明恵が祖父《じい》さんの家の書斎で読んで影響を受けた、という」

「あれか」

ストラウブとともに岬に入った山本明恵が、研究所の廃墟《はいきょ》に残されているのを発見したという一冊のノート。「サラーム」の製法が記述されたそのノートには、高樹幸三郎の名が記されていたという。

画面の「非電子化　形状B5手書き」というのは形状を記したものだが、タイトルはない。他の論文については発表年月日が記されているがそれもなく、代わりに資料の「受入年月日」として2001年3月29日とある。

資料として論文を受け入れているということは、高樹幸三郎は「日本生薬製剤学会」の会員であったということだが、受け入れ時期が戦後五十数年を経てからで、しかも電子化されていないというのはどういうことなのか。

それ以前に、高樹幸三郎については山本製薬技師と肩書きがあるにもかかわらず、石垣が調べた山本製薬の薬学者のリストにその名はなかった。

「私が拾い出したのは山本製薬の功労者リストです。功労者でなければリストには載らない。たとえば私が話を聞いてきた元社員の薬剤技師が言う通り、完成した薬を握って逃げ出して闇市で売りさばいていたのかもしれない」

「業務上横領まで行かなくても功績を残していなければ、社史の中に名前は残らないだろう」と相沢はうなずく。

札幌の植物園内にある資料室にメールで問い合わせるのも面倒なので、相沢はその場で電話をかけた。

電話は事務局から担当者に回され、しばらく待たされた後、「非電子化　形状B5手書き」論文がどういうものなのか告げられた。

会員、高樹幸三郎の論文は、実は論文とは言えないものなのだと担当者は言う。

戦争で家族と自宅を失った高樹は戦後の一時期、彼の伯父の家を継いだ、伯父の孫にあたる人物、すなわち従甥《じゅうせい》のもとに身を寄せていた。その従甥の妻が、亡き夫の遺品整理をしていたところ、高樹幸三郎の手書き原稿と手紙が出てきた。手書き原稿については、当時、タイピストとして働いていた彼女が、幸三郎からタイプして綴ってくれるようにと渡されたものだ。彼女は、なぜ幸三郎がそんなものを自分にタイプさせるのかわからないまま、夫の親族である「博士」からの依頼でもあり、断ることもその理由を尋ねることもせず、言われるがままにタイプした。

手紙については、そんなことがあってからまもなく従甥の家から姿を消した幸三郎が従甥宛に送ってきたものだと言う。

従甥の妻はその手紙と、立ち去った高樹幸三郎の残した原稿を夫の死後もずっと保管していたのだが、自分の寿命も見えてきて、あらためて処分を考えたらしい。

「返したくても本人は行方不明ですし、高樹先生にはお子さんもいないようなので困ったのでしょう。当時、東京にあったうちの事務局に持ち込んできたようです。原稿については論文というより随筆というか記録のようなものです。手紙は私信ですし、うちで保管するような内容のものではないんですが、お嫁さんとしては自分の手で処分するのも嫌だということで、当時の担当者が突き返すのも忍びなく受け入れたのでしょう」

「原稿の内容は、随想か記録ですか？」と相沢は確認する。

「ええ、『ハイマツ岬研究所の記録』とタイトルがついています」

それだ、と小躍りした。

受話口から相手の言葉が漏れていたのだろう、石垣が素早く視線を上げた。相沢がデータで送ってくれるように頼んだが、担当者は電子化されていないので送れない、とにべもない。スキャンして送れないかと尋ねても、用紙が劣化しており難しい、そのうえ人手がないので、と答える。

「こちらで閲覧できますから」

「そこまで行くの？」と相沢は思わずぞんざいな口調で尋ねた後、「首都圏の関連機関に現物を送ってもらって、そちらで閲覧はできませんか」と頼んでみるが、それもできないとの返事だ。

いまどきどういうことだ、と憤慨しながら通話を終えると、「飛ぶしかないですね。一時間半もあれば現地に着きますし」と石垣がこともなげに言う。

「そうはいくか」

半ばフリーランスの石垣の方はともかくとして、相沢はいくら全集の担当になったといっても、デスクとして部全体の原稿確認や進行管理の仕事がある。

エレベーターホールに戻りかけたとき、石垣が手にしているタブレットが甲高い着信音を立てた。素早く操作した石垣の表情が緊張した。

「何か？」

尋ねると無言で画面を相沢に向ける。

「沖縄本島、宮古島《みやこじま》、奄美大島《あまみおおしま》他南西諸島で大規模停電発生。復旧までかなりの時間を要する見込み」

「たいへんだな、あの暑いところでこの季節に停電とは」

住人の生活を思うと何とも気の毒だ。

「汗かいてもシャワーも浴びられない、とでも？」

「それだけじゃないだろ。通信は途絶える、コールドチェーンはずたずたになる。うっかりすると熱中症で死人が出るぞ」

無意識なのだろうが、やれやれとでも言うように、石垣は眉をひょいと上げた。

「自衛隊基地がサイバー攻撃をかけられたんですよ。市民生活以前に日本の安全保障に関わります」

「自衛隊基地？」

「基地だけでなく港湾や通信施設。しばらく身動きできないようにしておいて、米軍がやってくる前に、間隙《かんげき》をついて台湾上陸かもしれません。そこを押さえれば尖閣《せんかく》など飛ばして、次は先島《さきしま》諸島が事実上、中国の占領下に入る」

おまえもあの認知症を発症した薬剤技師と同じか、と相沢は腹の内でつぶやく。停電は停電だ。疑いの目を向ければ事故も自然災害もすべてそちらに結びつく。

エレベーターに乗り込み、ふと不安になって非常ボタンに目をやる。

何も異変は起こらずエレベーターはゆっくりと文芸フロアで止まった。

翌週末、相沢が札幌に飛ぶことになったのは、新たな事実を見つけて杏里を説得しようと考えたというよりは、確かに自分も巻き込まれたあの事件と一ノ瀬との関係に、決着を付けたいという気持ちが働いたせいかもしれない。

石垣の言葉に反して、その後、台湾有事のニュースが入ってくることはなかった。原因不明のままブラックアウトした南西諸島は、四時間から十七時間をかけてそれぞれ復旧したが、空港と港湾はまだ百パーセントは機能回復していない。原因は調査中とされ、それ以上の情報はなかった。

羽田空港の待合室で石垣が来るのを待ちながら、現金で膨らんだ財布を手に売店に飲み物を買いにいく。滅多に持ち歩かない現金を今回は家でかき集めて財布に詰めてきた。早朝から複数の金融機関のシステムがダウンし、電子マネーの決済ができなくなったからだ。

搭乗時刻になったが、石垣が来ない。

搭乗口に向かったところでメールの着信音が鳴った。一時間以上前に送信されたメールがようやく今、届いた。

昨日の深夜、取材で横浜《よこはま》に入ったところ、現地で大規模停電が発生し、交通機関が今に至っても回復していない。道路も大渋滞していて搭乗に間に合わないので、先に行ってくれと言う。

ここに来る途中でタブレットに配信されたニュースや駅構内の放送で横浜の停電のことは知っていたが、石垣がそちらに行っていたとは思わなかった。

「南西諸島へのサイバー攻撃は、首都圏を狙う布石だった可能性があります。目的は今の段階では読めません。日本国内に騒擾《そうじょう》状態を作り出して治安を悪化させ、少しずつ影響力を行使していく腹づもりか、あるいは揺さぶりをかけることによって脆弱《ぜいじゃく》性を検証しているのか、いずれにしても今は札幌に逃げた方が安全かもしれません」と新たなメールが入る。

別に逃げるつもりはない、と相沢はボーディングブリッジを早足で歩いていく。中国のサイバー攻撃と石垣は断定しているが、相沢には単純にインフラの老朽化によるシステム障害としか思えない。

果たして飛行機が無事に飛ぶのか否かという不安の中、何事もなく一時間半後には新千歳空港に着いた。

電車を乗り継いでやはり一時間半ほどの札幌市郊外に目指す薬用植物園はあった。公園のような広い敷地の中央に事務管理棟があり、論文等の収蔵されている資料室はそこの三階だ。

あらかじめ電話をしておいたので、職員が事務室から同行し、そちらの鍵《かぎ》を開けてくれた。

生薬や古い冊子などが置かれた展示、閲覧コーナーの椅子で待っていると、再雇用と思しき年配の職員がボール紙の箱を抱えて入ってきた。中には黒い綴り込み表紙と黒紐《ひも》で綴じた原稿が収められており、隙間に封書が差し込まれていた。

綴り込み表紙に「人類の平和共存の道」と記された紙が貼ってあり、表紙をめくると手書き原稿の一ページ目の「ハイマツ岬研究所の記録」という副題が目に飛び込んできた。

拘置所で亡くなった山本明恵が、高校時代、祖父の家で見つけて読もうとして取り上げられたという文書のタイトルだ。

山本が見たのはタイプされたものだったらしいが、ここにあるのは生原稿だ。

金原の話にあった通り、原稿だけではなく、研究所の図面と地図も綴り込まれている。

「コピーさせてもらってよろしいですか」と尋ねると、老職員は原稿に関してはかまわないが、手紙については遺族の了解が取れないので遠慮してほしいと言う。

寄贈してしまったのだから了解も何もないだろうと思いながら、奥の部屋に入れてもらい、綴りの紐を注意深く解く。破らないように一枚一枚丁寧にプリンタのガラス面に広げスキャンする。大型の専用機ではないので意外に骨が折れた。

たっぷり一時間ほどかかって作業を終え、スキャンさせてもらったデータをタブレットに送る。

原稿を元通りに綴り直した後、封書から手紙を取り出した。

達筆な草書体の文字を読み取るのは難儀した。

血縁とはいえ、従甥、という遠い親類のもとに身を寄せさせてもらったことに対しての丁寧な礼が、定型文で述べられている。

続いて自分は思うところあって、北海道のかつての研究所に戻ってきた、とある。おそらくここが自分の死に場所になるだろうとして、世話になった従甥夫婦の前から突然姿をくらましたことについての謝罪文で締めくくられていた。

遺書だ。岬の研究所で覚醒剤の開発に携わった彼は、何か理由があって戦後、東京の従甥の家で平穏に生き長らえることに耐えられなかったのかもしれない。

消印は増谷町《ますたにちょう》となっている。聞いたことのない地名だが、おそらく岬の近辺で当時郵便局のあった町なのだろう。薄くなった日付印は、かろうじて23・8と読める。昭和二十三年八月のことでちょうど終戦から三年にあたる。ということは、まだ一帯を襲った地震が起きる前でもあるから、町と岬の突端を繋《つな》ぐ道は残っており、そこに行くのは比較的容易だったのかもしれない。

遺書を書いた高樹博士の心情はともかくとして、彼が終戦の三年後に再び、かつての研究所に入ったというのは重要だ。

山本とストラウブがカムイヌフ岬の研究所に残されていたノートにあった処方から

「サラーム」を作り出した、という金原の話に合致する。遺書を投函《とうかん》した後、高樹博士はしばらく生きて「サラーム」を作り出し、その処方を残したことになる。

部屋を見回すと老職員の姿がない。とっさに自分のタブレットを取り出し、手紙を写真に撮った。事務所のスキャナーを使ってコピーすると記録が残ってしまうからだ。

植物園を後にして予約してある市内のビジネスホテルにチェックインしたときには、日が落ちて風は冷たさを増していた。ひとまず部屋に行き石垣宛てにタブレットから、「ハイマツ岬研究所の記録」と手紙、双方のデータを送った。数分後、スマートフォンに返信があった。足止めを食ったついでに石垣は現地で取材を行った後、羽田を発《た》ち、まもなくこちらに着くという。

石垣の到着を待ちながら自分のタブレットの画面で、さきほどコピーした高樹博士の残した原稿に目を通す。

「昨日よりの強風が止み、機材の搬入、技師たちの移動もすべて計画通りに終了する。酒に牛缶詰、赤飯などで開所を祝う」

冒頭は日記を元に書き起こしたものであろうことがうかがわれる文章だった。

一九四〇年、太平洋戦争勃発《ぼっぱつ》前夜、建設された鉄筋コンクリート三階建ての頑丈な建物には、稲生町から海岸の崖《がけ》沿いに道路が通じており、電気や自家水道といった設備もあった。そこに書かれた開所式の有様などから、研究所の上げる成果に戦時の国家の期待がかかっていたことが想像できる。

続いて、新小牛田や雲別集落の人々からはただ「岬」と呼ばれているその辺境の地に、研究所が建てられた経緯が記されている。

薬学博士であった高樹は、当時の山本製薬の中で、それなりに権威を持っていたのだろうか。「ハイマツ岬研究所」は、高樹の提案によってその地に開設されたようだ。

標高わずか二百メートル前後のその場所をアイヌはカムイヌフ岬と呼んできた。カムイヌフ、すなわち彼らの言葉でハイマツが、手前の峠道と岬の突端を繋ぐ橋掛かりのような平坦《へいたん》な尾根に生い茂っていたからだ。森林限界に生育するハイマツは、本州であれば標高二千数百メートル、道内であっても通常七百メートル付近にしかない。

岬に限ってそんな低地にハイマツが自生するのは強風と夏場の霧、地味に乏しい土壌、冬場の激しい暴風雪、それらの悪条件によって道内に普通に生えるヤチダモやトドマツといった木々の生育が阻まれた結果だ。

群生するハイマツは一見したところ決してハイマツには見えない、丈高く、枝葉の密生した、一歩足を踏み入れただけで全身が粘性のある松脂《まつやに》だらけになるような樹勢たくましい木々だ。尾根の西側は絶壁となって海に落ち込み、傾斜の緩い東斜面は草本類の生い茂る沼地が点在し、夏場はヤブ蚊や蜂が猛威を振るう。突端には狭いが平坦な台地が開ける。研究所が建てられたのはその台地部分だ。そこに特殊な生態系が存在したからだ。

内地はもちろん道内にも見られない様々な薬用植物の亜種が、その場所に繁茂していることを高樹が発見したのは、山本製薬が研究所を建てる四年前のことだ。

当時、医薬品材料の一大産地であった北海道の札幌には山本製薬の支社があり、道内の数ヵ所に取引所や連絡所を兼ねた事業所があった。高樹幸三郎は札幌の支社と事業所を行き来しながら新薬開発の仕事に携わっていた。

西洋に追いつけ追い越せのかけ声の下、ドイツ流の医学をもとに様々な薬剤が研究され、製造されていた時代、江戸時代から続く薬問屋をルーツに持つ山本製薬も、その伝統を捨て、西洋薬の研究開発、製造に軸足を移していた。

そうした中で高樹幸三郎は、ドイツ留学組の高名な薬学者と一線を画し、山本製薬独自の歴史と実績のある漢方薬や各地で伝わる民間薬の中から効果的と思われるものを選び、その成分を分析し精製する方法を重視していた。

西洋薬とはいえ、そのほとんどが動植物の天然成分を抽出して作り出されていた時代のことでもあり、山本製薬が薬問屋の時代から蓄積してきた知恵を利用するのは、極めて効率的なことだ、と高樹幸三郎は記している。

その高樹はハッカ、オタネニンジンといった、他の土地から持ち込まれ開拓民によって生産されていた特産物ではなく、もともと道内に自生していた植物に着目した。そうした薬用植物を生活の中で活かして独自の文化を築いていたのがアイヌであり、彼は北海道支社に赴任した直後からアイヌ研究に関する資料を読みあさった。

中でもさる民俗学者がアイヌコタンに入り詳細な聞き取りを行ったノートからは多くのヒントを得た。

そこにはアイヌの人々が病気の治癒や通過儀礼に用いる数多くの薬用植物とその処方についてとりわけ詳しく書かれていたからだ。

ノートを残した民俗学者はすでに故人であったが、高樹はほどなく新小牛田でアイヌの人権保護のために活動していた牧師に協力を頼み、雲別周辺のアイヌ集落を頻繁に訪問し首長と親しく交流することになった。

当初は内地から来た男に不審の目を向けていたアイヌの人々も、高樹が頻繁に集落に通い、人々に敬意をもって接するうちに、様々なことを話してくれるようになった。そして数ヵ月が過ぎた頃、野辺送りの儀式の立ち会いを許された。

明治以降の同化政策によってアイヌ独自の文化は、その当時にはすでに大半が失われていた。それでも新小牛田の雲別集落周辺は、気候が厳しいうえに山と海に隔てられた険しい地形で道路建設も難しく、開発から取り残された場所だったことから、昭和の時代に入っても集落では比較的独自の風習が保たれていた。

葬送についても彼らは内地式の墓は作らず、その集落では遺体を抜け殻と見なし筵《むしろ》に包んで放置していた。その一方で野辺送りの儀式は厳粛で、民俗学者が残したノートによれば、シャーマンの男が四日間かけて死者に引導を渡すとあった。

その間、シャーマンは一切眠らず、体を休めることも、姿勢を崩すこともなく、亡くなった人に向こうの国での振る舞いについて諭し続けるという。

トランス状態、と民俗学者は記しているが、高樹が知る限り、四日間、百時間近くトランス状態にいるシャーマンなど、世界のどこにもいない。どこかで眠っているか、夢うつつの状態なのだろうと考えていた。

だが実際に高樹が立ち会ってみると、民俗学者の書き残した通り、シャーマンは確かに丸四日間、葬儀を取り仕切る間中まったく眠ることなく、一杯の水さえ口にせず、死者に語りかけ、呪文《じゆもん》のようなものを唱え続けた。

傍らで見ている高樹の方が十時間を超えたあたりから睡魔に襲われ、持参したお茶やコーヒー、ハッカなどで眠気を覚ましながら耐えたが、二日目あたりから意識が朦朧《もうろう》としてきて、白昼夢とも幻覚ともつかないものを見るようになり、とうとう卒倒するような形でその場に倒れて眠ってしまった。目覚めたとき、まだ葬送儀礼は続いていた。

確かにシャーマンは丸四日、眠らず死者の傍らに付き添い語りかけ続けていたようだ。

そうして明らかに人の生理的限界を超えて四日間の活性を保てるのはなぜなのか。

一つにはそこで薫《た》かれる香木の成分もあるように思える。立ち上る芳香は確かに頭を冴《さ》えさせるが、それでも近くにいた高樹自身は眠気に耐えきれず、卒倒するように眠った。

高樹は野辺送りの儀式の最中、シャーマンが呪文のようなものを唱えながら、何かを噛《か》んでいるのも目にしていた。乾いた土色のものを説法の途中で口に入れては、ゆっくり嚙んでいた。

何か彼らにとって穢《けが》れを払う意味合いのあるもので、顎《あご》を動かすことによって眠りに引きこまれるのを防いでいるのだろうと当初は推測したのだが、後から考えるとその土色のものに、人を長時間覚醒させる成分が含まれている可能性がある。

その乾いた茶色のものの正体を首長に尋ねると、彼はもったいをつけるでもなく答えてくれた。

ハイマツの実だった。

首長によればそれを嚙むのは、野辺送りの折のシャーマンだけではない。男たちが北の海にアザラシを狩りに行くときも携行し、天候の急変や寒さ、様々な危険に遭遇したときにそれを嚙むことで、五感が研ぎ澄まされ、疲労から解放され、何が起きても平常心を保ち、災難を乗り切れるということだった。何より四日、五日は眠らずにいられ集中力も落ちない、と言う。

開花から一年かけて成熟するハイマツの実は滋養豊かで、クマやネズミなどのほ乳類からホシガラスのような鳥類、昆虫に至るまで、高山や北方の多くの生き物を養うことはよく知られているが、少なくとも日本人や他の集落のアイヌの人々が食料として利用しているとは、高樹も聞いたことがない。

岬への橋掛かりをなす尾根は雲別の集落のはずれまで延びており、ヒグマとの遭遇にさえ気をつければ、松の実を手にいれることは容易《たやす》い。

その後、高樹は脂だらけの硬い実を割り、中の種子を食べてみたが、古くから食用とされてきたチョウセンゴヨウやイタリアカサマツと違い、ハイマツの実の硬い殻に包まれた小さな可食部分を取り出すのは、面倒な作業だった。ようやく口に入れても、チョウセンゴヨウや、クルミやシイなど他のナッツ類の持つ濃厚な旨みはない。しかも硬く油っぽい実はいくら食べても腹がふくれるだけで、眠気覚ましや、疲労回復の効果など実感することはできなかった。

シャーマンやアザラシ猟に出る男たちが噛むというハイマツの実が、どこにでも生えているハイマツの種子ではなく、集落から海に向かい一里ほど海に突き出た岬の突端、テーブル状の草地と樹林帯との境に生えるものの実であることを知ったのはそれからしばらくした頃のことだった。

単に象徴的な意味、呪術的な意味とも取れるが、実際にその場所に生育するハイマツの種子にのみ何か特殊な成分が含まれている可能性もあった。

ハイマツの実に限らず、彼らが呪術や病気治療に使う薬用植物を採取する日は決まっている。そしてハイマツの実については年に一度、九月初旬に採取が行われる。

早朝の占いの結果、決められたその日に首長と村人二人とともに、高樹は岬の付け根の石ころだらけの海岸から小舟で海にこぎ出した。

空は曇り模様で風は冷たかったが、灰色の海面は凪《な》いでいた。

海岸を回り込み岬先端にある海岸洞窟《どうくつ》に入り込む。天井と海面の隙間を通ると第二の洞窟が広がっており、村人の一人が頭上数メートルの場所に器用に登り、そこからロープ代わりの丈夫な蔓《つる》を垂らす。それに摑まり岩壁を登ると狭い横穴に出る。狭まった横穴の奥に、明らかに人が岩を刻んだ階段があった。

明かりもつけずに村人の後を追い、手探りで登っていくとどこからともなく光が射してきて、断崖《だんがい》上のすり鉢状になった草原に出た。

その斜面を登ると岬突端の台地に出て、眼下に海が開けていた。

祈りを捧《ささ》げた後、首長は自分たちの起源について、北の海からやってきてこの地に上陸した神の末裔《まつえい》だと語った。それは和人が入ってくるずっと昔のことで、このあたりに住んでいたアイヌは彼らを追い払おうとしたが、彼らは反対にアイヌを撃退し雲別あたりに棲《す》み着いた。

内地の人間は彼らのことをアイヌと呼び、アイヌを対象とした法律の下に置こうとするが、それは非常に屈辱的なことで、自分たちはアイヌとは別の民族で、この岬はそうした彼らが先祖の霊と交流する神聖な場所だ、と首長は語った。

一行は岬の突端から尾根方向に進み、むき出しになった岩を覆い尽くすように繁茂するハイマツ群落と草地の境までやってきた。

首長はそこにある一本のハイマツから実を採取し、布袋に入れる。

それが葬送儀礼でシャーマンが絶えず嚙んでいたものだった。丸四日間、一睡もせず一滴の水も飲まず、姿勢を崩すこともなく死者に語り続ける行為を可能にしたものだった。

高樹は首長に頼み、携えてきた漆器のセットと引き替えにその実を分けてもらった。

そのときに彼らが採取したのはその松の実だけではなかった。岬の草地に生えている草本類の実、茎、花、根といったものを、小刀のようなもので丁寧に刈り、摘み取っていった。彼らはハイマツの実や、様々な薬草を使うが、決して単品では用いない。他のものと組み合わせることで薬効は発揮され、単品ではむしろ毒になると説明された。

山野に自生する植物のほとんどが、栽培種と異なり、多かれ少なかれ有毒物質を含む。その有毒物質が使い方によって薬となることを考えれば、当然の話でもあった。

集落の人々はそうした山野の恵みを大切に扱い、適切な時期に適切な量だけ採取し儀礼や生活の場で用いていた。

海の魚や獣にしても、陸の百合根にしても、必要以上に取り、必要以上に太り、必要以上に産み増えるから、争いが起き滅ぼされる、と首長は繰り返し高樹に語った。

必要以上のものを求めず、今、自分を養う豊かさに感謝しながら自らの寿命を受け入れれば、死は恐れるべき存在ではなくなり、争いは無益なことと知り、心穏やかに生きて、心穏やかに生を終えることができる。

争わず、必要以上のものを求めないから、神々を怒らせることもなく、人は病気にはならないし年も取らない。人は死ぬまで健康なまま天寿を全うする、と。

首長はそこにある草本類を高樹の前に並べ、これらを組み合わせて必要なときに用いるのだ、と説明し、それぞれの組み合わせ方や使い方も示してくれた。その中には先ほど採取した松の実についてのものもあった。

「和人の自分に、そんなことまで教えていいのか。それは集落の人々だけの秘密ではないのか」と高樹が尋ねると、首長は首を横に振った。

「心穏やかに平和に生きるすべをなぜ教えてはいけないのか。アイヌも和人も、敵国の人々も、我々のように生きていけば、愚かな戦いを繰り返さずに済む」

争いを好まぬ彼らは身体強健だった、と高樹は記している。年老いた者はいても、病気にかかっている者は少ないという。

その当時、疫病の流行がほとんどなかった寒冷地に住むアイヌたちに免疫力は無く、内地の人々が持ち込んだ天然痘や結核や梅毒といった伝染病は一気に道内に感染拡大し、多くの人々の命が奪われた。だが彼らは疫病から守られていると高樹博士は記している。

高樹は首長から説明されたことを野帖《やちよう》に書き取った。

にもかかわらず、その内容が戦時に国策会社となった山本製薬の薬品開発、製造に反映されることはなかった。

後に、彼ら先住民の聖地に研究所が造られ、そこに送り込まれてきた高樹たちには使命があった。それは非科学的で野蛮な先住民の秘薬や哲学を研究することではない。

建設に先立つ二、三年前から薬学者や薬剤技師たちに求められていたのは、人を病気や怪我から救う薬剤でもなければ、人の健康を維持する栄養物質でもない。

人という資源を極限まで効率的に使うための薬だった。服用中に最大限の能力を引き出し、効果が長続きし、耐性ができない、人を疲労倦怠から覚醒させるための薬だ。

高樹がすべきことは、そこにある植物を用いてそんな「夢の薬品」を作り出すことだった。

ヒントを与えたのは、彼がアイヌの野辺送りで目にしたシャーマンの姿だった。丸四日間、彼はまったく眠ることなく葬送儀礼を取り仕切った。

彼が嚙んでいたハイマツの実が、眠気を払い長時間集中力を持続させ、男たちは過酷な冬の海の猟でもそれを用いている、と首長は語っていた。しかしシャーマンも猟に出る男たちにも、中毒症状とみられるものはなかった。

うまくいけばマオウを原料とし中枢神経の興奮を引き起こすエフェドリンより効果が高く、耐性のできにくい覚醒剤を作り出すことができる。

高樹幸三郎は雲別に住むアイヌの首長から分けてもらったマツカサを、当時東京の本《ほん》郷《ごう》にあった研究所に持ち帰った。そしてその未熟なハイマツの実に、人の中枢神経に働きかけ、戦闘能力や士気を高め、疲労を感じにくくする、危険ではあるが極めて効果的な薬品を作り出すのに有効なアルカロイドの一種が含まれていることを発見する。

しかし日本の亜高山から北方の島にまで豊富に群生するハイマツの実からは、その成分は検出されない。それが採取されるのは、北海道のカムイヌフ岬、その名もハイマツ岬の突端に自生するハイマツのうち、高樹が見た一本限りだった。

それに含まれるアルカロイドが何に由来するものであるかは、比較的容易に突き止められた。それは元々のハイマツの成分ではなく、微生物に汚染された個体に結ばれる実に生成するもので、ハイマツの未熟な実に寄生する真菌が作り出したものだったのだ。

ところがその真菌を内地の高原や道内に大量に自生するハイマツに感染させ、増殖させることは、薬草園はもちろん実験室レベルでさえできなかった。気候や土壌などの自然条件が真菌の生存と増殖に関係しているようだ。

山本製薬が新小牛田の外れにある岬の突端に研究所、というより小規模な試験場のようなものを建てたのはそうした理由からだ。

当時日本が占領統治していた台湾では、大手の製薬会社が軍部の要請により、マラリアの特効薬キニーネの原料であるキナの木の造林地を作り、国内生産を目指しており、原材料の生育地に試験場を構えること自体は、格別珍しいことではなかった。

突貫工事で湯梨浜に小さな船着き場を造り、浜から崖上に至る細道を切り開いて資材を運び込み、少し遅れて現在の稲生町と岬の突端を結ぶ海岸沿いの道を急斜面を削って建設した。ごく狭い未舗装道路ではあったが、小型トラックによる人と物資の輸送が可能になり、地元の人間も入らないアイヌの聖地に鉄筋コンクリート造りの堅牢《けんろう》な建物が造られた。一帯の漁村に電灯もともっていない地域にあって、海岸線を半周するような形で送電線も引かれた。

研究所に配属されたのは所長である医学博士以下、高樹たち薬剤技師、農学士、助手や下働きの者も含め、わずか十人ほどだ。近くの漁村に下宿できるような家はなく、そこに泊まり込む者も多かった。

また建物が完成する以前から、農業学校出身で北海道にある農事試験場の支場に助手として勤務していた男が、山本製薬の農業技師募集の呼びかけに応《こた》えてやってきて、作業小屋に泊まり込み、ほぼ一人で一帯のハイマツに真菌を植え付ける作業を行った。研究所が完成したときには、農場のような形で建物周りのハイマツのほとんどが真菌に寄生されアルカロイドを含む種子をつけるようになっていた。

開所式からほどなく、どこからか男が数人敷地内に入ってきて、下働きの者や助手たちに追い払われた。

彼らが自分にこの場所を教え、ハイマツの存在を明かしてくれた先住民だとわかっていたが、研究所の職員に野良犬のように追い払われるのを高樹は黙って見ているしかなかった。

ハイマツの実の成分抽出に成功し、薬剤の完成に一歩近付いたのは、終戦の前年の初秋のことだ。

ところがその直後からせっかく実った薬品材料であるハイマツの実が熊に食害されるようになった。真菌汚染されていない他の場所のハイマツもまだ中の実が成熟していない時期で、この季節に熊がハイマツの実を食べることはないはずだが、岬中央部の樹林帯から出てきたヒグマはそれを好んで食う。当初は好奇心から齧《かじ》り、喰《く》い散らかしていたように見えたが、数日のうちにその量が尋常でないものになってきた。もともと大食の動物であるから、餌と見なされてしまったら岬の台地部分に無尽蔵に生えている普通のハイマツの実同様に、その脂だらけの木の上を泳ぐように器用に移動し、むさぼり食われる。

せっかく育てたハイマツの実は一夜にしてほとんど消えていた。

研究所長は即座に稲生町にある連絡所に無線を入れ、駆除のために猟師を寄越《よこ》してくれるように頼んだ。

猟師の到着を待つ間もなく、建物の周辺に熊が現れた。他の道東の地域と同様に、あたりはヒグマの生息地ではあったが、熊と人の棲み分けはしっかりしており集落や林道に熊が入り込むことはなかった。熊の縄張りに足を踏み入れるものは、マタギか熊狩りに長《た》けたアイヌだけで、熊にとっても人が脅威の存在であったからだ。たとえ接近、遭遇しても互いにやり過ごす知恵を持っていた。

だからたまたま外に出た人間に向かい、数十メートル先の褐色の塊が車ほどの速さで近付いてきたとき、研究所の人々は何かの間違いではないか、と我が目を疑いながら慌てふためいて建物に逃げ込んだ。

外に出るたびに人に突進してくる熊に遭遇し、しかも最初は人が建物内に逃げ込めば遠ざかっていった熊が、翌日は人が逃げ込んだ建物の周りをうろつき回るようになり、どこかに去る気配もなくなった。

その日の午後、兵隊上がりの工員二人が、マタギ一人を連れて駆除のためにやってきた。その直前から天候が崩れ、篠突《しのつ》く雨の中を小型トラックが到着した。銃の取り扱いを心得た男が三人いることで、研究所の薬剤技師たちはほっと胸をなで下ろした。

雨が激しさを増す中、車を降りた三人に熊は想像以上の速さで接近した。不意を突かれた工員の一人はその前脚で殴り倒されたのと同時に、顔半分を失った。

マタギの撃った猟銃の弾は熊の急所を外し、もう一人の工員とマタギは、襲われた一人が食われている間に命からがら建物内に避難した。

天井近くに開けられたごく小さな明かり取りの窓から外を眺めると、赤く染まった雨水の水たまりには、もはや残骸《ざんがい》のようになった遺体が残されているだけだった。

熊が去った後、せめて遺体だけでも回収してやろうと言い出した技師をマタギは強い口調で止めた。

いったん熊が手にした獲物は熊のものだ。それは人であろうと縄張り内の果実であろうと同じだ。食いかけの死体など回収したら、取り返すために執拗《しつよう》に攻撃をかけてくるのが熊だ、と。

応援を頼むためにマタギたちはいったん乗ってきたトラックで引き返したが、数分後に戻ってきた。

豪雨による落石で絶壁に付けられた林道がふさがれているが、石を退《ど》かそうにも近くに熊がいて車内から出られない。百メートル以上もバックし、ようやく方向を変えて戻ってきたと言う。

そうこうするうちに、砲撃でも受けたようにコンクリートの建物が振動した。何かが外壁にぶつかっていた。椅子に乗り、明かり取りの窓から外を覗いた者が悲鳴を上げた。身の丈三メートル近い熊が外壁に突進してはぶつかっていたのだった。コンクリートの分厚い外壁に救われた。もし正面の木製扉を狙われていたら、体重三百キロを超える体に耐えられず、壊され、侵入されていただろう。

熊は知能が高い動物だ。人の裏をかいて、思わぬ方向から攻撃してくるほどの知恵がある。その熊が、侵入可能なドアに気づかず、コンクリート壁に何度も体当たりを繰り返すということなど普通ならありえない、とマタギは言った。

コンクリートの外壁に血が飛び散っているところからして、彼らが仕留め損なった手負いの熊だというのがわかった。

そのときハイマツの間からもう一頭が現れた。

恐るべき俊敏さ、というよりは、はじかれるような脈絡のない動きで巨大な鞠《まり》のように飛んできたかと思うと、血を流しながら外壁に体当たりする熊に襲いかかった。

死闘ではなかった。手負いの熊が圧倒的に不利だったからだ。

研究所内にいた人々は熊が共食いをする動物だということをあらためて知らされた。

縄張り争いではない。もう一頭が狂ったように仲間の体を食いちぎり、ばらばらに分解し、胴体部分をくわえて去っていった。

確かに熊は共食いをするが、とマタギが恐怖に囚《とら》われたように語った。雄の成獣が子熊を襲って食うことはあっても、成獣の熊同士の共食いなど、たとえ手負いであっても聞いたことがない、と。

よほど餌がないのかと思えばそうでもない。昨年もこの年も穀物や木の実が不作であったという話は聞かないし、昆虫や小動物が減っているわけでもない。この地域の熊がこの季節に大量に食べるハイマツの種子も十分に実っている。

その言葉を聞いていた農業技師が顔色を失った。

狂った熊の行動が何によってもたらされたのか、思い当たったのだ。

葬送儀礼の折に、丸四日間眠ることもなく死者に語りかけるシャーマン、荒れた海に小舟で乗り出しアザラシを狩る男たち。人の心身の機能を高め、過酷なミッションを遂行させるのを可能にする成分が含まれた物質。

だがそれは摂取した熊を狂わせる。

なら人をも狂わせるはずだ、と農業技師は主張する。アイヌたちは体がそれに慣れていただけだ、と。

薬効とはそんな単純なものではない、と薬剤技師たちは反論した。同じ化学物質であっても、生物種によってまったく異なる作用を及ぼすし、実や草そのものの形で不純物だらけの物質を体内に入れれば予測不可能な反応を引き起こすが、自分たちはそれから薬効成分だけを取り出し、効果的で安全な薬品を作り出そうとしているのだ、と。

研究所長は、いずれにしてもこのままこの場に留《とど》まるのは危険だと判断し、本社の判断を待つこともなく全員がいったん、ここから引き揚げることを決定した。留萌にある事業所に無線で連絡を入れ、脱出用の船と護衛のための熊撃ち猟師を数人寄越すように要請した。

翌日、凪いだ海を一艘《そう》の動力船が湯梨浜の港に入ってくるのを、助手の一人が屋根に上り確認した。

ほどなく殺気立った様子のマタギ三人が船着き場から上がってきて、建物内に転がり込んだ。

彼らが銃を構えて慎重に崖の道を上がってきたところ、頭上遥《はる》かな斜面の藪《やぶ》から、突然、熊が現れたと言う。

上りは速いが下りは苦手なはずの熊が崖の上から転がるように下りてきた。

マタギの一人が至近距離から即座に発砲したが急所を外し、怒った熊に前脚でなぎ倒され、瞬く間に犠牲になった。

生き残った三人は岩陰にじっと身をひそめ、狙いを定めて撃った弾は、数発命中した。手応えからして倒れて不思議はない急所に当たっているはずだったが、熊は血を滴らせながら、どこかに消えたらしい。

あれは普通の熊じゃない、とマタギは身震いした。

本来なら人との接触を忌避する熊が、執拗に人を襲うことはある。だが彼らを襲った熊はそれとも違う。銃を手にした人間を警戒するそぶりもなく、捨て身で襲ってきた。急所を撃たれて動きが鈍くなるはずが、まったく応えた様子がない。

あれは熊じゃない。魔物だ。こんな場所に人が入るから、土地の霊が怒ったのだ。ここは人が足を踏み入れてはならない鬼の住処《すみか》だ、我々でさえ足を踏み入れない、と彼は聞き取りにくい言葉で繰り返した。

兵隊服に坊主頭といった身なりからそうとはわからなかったが、この生き残ったマタギは実際はマタギではなく、ヒグマ猟では内地の者もとうてい敵わないと言われるアイヌの熊猟師だったのだ。

あたりに熊の姿がないことを確認し、全員がほとんど着の身着のまま、生き残ったマタギとアイヌの熊猟師に護《まも》られ、一気に船着き場まで下りることになった。

だれもが嫌がる先頭をマタギ二人が行き、その後ろに一番年長の所長が続き、その背後にぴたりと寄り添うように全員がつき、最後尾をアイヌの猟師が護る形になった。

所員のだれもがあたりを見回す勇気はなく、とにかく集団の真ん中に入りたがった。先頭と最後尾近くを嫌がった。

恐る恐る崖下へ続く細道に向かったとき、背後で何かが弾《はじ》けるような音がした。振り返ると建物の近くから煙が上がっている。

いつのまにか農業技師が姿を消していた。

煙の中にオレンジ色の炎が上がるのが見えた。ハイマツが燃えていた。大量の樹脂を含んだ植物が黒い煙を上げて燃えていた。

短時間の内に、それほど大きく燃え広がるはずもなく、成分分離のために使うアルコールを農業技師がまき散らして火を付けたというのがわかった。

所長が「戦況が逼迫《ひっぱく》した火急の折に、せっかくの成果を灰にするのか」と怒りの声を発したが、すでに遅い。

炎は高く上がり、黒煙をまき上げてハイマツは激しく燃えていた。その場にいたほとんどの者は落胆するよりは胸をなで下ろしていた。

燃え上がる炎の壁が熊から自分たちを守ってくれるだろうと考えたからだ。

「無駄だ」

そのとき騒ぎに動じた風もなく、用心深くあたりに視線を巡らしていたアイヌの熊猟師が吐き捨てるように言った。何が無駄なのかわからないまま、一行は道を下る。

しばらくして動力船の船体が間近に見えてきたとき、背後で何かの気配がした。だれもが背筋の粟立《あわだ》つような不吉な気配を感じた。

藪の中から、黒煙と熱気を孕《はら》んで、巨大な鞠のようなものが飛び出してきたのだ。

マタギとアイヌの猟師が振り返り十分な距離まで引きつけ、引き金を引いた。数発、弾を急所に食らって熊は倒れた。地面が揺れた。

「急げ」

マタギが促した。

慌てふためいて坂道を下り始めた直後、二頭の褐色の塊が崖のような斜面を弾むように落ちてきた。岩にぶつかったところでまったくダメージを受けた様子もなく、坂道を走り出した人々に襲いかかった。最後尾にいたアイヌの猟師が前脚で頭を打撃され、巨大なかぎ爪でその肉の大半を失った。倒れた次の瞬間には熊の歯が頭や首、胸部に食い込み、骨ごと引きちぎられる。

恐怖で座り込んだまま食われた者もいれば、人の骨がかみ砕かれる音を聞きながら、他の者が食われている間に逃げた者もいた。

先頭を歩いていたマタギと無傷の者だけが、船着き場まで辿り着いた。かぎ爪の一振りでも受けたものは、深い傷を負い、多少でも傷つけた獲物を熊は食い尽くすまで逃すことはない。その習性を知っているから怪我人を助けることなどできなかった。

高樹幸三郎はそうして生き残った一人だった。

桟橋を走り船に乗ったそのとき、犠牲者をむさぼり喰った熊の褐色の被毛が、黒く焼け焦げていたのをまざまざと思い出した。

ヒグマは元々、火など恐れない。そのことを知っていたのは、アイヌの猟師とマタギだけだったが、それにしても小さなたき火ならまだしも、自らの毛皮が焼け焦げるほどの火をくぐって襲ってきた熊の姿には明らかに異常なものがあった。

第九章　破　滅

多くの犠牲者を出し、成果を上げることもなくカムイヌフ岬の研究所は捨てられた。翌年の二月の空襲で山本製薬の本社が焼け、その五ヵ月後の無差別爆撃で道内各地にあった支社や事業所が軒並み焼け落ちた後、終戦を迎え、岬のことは社の人間からも地元の人々からも忘れられた。

高樹たち山本製薬の社員が開発を試みた、効果が継続し繰り返し使用ができ、人間の能力を限界まで高めることのできる「疲労倦怠覚醒剤《けんたいかくせいざい》」の製造は、真菌汚染されたハイマツの実から特殊なアルカロイドを分離するところまで辛うじてこぎつけたが、熊の襲撃と終戦によって頓挫《とんざ》した。

一方、焼け野原となった日本各地で立ち上がり手探りで歩き始めた人々の間で、戦時中に使われた既製の覚醒剤は、疲労回復薬、あるいは気分を前向きにしてくれる薬として受け入れられ、広まっていた。

服用している人々の心身にほどなくして深刻な影響が現れるのを、高樹はなすすべもなく見つめていた。同時に岬での惨劇など、戦時においてはささいな出来事に過ぎなかったことも実感された。

高樹幸三郎の上の弟は太平洋上で戦死した。下の弟の消息は知れない。年老いた両親と妻は空襲で焼け死んだ。疎開させた幼い子供二人は後を追うように自家中毒と疫痢で亡くなり、嫁いだ妹は、焼け出された後、幼子とともに結核で亡くなった。

戦争によって失ったものはあまりにも大きかった。

空襲による焼失を免れた本郷の従甥《じゅうせい》の家に身を寄せた高樹の心に去来したのは、集落から数人の男が徴兵されたことを除いては、戦時中であるにもかかわらず、飢えにも空襲にも無縁のまま、ひっそりと穏やかに営まれていた雲別集落のアイヌの人々の暮らしだった。

戦時中、戦場で、工場で、人間を極限まで効率良く働かせ、死なせるための薬を開発しようとした自分が、今、なすべきことは何なのかという自身への問いかけを最後に「人類の平和共存の道　ハイマツ岬研究所の記録」と題された原稿は終わっている。

ビジネスホテルの一階ロビーに人気《ひとけ》はない。無人のフロント脇に並んだ自販機が、床に鈍い振動を伝えている。

「山本製薬の新型覚醒剤開発秘話ですね。結果的に失敗に終わってしまったが」

石垣は大型タブレットをテーブルに置いた。

羽田空港でテロ予告があったそうで、手荷物や身体チェックの長い列に並んだ後、石垣は深夜になってようやく札幌に到着した。

相沢が送ったデータ、「ハイマツ岬研究所の記録」と高樹が従甥宛に残した遺書を、石垣はここに到着するまでの間に読み終えていた。

自販機脇に置かれた電子レンジから、石垣が遅い夕飯を取り出し、相沢も自販機で買った鍋物《なべもの》の蓋《ふた》を開ける。

二昔前ならこの時間でもすすきの界隈《かいわい》は賑《にぎ》わいを見せていたが、治安悪化の上に不況の影響もあり、一帯はすでに明かりが消え静まりかえっている。コンビニエンスストアもこの数年でめっきり数を減らし営業時間が短くなり、夜の九時過ぎに食事ができるのは、日本人立入禁止の札が掲げられた外国人富裕層向けの高級飲食店だけになった。

「終戦から三年経って高樹博士がカムイヌフ岬に入ったというのは、やはり強い贖罪《しよくざい》の意識があったのだろう」

相沢が漏らすと「誰に対する贖罪ですか」と石垣が整った眉根《まゆね》を寄せ、鋭い口調で問い返してきた。批判するというよりほんとうにわからないという雰囲気だ。頭脳明晰《めいせき》で行動力もある男だが、言外の意味を汲《く》み取ったりニュアンスを感じ取ることは苦手なようだ、と相沢は石垣の顔を上目遣いに見る。

「だから、一緒に研究を進めていたチームのメンバーの大半が熊に殺されたにもかかわらず自分は生きているとか、戦争で親兄弟、子供まで亡くなってしまったが自分だけは、親類宅に身を寄せて暮らしている、それで耐えられなくなった。だが結果、岬の研究所に入って首を吊《つ》ったりするのではなく、一人で『サラーム』のような薬を作りだして製造法を書き残した。後の世にだれかがそこに入ることを期待したかのように」

「そうですか。なるほど」

一世紀近くも昔の人間の心情になど関心はないといった様子で、石垣はうなずき、すぐさま話題を変えた。

「『サラーム』の効果は、人の心を平穏にする。つまり欲望をそぎ取り、野心を断ち切らせることですが、戦時中に岬に入った研究者たちが開発を試みたのは、それとは逆に、人を二十四時間戦わせるためのものですよね。耐性ができず効果の長持ちする究極の覚醒剤。一見すると効果は正反対のようですが、面白いことに材料は同じだ」

片手に箸《はし》を持ったままタブレットの画面を相沢に向け、菌類を寄生させたハイマツの実に関する記述の部分を指差した。

「面白いといえるかどうかは知らないが」と相沢が応じると、「両方とも人の精神状態をおかしくすることでは一緒ですよね」と軽い口調で石垣が断定して続けた。

「違いがあるとすれば、戦時中の山本製薬が開発しようとしたのは、松の実に寄生した真菌から有効成分を分離してそれを主成分とする典型的な西洋薬です。対して『サラーム』は方剤、つまりブレンド生薬ですよね。真菌に寄生された松の実全体を、他の生薬と組み合わせて、煮出す。伝統医学の製法ですが一種のブラックボックスで、何がどう作用するのかわかりません」

「松の実自体が、元はと言えばアイヌの人々の民間薬だったものだからね」

相沢が言うと「揚げ足を取るつもりはないんですが」と石垣が表面上の遠慮を見せて

続けた。

「高樹博士が書いている先住民は、自分たちのことをアイヌではない、と言っていますよね」

「しかし高樹博士は彼らのことを『アイヌ』と呼んでいる」

「当時の日本人にとっては北海道にいる内地人以外はみんなアイヌだったのですよ」

そう言いながら、石垣はタブレットの多言語辞典を呼び出し、「ハイマツ」のアイヌ語訳を示す。そこに書かれたローマ字表記によれば、それはカムイフップであって、カムイヌフではない。

「単なるカタカナ表記の問題だろう」

「そう思われますか？」

笑みを含んだ声色で石垣は尋ねた。

「ご存じだと思いますが、アイヌに男のシャーマンはいませんよ」

そんなこと「ご存じ」なわけないだろう、と腹の中で吐き捨てる。

「それにアザラシ猟師たちが海に出る、という記述はますますおかしいですよね。アイヌは熊や鮭は獲《と》りますが、アザラシを狩ったりはしません。研究所が熊に襲われたときにやってきた猟師はアイヌでしょうが、岬を聖地とした人々はそうではないでしょう」

「アイヌ民族と一口に言っても、広い北海道のことで、場所によっていろんな人々がいたんだろう」

石垣がこだわる民族の問題より、相沢は高樹が世話になった親類に宛てた手紙の内容の方が重要に思える。

「どう見ても死に場所を求めて岬に入ったように見えるんだが、そこでまた薬を作りだそうとしたのは、いったいどういう理由だろう」

石垣は小さくうなずいた。

「人食い熊の徘徊《はいかい》する岬に、たった一人で入るというのも、今ひとつ、現実的じゃないですね」

「本人は死に場所を求めた、それだけは確かなのだが」という相沢の言葉を遮るように、

「偏屈な博士が、人里離れた研究所でたった一人で植物を育て、たった一人で薬を作り上げるなどというマッドサイエンティストの物語は、現実世界ではありえませんよ。創薬に限らず自然科学系の連中は今も昔もチームで研究するのが原則です」と石垣が言葉を被せてくる。

「アイヌの人々の助けを借りたんじゃないか。もともとハイマツの実についてはアイヌから教えてもらったものだし、死ぬために岬に入っていって、たまたま彼らと出くわしたのかもしれない。そこで戦時中の自分の過ちを認め、彼らに教えを乞《こ》い、戦後の苦しい生活を送っている日本人のために、何か役に立つ薬を送りだそうとしたのかもしれない」

「心温まる話ですね」

いとも軽くあしらう口調にむっとして、相沢は黙りこくる。それにかまわず石垣は続けた。

「金原氏の話によれば、岬ではサラームだけでなく、いろいろなハーブが使われていたそうじゃないですか。それなら高樹博士が『サラーム』だけでなく多くのブレンド生薬を作り上げたことは充分想像できますよね。たまたま山本明恵が注目したのが、『サラーム』だけだったというだけで」

「まあそうだが」

「それなら」と石垣はさっと席を立ち、相沢の分まで空いた容器をゴミ箱につっこみながらこちらを振り返った。

「先住民の集落に入って調べてみましょう」

自分の説に固執する彼は、あくまで「アイヌ」という言葉を使わない。

「無いよ、いまどき雲別付近にアイヌコタンなんか」

相沢は自分のタブレットの画面に地図を呼び出した。

旧土人保護法下で作製された昭和初期の地図だ。そうした北海道各地の地図の中から新小牛田町を選び出すと、おそらく合併以前の町名なのだろう、雲別町と記された地区と隣町の境を流れる川の両岸には確かにいくつかのアイヌコタンが点在していた。

次にグーグルの航空写真を呼び出し、画面上で重ね合わせてみる。

真っ先に気づくのは蛇行していた川が、現在はほぼまっすぐになって海に注いでいることだ。百年の間に河川改修工事が進み、当時の瀬や淵《ふち》、湿原や三日月湖、中州といったものは無くなり、二人が訪れた際に見たコンクリートで護岸工事のなされた排水路になっている。

そして現在の雲別集落の中心部や港周辺にかつてあった入植者の村や薬草を栽培していたと思《おぼ》しき小規模な畑、それを取り囲む林や湿地は、今はまばらな住宅と長い畝を持つ大規模農地に変わっていた。

「つまり高樹博士はこのあたりのアイヌ集落のどこかに入ったというわけだ」と相沢は古地図の川沿いに点在する集落を指でなぞる。

タブレットに「ハイマツ岬研究所の記録」の文章を呼び出し検索をかけると、集落のある場所について「海辺」と書かれていることが確認できる。川縁《かわべり》でも谷地でもなく、海辺だった。そこから彼らは小舟でカムイヌフ岬の突端に入ったとある。

「このあたりか」と相沢は古地図上に記されたごく小さな集落を指差した。

現在の航空写真では何もない。ストリートビューはもちろんない。斜面に若干の平地があるかないかの、緑の濃淡で表現された場所で、いくら拡大しても建物らしきものはない。

明治政府の同化政策の中、アイヌの人々のほとんどは伝統的な生活様式や文化から離れ、様々な理由から移動し内地人の中に紛れるようにして暮らすことになった。日本各地にある集落の過疎化が進み消滅するよりずっと早く、アイヌコタンは消えていったのだ。

「結局のところ博物館レベルでしか残ってないのだろう」

「それで十分じゃないですか？」と石垣はさっそくタブレットで雲別地区の観光情報を検索する。

石垣が示したのは、「新小牛田ふるさと館」という名の、ビジターセンターや土産物屋と一体となった施設だ。展示品としてアイヌの衣装や祭具の写真がある。

「北海道のあちこちにあるアレですね」

「ちょっといいか？」

思い当たる節があって相沢は施設へのアクセスページを開いた。

果たして「新小牛田ふるさと館」とはカムイヌフ岬への冬の通路となるバスの折り返し場、その近くにあった郷土資料館の場所に重なる。この一、二年のうちにリニューアルしたようだ。

「真面目にやってる施設ならバックヤードに何かあるかもしれない」

「あと半日、日程に余裕はありますか？」

石垣が尋ねた。

「ない」

即答した。

「明後日の十一時から会議がある」

「それじゃ明後日の九時の飛行機で間に合いますね」

しれっとした口調で石垣が応じる。

翌早朝、石垣が運転するレンタカーで新小牛田に向かった。ホテルではまだ朝食が準備される時間帯ではなかったために、途中の町で食事し、昼前に「新小牛田ふるさと館」に到着した。

天井の高い木造の建物の大半は土産物屋と軽食レストランで、ビジターセンターはその一角に設けられ、子供向けの展示がなされビデオが流されているだけだ。

職員に「郷土資料館は？」と尋ねると裏手にあると言う。

そちらに回ると、古びた鉄筋コンクリート二階建ての建物があった。

「雲別郷土資料館」の金属製の看板はもはや文字も消えかけている。内部もすすけた感じで、照度の落とされたLEDライトにホームページにあったとおりの展示物が照らされていた。

「あれ」

石垣が展示物の一つを指差した。

「ちょっと変わっていると思いませんか」

アイヌの衣服としてイメージされる、裾《すそ》や袖口《そでぐち》に別布を当てて刺繍《ししゅう》をほどこした丹前型の長衣ではない。満州族の人々が身につけているような立ち襟のワンピース型の衣服に長靴、それにアザラシか何か海獣の毛皮の上着を羽織っている。

相沢は無人の展示室の奥にある扉を叩《たた》く。年配の女性が出てきた。

ここの館長だと名乗った。「と、言っても職員は私一人なんですが」と言い、「このご時世ですから、予算がつきませんで」と苦笑する。

相沢は名刺を差し出し、展示物についての説明をしてくれないかと頼んだ。

「私はこういうもので」

すかさず石垣が記者証を見せ、取材のためにバックヤードにある資料を見たい、と告げる。

「ここを紹介してくれるんですか」

館長の目が輝く。

「実は、このあたりのかつてのアイヌの暮らしについて書かせてもらえれば、と」

「どうぞ、どうぞ」

館長は二人を奥の扉の中に招き入れる。事務所兼資料室なのだろう。倉庫の中に作業机が置かれているような空間だ。

畳二畳分はゆうにありそうな大きな作業机の一部を事務用に使っているのだろう。コンピュータの前には、役所に提出すると思しき書類が広げられていた。

作業机を取り囲むスチール棚は整理が行き届いていたが、案内されるままに奥に入ると、棚には段ボールが無造作に積まれ、床置きにされた箱もあちらこちらにある。

箱の中を覗《のぞ》き込むと、食器や木製の家財道具が無造作に突っ込まれている。

「データ化できるものはコンピュータに任せられるんですが、現物は保管と整理に人手が回りませんもので」

館長は眉根を寄せる。

アイヌコタンに限らず集落の過疎化が進み、一方、港の周りに宅地や繁華街が造られ、町の様相は戦後の高度成長期に一変した。その中で無造作に捨てられていくアイヌ文化を象徴する品々を研究者やボランティアが収集し、一部は大学の研究室やメジャーな博物館に収めたが、残りはこの町立資料館に置き去りにされたらしい。

「廃棄に関して文化財課の細かい規定がありましてね」

細かな分類はできていないが、モノについては収集した地域ごとにまとまっている、と館長は説明する。

相沢は、タブレットに表示された古地図を館長に見せ、海辺にあるアイヌ集落を指差す。

「ここの資料を探しているんですが」

「ああ」と館長はうなずいた。「展示室にモンゴル風の衣装が、ありましたでしょう。ご覧になりましたか？」

「ええ。海獣の毛皮もありましたね」

「アザラシです。あれ、北大の偉い先生方が来られて調査したそうですが、あそこはアイヌコタンじゃないらしいですね」

「やはりそうですか」

石垣は相沢の方を一瞥《いちべつ》したが、すぐに殊勝な表情を館長に向ける。

館長は棚の間の通路を奥に入っていくと、その上段に置かれた段ボール箱を指差した。

「すみません、取ってくださる？　私、背が低いもので」

石垣が傍らの台に上り担ぎ下ろす。

埃《ほこり》を被った木製の箱のようなものや、漁具と思しき糸や針、筒、すり鉢のようなものが出てくる。

「虫がつかないように定期的に燻蒸《くんじょう》をしているんですが、なかなか私とボランティアだけでは手が回らなくて」

次に館長が袋から取り出したのは、黄ばんだ布きれだった。「これこれ、これは何か貴重なものだそうで」

よく見ると刺繡がほどこされている。

「この文様が、アイヌの人たちのものとは違うんだそうですよ」

自分は新小牛田町の観光課を定年退職した後、再任用という形でここの館長を務めているので、専門的なことはわからないが、と前置きして、彼女は研究者の言葉を伝えた。

海辺の集落の人々は、アイヌではなく北方系の少数民族と考えられる。雲別地区の浜に棲《す》み着いた時期はわからない。小舟で海に出て漁や交易を行う人々が大陸やカムチャツヵ半島から渡ってきたのかもしれないし、日露戦争後、サハリンの南側に強制的に定住させられた北方少数民族が、そこでの見世物的な扱いと同化政策に反発して逃げてきてここに棲み着いた可能性もある。

内地人と区別し「アイヌ」と一律に扱われていた彼らの存在が注目されたのは、戦前戦後とその集落に入って人権回復運動に携わった牧師の功績によるところが大きいと言う。

「牧師?」

石垣が眉を動かした。

「薬学博士ではなく?」

「さあ、私は牧師と聞いていますが」と館長は首を傾げる。

「北大の研究室あたりでわかりますかね」と相沢が尋ねると館長は、「いえ、旭川女子大の方ですね」と答え、「調査資料や写真については同じものがうちで見られますよ」と足早に棚の間を抜け、作業机に戻っていく。

コンピュータの画面を切り替え、館内資料の検索画面に戻る。

海辺の集落に特に名前は付けられておらず、データ上はK‐A16として特定される。

Kは旧雲別町、Aはエリアで16は個々の集落に振られた番号らしい。

大学の研究室や県立博物館に収められているというA‐16で使われていた祭具や漁具、生活用品、舟などの写真が画面に現れた。その中に集落の人々のモノクロ写真がある。

「戦後まもなくの写真です。牧師さんの写したものですが、その後マイクロフィルムに落としたのを、平成の時代にデジタル処理したものです」

　館長が説明する。

「普通の日本人ばかりじゃないですか」

　石垣が不審そうに目を凝らした。

「本当に先住民というか、少数民族なんですか?」と相沢も尋ねた。

　そこにいる十名ほどの男女の顔は、民族学の資料で目にする、長い髭《ひげ》を生やしたり、入れ墨を施したりしたアイヌの人々の彫りの深い顔立ちとは違う。顔幅が広く、髭もなく、中国や朝鮮半島の人々とも微妙に異なる、典型的な日本人の顔立ちだ。着ている物も展示室にあったモンゴル風の衣服ではない。男は兵隊服、女はもんぺにすり切れたようなブラウス姿だ。

「伝統衣装は特別のときに着るものですから、普段はみなさんこんな格好だったのですよ。アイヌの方々も同じです。この人達、魚や海獣を獲る他は、野草から薬を作るんで、内地から入った開拓民の方々と物々交換もしていたそうですよ」

　本州から渡った開拓民も自前の畑で様々な薬用植物を育てて薬問屋や製薬会社に納めていたが、商品作物として単一栽培を行っていたために、開拓民自身の病気や怪我の折には役に立たない。そんなときA－16とナンバーを振られた海辺の集落の人々のところに行き、様々な野草を組み合わせて作る煎《せん》じ薬や丸薬を分けてもらっていたという。

A‐16集落の人々の暮らしぶりや風俗については、先住民の人権運動に携わった牧師の日記に詳しく書かれているらしい。

集合写真の中に、一人、たたずまいの違う男が写っている。ソフト帽に口髭を生やしたスーツ姿の男。

「この人が牧師さんですか」

「いえ、牧師さんは写真を撮ったからここに入ってはいません。道庁の役人か何かじゃありませんか」

館長が画面をスクロールすると、写真の人物の輪郭のみが描かれた線画が現れた。それぞれの人物の下に手書き文字で名前が書かれている。

道内のアイヌの人々と異なり、日本風の名前はなく、ロシア風ともヨーロッパ風ともつかないカタカナが並ぶ。その中に一つだけ交じっていた漢字名に相沢と石垣は同時に声を上げた。

高樹幸三郎。予想はついていた。ソフト帽に口髭の男だ。

撮影年月日は明らかにされていないが、村民の兵隊服やもんぺといった服装から、戦後まもなくの頃に撮影されたものとわかる。

彼は間違いなく、その時期に、A‐16集落に出入りしていた。

また資料館には牧師の書いた日記の現物も残されているということで、それによれば、A‐16集落の人々は、明治政府からは道内にはいない、とされ、アイヌの人々からも差別されてきた「ニヴフ」と呼ばれる北方民族だと書かれていると館長は言う。

もともとは小舟を操り海獣類と魚類の捕獲、交易などを行ってきた人々だが、何らかの理由で、すでに江戸末期からそこに棲み着き、明治政府の同化政策の網からもこぼれ、独自の生活様式を発展させてきたらしい。

相沢は館のコンピュータで、A－16に関して「高樹幸三郎」で検索をかけたが出てこない。つぎに範囲をA－16から新小牛田町全体に広げたが同様だ。

ためしに、と館長が「ニヴフ」「アイヌ」「高樹幸三郎」といった単語で資料検索をする。

「アイヌ」「高樹幸三郎」で一件、ヒットした。道内にある私立旭川女子大の人間文化学部で行ったフィールドワークの記録だ。「アイヌの人々から薬草づくりを教わって高樹幸三郎さんのお話」と題された一文がその中にあった。

石垣が怪訝《けげん》そうに眉をひそめる。

「同姓同名じゃないですよね」

「薬草づくり、とあるから本人じゃないか？」

「しかし……」

石垣は文書の発行年月日を指差す。

一九七一年となっている。聞き書きが行われたのは、それより少し前としても高樹幸三郎は戦後二十年以上、生きていたことになる。

内容を確認したいが、その場で旭川女子大にあるそのデータを取り寄せることはできなかった。学生の書いたレポートでもあり一般公開されていないからだ。ただし旭川女子大の図書館に行けば、身分証明書と紹介状を提示の上、閲覧できるらしい。

「紹介状ならうちで発行できますがどうします？」

館長に尋ねられ、相沢はとっさにお願いしますと頭を下げる。ここまで来た以上は最後の一ピースを見つけたい。

急いで向かえば帰りの飛行機に間に合う。

館長が紹介状を書いている間に、石垣が館の利用者用コンピュータのキーボードを叩き、そこに保管されている牧師の日記の画像を呼び出した。

相沢がのぞき込むと古びた褐色の表紙は日記帳というよりは、古い時代の帳簿のようだ。

石垣がページをスクロールして中身を見ると、絵日記のような体裁で、A－16集落での日常が、覚え書きのような形で簡潔に綴《つづ》られている。

ページをスクロールしていた石垣の手が止まった。

「高樹幸三郎博士再訪」の文字があった。

一九四八年九月。まさに高樹が従甥に遺書めいた手紙を出した当時のことだ。

「高樹幸三郎博士再訪。戦後、親類宅に身を寄せていたが、思うところあって雲別に戻ってきたとは本人の弁。村人から歓迎され、旧知の友のように振る舞う。差別意識や横柄さなど微塵《みじん》も見せぬ殊勝な態度だが、人品骨柄卑しからぬその人物の言葉の端々に、未《いま》だ根深い差別意識の存在することを知る。劣等野蛮という帝国政府の見解とは異なり、賞賛の言葉をもって、村人の生活を貧困と不平等のうちに留《とど》め置くことを良しとする甚だ身勝手な、植民地主義的理屈である。権利回復のために闘っている者からすれば、連帯の意識を欠いた、傍観者的態度であり、無責任で冷酷きわまりない物言いである。その過ちをただそうと一晩議論するが、平行線をたどる」

石垣が顔を上げ、視線を合わせうなずいた。

高樹幸三郎の名が現れるのは、そのページのみだった。そして覚え書きのような簡潔な文章で綴られた日記の中で、唯一、牧師の感情のうかがわれる記述だった。

権利回復運動に心血を注ぎ、生活の改善を課題として活動する牧師に対し、「ハイマツ岬研究所の記録」の中にも登場する通り、高樹幸三郎の関心は彼らが継承してきた薬草の知識と、その背後にある習俗や儀礼に向けられた。その民俗学的な視点が、牧師には「賞賛の言葉をもって、村人の生活を貧困と不平等のうちに留め置くことを良しとする甚だ身勝手な、植民地主義的理屈」「連帯の意識を欠いた、傍観者的態度」に映る。

いずれにしても、死に場所を求めて岬に入ったはずの高樹博士は、A－16と番号を振られた、研究者によればニヴフという北方系民族の末裔《まつえい》ではないかと思われる人々、彼が覚醒剤製造のヒントを得た村を再訪している。

そしてもし、それが同姓同名の別人ということでなければ、少なくともそれから二十数年後も高樹は生きており、「古老」として若い女子大学生たちに話を聞かせている。

館長に丁寧に礼を述べて資料館を後にし、相沢たちは旭川女子大に向かう。

車で二時間かけて辿《たど》り着いた旭川女子大は、現在は北都《ほくと》国際文化大学と名称が変わり男子も受け入れている。さらに学生数の減少に対応するために、二十年近く前から、アジアや中東から多くの留学生を受け入れるようになり、授業は中国語と英語で行われ、一部の理事を除いて、教員もほとんどが外国人といった、よくある地方都市の大学に変わっていた。

キャンパス入口近くにある図書館では、資料のほとんどがデータ化され、紙の書籍や資料は地下にある集密書架に収められていた。

だが昭和の時代に学生が作成したフィールドワークの記録は、そちらの図書館にはなかった。調べてもらうと国際交流学科の研究室に保管されているということだ。

エゾマツや白樺《しらかば》の木々が生い茂る広々としたキャンパスを横切っているときだった。

突き上げるような縦揺れが足下に感じられた。

次に来る横揺れに備え身構えたが、揺れは一回きりだ。

「地震か？」

「警報、鳴りませんでしたね」と石垣がスマートフォンを取り出し、確認する。

「何もないようですよ」とすぐにしまって目指す建物に向かう。

研究室に行き身分証明書と紹介状を提示して中に入れてもらう。

中東系と思しき若い助教がすでに資料を用意して待っていてくれた。スマートフォンを確認した石垣が、相沢の耳元でささやいて画面を見せた。

「さっきの縦揺れ、これのようですね」

北朝鮮で地下水爆実験が行われたらしい。

「またか」とうんざりした気分で、閲覧机につく。

職員が持って来てくれたのは、大学生の書いたレポートというよりは、記念文集、といった体裁のものだった。

前書きによれば、それは旭川女子大の二年生を対象とした教養課程「民俗学」の授業で、夏休みに実施されたフィールドワークの記録だった。教授に率いられた学生たちが、新小牛田町からほど近い明治期からの開拓民の村、韮山《にらやま》に入り、古老たちから話を聞き、その内容を記述したもので、その「古老」の一人が高樹幸三郎だ。

学生たちのスナップ写真や、感想文も収められた冊子には、教養課程の学生たちの幼いながらも真摯《しんし》な思いのあふれた文章が収められていた。

「アイヌの人々から薬草づくりを教わって　高樹幸三郎さんのお話」は三分冊された中巻にあった。その場で読んでいる時間はないのでページを二部コピーさせてもらい大学を後にし、空港に向かう。

レンタカーを返し空港に到着したのは出発の二時間も前だった。二人は空港内のレストランで丼物をかきこんだのち出発ロビーに移動し、長いすに腰を下ろして、コピーを読み始めた。

聞き書きの様式は、教授の指導が入ったらしく統一されている。本文中にインタビュアーである学生による取材対象についての説明は一切なく、いきなり話者の一人語りで始まる。

「私はここ、韮山村の入植者ではありません。戦後、五、六年してここに移り住んだ者です。もともと東京生まれの私がここに住み着いたのは、この近くにアイヌの村があったからです」

高樹幸三郎はそう語り、自分が「村の古老」ではなく、東京から入って来たものであることを明らかにしている。さらに先住民について「アイヌ」という呼称を用いたうえで、「その村で人権運動をされていた牧師さんは、アイヌではなく別の民族だと主張されていましたが、私は専門家ではないのでその真偽はわかりません」と語る。

「確かに阿寒などのコタンにいる人々とは暮らしぶりが違っていました。たいへん残念なことですが、私がお世話になった海辺に住むアイヌの人々は、若い世代が戦後まもなく次々に町に出てしまい、年寄りが亡くなり、数年のうちに村は消滅しました。そんなことで私はすぐ近くにあるこの韮山村に引っ越してきたのです。申し訳ないが、私はあなたが期待するような、ここを開拓した当時の話、原野を切り開いて畑を作った農民の苦労などについてお話しすることはできないのです。かわりにこの川を二キロほど下った、海辺にかつてあったアイヌの村についてお話ししましょう。そこの若い人々が村を出て、内地の人々の中に完全に溶け込んで、豊かで様々な権利の保障された生活を手に入れたことは喜ぶべきことでしょう。けれども私は、あの村の人々らしさ、あの村の生活様式や人々に受け継がれたものの見方、考え方が失われたことが非常に残念なのです。少数民族の人権回復運動に携わっている方々には異論はあろうかと思います。けれどもあの村の人々の生活も哲学も、それはそれはすばらしいものでした。あなたたち若い人には言っておきたい。文明というのは実は容易に滅びの道に通じるものなのです。慎重に操らなければいけない、怪物のようなものなのです。あの村のアイヌの人々は文明と文化を注意深く扱い、人も文明も怪物にしない知恵と手段を手にしていました。

私は、その怪物、文明が必然的に生み出し育ててしまった怪物によって大切なものをすべて失った者の一人なのです。だからそう申すのです。

昭和二十年三月の東京大空襲で私は両親と妻を亡くしておるのです。田舎に疎開させた子供たちも病気で失った。そのとき私は何をしていたのかというと、製薬会社で薬の研究をしていました。けれど人の役に立つ薬なんか作っていなかった。人々が効率良く殺し合うための薬です。それについては後で申し上げますが、妹と幼い姪《めい》たちも戦後まもなく次々に亡くなりました。結核ですよ。看病している者、一緒に暮らしている体力の無い者、戦時中でろくな栄養が取れない者が次々に感染し、倒れていきました。当時は結核に効く薬などなかった。

そんな中で戦地に行っていた末の弟はしばらく行方不明だったのですが、九死に一生を得て戻ってきました。彼は海軍航空隊の搭乗員だったのです。いくつかの戦闘で奇跡的にも生き残り復員したのです。その彼が戦後二年して亡くなる。敵機の機銃も高射砲もかいくぐって生き延びた彼は、薬によって命を落としたのです。

ヒロポン。私が戦時中研究していたものと同じ覚醒剤です。けれども弟は焼け跡で自暴自棄になって、刹那《せつな》的な幸福感を求めてあの薬に手を出した人々とは違います。疲れが取れると素朴に信じて、ビタミン剤代わりに飲んだ一般庶民とも違う。その怖さは十分に承知していた。けれど終戦直後に技師として就職した建設会社で進駐軍の工事の責任者となり、数日の徹夜を余儀なくされたときにその錠剤を服用した。コーヒーの延長だったのですよ。けれどコーヒーのように胃を荒らすだけでは済まなかった。小さな瓶に入った錠剤を必要に迫られて服用するうちに、それは皮下注射になり、より速やかな効果を求めて静脈注射になるのです。

あるとき知り合いから弟が大変だと連絡を受けて、弟の出身大学の付属病院に駆けつけました。変わり果てた姿で彼は床にうずくまっていました。コンクリートの床に手洗い用の穴が一つ空いただけの狭い病室です。そこのベッドの脚に身を寄せ、落ちくぼんだ目を見開いたまま震えていました。すでに暴れる体力さえ無くなり、地獄の鳥に絶えず襲われ、つつき回されているように片手で力なく頭上を払っていました。

ある程度の知識のある者はその副作用がどんなものかとうに知っていた。けれど法律によって製造や使用に制限がかけられたのはずっと後の話です。

その後もあの薬を使う者は後を絶たない。今でもそうでしょう。あれは戦争が生み出した悪魔の薬です。いや、まさに戦争そのものなのですよ。大日本製薬のヒロポンよりさらに効果的な覚醒剤を作り出そうと研究していた私が申すことですから間違いありません。それは差し迫った死への恐怖心を奪い、戦意を高揚させ、生身の人間を鋼鉄の戦士に変える。心を奮い立たせ、夕刻や早朝の眠気を覚まし、視覚を鋭敏にする。戦時中、弟は軍医によって注射を打たれて、暁や薄暮の空に幾度も出撃しました。弟のような搭乗員だけじゃありません。爆撃に怯《おび》えながら、昼夜を問わずハンマーを振るい、部品を組み立てた人々にも、疲労回復のビタミン剤のように支給されました。

薬の性格自体が人を戦いに駆り立てるものなのです。他者を制して、命を捨てて勝つ、それを至上の価値とする思想が作り出した、人の心と体をその目的のために改造する薬なのです。そうやって使い潰《つぶ》した人間は速やかに捨てれば良い。そうした思想の下に作られたというよりは、そうした思想を内包し、人をそのように作り変える物質、それがあの薬なのだと私は思っています。私はそういう薬を作ろうとしていました。

その薬の欠点、半日程度しか効き目が持続しなくて、しかも続けていると効きが悪くなってしまう。それを改善するために、私は一薬物学者として、化学合成された薬品ではなく薬用植物に目をつけ、生薬の一大産地である北海道にやってきました。そこで開拓民の方々の畑ではなくアイヌの人々が代々守ってきた場所に自生する植物からヒントを得たのです。

彼らが聖地とした場所に、我々は研究所を建て薬の研究開発に勤しんでいたのですが、さる事情によって中断し、数ヵ月後に戦争は終結しました。もし成功し、ヒロポンを上回る効果的な覚醒剤が誕生していたらどうなっていたでしょうか。それで日本が戦争に勝つことはなかったでしょうが、戦後のヒロポン騒ぎどころではない地獄が人々を待ち受けていたでしょう。

使い続けても効力が失われず、人が戦い続け、勝ち続けたまま、力尽きて死に至る。そんな薬を開発しようとしていたのですよ、私は。それが人を幸福にするはずがない。そもそも、他者を制し勝ち続けること、侵略を是とし強大になることをめざし、無限に増え、地上を支配する、無限の成長と無限の繁栄などあり得ません。終わることのない戦いの先には破滅しかありません。それを求めた人々の手によって作られた薬そのものに、そうした精神が宿っているのです。そんなのは使う人次第だ、ともっともらしく言う人がいるがそんなことは実態を知らない者の戯れ言です。武器を手にした瞬間に人は武器に支配される。人の精神を操る薬ならもっとわかりやすいでしょう。だが、その薬の原料となる植物とそれが自生する場所を教えてくれたアイヌのシャーマンはその薬効を制御することができた。それを使う知恵を持ち合わせていたからです。彼らの暮らしや哲学が、そうした植物に出会ってもその精神を支配されることの無い、揺るぎない心を彼らに与えていたからなのです。

努力して多くを手に入れろ、競争しろ、ときには殺し合え、栄えろ、産めよ増やせよ地に満ちよ、その対極にある生き方を海辺のアイヌの人々は教えてくれました。平和共存でも、共存共栄でもない。そんなものは自分本位の傲慢《ごうまん》な理屈ですよ。大切なのは自然の中で分を守るということなのです。共存なんかじゃない。己を無くし、一本の草木となること、なのです。その静謐《せいひつ》な境地こそが、人が人として魂の幸福を得る唯一の道なのです。

妻も子も親兄弟も、親族のほとんどを亡くして、私は過ちに気づきました。私個人の過ちではない。日本、いや、人間という種があまねく陥る過ちかもしれません。それに気づいたから私はもう一度、新薬開発のためのヒントをもらった彼の地に戻ってきました。だが今回は目的が違う。

終戦から三年して、私はかつて悪魔の薬を作り出そうとした地にもう一度、一人で入りました。あの薬の原料として栽培したハイマツの木は普通のハイマツとは違うものでした。

真菌、わかりやすく言えばカビの生えたハイマツです。自然界でたまたま存在していたものを農業技師が人工的に増やし、そこから我々は悪魔のような薬を作り出そうとした。けれども結局、その試みは頓挫した。事情があって我々が彼の地を後にする際、そのハイマツの木は火をかけて燃やされました。ところが根っこが残っていたのでしょう。数本のハイマツが若木となって育っておりました。普通のハイマツです。その中に一本だけ、真菌、つまり実にカビの生えたハイマツが残っていました。そのほかはすべて普通のハイマツです。私がかつてアイヌの人たちに連れられてその場所に入ったときと同じ状態に戻っていたのです。

　私は今度こそ、アイヌの人々の薬の製法とともに、彼らの哲学を学びました。海辺の集落に暮らし漁猟と薬草採集で暮らしを立てている人々の言葉の一つ一つに、真摯に耳を傾けました。彼らと彼らの神との仲立ちをする老人から、戦時中、我々が荒らしてしまった岬突端に生育する草木、生き物について、多くのことを教えられました。そして彼らの暮らしの隅々にまで関わっている薬草を自ら摂取することで、彼らと同様の精神の境地を得た。

　悪魔の薬、人の精神を改造する薬の対極に、心ある者を静謐な境地に導く薬、戦いのために狂わされ、死に瀕《ひん》した人の精神を救い出す、自然のもたらす秘薬を作り出すこともできるのです。驚くべきはその原料が同じということです。我々は真菌に汚染されたハイマツの実からある成分だけを分離し、それを精製し、わかりやすい薬効のある薬を作り出そうとしていた。ところがアイヌの人々は違う。実を丸ごと使う。もちろん特定の成分だけ抽出するなどということはしない。それどころかハイマツの実だけを単独で使うこともしない。他の薬草と組み合わせる手法は絶妙としか言いようがありません。伝統と哲学です。同じ植物、同じ菌類の作り出すものが、組み合わせ方、量、何より背後にある哲学によって正反対に作用するのです。それはあの悪魔のような薬に蝕《むしば》まれた精神を元に戻すこともできる。薬と毒は紙一重とは昔から言われていることですが、分量と組み合わせ、どこの部位を使うか、そうしたことによって正反対に作用するというのが、生薬の面白く、またおそろしいところで、同じ薬がさじ加減一つで人を聖人君子にもすれば、ヒトラーのような好戦的な狂人にもする。精製の度合いが進み、純度が上がれば上がるほど、制御しがたい極端なものができあがる。

薬、薬草というモノの問題ではないのです。それを使う人間の哲学と、風土の力です。あの地に住み、あの地のもたらすものを必要最小限だけいただき、欲をそぎ落としたとき、静かで穏やかな境地が手に入ります。戦後二十三年、私は東京に戻っていません。札幌にさえ出たことがない。あのアイヌの村に身を寄せ、雪が解けると岬に行って、薬草を育て、交配させ、生薬を作り、それらを組み合わせて様々な薬を作りました。

今は、あのアイヌの人々の娘、息子さえも、完全に内地の人々に同化して、自分たちのすぐれた文化には見向きもしなくなってしまった。それが私には残念でならないのです。私は彼の地の、かつての研究所跡に、そうした様々な薬用植物や菌類についてのメモを、アイヌの人々の伝統の上に私が作り出した薬の製法を書き残してきました。研究所には立派な図書室もあります。近代薬学とアイヌの方々の優れた哲学と伝統があの場所に共存しているのです。

ただ岬に続く道は十年くらい前から豪雨や落石でだんだん通りにくくなってきました。私は以前はヒグマを避けながら山道を辿って岬の先端まで歩いていったものですが、四年前の地震で斜面が崩落して、もうどうやっても岬の突端には行き着けなくなってしまいました。

今は韮山の村に住まわせてもらって、海の向こうに見えるあの場所を眺めながら、この開拓民の方々の開いた薬草畑の管理や生薬作りを手伝わせてもらっています。けれどやはりあの岬のものは、ここでは作れない。気候や土壌が違うこともありましょう。最大の原因は、ここには思想がないからです。

争う、戦争をするという概念自体が無い世界がこの世にあったのです。必要最小限の獲物を捕り、海からも大地からも必要以上の物を取らない。収奪はしない。わずかな恵みを分けてもらい、自らの死によって自然の中にその恵みを返す、そうした真に平和な世界があった。その世界観を可能にしているものが、このあたりの自然ですし、ここに生育している動植物です。

そうしたものの命をいただき、自分の体に組み込むことによって、人はすべての生命に繋《つな》がることができる。それがかつて薬学者であった私がこの地に生きたアイヌの人々から学んだことなのです」

聞き書きはそこで終わり、文末にはこの作業を行った女子学生の「高樹さんは、開拓村の人ではありませんが、とても有意義な話を聞かせてくれました。お話の内容は難しくて不勉強な私には正直、ちゃんと理解できない部分もありましたが、平和を望む心は大切にしなければいけないと思い、とても感銘を受けました」という感想が綴られていた。

ようやく一ノ瀬の求めた境地に辿り着いた。言葉もなく冊子に視線を落としている相沢の傍らで、石垣が小さくかぶりを振った。

「これは確かにアイヌの人権回復問題、貧困問題に取り組んでいた牧師は怒るでしょうね。村人がアイヌか、それとも北方系のニヴフかはともかくとして、彼らがその場所に定住した歴史的経緯を無視して、神秘思想だの哲学だのと崇《あが》めているところに、彼自身の選民思想が垣間見えます。逆の意味で人権の視点を欠いていますよ」

「歴史的経緯と言われれば確かにそうかもしれないが」

反論するともなく相沢は続ける。

「厳しい気候の下のぎりぎりの生活で、薬草の力を借りて、禁欲的な静穏主義みたいなものに辿り着いた人々がいたとしたら、それはそれで意味がある」

「何の意味があると思われるんですか？」

「そう問われても困るが」と相沢はガラス越しに広がる夕暮れの滑走路に視線を向ける。

「人生に意味を求めること自体がナンセンスなのかもしれない。ただ今日を生きて、死んでいく、それだけのものだと考える人々がいたとして、それはそれで間違いじゃない。それ以上の物を求めるから、物とか金とかだけじゃなくて、名誉だの実績だの生きがいだのとややこしいことになる。それだけのものでいいんだよ、きっと」

「それを言ったら、人の人たる意味はなくなってしまうんじゃありませんか。文明自体を否定することになるでしょう」

相手の言葉が正論であることはわかっている。ただ一ノ瀬和紀にあの地に招き入れられたときの不可思議な記憶に伴う曰《いわ》く言いがたい感情が、高樹博士の主張する先住民の哲学や一ノ瀬たちが選んだ自閉的な生活を否定することを拒んでいる。

「いずれにしても人の欲望なんてものは、何か常に重しがあって制御されない限り、歯止めがきかないんだ。金についても寿命についても国土についても」

「欲望に自分で歯止めをかけるのは確かに難しいでしょうが、実際には障害物だらけですよ。欲しくたって手に入るものなど、ほんの一握りに過ぎないし、今、持っているものだってあっという間に奪い取られていく。そのあたり、大企業の社員として身分を保障されていると気がつかないでしょうけれど」

露骨なあてこすりに疎ましさを感じ相沢は口をつぐむ。

「障害を一つ一つクリアしていくことに生きている意味があるんじゃないですか。それを最初から放棄して、天から与えられたものに満足して生きろと言うのは傲慢以外の何物でもありません。高樹博士が何を考えたか、山本氏や金原氏が何を言いたいのか理解はしましたが、賛同はできません。アイヌというかニヴフの人々の哲学なんてものは、制度の中で差別と貧困に留め置かれた人々の諦念《ていねん》以外の何物でもないんです。岬に集まった人々は覚者なんかじゃない。彼らは厳しい現実に背を向けて楽園を求めて岬にやってきた究極の引きこもりだった。それ以上の意味を見出すのは間違っていると思いますよ、私は」

いつになく真摯な口調だった。何が正しいという答えなど永遠に出ないだろうが、石垣の臆面《おくめん》もなく俗物ぶりを披露する様も、ある種の誠実さと言えるだろう。

「まもなく搭乗だ」

相沢は時計に目をやった。

日没の遅い季節のことで、滑走路を見渡すガラス壁の向こうには、まだ光を失わぬ空があった。

不意に金属板を鋭利な刃物でひっかくような不穏で不快な音とリズムの電子音が鳴り渡った。ロビー内のあちらこちらで、一斉に鳴っている。

スマートフォン、タブレット、空港備え付けのパーソナルコンピュータ、あらゆる電子機器のスピーカーがオンになった。

聞き慣れた隣国のミサイル発射を知らせるアナウンスはない。

奥歯を削られるような甲高い音のカオスの中に、それまでバラエティー番組を流していたロビーの大型テレビの画面が切り替わり、日本地図が現れた。

瞬時に神経に障る電子音が止んだ。

静寂が訪れた後、画像が乱れ百インチの巨大な画面は縦横斜めに走るパルスのような金色の線に埋め尽くされる。

生理的な恐怖を覚え、相沢は凍り付いたように画面を凝視する。

「相沢さん、あれ」

肩に手をかけて揺さぶられた。石垣の指がガラス壁の向こうを差す。

つい数分前まで灰色の滑走路とその向こうに広がる山の稜線《りょうせん》、そして青の深みを増していく日暮れ間際の空があった。薄暮から夜へのゆるりとした変化が断ち切られて、頭上には黒い空があった。巨大なシェードを下ろしたようにあたりは一気に夜になっていた。

一枚ガラスの壁面には、外の変化に気づいて窓に駆け寄った一部の客と相変わらずテレビ画面に見入る大多数の客で騒然とした出発ロビーの様子が映り込んでいる。そしてその反射も次の瞬間に消えた。

ロビーの照明が落ちたのだ。

ガラスの向こうの夜が迫ってくる。

数分後再び明かりが瞬き、ロビーの照明は復旧した。

アナウンスは何もない。

石垣がつぶやいた。

「オオカミ少年の話がついに本当になった……」

対立国から発射された核ミサイルがさほど近くはないどこかに落ちた。

地上の塵灰《じんかい》や核物質を含んだ雲が成層圏まで上がり、陽光を遮り、たった今、残照も黄昏《たそがれ》も奪い核の夜を出現させた。

「爆心地はどこなんだ」

相沢はタブレットの画面をせわしなくタップする。

東京郊外にいる年老いた両親や、長く会っていない兄たち家族のことを考えると不安でいてもたってもいられない。

インターネットは繋がらない。

「少なくともこの近くではないですね。私たちは無事ですし音も光も見ていない」と石垣が冷静な口調で答えた後に付け加えた。「今のところは無事です」

相沢はふと思う。

確かに石垣の言う通り、一ノ瀬たち、岬に集まった人々は覚者などではない。この世界の怖さとわずらわしさから逃れていった究極の引きこもりだった。

だがそのライフスタイルは、単なる逃避ではなく壊れ行く世界への絶望的な抵抗だったのではないか。

不意にロビーのそこかしこからタブレットやスマートフォンの着信音が聞こえてきた。

電波中継地は無事なのか？

画面に文字が現れる。

北朝鮮、中国国境の白頭山《はくとうさん》が噴火。

「噴火？」

無数の驚きの声が上がる。

この数年、活発化していた地下のマグマの活動が地下核実験に誘発され、アジアでは史上最大規模の山体崩壊噴火が起きた模様。

現地との通信が途絶えているため被害状況は不明。灰雲は成層圏まで上がっており、十二時間以内に日本国内でも大量降灰が始まる……。

電気、交通、通信への深刻な影響の他、精密機械工業、農業への甚大な被害が予想される。

呆然《ぼうぜん》として画面に見入る石垣の傍らで、相沢はかぶりを振りながら、無意識に違う、違う、とつぶやいている。

これは単に、愚かな指導者に率いられた小さな独裁国家の凶行が引き起こした自然災害などではない。これを機に洗練された統治手腕を持つ大国が周辺国家にさらに危険な影響力を強めていく。その背後に、際限なくふくれあがる欲望に牽引《けんいん》されて、生を営み、繁殖し、ありとあらゆるものを破壊しながら繁栄し、死んでいく自分を含めた膨大な数の人々がいる。

ガラスの壁一面に、ロビーの様子が映り込む。こんな事態でも取り乱した様子はなく、ただ立ち尽くし、あるいは落ち着かない様子でベンチに腰かけて、次に何か動きがあることを期待しておとなしく待っている羊の群れのような人々の姿。

傍らでさかんに何か話しかけてくる石垣に応《こた》えることもなく、相沢はガラスに近付き、ひたいを押しつけるようにして外の光景に目を凝らす。

禍々しい闇を透かして、しばらくは飛び立つことの叶《かな》わなくなったボーイングの機体と建物の間を、何事もなかったかのように往復するトーイングトラクターと、その後ろに長々と続く手荷物を載せたコンテナの列があるばかりだった。

参考文献

『水谷次郎日記　薬草と共に六十年』水谷次郎　水谷次郎記念出版委員会
「究極の選択？　麻薬依存をイボガインで治療」
　J・ネスター『日経サイエンス』2017年5月号　日経サイエンス
「薬用植物・生薬の利用とその安全性」
　佐竹元吉『国立医薬品食品衛生研究所報告』第116号　国立医薬品食品衛生研究所
「特許による漢方薬の研究開発動向の分析と考察」杜　莉　筑波大学図書館情報メディア研究科
『薬用植物フォーラム2018講演要旨集』
　医薬基盤・健康・栄養研究所薬用植物資源研究センター
『新薬開発と生薬利用』Ⅰ・Ⅱ　糸川秀治／監修　シーエムシー出版
『こんな薬草知っていますか　写真でみる薬用植物』
　東京都衛生局薬務部薬事衛生課／編　東京都情報連絡室情報公開部都民情報課
『毒草を食べてみた』植松　黎　文春新書
『『遠野物語』ゼミナール2002講義記録　植物のフォークロア『遠野物語』と植物』
　遠野物語研究所／編　遠野物語研究所
『植物エネルギー　北海道医療大学の森』堀田　清、野口由香里　植物エネルギー

『脳科学は人格を変えられるか?』エレーヌ・フォックス/著　森内薫/訳　文藝春秋
『修行と信仰　変わるからだ変わるこころ』藤田庄市　岩波現代全書
『現代瞑想論　変性意識がひらく世界』葛西賢太　春秋社
『古代インドの思想　自然・文明・宗教』山下博司　ちくま新書
『伝書鳩　もうひとつのIT』黒岩比佐子　文春新書
『知床博物館第9回特別展　消えた北方民族　オホーツク文化の終えん』知床博物館協力会

その他多くの方々の論文、随筆、ウェブページを参考にさせていただきました。
著者、編者の方々に深謝いたします。

本書を書くにあたり、植物園内をご案内くださり、貴重なお話をお聞かせくださいました東京生薬協会の山上勉様、東京都薬用植物園の中村耕様、北海道医療大学の堀田清様、野口由香里様、大沼弘樹様に心から感謝いたします。

また多くの取材にご同行くださり、インスピレーションを与えていただき、終始、適切なアドヴァイスと温かい励ましの言葉をかけてくださいましたＫＡＤＯＫＡＷＡの故榊原大祐様、岩橋真実様、谷口眞依様、ありがとうございました。

この本の完成を見ることなく二〇二一年一月にお亡くなりになった榊原さんに感謝しつつご冥福《めいふく》を心よりお祈りいたします。

篠田節子

解説　ここに立ち入る者は、すべての望みを棄てよ

巽《たつみ》　孝《たか》　之《ゆき》（慶應義塾ニューヨーク学院長）

　コロナ禍一過、ひとつの篠田《しのだ》節子《せつこ》作品がセンセーションを呼ぶ。二〇〇八年発表の『仮想儀礼』が、それだ。NHK BSがプレミアムドラマとして企画し、二〇二三年暮れから二四年初春まで、毎週日曜日夜に放送されたテレビドラマである。

　物語は、都庁勤務の堅い公務員だった鈴木《すずき》正彦《まさひこ》とゲーム会社スタッフの矢口《やぐち》誠《まこと》が、ひょんなことから二人とも失職してしまったがために、語らってインチキ宗教を起こして一攫千金《いっかくせんきん》を狙うという、なんとも胡散臭《うさんくさ》い設定で始まる。世に現代社会における宗教ないし新興宗教の意義を問うサスペンス小説は数多いので、設定だけ見たら、本作品も典型のように見える。では、いったいなぜテレビドラマ化されて、人気を博したのか？

　最大の理由としては、もちろん二二年七月に安倍晋三《あべしんぞう》元首相が暗殺され、その背後に潜む統一教会問題が暴き出された事実が大きいだろう。戦後、天皇を神とする大日本帝国の呪縛から解き放たれた我が国は——欧米に比べれば——基本的に無宗教に見えるが、しかしだからこそ、いまもなお新たな精神的よりどころを希求する欲望は跡を絶たない。

無一文から宗教ビジネスを成功させる者もいれば、経済的成功を収めながら最終的救済をカルトに求める者もいる。それがエスカレートすれば、太平洋戦争時代の神国日本や軍神カミカゼの言説を呼び覚ますことになりかねない。

仮に『仮想儀礼』テレビドラマ版で初めて篠田節子を知った読者は、作者が上述の統一教会問題が沸騰している時流をいかにも意識して書いたかのように邪推するだろうか。けれども、原作はあくまで二〇〇四年から二〇〇七年まで「小説新潮」に連載されていたこと、すなわち二十年も前に構想され執筆開始されたことを忘れるわけにはいかない。

というのは、神や信仰、宗教の問題は、筆者自身が心底驚愕《きょうがく》した初期の山本周五郎賞受賞作『ゴサインタン 神の座』（一九九六年）から『弥勒《みろく》』（一九九八年）、前掲『仮想儀礼』（二〇〇八年）、中央公論文芸賞受賞作『インドクリスタル』（二〇一四年）まで、篠田文学のシグネチャーとも言うべき一貫した主題であるからだ。新興宗教や限りなく新興宗教に近い共同体をめぐる現代人の錯綜《さくそう》した心情を描かせたら、篠田節子の右に出る作家はいない。

本書『失われた岬』は、そうした篠田文学を代表する珠玉の傑作である。

＊

岬はさまざまな思索を誘発する。

それは、古今東西の文学者が深い思索を展開してきたことからもわかるだろう。たとえば、かつて十九世紀中葉のアメリカ・ロマン派を代表する自然文学／環境批評の先駆者ヘンリー・デイヴィッド・ソローは、『ケープ・コッド』（一八六五年）において、この「鱈岬《ケープ・コッド》」の浜辺に思いめぐらせ、そこに散在する腐乱した難破船やクジラの死骸《しがい》など、漂着物の自然ネットワークを巧みに換骨奪胎していく漂着物拾い《レッカー》のライフスタイルに注目した。

二十世紀初頭のアメリカ・モダニズムを代表するノーベル文学賞作家ウィリアム・フォークナーが我が国のカトリック作家・遠藤周作《えんどうしゅうさく》の『死海のほとり』（一九七三年）に影響したのは、ミシシッピ河大洪水を描いた二重小説『野生の棕櫚《しゅろ》』（一九三九年）だが、実際にこの大河をアメリカ内陸部で唯一「岬」を名乗るケープ・ジラルドゥーから眺めてみると、これが内部に無数の島を抱えた獰猛《どうもう》なる大海であることが実感される。

フォークナーの同作品から影響を受けたもう一人の現代日本作家・小松左京《こまつさきょう》は、『野生の棕櫚』へのオマージュとして書かれたSF小説『日本沈没』（一九七三年）の四百万部を超える大ベストセラーで知られるが、短篇「岬にて」（一九七五年）では、架空の島のスカル岬に集う神父や僧侶《そうりょ》や芸術家など隠遁者《いんとん》たちが麻薬を嗜《たしな》みつつ、そこを「地球から宇宙へ突き出した岬」すなわち「地球という船の舳《みよし》」と再定義し、深い思弁をめぐらす。

このように、岬は、われわれの時空間をめぐる常識を覆すドラマを、さまざまに幻視させてくれる。『失われた岬』もまた、さまざまな人々が特段の理由もなく失踪《しっそう》し岬へ消えていくという現象から始まりながら、読者の現実認識へ強烈なゆさぶりをかけてやまない。

最初の舞台は二〇〇七年。主人公である四十代の主婦・松浦美都子《まつうらみつこ》と和宏《かずひろ》の夫妻は栂《つが》原清花《はらさやか》と亮介《りょうすけ》の夫妻と家族ぐるみで親しく交流してきたが、栂原夫妻が北海道に引っ越してからというもの連絡が途絶え、やがて音信不通になる。なんらかの異変が起こっているのを知ったのは、栂原夫妻の娘でアメリカ留学中だった愛子《あいこ》が一時帰国し、両親が消息不明だと美都子に連絡してきたのがきっかけだった。かくして美都子と愛子は旭川《あさひかわ》空港に降り立つと日本海に近い新小牛田《しんこごた》町へ赴き、栂原亮介が地元の雲別《くもべつ》郷土資料館で働いているのを知る。一方、清花の方は、桐ヶ谷《きりがや》肇子《はつこ》という謎の女と知り合ったことがきっかけで、そこから船を使わなければ容易には行けないカムイヌフ岬に「自分の居るべき場所」を見出《みいだ》したらしい。二十年後の二〇二七年、還暦を過ぎた美都子と再び帰国した愛子は、清花と劇的な再会を遂げるものの、彼女はいささかも歳を取っておらず、どうやら不老不死の薬の秘密を握っているようなのだ。

次の舞台は二〇二八年前後。ＡＩの心理療法士と対話する元青年実業家の岡村陽《おかむらみなみ》が視点人物だ。彼は二〇〇六年、父親から引き継いだレコード会社の中身を改革し、ヴァーチャルアイドルと音楽と物語を総合したコンテンツを売り物にした会社を軌道に乗せ、最初の三年で一億円もの経常利益を出し、美女たちとの交際も不自由することなく、飛ぶ鳥を落とす勢いだった。ところが、ある日、財閥系企業の社長令嬢・肇子に惚《ほ》れ込み、仕事以上に彼女にのめり込む。肇子は見た目は地味でも卓越した語学力と深い医学的知識とともに神秘的な魅力を湛《たた》えていた。ところが彼女は突如、他の男との結婚を決めるばかりか、挙式直前に失踪。その足取りを追って判明したのは、長野で大麻栽培をしながら自給自足の共同生活を営む芸術家集団に関わるも、そこからも姿を消し、北海道の新小牛田で念願の「静謐《せいひつ》な生活」に入ったという事実である。岡村は早速その地へ飛び、彼女を求めてカムイヌフ岬へ向かい、ハイマツの林へ足を踏み入れ、巨大なヒグマに顔を破られる。

そして第三の舞台は二〇二九年。ノーベル文学賞受賞者の一ノ瀬《いちのせ》和紀《かずき》が、ストックホルムにおける授賞式直前に突如姿をくらます。担当編集者である駒川《こまがわ》書林の相沢礼治《あいざわれいじ》が代読したスピーチ原稿には、自分が同賞には値せず、現在の自分は全く平和な内面的自由を求めた結果「もう一つの世界」に入る決心をしたことが述べられていた。やがて作家の妻・杏里《あんり》から、一ノ瀬が失踪前に新小牛田町や雲別を「精神の至福を得られる場所」として語っていたと聞き、相沢は社命を帯びて北海道へ飛ぶ。そして岬にて一ノ瀬とついに再会を果たした彼は、作家が暮らす岬の堅牢《けんろう》な建物へ案内される。はたしてここは、戦時中に毒ガスを作っていた工場の名残りか、薬用植物の研究所か、はたまた新興宗教の教団施設か？

以上の概略だけでも大長編の大団円に至るように見えるかもしれないが、しかしまだ全体の三分の二にも満たない。ネタバレには至っていないので、どうかご安心を。

かつて一九八九年末のベルリンの壁崩壊、米ソ冷戦の終結に引き続き、一九九一年末にはソ連が崩壊寸前だった時期に、アルジェリア系フランス人思想家ジャック・デリダは、長く文明の先導を担ったヨーロッパという岬＝先端《キャップ》＝頭が根本から変革を迫られており、「他の岬」とともに「岬の他者」を模索する必要を説いた。

それから三十年余、篠田節子は、米中関係が緊張を孕《はら》み極東という岬自体が危機を迎えた二十一世紀に、高度成長と最終解脱の両極から成るシステム自体を粉砕しかねないカムイヌフ岬の物語を紡ぎ出した。

現代文明の陥穽《かんせい》へ解き放つ、これは鋭くも深い寸鉄の一撃である。

本書は、二〇二一年一〇月に小社より刊行された
単行本を加筆修正のうえ、文庫化したものです。

失《うしな》われた岬《みさき》

篠田節子《しのだせつこ》

令和６年 10月25日　初版発行

発行者●山下直久

発行●株式会社KADOKAWA
〒102-8177　東京都千代田区富士見2-13-3
電話　0570-002-301（ナビダイヤル）

角川文庫 24360

印刷所●株式会社暁印刷
製本所●本間製本株式会社

表紙画●和田三造

ISBN 978-4-04-115009-2　C0193

角川文庫発刊に際して

角川源義

第二次世界大戦の敗北は、軍事力の敗北であった以上に、私たちの若い文化力の敗退であった。私たちの文化が戦争に対して如何に無力であり、単なるあだ花に過ぎなかったかを、私たちは身を以て体験し痛感した。西洋近代文化の摂取にとって、明治以後八十年の歳月は決して短かすぎたとは言えない。にもかかわらず、近代文化の伝統を確立し、自由な批判と柔軟な良識に富む文化層として自らを形成することに私たちは失敗して来た。そしてこれは、各層への文化の普及滲透を任務とする出版人の責任でもあった。

一九四五年以来、私たちは再び振出しに戻り、第一歩から踏み出すことを余儀なくされた。これは大きな不幸ではあるが、反面、これまでの混沌・未熟・歪曲の中にあった我が国の文化に秩序と確たる基礎を齎らすためには絶好の機会でもある。角川書店は、このような祖国の文化的危機にあたり、微力をも顧みず再建の礎石たるべき抱負と決意とをもって出発したが、ここに創立以来の念願を果すべく角川文庫を発刊する。これまで刊行されたあらゆる全集叢書文庫類の長所と短所とを検討し、古今東西の不朽の典籍を、良心的編集のもとに、廉価に、そして書架にふさわしい美本として、多くのひとびとに提供しようとする。しかし私たちは徒らに百科全書的な知識のジレッタントを作ることを目的とせず、あくまで祖国の文化に秩序と再建への道を示し、この文庫を角川書店の栄ある事業として、今後永久に継続発展せしめ、学芸と教養との殿堂として大成せんことを期したい。多くの読書子の愛情ある忠言と支持とによって、この希望と抱負とを完遂せしめられんことを願う。

一九四九年五月三日